长篇小说

天滋

◎董小潭 著

陕西新华出版

陕西人民出版社

图书在版编目（CIP）数据

天滋 / 董小潭著 . -- 西安 : 陕西人民出版社，
2025. -- ISBN 978-7-224-15781-9

Ⅰ . I247.5

中国国家版本馆 CIP 数据核字第 20253NU871 号

字里行间 阅己观心

责任编辑：杨　婧　焦佩华
封面设计：杨亚强

天滋

作　　者　董小潭
出版发行　陕西人民出版社
　　　　　（西安市北大街 147 号　邮编：710003）
印　　刷　西安市建明工贸有限责任公司
开　　本　787 毫米 ×1092 毫米　1/16
印　　张　23.25
字　　数　382 千字
版　　次　2025 年 4 月第 1 版
印　　次　2025 年 4 月第 1 次印刷
书　　号　ISBN 978-7-224-15781-9
定　　价　86.00 元

目　录

01

三　水

　　《申报》光绪三十三年四月十五日十一版（公元 1907 年 5 月 26 日）刊载了这样一则消息：《仪泰铁路将次开筑》。消息说，"泰州至仪征十二圩一事，由张秉直展撰，劝令绅商认股，集款开筑铁路，以便转运。业已筹议定妥，所聘洋工程师亦已到十。俟勘定路线，即日开工"。

　　《申报》宣统二年十月十七日第三版（公元 1910 年 11 月 18 日）登载的《仪泰铁路建筑之困难》，解释了仪泰铁路没有开工的原因。

　　两则报道，时隔近三年，一个是绅商集资工程即将开工的消息，另一个则说明了为什么不能如期开工。核心问题其实是关于扬泰地区盐运交通问题。正如文章所述，"淮南局员汪运，判据宁属各食岸边商益和详等（依据江苏所属食盐经销口岸贸易获取利益的详情），禀称奉谕饬查：江苏泰州起至十二圩，系江苏交通关键，以场盐为大宗，非筹备筑铁路不便周转。将来行车，利益有无把握，就能即确查。内河食岸之盐，能否由车装运？每年可运枯干？通车得水脚若干？谕商查复等。因查宁属食岸，每年共运盐三万罱上下，向系由场运坝、由坝运圩，其运费与场商运盐相等。将来如筑铁路，则路盐之盐，不过占场商十成之一，若令场商一律归铁路承装，则扬子一崦运盐，本系由一水达岸，如由铁路承装到圩，现由圩运岸，店徒弟多周转，无裨商运等情，当即据情转禀报运宪核示矣"。

　　弹丸之地，实质是经济动脉，可以说牵一发而动全身。铁路开筑与否，直接关联的是百姓民生与商运前途，十里洋场的大上海都在关注的泰州，实指主城海陵。由场运坝，再由坝运圩，这里的坝就是指的泰坝。泰坝设于海陵古盐运河北侧，中间为坝口，南侧为上坝，北侧为下坝，翻坝掣盐，指的是查验盐引，秤磅收税。陵者，《尔雅·释地》中有"大阜曰陵"。海陵本属江、淮、海三水交汇之地，水系四通八达。从浩瀚宇宙俯视地球，泰州地处黄海以西的苏北平原，临海而居，地势平坦，靠海煮盐，依海制盐，富庶丰饶，百姓安居乐业，实为祥瑞之地。经年累月，沧海桑田，环绕海陵的一条泱泱大河，名曰天滋。天滋河滴落于月城之湾，如天子庇佑整个城池。城池内玉带河、中市河、南官河，水系丰富，河道交缠，城池外又有草河、稻河与卤淀河三水并行。古海陵自古以来就是里下河的门户，盐、粮、草、蔬贸易天成，水边停泊的则是各种各样的交易船只。真可谓河边有市，街上有商，商贾云集，一片水街相融、市井烟火盛景。

明清以降，泰州商业繁荣，大批会馆云集。皖人有新安会馆及旌德会馆，京江（现江苏镇江）人有京江会馆，福建人有闽中会馆。泰州商帮以安徽帮、江帮、闽帮为首，安徽帮经营盐业、茶业、漆业、布业、香业、文具，江帮即镇江帮，经营南货业，闽帮经营旱烟业。会馆，除议市贾商事之外，也兼聚会、联谊、听戏之用。福建，是南戏的故乡，芗剧、闽剧、莆仙戏、高甲戏等，均有宋元梨园之遗响。妈祖是东南沿海供奉的海洋保护神，被民间奉为"辅斗昭孝纯正灵应孚济护国庇民妙灵昭应弘仁普济天妃"。如遇海难，只要口诵妈祖圣号，就会得到营救。因泰州古称海陵，为海中隆地，因而妈祖信仰古而有之。

天后宫与铁柱宫均在北门内大街歌舞巷，前者在福建会馆内，后者在江西会馆内。每年三月二十三，仪式一结束，锣鼓点一响，闽粤梆簧之声便高亢起来。歌舞巷歌舞升平，笙箫不断。咸同以后，皖浙商人为避免太平天国之故，迁寓"太平小城"的日益增多，原先仅有五万人口的小城，人口骤然增至十七万之多。外来人口中以生意人居多，特别是盐商。安徽帮、江帮势力大增，闽帮商业难以维持，到民国初年，会馆掩闭，闽人回乡。

从天空鸟瞰，整个泰州城犹如一只展翅腾飞的凤凰，凤首在南门高桥，凤尾在北门赵公桥，凤翼在东门与西门，而凤颈则是海陵路这一条古城的中轴线。整座县城的建筑都是灰砖黑瓦，一大片一大片的建筑群，由一些青石板巷子隔开，犹如天然棋盘。至于谁来把王侯将相兵卒车马安置，就是天意了。周边是鳞次栉比的商行、酒行、米行、客栈、店铺千家及居民住所万家，高堂老屋与棚庐散户毗邻而居。草河两岸或繁或简自然形成了明清古建筑群。东岸多盐商、实业家以及洋行老板等之公馆，多数是明清建筑，青砖黛瓦灰墙，屋宇气派，园林森郁。西岸每天叫卖吆喝，桨声人影，车船如织，稻米粮食、瓜果蔬菜，船头接着船尾。西岸上各种小吃热腾腾的，各种香气招揽顾客。汤圆子、饺儿面、糖粥、鸡蛋片、五瓣梅花糕、薄荷水晶羹、大茶干、油炒小糖圆，还有沿街叫卖的茶食担子，有千层酥、蛋黄酥、枣泥潮糕、嵌桃麻糕、小薄脆、糖京果、斫糖、棉花糖等等。总之就是一个词儿：琳琅满目。东岸在西岸的喧嚣声中显得安静而神秘。东岸的盐，西岸的柴，均到对岸采买。东岸、西岸，就这样日复一日地在草河两岸对望着，人们各自安逸而和顺地生活着。

　　直到民国二十九年（1940 年），泰州城里的黎民百姓吃水仍旧靠河。普通人家将河水挑到家里用大缸盛放，明矾沉淀后作为食用之水。中等及大户人家靠井，大户人家多数有私井。膳食取暖，基本上都是用柴，来自草河以北的里下河。绵延几十里水路，摇着橹来来往往的运柴船只，在草河码头交易过秤，而后上岸，或脚力徒步负柴，或驴车马车运送。草河两岸林林总总从事柴火生意的也有二十家，这里头名声最响做得最大的当数孟家。孟家柴行在天滋河以北，草河西岸，临河而居，前后共五进，前店、中堂带后院，两侧厢房，后院后身是一小而古朴的私家花园，典型的泰式民居。孟家柴行生意好，不仅柴火干松耐烧，而且童叟无欺，从不短斤少两，账目也笔笔清爽，从不拖欠。孟家老板忠厚诚实，二老板跟在兄长后面做管事，人精明，重情义，兄弟二人在草河上也算是数一数二的人物。

　　清晨，孟家独女芊芊从碗琴跟前站起来，走到东边窗前，一袭白底蓝花的棉质旗袍，一头齐耳的短发，衬得她这个女学生空灵而脱俗。太阳也像刚起身，匀净地洒在草河上，河水安详地拍打着岸边，几个船夫在河里不紧不慢地摇着橹。孟芊芊两手支在窗棂上，托着腮凝望着草河深处。她喜欢这样的安静，她在温知女子学堂读书，闲暇时光就侍弄自己的乐器。与孟家当差不差的是油厂巷的陈氏油坊与陆氏米行。陈氏油坊的千金陈如芬，陆氏米行的千金陆小米，孟家独女孟芊芊，她们这草河西岸的三朵花，走到哪里都是道最自然亮丽的风景，吸引着众人的目光。那两家的姑娘有时还帮衬着家里做些买卖，只有孟芊芊大门不出，二门不迈，一心一意摆弄自己钟爱的古乐。陈如芬与陆小米经常在背后嘀咕，这孟大小姐真是个书呆子，语气里流露着她们自己才懂的妒忌，三个姑娘家因而也不是太亲密。

　　孟家书房里陈列着笙、箫、笛和琵琶，碗琴是新近从道观上真殿里求来的。清蕴道长跟父亲是棋友，芊芊自幼经常随父亲出入道观，清蕴道长时常教之演奏技法。泰州自古就有九寺十三观之说，鼎盛时期，道观庙宇大大小小有四百多处，时隔百年，在景区的古城池铜地雕上，仍雕刻有大大小小的庙宇。老城区的五一路，仍是儒释道汇聚一条街的实证。至于道教是何时传到泰州的，史料不详，余不敢妄加猜测。里下河门户淳厚的民风曾引起西汉诸多辞赋家、文学家、思想家对古海陵的兴趣，其中淮南王刘安（汉高祖之孙，公元前 179 年—公元前 122 年）在海陵所设"江海会祠"影响深远，有说江海会祠为我国第一个道教公共建筑场所。在秦汉神仙、方术流行时期，刘安以海陵江海会祠为仙家、方士游息之所，从事道家的研究，对后来北宋时期著名的乐真人（乐子长）、王仙翁（王冶）等"海陵十仙"

影响极大。万历《泰州志·风俗》又云："自汉高祖兄之子濞于吴，致天下娱游子弟枚乘、邹阳、严夫子之徒，而淮南王安亦招宾客著书邀游此地，文辞并发。"到了宋代，道教鼎盛，宋徽宗因为徐神翁，扩建天庆观为仙源万寿宫，殿宇林立，超过了五百间，故而有"骑马关山门"的传说。明代往后，道教日渐式微，但城里仍建有女冠子庙、泰山行宫等。到了清代，多数宫观被僧尼所占，福建、江西商帮又建有天后宫、铁柱宫。另外，彤华宫、玉皇宫、火星庙、财神庙、八蜡庙、小郎庙、和合财神庙、东岳庙、晏公庙、管王庙等仍香火较旺。就算眼下，城区仍有道观近三十座，四大宫观如城隍庙、上真殿、斗姥宫、三官殿，三天滋庙如北天滋庙佑圣观、中天滋庙上真殿、南天滋庙玄帝庙，以及东南西北四个斗宫。因古海陵为海中仙山，自江海会祠后，泰州道教古乐愈加繁荣起来。

芊芊聪慧过人，悟性极强，不日就像模像样地演奏诗词曲牌，如《采莲子》《醉花阴》等。清蕴道长惊为天人，自是悉心调教，孟老板更是奉为掌上明珠。孟芊芊从碗琴旁边起身时，已习完了早功课，到窗前看看清晨的草河是她的习惯。这清冽的水流，给了她无穷无尽的想象与遐思。

河里有只船，柴火堆得高高的，远远地漂过来，一个人在艄尾不紧不慢地摇着橹，另一个躺在高高的柴垛上，怡然自得地扯着喉咙吼着小调，浑厚粗犷的声音，响彻草河上空。从声音听来，应该是个后生，歌调粗放狂野。孟芊芊的心无来由地为之一跳，于是踮着脚朝船上张望。只听得那个清亮的嗓音唱道：

　　春天山上花
　　不如她鲜亮
　　秋天水中月
　　不如她清爽
　　哎呀呀真是个
　　心灵手巧的好姑娘

船近孟芊芊窗外时，摇橹老人见芊芊凝神注目，于是很谦卑地朝她欠欠身。这草河上大凡行船运柴的，无人不知她是孟家的独养闺女。老人边朝孟芊芊笑，边小声地喊着柴火垛上的人。那后生双手枕着头，眼睛是闭着的，一身暗灰色布衫，裤脚管卷到膝盖上，双腿粗壮有力，朝天翘着一双光脚丫，好不悠然自得。摇橹老人叫了几声，这后生却浑然不觉，仍然径自吼着：

面带微微笑

老是朝我望

可惜在纸上

不能诉衷肠

哎呀呀你要下来

我定与你来妇唱与夫随

芊芊掩嘴轻笑，老人只得对芊芊欠身，芊芊也温婉地对老人一笑，而后若有所思地看着船咿咿呀呀地朝前驶去，直至孟家码头。

孟家码头早已泊满了来自里下河一带的草船，前来买柴运柴的人熙熙攘攘挤满了码头，管事、船家、脚力、草贩一干人等从这条船跨到另一条船上，这边看看望望，那边摸摸掐掐，比较柴火的干湿与质地，七嘴八舌，煞是热闹。

等到刚才那条船泊到岸边，那个吼唱的后生身手敏捷地跳下来，对着穿一身长袍马褂的人朗朗地打着招呼："这位爷，看看咱这柴火，棉花秆子，地地道道的里下河的货，干松耐烧。"说着还折断一根递给来人看。

摇橹老人上前一躬身说："二当家的，这是我远房侄儿，今天晓得我来送货，特地来帮忙的。"

二当家的说："你是老俞头家的后生？看样子蛮灵光的嘛。"

后生憨厚一笑道："小的姓俞，名浪行。"

二当家的说："你在哪家柴行帮工啊？怎么没见过啊？"

俞浪行道："小的不限定在哪家，哪家有活计，就到哪家帮忙。"

二当家的一听就明白，晓得他是个脚力，于是上下端详。但见这小伙子中等个头，模样干净利索，眉眼长得很开，双目炯炯有神，是块行脚的好料子。稻河与草河一带，脚力、挑夫比较多，撑着扁担，立在街头，随时听候使唤。

俞浪行见二当家的盯着他瞧，又说："小的家住北边老渔行，娘老子都是打鱼的。"

"多大了？"二当家的问。

"十九了。"俞浪行有问有答。

二当家的连连赞许："老俞头，没想到你还有这么个像模像样的侄儿。今天的柴，全给我们孟家柴行吧，价钱按老例子。"

老俞头欢天喜地地朝他连连鞠躬："承情，承情。"

俞浪行也欢呼一声："好咧。"甩开膀子忙乎开了。老俞头爬到柴垛上，把柴火一捆抡起，俞浪行在岸上双臂一接，麻利地把柴火堆好，不一会儿就满头大汗。几袋烟工夫，叔侄二人已把一船的货卸到岸上。二当家的在一旁看了暗暗赞许，安排一干等着的脚力连忙把货进仓的进仓，送货的送货。俞浪行跟着忙前忙后，很有眼力见儿。二当家的有意要考量一下这个后生似的，对着他说："对岸高家公馆的伙房里等着要柴火烧，要不，请你帮忙跑一趟？"

俞浪行二话没说就道："好咧。"问明了地址和路线，蹲了马步，伙计把一大捆柴架到他背上。俞浪行起身，把柴往上一扛，穿着草鞋大步流星就往前走。一大摞柴火负在他背上，远看就像长着两只脚似的在地上疾走。不一会儿，那捆柴就愈走愈小，从二当家的视野里消失。

俞浪行走到草河东岸的条石路上，正是晌午，太阳滋熬熬地在头顶上晒着，背上的柴好似比刚才重多了，他每走一步，那柴火好似就增加了一分重量。俞浪行咬着牙，腾出手用搭在脖子上的汗巾擦了把汗。

只听得后面一辆黄包车驶来，车夫边撒着腿跑边嘴里叫道："得罪，闪开，得罪，闪开。"

不一会儿，车已到身后，俞浪行晓得黄包车的冲劲和惯性，想闪已经来不及，只听得一声"哎哟"，背上的柴还是把黄包车上的人给剐拉了一下。黄包车夫连忙把车停了，忙不迭地回首跟车上的人打招呼："二少爷，真是对不起。看看，受伤没？"又怒目圆瞪，朝俞浪行骂道："不长眼的东西，看你做的好事。"

俞浪行又热又累，受了这一惊，心里也是不痛快，昂着头回道："我是后面没长眼睛，不像有的人前面也没长珠子。"

黄包车夫道："你个脚力，还敢嘴硬。"上来就要朝俞浪行脸上扇去，车上的人跳下来，一把拖住。俞浪行抬头一看，是个穿着白短袖衬衫、黑色长裤的年轻学生，他的右臂被柴枝剐出了明显的几道血印。他心想，糟了，看样子是个有钱人家的少爷，这下子，赔钱是小事，说不定还要吃个官司。心一横，索性站在原地，动也不动。

黄包车夫脸色煞白，叫道："少爷，你这是干吗？你刚从国外回来，就遇到了这个丧门星，这下子老夫人要怪罪我了。你看看，汽车不坐，非要坐我这个劳什子黄包车，这可怎么办？"

那年轻学生笑道："不碍事，我这是自作自受，不怪你的。回头母亲看见了，我就说是我不小心摔倒剐伤的，不碍事的，搽点儿消炎药水就好了。"说着对俞浪行一笑，摆摆手示意他走。俞浪行感激地朝他点点头，垂首立在道旁，请他先行。那年轻学生也冲他点点头，上了黄包车。黄包车夫显然是高府下人，心里骂道："便宜了你个下作东西。"于是很不情愿地拉起车，一路小步跑起来。

草河经过了早市，把喧嚣与躁动都收敛起来。两岸的杨柳树倒映在河水中，偶尔的几声蝉鸣使得这条河在夏日的中午沁凉静谧。黄包车吱吱呀呀地滚过条石路，年轻学生高如风似乎早已忘记了刚才的不快，悠然自得地享受着这归乡的喜悦。

突然，一声声古乐远远地从河面上飘过来，高如风叫黄包车停了，下了车，立在河边侧耳倾听。只听得那古乐忽远忽近，如高山流水，又如云过风轻，顿时把人心里的烦忧全部拂得干干净净，不禁听得痴了。

俞浪行背着柴小心地侧身从他们旁边经过，不解地望着他，继续向前走。只听见那黄包车夫轻声说："少爷，那是孟家柴行的独生闺女，弹的是道观的古乐，据说是得了道长的真传，这县城上上下下，没有人不晓得的。"高如风痴了一般，脸上是忽喜忽悲的神情。

等到俞浪行从高公馆的伙房出来，在大门外遇到刚才刚到的年轻学生，才晓得他是高公馆的二公子高如风，刚刚从日本留学回来的。在大门口的石狮前两人对视半晌，年轻学生微微点头，俞浪行扛着扁担连忙侧身。突然听得里面一声娇笑："哎哟，这不是二少爷回来了嘛。"

高如风垂手侍立，恭恭敬敬叫着迎出来的时髦女人："应该是三姨娘吧，三姨娘可是安好？"

那女人穿着掐腰的锦缎旗袍，丢了个眼风，瞅着眼前玉树临风的青年，热切地拉着他的手，叫道："好，好，好！二少爷，离家这么久，你可把大家想煞了。"一口京片子脆如黄莺，然后，一转腰身，呵斥道："还不赶紧传报。"

只听得厅堂一声传唤："二少爷回来了，咱家二少爷回来了。"俞浪行眼见着一行人从面前走过，留下一阵香风。那三姨娘手执罗帕，腰身扭着，有意无意地挨着高如风的衣襟。见那高如风不时地躲闪着，俞浪行暗自发笑。渐渐地，那香气由近而远。慢慢地，一行人消失在庭院深处。

当晚，高家洗尘晚宴盛况空前。政府要员，各大老字号、商行的老板及家眷，说唱的艺人，都应高氏盐业掌门人高福兴的邀请，来到了高府。门前轿车、三轮车还有马车把彩衣大街都停得满满的，府内张灯结彩，人头攒动，只见香衫罗锦，热闹非凡。高福兴在泰州城不显山不显水这么多年，骨子里头银子如他高氏盐业的盐，白花花的，全进了他家的账号。这泰州城小，一座不大的城池，人口不到二十万，一天光盐要消耗多少，掐着指头都能算出来。这是小账，大账是这座城地处长江中下游，是江浙沪的腹地，江淮海三水交集，水运发达，两淮的盐都要从这里过坝，又把着天下粮仓的咽喉，商贾云集，贸易繁荣，外省的一些巨商又看中了这里的无限商机，以及这小城的安逸太平，也有不少举家迁来定居的。这里头的生意究竟有多大，谁也无法得知。这高福兴作为本土的一个盐商，平时也不怎么张扬，闲暇时在城里也就跟说书艺人、唱曲的戏子，还有摆弄书画的文人往来多些，而且为人圆滑，从不得罪人，在政界、商界以及文化界都左右逢源，因而这高府的帖子一下，全城有头有脸的那些人都巴巴地来了。这高家的殷实富足不可想象，偏偏中年得子，这少东家长得好不算，又有才学，二十出头，就从海外留学归来，众人想，高家这下子更是如虎添翼了。家里有适龄女孩子的，更是留了心，想方设法地要与这高府攀上亲。

高福兴带着少东家高如风立在门前。父子二人，一个长袍马褂、斯文儒雅，一个西装革履、玉树临风，不住地与来访的贵客寒暄。高府门前不停地响起门人的高声传报：

泰州知州李大人大驾光临！
国民政府驻泰指挥所池将军光临！
天福布店吴大掌柜光临！
同泰当铺金大掌柜光临！
……

晚上六点，洗尘晚宴正式开始。席口在高府西花厅举行，十桌来宾团团围坐。西花厅内的紫檀红木家具，在花木扶疏和明清古画的映衬下，有着说不出的低调奢华。席上专门设置了酒水区，各种国内外名酒均陈列其中，任人选用。几十名家仆穿上了清一色燕尾侍者服，在管家的带领下，有条不紊地给各位宾客传送酒菜。在众来宾的艳羡之下，高福兴和夫人李国香带着高如风，举着酒杯，穿梭在来宾当中，不住地与各界达官显贵交流。看着高如风在席间如鱼得水，陆家米行、何家茶栈，还有陈家油坊大当家的，带着家眷坐在席间，心里都打起了各自的小算盘。见那孟家柴行大当家的表情木然，陆家与陈家不由得相视一笑。李国香见他们这般，自然也云淡风轻，心里却道，赖宝爬戥盘，也不称量称量，贬的自是那陆陈两家，对那泰然自若的孟家老板顿时刮目相看。

晚宴的高潮是趴大乌表演。这趴大乌是道名菜，泰州城名厨"关门张"的绝活。十挑床子鱼贯而入，两人一挑，抬的是菜提担子，只此一层，大如桌面。抬挑的是张荣记家的家生伙计，全是小伙，白帽白衣黑裤，个个精神抖擞。参加晚宴的名流自是知道这趴大乌的不易，平时一挑已属罕见，今儿这高府席口上一抬就是十挑，那可真是富得没边儿了。一挑趴大乌，要用冷水浸泡一天一夜，再用细毛刷轻轻刷出沙，下到大灶的铁锅里用冷水烧至沸腾，关火冷却后，再加火，再冷却，如此三个回合下来，维持适度的温度还需两天两夜，而后澄去水。滞后一天所制的高汤，由火腿、老鸡、老鸭、排骨煎熬，再将瘦精肉剁碎，纱布包起，竹签挑起来，悬吊在汤里，继续熬，其间，须用勺子不停撇去老汤里漂浮的脏沫，直到两天两夜后，汤汁形成。再将冰糖、母油（又叫老陈豆酱油）与汤汁文火慢融，汤汁均匀倾入趴着大乌参的铁锅，继续文火慢炖，其间，须用竹签子扦插参体，让汤汁浸入。菜品烹制形成后，再用竹篾筐伸进锅底，请君入瓮，直至送到席上，这道名菜大功告成。这"关门张"自清末至今，在泰州城只关门做衙门、国民政府政要、范家花园特务机关、盐商还有高级祭客这些豪门买卖，从不开门堂食，故在市场上独占鳌头。一挑趴大乌方要费这些心思气力，更何况是整整十挑。财力姑且不算，光制作这道菜的人力与物力就令人瞠目结舌了。众人咋舌中，只见得那抬挑的二十个小伙，均在每桌主宾身后站定，整齐划一地下担、出轿。那酒筵上自是腾出了偌大的位置，随着一声响亮的"起"，大如面盆的竹篾筐便稳稳安放在桌子中央。众人屏住了呼吸。主宾桌上，知州李大人与国民党驻泰指挥所池将军一番谦让，池将军意气风发地对众人一抱拳，就势掀开了红绸盖着的食篮，只见着由小米葱细密缠绕的乌参形似一只黑色的小狗，有五六斤重，趴在食篮里，香气轻柔，若隐若现。桌上顿时一阵掌声。池将军对着众人说了一声"请"，就用筷子拨开了细葱，漆黑如墨的参皮一打开，就是一片碧清如水色的参肉，浸在浅浅氤氲的酒红汤汁里，如红梅初绽。池将军又对着知州李大人说了一声"请"，李大人用似玉质材料的汤匙轻轻一舀，缓缓送入口中，闭上眼睛，只听得喉咙"咕噜"一声，李大人的眉眼一点点舒展开来，似是那美味已从口腔慢慢传递到了五官，眼睛一亮，张口喊了声"好"。由此，其他各桌依次行事，宴席上觥筹交错，只听得一片叫好之声。

02
庙　会

　　孟家大宅码头，天天早上是一片繁忙。俞浪行在码头吆喝着张罗，自从跟二当家的照会了几回，麻利地给办了几件事，二当家的就索性把他安排在码头，专门负责照应来来往往的船只，帮忙上货卸货，夜里就住在货栈，吃饭管饱，每月还有三块大洋。俞浪行哪有不晓得感恩之理，用心学习，没几个月，一把算盘也拨得溜滑。二当家的见了心里越发喜欢。

　　这厢二当家的在吩咐账房先生给送柴火的结账。突然，伙计满头大汗地跑过来，结结巴巴地说：“二当家的，不好了，来了个军爷，要您、要您赶紧去一趟。”

　　二当家的一惊，连忙提起长袍马褂，疾步走到厅堂，只见一个穿着军服的士兵，笔直地站在堂屋中间，见二当家的模样像是管事的，就一抱拳，响亮地说：“敢情是当家的，我是三十一师驻本地军团的，我们团长请你前去叙叙。”

　　二当家的一听语气比较客气，忙说：“好，好。”

　　俞浪行见二当家的单枪匹马，就要跟着，二当家的说：“不必，你在店里用心照应。”俞浪行一路小跑，去了北山寺。孟老板正在和清蕴道长下棋，一听俞浪行禀报，心里七上八下，不知这部队上的人找上门来是何用意，心想孟家一家老小，从不招惹是非，只是实诚经营，难道是树大招风，引人嫉恨，报了官？旋即想到泰州历来安详，非兵家必争之地，无天灾人祸。这三十一师来自国民党政府，那位池将军只是上次在高府席口上照过一面，看上去也不像恶人，又想到二当家的为人精明，应该能周旋，于是装着镇静，仍和清蕴道长对弈。

　　清蕴道长不温不火，道：“该来的总归要来，该去的终究要去。不必烦恼。”二人手执云子，兵来卒往。俞浪行见二人恬淡模样，只得退下，自个儿到大门口张望了好几回。

　　半晌，二当家的回来，一家人心里方才一块石头落了地。老板伙计一大家子坐在厅堂，二当家的清清嗓门，娓娓道来。原来，这三十一师是国民党的正规部队，是原西北军冯玉祥的老部下，曾隶属过吉鸿昌部。这次据说是从河北抗击日寇后，来泰州休整补充的。究竟何时再向何地开拨，目前尚且不知。师部设在南边千年古刹光孝寺，团部就设在北山寺。因部队属于临时休整，屯地狭小，柴火身轻体大，占地儿，部队素闻孟家柴行买卖公道，要孟家柴行每天把柴按时送到伙房，钱是没的说，的的刮刮的袁大头。

大当家的说："二弟，生意不生意，倒在其次，关键是不能把命玩掉，听说这些个带兵打仗的，个个都是不要命的主儿。跟你接洽的是何官衔，说话可是顶用？"

二当家的心思深沉，说："猜，会吓你个跟头。"不紧不慢地点了锅水烟，从鼻孔里悠悠吐出烟气，"大名鼎鼎的池峰城，怎么样？是师长，驻在咱泰州城的最高长官。"说着，把池峰城怎么接见他，怎么个身材不高，三十多岁，已是少将，扎扎实实说了一大通。

大当家的心里盘算着，这部队上的人不知究竟怎样，不管咋说，既然人家已经先开了金口，也不能失礼，于是备了豆腐干丝、烟叶陈酒，还有猪肉大鱼，满满装了一车，会同二当家的专门去拜会池峰城。宾主一见如故，池峰城实实在在地留了饭，三人家事国事谈了半晌，兄弟俩这才作揖告辞，回来后心里自是满足，也不多说。二当家的这厢才回来，信息早已发出，他暗自盘算另外一本账。泰州县城的太平，表面上有国民党临时驻扎，党的地下隐蔽战线也在进行着另一场看不见的战争，在日寇肆虐侵华的严峻形势下，为维护和平，国共各有各的方针策略，今天看来，国民党的这支队伍态度还是鲜明的，他若有所思地点点头。

又隔了两天，忙过了早市，二当家的知会俞浪行，说："走，浪行，今天，你跟我到北山寺去。"

俞浪行不解地望着他，二当家的神秘地说："今天带你去见见世面，到三十一师的驻地去。"

俞浪行一听，直乐，说："二当家的，真的？我早就想去瞧个稀罕了，听说，这些军爷可厉害了，又背大刀又持枪，个个虎背熊腰，能打能战。"

二当家的笑笑，道："小子，看过就晓得了。"

俞浪行高高兴兴背上一大捆柴火，跟着二当家的出了门。在宅子门口遇到放学的孟芊芊，只见她蓝衣黑裙，方口布鞋，用一双素手指着俞浪行说："我认识你的。"

俞浪行的脸唰地红了起来，手足无措地立在那里，额头上汗珠直冒，眼睛却不停地瞄着那双布鞋，但见里面的脚纤细轻巧。孟芊芊掏出白手绢，伸手就去给他擦汗，俞浪行想要躲闪，又怕背上的柴剌了这女子，只是木头桩子似的杵在那儿，任孟芊芊一双素手为其擦去汗水，却是越擦越多。

二当家的哈哈大笑，说："女孩儿家的，没规矩。"说着，迈步前行。

孟芊芊紧跟着俞浪行，悄悄对他说："我认识你的，你是在船上唱《芦江怨》的那个后生。哎，现在咋不唱了？"

俞浪行闷着头，浑身是汗，一颗心扑通扑通的，不敢搭腔，更不敢回头，快步跟上二当家的，不一会儿把芊芊落在身后。

二当家的手持烟袋笑着说："我这侄女，在温知女校念书，从小没心没肺的，你不用紧张。"

俞浪行涨红了脸，不知说什么好。二当家的心里暗自发笑。过了破桥口，向西，又过了扬桥口，一路上米市竹行人来人往。一袋烟的工夫，二当家的和俞浪行已到北山寺。只见门岗上立着四个军爷，背插大刀，手持步枪，还有一个癞子头，神情严肃，背着"花机关"。这"花机关"实是枪筒子上有着许多散热孔的手提式德产机关枪。四个哨兵精神饱满地立在门岗上，一看见一老一少来到岗上，癞子头大喝一声："站住，干什么的？"二当家的一抱拳，道："鄙人是东边草河头孟家柴行的，特来送货的。"癞子头把手一指，说："去，送西边伙房。"

二当家的仍是一抱拳，道："军爷，有劳了。"遂领了俞浪行到了西边的大庙殿。北山寺与西边庙之间，军乐阵阵，军歌嘹亮，听得人浑身为之一震，原来是驻地官兵正在操练。

二当家的见俞浪行探头探脑瞧稀罕，就笑着低声道："还不快走，免得恼了军爷，一不小心手里的家伙走了火，你就玩儿完了。"

俞浪行心里有些害怕，但见二当家的是玩笑口吻，就大着胆子说："长这么大，还没见过当兵的一块儿操练，真刀真枪的，比戏台上演戏的好玩多了。"

二当家的说："好玩？你也当兵试试？！看这阵势，这池峰城果然名不虚传，真的是治军有方啊。"

哨兵癞子头见二人慢悠悠地行走，警惕起来，大声喝道："喂，那边送柴火的，还不快走，这儿是军事重地，不是你们闲逛的地方，再不走，小心把你们关起来。"两人这才快步把柴送到西屋。

这夜，俞浪行做了个奇怪的梦。古乐声声中，二当家的给他和芊芊主持着婚礼，芊芊头顶红盖头，纤细的身体裹在一身红衣里。二当家的把芊芊的手牵过来，神色凝重地正准备交付于他，古乐骤停。俞浪行被一群士兵也不知是拥着还是推着，疾步走出孟家大宅，芊芊一身红衣紧随其后。回首间，俞浪行只看见地上飘落的红盖头。

俞浪行醒来后，正是黎明时分。他走出孟家大宅，走到码头边，蹲下来，掬起水，水波把映在河中的他都揉碎了。当古乐从芊芊的窗棂像烟气一样在河面上散开时，俞浪行呆呆地蹲在河边，耳边是琴声玎玲。想起昨日与芊芊的偶遇，芊芊巧笑嫣然，纯真甜美，她的一双手拂过自己脸膛引发的那奇妙的酥麻，还有她那一双眼睛，清澈见底，仿佛能看到他心底的狂跳。还有那个奇怪的梦啊，自己怎么会跟孟家的千金成婚？还有自己又怎么成了革命军呢？想到这里，俞浪行断定这个梦是给自己的一个暗示，但这个暗示的着力点究竟在哪儿，他一时还理不出个头绪来。但不管怎么说，与芊芊的相遇，倒是一个开始，不仅真实，而且美好。从这天起，青年俞浪行的情感世界蓦然打开了一扇窗。在他挥汗如雨搬运柴火时，想起芊芊的手指拂过他的脸膛，他的心底便溢满了柔情与期冀，于是，干活儿就更欢了。

　　一晃，五月十五到了。泰州县上上下下迎来了一年中的狂欢——都天会。迎神赛会各地有之，都天会迎神赛会规模最大，盛况空前，为泰州各会之冠，每年两次，上半年是五月十五，下半年是九月初九。不但全城，周边四邻县域的百姓也都会来参加。五月十五日为都天香期。说来也奇，泰州县城地盘不大，但是寺庙道观甚多。进入民国，破除迷信，大部分迎神赛会陆续停办，而都天会因所祀为张巡，他的事迹在新旧唐书中均列入《忠义传》，所以都天会仍断续举行。今年虽然有国民党部队驻扎，对这民间盛会，倒也未加阻拦。今年的都天会之所以热闹，还有一个特殊的原因是要成立泰州茶盐酒总会，并推选首届会长。泰州地处苏中腹地，水陆要津，商贾繁荣，盐业丰富。税利又数盐业发达，自古有"天下赋利，盐利居半，天下盐利，两淮居半，两淮盐利，泰州居半"的说法，于是居于盐商之首的高老爷自然成了会长不二人选。这样一来，高府上下喜气洋洋，天天高朋满座，到处是恭贺谄媚之声，高老爷一高兴，就嘱咐夫人李国香给都天行宫送去了大礼，包了今年都天会的一切经费。

　　消息一放出去，三十六行的当家的心道："面子里子全给你高家占了。"稻河两岸的茶行，喝早茶的，边喝着酽酽的福香茶，边叹道："这高家有财又有子，好运来了恐怕是挡也挡不住的。"也有人道："有财从字面上好解释，但有子，说的却是不光生了儿子，而且这儿子得有出息。高家次子高如风从海外学成归来，子承父业，必定又是一番新天地。"也有人暗自说："谁知道呢，这会长若不是有他儿子在日本国与小鬼子穿了连裆裤，恐怕也轮不到他高福兴。说不准儿，是小鬼子在暗中给了话，他才这么嚣张得意。"另外喝茶的则说："小声点儿，这搞一趟都天盛会，没有这个数儿，恐怕也做不来，有人来撑这台面，老百姓瞧个热闹，也不是什么坏事。瞧好了，以高老爷的做派，今天的都天胜会保准会热闹非凡。"

泰州都天会，由从事盐业运输、装卸行业的劳动者牵头，其他由陆陈行、修船匠、瓦匠、木匠、漆匠、裁缝、鱼行、肉案等行业从业人员组合而成，相互间没有领导关系。社会地位较高的钱庄、当典、绸布、南货等行业放不下架子扛牌打伞，从不参与。参加的行业最多时有三十余家，称为"三十六家胜会"，统一以"福"字排行，各选一字组合而成，如过载行叫"载福胜会"、裁缝行叫"广福胜会"、屠宰行叫"武福胜会"等，孟家的柴火行叫"旺福胜会"，经常参加的有二十余家。迎会各家的排列次序，一般首尾两组固定不变由驳船和脚班（装卸）两行业组成，其余各家都会在每届迎会的前一天，由各会负责人齐聚都天庙神像前抓阄排定。抓阄前按参加行业预制三角形黄布旗，上写"第×会×福胜会"字样，抓一家填一家，全部抓完填齐装上短竿，作为迎会时排列次序的标记。二当家的早已让俞浪行提前去抓了阄，又着他采办了执事（仪仗），也就是牌、伞、抬阁等硬件。

牌分木牌和亮牌。木牌有粉漆白堂黑字虎头牌，上写"肃静""回避"字样；有朱漆红堂金字官衔牌，上写张巡生前任职和死后追封的官衔"开元进士""真源县令""睢阳太守""御史中丞""追谥协忠""都天大帝""代天巡狩"等。官衔牌每衔一对，由二人分扛成一列，列左者扛于左肩，列右者扛于右肩，并肩前进，牌面分对两侧，左右行人一目了然。亮牌与木牌大小相仿，但为双层，中有间距，框的四周雕花，中嵌玻璃，上漆红字官衔与木牌所写一样。晚上，中间插上香烛，扛在肩上，两边可以看清字迹。木牌每会十对以上，为首会所必备。

伞分布伞和亮伞。布伞为日照伞、万民伞，一般排在尾会内。亮伞木质，六角形，对径约一米。上下两层，上层狭长，为楣，对径比伞身要大；下层方形为伞身，中空。边框四周都镶镂空花板，嵌上玻璃，楣上玻璃彩绘花卉，伞体玻璃绘以《水浒》为内容的连环故事，出自名家之手。这《水浒传》本是兴化人氏施耐庵所著，泰州男女老少无人不爱，因而把书里的一百零八将描画得栩栩如生。伞中悬纱灯笼两盏，入夜燃烛，剔透玲珑，每会都有六至八把。

抬阁为细木料制成，每会一座。驳船业的抬阁是木雕的一只大帆船，船上悬小型宫灯，陈设微型执事牌，船边有木雕水手做撑船状，中舱设都天牌位，称驾船；成衣业的抬阁中陈设神冠、蟒袍，称衣冠亭；其余各会所备的抬阁，都争奇斗艳，形状各不相同。抬阁精工雕饰，四角方形空心立柱，四边上楣下槛相连，均分若干档，层层可以燃烛。阁顶饰有多盏琉璃荷花碗灯。阁中摆设除香炉、风灯、神牌外，并有鼎彝、古玩、名瓷、盆景、灯彩、金鱼等，各具特色。阁略大于轿，一般呈方形或长方形，四人抬；也有大的，如有座模拟望海楼雕成的抬阁，就是八人抬。

以上是各个行业所具备的基本设备，另有不属哪一行业的设备，如青铜吼炉（不是铁炉）、印架（架上放有黄布包裹的印箱，内藏都天的官印）等，这些都是抬阁，除印架两人抬外，其余都为四人抬。这些都不形成单独的会，而是排在各会之后、神轿之前。其他仪仗有手提琉璃宫灯、手提熏炉、銮驾、遮阳等，均模拟帝王出巡的形式，也排列在神轿之前。

五月十四日果然如期下雨，称为"洗街"。第二天一早，得了父母应允，孟芊芊早早地起身，吃了早饭。二当家的早早地带着众伙计去了现场。孟老板嘱咐俞浪行要看好孟芊芊，庙会热闹人又杂，别把芊芊挤伤了。孟芊芊在旺福胜会这一队列里，扮演的是洛神，俞浪行则表演烧肉香。两人满心欢喜赶到了西仓桥桥头。

都天行宫道观古朴，掩映在翠杉林中，临水而筑，是个闹中取静的好所在。旁边有百货店、杂货店、古董店、木器店、油漆店、小吃店、理发店、金店、银店、玉器店、油店、米店、木材店、布店、鞋店以及竹行店等各种店铺，各大胜会的旗幡猎猎作响。三百六十行原先拜的就是都天大帝，这些店铺开在都天庙附近，也是寻求都天大帝的庇佑，因而这里又是都天大会的起点。道教有宫、观、庙、祠等级的场所，这都天行宫在所有的道教场所里级别最高。一大早就来了赶庙会的人，这会俞浪行带着孟芊芊来的时候，桥身上下已经挤满了人。不一会儿，俞浪行看到高如风一身青衫，鹤立鸡群，连忙一把拉着孟芊芊挤进了人群。一路上，随着都天大会盛典的开始，孟芊芊目不暇接，兴奋得小脸通红。俞浪行一边用臂弯虚虚地护着她，一边拿眼睛睃着高如风的身影。高如风对俞浪行的小心思岂有不知，两个人眼神对视时均有电闪雷鸣之意。见孟芊芊一脸娇憨，任俞浪行牵着她的手挤在人群当中，高如风只得远远地凝望，心底悻悻的，暗暗握紧了拳头。

迎都天会约从上午十时起，一直到夜里回銮为止。出迎的路线由西仓都天庙，经西仓大街、稻河头转向北，直达赵公桥北坛场，然后才向南进行，中午经过县城最热闹的坡子街。这条街面不宽，但是店家林立，真是买不尽的东西，卖不完的南北。做得大的，有三面红旗、天福布店、剧场戏馆子，各种篾行、竹行、风筝行、寿衣店棺材铺、药店、饼店、糖果糕点店。只见着人山人海，全部齐刷刷朝北边张望。还有不少人从南头高桥方向一路赶来，十里长的海陵路万头攒动。这边人流汹涌，那边却有一人头顶着一个大红圆桌面，双臂摆动，在人流中犹如逆水行舟，嘴里不停地喊道："得罪，承让，得罪，承让。"路上已是人碰人，人挤人，只见这人在人流里滑如泥鳅，路人见那大红圆桌面，便知是荣春楼乔家的伙计，与关门张一样，也是给大户人家送菜呢。他家虽规模不及关门张，但这伙计聪明好学，不但效仿关门张把趴大乌这门独门绝技悟透了，而且活学活用，另辟"趴大乌"，但这个乌不是海参，而是河鲜。里下河地区水质好，乌鱼肥壮，这个乌就是用的乌鱼，七八斤一条的，洗净养在缸内，不喂食，待肠内无脏物拉出，方可烹制。制法如关门张一样，价位比关门张家的便宜了老大一截子。泰州城的人天生爱美食佳肴，吃不起那海鲜，河鲜一样解馋。这伙计姓于，还有一绝活儿，就是顶桌。那些冷菜热碟盆子钵子，全在头顶的圆桌上面，一口气从五一路送到人家，不带喘气，不带洒一滴汤汁儿出来，上了桌仍是热气腾腾。这好功夫，全凭身体平衡。于姓伙计身高腿长，头顶菜肴，众人笑闹着与他玩起躲猫猫，只见他腰肢扭动，左躲右闪，有一种说不出的美感与风情，直到猫步走进了天禄巷，众人就想，啧啧，定又是天福布店吴老板家到了贵客了。这个荣春酒楼的活招牌，生生成了泰州县城一景，也为乔老板赚足了风头与彩头。

迎会部队过了南门，到达里高桥西的八蜡庙、南坛，停銮个把小时，随即请驾回庙。各行各业的当家老板齐聚万花楼饭店，孟二当家的在人群当中，一天下来，各个胜会的人员情况他已基本有数，这支队伍如果发展起来，该是一件了不得的事。几轮酒下来，心里愈发有了底，与众老板频频举杯，祝贺高福兴顺利当选为茶盐酒总会会长，晚宴结束众人均尽兴而归。

这一天，俞浪行与孟芊芊玩得十分尽兴。她从小被大当家夫妇养在深闺，除了上学与练琴，外面的这些精彩哪里晓得，现在俞浪行来了，帮她瞬间打开了一个新的世界。俞浪行平时毕恭毕敬跟着二叔学习经营，一丝一毫也不敢马虎，上货卸货，跟前跟后，是二当家的好帮手。孟芊芊每天上学放学时，总是发现身后不远不近地跟着个人。她曾抿嘴偷笑，笑他的混沌与痴傻。慢慢地，她的青涩而敏感的心房里，就住进了这么一个人。他是那么腼腆又痴情，只要他俩的眼神一对上，他的脸就会如火烧一般，然后飞速地逃开，像是草河里的一条鱼。然而今天，他赤裸着上身，一丝不苟地表演烧肉香，她心里不禁喃喃道："他是表演给我看的，他是表演给我看的。"他搂着她的肩在人群里挤着看热闹时，她的一半身子差不多是给他搂在怀里的。他低着头看她的眼神里，有着绵绵不尽的柔情，还有一些鲁莽的直接的占有。他身体里散发出的热浪，也灼烧着她的身体。情窦初开的孟芊芊半倚在他的怀里，两个人的心默契地贴合在一起，在如潮的人群里，他们如梦如幻似乎要融为一体。

03

算　计

　　池峰城部在泰州的休整没有给当地带来任何负面影响，县城上下安居如常，乡绅贤达一干每日经营自家营生。其中高公馆经营的盐业在扬州与泰州两地名声尤为响亮。泰州自古产盐、制盐，自唐代以来，官府又在这儿设置了衙署，曰泰坝制盐，辖海安、东台、西溪一带，专司盐业贸易的税赋管理。因而从这里也走出了不少名官名宦。

　　高府位于城池以外，为本邑资深盐户。话说这高氏盐业的发达，也是有些年头了。高氏的曾祖父花重金买得盐商官引，几代人下来，稳扎稳打。随着高如风留洋归来，这高家更成了全城上下的焦点。盐商大户人家的大事小情在显微镜之下就会被放大。高府的掌门人是给过继儿子，还是给留洋归来的次子，成了县城上下茶余饭后的谈资。

　　高老爷高福兴为人精明练达，在同业中口碑尤佳。正娶妻室为本地县绅之秀李氏国香，长相平常，却知书识礼，满腹经纶，但人到中年，一直未能开怀。高老爷事业虽旺，但膝下无子，视为人生一大憾事。后得一和尚真解，欲收其弟新生儿为子。李国香见高二爷是倚着兄长这棵大树吃喝玩乐的主儿，今天赌钱放印子，明天下窑子，一旦儿子承嗣过来，将来一定是打不散撵不走的牛皮糖，这个家迟早要败光，就一直不肯松口。高老爷也不强求，只是一味人前人后把那孩子带在身边逗乐。李国香无语，心想不办恐落得个不孝不贤的骂名，只得勉强照常礼将那孩子收养，取名开儿。

　　那高二爷有了儿子在大房，心想高家半壁江山已攥在自己手心，于是三天两头在外招摇撞骗，放印子钱，贩运私盐，每每滋事，都是高老爷拿钱摆平。高老爷晓得自家兄弟的毛病，言辞恳切地开导，要他收心跟着自己，好好经营公司。贩运私盐，一旦报官，是要杀头的。高二爷口中应允，但有大爷这棵树罩着，虽不明目张胆，但仍暗暗倒腾，三教九流，什么人都跟着厮混。那开儿也智力一般，到启蒙年纪仍然无心识字，只是和家仆女佣疯玩。

李国香心思缜密，心想，如此下去，高家大业日后恐怕难逃败落之境。但见高老爷对这孩子宠爱有加，便寻思，开儿本非老爷亲生骨血，让个旁人将家折腾散掉未免太冤，自己无能为高家留后，除非……即便将来有厄运家道中落，也是命中注定。这么想着，纵然心中汹涌，但面上仍波澜不惊。李国香这一推断将来不幸印证，这是后话。

陪嫁丫头见李国香暗自苦闷，就柔声百般劝解。李国香瞧这丫头模样周正，举手投足有大家之风，遂婉转反复劝高老爷将其纳为小妾。高老爷见这丫头可心倒是可心，只恐同行笑话。高二爷知李国香用意甚深，怕来年侄儿出世，开儿失宠，自己的如意算盘落空，也是万般阻拦。李国香见丈夫半推半就，主张已定，力排众议，邀请同行和各商会老板，亲自操持，在家中大摆宴席，各路盐商纷纷前来吃喜酒，对李国香更是钦佩有加。次年得子，名为高如风，单字一个望，意为寄予无限厚望。高老爷有了自己骨血，情不自禁地把精力偏离了开儿，早晚对幼子呵护备至。李国香更是视同己出，与望儿娘一起寸步不离，悉心照顾。如此几个回合下来，高二爷自知不是李国香的对手，面上有所收敛，屡屡欲对望儿下手的心压了下来，只把妒恨藏在心底，心里暗自发狠，嘿嘿，看谁能狠到最后。

李国香像护雏鹰一般每日守着望儿。望儿得高老爷真传，又有国香大娘悉心教育，三岁识字，七岁行文，有神童美誉。不幸望儿母亲红颜薄命，偶感风寒，四处求医无果，最后竟咯血而亡。高老爷自叹命运多舛，满身心都投入公司经营和望儿教育上。对开儿虽也疼爱，但见开儿天资愚钝，只好退而求其次，好生养活。

弟兄俩虽非一母所生，但毕竟血脉相通，倒也投缘。一晃，高如风十五，高开已近二十，高老爷遂将两子，一个留在身边学习些公司业务，一个送去日本留学学习经营之道，希望日后子承父业，把高府盐业公司做大。高二爷见开儿这般，心道这是天数，就寻思着另辟蹊径。见其兄已五十出头，望儿母亲去世一晃数载，那李国香上了五十，虽然夫妇恩爱，毕竟是老妇之相，也听说李国香多次劝说高老爷再纳一妾，照应起居，但高老爷对大夫人是敬重有加，对那方面似乎也淡了，每日只把精力集中在运营公司上，见别的盐商扬州泰州两地生活逍遥，一笑了之。高二爷于是陡生一计，望儿远去日本，将来是龙是蛇，现在还看不出来。但兄长这般安排用意十分明显，现如今只有将兄长抓在手里，才不失为一张王牌。于是感动大哥学着人家这边经营那边快活。高老爷开始不为所动，视为无稽之谈。但这高二爷深谙男人本质，径直讲见闻感受，高老爷的神色变化和怅然不快尽给高二爷收入眼底。

据文史所载，管仲设立官妓，并对其征税，对后世产生了非常深远的影响。

在他的影响下，春秋各国纷纷效仿，后世的统治者有的直接设立官妓，使娼妓获得合法地位。明太祖朱元璋定都南京后，在秦淮河畔设置官营妓院"富乐院"，只许商贾入院，禁止文武官员进入，后来又陆续在通衢闹市开办了十四家官营妓院，名声鼎盛的为秦淮八艳。明代谢肇淛《五杂俎》云："今之娼妓布满天下……两京教坊，官收其税，谓之脂粉钱。"这股香艳之风刮到扬州，盐商狎妓已不是什么新闻，有头有脸的盐商还经常到烟花深处喝花酒、谈公务、做交易，一举多得，好生快活。

一日，高二爷得知高老爷赴扬州洽谈生意，事先做了安排，设计让这高老爷巧遇青楼女子琼花。琼花二十出头，温柔恭顺。一曲扬州弹词下来，玲玲珑珑，如大珠小珠落玉盘。琼花弹唱的是唐代白居易的《盐商妇》，只见她眼波流转，顾盼生辉，音如黄雀：

　　　　盐商妇，多金帛，不事田农与蚕绩。
　　　　南北东西不失家，风水为乡船作宅。
　　　　本是扬州小家女，嫁得西江大商客。
　　　　绿鬟富去金钗多，皓腕肥来银钏窄。
　　　　前呼苍头后叱婢，问尔因何得如此？
　　　　婿作盐商十五年，不属州县属天子。
　　　　每年盐利入官时，少入官家多入私。
　　　　官家利薄私家厚，盐铁尚书远不知。
　　　　何况江头鱼米贱，红脍黄橙香稻饭。
　　　　饱食浓妆倚柁楼，两朵红腮花欲绽。
　　　　盐商妇，有幸嫁盐商。
　　　　终朝美饭食，终岁好衣裳。
　　　　好衣美食有来处，亦须惭愧桑弘羊。
　　　　桑弘羊，死已久，不独汉时今亦有。

唱完，一双眼睛有意无意地扫向高老爷。高老爷见其乖巧，以唱词传递爱慕之情，顿生怜意，竟不觉其中蹊跷。琼花辗转承欢，高老爷从来都没觉得前后有哪个女人像她这般表面上柔弱，骨子里却放荡，回到高府，一想到那个女人在床幔里如蛇一般扭动的白身子，就不由得欲火难耐。只觉得个中滋味，蚀骨入髓。一来二去，将其重金赎出，就地置办了房产家私，末了，三天两头带了私仆，到淮扬深处肆意行乐。李国香一门心思在望儿身上，竟无觉察。那琼花在青楼经常与盐商富豪巧妙周旋，对盐道盐赋也能侃侃而谈，竟是不一般的见识。高老爷纵欲之余对其竟有知音之感，称之为解语花，每每来去匆匆，不能陪伴左右，觉得愧对琼花。

煎熬数月之后，与二弟相商。高二爷佯装不知，沉吟半晌说："纳妾？这个确实不妥，那女子青楼出身，大嫂得知，肯定会以辱没家风家门为名，拒绝进门的。不如曲线救国，先让她出去避避，也免得同行知晓，传为笑柄。"

高老爷一听，言之有理。遂安排高二爷把琼花送到上海，扬州的房产家私也变卖了，买了两个丫头专门服侍。琼花在上海收心养性，研习字画及盐业之道，一心一意等着高老爷迎娶。高老爷从高港坐了客船到上海，往返费时较多，但为了能体面地将琼花娶回，自认吃些苦头也是应该的。

高二爷来回运作，给琼花安排了正经的户籍出身，也让琼花在那门户熟悉生活。这样几番来去，风尘气息渐消，举手投足俨然一个小家碧玉。一年后，那门户托人给高老爷捎信提亲，说家养侄子得病没了，留下个女儿甚为可怜，见高老爷夫妇人好，问能否收下纳妾做小。高老爷收到信，便交给大夫人，李国香见言语朴实无华，心中虽觉突兀，但有亲朋介绍，便放了心，见高老爷毫不动容，也不知他是何用意，就说："要不，先带信来见个面再说吧，盘缠由我们出。"高老爷不置可否。又过了十日左右，亲朋领了那女人来到高府，琼花一身素净旗袍，低眉敛目垂手立在厅中，一副小女人姿态，李国香出来一见就动了恻隐之心，说："我替我们老爷做个主，先住下吧。"

琼花依言敛首致谢，就住了下来，对高府的大事小情一切看在眼中，也不发话，只是微笑。李国香见她处事落落大方，不像一般人家出身，倒像见过大世面的，暗暗托人到上海辗转打听，都说确有其户其人。虽说心有疑窦，但转念一想，上海滩本是十里洋场，即使是小户人家，见的世面也多，如此这般，也属正常。择个喜庆之日，将琼花给高老爷送过去。高老爷费尽心思与琼花在家中相见，内心的欣喜之情无法言表。他对李国香更是又敬又畏，在她面前，对琼花仍一是一二是二端出个老爷样子来，到了晚上就情不自禁地留宿琼花房里。李国香平时吃斋念佛，那方面本身就淡，对高老爷夜夜享乐只是睁只眼闭着眼，心心念念只盼着如风早日归来。

高二爷心想，做大事的人必定能屈能伸，绝对不能让李国香觉察出变化，仍然在外面折腾，三天两头惹事不断。前段时间，他竟然跑到扬州三江营的大荡子，与一帮水匪勾搭起来，倒腾起私盐来，被新来的税警团泰州分团的警察抓获。不是高老爷反应快，花了金条，上下疏通，这高二爷定要给捕了去收监。这大荡子自明代到今天，一直是衙门政府的一颗毒瘤，自汉以来，到唐宋，扬泰一直是地区产盐重地，到了元明清，盐政管理日益成熟，但这颗毒瘤剜了又长，长了又剜，割韭菜一般，生生不息。自古行政归行政，盐政归盐政，各管各家，有官商勾结，私盐倒卖手法层出不穷。国民政府对盐政看得紧，到了民国三十一年（1942），竟由宋子文亲自监督成立了税警团，分设在上海与泰州。高二爷犯事，就犯在税警团泰州分团。把高二爷捞回来后，高老爷仍心有余悸。他原以为这税警团也就是国民党给那些缉私的换身皮子，哪个晓得这支部队比那些正宗的部队长官还要来得硬气，它是国民党财政部部长宋子文在任期内打造的一支最现代化的缉私征税的特种警察部队。下属五个团，连直属部队，总共六个团三万人。这支缉私部队官兵素质很高，总团长毕业于美国西点军校，排以上军官大都是留美少壮派，装备都由财政部直接采购，博采欧美军事强国之长。分团长姓孙，油盐不进。高老爷可是求了坝长出面，与孙团长打了招呼，逼着高二爷把货退了，又主动交了罚款才完事。

高老爷虽恼怒，心想二弟是个标准的爱财不惜命的蠢货，但有琼花这个把柄在他手里攥着，只得替他擦干净屁股，回来后不免长吁短叹。

高二爷在税警团受了委屈，觉得晦气，就在府上让家厨弄了一桌，把一帮跟在后面的私盐贩子喊来喝酒压惊。高开也来陪同。一桌菜肴依次摆上桌，全是泰州的名菜佳肴。冷菜八碟，炒菜十碟，热菜十碟。单看菜名就让人惊掉下巴。

有虾爆鳝、灌汤鱼圆、富贵松鼠、鳜鱼烧羊肉、蟹黄狮子头、野米甲鱼等等。其中最名贵的为八宝出骨刀鱼。自古以来，刀鱼、鲥鱼、河豚被称为"长江三鲜"，地处长江之尾、淮河之畔、黄海之滨的泰州得天独厚，每年都可享受"三鲜"盛季。而春日寻鲜，名气最响的莫过于刀鱼。刀鱼肉质细嫩，肉味鲜美，肥而不腻，兼有微香，是春季最早的时鲜鱼，论鲜美无出其右者。清代美食家李渔谓其为"春馔妙物"，袁枚《随园食单》记有蒸与煎两法，并介绍了判断刀鱼鲜活程度的知识："鱼临食时色白如玉，凝而不散者，活肉也；色白如粉，不相胶粘者，死肉也。"泰州有句俗语说："清明前鱼骨软如绵，清明后鱼骨硬似铁。"意思是过了清明以后，刀鱼鱼刺发硬，肉质鲜度下降，价格也一落千丈。所以，不少美食家都要赶在清明前尝尝刀鱼。这道菜的特点是：整鱼出骨，工艺独特，内藏八宝，咸鲜味醇。原料有长江刀鱼、猪腿肉丁、熟火腿丁、水发香菇、鲜虾仁、竹笋、黄蛋糕、青豆、猪网油九种，调料有绍酒、盐、白糖、姜葱汁、鸡清汤、芝麻油、熟猪油七种。真可谓食不厌精，脍不厌细。

高二爷坐在上首，搂着儿子高开，红着眼睛道："开儿，这些个菜式算个屁，他高福兴能弄趴大乌给高如风那小子洗尘，我高二爷也不能太尿。你是我的命根子，这些排场上的东西都是身外之物，咱们几代盐商下来，不会享受生活算个屁？"

高开低声应了。那一帮贩子倒是哈哈大笑起来，奉承高二爷道："二爷，把望儿送到大房那里，你这一出苦肉计唱得好啊，名利双收不是？"

高二爷扬扬自得："舍不得孩子套不住狼。这高家祖上的阴功，也不能让大房一人得了不是？"

众人边喝边聊，闹了个大半宿。第二天早上，高开仍沉醉不醒，给李国香瞅见了，她不由得皱起眉头，压下心头怒火，跟高开说了句："开儿，你也长大了，快要找媳妇的人了，还是要注意一些，不能瞎胡闹。"

高开低头应了，连忙向母亲道歉表示不再犯，李国香才停了手中的佛珠，说道："去吧。"

见高开仓皇而逃的背影，李国香满脸阴霾。她虽平时吃斋念佛，但府里大事小情全在她掌控之中，见二房这般，心里也暗暗着急，这个泼皮都上了这把年纪，还是狗改不了吃屎。如今望儿留学归来，羽翼丰满，这个泼皮二流子就不再是她的对手，看紧了是正理，再斗下去，也没啥意思。又眼见得高开到了婆亲年纪，李国香想到，待高开娶了媳妇，分些家产给他，让他自立门户，那泼皮叔子断了念头，到那时兴许就各房点灯各房亮了。李国香有了这念头和高如风回来的现实做支撑，身心的防备竟渐渐地松懈下来。

高如风回来没几日，新的困惑就把他从与父母团聚带来的喜悦与温暖之中拖了出来，硬生生地，毫不留情地，好似给他当头一闷棍。又犹如一盆冷水从空而倒，把他热切滚烫的心浇个冰凉。院内的桃花，在月色之中，让他恍若隔世。一团一团的粉色白雾，像极了樱花。想起这次仓促回国，确实是受了樱花的暗示。这花在他原来看来是美丽至极，随着日本军人高唱着樱花之歌开拔进入东三省，使身在东京的他对樱花的美丽产生了幻觉，心底甚至产生了不甘与抵触。又过了几日，报纸上大肆宣传大日本帝国的丰功伟绩，随着东北三省的沦陷，日本军人踌躇满志地开拔，一浪高过一浪，更令他坐卧不安。人在东京，身躯好似一具空空皮囊，再看看落樱如雨，更觉得这花是来消磨人的意志、迷惑人的心志的。落樱之美，真是令人颓废而绝望。

在日本，他几乎是日日买醉，麻醉神经只能加剧心底的清醒，与其在异国精神上被人凌辱，还不如回来与家人一起。躲避不是什么办法，兴许回来后自有章程也不确定。拍了电报，得知家乡平安祥和如初，于是，决定回国。辗转打听到有一拨部队即日开拔，佯装成到中国做贸易的生意人，搭乘军船。一路在海上漂流，见了日本军人的放浪，征服支那的狂想使他们的脸都变了形。高如风在船上瞧在眼中，想着故国正在遭受涂炭与肢解，心中悲苦无法形容。

回到家中，高老爷见儿子温文尔雅，甚是欣慰。李国香拉着儿子的手，笑得合不拢嘴。

高如风聊了在日本的所见所闻，当被问及突然回国之事时，说日本天皇已下令进军支那，东北三省已经沦陷，作为中国人，在侵略国再待下去，就有些麻木不仁了。

高老爷平时只晓得在生意场上盘桓，如今得知外面乱成这样，心中大吃一惊。虽然枪声还没响到这儿，但能平安回来也算造化。于是叮嘱儿子："如风，高家祖祖辈辈都是和气生财，对外就说已学成归来，什么麻木不仁？这种带有政治倾向的话还是少说为妙。"那琼花立在一旁，笑吟吟的，一双眼却似盛满了水的湖，见不到底。

李国香心疼儿子，劝慰道："望儿的话也有一定的道理，身在狼窝，不被咬死，已是天大的恩赐。咱们泰州，是祥泰之地，自古以来，战事从不挨边。不管咋说，太太平平回来就好，望儿，你先好生休息，把这些不愉快统统忘掉。"

高如风无语，看向父母，嘴角的一丝苦笑昭示着，以日军志在必得的狼子野心，这天下还能有一方属于自己的净土吗？也许战争的残酷只有他自己最清楚。

高老爷说："望儿，歇息两天，有什么打算？"

在日本留学五年，经营专业学了不到一年，他就瞒着家人选修了医科。这次回国，本意是想用其所长，为父老乡亲解除病痛出把力。高如风遂顺着说："父亲，我想开个诊所。"

高老爷面色一沉："好端端的，开什么诊所？咱们家大业大，不需要你悬壶济世。"

高如风说："公司有大哥帮衬即可，如今国难当头，我能以一己之力回报乡梓，心里方才觉得欣慰，还望父亲成全于我。"

高老爷喝道："幼稚。"

琼花看着高如风，巧笑嫣然，道："如风是咱高家的接班人，一定要好好跟着老爷熟悉业务，把公司营运好，这样，才不辜负老爷太太的希望和一片苦心啊。"

高老爷瞧着琼花如此识大局，便欣慰地点点头，对如风说："你所学的医，不过是技术罢了。小小年纪，看不到世间之道，经营才是最大的学问，经营除了盐业业务，更兼金融、政治，开诊所是断断没有出息的。"高如风低头不语。

李国香慈爱地说："望儿，休息去吧，在家里再休息几天再说。"

高如风朝母亲微微一笑，说："是，母亲。"

深夜，高如风到后花园踱步，心中郁闷无处排遣。这几天回来，对父亲忙于经营公司，母亲李国香与姨娘琼花因父亲而产生的微妙的争风吃醋，二叔对家产的觊觎，母亲对二叔还有大哥高开时紧时松的防备，他作为旁观者，只觉得好笑。也许过不了多久，这一切都会随着战争的逼近而分崩离析。但是，逃避现实，回到家里的目的，难道就是进入这种复杂的人际关系里，再因自己的回归而使这复杂的人际关系变得更加复杂而微妙吗？高如风心里满是不甘。在日本，就因为怕自己麻木而急切地回国，但回到家里，会不会因为安逸闲散产生新的麻木呢？如果战争无可避免地来到这里，那又怎么办？高如风陷入了对国家、对自己命运未知的矛盾和痛苦之中。

隐约传来声声古乐，侧耳听去，丝丝入扣却如泣如诉，不由得为之一振，循声阔步来到草河河边，只见对岸的孟家大宅，灯火阑珊。沿河的一处宅院，窗棂里洒出昏黄的灯光，一个女子曼妙的身影映在窗纸上，忽高忽低。女子正在抚琴，那琴声清越空灵，一声声拂过高如风的心尖，竟把他的郁闷与烦躁一扫而光。高如风一动不动地立在那里，不觉听得痴了。

琼花立在高公馆的楼上，看着不远处高如风忽明忽暗的身影，若有所思，手里的一枚樱花飞镖捏在指尖蓄势待发。

04

婚 嫁

正如高如风所担忧的，战争的阴影还是无可避免地慢慢向这座城市逼近。

俞浪行因为那个梦的启示，每天干活更加卖劲。听说鬼子兵要来，孟家柴行的生意看似比平常清淡了一些。与盐相比，这柴火老百姓再省着用，也省不了多少，该煮的饭要煮，该熬的粥要熬，并且柴火又不似盐，买几斤就可对付半年，用完了还是要到破桥口来买。孟家老哥俩深知树大招风，生意好了，鬼子兵搞不好能一锅端，俩人一合计，托人给里下河的人带了口信，有货夜里送来。念着二当家的毕竟也五十多的人了，听到橹声一响，俞浪行就起身照应过秤，安排入仓，忙得妥妥当当。打那天在路上听说三十一师要调拨，俞浪行就对使枪的有了好奇。白天没事做的时候，他就跑到他们驻扎的地方转悠，心想着，这小鬼子到底想来咱泰州搞什么名堂。

二当家的看着这个小伙计，孟家啥都不缺，缺的是能持家主业的男儿，眼前的这个小伙计虽然年岁不大，但做事有头有脑，也有眼头见识，知道眉头眼目，特别是只要看到芊芊，他的眼睛就像给钩子钩了去。要是再着力培养，跟芊芊倒是般配的一对。心里有了这样的念头，二当家的也不吭声，仍然这样那样地使唤俞浪行，也不涨工钱，俞浪行乐呵呵地干活跑腿打杂，竟毫无怨言。

隔了不久，瞅着大当家的拿着棋谱左右端详，二当家的把他的想法婉转地提了出来。大当家的沉吟半晌，说："柴火行的生意事关长久，你相中的人可以试着用用。芊儿的婚事确实已到了该商谈的时候了，不过，下嫁给一个伙计，恐怕会让人笑话，还是另外考虑吧。"

二当家的说："大哥，眼见着仗就要打过来了，只要日本人往这里一扔炮弹，今后的生意能不能继续往下做，还没个准儿。这个后生不是一般的后生，现在瞅着就舒服，敦实可靠，加上手脚灵活，有眼色，将来的前程恐怕不可估量，你看看再说，先不忙着下定论。"

大当家的把玩着云子，不发一言。二当家的晓得兄长的固执，不再继续这个话题。当下把俞浪行调到账房做学徒，专门学着收账理账。俞浪行见二当家的如此器重他，更加卖力。不久，张嘴报账从不落差。二当家的仍不动声色，到了大当家的那里就一五一十地汇报了。大当家的听了也不发话，二当家的就更加悉心调教俞浪行为商做人之道。俞浪行跟在后面，如沐父爱，跟前跟后，柜台笑脸迎客，算盘打得飞转，进货送货一口清，都是不一般的用心。

一日，孟芊芊放学回来，见俞浪行趴在柜台上仔细做账，跑上去一把蒙住他的眼睛，娇声笑道："浪行哥。"俞浪行听得她的叫声，心里扑通扑通的，又闻得她手上的淡淡香味，脸一下子涨得通红。

孟芊芊松开手，也趴到柜台上，对着俞浪行说："喂，你怎么不唱那小调了？"

俞浪行不好意思地挠挠头说："你，你哪里晓得我唱的？"

孟芊芊噘起小嘴说："你唱的时候哪里会去注意人家了？"

俞浪行一怔，注视着她，却见孟芊芊也凝神望着他。虽隔着一张粗笨乌黑的木制柜台，但账房的气氛一下子变得温柔起来，两个人的眼神胶似的黏在一起。

半晌，俞浪行说："听北山寺那些当兵的说，马上要打仗了，你怕不怕？"

孟芊芊说："没见过啊，所以也不知道怕不怕。你呢？"

俞浪行说："我才不怕呢，我有一身的劲儿，小日本来了，正好撂他几个王八蛋。"

孟芊芊说："那就好了，有你在这儿，我就更不怕了。"

俞浪行说："仗，听说已经打到南京了，这些天柴行的生意特别好，大户小户都忙着买些柴火回去，就怕仗打到这儿，到时候有米没柴烧。"

说到这儿，见孟芊芊的脸上已经有些忧郁，就安慰她道："不用怕的，不用担心，小日本来了，也要吃饭的。"

孟芊芊说："就不把柴火卖给他们，让他们断了顿儿去，饿死这帮小鬼子，那就不要打仗了。"

俞浪行笑着说："到底你是喝墨水的学生，还是你想得好。"

两人有一搭没一搭地扯着闲话。俞浪行本是个行脚，每天在码头跑脚力。那些码头上的苦力，从北乡里上来的农民，还有数不清的神话传说鬼魂故事，孟芊芊直听得心驰神往。俞浪行问她为什么这般痴迷道教古乐，孟芊芊说："我从小在道观长大，道教本身崇尚自然，追随本心，我在那里很安心自在。"俞浪行心想，你不食人间烟火，更不知世态炎凉，也只有孟家才能出你这样的至纯至真的人。孟芊芊见他目光灼灼地凝视着自己的眼睛，一颗心扑通扑通地如小鹿乱撞，就嗔怪着打他的手。俞浪行反过来一把握住，突然把自己的脸埋向她的手，笨拙地把嘴唇亲在她的手心。孟芊芊的心一阵酥麻，小脸飞红，用力抽回被他牢牢握着的手。只见那指关节又红又白，两眼泪光闪闪。俞浪行慌了，连忙捧起她的手，笨拙又温柔地呵着气。孟芊芊跺着脚，对着他："你真是笨。"俞浪行丈二和尚摸不着头脑，只是把她的手放在掌心里搓揉。他的手掌常年劳作，厚而粗糙，孟芊芊的一双手是抚惯了琴的，细嫩修长，如今被他的这双手握着，似乎连他掌心的每一条纹路都释放出喜欢她到极致的信息，这个发现，让她的心在不断地战栗，似乎又是一种十分安心的触感。两个人默默地凝视着，账房里的灯火也散发出宁静而幸福的光晕，这两个人坐在这光晕里凝结成了一道重叠的剪影。

孟老板起身小解，见夜里账房灯火未灭，从窗纸上映射出这两道剪影，就用力地咳嗽了两声，转身回房。

幸福的时光往往是短暂的，一点儿预兆也没有，零星落在百里城外的几颗炮弹一下子就把这小县城的人给打蒙了，这千年小城一直祥和安泰，从来没经历过战争，炮弹一落地，城里就乱成一团，短短几天，县城几个盐业公司的门差不多都给踩扁了，人们疯了似的抢购食盐。这仗一旦打起来，不晓得何时才能消停，别的物资好对付，没有盐日子是没法过的。银行也是，人们像得了失心疯似的排队取款，有钱的县绅巴不得把银行拆了，生怕晚一步钱都给提光了。又隔了几日，那些个商行的、当铺的、公司的，还有开小店的，都约好了似的相继关了门落了楗，城里死一般静寂。小户人家没啥东西，白天惶惶然，夜里睡觉也紧醒得很，随时随地收拾点儿铺盖卷儿可走人。大户有钱人家更慌，且不说家小仆人众多，人没处安排，金银细软埋的埋，藏的藏，取出的现钞成捆地绑在腰间只等着随时逃离。男人叹气，女人发愁，小娃娃的哭闹更显出县城不一般的鬼气，一座小城像起了毛惹了鬼似的不安宁起来。这鬼子兵撂炸弹是撂着玩怎么的，过了好些日子就没了动静。城里上下悬着的心又慢慢地放了下来。三十一师驻地部队的官兵闻状，四处着人几下劝说，又宴请了当地有名望的商人老板，这才战战兢兢地相继开了门继续营业，当街上有了走动，有了声响，小城这才大病初愈似的缓过神来。

没过几天，三十一师的官兵有了动向，整装待发，军歌嘹亮。高公馆和孟家大宅相继着人打探，回来的人都说三十一师的官兵要去台儿庄，打他狗日的小鬼子去了。官绅名士和百姓自发去北山寺送行，受官兵将士的鼓舞，小城的人心里充满了悲壮和说不出口的惶恐。有三十一师在这儿，虽说国民党传闻不佳，但自三十一师来了后，倒未见什么恶行，规规矩矩地屯地练兵，偶逢节庆，那部队当中有东北来的，扭起秧歌，踩个高跷，载歌载舞，还真让县城的人开了眼。可见，国民党内部也有派系的，治军不同，驻地风气自会不同。这个三十一师，总的说还不错。如今，这支部队要离开了，县城却显出了小家子气来。怎么办，人家是要正正经经地打仗去的，而且打的是日本鬼子，总不能老是守着你个小县城不走吧。

部队官兵扛着枪齐刷刷地走在大路上，特别是那揣着盒子枪骑在高头大马上的瘦削军官，面容刚毅，雄姿英发，俞浪行在人堆里瞧着，有着说不出的羡慕。也许，他就是传闻中的国民党少将池峰城吧。突然，脑子里有那么个念头一闪，如果这个骑在马上别着枪的人是我，芊芊在这围观的人群里，会是什么样的感觉呢？想到这里，俞浪行不禁摇摇头，露出一口整齐白净的牙齿，咧嘴一笑。

高府里，高老爷躺在烟榻上抽着水烟袋若有所思，三姨太琼花在一旁边伺候烟泡边拿眼望色。公司一天不营业，是一天的损失，仓库里的囤盐也不过几十吨的光景。经过了前阵子的抢购风潮，虽是盐业联手，涨了些价，但是涨归涨，买几斤盐，还不至于扰了老百姓过生活的阵脚，老百姓的日子暂且混得过去。但是，这种形势能撑多久，谁的心里也没个底。几个浦头（进出盐的坝口，俗称浦头），已不见来往的贩运船只。日本人究竟是个什么样的货色，听如风说来的确可怕，烧杀抢掠，无恶不作。万一把这仅存的盐也都收走了，市面上没有盐可销，老百姓日子过不下去，必定要造反，泰州城必定要大乱。

李国香进来，见屋里烟雾缭绕。琼花连忙起身让座。高老爷也"哦"的一声坐直身子。

李国香说："老爷，别太烦恼，咱们这里自古以来就是太平小城，战争从来都是到了这儿就绕着走的。兴许，这日本人也像那三十一师的人一样，仅仅是从我们这里经过一下就走的。"

琼花听到这儿，双手合十，连连道："阿弥陀佛，阿弥陀佛，如果真是这样就太平了。"她平时经常到小佛堂侍奉李国香，初一十五也吃斋念佛，李国香瞧了倒也还顺眼。

高老爷心里烦闷归烦闷，听了这话，尽管知道妻妾二人是劝慰，重重叹了口气，但眉头也竟一开。

李国香说："开儿也老大不小了，你看是不是瞅这空当儿，把他的亲事安排安排？开儿一天不成家，望儿的事情也不好办啊？"

高老爷说："是啊，一晃，开儿望儿两个孩子都到了成家的年纪了。夫人，莫非你看中了哪家的闺女了？"

李国香微微一笑说："这方圆几十里的人家，我基本上都已瞧过了。能与我们高家做亲的也没几个。不是门第不对，就是孩子不上相。倒是油坊陈家，米行陆家，还有对岸柴行孟家的闺女，长相都不错，而且有些才学。这几家看下来，柴行孟老板夫妇也是忠厚老实人，家境与我们高家相比，虽有差距，但也算富足人家。"

琼花心头掠过一个清丽的身影，心里暗暗道，那个女学生的确不错，只是许配给大少爷高开，有些委屈，与二少爷高如风倒是登对儿。她屡经风月，像高如风这样有才有貌的青年毕竟是凤毛麟角。想起高如风伫立在河边聆听古乐的忧郁身影，她的心里泛泛的，竟不是滋味。

高老爷知道李国香一向心思缜密，知道她一开口必定主张已定，见琼花沉吟不语，随嘴问道："三姨，你看呢？"

李国香心头隐约不快，儿子的婚事何时轮到她一个小妾掺和了，尽管高开非己亲生，毕竟抚育多年，再怎么着，老爷也不必当着自己的面征求小妾的意见。

琼花眼风较紧，瞬息工夫，连忙赔笑道："夫人眼光独到，一个事盐，一个事柴，真的是门当户对，是门好亲事啊。恭喜老爷，恭喜夫人。"

高老爷笑着说："夫人，就按你的意思，着人到对面去提吧。"

当晚，高老爷随李国香回房歇息。

琼花香风四溢从高如风房门前经过，见其坐在灯下看书，不时皱眉，不时用笔画画写写，知他正在看医书。轻轻驻足，故意长叹一声。

高如风起身含笑打招呼："三姨娘，还没休息？"

琼花注目良久，幽幽道："恭喜你，二少爷，你快有一个嫂嫂了。"

高如风不解，她眼风一瞟，说："纵然望穿秋水，只是伊人在水一方啊。"一笑转身回房。

高如风莫名其妙地看着她的背影，心里道，纵然望穿秋水，只是伊人在水一方？何意？大哥高开如果结婚，这就意味着家里要添丁加口了，不是一件令人高兴的事儿吗？三姨娘这话，没头没脑，自相矛盾啊？他摇摇头，仍然低头看书，字里行间，却闪过对岸窗棂下抚琴女子的身影。

05
古 乐

　　这分明就是一场专门为她一个人进行的合奏演出，孟芊芊掂得出其中的分量。她端坐在道观上真殿内，内心随着乐曲不停地起伏跌宕。

　　整个道观肃穆庄严，一百多名道士与信徒组成乐队，手持各种乐器，神情专注。众人分成若干组，只见得从道场中向四周散开，不同职务以及不同身份，服饰也不尽相同。男高功法师着龙，女高功法师衔鹤，分别持笛、笙、箫、唢呐、二胡、中胡、板胡、龙头胡、三弦、月琴、琵琶、扬琴，另有大鼓、堂鼓、铙、大小钹、铙钹、大锣、云锣、镗锣、撞铃、木鱼、钟磬、引磬、绰板等法器。还有众人手持幢、幡、朝板、如意、拂尘、玉印、玉丹、宝剑、令旗、令牌、天蓬尺、净水盂、镇坛木、香斗、拜垫等道具，随着一声高亢的唢呐领奏，其他乐器以和声伴奏，一幅粗犷豪放的战争画面呈现在她的面前。

　　第一段"出征"。前面的引子由大鼓演奏出一段悲壮的鼓点，边关告急，击鼓聚将啊！紧接着，唢呐演奏出急促的乐曲，如凄厉的军号，吹响了集合的号音以及出征的号令。接着，所有的乐器一齐演奏起雄浑豪迈的乐曲，如出征的将士们顶盔掼甲，高擎主帅战旗，手持盾牌大刀，肩扛长矛梭镖，身背长弓箭袋，踏着整齐的步伐奔向了保家卫国的战场。

　　第二段"新婚"。孟芊芊听在耳里，眼前却浮现出即将属于她和俞浪行的新婚场景。她倚在梳妆台前，目送着背起行装即将奔赴战场的新郎，眼前是他们新婚的喜庆场景：迎新的锣鼓敲起来了，欢快的唢呐吹起来了，小唢呐和曲笛的对奏加上响板的伴奏，又仿佛是一对新人耳鬓厮磨、窃窃私语，幸福甜美的时刻，随着乐曲欢快地流淌。眼泪从她的脸上流了下来，到底是幸福还是苦涩的泪水，含在嘴里，竟无法咀嚼清楚。

　　随着乐曲演奏的速度不断地加快，音乐的力度不断地加强，到了第三段"鏖战"，众乐工仿佛全部变成了出征的勇士，大鼓、铜鼓、吊镲发出强烈的撞击之声，将音乐推向了高潮，仿佛出征的斗士们齐声呐喊、万箭齐发，他们挥舞着大刀、长矛、策马飞奔，冲入敌阵浴血奋战！疾风暴雨、排山倒海般的乐曲戛然而止。二拍休止之后，战场一片寂静，然后所有的乐器齐奏，诵经声如暗雷滚动，伴随着震撼人心、荡气回肠的乐曲，驱动着将士们高擎战旗，冲上了主峰。

孟芋芋热泪滚滚。清蕴道长的用意坦诚而明确，泰州古乐本身不但是民乐、道乐与古昆曲的合体，而且是集南北音乐风格于一体的奇曲。但以这样恢宏的场面来迎接她的到来，加之《傍妆台》的合奏，究竟昭示着什么，隐隐地，她感到有些不安。这次到上真殿学习古乐，是孟芋芋与父亲斗争的结果。自从五月十五与俞浪行去赶都天庙会，她的脑子里老是挥之不去那个古乐声的宏大场面，这是瑰宝啊，如果不把这些记录整理下来，炮火纷飞，谁能预测后来的事情呢。当天斋餐，是清蕴道长特地准备的。有五味手工干丝、小磨麻油五香茶干、回卤兰花干、高汤豆腐、拔丝豆腐、菊花脑豆腐，最后是青菜豆腐花搁榨菜丝儿调味。一餐素食下来，直吃得满口豆香。清蕴道长慈爱地说："可别小看这个豆腐宴，这可是上品。"

俞浪行心里嘀咕开了，说起来疼爱芋芋，招待她却连一点儿荤腥都看不到，这个老道真是抠门儿。孟芋芋说："道长，为何说这是上品？"

"老泰州城自古以来就是道家仙家方士必来游历的风水宝地，你且猜猜，这豆腐的来历？"

"来历？不就是黄豆磨出来的吗？"

"不错，的确是黄豆磨出来，用盐卤点了的。发明这个豆腐的，说出来，要吓你一跳。这不是个普通人，他是汉高祖之孙淮南王刘安。他是在一次修丹制药时，突然发现的。哟嗬，怎么发现的？问得好！因为炼丹失败，丹水成了一汪可以食用的鱼冻，就是豆腐。所以啊，我们老泰州的早茶好，就是因为这样的机缘巧合，这属不属上品呢？"

孟芋芋点点头："那您每天吃这些，不等于吃的是仙丹吗？"

清蕴道长哈哈大笑起来，"一箪食，一瓢饮，都是文化典故，所以才有一方水土养一方人的说法啊。你看看，那徐神翁，还有王鹿女、昭明太子等等。"见芋芋不甚明白，便给了她一卷薄简，上面梳理了在泰州修道飞天的仙人。

对于少女孟芋芋来说，不仅道观是个涵养心性、汲取道教文化精髓的好地方，而且来这里是个很好的借口。日本鬼子这么一撂炸弹，学堂停课，学是上不了了。孟芋芋便闹着说要去道观跟道长学习古乐，大当家的担心兵荒马乱的，一个女儿家出行不安全，就不肯应允。二当家的讲情说："由浪行送她去必定可靠的。"这对大当家的来说，是保证，对俞浪行来说，则是种郑重的托付，更是击中了芋芋内心深处的隐蔽的期待。大当家的思索了半天，权衡了得失，只得勉强同意。战乱之中，退而求其次吧，俞家后生虽不属最理想的东床人选，但是能有他照拂芊芊，估计也是一世无忧的。

孟芊芊见叔父做了这样的安排，又见父亲首肯，羞得满面通红。能让俞浪行每天陪着她来来去去，说明父母的心已经松动了。两个人每天结伴而行，从破桥口沿着城墙根儿，穿过竹行街、彩衣街、坡子街，一直走到城隍庙。战争还没影响到整个市面繁荣。一路上捏泥人儿的，吹泡泡的，榨糖丝的，变戏法的，耍猴儿的，卖头花的，街角挑剃头担儿的，炸油馓臭干儿的，沿途人来人往，满是采买贩卖，一片喧嚣市声。俞浪行通常没有多少话讲，任凭芊芊边走边叽叽呱呱地在一旁饶舌，看到芊芊在哪个担儿停了脚，俞浪行就不声不响地买了，然后冷不丁地递到她的手上。就这样，米酵饼、虾糍儿、回卤干子、五香茶叶蛋、斜角烧饼、梅花糕，这些个泰州人的馋嘴儿，都一天不重样儿地给芊芊尝了个遍。陆家米行的小米与陈家油坊的如芬，这两个孟芊芊的同窗都在店里帮忙，见这个不食人间烟火的大小姐，与一个壮实敦厚的伙计边走边说说笑笑、采采买买，她们就隔着门脸，相互递了眼神，这眼神里是满满的鄙夷与不屑，这里的含义可丰富了，哟，原以来，这个仙女一样的大小姐身边走的必定是个斯文优雅的年轻绅士，哪个晓得眼光竟是如此低劣，居然搭上了这么个店里的小伙计。两个人又相视一笑，这笑里又分明摆着，你长得再好看、再聪明也没有用，哼哼，走着瞧，我们将来的男人必定会超过你。最好能嫁到东岸那高宅大院里去。想到这里，两个人的心头不由自主地都浮现出高家二少爷的丰韵神姿来。那才是未来的夫婿模样。两个少女的心头不由得一阵荡漾，相互对视了一眼，又岔开了眼神。

芊芊与浪行两个年轻人就这样有说有笑一路步行到上真殿道观。之后一个专门在密室学习，一个在外面帮助洒扫。

清蕴道长已逾古稀，芊儿的慧根他是从小看在眼里的。这个女孩儿虽生自大门大户，却毫无商人气息，加之打小跟在自己后面温习器乐，对琴、笙、筝等乐器十分精通，演奏技法已超过了上真殿的任何一个道士，是清蕴道长至为钟爱的道外弟子。他的手里有个泰州镇城之宝——古乐乐谱。从贞观建观之初传到现在，乐谱从不示人，所有道士及其信徒学习演奏均通过口口相传。连清蕴道长视为知己的孟家大当家的都从未一饱眼福。常有县绅贤士问及，道长均以乐谱已毁未得真传相告。日军的入侵，使清蕴道长非常担忧。

泰州古乐经过两千年历史的兴替，已岌岌可危，除了道士及其信徒能演绎这博大精深、气势恢宏的史诗般的音乐，并未能在寻常百姓当中普及。上次，孟芊芊从都天庙会中已经窥见一斑，如今这小鬼子就要来了，能不能保存下来，并且延续下去，的确是个严峻的考验。日本人的道貌岸然与巧取豪夺已是世人皆知。可怕的是这次率部来城的松下井更是个中国通，从峨眉山道观传来的消息说松下井每到一地，必定会对当地的文化进行深入研究，无论是字画古玩，还是其他稀世珍宝，东西只要入了他的眼必定在劫难逃。

清蕴道长如今见芊芊一心一意来温习古乐，心里突然洞明，有豁然开朗、绝处逢生之感。日军侵华，狼烟四起，每一个有血性的中华儿女，无不用自己的方式进行着反抗。听说，山西五台山、湖南南岳等地的青年僧人参加抗日行动，负责救国公债、支援前线的任务。自己作为一个出家修道之人，没有理由任由日军在我华夏大地胡作非为，思索再三，遂安排了这场浩大的仪式，作为芊芊与古乐乐谱结缘的见面礼。

提亲的来了。

芊芊一到家，下人就喜气洋洋地附耳对她说了。俞浪行听了心里一愣，脸上是掩饰不住的失落。

芊芊逗他说："不会是你家来的人吧？"

俞浪行心里扑通扑通的，面容却是越发地痛苦，他的爹娘都是在水里捞生活的渔民，常年水上漂，哪里敢来这里提亲。

芊芊见状，心里一紧，追问下人。下人说是高家的大少爷。芊芊回房，闷头倒在床上。什么高家大少爷，她才不稀罕。

来的正是媒人及高开。高开一味要高如风陪同，高如风一听是孟家的千金，心里十分不悦，难道那个弹琴的女子真的要与他家结亲？那个心仪已久的女子真的要成为他未来的嫂嫂？磨磨蹭蹭，走到孟家门前，心里出奇地难受，他猛地按住腹部，直叫肚子疼，高开只好着人送他回去。

孟家正屋，大当家的夫妇很正式地面南坐着，与高开闲话，高开端坐着，媒人陪坐一旁。大当家的见高开是个矮壮的后生，神色有些拘谨，言必谈父母尊亲，谈起盐业之道也是娓娓道来，一看就是个规矩人。大当家的微微颔首。

下人来禀报说小姐身体不适。大当家的看了夫人一眼，高开一看，连忙道："不碍的，不碍的，今天主要是来拜见伯父伯母的。下次有机会再来。"遂起身告辞，大当家的连忙端茶送客。

送走客人，夫妇俩到芊芊房内，见女儿神色悠然地已在抚琴，便面露愠色。孟芊芊起身说："女儿现在年纪还小，不想嫁人，只想在家里陪伴父母大人。并且现在国难当头，也不是办婚事的时候，还请父母大人体谅。"

大当家的一时语塞，沉吟半晌说："就是考虑到兵荒马乱的，做父母的年事已高，你又没有兄弟姐妹，万一这仗真的打起来，也不知道是什么状况，你今年已经十七了，只有把你托付到可信赖的人家，我们才能安心啊。"

芊芊说："可信赖？在你们眼里，家大业大的人家，就可信？高氏盐业的盛名，我可是听得多了。市面上的人怎么说高家，你知道吗？他们与一帮贩盐的勾搭成伙，低进高出，坑害百姓，发的是国难财。嫁到这样的人家，是耻辱，打死我也不会答应的。"

大当家的说："真是个不懂事的犟驴子，真的要气死老父我啊？"

芊芊冷冷地说："请父母成全，否则，嫁过去的只能是死鬼一个。"

大当家的见女儿态度坚决，只好长叹一口气："再说吧。"

高开回到家，把与孟家大当家的夫妇会面的情况报了家人。高老爷、李国香夫妇听了也是喜忧参半，虽然事情没有完全敲定，但毕竟高开已得到了孟家夫妇的肯定。高如风听闻心底竟是有了新的期冀，事情没有定下来，那么必定可以更改的。高二爷听了要跟孟家结亲，欣喜若狂，如果亲事定下来，他高二爷在泰州一带，就不仅仅是在盐上呼风唤雨了，这一盐一柴成了亲，银圆是妥妥当当地往家里滚，实质上的意义在于垄断了全城人的起居生活，一天不用他们的盐和柴，定是要断了炊，连二两力气也没得的。如果两家并成了一家，全泰州城的人见了他，谁不会敛手屏足规规矩矩叫将一声"二爷"呢？他在盐上的手脚，是与琼花联手，而把高老爷瞒死了的。

这琼花不动声色，眼风一转之间已将一家人的神色尽收眼底。

谈笑间，下人仓皇来报，不得了，日本人来了。

高老爷头皮一麻，这三十一师的部队没走几天，泰州人还没从惆怅中回转过来，日本鬼子就真的来了。上百辆车长蛇似的开来，几千个日本兵荷枪实弹坐着屁股上冒着烟的汽车就这样进了城，仍旧驻扎北山寺。

民国三十年（1941）2月，泰州沦陷。全城上下鸡飞狗跳，凄怆一片，市井很快露出萧条之象。高家与孟家的亲事暂告一段落。

这边，高家一家人如坐针毡，寻思着怎么逃过这场灾祸。突然，下人禀报，家里，来了日本人。

到高公馆的正是日本皇军次长松下井。

一家人神色大变。高老爷纵然见了若干的大世面，听说日本人来家，竟似大难临头似的。高如风从日本留洋回来，心想如果日本人来武的，必然不会这样以礼相待，这来文的倒也不知何意。高老爷没了章程，遂请夫人李国香、三姨太琼花等女眷进了内屋，偕同高二爷、两个儿子起身，到门口迎接。李国香在里屋手拿佛珠，口中念念有词，那琼花面色淡定，耳朵却警醒地听着隔壁堂屋的声响。

高老爷见两个穿着便服的日军军官走到面前，恍惚间，腿竟有些发软。

那日本军官年纪稍长的一位，五十出头，长相儒雅谦和，戴着金丝边眼镜，一袭青色绸服，好似名人雅士。年轻的那位，目似鹰隼，不住地扫视四周。

年长的开了口，对着高老爷微微鞠躬说："鄙人是大日本皇军次长松下井，久仰，高先生，初来泰州，还请多多关照。"

一口地道的中国话。

高老爷虽显得有些局促，却情不自禁地说："请，请，没想到松下先生中国话说得这样好。"

松下井说："我这中国话也不是一日之功啊，我在故国就对中国文化景仰之至，学习汉文汉语已有年头了，如今到了中国，这才有了用武之地啊。"说着仰天哈哈大笑。

高老爷定神之余也附和着干笑起来。

站在院中，松下井一双眼睛对高如风审视良久。这就是上峰指令要他带走的人吗？他的部队到泰州，屁股还没落凳，上峰的密令就到了。这个年轻人是什么来头？他百思不得其解。

高老爷弄不明白这日本人登门是何用意。如今客到门上，只好摆茶侍酒，两人对酌。

酒过三巡，二人竟相见恨晚似的，内室不住传来大笑。

高如风在房里，心神不定，想起松下井那深不可测的眼神，心里就一阵发毛。这日本人彬彬有礼地到门上来，既不谈古论今，也非谈商论道的。那意欲何为呢？

听到一声"管家，送客"。大门吱呀一声紧闭起来。

高老爷把高如风叫去，轻描淡写道："明天你不要再待在家里了。"

高如风说："为什么？"心头掠过不祥的预感。

高老爷说："你到日本人那里去做事，松下井请你做他的翻译官。"

"我不去，那是做汉奸走狗。"高如风急了，咆哮道。

"什么汉奸走狗？不要耍性子。这也是为了家业经营。"高老爷平静地说。

"经营，这就是父亲你的经营之道？你跟日本人做了什么交易？"高如风的眼睛几乎要喷出火来。

"什么交易？什么也没有。"高老爷这么说着，其实他对松下井的承诺还是隐隐担忧的，儿子到他们那里说得好听是做事，其实是个人质。他们之间的交易是，只要他把泰州城的老底掀给松下井，以泰州为核心的周边城市的盐市将统统归到他们高家。这个诱惑大得令高福兴心动不已。生意人在商言商，利字当先。

"我坚决不去。"高如风的眼泪流了出来。

"不去也得去。"高老爷仍然平静地说。

"父亲！"高如风哭起来。"父亲，如果你让我去东洋留学的目的是回来当汉奸走狗，我宁愿不生在这样的人家，宁愿是贩夫走卒。我为什么要从日本回来？就是因为不能再看日本人蹂躏我们的国家，不忍再看到报纸上日本鬼子糟蹋我们同胞的狰狞面目。任何一个有良知的中国人会在这个时候听命于日本人，为他们屠杀我们自己的同胞去效力吗？"高如风悲怆地发出呐喊。

"去吧。"高老爷叹了口气，背手而去。琼花脸上掠过一阵笑意。如果高老爷看到的话，必定会觉得她是个蛇蝎美人。

芊芊每日跟着清蕴道长在密室中苦心潜修，俞浪行在外面把守观望。每次见芊芊出得道观，俞浪行都心疼不已。她越来越清秀典雅、空灵通透。俞浪行的一颗心都生生地扑到了她的身上。她的一笑一颦，无不牵动着他的神经。她是他的天，没有这片天，面前总是黑暗暗的。这辈子我俞浪行为她而生，到最后也必定为她而死。那日高家来孟家提亲，后续的情况似乎不了了之，这让俞浪行有着说不出的高兴。终有一天，他会让她明白，他是她的全部，她也会把他当成她的天。俞浪行边扫着观外的落叶，边天马行空般乱想。

这日，上真殿道观里外一片肃静。

一群人骑马由远而近。俞浪行正诧异，几个日本人从马上下来。为首的中年人着黑色长袍，远远立在一旁的是个略显憔悴的青年。俞浪行正待侧身而过，中年人笑着问路："清蕴道长是否在内？"

俞浪行心里一声冷笑，小日本装斯文装到道观里来了。装作没听见，继续扫地。

一旁的青年用地方土话又问了一句，俞浪行抬头一看，穿着皇军制服的这个青年分明在哪里见过。只见青年眼角似有疲惫之色，问他这话似乎也是尽了本分，并非真要找个什么答案。

俞浪行不置可否，脑子里面却在剧烈地翻转，到底在哪见过呢？

黑袍男子将手中的文明杖递给旁边的青年，在他的双手接过的刹那，俞浪行两眼扫过他右手手腕处的割痕，顿时恍然大悟。原来是他，高家二少爷。俞浪行的脸上闪过讥讽之色，心里暗骂：汉奸走狗一只。

高如风目光空洞，好像无视俞浪行的鄙夷之态。僵持中，一旁的鬼子兵脸色很难看，端枪上前。黑袍男子摆手止住。

道观门开了，清蕴道长率弟子出来。

黑袍男子上前与道长以礼见过，遂随道长进了道观。众人在外相候。俞浪行一眼瞥见，弟子当中孟芊芊一身蓝衣，神情清冷淡漠。他的心头掠过一阵感激，清蕴道长在观内迟迟不出，原来是为了掩护芊芊。众多蓝衣弟子当中，除了身材纤弱了一些，芊芊与其他弟子无异。

道观也是高如风小时候经常玩乐的地方，这儿里里外外他无处不熟。高如风两眼越过道长及其弟子，目光仿佛被一种磁力吸引，不由自主地落在蓝衣道人当中。他的心脏咚咚直跳，纵然她一身蓝衣，但仍不掩女子清丽绝伦风采。他的耳边响起草河河面上的清越之声，莫非眼前这位就是？他的眼睛似乎有了灵性，从先前的冷淡与空洞，慢热似的，渐渐升温。他的心里荡漾起一种奇异的感觉，暗暗赞许道：果然不一般的女子。

孟芊芊见这青年目光闪烁不定，也暗自诧异。她看着在日本人当中的他，满脸惊讶，这个人仿佛在哪见过？仿佛前世就与她熟识一般。高如风见她满眼疑惑，顿时偏过脸去羞愧不已。孟芊芊垂头随众弟子从他面前走过，瞬间工夫宛若走了千年。

俞浪行见芊芊出了山门，也侧身而出，赶上芊芊。这女子已脱去道袍，还原女儿本色。俞浪行拉着她一路小跑，走出大半里，方才停住脚歇息。

孟芊芊掩住胸口，一脸煞白，与刚才那位男子的偶遇，似乎刹那之间就耗费了她不少心力。俞浪行担忧地注视着她，两人站在野地，任水流潺潺而过。半晌，方继续赶路。

到了街市，关门的店面不少，街市显得萧条冷清。一队日本兵端着枪来到街市，时不时地对着行人骂上几句"八格牙路"，看不顺眼的直接踹上几脚，路上的小摊躲闪不迭，香蕉苹果滚了一地。日本兵狂笑着追逐地上的水果，当球踢开，到了小店直接翻箱倒柜取钱拿物。他们的狞笑像刀刻一般，带着征服弱小的暴戾、猖狂与狰狞，一笔一画刻在人的心上。孟芊芊被他们魔鬼般的笑声怔住了，她有些发抖。

俞浪行紧紧地攥住她的手。他的牙齿咬得咯嘣响，意欲上前。孟芊芊纤细的手立即反过来死命拉住他，黑白分明的眸子仿佛能让俞浪行的双眼穿过，俞浪行似乎要炸开的胸膛在这幽静的湖水里慢慢平静下来，二人小心翼翼地猫腰避过日本兵的视线，闪到街角。孟芊芊依偎在俞浪行的怀里，把他的脑袋拉近自己。俞浪行被她的温柔举止和处子清香瞬间打动，他本能地闪身把孟芊芊圈进怀里，以防日本兵看到。日本兵狂笑着从他们身边咚咚迈步走过。他俩站在那个角落里，一动不动，这种弥漫着战争硝烟的气息，让他们的心走得更近，贴得更紧。

俞浪行打小在船上长大，自由自在惯了，一天当中两次遇到日本兵，对他们的肆无忌惮、为所欲为早已怀恨在心，又想到芊芊在自己怀里瑟缩发抖的身子，更是憋闷难耐。夜里起身，悄悄地带了自制的家伙，摸到了北山寺。探照灯明晃晃地照着整个寺庙。他隐身墙角，把寺庙周边地形和值守哨兵看得一清二楚。除了两个守夜的哨兵，整个北山寺竟是死一般寂静。俞浪行暗暗一笑，掏出弹弓，对着哨兵飞出一颗流弹，鬼子兵"嗷"的一声怪叫，双手捂脸。另一个士兵上前正待瞧个究竟，"噗"的一声，接着又是"嗷"的一声，是硫酸！

北山寺顿时炸开了锅。俞浪行心里大乐，乘着夜色，猫腰溜回孟家大院。隐隐约约，后花园方向有琴声呜咽，俞浪行侧耳一听，知是芊芊在抚琴，赶紧回到自己屋内。

是夜，古琴幽幽，如泣如诉。高如风站在心腹长随租来的小船上，任船慢慢划至河心，看着对岸窗棂里的倩影，痴痴地，不言不语，只是听着古乐在月华中缓缓流淌，流淌。芊芊浑然不觉，独自抚琴。良久，琴声从空灵变得厚重雄浑起来，似乎有千军万马嘶鸣挥戈而来。高如风忽喜忽悲，不由得泪流满面。

06
武 装

　　这夜，松下井坐在榻榻米上品茗，回味道观的茶韵。一会儿，卫兵来报硫酸案件，松下井龇牙一笑，泰州城果然是藏龙卧虎之地。这是给他下马威吗？

　　白天他在道观与清蕴道长交流茶艺，几盏茶的工夫，双方不及正文。清蕴道长装聋作哑，松下井心知肚明。在他走过的任何一处支那土地上，凡是他松下井看中的宝物，没有一处不是探囊取物。顽抗的直接一枪崩了。软顶的，不管绕几道弯，最终还是要落入他松下井的口袋。古乐乐谱，谁也没见过她的芳踪。如今见道长淡定，松下井猫玩老鼠的心态就越发明显。白天在道观受到挫败，夜里又挨流弹，连续两击，让松下井有点儿恼羞成怒。但如果就此展开全城大扫荡，可能会适得其反。松下井深谙此道，先出手的未必就是强手。他还需要观察观察，这泰州城的水究竟有多深，各路神仙都通在哪里。文斗要比用枪炮子弹来得更有意思。

　　高如风，这个年轻人是什么来头？他不得而知。这个青年，在他看来，看不出半点儿优秀之处，一来，这个人身上并没有日本崇文尚武的精神，二来也没有为皇军效命的特长。用大日本帝国的观点来看，这个人仅仅是一个会吃喝玩乐的普通支那男人。为什么要把这样的人安插在自己身边？松下井有点儿云里雾里看不透了。

　　此人的上峰是谁，他不得而知。第一道手谕是一支阴刻着樱花的飞镖。几次电话旁敲侧击，都被司令挡了回来："你们各有各的使命，但是适当时候，那边会给你下达指令，而你只有无条件服从。"松下井再有不满，也是枉然。上峰对他的不信任，他心知肚明，并非是其个人所愿，而是大日本帝国的指挥体系所致。宪兵队以外再以间谍来监督或钳制，是惯用伎俩。他和他的上级不过都是这体制的执行者。国民党部三十一师刚从泰州开拔，这县城当中有无共产党，是心照不宣的事情。共产党的能耐他是见识了的。三十一师与他们相安无事，只能说明他们只是互相采取了不对抗的态度，而是把矛头指向了大日本皇军。松下井明白自己的处境。国共携手合作，一齐对抗日军，是时局，也是人心。他知道，泰州城的共产党在暗处，而他们则是在明处。所谓明枪易挡，暗箭难防，他经历了那么多次的战争，在战争中除了积攒了不少作战经验，也攫取了大量财物。这些财物就藏在他的军需物资当中。他得隐忍。只有搞清楚了泰州城的状况，他才能太太平平地完成使命，携带财物全身而退，回到日本富足地度过晚年。当然，上面不知道他的这个如意算盘。

现在看来，高府是个很好的切入点，不仅仅是因为这户人家地位显赫，可以直通泰州城所有的政经要人，搞定了高府，基本上就可以把泰州城的人脉关系搞定。这样，攻破共产党在泰州的地下隐蔽战线，扫除敌人，易如反掌。还有更重要的一条是，这个高宅内，鱼龙混杂，有着他需要的切中泰州命门的棋子。他在心里把玩着那颗棋子，连嘴上的胡须也隐隐露出了笑意。

他背着手光脚站在榻榻米上，墙上的军刀泛出青色的光芒。他终于明白，那只看不见的手，为什么要指令他把高如风放置身边了。

一只饵。

松下井把军刀取下，双手抚摩，"誓死效忠天皇"六个大字在刀柄上露出森森寒意，他将刀脱鞘，大吼一声，凌空劈去。

炸弹在泰州上空坠落时，老百姓们还不以为意，因为几个袭炸点都是军事目标。后来飞机再一次空袭，在泰州城上空绕了几圈，最后把炸弹扔到了北门城外的小菜场和闹市口的大林桥，一时地动山摇，火光冲天，烟雾弥漫，号哭声声。待到飞机冒着烟飞离泰州上空，人们才敢走到现场，只见得桥断房塌，死伤无数。泰州城被淹没在哭声与白纸幡当中。为了躲避敌机的再次袭击，家家户户忙着在户外搭起了防空掩体，在玻璃窗户和天窗明瓦上糊上了"米"字形的布条和纸条，掩体下面是由方桌、门板、铺板搭起来的通铺，上面摊着草席，胡乱地扔着棉被。百姓怨声载道，县政府连忙摆出姿态，宣布"灯光管制"，实施"戒严条令"，又设置了防空信号，一有动静，就敲响钟声，人们一听到声响，就知道什么是"紧急警报"，什么是"空袭警报"，什么是"解除警报"了。总之，大人们分不清白天黑夜，每天囫囵着睡觉，耳朵都警醒着，生怕给敌机袭击了。日机像长了眼睛似的，专挑人们挨黑儿要睡觉时飞来骚扰一番，一听到警报拉起，大人们就跌跌爬爬，抱起熟睡的孩子，驮起老人，就往掩体里跑，然后一颗心悬着，等着那死亡的炸弹落到他们的头顶上。然而，日本人就像把他们抓在手心里搓揉一般。空中偷袭是一个方面，在城里的大街小巷，到处贴满了日本的"仁丹"字样的招贴，被称为"狗皮膏药"。日本宪兵手持军刀，挎着长枪，在街头走来走去。老百姓提心吊胆地过着日子，年轻人不干了，特别是青年学生。过去因为一直处于国民党的统治之下，泰州沦陷后，由于敌伪顽三方的新闻封锁，平头老百姓并不知道抗战的整体外部形势。对于新四军如何爱民如子、如何纪律严明，只是道听途说，对国民党台儿庄战役与长沙会战倒是谈起来头头是道。

青年学生们暗中集会的地点是在新安会馆附近的大校场。据说这里是国民党发展的地下"抗日建国大同盟"。高如风偷偷地去看了几次，都是些青年学生在慷慨激昂地声讨日本鬼子的罪行，那一张张年轻的面孔在油灯下散发出惊心动魄的力量，这股力量让他的心里又羡慕又惭愧。而背对着他的一个年轻身影，让他觉得熟悉又陌生，好像是孟家柴行的伙计。这个发现，更让他无地自容。他满腔的热血，还有那些治国安邦的才华，应该往这里安放，与他们一同革命，与他们一同受苦，这样，才能减轻他内心的彷徨与痛苦。当一双有力的大手按在他的肩膀上时，他别过头，正是柴行的二当家的。二当家的一双眼睛睿智而明亮，他冲高如风微微点了下头，然后，他们二人迅速消失在夜色当中。

高老爷的盐业公司仍然生意兴隆，盐价较往年还稍稍涨了两成。不少同行都道高老爷高瞻远瞩，早年就把儿子送到日本，原来早就防了一手的，啧啧，大户之所以是大户，必定是有着他们这些小业主所没有的眼光。也有的背后骂娘，说高家将来还是要绝后的，连自己好不容易得来的亲骨血都敢往小鬼子窝里送，别看发点儿国难财，这是要断子绝孙的兆头。

高如风听到这些，心里越发痛苦。他走到哪里，似乎都觉得背后有支无形的枪指着自己的脊梁骨。他每日跟着宪兵到处烧杀掠夺，一出宪兵队，就跑到酒楼喝酒，每次都烂醉如泥。半夜醒来，差人泛舟草河之上，看着河对岸孟小姐的窗棂发呆，直至天边现出鱼肚白。

殊不知，松下井要的就是他这样的状态。一个连自己的民族和国家都不爱，看到生灵涂炭都无动于衷的人，也是不值得大和民族尊敬的。而且，慢慢松懈下来的松下井对高如风都有些怜惜了。但是这个年轻人为什么如此痴迷于一个女学生，倒是勾起了松下井的猎奇心理。

俞浪行自那日侵扰了日本鬼子一回，心里又激动又惧怕。激动的是自己终于与小鬼子干了一回，惧怕的是他们会不会恼羞成怒，害得全城百姓都跟着受罪。忐忑的一颗心提到了嗓子眼，接连好几天，见日军毫无动静，这倒让他有点丈二和尚摸不着头脑了。孟芊芊见他神不守舍，问他有什么事，俞浪行也不作答，只是笑笑。芊芊心想，一定是高家的提亲惹得他不痛快了，虽说自己已经跟父亲明确表态，但俞浪行不提，自己也不必表态自述，女儿家的矜持也不允许她向俞浪行主动表白一个字眼。

是谁捅了日军的马蜂窝？这个马蜂窝的马蜂不但没嗡嗡乱飞，而且异乎寻常地安静。泰州的共产党地下组织已经得到了情报，但这个与日军捉迷藏的是谁？难道是日军迷惑我军的一个烟幕弹？或者是国民党潜伏在泰州的抗日志士？对方是敌是友？地下党组织对此情报丝毫没有掌握，负责人只得吩咐下线谨慎再谨慎，只有行动更加警惕与隐蔽，才能使泰州在这场战争中赢得主动权。

一连数日，俞浪行见日军没有动静，当晚又如法炮制，对日军实施了第二轮干扰。松下井得报，眉头紧锁，这种小儿科的把戏不像是共产党所为，也不像国民党的做派。难道是平头百姓跟他玩游戏？他在脑海里筛选了若干遍，也没理出个头绪。连续两次意外受到侵扰，日军的情绪有点儿控制不住了，下面的士兵数次要求见他，向他请命，在县城来个大扫荡，都给他否决了。以静制动，是兵家之略。他这区区几千兵马，不能轻易动用。自己的脚下埋着黄金，还是炸药，状况还没搞清。

没过几天，部下来报，前去泰州城郊一带扫荡的日本宪兵居然遭到了"僧抗队"的伏击，先后有四个士兵在垛田垛岸和芦苇荡里被击杀。松下井不由得大发雷霆，连一群光脑袋和尚都打不过，还谈什么大动作。原来日本宪兵见泰州不少寺庙有田地庙产，是个收缴捐税的"肉头户"，便不断骚扰，索拿钱财，有的甚至长期驻扎在寺庙里白吃白喝，众僧苦不堪言。本地僧人巨川秘密联系四乡八场的僧尼，发动本地众寺庙筹资购置枪支弹药，并且组建了僧抗队。看到部下呈报上来的油印小报，上面赫然写着"报国护庙，自筹经费，建立武装，团结抗日"，松下井气得浑身发抖。看样子，泰州这个地方，看上去是块温润宝玉，实质上却是个了不得的地方。菩萨都在护佑，绝对不可轻视。

松下井站在县城的地形图前，仔细研究城池。当他那被烟熏黄的手指头指到草河时，在高公馆对面的孟家大院引起了他的注意。高家与孟家，一盐一柴，掌管全县城百姓日常生计的两户大家，来泰州这么多天，自己去了高家并按上头指令，将高家二少爷收到麾下。如果到孟家去，会有什么收获呢？

松下井突然想起，翻译官高如风暗恋着的女学生不就是孟家的千金孟芊芊吗？坊间一直传说孟家千金是清蕴道长的关门弟子，那么关于古乐乐谱的来龙去脉，既然道长那个老江湖死不开口，这个千金小姐想必也是能道出一二的。松下井沉浸在自己的推理当中，觉得孟家之行，必有收获。

想到这里，令高如风取了礼盒，二人简简单单坐了黄包车来到孟家大院。

高如风站在孟家大院门前，百感交集，以这样的身份跟着松下井，不管孟芊芊看到与看不到，自己都是跳进黄河也洗不清了。但是想一睹芊芊芳容的冲动还是占了上风，哪怕被她误会，也想多看她两眼。

孟家兄弟在堂屋会见了松下井，高如风见二当家的一双炯炯有神的眼睛注视着自己，恨不得有个地洞钻进去。

松下井道明来意："大当家的，素闻贵千金弹奏一手好琴，今天，我是冒昧请求来聆听清音的。"

大当家的不卑不亢道："小女已抱病数日，今天恐怕要得罪太君了。"

"在下慕名而至，特别是贵千金一直在清蕴道长那里学琴，整个泰州城无人不知，无人不晓啊。还有人说了，清蕴道长的古乐乐谱也是由令爱保管的呢。"松下井不慌不忙。

高如风一旁听了又惊又怕，想不到，松下井来泰州时日虽不多，却连这些事情也早已摸得一清二楚，忧的是芊芊小姐不晓得能否逃出魔爪。难道古乐乐谱真的在她手里吗？

"小女自小顽劣，学琴也只是皮毛而已，上不了台盘的。至于乐谱，你一定是弄错了，那更是闻所未闻。"大当家的一味推辞。

这时候，只听得厢房"叮咚"两声，一道清脆婉转的声音从里面传出。"太君，既然不嫌弃小女抱恙在身，就容许小女在里屋献上一曲。"说完，双手抚琴，时缓时急，时哀时铿，说不出的凄切与哀恸。一曲终了，不晓得是因琴声激越，还是心有他虑，松下井仍在深思当中。

高如风立在一旁，听得心惊肉跳，这芊芊小姐一个弱女子岂敢如此大胆，竟以琴声表达愤怒与不满，这琴声分明就是与松下井直接的挑战与交锋。

松下井半晌回过神来，击掌大笑："孟家千金，果然名不虚传。一段《傍妆台》，着实精妙。改日再来听琴。叨扰了！"说罢，与高如风扬长而去。

大当家的惊出一身冷汗，叫出芊芊，责怪道："逞一时之勇，小心惹祸上身。"

孟芊芊噘起小嘴说："爹，你没听到这个日本人的威胁吗？我今天这样，是想告诉他，在泰州兴风作浪，不是他想象的那样简单。即便我今天不以琴暗示，他该动手时仍会动手。"

"总之，你太莽撞了。"

"那又如何？我今天反而觉得很高兴呢。爹，二叔，想不到，琴声不仅仅能陶情冶性，也是斗争的武器呢。"孟芊芊兴奋得满脸通红。

二当家的若有所思，他看着芊芊，觉得既熟悉又陌生。

俞浪行从外面采买回来，听到芊芊这番举动，看到芊芊的娇俏模样，觉得自己心爱的女子真的是不一般，对她的爱恋又多了一层。两次行动，天衣无缝，心里头有个声音在叫唤，痒痒的，俞浪行晓得自己去捣乱的瘾又犯了。

这一次，他佯装驮货，在北山寺周边转了一圈，发现日军的哨兵比以前增加了两个，探照灯也增加了两只，整个北山寺亮如白昼，远远的，还有狼狗的号叫声。"不好"，他这么想着，背了探照灯的视线，掏出家伙正瞄准，一双粗黑的大手抓住了他已拉满即将松开弹弓的手。他一惊，扭头一看，原来是二当家的。

狼狗显然嗅出了这边不寻常的动静，激烈地吠叫。几个日本兵连忙端枪赶过来。二当家的拉着俞浪行迅速跳进旁边的一条小巷，两人很快地消失在茫茫夜色之中。

走到僻静之处，二当家的朝着俞浪行狡黠一笑，"咚咚"两拳捣在俞浪行肩上。俞浪行疼得咧嘴直叫，反过来对着二当家的来了一拳。两人哈哈大笑。

原来如此。

二当家的深沉地注视着面前的这个小伙子，的确，这个年轻人是他一直看好的，想不到革命的火种已经燃烧到了这个年轻人的胸膛。泰州在日本人的铁蹄之下饱受蹂躏。党的地下组织在这里的使命就是想方设法拖住日本鬼子，摸清他们下一步的意图，为渡江战役的打响争取时机。连续困扰地下党组织的骚扰事件竟是自己眼皮底下的小伙子所为。这个意外令二当家的如获至宝。每一个革命的火种，他都特别珍惜。苏中抗日根据地一方面需要新鲜的底层力量，另一方面，对这些新鲜血液的筛选和甄别，也是他的职责。这两年，陈毅冒险三进泰州城，为的就是：联李抗日，为其后发起的郭村保卫战和黄桥决战的胜利创造了有利的外部条件，确定了新四军在苏北的领导地位。

俞浪行作为一个渔民的儿子，能有这样的觉悟，正是闹革命的好苗子。是啊，苏中抗日根据地，在中共中央为新四军确立的"向南巩固、向东作战、向北发展"的战略方针指引下，为取得抗日战争的最后胜利，1940年，以灵活用兵，以少胜多的郭村保卫战和黄桥战役，特别是发生在港口镇上溪村观音阁的武装暴动，这一连串抗日捷极，极大地鼓舞了泰州城内党的地下隐蔽力量，同时，也唤醒了很多有识之士和贫苦大众。但是，真正要成为一个革命党人，一名组织同志，并不止是搞几次小动作。自己作为地下党组织的联络员，这个小伙子能不能在培养中成熟起来，关键还是要看他在今后的斗争中能否坚定地执行党的路线和主张。

所以，对自己的身份，二当家的没敢轻易暴露。他笑着说："泰州上下都在传，来了共产党，专门要他狗日的，想不到竟然是你干的。早晓得的话，前面就应该叫上我的。"

俞浪行挠挠脑袋，不好意思地说："二当家的，我哪里懂那些，什么共产党不共产党，只觉得不让那些小日本出点儿血不解恨似的。"

二当家的摆弄摆弄衣物，嘴里"浪里个浪，浪里个浪"，把玩着核桃晃悠开了。

俞浪行看着二当家的慢悠悠摇过的背影，不由得嘿嘿咧嘴笑了起来。想不到，他与二当家的竟然是一路人呢。

07
宝　物

　　松下井回到寓所，脑海里还盘桓着那激越铿锵的琴声。孟芊芊这个女子果然不一般，难怪高如风能为她神魂颠倒。下午之行，虽不曾见到她的真颜，但是就凭这一手古琴技艺，就足以打动人心了。

　　究竟是个什么样的女子呢？

　　松下井回味不已。这时，侍卫官拿来一枚飞镖和一张信纸。拆开一看，是第二道手谕：迎娶孟女，终得宝物。

　　"八格！八格！这算什么手谕。"松下井简直气急败坏。他上上下下地端详着这道手谕，飞镖柄上阴刻着一枝樱花，信纸上压着樱花隐纹，字体遒劲有力，但不失妩媚之气。难道上峰是个女人？！

　　泰州这方弹丸之地能有什么出众的女人呢？他的脑海里浮现出那些达官贵人的太太们的脸，脂粉、香气、旗袍、高跟鞋、留声机，还有那些庸俗的谈吐。没有一个能在他的头脑里留下深刻的印象。纵使是孟芊芊，给他的不过是个声音。或许上峰是个不出众的女子，隐身于闹市之中。松下井自负地摇摇头，不可能，绝不可能。

　　为什么要迎娶孟家女子，而且还终得宝物？松下井仔细揣摩这后半句话，难道上峰连他这点儿嗜好也摸得一清二楚？但给上峰如此点破，不免讪讪。转而又心惊肉跳，不晓得自己藏匿的那物资有无给上峰发现。如果发现，没收不在话下，杀头都有可能。

　　接二连三给自己发出樱花手谕的究竟是谁呢？还把他的行踪和心理掌握得这么透彻。松下井心中明显不悦，这简直就是把他放进了玻璃房。

　　他又想到前一道手谕，"收风麾下，直捣海陵"。仍是樱花飞镖和压花信纸。意思是把高如风收到麾下，就直捣泰州的人心了。他回头玩味这句话，的确如此，高家二少爷，留日学生高如风到了他的麾下，泰州的达官贵人见到高家之人，无不惴惴不安。高氏盐业是泰州达官贵人的风向标，把高如风收入囊中，就等于向世人告知，泰州城的经济命脉与日本人的关系是共荣共生的，风向标的作用就莫过于此。

深谙此道的松下井明白这是洞悉了支那人微妙心理的人做出的手谕,不动一枪一弹,仅仅是抓住了支那人的这种心理,没有比征服人心更为直接而可怕的征服了。

再来看这第二道手谕,"迎娶孟女,终得宝物"。说到底也是玩的人心谋术。与孟家正式结亲就再次向泰州城宣告日本人的亲善情怀,这一盐一柴,都涉及泰州城上上下下十几万人口的饮食起居,也许,不需一枪一弹,泰州的通道就会自然打开,共产党也许会不攻自退吧。没有什么比这更动人的动员令了。至于宝物做何解释,孟女芊芊,不也是宝物一枚吗?松下井过于灰白的脸上露出淫邪笑意。面前的食盒里,放置的是松下井至爱的两道泰州地方名菜,一道是醉鳝,一道是斗蟹。前者是一斤以上的黄鳝,用茅台醉了一周,用姜葱白盐清蒸而成。后一道,则是一盘本地螃蟹的大钳肉,用特制的蟹八件整体剥出,一对一对地摆在盘子里,似有螃蟹对斗之势,用姜汁香醋蘸着吃风味尤佳。松下井就着红茶,慢条斯理地享受着这人间美味。

高如风见松下井连日一味品茗弄琴,猜不透个中用意,遂自个儿踏船寻访古乐。这日船至河中央,见孟芊芊的窗框猛地洞开,那月华一般的女子正伫立窗前,眼神幽幽地注视着他。

高如风不由得痴了。

"你又何苦?多日如此。"孟芊芊说。

"我心甘情愿。"高如风说。

"我和你不是一条河流上行走的船,就像你家和我家,被这条河隔开,我们只能是两岸的关系。"孟芊芊道。

"你不该是这种清冷的人。"高如风说。

"命中注定的,我不会跟你同乘一船的。"芊芊决断道,她的脑海中闪过眼前这个男子跟在日本人身后的场景。

"你能不能应我一求?"高如风苦笑。

"何求?"

"河上共一曲,尔后各西东。"高如风心如刀绞。

"也罢。"孟芊芊沉吟片刻,说。

旋即,高如风立于小舟中央,手拿长笛。孟芊芊静坐窗前,纤手抚琴。两个一吹一奏,那琴笛曲折婉转,如泣如诉,听了直叫人有种说不出的惆怅与寂寞。

俞浪行闻得琴声有异,踱步过来,却见远远的河面上一白衣男子,不是高公馆的汉奸儿子还有谁?他见芊芊手指忽高忽低从琴上抚过,琴声清幽动人。但两人不远不近如此演奏，令人费解，刹那之间，满肚子都是对高如风的妒恨了。"终有一天，我……"他暗暗发誓。

从那日被二当家的救下，俞浪行对日本鬼子的痛恨没得到及时宣泄，如今见高如风对孟芊芊一往情深，就把对日本鬼子的恨转嫁到高如风身上，有这样不要脸的汉奸小人在面前晃悠，还不如一下子结果了他。

高如风自与孟芊芊草河之上一曲终别，似换了个人，终日倚红偎绿寻欢买醉。这日，醉眼之中，一蒙面男子持刀闯进，将他逼至墙角，正待手起刀落。只听得"嗖嗖"两声，一柄小飞镖急速将那蒙面男子的刀震落，另一柄飞镖急速插进蒙面男人手臂。那男子大为吃惊，也不恋战，跳窗逃逸。

持镖人指向不省人事的高如风，喝令手下："把他带走。"拾起落在地上的刀。只见刀口多处缺牙，是把柴刀。

持镖人笑而不语，个中意味难以琢磨。

翌日，高如风一觉醒来，只觉得头疼欲裂。睁眼一看，三姨娘琼花笑意吟吟地注视着自己。

高如风环顾四周，不是在府上。但是三姨娘终究是父亲的小妾，这样躺着有失身份体统。正欲起身，琼花上前按住他，香气袭人，一双眼睛瞬间千变万化，说不出的风情万种。

"如风，昨天要不是我及时赶到，恐怕现在府里上下应该为你守灵了。"琼花轻描淡写。

高如风大惊失色，琼花莞尔一笑，把一柄刀丢在他面前，把手指往他脸上轻轻一刮："你瞧瞧你，是不是得罪了孟家的后生，为情而劫。该死啊。"

孟家后生？高如风的眼前闪过个年轻的身影。是那个柴夫，绝对是他。他的脸火辣辣的，一颗心扑通扑通地乱跳，琼花为何晓得这么清楚？他不解地看着眼前这个谜一样的女人。媚骨横生中更添了冷幽幽的杀气。从他母亲李国香嘴里，他对琼花的来历大体是晓得的，但是越相处，他越觉得这个女人更像一道猜不透的谜语。

"如风，我从大上海下嫁到泰州这样的小城，不觉得奇怪吗？"琼花背对着高如风，身着旗袍的背影，蕴藏着不能一眼看透的绵绵味道，她的肩是圆润中带有一点儿瘦削的。高如风的思绪都有些恍惚了。

"我，不是中国人。"琼花这句话不啻是平地惊雷。

高如风吃惊地望着面前的这个女人。

"我是日本人，很小的辰光就被组织委派到中国。"她凄然一笑。

组织委派？高如风有点儿不相信自己的眼睛了。他下床推窗，果然是一处僻静小院。再定神看看屋内，谍报机等工具一应俱全。

他顿时明白过来。

"我是松下井的人，你又不是不知道。"他这么说。口气是试探性的，有点儿玩世不恭。

"松下？是的，我与他分属两个不同的体系。我们的关系是互相钳制的关系。使命相同，但任务不同。"叫琼花的女人淡淡道。

"你的使命与任务是什么？"

"这个，要等你成为我的人才能告诉你。"

"成为你的人？你的意思是让我监督松下井？"

"别用这个词。你只要把他每天的行踪告诉我就行了。"

"为什么是我？以你的体系与能耐，你可以找到其他合适的人选。"

"你就是最合适的人选。不知道吧，从你踏上去东京的轮船开始，我们就一直在跟进你在东京的一切。你留过洋，有经营与从医的双重背景，经过组织考察，所以，才有了今天的我与你的关系。"

"你不是我父亲从上海娶回的吗？"

"你父亲？那个爱钱财胜过儿子、家族甚至一切的乡绅？哈哈，哈哈，我的经历又何止是一个乡绅的姨太太，在这以前，我在扬州是妓女，在东北做过土匪的老婆，在南京做过女佣，总之，任务需要我做什么，我就是什么。之所以做了你的三姨娘，也是因为你才步入高家的。这下你明白了吧。"

"把我弄到这里，你又是出于什么考虑？"

"什么考虑？你真幼稚！一个男人，一个女人，还能有什么考虑？"琼花，不，真名叫赖良京子的日本女人，向高如风娉婷走去。

高如风说："你疯了，你给我滚。"

赖良京子说："你已是棋子，棋子就应该有棋子的自觉。"

高如风说："你痴心妄想，我有我的追求。别想用你们的那一套来对付我。小心我把你交给松下井，我相信，他杀人如麻，对付你，我想也不必大费周章。"

赖良京子狂笑道："真是个天大的笑话。"

高如风将桌上的柴刀拿到手里反复端详着。赖良京子说："怎么，对于一个要杀死你的情敌，你还在思考什么呢？"

"不许你动他。"高如风冷冷地说，"否则，我不惜弄个鱼死网破。"

赖良京子媚笑着说："你这又何必？怎么，怕你的心上人伤心？倒是痴情。"

高如风别过脸，沉沉地望着远方。

这边杀机四起，那边孟家柴行的日子仍然平静如水。二当家的对俞浪行越发地满意了。这种满意不仅是把他作为芊芊未来的夫婿看待，更是把他作为革命的发展对象来考察。敌静我动，松下井越是斯文，越是长时间按兵不动，就说明这里面大有文章。泰州的地下组织在外松内紧的状态下，连续召开了几次会议，俞浪行都机警地完成了二当家的交给他的任务，并且每一次完成得都很漂亮。俞浪行觉得好玩，在玩的过程中，一次又一次地感受到了地下组织的严谨，执行命令一点儿都不含糊。俞浪行不知道什么是地下党组织，也不知道其中各人的职责分工，但是每次完成任务，他都会觉得很兴奋。这种新奇感不断地鼓舞着他，使他不断地成熟起来。他在慢慢地脱胎换骨，由粗糙变得坚毅，由戏谑变得谨慎，他感觉到他面前的路似乎变宽了。他被一种潜伏的力量推动着，他感觉到只有不断地向前，才能对得起孟家对他的关心和照拂。因为芊芊的强烈反对，与高家大少爷的亲事早已不了了之。芊芊对俞浪行越来越依恋了，她从他身上感应到了他的变化，强大而神秘。两人待在一起的时间越来越多，连大当家的夫妇似乎也睁只眼闭只眼，两人的婚事指日可待。看到俞浪行胳膊上的刀伤，孟芊芊吓得面色惨白，她小心翼翼地用绷带给他包扎起来。闻到心爱女子的处子幽香，俞浪行情不自禁地心潮起伏。孟芊芊没有追问，她隐隐约约地知道，他在从事着一个伟大的事业，斗争必然是要流血的。爱情的甜蜜更加增添了俞浪行投身革命的激情。按照二当家的分析，组织商会里的有识之士，把一切可以团结的力量团结起来，结成抗日同盟，摸清日军的动向，共同抵抗和打击日军，是泰州的地下组织当前的重要任务。抵御和打击，需要力量。这股力量，既有人的因素，也要有物资的准备与保障，光靠一些无产者或者小业主的集资捐赠，只能解燃眉之急。地下组织的茁壮成长，使泰州暗流涌动，一股新生的力量正在悄然崛起。

最新掌握的信息是松下井的军备仓库中就藏匿有许多宝物，而且这些宝物是不能示人的。信息是谁提供的，谁也不得而知。虽然扑朔迷离，但可以肯定地说，泰州的抗日地下隐蔽战线又多了一位支持者。据说只有死等战争结束，松下井才能悄悄偷运回国。这些宝物既是松下井的命根子，也是他的软肋。如果把这些宝物搞出来，泰州抗战的物资准备就能到位了。俞浪行与孟芊芊说起这件事时，孟芊芊头也不抬，淡淡地说："我知道是谁干的。"

俞浪行说："是谁？我认识吗？"

孟芊芊笑着戳着他的额头，又指着对岸，竖起两根指头。俞浪行说："他？怎么可能？"

孟芊芊指着自己的心脏，说："虽然他在日本人手下做事，我能看透他的心，心还是红的。"

"尽胡说。"俞浪行生气道。

"你忘了，我是修道之人，能参悟未来啊。"孟芊芊调皮地说。

事情没有想象的那么简单。

第二天一早，松下井二来孟家大院，红通通的聘礼摆满了院落。他直截了当地向大当家的摊牌，要明媒正娶孟芊芊。

大当家的说："我们孟家是小户人家，不敢高攀太君，与太君结缘。并且，小女早已婚配他人，还望太君体谅。"

松下井阴森一笑："无妨，只要芊芊小姐还未出嫁，我就有追求的权利。我之所以这样要明媒正娶芊芊小姐，主要还是爱惜她的才气，还有看重您在泰州的威望。"

大当家的敢怒不敢言，一口痰堵在胸口，欲进不进，欲出不出，当场晕了过去。

松下井丢下话来："十天之后，我坐高头大马来迎娶新娘。"

这个消息很快就在泰州上下传开了。街头巷尾，全城都在议论太君迎娶之事，为芊芊姑娘打抱不平。连油坊陈家、米行陆家的两个小姐知道了，也是一肚子的担忧。日本人坏啊。松下井可是比孟家大当家的还要老，真是欺侮老实人啊。这么一来，不但陈陆两家，城区大户人家纷纷把适龄的女儿家送到县外亲戚家，以闪避突如其来的灾祸。

孟芊芊得知此事，却是异乎寻常地平静。松下井想通过这件荒唐的婚事来实现其占有乐谱、蛊惑人心的野心。孟芊芊知道，一旦落入松下井的魔爪，死倒是简单干净，最可怕的是折磨，折磨她直到交出古乐乐谱。古乐乐谱在哪里？谁也没有见过。它是泰州人的文化传承与精神寄托。泰州天滋地养，祥瑞福地，乐谱在，泰州的精神就在，乐谱亡，泰州的精神支柱也会倒塌。从她手上拿走乐谱？不，绝对不可能。从道长将那个秘密告之于她时，她就做好了这方面的准备。宁为玉碎，不为瓦全，就算死，也不能让他的阴谋诡计得逞。

俞浪行每次来到她跟前，她都有要燃烧的原始冲动。这个后生，从那日躺在船篷顶上扯着嗓子喊唱《芦江怨》，就慢慢点燃了她，让她在他身边娇美任性，被他疼爱与珍惜。高如风对她的仰慕与痴情，令她怦然心动，尽管他们相遇甚少，但似乎她总会被他那种说不清的情愫所感染，她也会对他深如潭水的目光有所敬畏。如果俞浪行是火，可以让她燃烧，那高如风则是水，让她回归灵性。如果不是这场战争，可能她与他会像泰州的许多年轻人一样，编织爱情的梦想。可是，这一切，都随着松下井别有用心的婚事一下粉碎。这种直逼得人要发疯的绝望，让她的灵与肉每天都承受着无以复加的痛苦。

是的，我要把自己交给他。即使是火，我也彻彻底底燃烧一回。是夜，孟芊芊与俞浪行合二为一。若干年后，俞浪行回味他们的初夜，仍然是潮汐滚滚，连绵不绝。他们的爱是抵死的挣扎，绝望中的苏醒，黑暗里的曙光。

孟芊芊枕着俞浪行的胳膊说："浪行，我们逃跑吧。"

俞浪行沉思片刻，轻轻地抚摸她的脸说："我把你送出去吧，我是不能走的。"他知道她这么对他说，意味着什么。他也知道她肩负着什么样的使命。与高公馆二少爷做汉奸相比，孟家千金与松下井的婚约，使孟家大院的堕落与无良突兀地裸露在泰州人面前，人们或同情有加，或嘲笑谩骂，或干脆沉默。只有他深切地知道，她和她的家人承受着什么样的屈辱。他下这样的决定，有着一个无法说出口的理由，二当家的交给他的任务，这是一个他无法跟任何人包括芊芊在内的人去解释的理由。

孟芊芊含泪起身。俞浪行把她送出城外，除了深情地拥抱，他对她再也无法说出什么样的承诺。

孟芊芊单薄纤瘦的背影很快消失在夜色当中。

08
奇　谋

　　孟芊芊出逃时，她不知道与她同时行走在夜色之中的还有一个人，一个蒙面人。孟芊芊凭着记忆在夜里深一脚浅一脚地走着，依照清蕴道长的嘱咐，她须赶到道观桃树林，与那里的道长见面，才能依约找到乐谱。离城之前，清蕴道长说："如今兵荒马乱的，日本人虎视眈眈，到哪儿都烧杀抢夺，这次带兵的松下井更是个中国通，对我中华文明研究至深。全城上下，无人不知古乐谱是我泰州城的至宝，我日日担心，唯恐日本人来此。今日托付于你，实质上是把责任与灾难移交于你，你小小年纪，慧根甚深，想必你定有大智将其妥善收藏。"想起师父这般嘱托，芊芊几乎连跑带赶，桃树林离泰州城三十多里，一路上，她也恍惚听到轻轻的脚步声，驻足倾听，却什么也没有。她想可能是自己的疑心病导致出现了幻觉。几乎走了一夜，才跌跌撞撞地瘫坐到道观的石阶上。

　　来到桃树林，道长把她迎了进去。

　　翌日凌晨，孟芊芊出了道观刚二三里地，一群人从树林中跳出来，堵住了她的去路。孟芊芊吓得脸色煞白。为首的说："孟小姐，赶紧交出东西，否则，你的青春与小命就会葬送在这里。"

　　孟芊芊不明所以："什么东西？你们弄错了吧。我是奉家父之命来还愿的。"

　　为首的捻着仁丹胡，孟芊芊明白了，是日本人。松下井果然奸猾，他断定婚约必定会遭到孟家的反对，孟芊芊逃跑也在情理当中。而且，她逃婚时，必然会带着古乐谱或带着指令去保护古乐谱。

　　几个宪兵狞笑着扑向孟芊芊，她一下子摔倒在地上。突然，一声日语及时喝住发了狂的宪兵。

　　孟芊芊一看，竟然是高公馆的二少爷，高如风。他用日语叽里咕噜地说了一大通，语气不怒自威。

　　为首的宪兵将信将疑。突然，他跳起来，指着高如风骂着，几个宪兵立即上前，把高如风也扑倒在地上，迅速用绳子捆住。气氛很快剑拔弩张。

松下井在这几个刺客行动前，下达的指令是除了他本人到场，谁也不信。拿到古乐谱，是这次刺杀行动的最高目标。即使高如风是松下井身边的翻译官，也格杀勿论。

宪兵头子用冰冷的刺刀划过孟芊芊的脸和脖颈，逼她交出古乐谱，血从她雪白的肌肤一滴滴往下流，而芊芊则紧紧地咬着牙，高如风看着心如刀绞。

见这女子如此刚烈，宪兵们上去一把撕开她的衣裳。白皙的身体一下子暴露在众人眼前，日本宪兵的眼睛贪婪地扫视着眼前的尤物，高如风的头都要炸裂开了，他疯狂地扑上去，要去保护芊芊。一个宪兵用枪指着高如风的脑袋，两人命悬一线。高如风痛苦地闭上眼睛。

突然砰砰几声枪响，几个宪兵应声倒地毙命。一群人从树林深处跳了出来，往高如风手上递了件东西，而后迅速离开。

树林中只剩下他们两人。高如风连忙扶起孟芊芊，替她裹好衣裳，见地上几具日军尸体，血流一地，看起来触目惊心。两人连忙相扶着离开。

找到一个小旅馆，孟芊芊受了惊吓，高烧不退。高如风日夜照应左右。待芊芊略有好转，才想起那群刺客临走前给他的东西。他打开一看，原来是枚袖珍飞镖，一枝樱花分外夺目。他顿时明白过来，是赖良京子又一次施以援手。上次她施以美色诱惑，但被他婉言谢绝。今日再施援手，究竟意欲何为？是她不想让高如风在松下井面前暴露，还是为了进一步检验松下井在侵华过程中对大日本帝国的忠诚，又或者是仅仅为了满足她对自己的贪欲？这个女人，高如风越来越看不透她了。

僻静的小旅馆内，高如风与孟芊芊相对枯坐。半晌，他对她说："不如我们一起走吧。"

芊芊说："不可能的，你有你的路要走，我有我的事情要做。"她的眼睛黑白分明。

她就像面镜子，透过她，似乎能看到自己的灵魂，令他如此不安。

"为什么不能？我有学医的经历，无论到哪里，都可以让你过上你想过的世外桃源的生活，让你活在你的古乐世界里。"

"这个世界，你是无法自主地选择的。无论是你从事的职业，还是梦想，战争会打破所有的秩序，重新洗牌。谁在战争中找准自己的位置，并在那个轨道上走下去，谁才能赢得明天。"孟芊芊说，"逃亡其实是走向死亡。我也悟出了一个道理，逃避永远不是解决问题的办法，只有去面对它，恐怕才有可能峰回路转。"

高如风对面前的女子敬若神明，她所讲的道理他全明白，在这种背景下听来，特别让人警醒。如果说赖良京子是个千年老狐、吸魂精怪，那芊芊则是照妖宝镜。

这面镜子把他前面的路一下子照亮了。尽管这个亮光还有点儿微弱，但是足以让他清醒，引导他去探寻更多的光明。

接下来的路该怎么去走？孟芊芊和衣而睡，而高如风在房间里守着她，苦苦思索了一夜。

第二天一早，二人一商议，不由得击掌大笑。高如风见芊芊笑得如此欢快，如沐春风，这是他们相识以来的第一次大笑。

半个月后，失踪了的高如风赶回泰州，赖良京子见到他醉意满怀，似笑非笑道："我派去的人杀了松下井派去的人，他们想要刺杀你和你的心上人，你好没良心，一去数日，不怕我把你全家灭掉？"

高如风嬉皮笑脸道："哪能呢，如果这样的话，我就没有三姨娘了。"

赖良京子说："嗯嗯，不杀你，是因为松下井还没完成任务。我且留你一条小命。"

高如风面若白玉，笑意吟吟。赖良京子看着他，心里不晓得是何滋味，即便她知道这是味毒药，她也要将它饮尽。因为，在这世间，所有的纯良，都在眼前的这个年轻人身上得到了体现。他爱着国家、家乡，却又承受着有心无力的痛苦，他爱着对岸的女子却因不能去爱而受着折磨，这些都令她动容。这是一个真真实实有血有肉的男人。她深深知道，作为一个间谍，所有的爱恨情仇，不过是完成任务的工具与手段。但作为一个女人，她还是存留着一丝奢望。高如风时雅时痞，滑腻如泥鳅，她至今也捉摸不透。一个间谍一旦陷入情网，最终结局都是不言而喻的。不管松下井在泰州是否完成任务，她深知"螳螂捕蝉，黄雀在后"的简单道理。只要把高如风牢牢抓在自己手上，何愁掌握不了松下井。她捏着樱花飞镖，等到占领泰州，完成使命，她将携高如风回到东京，一起去过神仙生活。樱花啊，樱花，我已多年没有闻到你的芬芳。她苦笑着，但愿这场樱花之梦能够实现。

高如风回到家里，又是一场骚动。高如风说被绑匪掳去，他们实在榨不出油水就放了人。李国香扑到儿子身上，涕泪交加，高老爷长舒一口气。折腾半晌，高如风方才回到自己房间。睁眼闭眼都是芊芊的身影。刚刚过去的半个月里，他们共同完成了一件大事，惊心动魄，却又荡气回肠。

古乐乐谱，终于在指定的地方找到了。这个全泰州人的精神图腾，怎么藏匿都无法摆脱被松下井追杀索取的命运。即使舍命保护，一旦保管不善，玉帛见光风化，也承受不起良心的谴责。

那夜，两人对着昏黄如豆的油灯，心事重重。芊芊小心翼翼地将玉帛展开。一滴烛油沾到了玉帛上，很快那上面的图案就隐隐化去。芊芊惊呼一声，触动了高如风的某根神经。他兴奋地说："有了，芊芊，我有了一个绝妙的主意。"

芊芊说："什么好主意？快点说来听听。"

原来高如风在日本期间，被日本的文身技艺吸引，曾经师随日本最著名的艺师，苦练文身技艺，无论是绘画功底，还是刀功技法，均深得师父的青睐。文身技艺中最上乘的功夫，是将绘画文于人的皮肤，用特定的药水辅助，似隐非隐，精美绝伦。但是战争爆发，一切都逆转了。

高如风如数家珍说完，孟芊芊早已羞红了脸。高如风说："我不是有意要——"没等他说出口，孟芊芊就用手掩起他的嘴。

沉思半夜，孟芊芊说："依计而行吧。"

次日凌晨，高如风就去城里配回药水、绷带、颜料、消毒液。当晚夜深人静，屋内用盆搁满水，以降体温。孟芊芊褪去身上的所有衣物，沐浴完毕，处子般趴在床上。半施了麻药，看着孟芊芊似睡非睡，高如风的心猛地一揪，连忙定神凝目，排除一切私念干扰，依着玉帛，一笔一笔在她身上挥刀勾画。次日东方鱼肚泛白，芊芊嘴里咬着的毛巾早已浸出血水来。高如风也如同从水牢里爬出，面色煞白。一连数日，两人紧闭房门，孟芊芊裸身被白色绷带全身缠绕并固定于床上，高如风不眠不休，紧紧凝视孟芊芊。一个星期后，两人均似大病一场。慢慢掀去绷带，又是一层血迹，但是玉帛上的器乐、场景、乐谱均在芊芊身上栩栩如生。高如风也被自己的技艺惊得目瞪口呆，古玉帛就以这种特殊的方式保存了下来，他与芊芊凝视良久，情不自禁相拥而泣。

玉帛完成了它的使命，芊芊身上裹着轻衣，神色凝重地将玉帛掷于火盆。火苗很快将玉帛燃尽。

高如风每日精心照顾芊芊，祭祀一般，他对芊芊的爱已经超越了纯粹的肉体之爱，因为古乐乐谱已经融入芊芊的身体血液。一夜，芊芊无眠，拿起高如风的长笛，月华如洗，白衣长发，如泣如诉。高如风远远观来，泪落满面。

临走前，他又拿出一瓶药水交给孟芊芊，用途方法一一说明。望各自安好，他这么想着，沉沉睡去。

次日，松下井见到高如风，也未多加追问去向。这个翻译官如同鸡肋。倒是派出去执行任务的几个宪兵没有生还，而且孟芊芊也不知去向，令他十分恼火。是谁胆敢在他这个太岁头上动土？难道是高如风？他观察高如风这么久，从来没看见过高如风拿起一回手枪，倒是逛窑子、喝花酒，油头粉面地满街晃悠，十分在行。他安插在高公馆的线人这么向他汇报："二少爷是个没得出息的家伙，连三姨太那

么骚的娘儿们他都敢勾搭。"他听了，捻须一笑。

就这男人？

线人正是高二爷，此人奴颜媚骨，只要给他一点儿好处，亲老子都能卖给人家当孙子。当初在扬州巧遇琼花，实质上也是被琼花即赖良京子暗中算计好了引诱其上钩。高二爷见这婊子秀色可餐，以为可作为诱惑高老爷，并掌握他把柄的人。二人心怀鬼胎，各打各的算盘。日本人一来，高二爷以为宪兵的大腿比较粗，就顺竿干起了给日本人舔屁眼儿的勾当，专门在五一路开了间日式料理店，服侍日本官兵。高二爷每天在大街上提笼遛鸟，四处晃荡，路人无不厌弃，又敢怒不敢言，只是离得远远的，那间店就成了日本浪人交换情报信息的场所。高二爷定期把高老爷一干乡绅的动向和泰州上下的消息报给松下井，按时从松下井那儿得些银圆，高如风与三姨太琼花眉来眼去早被他报料，松下井听来，更觉得高如风不过是个绣花枕头，连老子的女人都敢上，浪子一个。

倒是那个三姨太，听到高二爷说过几次，都是与大夫人的明争暗斗、争风吃醋，又说什么上海来头，见识不一般，才学也高，高老爷买进卖出什么的都要听询她的意见，大夫人斗也白斗云云。

才学不一般？这句话倒是让松下井起了疑心，区区泰州，竟有这样的人物，什么时候倒见上一回。冥冥当中，他这么想着，假如上峰是这个三姨太，说明已经酝酿已久，一个人安身在小小县城，一等数年，没有韬光养晦，是成不了气候的。但是，可能吗？他再一次追问自己。辗转大半个中国，他从没有像现在这样困扰过，似乎总是有一张看不见的网罩在他的头上，让他想动也动不了。共产党人似乎在跟他捉迷藏，天皇阁下派出的特派员过几天就来一道樱花手谕，在泰州的日子里，他几乎没能安稳地睡过一个好觉，那张看不见的大网勒着他的喉咙，让他喘不过气来。

一切真相，只有在婚礼那天大白于天下了。无论是孟芊芊，还是三姨太，以及一直在他面前的高如风。

如果，在婚期当日，再看不见孟芊芊的身影，等于就是全泰州人一齐掴了他松下井的耳光。那么，到那时，就只有一条路可走了。

大开杀戒！

09

血　婚

　　上面对松下井越来越不满意了。驻扎泰州数月，连共产党人的汗毛都没看见一根，共产党地下组织倒似冒出了头，连那些商户都敢起来反抗了。数百家商户，一夜之间突然联手罢市，浩浩荡荡的人群从南门高桥一直游行到下坝破桥口，北山寺的东侧，小小的泰州县竟如都天庙会一般搞得有声有色、热闹非凡。宪兵队岂能容得下他们在家门口示威，下令逮捕闹事的首要分子，镇压示威群众。于是，石头块、铲子、铁锹与机关枪、刺刀展开了搏斗。战斗持续了几个小时，嘶马庄、拴牛市一带，双方都伤了不少人。双方正僵持着，第三道樱花手谕飞至：立即停止。气得松下井一下子把手谕撕得粉碎。

　　经查，活跃最为频繁的当数孟家大院的伙计俞浪行。松下井气得两眼充血，想不到看似不起眼的柴行，竟然窝藏了这样一个危险人物。难不成孟家才是共产党的贼窝？他的头脑里闪过大当家的兄弟，还有他将迎娶的新娘孟芊芊。孟芊芊离奇失踪，他断定必与古乐乐谱有关。但是已经九天了，派出寻找的人接连蹊跷死亡，难道是共产党在暗中保护？镇压戛然而止，俞浪行自那以后却似脚底抹了油似的突然失踪了。一个手无缚鸡之力的弱女子，一个脚底抹油的柴夫，能到哪儿去呢？难道两个人私奔了不成？

　　如果这么推断下去，俞浪行是共产党活跃分子，那孟芊芊呢？难道她也是共产党，或者说早被共产党拉拢过去？

　　荒唐，真是荒唐。

　　松下井的醋意与敌意都是明摆着的。连一介柴夫都搞不定，这宪兵队次长难不成是吃素的。他责令孟家大院必须及早交出孟芊芊和俞浪行，否则将孟家以通共通匪论处。

　　全城展开了对俞浪行的搜捕。

　　孟家大院，宪兵队如猎犬般四处搜查，此前松下井突然逼婚，如今又来搜查共产党人，女儿芊芊离奇失踪，不到十天，接连几件都是惊天动地的大事。大当家的夫妇又气又急，一下子病得气息奄奄。倒是二当家的对着皇军一个劲儿作揖，说自家侄女是到外地道观游历，时间不长必定会回来。至于俞浪行，那该杀的伙计早已于数月前离开孟府，还卷走了孟府不少金银细软，如果皇军捉到他，必定要严加处置云云，说得皇军将信将疑。二当家的又暗自塞了银圆打发众人，宪兵队才作罢。

俞浪行去了哪里，除了二当家的，其他人悉数不知。罢市风波闹了数日，宪兵队也跟着折腾了数日，小小的泰州城一拨又一拨地不断发生骚动，手法与数月前被人用弹弓投掷硫酸类似，这些小动作虽不致命，但一旦沾上，也要治疗良久，搞得宪兵队一干人马人心惶惶，精疲力竭。如此疲劳战术，使松下井暗暗着急。泰州城一天不清洗干净，他们作为先头部队的存在就毫无意义。上面已经三番五次要他血洗泰州县城，他都一直没松口。以他的判断，拿下高家与孟家，已是赢了大半，泰州民心一乱，收复志在必得。高家收入囊中已经注定，高老爷作为一介盐商，只图经营得利，高氏兄弟，一个才智平庸，一个花天酒地，都是不作数的庸才之辈。孟家夫妇平和老实，经不住风浪即将病亡，只待将孟小姐找回，婚礼如期举行，得到了孟芊芊，就得到了古乐乐谱，只要她人一到，让她开口是迟早的事。到那时区区一个县城，必定大乱。大乱之中进行大治，挖地三尺，也要将共产党人全盘清洗扫荡干净，即使是孟芊芊他也毫不手软。届时，泰州上下就会知道，松下井垂涎的并非是孟芊芊的美色。美色只不过是通向成功的一块垫脚石，而将泰州收入囊中才是他的醉翁之意，这一天指日可待。

松下井充满了焦灼与期待，很快，在孟家大院蹲守的宪兵传来了孟芊芊回府的好消息。

他暗暗松了一口气，真是天助我也。

第十天，孟芊芊与松下井的婚礼如期举行。

孟家的陪嫁甚为可观，浩浩荡荡的送亲队伍赶着马车，驮着花花绿绿的陪嫁行头，从破桥口一直向南绵延数里。松下井身着礼服，佩戴着大红花，骑着高头大马，不停地向路两侧围观的人挥手示意。他的后面是遮得严严实实的花轿，宪兵队在松下井及花轿两侧护卫。鼓乐声中是宪兵队齐刷刷的脚步声。泰州人静静地望着这支奇怪的队伍。就连躲在人群中看热闹的陆陈两家的姑娘，也看不透那神仙一般的孟芊芊，究竟葫芦里卖的什么药。

如果不是有鼓乐的喜庆喧闹之声，真让人怀疑是支送葬的队伍，非同寻常的婚礼往往潜伏着非同寻常的故事。

俞浪行也隐藏在这支队伍当中，他赶着驮满嫁妆的马车，突然想起了很久以前他做过的一个梦。那个梦，新郎官是他，那个梦是个血色婚礼。直到今天，他才明白，有时梦不过是对未来的一种昭示。他拉低帽檐，平静地赶着马车。

婚宴在北山寺旁边的和平饭店举行。县城的名门望族带着家眷一同来庆贺观礼。高老爷纵然一百个不高兴，却也奈何不得，场面上的事就得依场面上的规矩去走，原本以为能跟孟家结成儿女亲家，没料到给日本人捷足先登，大夫人李国香推托头疼，三姨太琼花自然上位相伴左右。高如风作为松下井的翻译官，担任婚宴接待总串角色，面上看不出任何表情。高老爷见儿子在香脂粉黛中游刃有余，心中甚为欣慰，自己背负着卖国汉奸的骂名，将儿子送到虎狼之窝，求得盐业市场的垄断经营，儿子虽然受屈，但总算没辜负自己一片苦心。琼花眼风瞟过，不动声色。松下井初见琼花，但见这女人打扮举止一副大家做派，看不出半点儿小微之处，且与高如风相处举止得体并无异处，不由得暗暗惊奇，只觉得此女恐怕不仅仅是上海小户人家出身，脸上不显山不显水，对前来送礼祝贺的乡绅名流达官贵人一一作揖答谢。大当家的抱病在身，二当家的替兄长出席婚礼，站在松下井旁边含笑致谢，最是自然不过。

宪兵队一拨在和平饭店四周值守，另一拨留守北山寺，即便鼓乐声声，热闹喧天，喝酒也没忘高度警惕。俞浪行一行把嫁妆拉至北山寺，一一卸下，只见得生活用品、高级家具、古玩字画一应俱全，士兵们哪里见过这琳琅满目的陪嫁，只惊得瞠目结舌。俞浪行嘴角含笑，用酒菜一一跟士兵招呼，同时叫手下把东西分类送至各个地方。佯装内急，他四处寻找松下井藏匿宝物之处。从外围看去，北山寺并不奇伟，但里面却曲径通幽，玄机暗藏。他走走看看，不停地用油漆做下暗记。走到尽头，但见一仓库大门紧锁，窗户黑咕隆咚。仔细瞧去，又见那铁锁有新开过的痕迹，心里想恐怕就是这里。正待伸手去拧门锁，突然一双修长干净的大手抓住了他的手腕。俞浪行定睛一看，正是高如风。

只见他的双眼布满血丝，面上似有憔悴之色。两人瞬间无语。很快，高如风醒转过来，低声说："这是弹药库，这把锁万万碰不得。"原来这锁是开关，外人一旦触及，整个弹药库瞬间就会引爆，其威力能将北山寺兜底掀翻。

"跟我来。"高如风低声说道。两人猫腰来到伙房。原来，松下井奸猾之处就在这里。木头箱子一溜边靠墙堆放着。伙房人来人往，谁也不会注意几个木头箱笼。伙夫是松下井亲自挑选的，对其忠诚不贰。

"你怎么会？难道你也是？"俞浪行诧异不已。高如风朝他示意，让他噤声。趁婚礼当日，偷龙换凤，以陪嫁物件智换宝物，极端机密，稍有不慎，能引发全城杀身之祸。二当家的临行时特别交代，俞浪行的任务是将东西顺利换出，届时相机行事，有人接应。莫非这高家二少爷就是组织安排的？

高如风淡淡一笑，示意俞浪行抓紧动作。伙夫已经给高如风暂时支开。俞浪行一个呼哨，几个壮汉很快将箱笼打开，但见里面皆是奇珍异宝，件件价值连城。俞浪行强压怒气，心里大骂：狼子野心，掠我土地，抢我珍宝，连我的女人也敢夺去。松下井如在面前，一百个头也不够他卸。

几个人手脚极快，东西换好，小车鱼贯而出，很快消失在夜色之中。

高如风回到婚宴现场，宾客两欢，莺声燕语，觥筹交错之中，只见二当家的醉眼蒙眬。高如风挨到他身边，不小心把酒洒到他身上，赶紧给他揩擦，悄声说了俩字"到位"。二当家的听在耳里，连连举杯，朗朗笑道："无碍，无碍。今日大喜，此等小事不必放在心上。"

接近子夜，宾朋一一散去。洞房里花烛摇曳，松下井见那纤细身影端坐床沿，心里一松，终于可以见底了。

他走上前去，挑起盖头，不由得吓得连退几步。只见面前的女子脸上脓肿，数处化脓溃烂，满脸黑血，裸露在外的肌肤全是这样，恶心无比，诡异莫名。松下井大惊，新娘状如麻风病样，的确让他始料不及。

他急声问道："你是谁？快说。"

"太君，小女正是孟家独女，孟芊芊。"那女子发出的声音清脆悦耳，正是之前隔门说话的声音。

"怎么证明？敢撒谎的话，我就杀了你。"松下井半信半疑，这话出口，他自己都觉得奇怪。

新娘也不作声，只是拿出随身的古琴，在桌前坐定。很快，一曲终了，余音绕梁。松下井半梦半醒，琴声验证了女子的身份。这女子连日在外，染上怪病不回来，也是情理当中。

他把一口恶气咽回肚内，说："是我过于武断，婚礼定得仓促，你且好好休息，明早把医生找来，想必应能看好的。"

孟芊芊欠身，柔声说："太君理解，再好不过了。"

次日，松下井将泰州中医逐一请来，给孟芊芊治疗。泰州中医本久负盛名，如许氏正骨、陈氏针灸、邱氏烫伤膏药制作，个个声名在外，但哪个医生来，都摇头叹息，说病例罕见，闻所未闻。简单开些中药，给孟芊芊喝了，不料却越喝越坏，不久孟芊芊便气息奄奄。孟家夫妇早已病入膏肓，也不来探望，说女儿嫁给皇军，就是日本婆娘。言语之中，是恩尽意绝。泰州上下，对孟家大院无不唏嘘，有人骂孟家小姐就是个祸害，也有人说孟家夫妇人虽老实，倒也没丢中国人的脸，总之，各说各的，倒也成了泰州坊间的传奇。

松下井见孟芊芊即将病亡，连连追问古乐乐谱下落，孟芊芊已不能言语，只是拿眼神向天空示意。松下井想，天空之意，是为上，泰州老城最高处还是上真殿道观。中国人奇思妙构，这明修栈道，暗度陈仓，自己竟被孟芊芊这一小女子迷惑，乐谱应该还在道观之内。他连夜带兵上了道观。

清蕴道长端坐观内，一旁炭火盆内，有物刚刚燃烧过。松下井要道长交出宝物。道长说："兜了这么大一个圈子，又劳师动众，你早该来这里的。"又淡淡地说："我们中国人，还有一句古话，叫宁为玉碎，不为瓦全。你且闻闻，这道观之内是何味道？"

松下井仔细嗅去，空气当中似乎有布匹燃烧的焦臭之气。他的脸气得铁青，令宪兵手执火杖，扔于道观之内。

道长面无惧色，端坐蒲团，吟唱道："守悟道，即本分；道非道，天必谴。"

道观很快崩塌，火光映红了泰州城的上空。

松下井败兵回城，听报孟芊芊气绝身亡，立即着人草草葬于郊外。半夜，新土松动。

10
樱 祭

　　共产党滑如游鱼，一片鱼鳞都没揪到，新娘孟芊芊奇怪病死，古乐乐谱灰飞烟灭，宪兵队连连受扰，一连串的挫折使松下井状如困兽。如果当初按大日本武士道精神大开杀戒，泰州城早已踏平，原以为熟谙中国文化，哪个晓得中国文化博大精深，自己一瓶不满半瓶晃荡，彻底是赔了夫人又折兵。松下井怎么也出不了这口恶气，他沉思良久，疯狂地下令整顿队伍，连夜血洗泰州城。

　　就在整饬完毕、子弹上膛、准备出发时，一个黑衣黑裤戴着黑色礼帽的冷峻男人突然出现在北山寺门口，黑糊糊的，显得异常冷酷与压抑。

　　松下井早已失了冷静，见来人堵住去路，正待开枪，一支飞镖"嗖"地飞到面前，松下井闻声伸手夹住。只听得一个女子冷冷喝道："放肆，把枪放下。"

　　松下井定睛一看，心里一惊。果然！来人正是高老爷的三姨太，叫琼花的那个女人。只见她冷艳绝伦，说："我是东京特别行动组长赖良京子，受上峰指令，接替你的位置。"松下井低头一看指间飞镖，不错，柄上果然是一枝樱花。手谕上是樱花压纹，字体相同，第四道手谕上面只有四个字：宝物清单。

　　松下井羞辱莫名。他气急败坏地奔至伙房，打开木箱，只见里面不过是砖头瓦砾，哪有什么珍宝身影。究竟何时不翼而飞的，他竟毫不知情。原来这个女人真的是一直将他困在玻璃房里的女人。可惜悔之晚矣，如果不是他的贪婪，就不会走到今天这步田地。

　　赖良京子冷冷地立在原地，双方僵持。再看翻译官高如风，早已站到赖良京子那里，仍然像无骨泼皮一般。

　　饵成了鲨。松下井再一次始料未及。突然，他哈哈狂笑，樱花手谕让他无地自容。四个字意味着什么，已不用再说。无令而令，松下井就地饮弹自杀。赖良京子连夜接任。

　　翻手为云覆手为雨，战争残酷得不近人情。隔日，就在泰州县上下惊奇于松下井饮弹自杀时，一声爆炸声突然平地而起。没等赖良京子从睡梦中反应过来，泰州城的一干热血青年,纵火点燃用柴火掩盖的炸药桶,北山寺爆炸,鬼子兵无一幸免。

一场樱花祭!高如风背着手对着县城上空的滚滚浓烟,心里感叹道。原来,他就是暗中支持地下隐蔽战线的另一人。他接替二当家的,成为党的地下组织的联络员。若干年以后,高如风回忆起这个过程仍然心潮澎湃。

泰州城的鬼子主力被歼灭,战争还没完全结束。根据上级安排,二当家的和俞浪行他们必须赴前线支援。

离别再次摆到了俞浪行和孟芊芊的面前。他寻思着走到芊芊的闺房,见她正默默对着古琴。原来,被松下井逼婚前夜,孟芊芊就服下高如风给她的药水,当夜就全身脓肿不堪,诈死之后,又被二当家的和高如风迅速从新坟挖出,灌之以特殊汤药,待她醒来后悉心调理,不久便恢复昔日容颜。孟家为她和俞浪行举办了一个简朴的婚礼。因为第二天,俞浪行必须奔赴新的战场,这一夜,他们抵死缠绵。

"怎么?芊芊,你愿意跟我一起走吗?"俞浪行看着躺在他臂弯里的芊芊,她的脸上是满足之后的甜蜜与幸福。如果永远停留在这一刻,该有多好。俞浪行贪恋着芊芊的身子,柔弱无骨,动情之后更是一汪水,这么好的姑娘,现在成了他的妻子,他怎么能够不满足呢?但是想到明天的离别,固然打游击有着看不到前路的艰辛,他仍然犹豫着说出了隐藏在心里的话,然后把头埋进她的秀发里。

"不。"芊芊从爱欲中醒来,仍闭着眼,这么说。

"那你,是准备跟他一起走吗?不,芊芊,不要这样,如果因为我要到前线离开你而使你痛苦,我宁愿带着你跟我一起去受苦受累。"俞浪行用手支着头,看着他的新娘,说道。

"不,我和他太像,就像是一个人。他的志向与你是一样的,只不过,你们采取了不同的方式。我与他是永远不会走到一起的。"孟芊芊心口一致。俞浪行的心却给重重敲了一击。

"那?"他仍然不甘,爱情在此刻是多么卑微。

"我只会去过一种属于我自己的生活。"孟芊芊往他怀里钻了钻,闭着眼睛,享受着这个滚烫的身子,还有他身上的气息,"浪行,你放心地去做你的事业,我会在这里等着你。"

"等着我,等打完这仗,我一定会回来,和你一起过属于我们自己的生活。"俞浪行动情地吻着芊芊的脸。

"不,你现在已经有了你自己的选择。男人应当有自己的梦想。你的梦想,是到战场上。"孟芊芊低语。

"那么，芊儿，请相信我，我会让你荣耀的。战场让我热血沸腾，想到能以一己身躯去为我们国家的和平与解放奉献自己的一腔热血，为你在人们面前争得这份荣耀，我就死而无憾了。"俞浪行疯狂地吻着她的脸、她的唇、她的身子，热浪再次袭来，他们一齐在里面沉浮，一起到达顶峰。然后，再次归于平静。

"浪行，不要这么说，你一定要好好地活着，就像你过去唱《芦江怨》那样。"孟芊芊睁着眼睛，郑重地凝视着自己的爱人。

"那，你是爱我，还是爱他呢？"俞浪行挣扎了许久，再次问。

芊芊平静地说："我爱你胜过爱他，同时，我爱他也胜过爱你。我憎恨我自己，是什么，又为什么要让我有这种超乎寻常的感知？道乐让我的灵魂在清净中得到洗礼，得到满足与升华，但也让我的肉体越发地饥渴与不安。这并不是说古乐与现实是相悖的。我爱他是用灵魂去感悟，爱你却是用肉体和生命体验。你的覆盖让我的灵魂游走，我是空着的。当我和他沉浸在音乐的海洋中，我也不知我的身体已经漂向了何方，因此，我也是空着的。浪行，我很奇怪我的这种'空'，是从何处来的呢？最终又将走向哪里？这种'空'是一种茫然并且无所适从的'空'，是一种自己想摧毁一切却又苦苦期冀的'空'，这种'空'是在真实与虚无之间的互相折磨、相互斗争，好似把我分成了两个人，一个是属于你的，另一个却是属于他的。而这个他，并非是对岸的他，而是古乐。现在的我只不过是一个载体，一个承载古乐乐谱的躯壳而已。浪行，请原谅我，我未能像其他女子一样把全身心的爱全部交付与你，我尊重你，把你的生命视为我自己的生命，对你从事的革命事业，以及投身其中的狂热与激情充满了尊重和热爱。你不要这样看着我，这样分明是在指责我在背叛你。不，我从来没有背叛过你，一丝一毫也没有过。我所要的，所追求的东西，你可能一辈子也不能明白，我也不奢望你的理解。所以，你走吧，放心大胆地去追求你的革命事业。我会在这里等着你。"

俞浪行望着被爱与痛苦纠缠的芊芊，搂过她的肩头无声地宽慰她。他坚信她对他的忠贞，对古乐的忠贞，如同他对革命的追求，已融入了生命，变成了本能。他心想："我与她虽然已经结为夫妻，从精神上，我还是配不上她。如果我追求的革命事业能让芊芊感到自豪，那我还是愿意用我的生命去成全她。"

他骑上马，立在破桥上，眺望草河。的确，一条河把岸隔成了两块。他长啸一声，策马前行。

11

张　网

小鬼子死了，全部炸死了。整个泰州城，从乡绅乡贤到黎民百姓纷纷奔走相告，击掌相庆。不少人赶到北山寺一探究竟，但见那里残墙断壁全部给炸得焦黑，不少尸骨已成焦炭，真是满目疮痍。前往探望的人个个朝里面吐着唾沫，有的骂着："杀千刀的小日本活该，自打他们进了咱们县城，就提心吊胆地没过过好日子。"

有的说："这下好了，泰州自古以来是风水宝地，从无大的战事，这次小日本来倒腾一下，意味着又逃过了这一劫。"

有的则说："我们泰州，自古就是祥瑞之地，百毒不侵。"

也有的说："世间万物，都讲究个规律，盛久必衰，衰久必盛。再大也大不过天。"

小城进入了初步夺取胜利后的集体兴奋状态。有些乡绅开始估摸着做些发财的生意买卖。高府更是喜庆洋洋。高家老爷邀请本家亲戚和生意伙伴来家庆贺，顺便联络感情，以图生意兴隆。

众人一一落座。高老爷一看右手边上的位置一直空落着，心想琼花莫不是睡过头了，心头一阵荡漾，但仍是端着，用眼睛示意大夫人李国香。李国香会意，着下人去琼花屋里催促。一会儿，下人来到高老爷跟前，耳语一番。高老爷面色一沉，瞬间又恢复平静。李国香不语，笑吟吟地端起酒杯站到丈夫身边。高如风坐在下首，把一切收到眼底，心里想，中国名叫琼花的日本女人，特高课特别行动组组长赖良京子再也不会回来了。

高老爷清了清喉咙，笑道："老少爷们儿，小日本这一次在咱泰州城栽了大跟头，全军覆没，是上天给咱们的福祉，也是我们生意人新的机会。重振泰州盐业雄风，离不开各位老少爷们儿的关心扶持，我们一定要抓住这次千载难逢的好机会，把我们的盐业做得更加风生水起，重铸天下盐利、两淮居半，两淮盐税、泰州居半的辉煌。干。"

举杯欢庆。

一个大活人居然凭空消失了，宴会结束后，高府的气氛骤然降到了冰点，高老爷大发雷霆，李国香着人四处寻找。下人们在河里、沟里、井里都寻了个遍，回来均是摇摇头，她不慌不忙地在高老爷身边张罗着，每有下人回来通报，听完了，她都摆手，下人们就噤声站到一旁。她在心里冷笑了一千遍一万遍，骚货，狐狸精，早死早好。

下人们暗暗揣测，三姨太恐怕趁着乱子，把老爷的钱财卷走，跑大上海去了。不怪下人们这么想，连高老爷也这么想，他是哑巴吃黄连，有苦说不出。琼花这女人是他的解语花，这几年跟在他后面，商场商道，比较熟悉，她私下吞了他多少盐，高老爷一直以来是睁一只眼闭一只眼的。女人嘛，就是由着性子宠，才有意思。现在想来，高老爷不禁有些后悔了，琼花聪明，有这些商道傍身，在十里洋场，投资做些生意应该是没问题的。又想，唉，早不该教会她那些门道，女人还是漂漂亮亮地待在家里，吃吃玩玩，听听曲儿，以色事人为好。高老爷牙给打到肚子里，不便对外宣讲，暗暗着人去上海寻，下令活要见人，死要见尸。

高如风悄悄去北山寺现场看了，那些焦黑的尸骨里，并没有看到女人的痕迹，当下疑惑不已，难道赖良京子提前听到消息逃跑了？按照道理是不可能的。整个行动丝丝入扣，晓得计划的寥寥无几，这个女人的嗅觉怎么可能如此灵敏？高如风内心泛起了一阵波澜，那个女人身世坎坷，不晓得蒙住了多少人的眼睛，然而，这次倘若真的逃脱，党的地下工作会不会受到损伤，泰州会不会掀起更大的风浪，后果难料。他的心里茫然得很。到底要不要跟地下党组织的负责人把这个女人的情况说清楚，他在犹豫。虽是父亲的小妾，潜伏在父亲身边好几年，父亲若得知她是条美女蛇，会不会三魂七魄都要吓出来？高如风暗暗苦笑了一下，仍做无事状，该去银行去银行，该去玩乐去玩乐。

高开也不多话，心中暗暗失望，没了一个琼花，虽说将来在财产继承方面是少了一个对手，但这个女人妖里妖气，成天打扮得香喷喷的，一把细腰扭来扭去，看得他心痒难熬，要不是他父亲看住，他早就按耐不住了。其父高二老爷见了大嫂李国香，心里也有说不出的滋味。想那琼花是他一手费尽心机安插进来，承欢大老爷胯下，如今鸡飞蛋打，心里恨得牙痒痒，但也说不出口。李国香却是欢喜得紧，心里一边乐开了花，一边祈祷这狐狸精最好一了百了，永远从高府消失，大面儿上仍是不动声色，巴望着给两个儿子张罗媳妇。高府上下，各怀各的心思。这个谜随着时间的推移慢慢地就这么淡化了。

赖良京子失踪，她的身份成了仅高如风知道的秘密。小城泰州恢复了以往的平静。俞浪行高头大马抗日去了，孟芊芊一封信也没有收到，似乎凭空消失了一般。

她仍然在孟家柴行，跟随父母住在一起，每天钻研古乐乐谱。古乐技艺精深，令她深深着迷。她痴痴地想，如果有一天，这些古乐，能成为这个县城最亮的招牌，能一代一代地传承下去，也不枉清蕴道长与她，还有高如风，为保留古乐谱所做的奇巧安排。想到高如风，她的背部如蚁爬行。新房里大红双喜的窗花还是殷红一片，她缓缓闭上眼睛，想起高如风在小旅馆里，在她身上文绣古乐谱，心里不由得一阵阵刺痛。高如风与她，是永远走不到一起去的，纵使他对她痴心一片，但是她毕竟与俞浪行已是夫妻。文身之前，新婚之夜，他们夫妇仅有的两次同房，算算日子毕竟已经过去了三个多月。这段日子，她蔫蔫的，神思也有些萎靡。她捂着腹部，暗暗想着，莫不是有了？想起与俞浪行的点点滴滴，不知道他和他的队伍现在开拔到了哪里，对有可能到来的孩子，还有孩子的未来，她心里头苦涩涩的，不晓得是悲还是喜，充满了迷茫。

高如风在家里的日子也不好受，母亲李国香三天两头让他相亲，令他不胜烦恼。李国香推心置腹地对儿子说："这些个姑娘家，哪个不是身材姣好，长相美艳俊俏，家世更是没话说。你这样清心寡欲的，对人家一个劲儿敷衍，想做啥？孟家姑娘毕竟已经做了人妻，而且人家是闹革命的家属，你还想着那姑娘做甚？趁早收了这些心思，好好地睁眼望望其他家的好姑娘。"高如风口是心非地应着，却仍旧不淡不咸的。

高家二老爷见如风这般光景，而高开逛窑子赌钱喝花酒，没个正形，心里暗暗叫苦，虽是上梁不正下梁歪，但有如风那小子没正行的比着，又觉得自己儿子要是强过如风，自己就压过了大房一头。虽说高开过继给了大房，但李国香的心思一直扑在如风身上，对高开不是十分上心，高二老爷就寻思着给高开长眼寻个媳妇儿，早点儿开枝散叶，好在高老爷跟前博个头彩，最好头胎能生个儿子。心里的小九九打开之后，他就马不停蹄地张罗开了。李国香见他跟自己暗自较量，也不搭理，仍然三天两头，把那些官宦家的、乡绅家的女子往家里带。高府一时香风四溢。下人们暗自好笑，忙前忙后，跟着端茶送水，点心水果侍候，苦累不堪，但不敢多话。

陆氏米行姑娘陆小米和陈氏油坊姑娘陈如芬，很快双双进入了李国香和高二老爷的眼帘。陆家姑娘纤细柔弱些，陈家姑娘则结实泼辣。家境虽都不好跟高家比，但两户人家也舍得让姑娘上了温知女校，与孟芊芊同属一个先生，属于是有些学问的姑娘。米行管着全城七成以上的嘴，油坊管着全城五成左右的菜油，自古开门七件事，他们联姻，必定是顺着一路发的。论收益，自然是米行的要占个上风。论长相，也是米行的陆小米要养眼些。但油坊陈家的如芬，结实耐看，学堂毕业后，跟父亲学经营，将来是个过日子的好手。高家家大业大，如风虽跟老爷做着经营，心思却不在这个上头。高家的产业，不能让其他人夺走，特别是高开，毕竟不是高老爷的种，绝不能让高二老爷占了先，李国香这么想着。高二老爷想得更简单，哪家的姑娘不重要，重要的是谁先娶媳妇进门。他中意的是陈氏油坊的如芬姑娘，泼辣能干，是个能笼得住野马的笼头。

李国香翻来覆去，睡不着觉，把高老爷吵得也睡不安生。便跟老爷说了自己的想法，高老爷沉思半晌，说："如风是学医的，又喝过洋墨水，虽说眼下跟着我经营盐业，但心思不在这上头，他对孟家姑娘的心还没死，你不要弄得急了，让他反感。两个姑娘，终究要如风瞧了合适才行。"李国香暗自惭愧，与老爷相比，自己还是想简单了。又寻思着，如风本身文气，不能再找个太文气的姑娘，将来不利于开枝散叶。秤称似的，李国香把两个人家称了又称，究竟最终哪家的姑娘能迎娶进门，她没的数。的确，如高老爷所说，如风眼界高，性子冷，她晓得自己说了不算，但不管咋的，经要念，木鱼也要敲，直到如风对孟家那妮子的心性收起来。她寻思着，那妮子要离开县城才好，省得老在如风面前晃来晃去，让他定不下心来。陆家和陈家两个姑娘，各有特点，能入如风眼的，可能还是陆家的小米。倒不如，出个题目给这俩姑娘，让她们去与孟芊芊斗一斗，把孟家那妮子彻底赶离县城。思来想去，李国香心里这般有了主意，对陆小米和陈如芬就有了新的考量。

驻扎在泰州的日本兵战败后，附近一带残余的士兵又蹿到泰州，三天两头地暗地捣蛋生事。因大势已去，在泰州城也没闹腾起多大的水花。是把他们全部遣散，还是就地搜捕了枪决，县政府也在等上面的指令，只要不过火，便由着他们。

高家两个少爷的婚事，成了全县城的焦点。县城里的那些姑娘家，哪个不对高如风怀着心思。陆陈两家分别给李国香邀了去高府几次，也心知肚明。晓得陆陈两家成了候选亲家，其他人家就淡了下来，带着看戏的心态瞧着盐、米、油三家的联姻发展。陆小米与陈如芬两个姑娘对高如风春心萌动，如风长得玉树临风，留过洋，举手投足，明显要甩出县城的男子几条街。想到高如风能成为自己的夫君，内心就激动不已。两个姑娘原先还一块儿绣绣花做做女红，有了这个活心思之后，不再频繁往来，自动安静下来。两户人家心里明镜似的，但是也彼此心存芥蒂，不知最终哪家能胜出，各自也都有了提防。陆家和陈家两个当家的，想得更远，倘若高如风成不了自己的乘龙快婿，退一步，高开少爷也是个不错的人选，总之，能成为高氏盐业的亲家就好。

这些事儿，高如风并不知晓，他仍然闲闲散散的。在高宅，不是今天遇到陆小米，就是明天遇到陈如芬，两个姑娘交替在他面前出现，他仍谦谦如玉，见了只是简单打个招呼。看到两个与芊芊同年纪的女孩子频繁出现，他心里念着，倒是好些日子没看到芊芊了。

芊芊做梦也没想到，来自两个女人的一张无形的网在慢慢向她收拢。

12
孽 缘

　　米行的陆小米对高如风的爱恋一直是潜伏着的。早年年纪还小的时候，陆小米与孟家柴火行的孟芊芊、陈氏油坊的陈如芬，经常一起到高府玩。高家两个少年对她们也是彬彬有礼，特别是高如风身上的清冷，令她着迷。如今，高陆两家频频来往，就像一粒种子被春风一拂，给吹发了芽，长势越发不可收拾。她去高府，原先是奔着高家主母李国香的，李国香要她帮着对账，高家一年到头的米面粮食存储到她家的米行。高府上下也知晓，这陆家的姑娘长相虽然纤弱，倒是一把经营的好手，报账一口清，尤其是打得一手的好算盘。两只细手拨动算盘珠子，白皙细嫩与乌黑锃亮形成了强烈的对比，李国香瞧在眼里，喜在心里。这陆小米乖巧懂事，一口一个"高家姆妈"，叫得李国香心花怒放，对陆小米就有刮目相看的意味。她不知晓，这陆小米每次来，都要提前把高家记的账盘点一番，哪块田的大米，哪个垛上的元麦，报得门儿清。这一番功课，李国香也晓得这闺女是下了功夫的，暗自点头，心里想着倒是与她年轻时有一些相似之处，高家这上上下下大几十口，偌大的门户的确也需要个有点儿本事的儿媳妇作为未来当家主母撑着。李国香咂着茶，故作散淡地问："小米姑娘，与孟家的姑娘处得咋样？"

　　陆小米这会儿在给她捶背，两只小手不经意地顿了顿，这个不易觉察的细节，满当当地入了李国香的心。李国香闭着眼，享受着这主宰当下的快感，等陆小米开口。

　　"高家姆妈，我与孟芊芊是同窗。"陆小米特别强调了一个"孟"字，表示识得，但是是保持了距离的。

　　李国香很满意陆小米的分寸感，缓缓说："同窗好，同窗好啊。"陆小米的小手密密实实地落在李国香的肩上，轻缓而有节奏感，边敲边等她发话。果不其然，李国香突然扭头，对她道："如风的心到如今还在那个孟家姑娘身上，她既已嫁给了那个伙计，就不应该再招惹我家如风，你要想办法收了如风的心思，才能早点儿进我高家的门。"

　　陆小米顿时两颊飞红，李国香打了她一个措手不及。陆小米没想到李国香会如此直白，这就意味着自己已经得到了她的认可。她克制住内心的激动，双目低垂，睫毛弯弯，把一张俏脸衬托得生动而明艳。李国香得意地看着这个姑娘的反应，见她羞涩归羞涩，仍然没能停下手上的劲道，就断定这姑娘的确有主见，是个将来能主事的料儿。

陆小米的心在咚咚狂跳。

她的眼前似乎浮现出了孟芊芊那张不食人间烟火的小脸，以及高如风对她的长情，妒忌突然像潮水般涌了上来。

高如风只能是她自己的，她暗自发誓。这辈子，不嫁进高家，不嫁给高如风，她陆小米誓不为人。

同样的计谋用在不同的人身上，效果是不一样的。陈如芬听了李国香姆妈的话，直言不讳道："孟芊芊已经嫁给了俞浪行那小子了，还能生出什么幺蛾子？如风哥还会与一个已婚的人拉拉扯扯？高家姆妈，您是多虑了。"

陈如芬的直率令李国香头疼，姑娘长相好没用的，没脑子才最可怕。

陈如芬又扑闪着大眼睛，对李国香说："要不，直接把她请出城就是了。这样，一了百了。"

李国香哭笑不得，这姑娘还不是一般的鲁莽，沉着脸道："哪有这么简单？"

陈如芬吐吐舌头，朝她扮了个鬼脸，说："你瞧我的，我保证十天之内，让她从泰州城消失。"

李国香暗自发笑，看来自己的这一招是一石二鸟，既能挑得中意儿媳妇，又能赶走孟芊芊。至于小米与如芬哪个能入如风的眼，她就管不了那么多了，横竖也能圆了她的心愿。

高开对频繁入府的陆小米和陈如芬打起了主意。见陆小米娴静，陈如芬明艳，暗自纳闷，自己怎么从来没有留意过身边还有这样的美色。高二老爷已经跟他说了，这两个姑娘当中，必定有一个是他高开未来的妻室。至于是哪个，高二老爷没交代，高开也心知肚明，自己是长子，论婚事，也应是自己先来。但他也深知，李国香护犊子，搞不好，自己还得要拾高如风挑剩下来的。眼前的绝色佳人，他不想成为被动之人。高开琢磨了很久，决定还是对陆小米展开追求，他在勾栏里与那么多的女子纠缠不休，早已识得陆家的这个女子温柔娴静，将来能辅佐自己成就继承家业的大事。他也知晓，陆小米心高气傲，不是轻易能够得手的，得想些法子。泰州城小，但戏班子不少，京剧、淮剧、扬剧，早年头，福建人、安徽人、浙江人在这儿扎堆做买卖时更热闹，全国的戏台子都在这里搭过。哪家有个红白喜事，必定要请戏班子来唱上一段。陆小米爱听戏，高开觉得从这儿入手，与陆小米培养感情，自己风流倜傥，一表人才，不信自己拿不下她。

因此，除了孟芊芊，高、陆、陈三家的年轻男女开启了新一轮的角逐。

高开表面憨厚老实，骨子里头得了他亲生父亲高二老爷的真传，是个不靠谱的主儿。对陆小米上了心，阔少爷做派就稍稍收敛起来。直接下手不好弄，就迂回吧。动了不少关系，他搞来了上海的戏票，兴致勃勃地来到陆家献殷勤。陆小米见到他来，不冷不热叫下人沏茶，仍然埋头做账。

高开笑着，拿出个东西，在她面前一晃，说："上海滩梅老板戏票，可是我花了两条小黄鱼才搞来的。"

听闻是梅兰芳老板的戏，陆小米眼里有了些热度，旋即又冷下来："我一个黄花闺女，跟着你跑到大上海，我还要不要活了。"

高开一听，这话有戏。就说道："我是铁了心要请你的。"语气里有显摆邀功的成分。陆小米听了暗自发笑。

"那也不成。"她冷着脸拒绝。

"我的姑奶奶，你说，只要你肯去，我上刀山下火海都成。"高开说。

"你再搞两张，我要带个女伴去。"陆小米头也不抬，高开瞧见她修长白皙的鹅颈、隆起的胸，身体一阵发热。

"好，好，好。"高开连声应道。

"你也要带着男伴。"陆小米又说。

高开笑逐颜开："成，成，小姑奶奶，都听你的。"

"你约上你弟弟如风吧，你们弟兄俩一道出去，想必也不会有人说闲话的。"陆小米轻言巧语。

高开心里泛酸，说到底，她还是想与高如风一起去啊。但不管怎么说，请得动美人，是第一步，后面再说。他连声答应。女伴是谁，高开不敢多问，怕惹毛了眼前这位大小姐，但陆小米越是这样，他对她的兴致就愈加高涨。

高如风对高开的邀约是诧异的，多年兄弟，几乎不曾在公众场合高调亮过相。但是此番去上海，正应和了自己的一个计划。赖良京子不翼而飞，他已如实向泰州的地下党组织负责人做了汇报。组织认为，这个隐患必须要排除掉，否则不堪设想。他去上海，正好可从中寻一些蛛丝马迹。见高如风应承得如此爽快，高开不由得高兴万分。

另外一个女伴是陈如芬，接到陆小米的邀请，她欣然答应。四个年轻男女到高港搭乘轮船。李国香夫妇听闻四个年轻人一起赴上海，笑得嘴都合不拢。看样子，高府喜事将近了。这边几个人才出发，高家就接到了孟家的丧事通传。

李国香暗自吃惊，怎么这么凑巧。陈如芬明艳如满月的一张脸立即浮现在她的面前，那天她信誓旦旦跟自己说，让孟芊芊十日内从泰州消失，看样子要落空了。孟家女婿俞浪行的死讯对她来说，无足轻重，她关心的是那个整天闹腾的死鬼一走，儿子高如风的心不正好整个地扑到那个小寡妇孟芊芊身上。心事上了身，她的眉头怎么能舒展得起来。高老爷哪里知道她这些弯弯绕绕的心思。夫妇二人着人带了花圈香烛草纸，到了孟家。

孟府上下一片白色。

高老爷夫妇与孟家大当家的夫妇彼此行了礼，孟家夫妇面容憔悴，不见孟芊芊，李国香假意宽慰道："人死不能复生，还望你们节哀，安心照顾好芊芊姑娘。"

孟家夫妇诺诺道谢，叹息道："芊芊命薄。"

"怎么不见芊芊姑娘？"李国香道。

"芊芊病了，卧床不起。"孟家主母泪水涟涟。

"哎哟，怎么了得，还是要好生宽慰啊。"李国香犹豫片刻，又小声问道，"想来，芊芊侄女结婚也已数月，有没有？"她用手在腹部指了指，见孟家主母欲言又止，便会意，遂抚了抚孟家主母的肩膀，一颗心似乎放下。如果孟芊芊怀有遗腹子，就等于硬生生地在如风与芊芊之间拦了道大坝，没有哪个男人肯去越过这道天大的鸿沟。喜悦在心头泛滥，她硬生生地强按下去，面上仍存了几分哀色。

那一头，陆小米、陈如芬两个年轻女子，首次与心仪的男子同行，一颗心都是满满的欢喜，又彼此提防着对方。高开见如风淡淡的，就放开手脚，在两个女子面前极尽殷勤。陆小米眼里全是高如风，见他俊朗清逸，更加衬出高开油腻腻的脂粉气。她始终端端正正的，生怕给如风小瞧了下去。陈如芬心思细腻，脸上却做若无其事状，娇憨地挽着如风的胳膊，高如风不以为然。高开见她这般，心中窃喜，自动归队到陆小米身边。四个男女自然分成了两对。陆小米恨得牙痒痒，却无可奈何，假意与高开周旋，眼睛却时不时瞄向如风。

到了上海，入住外滩附近的罗斯福大饭店。饭店极尽奢华，四个人四个单间，高开把如风与如芬安排在两端，自己与小米的在中间。陈如芬想与他调换房间，又不好意思开口。

陆小米一双眼睛对着高开说："还是由你们两位男士住两头好，把如芬的房间与你调换，可好？"

高开见了她漆黑的双眸，似乎要将自己吸进去，虽不甘心，想到他可住到陆小米房间的外侧，又高兴起来。当下，各自欢喜。

高如风见状，大概明白了高开的心思，便对陈如芬自然了许多，陈如芬兴奋莫名，陆小米的愤怒与醋意在心底翻滚着，简直要喷薄而出。自己辛辛苦苦筹划了这次行程，怎么能让这个小妮子夺了头筹，抢走自己的心爱之人。晚餐在楼顶餐厅进行。夜色如华，烛光如豆。黄浦江灯火阑珊，有说不出的万种风情。高如风一边教陈如芬使用刀叉，一边琢磨着怎么甩开他们。陆小米见了，手中的白葡萄酒杯，似乎要被捏碎。她忍了又忍，就与陈如芬频频干杯。高开见了，不停地给她俩斟酒。四个人，均是酒不醉人人自醉。高如风见他们这般，托词要去休息，就离开了餐厅，按照地下党组织给的联络方法，去外滩接头。两个女子心照不宣，暗自较量，只见得两人均是粉面桃腮，醉意蒙眬。高开一人周旋于两个美人之间，洋酒一杯接着一杯，他有意护着陆小米，帮她偷偷代了不少酒。陆小米看破他的这点儿心思，心里竟有了一点儿暖意。陈如芬醉得不省人事，末了高开把她扛回房间。

次日凌晨，一声尖厉的叫声把高如风吵醒。

他凝神侧耳听了一会儿，只听见陈如芬又哭又闹，又听得有高开的声音，蒙了耳朵继续睡。无非是高开惹上了陈如芬，他这个大哥，平时拈花惹草，这次恐怕跑不掉。昨夜高如风赶到接头地点，与上级取得了联系，也得到了新的指示精神，回来时已是凌晨，才睡下来，就听到了隔壁发出的声音。他定了定神，迷迷糊糊正要睡过去，咚咚，有人敲门。

是陆小米。穿戴整齐的陆小米直视着高如风，似乎要从他脸上看出个究竟来。但见她一身洋装，香气袭人，抹了发蜡的头发用一枚钻石发卡妥妥贴在耳朵旁，面白唇红，十分妩媚。高如风淡淡一笑。陆小米指指手表，示意他一同下去吃早餐。高如风赶紧洗漱，两人同行，见高开陈如芬二人已在，陈如芬的眼睛明显红肿，一旁的高开殷勤地在帮她弄早点。见了高如风，陈如芬把头扭到一边，嘴巴一撇，似乎又要哭出来，高开连忙去哄。陆小米假意不知，对着高开说："大少爷，你这是欺负如芬怎么的？"

高开得不到熊掌，如今鱼已入篓，只得解决了眼前的烦恼。昨夜酒是喝多了点儿，但也不至于失态，不至于上了陈如芬的床，他怀疑陆小米做了手脚。特别是陈如芬，从小跟着父母泡各种生意场，一般人的酒量根本就没法与她比，没想到自己的清白，还是毁在了酒上，不是让人笑掉大牙？陈如芬听到陆小米这一声"欺负"，明摆着话中有话，又把眼泪生生地咽了回去，恨意从心里头往上泛滥，到了眼睛里头已经平静如水。陆小米纵然再得意，但看到她这看似平静无波的眼神，也不禁有些心慌。

第一个回合，陈如芬落败。她纵然不甘，但终究要认命。想起与李国香的十日承诺，不禁哑然失笑。

孟家做的是老实本分的行当，从里下河收了柴火上来，在进价上稍加一些出手，赚的是些个数得过来的差价。行里伙计不多，俞浪行与孟家二当家的自打悄悄闹上了革命，心思自然不在行里头，他们两人离开后，大当家的就带着几个人起早摸黑打理柴火行。这段时间，芊芊有些害喜，大当家的夫妇琢磨着闺女应该是怀上了，老怀大慰，打理行当就更加倾心用力。

孟芊芊的日子过得平淡而安宁，每天研究古乐的起源与发展，整理古乐的各类曲牌，抚摸腹中不时动着的胎儿，这些美好无不让孟芊芊沉浸在对未来的憧憬里，她憧憬着等到俞浪行打完仗，胜利归来，一家人和和美美地生活。将来，浪行接替父亲经营柴火行，自己在家里教几个小家伙读书习字，学些古乐。她也想着，到那时，高如风应该也能释怀，放下对她的情思，找一个与他琴瑟和谐的女子，相爱成家一直到老。两个大家庭和美相处，应该是一件美事。

就在全家满怀期待沉浸在幸福里时，一个不好的消息突然传递到了孟家。柴火行里的一个伙计，出城去走亲戚，听到传闻，说俞浪行的队伍在行进的路上遭到日本余孽的伏击，俞浪行所在的部队给炸得面目全非。大当家的听闻如雷轰顶，他自然不敢相信，瞒住妻子和芊芊，连夜派人去探，第五天，带回来的消息验证了传闻，俞浪行和他的几个战友已经给就地埋了，部队里剩下的几个人，也给共产党接应部队接走。大当家的老泪纵横，悄悄告诉妻子，孟家大娘顿时昏死过去。孟府上下哀声一片，芊芊听闻，面如死灰，全身冰凉。命运如此多舛！苍天啊，你太不公平了！

高如风再见到孟芊芊，已是头七之后。他从上海回来时，在盐业公司听到工友谝闲话，才知道了孟家的噩耗。骑着脚踏车，他发了疯似的找孟芊芊，找到她时，已经是傍晚。孟芊芊坐在坟前，远远看去，形容枯槁，整个人白得像是个纸人，似乎风一吹就能吹走。高如风的心脏痛得像绞干的衣服，揪成了一团。俞浪行是芊芊的丈夫，是他的情敌，更是他敬重的革命同志。突然人就这么没了，他感到很不可思议。在泰州这样的小县城，芊芊的身份，更易受到人们的责难与非议。

远远的，只听到一个尖厉的声音在说话，旷野把那个人的声音给稀释了，听上去断断续续的，是个女人的声音："孟芊芊，你嫁为人妇，本来早就该安分守己了，你死鬼丈夫生前你占着他的身子，又占着高如风的心，装什么正经。如今，你丈夫死了，我奉劝你，最好不要打高如风的主意，他是我的，明白吗？他们高家会高头大马，十里红妆，把我风风光光地娶过门。"

"我们曾经同过窗，也曾经一起憧憬过爱情。那时候，好无知，被你纯真的假象所迷惑，直到现在，才明白过来，孟芊芊，你根本就不是个单纯善良的女人。你看你，嫁给日本人，日本人给炸死了，嫁给俞浪行，你又克死了他。你就是个扫把星。我要你答应我，你要离高如风远远的，永世不得与他来往。"

高如风立在那里，这个女人的声音，他已听出来了，是陆小米。他苦笑了一下，这个女子真不简单，上海之行，陈如芬被高开得手之后，高开就转移了风向，一心一意地盯住了陈如芬，偶尔瞧见陆小米，虽然还有些花花心思，但有了陈如芬，高开已不敢明目张胆往她跟前凑。陆小米明晓得自己还没俘虏高如风的心，高开又和陈如芬黏到了一块儿，她的心里还是隐隐地不舒服，抓牢高如风成了她必须要解决的头等大事。陆小米羞辱孟芊芊，在她千疮百孔的伤口上继续撒盐，而且用力搓揉，目的只有一个，逼她走，最好走得远远的，永远不要再回来。

高如风步履坚定地走过去，巨大的身影笼罩在陆小米的头顶上。

芊芊一个人坐在地里，一座新坟在黄昏的映照下，显得荒凉，看得人特别揪心，那是俞浪行的衣冠冢。陆小米抬起头，看到阴沉着脸的高如风，不由得又羞又愧，她刚才对孟芊芊的咆哮，应该都给他听到了。自己的形象在冲天怒意之下，一定好不到哪里去。

陆小米站起身来，迎上去，轻柔地唤了声："如风。"

高如风看着她，觉得她越发陌生。顾不上陆小米的惊讶，他给新坟磕了三个头，而后与芊芊保持了一小段距离，坐下来。陆小米见他瞧也不瞧自己，自尊心受到莫大的伤害，掩面哭着跑走了。

孟芊芊抬头看了看他，又低下头来，她的腹部已经微微凸出，让她的身体看起来像个纤瘦的青蛙。

"别难过了，人死不能复生。"他说。

"是我的命。"芊芊低着头。

文身过后，高如风与芊芊不曾有过一次正面的接触，他们彼此心心相印，却又时刻牢记着自己的身份和使命，守着那个只有他俩知道的秘密。所以，他们之间始终保持着一种距离。这个距离，令人安心，却又有不可言说的美感。如今，这个距离的平衡又将被现实打破。芊芊的内心充满了自责，她想一定是上苍认为她太贪心了，所以才把厄运降临到她身上，让她接受惩罚。

　　"事已至此，你还是要保重身体。"高如风行医出身，从芋芋苍白的脸上与异样的体态上，他已看出她应该已经有了身孕。见芋芋的眼里起了水雾，他轻声说："为了孩子，你也要坚强。"

　　"这里，我不想待下去了，如风，我可能要离开这里。"芋芋说。

　　"你要去哪里？你现在的状况，你又能去哪里？"高如风急切道。

　　"不碍的，我还不曾与爹娘说，估计他们也都会同意的。"芋芋说。

　　高如风不好劝阻她，也不好不劝阻她，只要她定下来的事，基本上都是他服从。从前是，现在是。将来呢，不知道，也许还是吧。他的心里充满了担忧。

　　芋芋回到家里，孟家大当家的一把拉过她，又忧又惧。芋芋说："爸爸，您怎么啦？这么紧张！"

　　"日本人又来了。"他指着桌上盖着的红布。

　　里面是一封信、一把枪。

　　信是匿名的，枪是真的。

　　信里说，要孟芋芋于本月月底卯时，将古乐乐谱放到道观庭院的香炉下，逾期不送，后果自负。

　　孟芋芋的眼睛里似乎要冒出火来，乐谱，乐谱，又是乐谱。自从她继承了清蕴道长的遗志，誓死保护古乐乐谱以来，这个乐谱就好像给她施了魔咒，给她带来了无穷无尽的劫难。松下井不是已经死了吗，为什么还有人盯着这个乐谱不放？如今，阴影再次像乌云一般笼罩到他们的头上，她的心里与后背部都如油煎一般，只觉得背腹备受煎熬。孟芋芋只觉得胸口一阵腥甜，她捂着嘴，跑回自己房间，一口鲜血即刻从嘴里喷了出来。

13

涅　槃

　　孟家的事情很快在城里传开了。孟芊芊顿时被视为不祥之人，走到哪里都会给人戳脊梁骨，说她是个水妖，专门吸男人精血的，做了日本婆娘不够，还要祸害同胞，可怜她的英雄丈夫就是给她克死的，两个男人一前一后都是给炸死的，说明这个女人阴气重，留在城里不知道下一个又要祸害哪家男人。

　　高家老宅在高家潭，一个湖心岛上。偌大的老宅只有看门的老管家夫妇和佛堂的静虚师太，三个人年纪都不小。老管家负责上万亩地的租子，庄上将近大半的人家都是高家的佃户。原先高家也就小几百亩，李国香掌管着高家的账簿，虽说白花花的细盐来得快，但怎么也没有土地来得实在，慢慢地，她就嘱咐管家高价收了其他一些地主的田，又把庄子四周的荒地慢慢整理了，头二十年下来，就成了眼下的规模。佃农们有地种，高家主母又不在眼前，巴结好了管家，日子都还过得去，就都很安心。夏秋两熟，定期收了，按契约把租子交了，留下的口粮撑不死也饿不死。佃农们满意啊，不用像其他的佃农一样去地主家打长工，都是因为高家的祖上有阴功，高家的主母李国香厚道，还有高家的佛堂里有静虚师太操持，高家不旺都不行。待租子收齐了，李国香负责安排人赶着牛车来把这些粮食拉走，放到稻河两侧的米行去卖，这里头，陆家米行占大头。这是她为高如风攒下的家当，万一有个什么风吹草动，粮食总能救命。

　　静虚师太本是李国香的亲妹妹，俗名国禾，从小饱读诗书，痴迷佛法，每日诵经念佛，练习书法，《金刚经》《华严经》《心经》几乎能倒背如流。国禾到高家佛堂，还有一段缘分。李国香嫁到高家那一年，高家在泰州的盐业才刚起步，她与高老爷在老宅里拜了天地。国禾比国香小五六岁，看到高家老宅在岛上，四面环水，稻禾茁壮，柳絮纷飞，说不出的安宁静好，佛堂雅致又敞亮，死活不肯离开，第一夜就住进了佛堂，诵经到半夜才打坐休息。到了婚嫁年纪，仍不肯谈婚论嫁。李国香随高老爷进城打拼盐业，国禾就央求长姐，要留在岛上，专心佛事。李国香与父母商量了以后，家人无奈，只能尊重她的选择，同意她在高家的佛堂戴发修行。

一晃李国香夫妇进城十年，盐业不断壮大，但烦恼也日益递增，特别是一直无后让李国香心神不定。李国香就坐船到老宅去，与妹妹国禾聊天。国禾常常规劝长姐心定福慧，缘分一到，自然迎刃而解。李国香暗暗称奇，心想，自己素来练达，都不如妹妹通透。就常来与国禾品茗闲聊。国禾正式剃度，是二十岁那年。李国香专门请了泰州的大和尚为她剃度削发，赐名静虚。静虚便一心归命，除了每日修行弘法，还自习中医，庄上佃农有个头疼脑热的，她一边给针灸治疗，一边念经祈福，佃农无不感恩戴德，被称为活菩萨。

李国香身在高家深宅大院，听到孟家姑爷已死于非命。陈如芬在她面前夸下海口，说十天之内让孟芊芊从泰州消失，看样子离计划又近了一步。李国香心里头一边喊着阿弥陀佛，一边巴望着孟芊芊这个扫把星能早点儿离开泰州，离开她儿高如风。

这天，回到老宅，静虚见她眼泡浮肿，面色青白，知道她睡眠不好，明显忧思过度。给她把了把脉。静虚就对李国香说："施主算计过多，反而会伤身。"李国香一惊，静虚平和地望着她："任何事物发展都有它的规律，强行扭转，是改天逆命，没有强大的内力支撑，必定会受到反噬。及时放下，方是好事。"国香在这个妹妹面前，无以遁形，她的平和好似一面镜子，把自己的五脏六腑全部照得透亮。只得长叹一口气，把高如风与孟芊芊的一段孽缘说了。

静虚微笑着说："有缘无缘，皆有造化。看似有缘，实质无缘。当下无缘，未来有缘。施主不必多虑。"

李国香听得云里雾里，不过，对高如风与孟芊芊之间的事，顿然淡了不少，心想，堵不如疏，罢了罢了，那孟芊芊也是个可怜人。上海那一出一闹，陈如芬失了清白身子，陆小米频繁出入高家就更加有底气，瞧见高如风，总是莞尔一笑。陆小米明着追高如风，高如风苦闷莫名，四处躲着她。这个女人一会儿送化妆品，一会儿送面料，一会儿把上海滩最流行的发型介绍给李国香，把她哄得眉开眼笑。李国香带着陆小米出入了几次和平饭店，这么一亮相，整个县城都在传高陆两家联姻在即，陆小米成为高家少奶奶是板上钉钉的事儿了。标准的项庄舞剑，意在沛公。高如风很反感陆小米的这一做派，时间一长，在府上遇到了，也目不斜视，懒得理她。陆小米心里得意得很，面上仍是风平浪静，言行举止不失大家闺秀风范，李国香瞧了越发喜欢，认为这个女娃娃很合自己的意，将来是个能主事的当家主母。至于如风嘛，男人都一样，将来温香软玉，凭陆小米的本事，还不能收了他的心。李国香又见高开频频出入陈家油坊，便暗自盘算，恐怕要双喜临门了。把管家叫来，如此这般交代下去。

这当儿，高开与陈如芬黏到一块，这个油坊千金在上海吃了哑巴亏，回家闷头睡了几天，高开天天着人送礼到陈府，陈家老板知道这两人在上海一定发生了一点儿什么，也不追问，笑逐颜开地收下礼物。一个礼拜后，陈如芬出了闺房，面容平和姣好，与高开手挽手高调去了电影院。这下子，陈家人也松了口气，高家大门大户，天天白花花的盐出去，黄灿灿的金子往家里淌，高开虽说不是高老爷与原配所出，但毕竟是他们过继的长子，高陈联姻，谁先开花结果，从高老爷那儿得到的利益就会越多。对高开到府上来转悠，就当新姑爷一般对待。这几天睡在家里，陈如芬也想明白了，陆小米策划了一出上海之行，自己又失身于高开，使得她像是小狗一样掉进粪坑里，浑身不是屎也是屎了。自己横竖是高家的人，至于是高如风的，还是高开的，已经不重要了。早前在李国香面前夸下的海口，收是收不回头了。她只得捏着鼻子咽下这口苦水，却咽不下这口恶气，一切都像是有人在背后操纵似的，推着她向前走。为了把孟芊芊逼走，她应承了与李国香之间的交易，为此，她让她哥哥买通人去伏击俞浪行的游击队，以制造一个孟芊芊是个不吉利的假象，这样她就可以坐收渔人之利，把高如风的心拉回头，至于孟家驱人去复核，且又自行证实了俞浪行被炸死的消息，连她自己也搞不清是真是假。哪个晓得，人算不如天算，搬石头砸了自己的脚。她一恨孟芊芊，恨她的美貌与才华，恨她偷走了高如风的心，没有这个女人的存在，一切都正如起初一样的美好。她又恨陆小米，恨她的心机与城府，恨她诡计多端，偷梁换柱害得自己失了身，失去了与如风长相厮守的本钱，这样的疼痛，只能烙在心里，这笔账迟早要算，而且，总有一天，要变本加厉地收回来。

婚姻本是桩看不见底的买卖，谁输谁赢，不到最后，都不能算数。陈如芬苦笑，索性就痛痛快快地活一场吧。高开哪知道陈如芬的心思已经弯弯绕绕九曲十八转，一门心思地在她面前卖好，把在勾栏里学到的花式，一点一点地应用到陈如芬的身上，陈如芬本是个火热的人儿，被高开破了身子，初尝欢愉之后，竟然爱上了那销魂滋味，半推半就由着高开的引导，二人更加颠鸾倒凤，如胶似漆。

自从琼花失踪之后，高老爷郁郁寡欢，竟然一病不起，勾魂的人没了，他的魂似乎也给勾走了。

"恭喜老爷了。"李国香进了房门，笑吟吟的。

"喜从何来？"高老爷不解。

李国香便把两个儿子和陈如芬、陆小米相处的情况说了。

高老爷一把拉过李国香的手，说："谢谢你，这个家幸亏有你。"

李国香心里呵呵两声冷笑，脸上仍是当家主母的矜持，不是她在府上撑着防着，这个家迟早要败光。

"真是天助我也啊，哈哈哈。"高老爷一扫阴霾，与陆陈两家联姻在即，双喜临门，一下子给他打了强心针。泰州虽是弹丸之地，但位于江苏腹地，自古就风调雨顺，天灾人祸从来就只是擦肩而过。如若盐业、米业与油业三家联姻，给自己一个泰州府的知州也不换啊，这盐、米和油，都是日用品，谁家不用谁家又不爱呢，虽说前段时间，日本人来晃了一阵，倒是给他带来了新的商机，他和琼花商议囤的那些货，又要涨价了。想到琼花，他的心里一阵刺痛，看到李国香冷冷地瞅着他，又讪讪地朝她挥挥手："好好张罗，两个儿子一齐办，风风光光地迎娶两家的千金。"

李国香犹豫了片刻，说："老爷，如风的思想还没通，他的心思可能还在孟家的那个姑娘身上，你看？"

高老爷勃然大怒："要死，你去告诉他，陆家的姑娘他娶也得娶，不娶也得娶。"随即又呵呵冷笑，"难不成我堂堂高府要迎娶个寡妇不成？我看你跟如风那小子一样，八成是脑子进了水了。"

李国香气得摔门而出，心里不住地暗骂道，那小婊子不在，邪火倒是烧到我身上了。

这边高老爷夫妇在盘算着两个儿子的婚姻，高如风对陆小米能躲则躲。作为共产党在泰州的地下隐蔽一员，自二当家的把他介绍进组织，高如风的心才真正找到了归宿。之前，他总想着革命，到底是革谁的命，这个问题总是困扰着他。原先到日本留学，想着要把日本的先进理念学回来，光宗耀祖，做大盐业。谁知道，他还是被父亲做了交易，成了松下井的翻译官。随着他与孟芊芊的交往加深，他对她的爱已经超越了肉体本身，升华到了灵魂之契。俞浪行在他眼前，原先不过是个脚力，根本不入他的眼，芊芊选择他究竟是为了什么？让高如风吃惊的是俞浪行的成长与蜕变，究竟是一种什么样的力量驱使俞浪行在不断地变强？其实正是爱情的力量啊。如果说他保护孟芊芊，把古乐乐谱文到身上，给孟芊芊服药暂时毁容，以免芊芊受到松下井的蹂躏，这是个人的小爱。那么他利用自己是日军翻译官的身份，协助俞浪行并且一起火烧北山寺，盗走了松下井的军用物资以及他在我华夏抢掠的宝物，才让他意识到了革命的方向，也才真正地认清孟芊芊之所以选择俞浪行，正是基于他为了民族大业而自我牺牲的气概。这得有一双什么样的慧眼？想到这里，他不禁讷讷自语道，我与俞浪行之间隔着的，也是最本质的区别，俞浪行热爱革命是天生的，是自发的，而自己对于革命却后知后觉。但是想到俞浪行已经牺牲，要真正让芊芊接受自己，还是要继承俞浪行的遗志，纵然道路崎岖漫长，但是，只要坚定不移地走下去，未来，不管是多少年，哪怕是用一生来追求这个伟大的事业，芊芊必定会接受自己。

他这么想着，拳头握得紧紧的。

在泰州，北山寺虽然炸毁了日本帝国主义的主力部队和军械，但流毒未清，党的地下组织前期受到的重创也不容忽视，作为潜伏力量，回到高氏盐业公司的高如风一方面云淡风轻地周旋于商场，一方面仍在密切关注着泰州方面党组织的活动。上海之行，甩掉高开陆小米与陈如芬之后，他坐电车到洋泾港，由船老大接上了船。船舱里等候的是江苏省委地下党组织负责人老沈。高如风见到他，内心激动得无以言表，作为一个潜伏的特工，且又从日本留学归来，他的身份既光鲜受人瞩目，又为人所不齿，特别是他父亲的亲日倾向，以及与日本人在盐市方面的交易，使他的心里蒙上了巨大的阴影。肩负的使命与说不清道不明的压抑，使他的心理处于极度紧张的边缘，加之，他所深爱的女人被松下井强行迎娶，芊芊为保护古乐乐谱所受到的磨难，这一切一切都如电影一般从他眼前掠过，他紧紧地握住老沈的双手，他的双肩不住地耸动，泪水不知不觉地流淌下来。老沈默默地注视着眼前的这个年轻人，重重地握住他的手，为了党的事业，为了黎明的曙光，太多这样优秀的年轻人，选择了正义正道，却承受着常人难以承受的痛苦与煎熬。船只慢慢摇出洋泾港，他们坐在船上，促膝长谈了整整一夜，南方战事紧张，老沈交给他的任务就是最广泛地筹钱筹粮支援前线。天亮前，高如风回到罗斯福宾馆。他的耳畔老是回荡着老沈的那句话："组织信任你。你在泰州的表现，老孟同志已经向组织上汇报了。高如风同志，只有经过烈火的淬炼，才能炼出真正的宝剑，组织上信任你。"

高如风彻夜未眠。

殊不知，这一夜，没有睡的人还有一个。

陆小米。她雇了辆汽车派人跟在高如风后面，一直看到他登上了小船，她百思不得其解。他究竟在做什么？

高家与陆陈两家联姻的事，轰动了整个泰州城。全城百姓都惊叹不已，这三家成了儿女亲家，就相当于主宰了整个城市的民生命脉，如果日本小鬼子再来一次，物价哄抬上去，不就等于直接送钱给这三家？也有的说，幸亏那孟家柴行的千金已经嫁为人妇，要不然，油米柴盐四大产业都与高家交好，那高家还不上天？于是，三家联姻成了全城的重大新闻。陆家千金好命，能嫁给高家二少，既留过洋，又是盐业公司的副经理，将来应该是接班的掌舵人。高家大少虽是过继的，但毕竟也是高老爷的侄少，高二老爷的嫡出，一笔写不出两个高字，陈家姑娘能嫁给高大少爷，也是她的福分。

婚期定了下来，冬月十八。

高府上下喜气洋洋，两兄弟一齐办婚礼，在泰州史上不曾有过，高府分别给陆家、陈家送去的聘礼，从南头老高桥，到北头迎江桥，把整个海陵路都占满了，真的是十里红妆，老百姓全城出动，争看西洋景。高开眉开眼笑，配合行聘，交换喜帖，有礼有节。高如风则事不关己，关在自己的书房里读书画画。纵然他有一万个不情愿，也躲不过高老爷和李国香的施压。为了稳住他，高老爷夫妇使出了浑身解数，李国香甚至拿出了自己的体己钱，还有厚厚一本地契，悄悄塞给了如风。她对儿子说，"儿呀，这是老宅的所有地契，今儿个全部交给你。你是老爷嫡出的骨肉，你如不结婚，这高家的家当，都要给那个白眼狼吞掉，你就听妈这一回，啊？"

高如风捏着那本地契，脑子里掠过老沈在洋泾港船上的交代，心底已经有了定数。

"母亲，我知道你是疼我的，但是让我娶一个我不爱的人回家，不是让我一辈子痛苦吗？"他抱着头，低吼着。

"儿呀，你的心在哪里，娘都知道。但是婚姻就是个契约，这老祖宗传下来的规矩，你不守，就没你的位置。"李国香叹息道。又说，"高家这么大的家业，我不能眼睁睁地看着被其他人掠夺走，我心不甘啦。"

高如风的心头闪过芊芊的身影，他痛苦莫名，朝李国香吼道："母亲，不要逼我，我绝不会娶孟芊芊以外的女人。"

李国香默默地退出。知会了高老爷，如风的冷淡与决然，让他们暗自着急，高老爷气得脸色乌青，安排下人看住如风的房门，怕他临时出逃。

鞭炮声声，高家的两个新媳妇，给花轿抬到了高府，两边的喜婆在门前吵了起来。按序应是陈如芬先进门，理由是他家是大房，哪料到陆家人不答应了，非要先进门，理由是他家千金嫁的是高老爷嫡出。高开在大门前急得上蹿下跳，扯着嗓子大叫："如芬，如芬，我来接你了。"说着说着，一大群人突然从背后涌了上来，簇拥着陈如芬的花轿，前面有高开开道，稳稳当当地抬进了高府。人群里高二老爷阴冷地看着陆小米的花轿，眼睛里露出得逞的笑意。

一场看不见的硝烟，从两个新娘开始。眼见着陈如芬欢欢喜喜地被高开迎进了门，而自己的花轿还在原地不动，陆小米又羞又怒，气得掀起窗帘，嗔骂道，"还不跟上？"

唢呐声又起，两顶花轿入府落地。

高老爷李国香端坐在客厅，闻讯气得七窍冒烟，李国香心中连连叹息，也罢也罢，都不是省油的灯。

夜很静，热闹了几天的高府终于也静了下来。

同是闹房花烛夜，两对新人，两般情境。

这一头，陈如芬被高开迎进门，抢了陆小米的风头，兴致勃勃与高开喝上了交杯酒，两人情意绵绵，陈如芬笑着对高开说："没想到你还安排了这一手？让我意外。"

"我是你的男人，也是高家的长子，这些是你应得的。"高开说。

陈如芬娇笑着把高开扑倒，骑到他身上，两人不住地翻云覆雨。

另外一屋，大红喜烛还在燃烧，陆小米端坐在床头，屋内静得可怕。隐隐约约传来高开与陈如芬放荡不羁的浪笑声。她心头的怒火已然平静，自责今天居然在入府仪式上输了一着棋，先进与后进，从实质上来讲有区别吗？

没有。

还是自己的道行与修养不够，如果再谦让一些，制止自己娘家人，索性由陈如芬先进，自己不是得了个谦恭贤惠的好名声。如风假若知道自己的状况，会不会恨她？虽然入了洞房，陆小米仍然觉得在梦中，一万个不真实。红盖头之下，她的内心备受煎熬，想着得不到如风的心，且先得到他的人，时间久了，最终会得到他的心的。一想到威风英俊的高如风，她就忍不住心慌脸红了。

这一夜，高如风把自己关在书房画画，问雪寻梅，点点红梅像极了那日他为芊芊背部刻画的血迹，不禁痴了。

天快亮时，他踱步走到门口，突然看到河对岸火光冲天，心里蓦地一惊，顾不上套上大衣，就夺门而出。随着新房院落大门咣当一声巨响，堵着大门的家仆佣人们惊慌失措地叫着："二少爷，二少爷，你不能出去。"坐在婚床上的陆小米不禁潸然泪下，她一下子掀开盖头，冲出门外。

只看到河对岸的大火，把泰州的上空映得红红的。

突如其来的大火让县城上下无不心惊胆战，太突然了，仿佛是天雷炸开。人们在心里哀号，莫非老天又在惩罚哪家了？他们不敢多想，唯恐这天雷炸到自家头上。

火光映红了整个天空，等到高如风发疯似的跑到对岸，正是孟家柴行。只见得大火还在熊熊燃烧，并且在向后院吞噬。惊恐万分的伙计和闻讯赶来的邻居，纷纷拿起水桶脸盆救火，边走边敲边喊："走水啦，走水啦。"

"哎呀，不好了，死人了。"不少人指着灰烬中两具烧得发黑的尸首说道："可怜啊，是大当家的两口子吧，就这么死了。"

"孟大当家的，多好的人啦，说没就没了。"

"得罪什么人没有？好端端的怎么就飞来横祸呢？"

高如风扒开人群，探头一看，从体形上不是孟芊芊。他心急如焚，冲向火海。他要找到她，不顾一切要找到她，生要见人，死要见尸。

他灵光一闪，直奔后院临河的书房，冥冥之中，芊芊应该是在那里。他和她隔着窗棂对话的场景仍然历历在目。大火已卷向那里，他大声喊着："芊芊，孟芊芊，你在哪里？"

他焦灼地寻找着孟芊芊的身影，火苗肆无忌惮地向他袭来。他在心里暗暗祈祷，只要她能逢凶化吉，哪怕一辈子见不到她，或者为她做牛做马，也心甘情愿。

突然，从书房的角落里传来微弱的声音："如风，高如风。"

循声而去，在窗棂底下，孟芊芊上身几乎已被烧伤，她的脸有半面是大面积灼伤，背部血肉模糊，旁边一大摊血液已呈焦黑色。

高如风冲上去，一把抱起她，孟芊芊朝他摊开手，冲他艰难一笑："是，是日本人。"就昏了过去。

是樱花飞镖。这不是赖良京子的飞镖吗？难道她又卷土重来了？从芊芊的伤口上，可以断定，是日本武士干的。高如风的心里充满了自责与不安，他托着孟芊芊一路狂奔，绝不能让芊芊的最后一滴血在他身上流干。

他拦下路上的驴车，让车夫一路飞奔。芊芊趴在他的腿上，她的后背几乎全部被烧伤，原先文在她后背上的乐谱已不见踪影，衣衫与皮肉粘连到一起，高如风不忍心细看她的伤情，只是一味催促车夫快速驶离城里。既然是日本人干的，那城里肯定不能久留，只要他们掌握孟芊芊还活着的信息，就一定不会放过她。

傍晚时分，他们赶到离城有六七十里的小集镇，这里的医院负责人是如风的高中同学。在条件极为简陋的手术室里，高如风为孟芊芊做了面部和背部烧伤清理，还有刀伤手术。孟芊芊开始发高热，顾及她肚子里的胎儿，高如风寸步不离搂着她，用物理降温法为她降温，他过一阵子就用胳膊托着她，让她侧身而卧。

14

头 篙

对岸一场大火突如其来，孟家大当家的夫妇，孟家千金还有肚子里的胎儿，全给大火烧成了灰烬。高如风新婚之夜不告而别，高府上下陷入了看不见的旋涡当中。陈如芬一脸喜气地随着高开，先给公婆敬了红枣八宝茶，李国香夫妇给了厚厚的红包。陈如芬甜甜地谢了公公婆婆。轮到陆小米了，明眼看上去，她的脸是肿着的。陈如芬心想，估摸着哭了半夜了，活该，害人精，也有这一天。陆小米默默地从下人那里端过茶，她一个人挨个儿去敬了。高老爷夫妇尴尬又愧疚，碍于高开两口子在面前，不便多说，情感上自然对这位二少奶奶有了倾斜。高府暗暗派人四处去找，也没找到高如风的身影。陆小米终日以泪洗面，李国香气得胸口疼，第三天就病倒了。整个高府沉浸在一种怪异的氛围里。

一个星期后，高如风回到府里。看见陆小米，淡淡地说了声："我不是你的良人，你且好自珍重。"

陆小米嘴角扯了扯："我不在意你的心里有孟芊芊。"

高如风一怔，讥讽道："她已死了，对岸的大火，就在你我新婚的当夜。我在寺庙里待了七天七夜，为她守灵，难道你不在意？"

陆小米淡淡地说："她死也好，活也罢，跟我没关系。我得不到你的心，有你的身子也是好的。得不到你的身子，有你的婚帖更是好的。"

"你这又何必？我是一个漂泊无依的人，你如果看重的是这高家二少奶奶的名分，那就随便你好了。"高如风十分不解。

陆小米说："你是共产党，是不是？你们共产党真的是心里只有真理，只有革命，没有七情六欲吗？"

高如风看着她，更加觉得这个女人不简单。他说："哦，何以见得，我脸上有字？"

"去上海的那夜，我派人跟了你半宿，你去了洋泾港，上了一条船，船上有什么人，估计也应该能查到。"陆小米仍然淡淡地。

高如风平和地说："不错，我是去了那里，不过是和日本回来的同窗喝了个花酒而已。"

陆小米说："以我的妇人见识，你那次约见的人，不是共产党头目，就是日本奸细，哪一点你都能挂得上。"

高如风说："你不去警署是可惜了，你有非凡的想象力。"

陆小米："你就不怕恼了我，我去告发你。"

高如风说："悉听尊便。"他耸耸肩，准备出门，陆小米一把从后背抱住他，哭着说："你就真的这么狠心抛下我？如风，我们是新婚啊。"

高如风扒开她死死抱着的手。新房的大门"咚"的一声突然被踹开，高老爷上来就是一记响亮的耳光。陆小米一声惊呼，扑上来挡住高老爷。

"打死你这个不孝子。"高老爷气得半死。

陆小米朝高如风跺着脚："还不快跑。"

高如风站在那里，对着高老爷，一字一顿道："我的命是你给的，但我的路在我脚下。对不起，我可能对不起你们二老，我要离开这个家。"

高老爷又气又惧，陆小米更是急火攻心，如果高如风真的离开这个家，她将何以在泰州立足，她会沦为全城的笑柄。尤其是陈如芬，她会被她踩在脚底下，永世不得翻身。她凄厉地叫道："不要，千万不要。如风，你千万不能走。"

高老爷气得大吼一声："来人，给我把他看好了，再跑，我打断你的腿。"说完，气咻咻地离开院子，交代下人，盯死看牢，别让他又跑了。

孟氏一家被杀，柴行被烧毁，泰州城又陷入恐慌之中。人们不理解，忠厚老实的一家人怎么就给日本人杀了呢？祸根恐怕还在他家的千金身上。有传闻说，这个孟芊芊就是狐狸精转世，专门害人。嫁了个松下井，小日本给炸死了。嫁给了伙计，结果又闹革命打游击，把命都玩掉了。这次日本人就是来寻仇的。害了高家二少爷，把前途一片光明的二少爷迷得人不人鬼不鬼的。这样的女子，死了也罢。也有人说，这个女子是个不祥的人，如今一把大火升了天，也就作罢。

孟家柴行就这样随着一把大火退出了历史舞台，从河两岸看上去，孟家柴行变成了废墟，两排沿岸的房子，就像牙齿缺了一颗门牙，看上去很不是滋味，过路人走到这里，不免会唏嘘一番，时间久了，那些烧焦的地方又长出了野草，只有露出来的一些焦黑斑，才会让知情人想起这里曾经发生过什么。

泰州城看似风平浪静，日本武士这次倒没有搞出什么幺蛾子，他们与高老爷有了礼节性的交往，正常出入高府，切磋字画，交流茶艺。高老爷携高开以酒水接待，几个武士滴酒不沾，府里的信息天天传递到政界，让政界的人松了口气。但高如风还是觉得事情不简单，他隐隐觉得这貌似平静的背后，一定酝酿着什么新的阴谋。那个樱花飞镖是赖良京子独有的，飞镖重现，就说明这个女人还在泰州一带活动。高如风把这个重要的信息传递给了省委地下党组织负责人老沈。

日军二次卷土重来时，高、孟、陆、陈四大家族已发生了巨大变化。孟家覆灭之后，陆家与陈家仗着有高家撑腰，在市面上就有了不一般的牛气。米和油的价格，与盐一起，逐渐见涨。其他的从业商贩心照不宣地看着这几家的脸色行事。整个小城的人说，这几大家族如若与日本人勾结掀起风浪，泰州就真的要沦陷了。

陈如芬与高开结了婚，很快就挺起了肚子，这一点，让她在李国香面前拔了头筹，各种人参、燕窝源源不断地往大房里送，陈如芬的虚荣心在陆小米平坦的小腹前，得到了空前的膨胀。陆小米仍然淡定如初，她的肚子不显山不显水，自然心知肚明，但有的事宁可烂在肚子里，也不能说出口，陆小米死死抱着这一条，她晨昏给李国香请安，平时就待在房里念经，这可急坏了李国香，她知道，不是儿子不行，而是不想。因是府里还是李国香当家操持，对待两个少奶奶的态度，也要看李国香的眼色。见李国香仍是淡淡的老样子，下人自是心领神会，在两个少奶奶之间找了平衡。

陆小米跟高如风过着有名无实的夫妻生活，自然是十分痛苦。但这痛苦是她自编自导自演的，她隐晦的心事，谁也无法知晓。在上海，是她一手策划，用迷药把陈如芬送上了高开的床，成了他们婚姻的催化剂。陈如芬如今过得实在是滋润，乐此不疲地与高开行着闺房之乐，每天晚上，不知是有意，还是无意，那声一浪高过一浪，似乎要把屋顶掀翻。这一房早早歇灯休息，似乎置若罔闻，陆小米现在最大的期待，就是用时间换空间，求得高如风的回心转意。孟芊芊已死，横在她和如风之间的障碍已经清除，时间一长，如风一定会回到她的身边。一本《心经》已让她背得滚瓜烂熟，她从经书里寻求安慰。所以，对于陈如芬的叫床示威，陆小米只是在黑暗中冷笑。先伸出利爪的，就一定能赢？做梦去吧。

李国香听在心里，瞧在眼里，叹气不已。琼花失踪后，高老爷的心性已经收敛不少，多数宿在李国香屋里，听到她的叹息，就委婉地说："你也劝劝你那儿媳妇，也不嫌害臊？"

李国香幽幽地说："哪个好意思呢，她叫得出声，我还开不了口呢。真是不要脸。"

"那咱们高府高门大院的，也不怕底下人笑话？"高老爷说。

"油坊出身的，能有什么素养？不过，配给开儿，也是半斤八两。呵呵，这个家这样下去，迟早要败在他们手里。"李国香冷笑着说。

"你少乌鸦嘴。我高家家大业大，还怕他们折腾？倒是如风这小子是个情种，那孟家丫头死了之后，我就没见他一天清醒过。"高老爷冷哼了几声。

"养种像种，如风可是你的真种。"李国香说。

"说到这些，你就犯酸。歇灯，睡觉。"高老爷轻斥道。

高如风结了婚，与高开倒了个个儿，高开正经八百地成了生意人，而如风倒像成了勾栏酒行里的常客，和平饭店几乎天天可看到他的身影，而且身边的女伴换个不停，在府里碰上日本武士，也与他们勾肩搭背胡吃海喝。经常歪歪扭扭，喝得醉醺醺的，回来就倒在书房蒙头大睡。对于高如风的花天酒地，泰州政界、商界都在感叹，世道也许要变了，连高家二少爷这么出色的青年人都废了。高如风天天到处买醉，他从各种交往的人嘴里掌握了不少信息，这些信息经过筛选甄别，都给他及时传递了出去。高老爷很生气，对如风就有些不待见，逐步厌弃，把盐业公司的经营权限逐步往高开那里调拨，对高开越发看重，高开也越发显得成熟稳重，跟高老爷贴得更紧了。

于是，陈如芬更加得意，时不时来陆小米这里串个门，把什么玉镯子、钻石、琥珀显摆给陆小米看。陆小米想，妇人见识，佯装着称赞一番，以满足陈如芬的虚荣心。

而对于高如风的放浪形骸，陆小米自我告诫，千万千万沉住气。孟芊芊被烧死后，如风悲伤过度，时间一长，他必定会回归到她的身边。所以，对于妯娌陈如芬的挑衅与示威，在她看来，是低俗的表现。

她得忍。

李国香在质疑自己，难道自己的判断错了，二少奶奶陆小米也许没有想象的那么出色。女人，除了以色事人，还要有心机本事。陆小米按兵不动，让她很费神。对陆小米的期待慢慢降低，但是仍然没有放弃。陆小米深居简出，高府上下几乎快忘了府里还有个二少奶奶。倒是陈如芬每天大大咧咧的，挺着个越来越大的肚子，到处比画指挥。府里下人对这个大少奶奶，有说不出的味儿。李国香对陈如芬在府上的指挥，不评论也不干预，更不放权，且由她径自表现。李国香有李国香的算盘，这陈如芬虽说已怀了身孕，但毕竟是油坊出身，高开的背后，又有二老爷虎视眈眈，高府的内当家，如果交到她手上，后果不堪设想。高如风夫妇不淡不咸的相处状态，让她恨铁不成钢，难道高家就这么败了。怎么说，她也得给高如风留个后手。

李国香的这些活心思，无法给别人去说。到了老宅静虚师太那里，李国香忍不住涕泪交加。静虚师太一脸平和，谈论生死如常。

李国香就说："我吃了一辈子的斋，念了一辈子的佛，原本想着将来百年后，能让如风给我塑个金身，我也能继续庇佑这高家子孙，现在好了，我自己不但没有子嗣，连如风这个独苗儿也不肯与他家里的圆房，我这张老脸将来怎么向列祖列宗交代。"

静虚师太也已进入暮年，瘦削无比，但面目慈和。她见长姐痛苦无比，便宽慰道："你的宏愿相信如风会帮你实现。但是子嗣一事，强求不来。等到清明，溱潼会船，想办法弄到头篙，来年会抱得孙子的。"

一番话把李国香点醒了。原来他们的村落有个传统。相传明朝开国皇帝朱元璋登基后，清明节要祭扫祖坟，因为打了好些年仗，百姓流离失所，他的父母死于何处，坟墓又在什么地方，一时无处找寻，他心里很着急。军师刘基，帮他想出一个寻找祖坟的办法。按中国民间风俗，每年清明节这天，大家小户都要给自家的祖坟添土，烧钱化纸，祭祀悼念。刘基说，过了清明，第二天派人四处察访，凡是有主坟，都留下了烧钱化纸的痕迹。剩下的无主孤坟中，就不难找到皇帝先人坟墓了。朱元璋觉得刘基的话有一定道理，就乔装打扮，坐着船在江淮一带寻找祖坟，他嫌船行得慢，下令添船加篙子，一只船上十几个人，十几根篙子，快速行进。最后，朱元璋到底找没找到祖坟，不得而知，但是朱元璋苦寻孤坟的诚心，感动了江淮一带的老百姓，一方传一方，一直传到姜堰里下河一带，老百姓就在清明节第二天，撑船去祭孤坟，从此便演变成后来撑会船的习俗。还有一种传说，与抗倭斗争有关。明朝嘉靖年间，倭寇侵入里下河神童关一带骚扰，朝廷派官兵抵抗，官兵又动员周围村庄的民众助战。于是各庄的青壮农民，纷纷组织船队前去杀敌。每条船上数十人，各执一根竹篙，行船赶路时，大家一起撑船，到达战地，又把篙子当武器，与倭寇搏斗。由于竹篙下面的篙钻是个铁头子，容易拔泥，行动不快，他们就拔掉篙钻，因此撑会船的篙子一律不带篙钻。

会船分为选船、试水、铺船、赛船、赛戏、会酒和送头篙七个阶段。

话说选船，实质是选人。清明节前十天，有会船的村子就由会头在村里竖起旗帜，会船的安全由他负责。苏北平原里下河地区水网密集，农民出行，均以船当车。家家户户都有船只，富足人家会有带篷船，舱内带床铺带炊具，出门卖菜，行船上百里，也不在话下。一般农户都是小木船。男女老少都会撑船，参加会船的都是青壮年劳力。

然后到了试水阶段。被选中的船主很乐意也很荣耀，试水相当于彩排，他们便使出浑身的解数，直到百姓喊好，会头儿点了头，就表示通过了。

铺船时，被选上的人家便开始打扮船只，清洗过后用桐油过两遍，置办新篙，新衣头巾，连人带船全副武装，精神抖擞地等着会船。

会船又叫赛船。当结束欢闹的演戏、酒会后，赛船就开始了。按惯例，赛船前，各大村庄的头面人物，早就张罗着在露天搭台唱戏谢神的事了。扬剧、淮剧、京剧、杂技……各庄花钱请戏班子，在赛船结束的当晚开演。也有不请戏班子的，则由本庄的文娱爱好者组织起来载歌载舞。一个庄子，这天晚上要是没有演出活动，庄上人就会觉得不痛快，不尽兴。赛船结束的当晚，篙手们无一例外地要举行一场热烈的酒会，说白了就是一场本土美食的大荟萃。其间少不了昂刺鱼臭干、雪里蕻虎头呆、银鱼涨蛋、蚬子狮子头、韭菜炒螺蛳、溱湖八仙、酸菜帮肥肠、醋熘肚肺片，用头盆、斗碗、瓷缸子、铁锅子，给装到席口上，各船高手欢聚豪饮，大伙话题再多，也要转到一点上来："今年的头篙送给谁？"围绕这个题目，大家七嘴八舌把"头篙"的得主定了下来。至于酒会的费用，早有习俗，公吃公摊，概由参加者负担。送头篙这一习俗以送头篙预祝人家生儿子。这对于个别久婚不孕夫妇或新婚夫妇颇有吸引力，谁能够得到篙手们的青睐，成为头篙的得主，那真是一件喜事。

李国香听到家乡的习俗这么神奇，马上嘱咐管事联系会头，来年的会船费用由他们高家包了。会头大喜，会船这么多年，还不曾有哪个大户人家能这么一掷千金包下整个费用的，可见高家宅心仁厚。从管事那里得知，高家两个少爷都新办喜事，来年抱个娃娃也是现成的。便会意来年的头篙便是高家的了。至于是哪房的，他们船会不管。

转眼间，到了次年清明，高老爷夫妇率两房儿子媳妇回乡祭祖，庄户人家哪里见得那么大的排场，个个啧啧惊奇不已。李国香带陈如芬、陆小米去拜望静虚师太，因为身份特别，两个年轻的女人依言拜望了这个比丘尼。得知这个老尼一辈子就在这青灯旁念经诵佛，陆小米头一个念头就是不舍，又觉得静虚师太是个勇敢的人，执着，虽然好好的青春年华都在佛堂里度过，但不悲不喜，自己与她比起来，是守着高如风这尊大神苦修，想想就释怀开来，原来悲苦的内心似乎找到了一种新的光明。静虚抬眼看了看陆小米，招呼她坐到自己身边，陆小米走过去，只觉得檀香清幽，心里就更加安静。陈如芬挺着大肚子，东瞅西瞅，觉得很没意思，就与婆婆告了假，到了卧房，对高开说："你家姨母本是个美人，却要选择这个地方修行，简直是浪费了她的一副好皮囊。"

高开皱着眉头，斥道："你胡言乱语也要有点儿分寸，姨母是我们全家通庄都敬着的活菩萨，不要乱说话，小心被诅咒。"

陈如芬被他一呵斥，也觉得汗毛林立，悔不该乱说，就对着地上"呸呸"几声，高开气得面色刷白，心里道，果然是小户人家，上不了台盘。

第二天到溱湖观会船，全家给奉若座上宾，坐在看台最好的位置上，只见湖面开阔，一望无垠，岸边芦苇深深，水鸟不时掠过水面。上百条船已分成红绿两列，待两列船队对齐后，开始扬锣，"噌！噌！"两声，发出竞赛的号令，接着水手们齐喊："下！下！"声音响亮，篙手两臂张开，两手挥动竹篙，笔直地两上两下，竹篙与船帮相碰发出"嘟——嘟——"撞击声，扬篙如长矛列阵，下篙如巨蟒入水。有节奏的锣声越来越紧，船立即从水面上腾起，犹如离弦的箭飞驰而去。两船比赛，终有胜负，在进行中如有胜者，"噌噌噌"一阵乱锣，就表示停篙。不断地比，反复地赛，把会船竞赛推向高潮。直到下晚，会船才结束。

高家一行人又浩浩荡荡地穿过溱潼老街，名目繁多的各种风味小吃——蟹黄大包、脆鱼汤面、小炉烧饼、油炸臭干、血糯糖粥、五香螺蛳、梅花糖糕、淀粉汤圆、糯米香藕、蜜饯酒酿、八珍方糕、鸡蛋薄片等，仗着自己有喜，陈如芬扯着高开在老街上不停地采买品尝。陆小米沉着脸与高如风坐在后面的车上，走走停停，陆小米就觉得这陈如芬是故意的。

回到老宅，备好香炉、烛台、鞭炮、红包、糖果、香茶。陈如芬兴奋异常，她已肚大腰圆，头篙非她莫属，陆小米只有眼馋的份儿。

这头迎接的准备刚刚做好，高老爷一马当先率领全家上下，到大门口恭候篙手们的光临。不一会儿，敲锣打鼓的喧闹声由远而近，只见得会头领着一个壮汉，手捧头篙，来到高宅前，一进门，顿时灯烛辉煌，鞭炮齐鸣，高老爷给篙手们打赏红包，李国香虔诚地给他们奉上糖果、香茶，一一致谢。送篙者满口都是"祝愿早生贵子"的果子话。

因会船为红绿两队，分别有头篙一支。陈如芬与陆小米也就分别拿到了。高开高兴地说，不断许诺："到时候一定请各位吃喜酒，添篙子。"按民俗，头篙的得主这一年碰巧真生了"贵子"，首先要为一船的篙手每人添一根新篙子，富裕者还自动置办酒菜，宴请全体篙手。高开这番话引得众篙手不断喊好。高老爷见高如风只是木头桩子站在一旁，便瞪了他一眼，心里骂道，不长进的东西，什么都不晓得争。

高如风不以为意。到了晚上，李国香把他喊到佛堂，家里人多嘴杂，佛堂虽有静虚师太在，但她毕竟身处红尘之外。

李国香把账簿摔到爱子面前："短短几个月，良田就少了六成，你这个败家子。"

高如风沉默不语。李国香号哭道："你知道不知道，这都是娘的体己钱，交给你，原本等着要由你将来给我塑个金身的，哪个晓得，你这么不作浪。"

高如风说："我只是把它们花到了应该花的地方。"

李国香一边哭一边捶打着儿子："你这个败家子儿，家里的女人你不沾，外面的婊子你那么舍得。存心气死我哟，我还不如早点儿死了，早点儿超生。"

高如风说："不是你想的那样。"他咬着嘴唇，说："有更需要它们的人。"

李国香不听，只顾号哭。静虚师太发话了："施主，如风这孩子慧根深，将来有后福，万事你可不能只看表相。"

高如风感激地看了这个家生菩萨。没办法，他肩负的重任，是无法向母亲和盘托出的。前线急需医疗物资、枪支、盐和粮食，作为地下联络员，高如风一直以高氏盐业公司高级经理的身份，从事着党的隐蔽战线的支前工作。谁能想到，这个玩世不恭的花花公子大情种竟然是个共产党员呢？他围着母亲李国香打转，寻思着怎样再从她那里抠些钱出来。他刚接到了一封密电：将一万担盐送到前线。接到密电，他急得团团转。怎么办？自己虽是盐业的经理，但是日伪占领区，盐一直是敌人严格控制的战略物资，不但日本人盯着，国民党的税警团盯着，现在共产党更是到了生死关头，没有盐，就没有力气。这个秘密任务主要是解决新四军第一师所属部队数万人千里远征过程中极度缺盐的难题，他们计划从茅山地区集结出发，千里远征，直打到浙东地区，创建新的敌后抗日根据地。

部队开拔时各部队只能带足三个月的粮食和十五天的盐，边行军边作战。半个月后，各部队粮食虽可不断补充，但盐的问题却好似给脖子上绕了又绕绳子，勒得死死的，怎么也无法补充。吃盐成了问题，战士们的士气就明显弱了下来，救护医疗也急需大量的盐水清洗伤口，因为没有盐水及时清理创口，不少战士的伤口已感染化脓，还有些病情严重的已经牺牲。开拔的各连队纷纷向总部反映，因缺盐已经造成了严重的非正常减员。

泰州城的盐虽在高氏盐业手里，但总共拢起来也不过两千担，这还是整个县城的日常用度。缺盐的人会浑身浮肿，四肢无力，甚至要扶着墙才能站立起来。体弱者缺盐更容易导致生命危险。每个月按人头计算只能买几两盐，绝对不允许老百姓和商家屯集和贮存。高氏盐业的库存，自然也在日伪的监督之下。

一万担，这个庞大的数字把高如风难住了。当走私盐的念头从他脑海里浮现，就像胶水粘住了似的，怎么也摆脱不了。明摆着，如果查出来，他的全身要打成马蜂窝，那是玩命的事儿。但是想到有那么多战友还挣扎在死亡线上，他只能硬着头皮上了。想起三江营大荡子那个私盐窝子，他眉头一皱，计上心来。当晚，在万花楼的专用包间，他隆重地给摆上了一桌。请的不是别人，正是他的二叔高二爷。平时从他父亲那里得知，他这个爷叔在这方面有着通天的本领，这么多年，借着高氏盐业的官船，他可是捞了不少的好处。

高二爷一身绸衣绸裤，光着脑袋进了包间。一进屋子就嗅个不停，高如风知道他这是酒虫上了身，叔侄二人坐下，给他满上酒。高二爷大咧咧地说道："侄儿，今儿个专程把你叔请到这儿来，不单纯是喝个酒吧？"

高如风谦虚地说："是侄儿不懂事，这么多年，都不曾好好孝敬叔台。"

高二爷鼻腔里发出一阵冷哼："孝敬？这个，我可不敢当。都在你们爷儿俩手下讨个生活而已。"

高如风试探着说："叔台您这么说的话，侄儿有笔买卖，倒是不敢说了。"

高二爷狐疑道："你是少东家，还有你做不了的买卖，这泰州城，上上下下，男女老少，哪个不知道你是衔着金钥匙出生的。"

高如风正色道："叔台有所不知，那些黄鱼都在父亲那里攒着，哪里有我的份儿。这不，您看这万花楼的包间，歌舞巷的戏院，一枝春的雅座，还有饮香书场的包厢，哪里不需要银子呢。"这么一说，拉近了高二爷与他之间的距离，高二爷心里想着，口里高喊一声："好，咱们这高家的正牌少爷就该这么花天酒地，钱算个屁，男人身上的泥，搓掉就来了，更何况这泰州城十几万人口，哪家不是我高家的盐在撑着。"

高如风见高二爷上了钩，就低声说道："有笔买卖，是浙江那边要的，做成了，咱们三七开，货我来调，运输得由您来想办法，如何？"

高二爷睐了他一眼："你四我六。"

高如风朝他竖起两只手。

高二爷说："得了，五五开，成交。"

高如风知道他这些年黑白两道都有人。一万担的毛利就能吓人个跟头。巨利面前，依高二爷的性子，不赚就是个傻瓜。他紧急与淮安、山东等地的盐号取得联系，对方都为难，说这兵荒马乱的，一下子要这么多，弄不好要杀头的。高如风知道他们是坐地起价，做了让步，对方总算答应以市场价出让。取货地点到盐阜地区所属的八滩盐场。高二爷出面借了陆家米行、陈家油坊的十条大船，放空直驶八滩。很快盐包装进了大船的底舱，上面盖满了麦秆。一路上经过兴化、姜堰，以及泰州日伪军的河道卡子时，按常例缴纳过路税，额外奉送香烟、老酒、菜肴吃食。回来后，一半存放到陆家米行仓库，另一半盐包放在船的底舱，铺上稻草，上面用木板盖上。木板之上堆放了整整齐齐的大"酒海"，每个有四五百斤重。"酒海"坛子用草绳围绕并捆扎塞紧。第二天中午船队起航，经南官河至高港闸，五条大船连夜过江，行至三江营地界的时候，远处传来了机器船"突突突"的马达声。一艘日本鬼子的巡逻艇来到了前面，大喇叭里号叫着"停船检查"的日语以及翻译的高声叫喊。查过了高二爷递上的良民证和运酒的证件后，日本兵扯开了篷布，问船里装的是什么货物，高二爷打开一只坛子，一股浓浓的酒香飘了出来。日本鬼子高兴得龇牙咧嘴："酒的，大大的好，米西米西的有。"为首的日军头头还不放心，对翻译咕噜了几句，翻译说道："你喝给我看看。"高二爷敞怀拿了个酒端子，当面喝了一端子。巡逻艇上的日本兵顿时眼冒绿光，纷纷拿来脸盆、饭桶、茶缸之类器皿，如狼似虎般来装酒，随即扬长而去。高二爷赶紧让伙计们扬帆起航，西行不远进入夹江，经九曲河南行，过了日军的大运河封锁线。在大运河南岸边，一个连的新四军，全是便衣装束在等候接应。

当晚，仍到万花楼，高如风把一小箱黄鱼整整齐齐地放到高二爷面前。高二爷咧嘴笑容扯到了耳根，也没接，只是笑着盯着高如风："呵呵，我们高家的少爷果然够这个。"他竖起大拇指朝着高如风："你是这个？"他的右手大拇指环起，四个指头朝高如风晃晃。

高如风笑着说："受人之托，赚些零花钱而已，叔台您可真是抬举我了，我哪够格？再说，那些苦是我这样的人能吃得了的。"

高二爷将信将疑。高如风又说："叔，还有一半您老可要下点儿功夫。"

高二爷拎起皮箱："你小子给我把黄鱼准备好就成。"

高二爷回去的路上琢磨了半天，觉得高如风这个小狐狸将来长大了可不得了，自己的儿子高开恐怕不是他的对手。他心里盘算着，这次出马，可要好好地观察，将来把这个把柄攥在手里，这小子还能蹦多高，一切都逃不过爷的手掌心。

和府里的几个伙计商议，这次不走高港出江，改从嘶马附近南下，只需走十几里的水路，越过了日军封锁线，就会安全得多。哪知道，人算不如天算，水道曲曲弯弯缓缓行到嘶马附近，船被拦截了，这打家劫舍的不是日本鬼子也不是汪精卫的"和平军"，而是盘踞在当地有名的匪首"四姑娘"。这帮土匪占据着江都、泰州、泰兴三不管的空白地界，历来官府剿灭不清。水匪扣了船，二话不说，就把船上的人给关进了黑牢，放一个伙计回来传话：要买主拿五千块大洋去赎船赎人，要是去晚了，就撕票。

高二爷正躺在暗妓院抽大烟，一听，赶紧到和平军旅部去找人。他找到的这个人官不大，仅是个小排长，姓王，与"四姑娘"是把兄弟，平时大家心照不宣，彼此互利互惠。有时部队剿匪时，王排长总是提前知会一声，得了好处，他再孝敬旅长。所以，这个人情，王排长一把钥匙投一把锁，当晚，王排长骑了一辆军用摩托车，身上别了两支二十响快慢机，来到了匪窟，他一进门就把两支枪往桌上一拍，发怒道："你们吃了熊心豹子胆，敢骑到老虎的头上拍苍蝇。""四姑娘"一听，愣住了，问是怎么一回事。王排长说："这船上运往江南的酒是兄弟我和旅长合股做的买卖，你却拦船扣人，是不是嫌命长活够了，现在旅长很生气，哼哼，你们看着办吧。""四姑娘"一听连忙说："哎呀，不好，这是大水冲了龙王庙，我就放人，晚上不走，我来摆酒给你王长官谢罪打招呼。"酒足饭饱，船队从嘶马东南出江过三江营直达江南，顺利把新四军急需的盐送到溧阳，完成了军用盐的千里运输。

高二爷两次得了高如风的好处，心里虽然嫉恨，但仍然不得不佩服，这个侄儿与自己的亲生儿子相比，实在是不晓得高明了多少。二十条小黄鱼黄灿灿地摆在面前，高二爷心想，下次还可与他弄些交易做做。这边还在盘算，突然一片哭叫声由远而来，高二爷连忙把金条藏到墙壁的夹缝中间，假装坐在桌前品茶。很快轰隆一声门被踢开，高二爷正要发怒，见一群端着枪的税警冲了进来。

高二爷满脸堆笑，假装镇定："长官，啊，不，爷，你们是不是弄错了，我只是个生意人。"

一个税警团的头头端着枪指着高二爷的脑袋："少啰唆，就是因为你是个生意人，胆子不小，通共通匪，居然把盐送给新四军。"

高二爷的脸都吓白了，他想都没想，连忙跪在地上冲那军爷磕头："没有的事儿，千真万确，我是高氏盐业的二当家，规规矩矩的生意人，不信，你们可以与我兄长对质。"

那军爷见他趴在地上，双手合十，却沾满灰尘，眼珠子一转，朝后面的士兵一努嘴："搜。"

高二爷的裤子都尿湿了，平时手长，这头将一把，那头捞一把，这一刻，他恨不得把自己的手给剁了。

很快，税警团一行从墙缝里搜出了刚刚放进去的金条，还有数不清的银圆、银票。高二爷两眼一黑，心里想完了，就昏了过去。

人赃俱获，临刑那天，他把高开叫来，面对面喝了最后一顿酒，只说了一句："不要得罪你那兄弟高如风，他的手段不是你能斗得了的。否则，我们二房就要绝后了。"

高开哭得眼泪鼻涕糊了一脸，高二爷骂道："我高二爷这辈子享受了数不尽的荣华富贵，玩了数不清的女人，够本是够本了，早晓得今天，当初就不该把开儿你过继给大房，现在好了，白茫茫一片，真是一海子的盐都化成了一摊水。"

高福兴上下打点，把兄弟安葬了。李国香在佛堂念了一夜的经，总算把这个瘟神送走了。

高开连续开枝散叶，在长子高鑫三岁这年，又喜得千金高桐。时间过得很快，自淮海战役取得胜利，国民党军队土崩瓦解，人民解放军屡战屡胜，很快泰州城周边的兴化、姜堰还有黄桥等重要城镇得到了解放。特别是一九四六年至一九四七年间，解放军在苏中地区进行的七次战斗并全部胜利，极大地削弱了国民党军队的力量。到了一九四九年年头，国民党顽敌、地痞流氓惊恐万状，尽管他们白天仍到处行凶作恶，敲诈勒索，但到了晚上则龟缩在伪县衙里头不敢出来。在接到上级"监视敌人，做好准备，保护人民财产，迎接泰州解放"的指令时，高如风热血沸腾，他盼着这一天盼了多久，他早已记不清了。为了保护他，地下党负责人一直与他保持单线联系，周边不断取得的胜利，由他这一头不断传递到城里。到了一月二十号这一天，他得到线报，说国民党的顽县长已经逃跑，按照上级要求，他把早已拟好的《告工商界书》和一些标语送到了指定地点。这一夜，他在书房里待了整整一夜。他多么想光明正大地与其他同志一起投入解放泰州的具体工作中去。但是党的组织纪律是十分严明的，这一刻，他唯一能做的事情就是，等着天亮，等着那激动人心的时刻到来。他也知道，直属地委领导的泰州联络站的同志已于傍晚潜进了泰州，并在城池的海宁、迎恩、阜通、迎淮这四个门分别布置了暗哨。挂钟在墙上不紧不慢地走着，秒针的每一次转动，都把高如风带进了他从事党的地下工作的每一个场景。

凌晨四点刚过，他再也坐不住了，披起外衣就走上了街头。这一刻，泰州城安静得连狗叫都省了，冬天的凌晨清冷得决绝，似乎太阳一出来，所有的罪恶与黑暗都会挥之而去。从海陵路一路向南，墙上贴了很多标语，有不少是他的笔迹，他心里一热，热泪从眼窝里流了出来。"共产党万岁""毛主席万岁""保护民族工商业""公私兼顾、劳资两利""人人有饭吃，人人有工做""首恶必办、胁从不问、立功受奖"，落款都是"中共县委同志会"。高如风心里暖洋洋的，他知道，在这座城里，还有一批他看不见但能感受得到的同志，都在从事与他相同的地下工作。他与他们，都是这个同志会里的革命同志啊。空气中弥漫着一种面糨糊的香气，走到坡子街，有两个拎着糨糊桶的人正在麻利地刷着传单。那两个人警觉地朝高如风望了两眼，见他双手插着口袋，戴着礼帽，像个文弱书生，就不以为意地拎着桶走到了下一处。

天亮了，泰州城醒了过来。全城的人都涌了出来，锣鼓声，鞭炮声，欢笑声，使得整个城市焕发出春天的气息。大街上挤满了抢传单、看漫画和海报的人群，大华影剧院门口更是人挤人，交通都被堵塞了。海陵路从北向南的所有商店都开了门，家家户户都插上了小红旗。人们都在翘首企盼，解放泰州城的人民解放军到底长得什么样子。直到第二天下午，当一群穿得比老百姓还土的人坐在明江路口，笑眯眯地望着来来往往的人群，他们每个人都背着一个背包，胸前别着一枚白底黑字的布质长方形符号，上面印着"泰县临时工作队伍"的字样，人们才知道，这些土里土气的干部就是接管泰州的党政军干部。

商人的信息总比平头百姓来得快，不少原来亲日亲国民党的大户出现了新的苗头，他们千方百计地往工作队这边靠。共产党的泰州支部组织自一九二七年独立建支，一直活跃在周边县域，与敌人巧妙周旋，真刀真枪的，除了北山寺那一炮，尤其以港口暴动、郭村保卫战、黄桥战役最为著名。临时工作队主政泰州以后，一心一意地忙着新政权的建立，很快，党政工团妇青农，还有苏北党校等组织纷纷建立起来，到处生机勃勃，有志青年都踊跃加入发展生产、进行土改，以及支援大军过江、为解放全中国的行动当中。高如风几次主动写信，请求以我党的正式身份参与这场新战斗，但是他的请求都被驳回了，组织上的回复只有一条，"战争还未取得完全的胜利，你仍然要继续从事党的地下隐蔽工作，尤其是支前任务艰巨，要想方设法，继续战斗"。

高如风看着工作队火热的工作场景，很眼馋，但是组织纪律是铁的。他只能继续做他的高氏盐业的经理，业余仍是高调地吃喝玩乐。他的经理室里、办公桌上，倒也摆了些书籍，高老爷趁他不在时，也去翻了翻，不过是洪武赶散的一些文献，史料记载明代朱元璋，为了加强盐政管理，把四十万苏州人强制迁到泰州、淮安一带，上等的担任了盐场管理者，中等的分到了高港安营扎寨、屯田种粮，下等被贬为沿海灶户，并且实行半军事化管理，五户联保，出了事，五户一齐端掉。高老爷狐疑地瞅着那志书发了呆，这个小子疯魔了，洪武赶散与他何干？这小子莫非也是一个反骨。高老爷的心沉了下去，怕就怕如风这种喝了洋墨水的，他肚子里究竟想什么，高老爷一点儿也摸不透。高老爷的直觉的确是敏锐的，高如风表面风流洒脱，吃喝玩乐，放浪形骸，只不过是遮人耳目，他这个父亲怎么也不会想到，这个浪荡子，其实在随时根据上级需要，以他的公开身份帮助战区组织药品、盐和枪支弹药。

一九四九年四月二十一日，苏北行政公署正式成立，下辖泰州、扬州、盐城、淮阴、南通五个行政分区四十一个县、市。受苏北行政公署文教处邀请，泰州城区组织了一支由文化干部、业余音乐人士还有各宫观道士组成的国乐队，也称民族管弦乐队，为欢送参加渡江作战的解放军大军，这支八十多人的乐队，走在人民子弟兵队列的前头，从城区出发，一路吹奏《解放军的天是晴朗的天》与《解放军进行曲》两支军歌，同行的百姓拉着"苏北泰州专区""打过长江去，解放全中国"的横幅，军民欢天喜地，一路行军，一直送到三十里以外的驻地。高如风混在人群中，目睹了这个热烈而令人振奋的场景。因为这一天，解放军发起渡江战役，百万雄师分三路强渡长江，占领南京，标志着国民党统治的覆灭，也为进军华南、西南创造了条件。他的血液在沸腾，为了四万万同胞的解放，他也在尽一份绵薄之力，他怎么能不自豪。这一刻，他泪流满面。

高府上下还是原来的老样子，高老爷每天带着两个少爷在公司里办公，下了班，大少爷就早早给陈如芬盯着回了家，陪着高老爷夫妇打上八圈麻将，高二少爷如风则不知踪迹。

高老爷看不下去了，边打麻将，边跟高开说："你那个弟弟，有空你也盯盯，如今泰州解放了，共产党正愁没人树个典型，小心他跟那些个南京上海来的日本人、英国人玩得走了火，被共产党抓起来。"

"是，是，是。如风是有些不注意。不过公司的经营，他也是有些真知灼见的，可见跟那些外国洋鬼子玩，也不是白花银子的。"高开中肯地说，陈如芬在桌子下用脚踢他的腿。

高老爷很满意长子的态度，语重心长地说："还是要注意，前几年，我们跟日本人走得近了些，不晓得，这批来主政的共产党会不会秋后算账。"

高开说："今天到老丈人那里，看到两个干部到隔壁粮点上提粮，都带了提粮证，老板本想客气客气，说不用收。哪个晓得那些当官的软硬不吃，把粮称好后，把斤两填在那个证上，让他们下次上交时直接抵算。"

"有这事？"高老爷疑惑地问。

"这不，我跟店家借了回来，给您看看。"高开展开一张巴掌大的纸，上面印着"苏皖边区第一行政区专员公署粮食（粮草）提领证"，"元麦一百市斤"上盖着大红的印章。证上还有日期、编号。

高老爷拿着这张证在灯光下反复照了又照，半晌，才说："这是个真政府，还是小心点儿为好呀，现在是粮草，恐怕马上连盐、油还有一些副食都要管起来。"

高开说："是，父亲。"

怕什么，来什么。泰州地委行署成立后，很快就抓住了城市的经济命脉，这一年十二月，正式成立了江海公司。公司设在北门口，老水产公司里头。高会长应邀参加了成立仪式，茶盐酒总会还特地送去了贺仪。不少单位的代表都去了，西装、长袍马褂的站了一地，对这个新成立的公司，大家也摸不着章程，不晓得这共产党的葫芦里卖的是什么药。行署领导发表了热情洋溢的讲话，大意是泰州刚解放，党中央就在这里设置了行署，专门抓经济建设，目的就是为人民谋福祉。高会长两耳嗡嗡，只觉得这个名称甚大的江海公司，一上来就有吞江咽海之势，这是专门给他们这些私营业主示威的嘛。公家与私家，买哪个的盐，老百姓不认牌子，也不认门脸，他们认的是价。行署的领导见高会长面目慈和，又点将请他讲话。高会长心想，我心里这刚想着这盐价，你们就点我的将，要我讲话，分明是将我的军，要我表态。于是也就依着行署的意思，表了态："各位领导、同仁，我高福兴自祖上三代一直以盐为业，童叟无欺服务泰州父老乡亲。如今政府关心百姓，我茶盐酒总会以及高氏盐业当唯政府马首是瞻，在盐市、盐价还有盐的质量上与政府保持高度一致，绝不扰乱盐政和盐市秩序，请各位一同监督。"噼里啪啦一阵掌声。行署领导微笑着点头致意。

仪式一结束，高会长谢绝了几位同行的邀请，径自回了家。他想，你们这帮看眼色行事的，今晚这个酒是绝不能去喝的。哪个晓得共产党会不会在这里头安插耳目，万一自己发表了不当言论，自己这个会长当到头是小事，把自家的公司端掉可是大事，这可是祖上上百年的基业。高福兴自小跟着父辈在盐业里头摸爬滚打，自有一番泥鳅功。他回到家里，下人接了他的礼帽，净了手，坐下来与李国香说心事。

李国香一惊："这些个共产党竟这般厉害，原来以为他们打游击，小米步枪对付国军的美式大炮，没想到成了事，这抓经济的功夫也这般了得，真是打蛇打七寸啊。"

"夫人明理。"高福兴看着闭眼端坐的李国香，见她手指不停地拨动佛珠，"这段时间，公司这一块我要多看紧些。不能出岔子。"

"嗯啊，现在政府开了江海公司，只怕将来我们这些私人的公司也靠不住。那个，开儿那头，你也要防着些，别给共产党抓住了把柄，再捣弄私盐，给抓住了，就是杀头的死罪。"

"那是自然。"高会长知道夫人所指，高开本是二爷的嫡亲儿子，虽然过继过来，但秉性上与高二爷如出一辙，要不是有高会长与儿媳妇陈如芬这两道笼头箍着，加之高二爷已给国民党的税警团作为私盐贩子通共给枪毙了,爷俩儿明里来暗里去的,不晓得还要惹出多少事。高会长想着两个儿子,有些气馁,大的惹事无非是银两与女人,那小的闷葫芦,看也看不透,更让人闹心,便说:"夫人,如风那头你也要多叮嘱些,整天魂不守舍地瞎窜。"

李国香睁开眼睛:"唉,早知道这孩子情根这么重,倒不如当年遂了他的心愿,这样下去,家不成家,如何是好?"

高老爷板着脸,背着手,说了句"荒唐",就摔门而出。

"祖母,祖母。"一声脆亮的童音由远而来,两个奶妈带着高鑫与高桐来到跟前。

李国香见了孙男孙女,就放下佛珠,心疼地把高鑫抱进怀里。

门外头有道身影闪过去,李国香瞟见是陆小米,也没喊她,看着孙女粉妆玉琢的,心中盘算了一番。

二房高如风陆小米这些年如同路人,外人道这婚姻是美满,实质上失败,李国香象征性地征求了高如风夫妇的意见,就做主把高桐过继给了二房,私下里把不少好处给了大房陈如芬。高开夫妇乐得顺水推舟,陈如芬想得直接,她生的娃过继给二房,等于提前占领了阵地。那高开更好,心理上明显碾压,嫡子又如何,儿子孙子都是他们二房这一头过继过去的,他们忙乎的那一些,到最后还不都是自个儿的。陈如芬对高开也有说不出来的滋味,暗自骂道:"抽风了,得意忘形。"

随着高桐的到来,陆小米心头的郁结逐渐散了不少,两个人之间因为这个孩子也多了些话。李国香暗自欢喜,但愿他俩的感情能因为这个孩子弥合一些,南无阿弥陀佛。

15

偷　生

离泰州城近百里处，是水乡兴化。成片成片的垛田，以水隔开，菜花成片。到了春天，满眼的金黄，照耀得人睁不开眼。鼻子里的香气也是清甜的，更别谈河边的芦苇荡，岸边的杨柳林和荡漾的水草了。

平安住在垛田深处的渔船上，照拂她的是如风好友的老母亲，老渔妇桂香，她叫她老姨母。她对外的身份是老桂香的远房侄女，家乡闹饥荒，逃难到这里来的。

老桂香划船到水田深处张网，捕些鱼虾。平安坐在船头，身上是渔家的打扮。她的脸是一张普通渔娘的脸，微微的黑，眉眼跟过去也大相径庭，新长出来的肉还没老扎，微微地泛红，手腕伸出来的部位，也成了黄黑色。她曾对着水面照过镜子，虽说从前的脸已不复存在，这张最普通不过的脸应该不会再惹出什么事端了吧。她现在只想平平安安地生下她腹中的胎儿。那是她唯一的爱与依靠。

船在水田中穿行，划桨声打破了这片天地的静寂。对于水，平安是不陌生的。她家的柴行位于扬桥北侧草河边上，尚是少女时，她就经常趴在窗棂上，对着草河的水发呆。那时的俞浪行，他光着脚丫子，在船上撒欢唱歌；她和他在孟家柴行里的爱是青涩与甜蜜的，他启动了她的芳心；他陪着她上道观，他做扫地僧，她在里面练琴；他们在集市上嬉闹；她在柴行里捉弄他；他的机智与勇敢；他俩的初夜……这一幕幕都在河水里化成了俞浪行的身影。老桂香是个开朗的人，见她发怔，就笑着说：“平安哪，多看看这片田，这条河，心就会安静了。”

平安朝她一笑，这笑容让她平淡无奇的脸露出不一样的气质。老桂香叹了口气：“平安哪，你长得真俊，名字也好，咱老百姓就图个平平安安了。”

“姨母，你可别笑话我。”

“是真的哦，咱们乡下打鱼人没有一个像你这样的。”

平安慌乱起来，四下张望，“我哪样的？我哪样的？”

老桂香笑着说：“咱打鱼人，要在水上讨生活，不会用渔具，不会看塘撒网可不成。”

105

平安赶紧说："姨母，你可得好好教我。我能学会的。"

老桂香意味深长地说："好，好，好，等你把孩子生下来，我再教你。这渔村生活啊，急不得的。"

平安一愣，知道她话中的意思，不禁沉默下来。自打她隐姓埋名来到这里，她难道想过回去吗？没有。那里已经没有了她的家。她已经死了，连同她的父母，爷儿仨一起葬身火海，连后事也是高如风给办的。

俞浪行的坟前墓碑上有了孟芊芊的名字。当高如风告诉她时，她只是苦笑了一下。她的脸伤得厉害，固然有高如风精湛的医术与美容技巧，她的脸已不是从前的脸了。几个月下来，她的肚子已显了怀。背部的烧伤经过高如风处理接近痊愈，但原来烙制的古乐乐谱也已成为一块块疤痕。

"如风，我的名字既然已经刻到了墓碑上，该给取个新名字了。"她说。

"取个啥名字呢？你估摸着。"高如风笑着问，"你的新生，应该有个响亮的名字。"

"我以前叫芊芊，还是弱了些，经不住风吹雨打。就叫平安吧，姓平，名安。"芊芊说。

"好，这个名字好，此生平平安安。所有的身份，我给你弄好。"高如风说。

"你就不问，我为什么背部和脸部烧伤得这么严重？"她又问。

"你想说时，自然会说的。我信你，你会告诉我。"高如风柔声道。

平安回忆起那个惊心动魄的夜晚，仍然不能控制住自己的情绪。

日军残余势力来到她家时，她和父亲母亲正在房里商议着，怎么去应付道观里日军传来的纸条。几个武士打扮的人破门而进，责令他们立即交出古乐乐谱。

孟大当家的笑着说："家里是小本经营柴火的，哪里有什么古乐乐谱？长官，你们是不是弄错了？"

武士上前，二话没说，就一刀割开大当家的脖子，孟父当场血崩而亡。孟家主母见状，立即昏死过去，另一名武士眼睛眨都未眨就上去刺了几刀。

孟芊芊肝胆欲裂，她扑向父母，血液喷射了她一身，糊满了她的身体，那名领头的武士，操着不太熟练的中国话，用刀指着她："乐谱，交出来，你的活命。"

孟芊芊说："没有乐谱，乐谱早已交给了松下井，他们在北山寺被毁了。"

那个武士狞笑道："很好，上次，你已玩了一套金蝉脱壳，害得我们的松下长官被炸死，这下子你别想活命了。"

孟芊芊惊恐地看着他们，只见那名武士玩味地盯着孟家柴行的匾，手一挥："给我烧。"

孟芊芊扑上去，恳求道："千万别烧，这是我父母的心血，求求你们了。"

几名武士狂笑着，点燃柴行，大火迅速蔓延开来，孟芊芊呆呆地跪在父母身边，她的眼睛里全是无边无际的火，她的手搭在小腹上，感受到小生命在蠕动，心里一动，假意昏倒，一头栽倒在父母身上。那几名武士见状，对着她的背部刺了一刀，就狂笑着扬长而去。想到古乐乐谱给她带来的无穷无尽的灾难，她忍住剧痛，挣扎着拖过几根燃烧的木头，把自己的后背烙了上去，又打了个滚，把左边的脸靠上去，钻心的刺痛掩盖了她心头的痛苦，浪行走了，父亲走了，母亲走了，就这样死去，也罢，就是对不起如风、如风、如风。

平安说完这些，屋里静得怕人。高如风把她紧紧地抱在怀里，讪讪道："芊芊，不，不，平安，从今往后，有我保护你，你就平平安安地生活吧。"

如今，她的户籍已经消除，从投身火海的那一刻起，她已无家可回。除了眼下收留她的这条渔船，她无路可走。她看着茫茫大河，一眼看不到边，水汽把船身笼着，让她有了种莫名的安全感，她深深叹了口气，心里琢磨着，等到把孩子生下来，真的是要从头学起，否则，她有可能连孩子都养不活。

"话又说回来了，那个高先生，有段时间没来了，过些日子，你恐怕就要生了。"老桂香瞅着她的肚子。

平安下意识地摸了摸，胎儿在她腹部乱踢呢，她的心头不禁涌出不少母爱与柔情。

"肚子这么大，会不会是两个？"老桂香又担心，唠叨着。这让平安想起了自己的母亲，她的眼睛不由自主地有些湿润了。

"我瘦嘛，显得肚子大而已，哪可能是双胞胎。"平安不好意思道。

"头生子都比较难生，这边乡下接生婆离得远，我们娘俩得做个准备。"老桂香又说，"如果高先生来不了，生孩子的药品都没有。"她的话不无担忧。

平安沉默了片刻，抬头对姨母说："我能忍的，况且，他也不会丢下我不管的。"

高如风定期过来给她换药，送上一些生活用品，平安的肚子一天大过一天，她觉得她与他似乎就是一个人。她所思所想的，他经常提前一步给她想到了。她从来没想过，她的世界里少了如风究竟会变成什么样子。

老桂香摇摇头，这个姑娘分明没过过苦日子啊，躲到这荒僻的小渔村里，估计也是没法子的事儿啰。

"他会来的。"平安讪讪自语。

老桂香没有再问，在她看来，这对年轻人，不是夫妻，胜似夫妻。尤其是那个斯斯文文的高先生，对眼前的这个普普通通的姑娘，倾注的感情，连她这个乡下老婆子都看得出来。这姑娘怀的孩子，显然不是那个高先生的。唉，世间情爱最难说的就是男女情啊。老桂香饱经风霜的脸上露出慈祥的笑容，她心想，生孩子就是过鬼门关，这姑娘没生过孩子，哪知道鬼门关的痛苦。这姑娘在她这里，过得清闲，虽然皮肤又粗又黑，但看她举手投足，不像是个普通人家的姑娘，想到送她来的高家少爷，她在心里叹了口气，唉，怕是对苦命鸳鸯啊。该收丝网了，她摇着橹，小渔船慢慢地摇了出去。

收一圈网回来，远远地，就看到一袭青衫立在河岸边，平安高兴地叫道："姨母，你看，那是谁来了！"

"慢点儿慢点儿，瞧瞧，你哪里像个大肚婆啰！"高如风看到雀跃的平安，伸手拉过她的手，把她接上岸。

初夏，一对龙凤胎在苏北里下河垛田深处的小渔船上呱呱落地，平安顺产，男娃大双叫平凡，女娃小双叫安然。

爬过了生育这道鬼门关，平安疲倦地对着替她接生的高如风和老姨母道了一声："谢谢！"

高如风对她说："我是平凡安然的舅舅，我第一个抱出的他俩，要说谢谢的人是我，我才是幸福的人啊。"

泪水浸润了平安的双眼。能保她们母子平安的人，的确是高如风。他们爱而不能，却始终保持着礼义之道。俞浪行虽已去世，但平安的心意已决，且如风也有一道婚约束缚，他们都保持着当初的美好和眼下的现状，理性地共同维护着那横亘在他们之间的屏障。他们深知，如果跨越了，就是彼此的万劫不复。那样的话，平安会鄙视自己，如风也会把自己归结到乘人之危的小人行列。他们彼此遵守着一种看不见的约定，他们的爱是克制的感性与宽厚的理性的彼此交融。

她从不在他面前提及他与陆小米的婚姻，陆小米这个名字如同空气一般，既能感受到她的存在，又无须正视。如风的痛苦，她感同身受，在她看来，陆小米作为小学同窗，如今在这场空挂户头的婚姻里，也是个可怜的人。她想起陆小米在米行里拨弄算盘的场景，一五一十，白皙的手指在算盘上翻飞，本应是个灵巧的女子，为情所困，如今的田地实在是令人可怜又可惜。

她在孩子熟睡的时候，会把自己心里积蓄的情感记录下来，写成歌词。每当这时候，她的表情就会变得无比地生动，记忆会激活她灵魂深处的东西。她又回到了少女时代，那所有关于音乐的回忆与梦想，又争先恐后地跳出来。这时候的平安，是痛苦，又是幸福的。这些梦中的呓语，变成了娃娃们的摇篮曲，在小河的渔船上摇晃、摇晃。

天亮的时候，平安起身生火做饭洗衣服。稀饭黏稠，酱菜是她腌制的，河里有很多柴丁小鱼、小青虾，丝网拉上来之后，她把它们洗干净了，捣碎了，就着香油葱花做成鱼虾酱，营养又下饭。奶水不够，她就用这些来凑，两个娃娃也因此长得比较皮实。

她的头发剪短了，皮肤也粗糙了许多，因为干粗活的缘故，她的手掌也长出了茧子。渔村的劳动与生活，使她脱胎换骨，母性使她眼角眉梢之间也变得日渐柔和。

日子过得很快，在桂香老姨母手把手的教导下，平安学会了打鱼与种田。这样，至少再过几年桂香老了，做不动了，她也有办法把孩子们拉扯大。两个孩子比较争气，从生下来到牙牙学语，几乎没生过病。河里的鱼虾给了孩子们必需的营养。下田劳作时，她就把两娃用布绳子分别绑好，拴在一起，任他俩在泥地里滚，娃娃们的嬉笑打闹，让她忘记了许多痛苦。曾经的大小姐生活已经成为远去的记忆，梦幻一般。如今实实在在地握着锄头，在地里犁地垦荒，一茬一茬地收割着她种下的庄稼，每一粒果实，都让她欣喜。出去打鱼时，她把两个孩子拴在船舱里，她一边撒网，一边教娃娃们唱歌。拉上来的鱼虾在网上活蹦乱跳，她和孩子们也开怀大笑。这些实实在在的渔村生活，使她迅速变得成熟起来。

高如风看她熟练地给俩娃喂饭，开玩笑说："再回到泰州城里，哪怕是走到扬桥口，那里的老街坊老邻居也未必会认出你来。"

平安心里一动，的确，有近两年，没去过那片她深爱又让她痛苦的地方了。

如风似乎看出了她的心事，柔声问道，"要不要带你回去看一看？"

平安摇摇头，苦笑了一下，说："回去做什么呢？那里已经没有了我的家，我的父母，我的爱人，我的青春已经在那里火葬了。"

如风说："别伤感，现在一切都好。你也好，孩子们也好。就是马上要到启蒙的时候了，我给他们准备了一些纸笔，弟子规、唐诗宋词什么的，有空教他们背，娃娃们的大脑里现在是一片空白，幼学如漆，你给他们灌输什么，就会给他们种下知识的种子。"

平安扑哧一声笑出来："如风，你知道吗？你这副样子，像个唠叨的爸爸。"

如风颇有深意地凝望着她："我倒是不介意做个唠叨的爸爸。"

平安意识到自己说得不妥，连忙岔开话题。

"盐业公司的状况怎么样？这年辰不好，经营还好吧？"

"现在是其他人在主持公司的经营大局。"如风说。

"你就不争？你可是留过洋回来的啊？"平安急道。自己家的实业听说要实行公私合营改造，工作组近期就要进驻，按理说高如风的心里头不痛快才是正常的，但是平安始终捉摸不透他的心理。

"我的志向不在这里。"如风见她担忧地望着自己，拍拍她的肩膀，"不用担心我，我选择的路是与其他人是不一样的，时间长了，你总有一天会明白的。"

平安明白他的心理，她想说什么，但最终还是没有开口。

16
藏 娇

这几年，高家大少爷高开跟着高老爷学了不少，积攒了不少人脉关系，而且，夹带着也赚了不少私房钱。这些钱他全部换成金条藏到了上海宝丰银行的保险柜里，连陈如芬也不知道。陈如芬虽给他生了两个孩子，但这个女人的贪婪与自私，他也领教得不少。而且，她的心始终在她那个娘家，给她娘家兄弟的钱财，这几年加起来也不是小数目，女儿高桐过继给二房之后，陈如芬更是变本加厉地把财物往娘家转移。公司的情况现在不容乐观，一方面政府实行了价格干预，实行计划供应，一些粮油都已经实行了统购统销，像过去那样自主定价已经行不通了。但真正让他吃惊的还是另外一件事。在上海宝丰银行，高开办完金条保存手续，出门时，冷不丁看见高老爷子由另外一个人陪同，从另一扇门进了大厅。

高开心想，莫不是老爷子也跟他一样，存了私货？像他们这些盐商，把钱换成金条金块存到上海外国人办的银行里是常事，甚至还有一些通天的盐商，直接在上海开起了钱庄，这样子以钱生钱，钱滚钱，来得更加扎实。这么想着，就压低了礼帽帽檐，在银行大门口对面的马路上佯装抽烟。约莫一个时辰，高老爷子出了大门，几个高级职员簇拥着他，其中一个俨然是行长派头。一辆黑色老爷车把高老爷子和那名行长接走。

高开的后背都湿了，别看老爷子平时在家不吭不哈，想不到他在这里倒也留了一手。他掐灭了烟，双手插在口袋，沿着外滩走了一圈。而后，拐到了他的相好玛丽那里。上海虽然已经解放，毕竟是十里洋场，那些欢场的女子，换了行头，仍然操持着一些皮肉生意。玛丽就是其中的一个，她原先是个舞女，在场子里也算是小有名气，高开每次到上海来，都要与她厮混几天。

玛丽见高开来看她，先是扒开他的衣服，把里面的银圆如数收进小坤包。衔着香烟，轻佻地对高开说："你们这些乡下土财主，也不看看世道，上海这边，资本家大佬们不少都带着黄货逃跑了。"

高开一边手脚齐动，一边说："能跑哪儿去？"

"笑话，英国，美国，只要离开脚下这片黄土，有钱的主儿，跑哪儿都成。喂，你别告诉我，你就是来解个馋的。"玛丽嘲笑道。

高开虽说在县城能呼风唤雨吃得开，像玛丽说的这些事，他还真的是闹不大清楚，难怪连个妓女都嘲笑他。想到下午在银行遇到老头子，莫非老爷子也存了心思，想一溜了之。如此这般，他也应该多做些准备才是。

"怎么的？难道你还想我把你赎出来？带着你远走高飞？"高开伸手将她胯下重重地捋了一把，女人浪笑着尖叫起来。

"难道不可以？你不把我安顿好了，小心我去你们那，带个特别礼物，找你太太去。"玛丽被高开撩得身子发软，媚笑着威胁道。

高开不以为意，打打野食而已，这娘儿们难不成还有别的想法不成。他内心讥讽一笑，没在意，没想到就这句玩笑话，隔了两年，竟在高家引发了轩然大波。

高家就像一栋破败的老房子岌岌可危。大厦将倾，府里上下静得连根针掉到地上都能听得到。这种危险的气息，高府上下都感受到了。连续在府里咳喘了几天，这天晚上，高老爷召集开了个家庭会。

这在高府尚属首次。

去堂屋的路上，陈如芬悄悄地问高开："莫不是要分家？如果老爷真的是要分家，你把要把咱们大房的威风树起来。"

高开不耐烦地说："就你会操心。"

陈如芬说："我们大房贡献最大，到时候分家私你不说，我来说。"

高开狠狠地瞪了她一眼，她继续喋喋不休："现在我娘家那边生意也不好做了，政府都在收拢，去年年头国营油厂一家都没有，现在倒好，连续开了两家。"

高开说："你烦不烦，又不是你陈家油坊一家这样，粮店不也一样。你看小米的娘家米行，现在生意才做了几成？人都跑到国营粮点了。"

陈如芬白了他一眼，说："小米，小米，喊得倒亲热，哼。"悻悻地住了嘴。

入了堂屋，高老爷与李国香早已端坐在主人位。高开夫妇、高如风与陆小米先后落座。高老爷喘着气说："今天，我把大家召集到这儿来，是跟大家说个事儿。"

两房均不吭声，陈如芬的脖子伸得老长，生怕听不清楚。陆小米也凝神听着。

"我这段时间喘得厉害，要到上海住院治疗，要不然，这该死的痰喘可能会要了我的老命。"陈如芬听了松了一口气，不是分家就好。高开心里冷笑着，你这出戏，假如我不在上海撞见，嘿嘿，这就是真的了。

李国香担心地望着他说："老爷，我同你一道去，到那边也要有个人去照应。"

高老爷说："不必。你就在府里，这一大家子，没你可不行。"

气氛突如其来地凝重。

陈如芬冷不丁地问："父亲不会是要把我们一大家子都丢下吧？听说政府要把民间的资本都要收掉，搞什么社会主义公私合营改造。"

高开喝道："别胡说，父亲治病要紧，你一个妇道人家，懂什么。"

李国香瞄了高老爷一眼，见他不动声色。暗想道，这个老东西，也不知道在打什么鬼主意。"如芬，你也是两个孩子的妈了，说话也不知道轻重。"

陈如芬委屈地说："这个高家可不是我们一房，我不像有的人那么闲，整天闷着头，我们是大房，我不操心谁操心。"

陆小米淡淡道："改造又不是我们一家，胳膊还能拧得过大腿哪。"

陈如芬道："你念经拜佛，有本事不让政府改造试试。"

陆小米淡淡地说："我这身子骨弱，没这能耐。"

李国香叹了口气，摆摆手，征询道："老爷，等改造这事儿风头过去，定论下来，我陪您去上海可好？"

高老爷连声咳嗽，老脸憋得通红。他指着两个儿媳妇，怒道："你们这些不肖子孙，我看个病，也要经过你们允许，嗯？"

高如风与高开对视了一眼，说："有病自然要抓紧去看，拖延下来反而不好，这公司的事，有大哥撑着，想必也不会有什么大问题。父亲又不是不回来，改造的事，没您做主，政府也不会硬来。"

这番话让高老爷和李国香听了很入耳。陈如芬死死盯着陆小米。陆小米眼观鼻鼻观心，当她是个死人。

第二天，高老爷就带着管家去高港乘船前往上海了。这当中，京剧梅兰芳梅老板带夫人和儿子回泰省亲，在人民剧场连演了几场京戏，高如风连续花重金，给母亲李国香以及家里的女眷弄了几场戏票，与城里有头有脸的人家一样，高家一大家子如痴如醉过了好几天戏瘾。等到这个热闹过去，已经是二十天之后，想起上海高老爷还在那边医治，谁料医院的电话也打不通了，李国香慌了神，着高开去上海探个究竟。回来得到的消息是，老爷走了，带着管家逃到台湾去了。

高开隐瞒了老爷在宝丰银行存了私货的事，他在上海费尽周折才打听到，老爷把存的东西全部带走了。

这下，高府上下全乱了阵脚。李国香哭得上气不接下气，没想到，大半辈子的夫妻，这老不死的丢下一家老小说走就走了。她想不明白，为什么老爷要这么做，难道那小妖精还没死？说不定是老爷金屋藏娇，把她给藏哪儿了，现在二人双宿双飞，想到他的离开是有预谋的，李国香觉得天都要塌了。

改造就像民谣里传的狼来了，传了好久，直到你精疲力竭快要崩溃时，真的狼来了。

李国香在佛堂里待了好几天。等到高如风把政府的请柬送到她手上时，她俨然很平静。外面的风声已经很紧，三年完成社会主义改造，不是开的空头支票。地方的实业，从面粉厂，到纱厂，都在实实在在地往前走，周边城市已经有不少企业把实体全部托出去了。高如风知道党的纪律，凡是经过高层决定下来的事，没有一个打折扣的，要不然，全中国怎么能解放？党的信仰就是为人民谋福祉。作为党的地下工作者，他知道自己的觉悟是高于一般人的，但想到公司交出去等于从母亲心头割肉，她的承受力是有限的。高如风就有些心疼母亲，自己虽然并非是她的亲生骨肉，但一直对他视同己出。这些年，像只老母鸡一般把他罩在她的羽翼之下，他不心疼是假的，大义与私利，孰轻孰重，他分得清。

高如风轻声地对她说："母亲。"他想说，父亲走就走了，还是面对现实。

李国香温和地拍拍他的手臂。高如风知道她是个有主意的人，便不再言语。

陈如芬在屋里跟高开吵："公司一改造，你就打回了原形，我问你，公司打算卖多少钱？这些钱拿回来你怎么安排？"

高开压低声音跟她说："声音小一点儿，姑奶奶。这家，还是母亲在主事。我警告你啊，你可别乱说话。"

陈如芬顶着他说，"声音大怎么了？我这是从小卖油练出来的大嗓门，可不像人家，资产阶级思想。"

高开甩掉她的手，厌烦地说："你有完没完，头发长见识短。"说完摔门而出。陈如芬气得一脚踢在门上，咣当一声巨响，门框差点儿给断开，里面李国香听了，气得直抹胸口，心里想到，这家败得快。

高家的门前总是有几条狗。他的岳丈，油坊的老东家就是条老狗，他的嗅觉比谁都要灵敏，跟高开洗脑："你别犯蠢，把小金库弄满了真货才实在，其他都他娘的扯淡。她说到底是个娘们，别听她的。"

高开知道他说的是大娘李国香，就不耐烦地说："你别管这些事儿。这家，是她老人家当。"

岳丈爷说："教的曲儿唱不会，枉费我这么多年白白教导你。"如此这般，又说了一通。

那边，陈如芬的大哥三天两头往门上窜，来一趟，陈如芬总要给他揣上点儿什么。高开瞅见了，当作没看见。生怕啰唆几句，惹得老婆发作。陈如芬年纪不大，生了两个娃后，越发地张扬，炮筒子似的，一点就着。高开默默地看着西厢房，心想，唉，要是陆小米是他的，过到现在，也不知道是啥光景了。他怎么也想不通，这几年下来，高如风与陆小米的婚姻是怎么熬过来的。尤其是想到陆小米那一身温香软玉，仍然独守空房，心里又痒又疼，说不出的滋味，只觉得满身的火无从宣泄。

高开一路跟着李国香到处跑，跑政府，跑银行，改造一事没想到这么复杂。用政府的话说，这不是菜市场买菜，一手交钱，一手交货那么轻便。上面派下来的清算组，把公司的账扒拉了有十来天，又逐一跟公司经营层见面，跟职工代表见面，末了，清算结果虽然还没有跟他们摊牌，但摆在他们面前的路似乎只剩下了两条，一条是全部交给政府，钱账两清，另一条是折算些银两，家里安排人在公司上班，按月拿工资。李国香吃不准，哪条路更有利于高家，就跟两个儿子商量。

高开说这么多年下来，说清就清，等于把公司白给政府，盐这个东西家家户户都要吃，全部卖掉，就等于把金钵子送给了政府，划不来。这里头的好处，他清楚得很。他的意思是要在公司留个位置。陈如芬尖刻地说，留什么留，还能把老板位置给你留着，再说了，按月拿工资，能有几个钱，给孩子买奶粉都不够。

高如风赞同全部交给政府，只有政府有力量把公司管理好。他有信心，相信党和政府。

李国香左右为难，两个儿子说的都有道理。原本她已做好准备，拼了老命，也要守住全家赖以生存的公司。现在到了这节骨眼上，倒是让她举棋不定了。这些天来，与她见面商谈的政府干部，很客气，这首先让她放下了思想包袱，二来，她见上面一着接着一着地与她沟通、商谈，不似原先的国民党，更不像日本鬼子那般巧取豪夺，心里有了比较，就觉得放松了不少。如今，两个儿子的分析有条有理，也让她倍感欣慰。等清算结果出来吧。她这么想着。

这边改造的大事还没尘埃落定，却又来了件事。

陈如芬早上起来，把孩子交给下人送去上学，高鑫、高桐两个孩子打扮得整整齐齐，正准备出门。高鑫已满六岁，高桐四岁。刚出大门，门口一阵喧哗。

一个打扮得花枝招展的年轻女人，牵着个孩子，吵着要进门。那孩子四五岁的光景，抱着女人的腿，仰着头，一双圆溜溜的眼睛盯着人，也不认生。女人一口洋泾浜口音。

陈如芬沉下脸来，喝道："你是哪家的，是不是走错门了。"

那女人皱着眉，朝陈如芬叫道："我来寻我家相公的。我知道他住在这里，泰州高家，高开是我相公。"

"放你娘的屁，高开是我相公，哪里来的野种，你给我滚。"陈如芬气得浑身发抖。

"哎哟，我晓得呢，你是高开的老婆是吧。我告诉你，这孩子是高开在上海跟我生的。这门今天进也得进，不进也得进。"女人撒泼道。

"我要撕烂你的嘴，不要脸的下三烂，跑到我们高府来发什么疯，看我不打死你。"陈如芬上去就跟女人扭打起来。高家小兄妹见母亲与外乡女人打架，吓坏了，高鑫怕母亲吃亏，上去对着那个女人的手就是一口，门前缠成一团。高桐见势不妙，扭身撒腿进屋喊人去了。

高府门口迅速聚集了一批看热闹的，等到高桐把高开叫来，两个女人已一片狼藉。

一事接着一事。这个突如其来的女人把高家推到了全城的风口浪尖。

整个县城都在等待着一场大戏。民间议论纷纷，高家那么一个旺族，在县城属于走一圈也要抖三抖的，如今老爷子不见踪影，有人说是跑掉了，也有人说是在上海看病期间给人抹了脖子，更有人说被他的姨太太带走了，也有人说高家的公司差不多要倒闭了，政府收与不收还不曾有定论，不少在那上了几十年班的老人，说不定说失业就失业了。还有人说，这高家阴盛阳衰，男的没有女的强，败得快。特别是那个二少奶奶，别看她蔫不拉叽的，其实是个狠角，哪天她跳出来咬一口还不晓得有多厉害。大房的少奶奶，是会叫的狗不咬人，或者说咬不死人。现在好了，来了个上海女人，白相白相的，一定是高家大少爷在外头下身惹的祸。

一时间满城风雨。

这个被小城口诛笔伐的女人，就是高开在上海的相好，暗娼玛丽。她在十里洋场混不下去了，又发现自己怀孕，忍了几个月，就把孩子生了下来，是个男孩。现在赖到了高家门上。李国香气得要吐血，陈如芬则寻死觅活，直嚷嚷着不过了，直拿头往墙上撞。她娘家兄长自然是维护自家妹子，杵在大门口，死活不让玛丽进门。

末了，李国香发话，让高开在外面寻了个旅馆，把那娘儿俩安顿下来。

高开被李国香叫到房里，一进门，就挨了一耳光："丢人现眼，现在状况这么差，你还在外面找事。"

高开哭丧着脸，捂着右边被李国香抽肿了的脸，垂着头大气也不敢出。

"你说现在怎么办？"李国香一口痰憋着，刚才抽出的这一耳光，似乎把她仅有的一点儿元气都给抽走了。

"我没想到这个疯女人会来，而且还带着个孩子。"高开不敢正眼看李国香。一个来历不明的孩子似乎让高开这么多年的韬光养晦全部功亏一篑。

李国香朝他摆摆手说："这件事要妥善处理好，闲话会毁掉一个人、一个家族的。"

高开恨不得要抽自己几个耳光才好，他冤，在上海春风一度，哪个晓得就种下了这个祸根。这孩子是自己的种吗？他左思右想，又觉得不确定，这就是玛丽说的特别礼物？这几年每年都去好几趟上海，谁知道这个孩子到底是不是他的。大娘李国香的出手，让他有了一种直觉。李国香可能要丢卒保车了。

回到屋里，一坛酒搁桌上，陈如芬直接跟他摊牌："是要我们娘儿几个，还是要外面的野女人，你做个决断。"

高开说："谁说不要你们了。"他含糊其词。

"好的，这是一坛六十五度的原浆酒，今天，你不把这事儿解决掉，我们娘儿几个一起把这坛酒喝了，你就等着收尸吧。"

陈如芬冷冷地说道。

高鑫和高桐兄妹俩也盯着父亲，一脸的惊恐。

高开一惊，一坛老酒不下十斤，如喝下去，必定是三条人命。他顾不上在儿女面前的丑态，扑通一声跪在地上，痛哭流涕，承诺绝不会让那女人和孩子认祖归宗。陈如芬这才作罢。

隔了两日，高开悄悄安排心腹，把那对母子撤离到百里之地。玛丽再不情愿，也无可奈何，毕竟有高开拿钱养着，总强过在上海卖皮肉有一顿没一顿地好。从此改名马春娇，男孩叫马小开。

17
扫　盲

很快，县政府向社会广泛招募有识之士，在农村开展扫盲运动。

老桂香从镇上回到渔船上，告诉平安这个好消息。"平安哪，你是个有文化的人，现在政府已经换了天了，我看那些共产党个个都是讲纪律的人，你不去试试？"

平安说："扫盲班，倒是个好差事，就是娃儿没人带。"

老桂香说："这个不要愁，有我老婆子在。我已经替你都查点了，这种班没讲究，孩子也可以一块儿带去。"

平安想好主意，第二天就带着俩娃去城里做了登记。解放军现已驻扎县城，鲜红的五角星在县政府的门头上闪闪发光。县城虽不如泰州城繁华，却有着一个县城应有的威严。穿着草绿军装的解放军，个个精神抖擞地走来走去。马路的围墙上用油漆刷着"只有共产党，才能救中国""新中国的解放，是全人类的解放"等鲜亮的标语，看得人心里暖洋洋的。平安觉得心底有一股看不见的力量升腾上来。

负责扫盲登记的解放军见她拖着两个孩子，就让她写了姓名，做了简单的登记。看到"平安"两个字落到纸上，平安的眼睛有些模糊。她没想到，自己的新身份，是由解放军用这样的方式认定下来的，一口气又去办了户口，平安说自己是从湖北逃难来的，办户口的解放军同志是个小年轻，见她的字写得很漂亮，也没多问，就给她办了户口。问到双胞胎的父亲，她顿了顿，咬着下唇低声说："没了，给日本人炸死了。"那小年轻用同情的目光看着她，轻声说："把娃的姓名都写上吧，如今天亮了，一切都会好起来的。"

平安略加思索，在纸上写下"俞平凡、俞安然"两个名字。

隔了几天，老桂香领了个半拉子老头来到渔船上，说是大队的队长。

队长姓包，一口黄牙包住了面门，让人印象特别深刻。平安恭敬地朝他鞠了一躬，又管俩娃叫他"包爹爹"。俩小家伙很有礼貌地也朝包队长鞠躬，小嘴叫着"包爹爹"。

"平老师，你可别客气。"包队长笑得合不拢嘴，说着催促她收拾东西。

平安不解，老桂香在旁边说："上扫盲班的都是庄子上的渔民，他们白天要打鱼，扫盲班在夜里头办，这不，队长怕你来回跑，夜里头不安全，连房子都给你收拾好了。"

平安感激地又朝包队长鞠了一躬。

包队长手足无措地望着她，连连摆手："使不得，使不得。我们大老粗，连我也要管你叫先生呢。"平安微笑地望着他，他搓着手，有点儿不好意思地说，"我有个孙子，也到了识字的年纪，上不起学，平先生，您看可不可以？"他为难得恨不得把头挂到裤裆。

平安连声道："不碍的，不碍的。"

平安带着俩娃走到村子里头。村子不大，被一条河包围着，四周停泊了许多打鱼的船只。

村头口，两间破旧的房子给收拾得干干净净，四周用木桩加了固，平安瞅着俩娃欢天喜地的，激动得流下了泪水。

包队长默默地望着这个年轻的女人，朝着老桂香招招手。两个人嘀嘀咕咕说了一通。

第二天一早，平安起身烧火做饭，刚开了门，一桶新鲜的鱼虾搁在门口。

老桂香抱了柴火给她送过来，见她在门口发怔，笑着说："这是春季扫盲班交的学费，十五个人，一家一个代表，一家每天交一斤，你白天只管带孩子，这鱼虾我去卖了，换点儿米面。晚上你只管使劲儿教他们认字儿。"

"可是，春季班不是还没开吗？我不能收他们的东西，他们风里来雨里去，也挺辛苦的。"平安连忙推却。

"乡下人实诚，哪里有那么多讲究，大家听说这里来了先生，而且还是个女的，别提有多高兴了。"老桂香说。

"那好吧。"平安连连点头，除了点头，她实在想不出什么来感谢还没有谋面的乡亲们。

扫盲班的平先生，开始忙碌起来。包队长按她的想法，从乡里集市上带回一些石灰，把两间屋又粉刷了一遍，亮堂了不少。煤油灯换成了大的，灯罩给擦得亮亮的。队里的渔民平时在外水上漂得多，只有过年才回来得整齐，听说村里来了个女先生，个个跑来看稀奇。见平安这女子长相普通，一身打扮也是他们渔民的装束，两个娃娃也穿着渔家子女日常穿着的棉袄棉裤，看到人甜甜地大伯大娘地叫，心理上就亲近了不少。包金银队长把孙子带到平安面前，是个男娃，大脑袋大眼睛，就

是瘦弱，与平凡安然年龄相仿。安然上去一把就抱住他，男娃连忙闪开躲到包金银身后，一屋子的人都哄笑起来。包金银对平安说："我孙子平时闷得很，来，良种，赶紧给先生磕头。"

那男娃机灵地趴在地上，给平安连磕了三个头。平安心里又臊又喜，连忙搂过孩子，跟包金银说："队长您别客气，这孩子我会当成自家娃教的。"

平安跟他们讲江淮官话，声音软和和的，渔民和他们的婆娘们就打心眼里喜欢起平安来，连她两个娃娃也一并喜欢。俞安然、俞平凡与包良种很快玩到了一起。

等到高如风又一次来看她时，已经看不出眼前这个短发圆脸、走路脚下生风的女先生，就是原来弱不禁风的平安了。两个娃扑上来，叫道："舅舅，我们有名字了。"

"我叫俞平凡。"一个叫道。

"我叫俞安然。"另一个也叫道。

高如风望着平安，平安偏过头，眼睛瞧也不瞧他，说："孩子们总得有名有姓了。"

苏北平原的春天来得总是恰到好处。立春刚过，太阳一露脸，原野上的草就显出疯劲，一个劲儿地往上长，往外铺，那些油菜花也争先恐后地往外绽放。

春季扫盲班马上就要开课了。平安的生活有了新的奔头，她很期待，又很担心。她平时深居简出，很少与人打交道，怕讲不好，被人笑话。包队长实诚，一拍大腿："你怕啥呢？你识字，他们不识字，讲错了，也没人晓得。安心安心，平先生，我们信你。"

一席话，把平安说得心里暖暖的。她把外屋拾掇出来，村里从公社带回了小黑板和粉笔。

第一天，天一挨黑，渔民们自带小板凳或皮匠凳，准时来上课了。煤油灯照着屋里的人，大大小小的身影，让平安瞧着怎么也不真实。

包队长见大家坐好了，清清喉咙，说："咱们今天也要开个会，政府让咱们开展扫盲，这个扫盲呢，就是把睁眼瞎消灭掉。咱们记工分，做买卖总要记个账吧，你一睁眼瞎，钱给人家坑了，还都一个个傻乐，那可不成。"

众人大笑。有渔民大胆，说，"队长，你头一个要扫，不然咱们出了几趟工，打了多少鱼，也没个准数。"

包队长白那人一眼，一本正经地说："我自然是要学的，而且我还是你们的班长。"众人大笑。

"我当了一辈子的队长，这班长呢，嘿嘿，是大姑娘上轿，头一回。"众人又哄笑。

"这扫盲呢，也不耽误大家干活儿，政府说了，农闲多学，农忙少学，大忙就放假。"

"这敢情好，不耽误干活儿好。"

"实诚，我头一个拥护。"

"队长，我家里的能来不？"

众人炸开了锅。

包队长按按手，屋里又静下来："我们的女先生，不容易，大伙儿要尊敬她。谁敢动歪心思乱来，别怪我包金银不客气。"平安听了感动得要掉眼泪，这会儿她才知道包队长大名包金银。搬到庄子上已经有个把月，平安和俩娃与乡邻们大抵都熟悉了，这会儿见他们仰着头，用崇拜目光望着她，她就暗暗发誓，一定要把他们教好。

"上面说了，扫盲不是三天打鱼两天晒网。别笑，说的就是你们。"包队长严肃地说，"有任务，每个人都要完成五百字的识字任务。一个个都别想偷懒装怂。"

平安听到这里，忍不住扑哧一声笑了出来。开学讲话就在愉快的氛围中结束了。

扫盲班上的这个场景还真是奇特。一群四五十岁的中年渔民与几个四五岁的孩子，在同一个班上上课，平凡与安然也在里头，俞安然尤其不老实，经常爬到那些乡邻身上，一会儿揪揪胡子，一会儿拉拉裤管，折腾个没完没了，俞平凡倒是安静。有时候，俞安然又捉弄包良种，给包良种那小子反扑，两人扭打在一起，很快就成了仇，见了面总是乌眼鸡似的。乡亲们说俞安然这个小姑娘是女生男相，在她娘肚子里与平凡弄反了，应该俞平凡是个闺女才对。平安教导他们认字较早，他们在班上的表现就尤其突出，平安教渔民认的字，两个小鬼头就抢先回答，有时候，俞安然还会溜到讲台前，拿起粉笔在黑板上写上"人、口、手、上、天、下、地"。课堂上经常哄堂大笑。其他几个小鬼，包括包良种那个死小子也眼巴巴地很崇拜她，这一点小小的发现，让她很得意。

林家大队的渔民是天生的乐天派，他们平时生活单一，除了打鱼、卖鱼，生活里从来没有这么丰富过，瞅着这俩小鬼的小模样儿，认字在一片活泼的氛围中进行得很顺利，两个小鬼在大人们的呵护下，与包良种和其他玩伴一起，整天疯着玩，长得也很壮实。白天，平安带着他们，跟渔民一块在水荡子里撒网打鱼，两个孩子学了不少生活的技能。而且由渔民伯伯带着，他俩还学会了游水，在水里游的时候就像两只白肚大青蛙。他俩给平安的生活带来了很多欢乐。平安偶尔也会想到俞浪行，这俩娃儿的父亲，也是渔民出身，这俩娃儿的水性是天生的，一点就通。想到这些，平安的心里就满不是滋味。她有点儿自责，俞浪行离开她们已经五年，两个娃明摆着就是遗腹子，自己居然连他的长相都快忘记了。浪行在天之灵，会不会埋怨她？

散了课，平凡、安然还有良种在里屋很快就睡着了。看着他们熟睡的面庞，平安就想，上苍是不是有意这样安排的。她的心里充满了很多的不确定，又很笃定，她的人生轨迹，注定是与众不同的。

一个月下来，渔民们已基本能写上自己的姓名了。

包金银第一次哆嗦着在纸上写下自己的名字，激动得泪流满面："操蛋，原来老子的名字这么好，又有金子，又有银子。"渔民们都笑得合不拢嘴。下了课，包金银死命活命拖平安带孩子到他家去吃菱角。平安很不好意思，又见安然眼巴巴地望着她，那个包良种小不点儿嘴上不说，也是拿两眼瞅着，平安琢磨了一下，就从箱子里头找了一件半新的毛衣，带给包金银的女人。她们娘儿仨在包家过了一个很有意思的夜晚。包金银的儿子媳妇都是地道的渔民，也不怎么爱说话，只是蹲在灶膛前烧火。大灶热腾腾的，包良种托着下巴看他娘在锅上摊饼。饼用田里的南瓜，和了面，做成饼搁油锅里反复烙，直到两面金灿灿的。还有两口铁锅热气腾腾的，不知道烧的啥。俞安然的喉咙发紧，气味引得她的小肚子咕咕直叫，包良种不解地看着她，让她又羞又恼，但是香气实在是太诱人了，结果，她自己找了个台阶，跑到灶膛前帮包良种他爸添柴。南瓜饼摊好了，那两口铁锅里，一口煮的是四角野菱，另一口则是炖的烂藕。俞安然与俞平凡乐疯了，他俩与包良种抢着吃，直吃得嘴巴嘶嘶直呼热气，小肚子溜圆溜圆。平安感动得心里直嘀咕，这一顿，要吃掉包队长家里五个人十天半个月的口粮了，如果将来有办法了，一定要把这个恩情补回来。

包金银到公社汇报，拍着胸脯说林家大队可以提前完成扫盲任务，不信他可以签字画押。林渔公社的见包队长这么有干劲，晓得他一向是个积极人，就安排人下来检查扫盲情况，看到平安班上这么活泼，这么生动，不得了，就把情况报到县上扫盲办，县里的人下来，蹲点听了一节课，觉得大人孩子一起扫盲很新鲜，就一层一层地往上报，一直报到了北京。

北京很重视，着省里把活教材整理好。省里的人就由县乡的人陪同，来到了林家大队，要平安介绍经验。平安很窘迫，她哪里有什么经验，实在是娃儿没人带，把备课的教材捧出来，一五一十地把大队里乡亲怎么送鱼，自己怎么备课，如数全汇报了。省里的人一见平安的字，像帖子似的，娟秀有力，就跟县里的干部说："这么有才的人，你们县里有多少？"

县里的干部挠头，扫盲工作才开始，人才统计还真没开始。

公社里的干部明白省里的意思，见平安是个人才，虽说是个女的，明摆着公社里也要用人，又怕县里直接把人抽走，就说："咱们公社就缺平安老师这样的秀才。公社里扫盲工作没人抓，平安老师就是搞这个的。"

高如风再次来到林家大队时，平安已成了林渔公社扫盲班的老师，公社十五个大队，她要挨个儿检查指导，有老师跟不上的，她亲自顶班。乡野娱乐莫过于请戏班唱道情，戏班通常只有过年和迎会时，才能见到。公社的文书是个斯文老头，见平安工作表现好，说话声音悦耳动听，便想办个班，把公社里的文娱骨干集中起来，让她试着教唱板桥道情。平安一听，脸色刷地变白了。

文书说："平老师，这个不复杂的，只要会憋几句扬州口音，按着这个韵律来，很快就能上手。"说着，变戏法似的拿出渔鼓和简板，左臂抱起渔鼓手拿简板，右手的食指、中指和无名指并拢拍打渔鼓，过门一开，开口就来了段侉侉调，一旁的乡亲顿时哄笑起来。平安的心脏扑通扑通地跳得厉害，这个音乐一起，就没来由地想起了在道观里修习的场景，可惜才不到七八年的光阴，竟然物是人非。她的眼泪不由自主地流了出来。文书说："哎哟，我的个平先生，就这么大点儿事儿，你就哭鼻子啦。来，来，来，不急，这个真的一点儿不难的。"

平安噢的一声，声音里不情不愿带起了哭腔。

老文书没辙了，就好声央求道："哪个让你这么好呢，我都向公社书记夸下海口了。这可怎么办？上面骂是骂定了，下面又得说我吹牛吹上天，我是驼子跌跟头，两头不着实啊。"

平安见老文书一脸犯愁，便说，"别看我识几个字，其实我也是个音乐盲人，这个看上去简单，不知道我自己能不能学会。"老文书一听大喜，听话听音，知道有戏。便手把手地教平安。平安心里想，这些都是我三岁就会，从小当玩具使的。又想，不能太过冒尖，怕将来引起怀疑。于是，老老实实地跟在后面学，小不点俞平凡见母亲拿起这个，一会儿唱，一会儿打起拍子。在旁边瞅着瞅着，很快就把一板三眼，一板两眼，还有一板一眼学会了。老文书高兴坏了，没想到一拖二教会了两个，逢人便夸平安母子聪明，孺子可教，高高兴兴地准备办班了。

隔了几天，如风来了。平安就上前帮他把带来的食品卸了下来。如风见她两眼亮晶晶的，就打趣道："当上老师，真不一样了。"

平安诧异道："哪里不一样啊。"

"变漂亮了。"高如风打趣道。

"啊，你真是的，敢笑我？看我不打你。"平安追着如风打。

俞平凡与俞安然兴奋地在一旁拍着小手说："姆妈加油，舅舅加油。"

老桂香看着他们几个，暗暗摇了摇头，两个人不在一起，太可惜了，也不晓得他们是怎么想的。

"舅舅，你为什么不跟我们住在一起啊？"冷不丁地，平凡仰头问高如风。

高如风与平安面面相觑，还没等到他开口，安然又问了："舅舅姓高，我们姓俞，难道你把我爸爸藏起来了？"

这一问，高如风更没法回答了。的确，在孩子的世界里，出现他们面前的，从出生到现在，只有高如风这么一个男性。孩子有这样的问题，也难怪。

平安蹲下来，柔声道："现在，舅舅是你们最亲的人，你们的爸爸已经不在了，记住舅舅对你们，对我们一家子的好。"

安然不答应了，她哇的一声哭了起来说："你骗人，爸爸不在了，那他到哪去了，他为什么不回来？"

老桂香赶紧上前，搀起俞安然和俞平凡的小手，把他们带了出去。

平安低下头，高如风见她的肩膀在耸动，知道她的心里很苦，但又不敢表达什么，他闷着头，说了声："孩子的话，别往心里去，还是要往前看。我先走了，你多保重。"

高如风这次来，本想告诉平安一些事，比如他和陆小米收养了高桐，盐业公司出现了一些新的危机，他可能要有一段时间不能来看她们娘儿仨了，想到平安此刻心里不好受，告诉她这些事，可能会更加加重她的心理负担，就往她的手上塞了一把银圆。

平安一看，市面上虽有一些纸币在流通，但最吃香的仍是银圆。见高如风欲言又止，她把钱紧紧地攥在手心里。她知道，如风是个心事很重的人，如果不是一些特别的情况，这么几年来，每隔一段时间，最多不超过一个月，他一准会来看她和孩子们。也许，到下一次，他来看她们，也不知道是什么时候了。

泰州一解放，老百姓的日子逐步好过起来，而一些私营企业、商行却觉得政府管束多了，赚钱不如从前那么直接。高开跟着父亲经营盐业公司，早已感受到了这种逼人的形势，他们在市面上，也没敢像过去那样张狂了。高家打了喷嚏，那其他商行、商号也跟着感冒。跟高家直接打断骨头连着筋的米行陆家和油坊陈家，生意也变得艰难起来，陆家的米面是日耗品，老百姓再穷，米面还是要吃的，那陈家就不一样了，销量直接下降，为了控减成本，陈家少东家只得在斤两上做文章，被发现后更是直接砸了自己的招牌。陈家的日子明显地不好过了。陈如芬见娘家这般，见陆家米行仍然人进人出，心气就急躁。四下打听着给娘家寻找新的出路。离泰州城不远，有座农场。听人说那里要招人，进了那里，有地种，有房子住，有口粮分，还有工资拿。陈如芬心想，这么好的事，怎么着也要给我哥如芳弄个名额，就想办法托人找关系。陆小米听说了，也在琢磨，她哥陆小麦是标准的米行老板，米行生意不行了，能有个去处解决了口粮，还能拿工资，是件再好不过的事。于是，当陈如芳与陆小麦两个人的简历给摆到农场政工科，很快，陆小麦如愿以偿，收到了录取通知书。陈如芬气得在家里把锅盆扔了一地，尖利刺耳的声音传到隔壁陆小米耳朵里，她只是把自己和养女高桐的耳朵里各自塞了两朵棉花，娘儿俩径自练着古琴。

陆小米这几年给她压着，一直采取回避与冷处理方式，如今见陈家油坊这般，陈如芬这个妯娌气急败坏，心里不禁松缓了许多。她没有男人撑腰，高如风当她是空气，她已习惯，一切的一切自己还是得忍。高桐过继过到她这一边，生活上是有了些重心，但是离她的预期还有不少差距，她相信，高如风一定会回到她的身边。一个男人，没有女人，她就不信，一时可以，一辈子，绝对不可能。所以，与陈如芬这个头发长见识短的女人，她都懒得过招。

对高开和陈如芬他们那对夫妇，她看得明白。高开行的是缓兵之计，这个男人更钟情于权力与利益。陈如芬不过是他谋取利益的一个筹码。高如风呢，她在新婚之夜，曾经跟他说，他是共产党。高如风的冷笑与后期的玩世不恭，倒让她难以揣摩。她深爱的男人，究竟是共产党，还是日本特务？这个问题，经常让她辗转难眠。

一个大门之内，竟是各怀各的心思。

18

无　猜

马春娇住在僻远的兴化，她和儿子马小开日子过得不紧不松。雇了个帮佣帮着买汰烧，这边的人见她每天睡到太阳快要到头顶才起身，下午圈人搓麻将，开始有些好奇，慢慢地，见她又馋又懒，就对她没什么好印象。马小开没人管束，每天起身，自己拿了铜板上街头买些饼和馒头，吃好了就在家门口附近疯。邻居见着这个八九岁的孩子独自上街，又怜惜又惊奇。马小开长得俊，嘴巴又甜，一口上海口音，十分讨人喜欢。饭市一到，只要闻到哪家菜香，他就到哪家门口玩，时间没多久，他就吃遍了百家饭。认识马小开的人竟然比马春娇还多，认识马春娇的只管叫她"小开妈"。

平安就是在一个职工大院看到马小开的。她被调到公社扫盲办之后，工作认真负责，道情教得也好，县里头很赏识这个年轻的女先生，有时候也会借调到县里帮忙。

平安这次上的职工夜校，时间是三个月。夜里她放心不下平凡与安然，就把他们也捎上，白天在县城的一所小学借读，晚上就住在职工大院的集体宿舍里，大厂给他们娘儿仁专门腾了间房子。两个孩子已经适应了跟随母亲到处扫盲的生活，晚上上课要么兴致勃勃地当他们的小先生，要么就到屋外头玩。这年双胞胎已满七岁，平凡的性子慢一点儿，安然则活泼一点儿，平安对俩孩子还算放心，所以她在屋里教书，孩子们在外面玩，彼此相安无事。

安然注意到马小开时，这个小不点儿趴在窗台上听课，他的脑袋支在瘦弱的身体上，一双眼睛又细又长，她一下子就觉得面前的这个小人儿很好玩，就朝平凡招招手，兄妹二人带着马小开在院子里玩烂泥巴，直到马春娇找过来，拎着马小开的耳朵，马小开痛得嗷嗷直叫。

"你为什么打人？打小孩的人都不是好人。"安然上前打抱不平。

马春娇叉着腰骂道："咦，你个小囡，碍侬鸟事？小赤佬。"

安然不甘示弱："你就是不对。"

马春娇上来揉了安然一把："小丫头片子，管得宽。"安然一屁股墩到地上。

平凡大叫一声："你干什么打人？"

马春娇气急败坏，转向平凡："哟嗬，是双胞胎不是，心疼了，连你一块打。"说着，对着平凡就是一巴掌，马小开见状乘势跑掉了，安然见剩下他们兄妹俩，就扯开嗓门哇哇大哭起来。

平安听到外面的哭闹声，连忙跑出来，里面上课的职工也一齐跟着出来了。一看，是外来户马小开的妈在打两个孩子，众人怒了，一把把马春娇扭送到了公安民警那。

马春娇从前经常被公安逮去，见了穿制服的就发慌。平安与她坐到一屋做笔录，拿眼瞄她，见她一身的风尘气，心想，这主恐怕也是惹不得的，自己也算是半个公家人，跟这样的主儿犯不得过多置气，匆匆做了笔录，签了和解书，就带俩孩子回宿舍了。

马春娇到家里已是下半夜，见马小开蜷在被窝里，想骂，又骂不出口，气咻咻地倒头就睡。

马小开第二天早上醒来，眼一睁，就马春娇肿着眼睛瞅他，吓了一跳，刚想下床溜开，马春娇一把捉住他："龟儿子，跑什么跑？来，昨天与侬白相的小赤佬叫啥？"

"平凡，安然。"马小开眼珠子一转，见马春娇没有要揍他的意思，轻手轻脚地下了床。

"侬脑子有毛病啊，小鬼头。"马春娇气得在后面骂，"慢点儿撒，给姆妈买块饼回来。"

平凡，安然，马春娇在心里记下了这两个双胞胎的名字，呵呵，县城就这么大，总有一天还会遇上的。

马春娇惦记着那两个孩子的时候，她不知道自己却给陈如芬惦记上了。陈如芬是个火药筒子，她见家里值钱的东西如同黄鼠狼看鸡越看越稀，就开始不信邪了。

一早上，高开下了床，就开始满屋子找东西。陈如芬的眼睛一直睃着他，盯着他。这一次看你往哪里跑，姑奶奶我发作起来，可不是好惹的。她心里这么冷笑着，仍旧看着高开在翻箱倒柜。

"哎，我的那只玉烟壶呢？"

陈如芬笑道："又准备送同泰当铺？"

高开恼羞成怒："与你何干？"

"怎么与我不相干？这屋里最近少了多少东西？怎么，同泰当铺里的那些个物件，不是我高家的？"陈如芬冷笑着。"我告诉你，高大少爷。现在是靠双手吃饭的辰光了，你再这样下去，金山银山都要给你掏空的。"

高开的气血一下子涌上头来，他冲上来，一下子扑到陈如芬的身上，挥起了拳头，对着陈如芬就下了手。

"臭婆娘，给了点儿颜色，你就开染坊了。我高家的主，什么时候要轮到你来做了。老子还没揍你呢，你把高家当啥了，当成你陈家的仓库了不是，什么东西都往那里搬，当我眼瞎不是。"拳头雨点似的落到陈如芬的脸上，陈如芬也怒了，她反扑，与高开厮打起来。高开整天沉迷于酒色，被那马春娇弄得身子骨已近掏空，给陈如芬健壮的身子一反扑，竟爬不起身来，趴在地上直哼哼。陈如芬心里本就恨他恨得要死，见他那个烂泥扶不上墙的样子，一下子挪开身体，号啕大哭起来。

高开见她这般泼妇模样，连忙爬起来，又是抱又是搂，把陈如芬的性欲撩了起来，夫妻二人就地痛痛快快地做了一场。事毕，陈如芬心里仍旧恨恨地想，高开的这身功夫哪该让那婊子享用，不管咋弄，一定要把她赶走。暗暗打定了主意，就安排人盯紧了高开，一有动向就向她报告。

安稳了几天，高开果然有了动静。又乘帮船到了兴化。陈如芬的人乔装打扮了一下，尾巴似的黏在高开的身后，高开兴致勃勃地到了马春娇这里。觉还没睡醒，一阵咚咚的捶门声，就把两人吵醒了。

马春娇松松垮垮的睡衣吊在肩膀上，门一打开，一个身子就扑上来，揪住了她的头发。马春娇蒙了，她刚想破口大骂，穿着裤衩的高开从里面一声惊呼："姑奶奶，别打了，再打要出人命了。"上去就去扯陈如芬。

"我打死你这个烂货，千人骑万人睡的烂货。"陈如芬所有的愤怒，都汇集到了两只拳头上，她把高开搡到一边，对着马春娇一阵拳打脚踢，狼狈不堪的高开对着挤上来看热闹的邻居使劲儿作揖，马小开猫在人堆里，被高开凌厉邪恶的眼神一扫，立即撒开脚丫子跑开了，陈如芬的眼睛锥子一般，扫过那道逃开的背影。本身平静的大院，给这么一闹，都沸腾起来。

这男人听说原先是泰州城里大户人家的少爷，这女的就是养在外面的小的，好吃懒做，一看就不是个好东西。

马小开那孩子是不是这个男人的种还不一定。

何止是小的，这女的原来在上海就是做那个的，是个婊子。陈如芬带来的人，在人群里把马春娇的底细都抖了出来。

人群立即就炸开了，那还了得，咱们这大院清清白白的，都是工人子弟，这骚货住在这里，不把人带坏了。把房东找来，赶紧把她赶走。

这祸害到哪里都一样，各人只有看住自家男人。

哟，说得倒轻巧。哪有猫儿不偷腥，还是赶走好。

赶走，屁用没得。这高家大少不是还从城里过来吗。

七嘴八舌，职工大院平时少见这样的热闹。给这一出戏一演，职工大院原来简单的人际关系，变得复杂起来。防火防盗防小马，成了她们最紧迫的事。

平安从菜场回来，两个孩子又跑没了，就到处找。大院里的人扎堆在一块，一见平安，就有人上去告诉她原委。平安听了，没往心上去，她礼貌地笑笑，人家的这些事儿，跟她有什么关系呢。

"可不得了，那家的大房都打上门来了，是泰州城里高家的。"邻居神秘地说道："这高家，你可能没听说过，城里头包括我们这块，吃的盐，都是他家的。"

平安一听高家，就警醒起来。

"城里人也悍得很，那个大房听说原来娘家是开油坊的，性子烈着呢。"那个邻居又说。

平安的脸色就有点儿白了。

真的是陈如芬来了。

她说："哦，我来找我家那俩小的，看到没？"

"几个小泥猴子都窜那块去了。"邻居热心地指了个方向。说话的档儿，屋里的人已打到了外面，陈如芬揪着马春娇的头发，往外拖。平安飞快地瞄了一眼，见陈如芬的身体比早前看到的又胖了一圈，因为与马春娇揪扭，她身上的衣裳给绞得不成样子，裤脚上还有几个脚印。陈如芬满脸怒容，五官都给扭到了一起。马春娇刚刚从床上爬起来，这会儿衣衫七零八落，给陈如芬扯得快要见光了，看热闹的人，女人们鄙夷地看着，觉得这城里的大房把这小的揍成这个样子，是应该的，每一拳头一巴掌都像是替自己打出去的，她们的男人眼神则更加复杂，平安连忙闪身走开。

一路上，她的心跳得厉害，这世界可真小。自从一场大火把她烧得面目全非，如风给她易了容，她也改名换姓，从心理上，她宣布原来的自己已经死亡。躲在林家大队这几年，她以为自己心灵的创伤，已经修补好了，自己能坦然面对新生。陈如芬的出现，倒好像把她的伤疤撬开了一个裂缝，所有的前尘往事一下子扑到了眼前。她的心慌得厉害。平凡与安然两个孩子，也极有可能因为她身世的暴露，遇上未知的麻烦。古乐乐谱这个魔咒，什么时候才能让她获得安宁？她很茫然。她想逃，可是要逃到哪里，才是尽头呢？

俞浪行，你好狠。撂下我们就那么不明不白地死了，让我应该怎么活下去，我和孩子们应该怎么活下去。她的心里充满了恨意。俞浪行的面容虽然已经不清晰了，但她仍然记得，他们的新婚之夜，俞浪行带给她的美好。她感到自己陷入了一个死局，如果以原来的身份面世，带来的是无穷无尽的烦恼。如果以现在的身份苟活，就势必要与原来的生活、原来的人斩断联系，包括与高如风。想到高如风对她以及孩子们，这么多年的不离不弃，她又心如刀绞。

高如风那夜骑车来，他们的拥抱与亲吻是一种相濡以沫，彼此的怜惜与默契。她之所以没有呼应高如风，反而让他回到陆小米的身边，她内心的痛苦比他更强烈。高如风已经耽搁了很多年，他的风华正茂应该用在更恰当的位置，她绝不能因为自己的爱恋，变成他事业上的藩篱。那样的话，她会很鄙视自己。

平安把两个孩子与外来户冲突的事情告诉了高如风。自打盐业公司被改造，高如风已经有将近大半年没能来看望她们，他留在公司，被聘用为经理。家里发生的事情一件接着一件。他都没告诉平安，怕她担心。

为了高氏盐业公私合营一事，李国香把自己关进了佛堂，想了一天一夜，第二天，她出来时，一下子老了几岁。连连遇到糟心事，她的心理的承受力已经到达了极限。

这一次，她把两房叫到跟前，宣布了几条。她的话很虚弱，也很决断。

一是盐业公司全部由政府收走，价钱按政府核算的办。由高如风代表高家，留在公司，并且担任国有盐业公司的经理。

二是政府结算后的公司财物，连同高家的家产，三分三处理。李国香及两房分别得一份。

三是各房自食其力，分灶吃饭。

四是所有下人全部遣散。

陈如芬一听，当场跳起来，说道："我不答应，凭什么由二房当经理，凭什么家产要三分三，她陆小米下过一个蛋吗？"她冲到李国香面前，指着她破口大骂："你个老不死的，偏心到家了，难怪老爷子抛弃你，活该。"李国香听了浑身直哆嗦。

高开上去就是一耳光，陈如芬呼天抢地："打死我算了，我不活了。"

陆小米抱着高桐，哄着："桐儿桐儿，快快长大。"

陈如芬见状，就上去抢孩子："我的孩子，还给我。"

陆小米一笑："你去看看户籍，她的父亲是高如风，母亲是陆小米。"

陈如芬一屁股坐到地上，号啕大哭起来。

第二天，李国香就到乡下表亲那里散心去了，老屋里静得很。

马小开避开城里来的父亲，在外猫到天黑，才溜到扫盲班，与平凡、安然两兄妹玩。直到下课，在俩兄妹的再三央求下，马小开跟他们回了家。

过了几天，估摸着高开已经离开了，马小开才回到马春娇身边，一进门，就被马春娇罚跪。马小开眼泪汪汪的，他想哭，又不敢哭出声来，如果能跟平凡、安然两个一起生活，多好啊，他们的姆妈那么温柔。

马春娇见这孩子的眼光透着无奈，上前又是一个耳光："野疯了，瞅什么瞅，整天跟死了老娘似的。跟老娘在一块，侬还嫌弃什么的，格要死，小赤佬。"

马小开毕竟是个小人儿，哭着抱着马春娇的腿："我没有，没有啊，姆妈，你不能扔下我不管。"

马春娇搂着他，叹了口气："你这小鬼头，不是姆妈心狠，而是这日子不好过啊。"

马小开不敢多话，为什么他的父亲不喜欢他，骂他是野种。

陈如芬见高开出门一趟回来，就死皮枯相的，估计他在外面没干好事，时间一长，就对他失去了希望。越发把家里的钱物照看得死死的，只要他不动这个家的东西，随便他在外面怎么浪。她打定了主意，便盘算着要重新拾起在娘家的老本行。李国香身上老梢儿不少，陈如芬心想，跟她唱唱苦肉计，从她那套些钱来，就算弥补她儿子不作浪的损失吧。

晚上，她把高鑫拾掇干净了，带到了李国香屋里，一见面就抹开了眼泪。

李国香见她这阵势，知道她要向她开口。以往，她这个长房媳妇可是眼高于顶的。

李国香手拿佛珠，闭着眼，索性等她哭完了再开口。

陈如芬让高鑫叫祖母，高鑫怯生生地叫了，屋里点着油灯，忽明忽暗的，这孩子平时不怎么与李国香亲近，这会儿叫了，既生疏，又别扭。

李国香叹了口气："说吧，如芬，你也别为难孩子了。"

陈如芬说："高开整天不晓得混什么，人影子也望不到。不像二弟有个正经饭碗。"她言下之意，是李国香偏心，害得她家没个生计着落。

李国香飞快地拨弄着佛珠。随着她的手指快速地拨动，陈如芬知道她此刻心情也不平静，就鼓起勇气说："我想开个酒行，能不能请您支持些。"

"多少？"李国香闭着眼，问。

"一百万。"陈如芬开了价码。

"一百万？"尽管通货膨胀，一百元钱相当于一元钱用，一百万仍旧不是小数目。

"姆妈，您也知道的，现在一家老小，都在吃老本，如果不及早合计，这个家迟早要坐吃山空的。"陈如芬瞄着李国香的脸，又补了一句，"我看高开那样儿，我怀疑他把那上海女人藏起来了。姆妈，您不帮我，这个家散不散，我也没办法管那么多了。"

"这么着吧，算是我借给你的，利息你就象征性地给点吧。"李国香长叹了一口气，这么答应了陈如芬的要求。谁让她有这么个不争气的长子呢。

她算了算账，手里的余钱不在少数。如果再来一个通货膨胀，全部变成一堆废纸。陈如芬能有心思开个酒行，算是个顾家的人。

她拿了一百万给陈如芬，也拿了一百万给陆小米。

陆小米也不多话，把钱收起来，只是温顺地说："姆妈，就当我替您保管，您什么时候需要，我再拿出来。"

"不要存起来，小米，你琢磨着做个什么生意吧，这钱，当我投的股。"

高桐说："祖母最好了，我最爱祖母。"

李国香笑道，点着她的鼻子说："你是个小人精儿，祖母也喜欢你。"

时不多日，陈如芬开的如芬酒行出现在坡子街上，里面各式各样的酒，有陈年醉、女儿红，还有桃花醉，她还学了外地的做法，在门口摆上了兰花干子、花生米，生意一下子兴隆起来。高开平时在店里转转，仍过一阵子就跑到乡下。陈如芬有了酒行，更加懒得理他，且由他作妖。她开了酒行后，更加如鱼得水，把原先娘家的资源也调动了起来，她兄长领着一班人专门做加工，她负责销售。陈如芬原来做姑娘时，与三教九流打交道，就能拉得下脸，如今，她顶着高家大少奶奶的身份，站到了前台，也让人感叹这世道真是变了，高家大少奶奶，如今的陈如芬老板真的是个厉害角色，她的酒卖得好，生意也做得活，如芬酒行的生意做得红红火火。有了新的炫耀的本钱，陈如芬在高家自然就嗓门大了。

她带着高鑫假意来陆小米院里串门儿。高桐见到哥哥来，自然是很高兴的。

陈如芬倚在门口，对着洗衣裳的陆小米说："这些活儿，你还要亲自来，雇个人去做，不就好了。"

陆小米说："现在不是过去了，劳动人民最光荣。这些小玩意儿，还是得自己来，自己洗得干净。"

陈如芬恍然大悟，连声说："也是也是，如风的衣裳你现在不用洗了，女人家的小褂裤，的确还是要自己洗的好。"

陆小米搓着衣裳说："如风他现在是公家的人，上下几十号人，不能马虎。"

"说得好，小米，我可真的是佩服你，遇上这么大的事，还这么镇定，好功夫。"陈如芬脸上的肉都要抖动起来了。

"如风一直有这样的责任心，咱大哥就不一样了。也难怪，他们哥俩毕竟不是一母所生，一父所养。"陆小米头也没抬，使劲儿搓着手中的衣裳。

陈如芬给碰了个不硬不软的钉子，绕了一圈，火又烧到自己身上。看到高桐与她哥玩得正欢，就笑眯眯地说："桐桐，来，让大妈看看。"高桐高兴地扑到她怀里，陈如芬又说："哟，看你这小脸蛋，跟你大伯可越来越像啰。"

陆小米一愣，手头不知不觉地停顿下来，她温柔地说："桐桐，看看，大妈对你多亲。跟你大伯长得像的，可不止你一个哦。"

陈如芬脸上挂不住了，她听出了话音，陆小米在嘲笑她，那个上海小婊子带着小赤佬，找上门来。高开在酒行里神一出鬼一出的，一跑就是几天，没准还是跑到那个小婊子那儿浪去了。

"如芬啊，要我说，还是各家过各家的好。"陆小米意味深长地说。

陈如芬气恼地一下子拖起高鑫的手，离开陆小米的院子，孩子们顿时哭闹起来。陈如芬不客气地赏了高鑫两个巴掌，声音才暗哑下来。

高如风陪在李国香身侧，他感受到了老母亲的绝望，以及自己肩膀上沉甸甸的责任。

这些，他都不想跟平安说。她一个女人，带着孩子生活，太难了。新的岗位、新的事业都需要他花时间和精力重新适应。有关高氏盐业公司被改造的事情，平安是在县里的报纸上看到的，见如风端上了公家的饭碗，还当上了经理，平安打心眼里替他高兴。当高如风再次来到他们身边，平安和两个孩子高兴坏了。高如风心疼地揽过两个孩子。

安然说："舅舅，别听我姆妈唠叨，我没事的。就是那个女人身上有味儿，难闻。"她说的是马春娇身上的劣质香水味儿。

高如风抚摸着她的头，说："咱们安然长大了。乖，出去玩儿。"安然蹦蹦跳跳地走开了。

高如风又跟平安说："老是在外面借调也不是个事儿，不如，我想办法找人把你固定下来，孩子上学也稳定一些。"

"不用不用，我最怕的就是麻烦人。现在没有人来打扰，我们生活得很自在。如风，你忙你的事业，不要操心我和孩子们。"平安坦诚地说。

高如风不高兴了："你整天怕麻烦这个怕麻烦那个，为什么要活得这样卑微？每个人都有追求幸福生活的权利，这不像你。"

"哎呀，如风，你不要生气好不好？我欠你的已经太多了，你为我做的每一件事，都让我觉得还不清。"平安小声地说。

"那就一辈子记着，不用还。"高如风说道。

"那怎么行？你看你，为了我，跟陆小米这么多年连个孩子都没有，我，我们真的对不起你。"平安的眼睛里噙着泪花。

高如风冲动地一把抱住面前的女子说："平安，不要提她。平凡与安然就是我的孩子，我们在一起，好不好？"

平安挣脱他的怀抱，退了两步说："如风，不要这样，我知道我对不起你，但我不能这么做。我如果今天答应了你，我的良心一辈子都不得安宁。"

"为什么？为什么？他已经走了那么多年，孩子都这么大了，你难道就不曾想过要有自己的情感世界，自己的幸福生活？"高如风猛地拉过平安，哀求道，"不要折磨你自己，你这样折磨自己其实就是对我最大的折磨，我知道，你的心里是有我的。"

平安把头埋在他的胸前，男人的气息让她晕眩和沉迷。她知道他所说的他是谁，那个早已不复存在的人，如今提起来，对她来说，仍是一个一掀就疼的伤疤。

"我爱你，如风，从我们相遇，一直到现在，我一直在爱你敬你，我曾经跟浪行发过毒誓，除了他，这辈子不会与你发生任何情爱。"泪水从平安的眼角落下。

高如风地用拇指给她抹去泪水，紧紧地拥抱着她，一句话也说不出来。

"除非，有一天，俞浪行重新站到我的面前，跟我说，他已不爱我了。否则，这个枷锁，是永远不会消除的。"平安泪汪汪地看着高如风瘦削的脸，想起他为她所做的一切，泪水更加汹涌了。

"会有那么一天吗？你清醒点儿，俞浪行已经死了，他不会再回来了，你这是逃避。"他咆哮着摇晃着她的肩膀。

"我不知道，我真的不知道。"平安哭着跑开了。

日子似乎开始变紧了。

米价在涨，盐在涨，连上马桶用的草纸也在涨。不但泰州城的老百姓感到吃紧，周边城市、省份都在吃紧。多数地方都被这种无力感笼罩。饥荒，饥荒，让人发慌。

平安带着两个孩子又回到了林家大队。这个不足三百人的小渔村，是迄今为止最令她心安的地方。自从看到陈如芬到职工大院大闹以后，她就下了决心，必须迅速离开县城。她向县扫盲办打了申请，考虑到她一个外地女人确实生活不便，就同意她回到公社，专做文卫工作。平安每天拖着日渐浮肿的双腿到公社上班，两个孩子被她安顿在家里读书。书籍都是高如风从城里一摞一摞带来的。物质的匮乏，与精神的给养不足相比，还是肤浅的。日子再苦，如果没有精神的支撑，与在外流浪的野狗有什么区别。她绝不允许两个孩子将来像动物一般靠本能活着，两个小人儿尽管很饿，但书籍的营养，还是给了他们迎接生活挑战的勇气和尊严。

两个孩子彬彬有礼，让渔民们更加喜爱这个外乡来的女子，除了城里偶尔过来的那个人，被平凡和安然叫作舅舅的瘦高个儿，村里人叫他高家舅舅，这个神秘的女子似乎再也没有任何亲人。她把这个栖息地当成了她的家，大队里的渔民们都是她的亲人，渔民们也把她当作自家的闺女一般疼爱。也有人暗自揣测，这个女人恐怕有着不一般的身世。

原来每家给她的鱼现在在不断地变少，没办法，大队里的人除了向大河小沟讨生活，他们的田地与其他大队相比，本身就比较荒。除了一大片的荒地和滩涂，每户人家全部的家当就是一条渔船。现在，渔船都泊到了汊港里头，水上十八帮，手艺撂了荒，河里的鱼虾、蚬子似乎也绝了迹，河水变得更加安静，村子变得更加安静，向死亡逼近的安静。

一个不速之客来到了林家大队。

当他出现在村落里时，平凡与安然两兄妹大吃一惊，他们怎么也不敢相信，眼前出现的这个人。一个少年，瘦得很厉害，他的身体单薄得似乎风一吹，都能将他吹走。安然目不转睛地望着他，突然大叫一声："小开，马小开，真的是你！"她惊喜若狂的声音，把平安也给惊动了，看到那个瘦弱的男孩站在她的一双儿女面前，他满头大汗，手里还拎着个布袋，见平安温和地看着他，他腼腆地别过头，把手上的东西交给平安。

足足有十斤糙米，还有面粉。

三个少年紧紧地搂到一起，他们像几只小羊羔相互顶抵着，摩擦着，相互取着暖。平安的眼睛也湿润了。她万万没想到，这个才十岁不到的孩子，竟然给他们送来了米。这可是比金子更令人值得珍惜的东西。当晚，炖了一锅黏稠的米粥，烙了一大锅饼，三个孩子和一个大人围着，度过了一个令人终生难忘的夜晚。

马小开就这样，以这种特别的方式融进了他们的生活。平安很喜欢这个少年，就凭他小小年纪跑了上百里地，找到他们一家，她就觉得这个少年身上，有着不一样的执着与忍耐。所以，平安用一个母亲的温暖拥抱了这个少年。两个孩子，与三个孩子，没有什么不同，添一副碗筷而已。三个孩子重新聚到一起，让这个破败的家里充满了欢声笑语。包金银的孙子包良种看到他们家又添了一个男孩子，不声不响地仍旧跟在兄妹俩后面一块读书，只是比过去读得更加刻苦。看到孩子们认真读书的样子，平安很欣慰，尽管物质再匮乏，但是有了孩子们，仍旧给了她顽强生活的力量。

原来，自从平安带着两个孩子离开县城，马小开的日子很不好过。两个好友离开后，他像失去了主心骨，心里面空落落的。这次下定决心跑出来，他做了充足的准备。在城里靠拾废品，偷偷积攒了十五斤粮票，兑换了米面，才从城里跑出来的。城里的日子已经不好过，更何况乡下。他不愿自己成为平安一家的累赘，也怕平安把他赶走。他之前曾听双胞胎说过，搭乘了帮船，又跑了几十里地，才找到了他们一家住的小村子。

少年马小开不敢告诉平安老师他现在的真实情况，他怕他们不接受他，嫌弃他。县城里的那个家，已经不像个家了。由于高开的小金库给他老婆封存了，县城娘儿俩他根本无力顾及。马春娇又拉不下脸来做苦活儿，只好操起了老本行，到了晚上就涂脂抹粉，偷偷到车站码头接一些脏活儿，重新做起了皮肉生意。马小开几次撞见，又气恼又害怕。他哀求马春娇不要做这些没脸皮的事。马春娇一巴掌把他拍开："小赤佬，管起老娘来了，我不做这个，侬喝西北风去。"

马小开又羞又怒，只得躲她远远地。马春娇当他是个野狗，打不走撵不开，也晓得他不会走远，就随便他去。马小开在离家不远的桥洞里安了个窝。白天在城里东游西逛，有时候跑回家，看到马春娇在床上睡觉，他就把买回来的馒头放在桌上，又闪身跑掉。对于马春娇，他的心里充满了痛苦和羞愧，他不知道这个女人是不是他亲妈，纵使她有时候毒打他，他也不还手。他怕，如果真的有一天，马春娇告诉他，自己不是她亲生的，那他就真的什么都没有了。对于这样的一个母亲，他感到可耻，又很可怜。所以，他只能悄悄地把馒头放在桌上，有时候放到她的床前。等他积攒到了将近十块钱，有一天，他走到职工大院的大教室门口，想起他和那两个兄妹一起的快乐时光，他小小的胸膛里即刻充满了期待和力量。他要见到他们，他要到他们身边去。这个声音一旦在心底响起，他就下定了决心。所以，他把兑好的米面，悄悄给马春娇送去了一些，给她留了张字条：妈，不要找我，我还会回来的。然后就来到了林家大队。

这一切，他都死死地埋藏在心里，他不敢对他们说。

日子过得虽然拮据，但是到了年底，平安仍然想办法给三个孩子裁布做了新衣裳，想到包金银队长对他们娘儿仨的关照，也给包良种做了一件。乡村的年因为有了马小开，过得特别开心。安然乐疯了，成天跟马小开、包良种钻到一块在野地里疯玩。她躺在地上，泥块硌得她正在发育的身体，有些疼。包良种、马小开与平凡也躺在地上，他们一起看天上的云，云朵在天上撒欢，就像牲口在田地里撒欢一般，一会儿是牛，一会儿是羊群，一会儿成了飞鸟的集会，这些想象让她兴奋。她只要躺在那里，她的头脑就会跳跃、嬉戏，有很多美好的字句就会跳上来，诱导她，启发她，让她更加浮想联翩。若干年后，当安然成了著名作家，回想起这些在乡村的时光，就会觉得所有命运的安排，有时都是上天对人的一种考验。安然的动与平凡的静，使马小开在她和平凡中间，始终扮演着和事佬的角色，而包良种则像个评论员。这对双胞胎总是让他们措手不及。安然像个小子，有时又像一只羚羊。他们永远也不知道安然的下一个念头是什么。平凡倒像个姑娘家，跟在安然他们后头，总是用树枝在地里画着音乐乐谱。这五根线是个神奇的东西，每当想到音符在线条上跳动，他的心里就鼓胀得厉害，有什么东西在心底撺掇他，让他只想沉浸在那个世界里，又想张开嗓门大声地把它们唱出来，但是他就是个腼腆的男孩子，始终张不了口。

进了正月，便完全到了孩子们的狂欢时节。四个皮猴子到处窜着玩。平安倒是很放心，一来马小开比他们虚长一点儿，也比较疼爱这两个弟弟妹妹，包良种这孩子又是本地人，平凡与安然走到哪里都不会吃亏。二来，这些民间的节庆，也是她放心让孩子们去见识玩耍的真正原因，泰州的都天会是她这辈子也不会忘记的欢乐盛事，既有民间的各种乐律与信仰，更有她与俞浪行怦然心动的爱恋过程。对孩子们来说，这种见识是在学堂里也难感悟到的。因为跟着平安从小耳濡目染，两个孩子在音乐与文学方面都展露出异于常人的才华，平凡擅长音律，而安然则酷爱观察，善于表达。这些游历对孩子们的成长特别有帮助。她在心里叹了口气，经济上不富足，无法给孩子们买更多的书籍，只能向大自然讨些知识了。

马小开对平安姆妈的信任打心眼里感激，只有在这个家里，他才能感受到家的温暖，也才能感受到他作为一个人的价值。兴化地域辽阔，均是水路。过了正月十二，他就带着平凡安然兄妹还有包良种到兴化城里玩，说实话，他与包良种两个人始终尿不到一块儿，看对方横竖不顺眼，到底为啥，他们哪个都说不上。但是包良种是本地娃，有他在，大家都心里踏实。四个小伙伴一直玩到正月十七，才回到林家大队。这期间，最好玩的莫过于判官舞与跨火了。

流传于兴化城乡及里下河一带的民间舞判官舞是由巫舞、傩舞演变而成，是古代傩祭仪式中的一种舞蹈。

傩祭源于原始社会和图腾崇拜，到商代形成了一种固定的以驱鬼逐疫的祭祀仪式，周代叫作傩。在举行傩祭时，祭祀者的身上蒙着兽皮，戴着面具，一手执戈，一手扬盾，率领戴着面具、披毛顶角的"十二兽"（或尊称为"十二神"）到宫室各处跳跃呼号，并合唱充满巫术咒语味道的祭歌，以驱逐"疫鬼"。后来，在祭祀者中出现了装扮将军、门神、判官、钟馗、小妹、六丁、六甲等人物。四个半大孩子兴致上来了，由包良种出面跟当地人谈判，安然还兴致勃勃地扮演了小妹，马小开扮演了钟馗，而俞平凡与包良种则装扮成门神。四个半大孩子玩得十分尽兴。后来成为作家的俞安然在她的采访日记中做了摘抄。

而跨火就更有意思了。演完判官舞，闹完花灯，就到了正月十六。

十六夜，剥糍粑，吃了糍粑翻连叉；

十六夜，跨火叉，跨了火叉霉气趴。

到正月十六这天，家家都要剥糍粑。包良种他们四个人赶到荻垛他老姨家时，正赶上他们家在剥糍粑。荻垛家家堂屋里头都有口大缸，年前蒸好的大米粉团就养在大缸的水里。良种的老姨见平凡文气，就让他在锅塘口拉风箱。锅塘里的火烧得旺旺的，风箱一拉一送，忽忽直响，大铁锅被烧得直冒青烟，老姨在锅里浇上菜油，待到起了烟，就让安然把大水缸里的面团捞起来，刺啦刺啦几声，团子在油锅里炸开了，慢慢地松软开来，不一会就团成一块饼巴巴，老姨用铲子用力把饼摊开，撒上盐花儿，麻利地把糍粑翻身，又是一阵哧啦哧啦声，起锅前撮一把切好的青蒜末子均匀地撒在上面，被烤得金黄的糍粑面香和着青蒜香味直钻进人的肚子里，站在锅台旁的安然早馋得口水直滴，连忙从装糍粑的盆里撕下一大块来，老姨连忙喝道："小祖宗哎，慢点儿慢点儿，小心烫出泡来。"安然不听，急着往嘴里送，直烫得龇牙咧嘴，口里连呼白气还舍不得吐出来。包良种见她这般，赶紧给她拿了温水让她含在嘴里降温。安然连说："好吃好吃，等回去也让姆妈做。"又撕了两块塞到马小开和平凡的嘴里，两个小伙也直呼好吃，真是打个巴掌都不丢。包良种吃完了糍粑后，粘了一手油腻，手也不洗，高兴地跑到天井里翻连叉。只见他用双手伏地，身子侧翻，一个鹞子翻身，就翻到了天井的那一头。安然拍着手连连叫好，马小开见状，说："这个谁不会，瞧我的。"也学着翻连叉，话音未落，一下子翻倒在地，惹得安然他们一阵大笑。马小开不服气，一下子又连续翻了几个，到最后，竟能单手侧翻，让平凡安然兄妹羡慕不已。吃满喝足，狂欢正式开始。他们走上了大街。所见之处，到处是一团团用稻草点燃的篝火，围在一旁的人们争先恐后地从火堆上跨过去，再跨过来。看到马小开他们是外乡来的，热情的主家就添上一把稻草，邀请他一起来跨火叉。老人说霉气长在裤裆间，跨火就能去掉霉气，一年都会平安健康。人们从火堆上快速跨过，带着紧张又刺激的神色，口里间或还会发出嗷嗷的喊叫声。大家围着火堆，一边跨来跨去，一边还唱着歌谣：

跨过来，要发财；跨过去，把心开，跨来跨去好运来。
火上跨一跨，霉气朝下趴；火上烤一烤，霉气全跑了。

末了，包良种悄悄地跟另外几个孩子套着耳朵捣了鬼，让他们溜回家去，拎了一瓶煤油，然后偷了家里的柴火，十几个孩子成群结队，手举浸了煤油的火把，一起点燃后，穿过农舍，跑到了田埂、大圩上，玩得兴起，又壮着胆子把生产队场头的草堆点燃了，那团巨大的火把一下子腾空而起，把整个乡村的夜照得亮如白昼，随着一阵铜锣的咣咣敲击声，大人们从四面八方涌来，边追边骂，包良种连忙拖着安然他们一下子消失在大田深处。

19

噩 梦

转眼到了安然和平凡的十岁生日。平安带他们四个孩子去公社的照相馆里拍了一张照。他们穿的是过年的衣服，只不过平安把中间的棉絮抽掉了。安然坐中间，左边是包良种，右边是马小开，平安和儿子站在他们仨身后，安然的头靠着姆妈的腹部，听到她的肚子在叫，咕咕。她问平安，那是什么声音？

平安笑着说："我的肚子里有一只鸟在唱歌。"

这一张照片夹在笔记本里，是他们唯一的合照。平安梳着运动头，齐耳短发，蓝布衣上，有一丁点儿碎花，她平视着远方，嘴角微微带着笑意。俞安然看着自己，脸很小，单眼皮下的一双眼睛却很精神，她的两只手分别给两个男孩握着，左边的包良种很敦实，脸上很平和。右边的马小开，却死死地用手抓住她的手，胳膊往左边拧着，显示出紧张的神情来。为这张照片，孟安然曾经嘲笑过马小开："你这个动作，就是怕我丢了不是？"

"我从来没拍过相片，就怕那黑匣子咔嚓一声把你的魂带走。"马小开不好意思地说。

俞平凡拍拍他的肩膀说："你不懂的，这是小孔成像，我姆妈给我们讲过的。"

马小开更加不好意思，把头别过去。俞安然知道他这是又自卑了，从小读书少，懂得自然就少。就叉着腰朝平凡大声说："俞平凡，就你会显摆。"

俞平凡说："这是科学，来来，小开，我讲给你听。"倒腾了半天，马小开才弄明白小孔成像的原理。这张照片，马小开一直贴身带着，直到他年老后行刑的那一天，都没离开过他的身子。

艰难的岁月，除了让他们学会了成长，更让他们懂得如何去爱一个人。虽然很饿。俞安然觉得自己很了不起，因为把肚皮吸起来，都能感到肚皮能贴上后腰。三年困难时期，大自然受灾，人心也在受到非人的折磨。除了自救，似乎没有什么更好的方法。平安把屋后的空地平整出来，公社种子站已经没种子可卖。老桂香东一家西一家讨了些玉米、芋头、红薯，喘着气，给她送来，又仔仔细细地教了她一些栽种的方法。平安感激得热泪盈眶，她知道，她撒下去的不是粮种，而是人们的口粮，这分明是虎口夺食。她跪在地里，一点一点地扒开土地，把这些珍贵的种子埋进去。平凡、安然、小开还有包良种，虔诚地给它浇水。

平安对着孩子们说："不管你们将来长大了，从事什么职业，这个村子和这里的人，你们一定要好好记住，要尽你们所能，把他们赐予我们的珍贵，更好地回报他们。"

少年们庄重地点点头。平安平时对他们说话都很温柔，这么严肃地与他们交代，还是头一次。四个十来岁的孩子，第一次接受的感恩教育，是平安拖着浮肿的身体跪在地里的场景。多年以后，俞安然在她的作品里，写下了这么一句话：播种生存，就收获生存；播种友善，就收获友善；播种良知，就收获良知。从母亲跪在泥土里的那一刻起，我就知道，我的将来，应该做什么了。

平和地面对，有克制的生活，必须要活下去的顽强意志，让他们在那些艰难的岁月里，变得更加坚强。

直到有一天，一阵撕心裂肺的哭喊，把整个村子都惊动了。人们拖着病恹恹的身体，慢慢聚拢到出事的地点。

村里一个老人，因为无法忍受饥饿，吃了观音土腹胀而死。听说邻村都已经死了好几个了。一张席子卷起了老人的尸体，坟头立在屋旁，隆起的土包成了这个死者最终的归宿地。丧事就这么办完了。

平凡的身体相对孱弱些，第二天起来，喝了平安给他们煮的稀粥，里面的米粒粒清晰可见，平凡就说不舒服，脑壳疼，浑身没有力气，到了后半夜，他的体温就高了起来。

平安慌了神，连忙给他用冷毛巾物理降温。这些年，孩子的一些小毛病的处置，都是高如风教的。如风本身在日本学过医，虽不是儿科，但是隔行不隔理。孩子们成长得还算太平。但这一次，平凡的高热来得迅猛而凶险。物理降温根本无效，越烧越迷糊。平安彻底慌了，她手足无措，着安然去喊人。老姨母桂香和队长包金银喘着气过来，包良种也跟着跑来了，他们的身上也浮肿得厉害，一看见他们，平安的眼泪就下来了。

老桂香让平安接了半碗生水，颤抖着手，拿了根针，尝试着把针立在水碗里，口中念念有词。约莫有刻把钟的工夫，那根针笔直地在水里立了起来。老姨母伸出她枯枝般的手，摸着平凡的额头，虚弱地说："这孩子是给那死鬼惊住了，得烧些纸钱给那死鬼，让他放了孩子。"

平安望着那水碗，觉得不可思议，咬着嘴唇不晓得如何是好。包金银也不多话，跌跌撞撞地转身出去叫人，他的声音很弱，喊叫不动的样子。马小开主动说："我去。"就按照包金银的吩咐，到公社大街上的寿衣店里去买纸钱。又过了好长时间。包金银见马小开两手空空，知道是空跑一趟，不禁黯然。

平安见状，希望全部落空，不由得悲从中来，失声痛哭。安然惊惶失措地看看母亲，又看看躺在床上烧得满面通红的平安，抱着他的腿，也哇哇哭起来。

娘俩凄惶的哭声，稀稀落落地引来了一些人。他们的脸上泛出青紫色，有的人肿得发亮了，他们呼哧呼哧地喘着气，漠然看着这娘儿仨。无力感笼罩在整个村庄的上空，不少人在心里暗暗念叨着，这个小鬼头，恐怕要逃不过去了。

包金银的女人赶来了，她递过几张落满灰尘的符纸，上面不知道是什么图案。

"从土地庙的旮旯里找的。"平安千恩万谢，连忙接过来，她的手抖得厉害，这几张小纸片，就像是悬着平凡的性命。包金银递给她火柴，她接过去，划了几下，才点着了。薄薄的符纸，在空中悠悠飘了几下，就化为了灰烬。

屋子里是死一般的寂静，所有的人都眼巴巴地看着床上的孩子，期待奇迹出现。

过了两个时辰，平凡在床上动了动，就在大家惊叹声还没发出口，平安握着儿子的手却第一时间感到了惊恐，平凡不是醒来，而是开始抽搐，他的小脸挤成一团，身子在床上不停地抽动，嘴角也泛起了白沫。

"羊角风啊，这娃娃怕是逃不过去了。"

平安抱着儿子，哭得死去活来。

包金银喘着气拉起平安，说："平先生，这样下去，不是个事儿，还是，还是送公社卫生院妥当些。"

平安连忙止住哭声，六神无主地跟着包队长，几个人七手八脚把平凡送到公社，热度还是降不下来，平凡身上的衣服都给脱了下来，那一副小身板躺在病床上，昏暗的灯光，让孩子看上去就像个死人，平安仿佛看到儿子的魂魄正在一点一点地往外抽离，自己的心力也在一点一点地抽离，她心如刀绞，眼泪哗哗地流着，对着这个小小的生命，惶然无助感，令她心力交瘁。

卫生院的医生与平安也熟，说："这孩子得用抗生素，不然，后果很难料。"他按在平安肩膀的手掌很重，平安听了这话，如雷轰顶，她颤抖着手，抚摸着她心爱的儿子的手，手心很烫，像火在炙烤。她能感受到孩子被高热折磨的痛苦，一个声音在她心里叫喊着，他会走的，他会走的。

她跌跌撞撞穿过黑漆漆的街巷，原来几百米的路，今夜跑起来却那么漫长，那黑暗里的未知的恐惧，一直包围着她，她在这夜色里挣扎，像溺水的人努力地探出手，在空中胡乱抓取着什么。她跑到公社邮政所，瘫软在地上，拍打着门，她沙哑的声音在夜空里发出奇异的悲鸣，像一头将要失去崽崽的母狼。凌晨一点，给高如风拍的加急电报终于发了出去：儿病危，速带抗生素来。

高如风赶到医院时，天刚蒙蒙亮，他是乘坐小汽艇赶来的。

烧，终于退了下去。平凡的两只眼睛闭着，因高烧脱水的小脸，在慢慢地重新散发出生命的光泽。安然蜷缩在平凡的床尾，她的两只小手紧紧地抱着平凡的脚，两道时不时耸起的眉毛，让她的小脸上流露出浓浓的担忧，偶尔，她也会发出一两声轻微的叹息，这些叹息，像是梦呓，又像是委屈与不甘。马小开蜷在另一张床上。他的身体弯成了一张弓。平安给他拉了拉被子，这个少年，总是在平安要做出什么判断前，就像箭一样地飞奔出去，他的年纪虽小，但在他身上却有着与他年纪极不相称的韧劲，给平安带来了不少安慰。

夜很静，汽油灯挂在病房内，发出嘶嘶的响声，平安的双眼里都是泪水，那一豆灯火，把她和三个孩子的心紧紧地拴到了一起。她跪在病床前，对着那灯光合十，默默祈祷着，她带着泪水的脸庞，因为这失而复得散发出特有的光芒来。老天爷还是眷顾我的，倘若要我偿还这一天赐的恩惠，我愿用我的卑微，用我的余生来加倍地呵护我的孩子们。

面对捡回来的这条小生命，平安感激涕零。时间一晃又过去了半年，平安最终还是斗争不过内心的挣扎，回城去看一看的冲动占了上风，她把俩孩子托付给姨母，起了个大早，搭乘小帮船，回到了城里。老桂香顺手让她把鱼捎上卖了。

帮船是手划的，慢，一条河好像永远到不了边似的。船上载了十来个人，一对夫妇在船舱里唱着道情，这些民间的艺人，平时是地道的农民，过了忙时，就穿上出客的衣裳，搭乘帮船，顺带卖唱。船舱外面是茫茫一片水世界，这船舱里头却始终洋溢着欢声笑语。平安在人群中默默地瞅着这对陌生的夫妇，一船的乘客，都是里下河一带最普通不过的农民，但他们是懂得生活的一群人，他们的欢笑在这船舱里恰到好处，唱到开心处，就个个喊好，从口袋里掏出角子放到男艺人的帽子里。《珍珠塔》唱完了，就来段《白蛇传》，总之都是些男女爱情。他们的心里根本不知道什么是爱情，但是这些经典的唱腔段子，就是扯动人心肠让人落泪的爱的悲剧。到了扬桥口，已经是下午，乘客们上了岸，又进入了各自的奔波。吊脚楼下，整个河面上停满了来自四乡八村的船只，卖货的，送货的，船头接船尾，篙子接着篙子，一眼望不到边。

平安又饥又饿。到了扬桥口的面店，她让老板给下了碗阳春面。老板还是老样子，十来年过去了。岁月在他脸上似乎没留下什么过多的痕迹，扬桥口店面挨着店面，米面油粮蔬菜，真是买不尽的东西，逛不完的南北。城里人都爱到这儿逛，里下河的人进城，也要从这里人。店老板只把平安当作乡下来的渔女，搭着毛巾穿梭在店堂里，嘴里不住地吆喝着："阳春面一碗，饺子面一碗，来了。"平安的眼睛里濡着水汽。这熟悉的声音让她想起了小的时候，她二叔带她逛集市的场景，那时候，她被孟二当家的扛在肩上，看玩杂耍的、摆摊捏糖人的、照西洋镜的、童年是件多么美好无忧。后来，有了俞浪行，他带她一起看都天庙会，挤在人群里，从城西头随着人群跑到城北头又到城南头，遇上那些小吃，俞浪行总是默默地买来递到她的手上，那时候的她是多么的无忧无虑。她闷着头，呼啦啦把一碗面吸完，而后拎着水桶继续转。穿过竹厂巷、篮子行、打牛汪，最后来到坡子街。这条街商店林立，繁华得很。各式各样的小贩把街头挤得严严实实的，卖糖球的、炸年糕的、做春卷的、撬脚边的、修鞋补袜子的、铜锅修伞的，各种各样的吆喝声，拉黄包车的连声喊着"得罪，让让"，然后是一溜儿小跑。

这些熟悉而又陌生的感觉让平安的鼻子酸酸胀胀的，她手里拎着水桶，慢吞吞地沿街走着。后面一声吆喝："喂，卖鱼的，这鱼新鲜，我要了。"

她连忙停步，回过头来一看，从黄包车上跳下来一个花团锦簇的女子，定睛一看，是陈如芬，她发福了一些，一身旗袍似乎要撑开来。她手里牵着个男孩，估摸着十二三岁的样子。平安的心咚咚狂跳。她慌乱地转过身来，疾步离开。

后面黄包车夫骂道："乡下婆娘，上不了台面。"

陈如芬摆摆手，惺惺道："哎哟哟，算了算了，跟个乡下人，啰唆什么，算了，不买了，横竖买了不好带，快走，快走，我们看戏去。"

平安闪身偏过陈如芬，想到方才她牵在手里的男孩，预计是她跟高开的头生儿子，想到高如风与陆小米有花无果的婚姻，不禁一阵黯然。对于如风，她的心里是愧疚的，她不能给他什么，他却这样不离不弃，离开泰州这么年，她才知道自己过的生活是多么地平静，如风把她们娘儿仨保护得有多好。古乐乐谱的魔咒似乎已随着那场大火消失干净，平安的背部一阵发麻，想到这里，她暗暗道，孟芊芊早已死了，我现在是平凡安然的母亲，为了他们，我即便再苦，也要活下去。

这一夜，她是在光孝寺庙的临时收容所度过的。和衣睡了一夜，天刚麻麻亮，她就起了身，拍拍身上沾着的稻草，搭着小帮船回到了垛田。

平凡与安然老远就朝她扑上来，"姆妈姆妈"叫个不停。平安紧紧地把他俩搂住，止不住热泪盈眶。

20

张　狂

马小开真不知道噩梦是从什么时候开始的。他被马春娇从林家大队带回县城，到了新住处，才知道马春娇为什么要拉下脸来，去乡下寻他。原来马春娇重操皮肉生意的事儿，给东窗事发了。

她在车站蹲守，专门给外地人下套。高开给她安置的房子，本来就是租的人家的，高开给陈如芬一看紧，就变成了缩头乌龟，怎么拔也拔不出来。房东来催了几次，要她交房租，任她好说歹说，那房东油盐不进，她咬着牙把体己的金银首饰一点一点地变卖了，想着自己不能坐吃山空，只好操起了无本无息的老本行。她不敢在住处附近下手，职工大院的女人有着天然的警惕性，而且她们的男人基本上都是在铸造、机械一些厂子上班，每天的时间很有规律，女人们再看得紧一些，马春娇就无从下手，只得走迂回路线，到城郊或者车站码头打打野食碰碰运气。时间一长，马春娇就摸出了门道，专门找外地人下手，带回住处，裤子一扒，睡一觉，从这些人身上捞点儿外快。日子过得囫囵，廉耻就更顾不上了。马小开的目光变得阴沉，对她也是偏着身子走。马春娇心里骂了一万遍高开，又骂马小开，完了又骂自己在上海赖活着不好，非要跑到这乡巴佬成堆的地方来，粗活细活一样都干不来。骂到最后，对着镜子里一副面色青白浮肿的脸，又泪流满面。这世道，横竖没有自己活命的地方，只有卖身这一条路了。

她白天关起门来睡觉，晚上穿上从上海带来的行头，抹上胭脂花粉，涂上口红。开始出门时，碰上大院里的邻居，她还搭讪几句。再后来，那些女人见到她都让得远远的，她就知道，自己在这些乡下人的眼里是那一路货色，索性就破罐子破摔，大大方方地扭着腰肢招摇去了。大院里的女人防着她，也防着自己的男人，生怕一不小心，就上了这个上海妖精的贼船。想起平安先生带着自己的两个娃走了，那个瘦精精的小男孩马小开也已经好长时间没瞅见，她们就唏嘘开了。几个胆大的女人到派出所告状，说大院里治安有状况，自从上海妖精来了后，大院里经常有外地人出没。派出所民警把事情记下了，朝她们挥挥手，说解放都这么多年了，哪里还有什么明娼暗娼，连大上海的妓女都改良做了街道工厂的女工了，你们不能歧视她，要帮助她。

几个女人从派出所那头没讨到好，就自发组织起来，一定要把这个毒草给拔了，否则大院永远不得安生。她们做了分工，白天和夜晚两班蹲守，一发现马春娇有动静就向派出所告发。

马春娇一连几天没有动静。马小开离家之后，对着儿子给她留下的一些吃食，她的心里很不是滋味。这个男伢子，并不是高开亲生的，是她与其他男人怀孕所生，算算高开到上海与她厮混的日期差不多，就把孩子带到泰州，佯装是高开的私生子。高开那货哪晓得马春娇的花花肠子，又迫于老太太李国香与老婆陈如芬的内外施压，只好把他们安顿离城百来里的地方。现在高开断了他们娘儿俩的供应，儿子又看不过她的做派，偷偷离家出走了，马春娇两头不着实，看到马小开给她留下的这些食物，又想起平时对这孩子的任意打骂，不由得悲从中来，寻思着自己将来老了，靠那个男人显然是靠不住的，这个儿子的孝心倒是值得她倚仗，就下了决心要把马小开找回来。马春娇把烟头摁灭，她要去派出所，请派出所帮助找回孩子。

派出所民警看到眼前的这个女人，不动声色地接待了她。这个女人身上的风尘气是明显的，难怪大院的女人们恨不得把她立即哄走。他问："这孩子离家出走多长时间了？"

马春娇面色一窘，心里暗暗一算。马小开离开家已经过去大半年了。想起自己的荒唐，特别是无视那个孩子，带着一些男人进进出出，做那些苟且之事，孩子阴沉的目光让她浑身发凉，想到这些，马春娇恨不得抽自己几个耳光。

"还是要请街坊邻居再帮助找找。"民警说道。

马春娇的头低下来，垂到颈上。

末了，她只能硬着头皮请邻居帮忙。

大院负责蹲守的女人们一连几天，见马春娇不出门。就想难道自己把人看错了，还是走漏了风声，让这妖精有了警觉。她们到水井边，淘米洗菜，有的打水挑回去，边做活边低声聊着。一个人说："哎，门开了。"几个人扭头看过去，马春娇端着面盆到水井边准备洗衣服。

几个人埋下头做自己的事，谁也不吭声。

马春娇是做了准备的，她蹲在那里，一双手在搓衣板上来回搓着。那几个女人有的用屁股对着她，有的拿眼角的余光扫着她。

过了几分钟，搓衣的声音弱了下来，一阵呜咽声从马春娇的喉咙里发出来。

女人们面面相觑，又齐刷刷地看着上海妖精，见这女人耸着肩膀，哭得泣不成声，女人们的眼神就愈发复杂。

气氛十分怪异。

马春娇一屁股坐到地上，索性放声大哭，那声音在大院里一放开，顿时引来不少人围观。

原来准备伏击她的女人们，给她这一出给弄蒙了。她们哪里见过这种架势，就觉得有些过意不去。有胆大的，就过来拉她起身。

马春娇哭得死去活来，嘴里不停地喊着小开小开。大家才明白，原来这女人是在想儿子了，想起马小开那个鬼精灵，连忙七嘴八舌帮助出主意。马春娇见成功地引起了她们的关注，心里想，老娘在上海滩好歹也是见了大世面的，就凭你们这些乡下婆娘，也想玩我，门儿都没有。就慢慢止住哭，可怜巴巴地听着这些女人出主意。

几个女人说着说着，说到了平安和那两个孩子。还有热心地找来了平安在林家大队的地址。她们根本就没想到，马春娇的心里这会儿已经打起了小算盘。

得来全不费工夫。马春娇掌握了这些信息后，又佯装成平安的亲戚，到林渔公社做了摸底。断断续续地，平安、高如风这些碎片化的信息到了她这里，特别是高如风的情况她查点之后，不由自主地大腿一拍，原来还有这么段故事。看样子，高家，她是吃定了。

林家大队的荒地里留下四个少年的足迹。他们经常结伴，到苇子荡里，用小丝网张鱼，用筛子扣麻雀，趴在水草丛里屏住呼吸包抄一只野麻鸭。有时候，他们会用铁丝把鱼串起来，放在火上烤。有时候，打的野味够吃了，他们就匀给老姨婆或者包金银队长一家。他们饿得连起身道谢的力气都没有了，包金银的女人得了浮肿病，已经在床上不能动，她的脸又黄又肿，仿佛一撮，那脸皮下面的水就能冒出来。

平安在回去的路上，忍不住抽泣起来。

俞平凡拉着母亲的衣角，说："姆妈不哭啊，长大了，我一定要做一名医生。"

平安搂过儿子，久久没有回应。包良种则闷头对俞安然说："我要种出全世界最好的大米，让我奶能顿顿吃上大米饭。"

俞安然与马小开相视一笑，对着他俩说："表决心，没脸皮，表决心，没脸皮。"

俞平凡与包良种的脸都涨红了："你们等着瞧。"

年辰不好，天也多变。

早上还好好的天，到了晚上，说黑就黑了下来。

村子里响起了铜锣声，当，当，当。

平安一惊，从床上坐起来。三个孩子也爬起来，支起耳朵听。

"抢收啦，要来暴雨啊。"

平安赶紧爬起来，屋后头还有种下去的粮食，一场暴雨下来，能冲跑了。

她一头冲进黑夜里，那雨点说来就来了，砸在身上很疼。要死，六月里竟下起冰雹子了。顾不上披雨衣，她拿起锹，赶紧给地里的庄稼理出渠子，把围子打上，不然，雨水倒灌，庄稼全浸在水里，半年的收成就没了。

她在暴雨里被淋得湿透，风吹到身上像刀子在割，这六月天的雨倒像是数九天了。不一会儿，她的锹跟前，又出现了一把锹，她抹了把雨水，原来，是马小开和包良种那俩孩子。后面是平凡与安然两个小的，一把一把地帮着垒土围子。她的心里顿时热乎乎的，我的孩子们，真的是长大了。

抢了两小时，总算把庄稼保住了，五个人搞成泥猴子似的，他们面面相觑，开怀大笑起来，相濡以沫，让他们的心紧紧地贴在一起。

秋天的时候，马春娇找来了。

平安把她让进家里，她开口就道："听说你还是个先生，居然做这种不要脸的事。"她的头发乱蓬蓬的，脸上是一种不正常的青白。

平安客气地说："小开姆妈，你不要这么说话。"

"怎么？你把我儿子拐来，当伙计使，帮你干粗活，还有理咋的？"马春娇叉着腰，平安的脸气得发青。

"今天我来，是知会你，儿子跟我回去，还要请你拿二十块钱给我。"

"你疯了。"平安气得说不出话来，她从来没见过这种女人，与她们拌嘴，更是天生要吃败仗。二十块钱？她这是疯了吗？凭什么要跟他们要二十块钱？这个数字，够他们娘儿几个几个月的口粮了。

"我疯了？你才是个疯子呢。偷人养小人儿。"马春娇鄙夷地讥笑道。

冷不丁，马小开冲进来，一把揪住马春娇，就往外拖。

马春娇吼道："小杂种，你给老娘放手。"说着就给了马小开一个耳光。

平安气愤地上前，要拉开她。哪个晓得这女人一身的蛮力，一把把平安搡到地上，又古怪地笑道："我告诉你，平安，你的俩孩子咋来的，我也知道。是高如风的种，是不是？高家的男人果然都不是好东西。"

"你胡说。"平安气得浑身发抖。

"我怎么胡说了，我已经打听过了，马小开他爸是高开，就是高如风的哥，高如风每个月雷打不动来你这里，不是吗？说近点儿，我还是你的嫂子呢，哈哈，怪不得，马小开与你们一家走得这么近，原来不是一家人，不进一家门啊。"

马小开把平安扶起来，转身对马春娇说："我跟你走，求求你，别在这里闹了。"

马春娇阴着脸，对着平安说："你不给钱就拉倒，我不相信，高如风也不给。行，你们不给，我找他老婆去，他老婆一定会给。"

说完，拖着马小开扬长而去。

平安气得浑身发抖，一颗刚刚平复的心又给悬了起来。这天晚上，平安揣了一袋糁子粉，摸黑来到包金银家。在公社，再难，每个月的工资还是能按月发下来，平安买了一袋，给老姨母送了些，犹豫了片刻，又从袋子里匀了一半，她打算送到包队长家，他女人病了，已经下不了地。没有他们的帮助，她真的难以想象自己和孩子们该怎么活下去。这份再造之恩，她是一辈子都忘不了的。

包金银家黑乎乎的，为了省灯油，他们一挨黑就睡下了。

听到平安拍门的声音，包金银披了衣服来开门，又摸索着点了煤油灯，一豆灯火蹿了两串，屋里亮了不少。

平安打量着屋内，空空荡荡，了无生气。包金银的女人歪在床上，见平安来，挣扎着要坐起来。平安把糁子粉放到她手里，一把按住她，说："大婶子，我就来看看你。"

包金银的女人面色青白，灯光打在她脸上，更见得她气息很弱。见平安带了吃食给他们，女人感激地要推搡："你和娃儿也吃不饱，你们留着吧。"

平安的心里一酸，想到她平素对她们娘儿仨的好，又想起马春娇对她的羞辱，眼泪止不住吧嗒吧嗒掉了下来。

包金银的女人伸出手，手很干瘦，她握住平安的手，喘着气，要给她抹眼泪。

包金银见平安这般，知道她心里不痛快。平时她都是很和气的，一定是遇上了什么事。平安把情绪调整了，良久，才把白天的事儿给说了。

包金银一听就火了："妈的，这次老子没碰上她，算她运气，下次再敢踏进林家大队，哪条腿进来，就先断哪条。"

平安虽然是个外来户，但她的人品赢得了大家的信任。虽说每个月高如风也来看望他们娘儿仨，但每次都来去匆匆，现在有人把屎盆子扣到平安的头上，他们夫妻俩头一个不答应。

包金银女人见他说得这样，很无力地朝他挥着手，意思是让他少说两句，省点力气。她瞅着平安，长长叹了口气，一个女人带着俩孩子，咋就这么难呢。不行，得劝劝她，赶紧找个人嫁了，否则的话，这样的日子真没法过。但是这样的日子何时是个头呢，贫穷已经让她无法想象平安的日子该怎么向前走。她在心里重重地叹了一口气，但愿吉人有天相。

　　林家大队对流言病毒仿佛有着天然的屏障，平安自己心里一直明白，高如风对她的情感是刻骨铭心的，对两个孩子真心，并视同己出，他把最好的年华都给了她，因她又爱屋及乌，对两个孩子更是爱得细致而卑微，但她对他却无以回报。截至目前，他们之间只隔了一道身体的屏障，但这个屏障，既是禁区，也是导火线，一旦越过，他们之间发生的不仅是婚姻本身的变化，而是因这个而引发的一系列问题。高如风的前途，她的复杂的身世，特别是她曾经被松下井强掳去成亲这一段，将成为她身上抹不去的耻辱。还有由于诈死而带来的隐姓埋名，他们会因此而陷入万劫不复，坠入深渊。但是马春娇是否知道她之前诈死这一段呢？果真如马春娇所说的那样，陆小米知道她还活着，那后果真不堪设想。想到这些，她的心里就凉飕飕的。我只想平平静静地活着，把一又儿女带大，至于其他，她的心里真是没有一点儿奢望。她不敢奢望，更不敢因为与高如风的情感，而打破现有的一切平衡。只能这样了，如风，请你原谅我。眼泪在平安的心里淌了一遍又一遍。她牢牢地坚守着这最后的阵地，如风，这也是我能为你做的唯一一件事情了。原谅我！

　　日子仍然艰难地向前。平安每天把俩孩子弄好了，就去公社上班。忙忙碌碌，日头每天早晨升起，下晚落山。马小开那孩子中途溜过来，与平凡和安然一块玩了几趟，每次都是天蒙蒙来，再带黑走，尽管两个孩子舍不得他走，但平安确实不敢留他过夜，生怕马春娇杀过来。那个马春娇，不是个正神，孩子来多了，马春娇势必又要炸毛反扑。癞宝要命蛇要饱，平安心里虽然也挂念那个孩子，但私下里又不太愿意这个孩子过多地出现。马小开很敏感，当他感觉到平安姆妈对他又是欢喜又是害怕时，他意识到，自己恐怕不能再给平安姆妈和弟弟妹妹添累了。不然的话，他那疯子似的老娘就不会放过平安姆妈。他虽然年纪小，但是平安与高如风、高如风与他那个不知真假的老子是兄弟，那个老子高开又有自己的老婆，高如风也有自己的老婆，太复杂了。马小开的头似乎都要炸开了。这个复杂得像团乱毛线的关系里头，最可怕的其实就是他自己老娘马春娇，还是一个就是高开的婆娘那个姓陈的。想到她在职工大院里她曾经这么威胁过，他的心里就充满了恨意。就这样过了三四个月，接近年关，马小开后面就没再来过。日子一旦过于平静，就露出马脚来，所谓反常则妖，说的就是这个道理。

　　陈如芬是他的第一个猎物。这个愚蠢的女人，根本不知道她已死到临头。好的，你再张狂两日吧，你的张狂只能为减轻我罪孽的理由。少年马小开心里想。

21

毁　灭

平安对高如风的拒绝，到了陆小米的眼里，则成了欲拒还迎。

陆小米万万没想到，这世上还有这样诡异的事情。明明已经死去十来年的人，居然还活着，她怎么能不愤怒，怎么能不憎恨，怎么不以毁之灭之为快。

马春娇在高府拍门时，拍得理直气壮。陈如芬这会儿还在店里，是高桐来开的门，门口的女人上上下下地打量了一下小姑娘，见她的眉眼跟高开长得挺像，不由自主地用鼻子哼了哼，推开高桐。

高桐见这女人来意不善，撒腿就跑向里屋，一路高叫着："姆妈姆妈。"

陆小米闻声出来，与马春娇碰了个正着。

马春娇抱着双臂，又上上下下地打量了一下陆小米，见她穿得齐整，自上而下，自有一股风韵，定了定神，亲热地拉起了陆小米的手。

陆小米何时与人这么亲热过，冷冷地把手甩开。

马春娇哟的一声拉长腔调："二少奶奶，我是大房高开娶的姨太太，论辈分，我们虽是平辈，论大小，你可还得叫我一声嫂嫂。"

陆小米明白过来，原来是高开在上海搭上的女人。心里冷哼了几声。"找我何事？你莫非是找错人了，我不是陈如芬。"

"妹妹，我找的正是你。"马春娇突然把嘴凑到陆小米耳边，一股子烟臭，"孟芊芊"，她幽幽说出这个名字，把陆小米熏得恨不得要捂上鼻子，但当"孟芊芊"一个姓名突然传进她的耳朵，她的脸唰地白了起来。怎么可能？

"这下子，妹妹你是不是要请我进去坐坐？"马春娇反客为主，推着傻了似的陆小米进了屋。

等陆小米回过神来，见马春娇在屋内东瞅瞅西瞧瞧，内心挣扎得厉害。不行，今天无论如何不能让这女人占了上风，眉头一皱，便笑道："你说孟芊芊没有死？改名叫平安？你告诉我这些干吗呢？"

"当然与你有关。我那个小叔子啊，把你这么个大美人晾在家里，专门去勾搭那个小寡妇，你的肚量就这么大？"马春娇冷笑道。

"我只知道那个孟芊芊死于大火。他们一家早就被日本人烧死了。"陆小米冷冷地说。

"你的男人整天心里想着另一个女人，你的心里就这么平静？对了，我那个小叔子听说当上了盐业公司的经理了，实权派啊。"马春娇倚在门上，扒着指甲，"你说，如果上头知道了高如风一男二女，你说上头还会不会用他？"

陆小米一听更气恼了，这不是赤裸裸的威胁吗，她冷静地问："你想达到什么目的？"

"没有什么目的，只是作为女人，同情你，告诉你有个提防。再说了，天底下，哪有无本买卖，我啊，男人没了，窝给端了，今儿遇你，就是顺便跟你借点儿钱用用。"话说到这个份上，马春娇与她摊了牌。

高桐惊恐地望着与她姆妈打嘴仗的女人，陆小米的脸上红一阵白一阵，她的胸膛此刻似乎要蹿出火来。她盯着马春娇，死死咬住嘴唇，不发一言。

马春娇知道眼前的这个女人已经上了钩，就抱着胳膊，笑道："哟，生气了？才这么点事儿。喂，我不妨再告诉你一声，还有件事儿，也跟你有关，"她说着留了半句，拿眼睛睃着陆小米。

陆小米的脸上唰地变成了死灰色，她目不转睛地看着面前一张一合的猩红的嘴，生怕从那里面跳出什么妖魔鬼怪来。

两个女人僵持着，高桐惊恐地望着她的姆妈，她的身体僵硬地杵在屋里，背似乎要塌陷下来，却又在死死地支撑着。高桐不安地扯了下陆小米的褂子下摆。

马春娇又轻笑着，转向高桐，要摸这孩子的脸，高桐不安地闪过，马春娇仍然柔声道："哟，我高家的小囡，长得俊啊。侬有弟弟妹妹，晓得？"

陆小米踉跄几步，高桐惊恐地扶着她的胳膊，感觉她姆妈在浑身发抖。

马春娇大模大样地一屁股坐下来，掏出烟，点上。仍然笑意吟吟："是对龙凤胎呢，哎哟，估摸着也跟侬差不多年纪，不过，可比侬长得俊哟。"

陆小米眼神空洞面色惨白，她的耳边不停回荡着这个上海女人的话，马春娇心里冷哼一声，就凭你也跟老娘我斗。

陆小米的心里处处惊雷，她感到自己快疯了。龙凤胎，与高桐差不多年纪，这不就是高如风从结婚到现在，碰都没碰她的原因，原来他与那个女人在外面瞒天过海，家外有家，还有了孩子。哈哈，果不其然，孟芊芊，你果然好手段，好狠毒，什么清纯如水，什么葬身火海，全是谎言，谎言，谎言。她立在堂屋中间，半晌，才回过神来，进屋，拿了一沓钞票，放到马春娇面前。"这事儿到此为止。"

马春娇把钱塞到腰里，又把嘴凑到陆小米耳边，低声说："妹妹，你不说，我不会说。"说罢，扬长而去。

耗了十多年的光阴，以为那个女人已死，自己能用心焐热高如风。却没料到，除了高家二少奶奶的名分给了她，高如风与孟芊芊仍然恩爱如初，他的身心哪一刻不扑在那个女人身上。如今，孩子都有了，而且是龙凤胎，他的一颗心不放在那边，难道应该放在自己身上？我陆小米再打得一手的好算盘，也算不过孟芊芊那个女人的毒计，算不过高如风的痴情，怪不得他是个瓷人，始终焐不热，纵使自己再怎么在这个家精心侍奉老太太李国香，再怎么帮他把高家的长房孙女高桐视同己出，再怎么把一家子吃喝拉撒料理好，我也不过是个有着高家二少奶奶名头的老妈子，哈哈，好一出瞒天过海，好一出暗度陈仓，孟芊芊，今生今世，我陆小米与你誓不两立，不把你送进坟墓，我誓不为人。

陈如芬从酒行回来看到陆小米枯坐在门口，失魂落魄的样子，想起马春娇跟她说的回家就有戏看，心里就明白了。笑眯眯地凑到陆小米面前："怎么样？心里头一定很高兴吧？你爱上的男人在外面不但有了家，还与他心爱的女人有了孩子，你一定很开心是吧？"

陆小米呆呆地坐着，两耳嗡嗡直鸣，胸口一阵发甜，一口血涌出嘴角，喷了一地。她眼前一黑，便什么都不知道了，耳边只听得高桐惊恐地哭喊："姆妈，姆妈。"

到了新公司上班，虽然人还是那些人，但毕竟变成了国有公司，职工们有了主人翁的意识，上班的劲头也不一样了。高如风每天下班逗逗高桐，偶尔也与陆小米说两句话，睡觉仍是各回各房，这些已经让陆小米感到踏实不少。李国香宣布分家以后，陆小米乐得住在自家的小院里，自己买菜做饭带带孩子，高如风定期给她月例，让她持家，新的家庭主妇的身份，使她重新活了过来。县城人看到陆小米带着孩子到菜市场买菜，变成了全城的新闻。在府里待了十来年，她已三十出头，但依然皮肤白净，身材苗条。人都说，这个女人有眼光，没想到终于出头了。

而高开那一头就不一样了，陈如芬闹腾得厉害。她觉得不甘心，到手的财产少得出乎她的意料。虽然老太婆宣布的是三分三，但公司出让之后的收益实在是少得可怜。她晓得是公公此前日了鬼，做了手脚，不然，经营了三代人的公司就相当于白给政府捡了漏。要不是这些年她三扒两划，现在她们娘儿几个估计是要喝西北风。她逼着高开把家里的财权全部交给了她，并且给他下了笼头，一个月只给剪头洗澡偶尔吃个早茶的死钱。就怕他收不住心性，与那女人来往。陈如芬晓得，那对

155

母子虽然在眼前消失了，但毕竟是高开处理的，以防万一，还是把他的钱袋子看好。

陈如芬千算万算，哪知道，高开早就有了安排。存在上海宝丰银行里的那些黄货，这时候派上了用场。从此，高开也过上了在家如鼠、在外如虎的双重生活。

高家自分家以后，各房点灯各房亮了。

陈如芬见高开整天晃膀子，没个正经事干，就觉得窝火。过一阵子，他就出门几天，说是出去寻生计，陈如芬就没往深处想，下人遣散后，每天一家三餐，照应高鑫上学，她已累得半死。俗话说，由俭入奢易，由奢及俭难，她陈如芬再会算计，也没算到自己会过上这样的日子。怨恨的种子本来在上海被高开玷污时就种下了，这么多年沤在蜜糖罐里，一直没有发芽。现在一分家，日子不好过了，所有的怨恨一下子胀开了，噌噌地往上长，一触即发。

高开摸透了她的脾气，她发作他就闪开走人，等到她气消了再回来，反正现在有马春娇在县里候着，他犯不着跟陈如芬闹。到了马春娇这边，那女人自然是千娇百媚，使出全身的功夫，把他服侍得妥妥当当的。马春娇跑到他身边，他认为是这女人对他有意，花花公子的根底原先有老爷压着，一直隐忍着没有显现出来，现在老爷子跑了，大娘也与他分开过日子，陈如芬在他眼里就成了个炮仗，放掉就熄掉了，所以，他对陈如芬那一头寡淡起来。只是眼前这个小鬼头却始终让他开心不起来，这孩子一见他就躲。

马小开被高开盯得起了毛，又跑掉了。高开嘴里骂骂咧咧的："格老子还没承认你是我的种，你躲个屁啊。"

马春娇回嘴："你骂我不是？我告诉你，这小鬼就是你的种，你赖也赖不掉的。"

"哎哟哟，玛丽，我还没跟你计较，你就蹬鼻子上脸了。"高开阴阳怪气的。

"你爱信不信，反正这孩子是你的。"马春娇心虚道，心想，是谁的种，我哪知道，水蛇腰欺身上前，骑到高开的腿上，高开哪里见过这般的疯狂，抛开对那小鬼的怀疑，与马春娇两个人寻欢作乐。

高开一家的命数到终结已进入倒计时，十二岁的少年马小开感觉自己的心里住了个魔鬼。一种要拼命豁出去的冲动，让他冲出这些因欲望编织的牢笼。他被囚禁在这个里面，让他永远抬不了头，也让他偷偷爱着的一家人处于惶恐不安中，他要毁灭。他天真地认为，只要毁灭这一切，世界都会因这个疯狂的举动而重新获得安宁。

通往那个人的家他已悄悄去了好几次。

他想方设法，潜入那个老子的家里，掏出药瓶，把乡下人称之为火烂烂的一种农药，倒进那一家人的汤锅里。那个该死的一家人做梦也没想到，这一天会是他们的忌日。马小开蹲在高家大院的一棵榆树上，他决定要看着这一家在他面前全部死去，再离开。那会儿，他的心里有种古怪的平静。也许是该他们死，还是我天生就是杀人犯，或者是杀人犯的后代？他的脸上阴晴不定。

他的恨意已经积蓄得太久了。今晚得做个了断。等候的瞬间，他的眼睛里浮现一个姣好的面庞。那是他追着叫的妹妹俞安然。好了，现在，解决了这可恶的一家人，不再有骚扰，也不再有恐吓，安然和平凡，以及他们的姆妈就不会再东躲西藏了，他们又可以回到以前的日子，平淡却美好。少年的马小开这么天真地想。他的整个身心都洋溢着一种幸福，为解决了眼前的烦恼，让心爱的姑娘及其家人永久幸福。我马小开是男子汉了。他这么想着，身体战栗着，他死死地掐住自己的虎口，疼痛让他冷静而清醒。

那一家三口围着桌子吃饭。桌上的热气让这一家显得无比幸福。陈如芬那个死女人对着男人唠叨："趁早把你那条心死了，给老娘安安逸逸地过日子。"

高开埋头吃饭，嘴里嘟囔着："你安心当家，那女人不过是我打打野食的，别当真。"他的头发是涂了发蜡的，一缕一缕地贴着头皮，远远地，少年马小开似乎都能嗅到那发蜡的脂粉气。这些气味，令他作呕。因为这会让他想到，这个男人爬到他母亲马春娇肚皮上的场景，他们在他面前经常不避讳地相互调情做出丑事。他走后，少年马小开总是闻到他们那个家里充斥着这个发蜡与男女欢爱后的腌臜气味。马小开很困惑，也很愤恨，他的内心充满了对他们这种关系的排斥和厌恶。

自打马春娇把马小开从上海带到这个小地方，这个叫高开的男人就总是用怀疑的眼光盯着马小开，当马春娇呼哧呼哧地在他胯下淫荡地叫时，翻来覆去说的总是那句话："那是你的种，爱信不信。"然后就是一阵响动。少年马小开的心里充满了耻辱与不安，一种不知从何处来的惶恐，以及不知向何处而去的迷茫。他的晦气老娘对他还有一些温暖，尽管对他又打又骂，但总算给了他一个容身的地方。偶尔，夜里他醒来时，也看到马春娇坐在床头抽卷烟，她的眼神是空洞的，那吧嗒吧嗒的星火，把少年马小开的心灼得很疼，随着他一天一天地长大，那个叫高开的高家大少爷是不是他的父亲已经不重要，他们之间的距离越拉越大。

死女人陈如芬说："稀罕你这个家，早已瘦成架子了，别人看起来还不晓得我当这个家落了多大的油水。"

"来来来，喝汤喝汤，儿子也喝点"，高开殷勤道。

名叫高鑫的少年，已有十三岁，对父母的世故做派显然已司空见惯，吃了饭，喝了汤，回房。夫妻俩仍然在那屋里，慢慢地，灯光熄了。

蹲在树丛里的少年马小开，默默地望着。他的心里还在想，我为什么不张嘴问马春娇，他真是她生的吗？这个问题成了死结，横在喉咙口，却怎么也发不出声来。他怕，如果答案是否定的，那他真的成了个没爹又没娘的野种。

他的思绪纠缠在这个问题上，直到高鑫捂着肚子踉跄着从房里出来，他痛苦地叫着："妈，爸，好疼，我莫不是要死了。"坐在吃饭的夫妻俩早已在房里没了声息。

疼痛使他的叫声在深夜里尤其瘆人，旁边的屋里灯亮了起来，过了约莫一刻钟，声音弱了下去，那屋的灯又熄灭了。

少年马小开在树上蹲到后半夜，直到这高家大院里一点儿声响都没有，他才扮作猫叫，从黑暗中悄然隐身而去。

马小开的梦境：我感觉我已被邪恶附体，我想停住，但是我的手脚不听使唤。梦境里，马小开觉得自己已不再是个少年，他认为自己是一头狼，野狼，或者是个半人半兽的怪物。对于他的猎物，他张开了獠牙。猎物在前方不住地刺激着他，他们的血液让他兴奋，痴狂，没有什么比血腥的报复来得更直接的了。

猎物在那里惺惺作态，他憎恨他们的嘴脸，贪婪、自私、冷酷。他要围猎他们，让他们死，只有让他们死去，他才能维护他作为一个人的最起码的尊严。

少年的他此时此刻，已成了一匹孤独的狼，他不敢向别人袒露他的心事，甚至连他最仰慕的安然也不敢，他怕他的任性与报复，会击碎他们之间最纯洁的友谊。他有时想，在安然那么美好的人心目中，他一定只是个调皮的男孩吧。所以，他小心翼翼地隐藏好他的内心，蓄势待发，把那些可恶的人一击毙命。他披着狼的外衣，威风凛凛，暗地里却在独自舔着自己的伤口。

22

肉　身

　　李国香从乡下回来，看儿媳陆小米同平常一样过日子，但怎么都觉着眼神变了。她的眼睛里如果过去是一潭深井，现在就像是熔浆。她的心里扑棱着慌得厉害，这个家，自从高老爷从上海逃走，高氏盐业公司给重组，接着是长房的高开一家给毒杀，整个家就像是经历陈年风雨的老屋，稍一折腾就会摧枯拉朽，整体塌陷。

　　人一上年纪，睁着眼睛看到的，倒不如闭上眼睛看得清楚。李国香已逾七旬，繁华看透，人生无常，再看这个家，如果陆小米不定心，更要散得快。李国香在心里长叹了口气，闭着眼睛，手上不断拨弄着佛珠。越活，越明白，也越不明白了。

　　静虚师太点拨她得空看一下《黄帝宅经》，要得好再把高府的地形图做出来，做个对照。高府这么多事，说不准能还从中找到一些端倪。这本书相传为黄帝所作，讲述了人与住宅的和谐，人与天地的和谐，人与自然的和谐，人与宇宙的和谐。它的学说是以太极、阴阳、三才、四象、五行、六神、七政、八卦理论为主，强调"宅以形势为身体，以泉水为血脉，以土地为皮肉，以草木为毛发，以舍屋为衣服，以门户为冠带，若得如斯，是事严雅，乃为上吉"，是老祖宗几千年传下来的经典。

　　仔细端详这高府的宅第大院，院落的照壁上方写着"天地交泰"四个大字。"泰"字自古不仅是一个吉祥的字，而且还是一幅卦象。墙壁上就是一幅"泰"卦图，"泰"卦是《易经》六十四卦中的第十一卦，喻义天地之交，阴阳参与，万物流通，生气勃勃的一个景象。从古至今，"泰"卦都是吉祥的象征。"泰"的解释更为畅通、平安的意思，这就是"泰"卦的总体内涵和特征，它在中国传统建筑风水文化中有着特殊的地位。"泰"卦不仅凸显了建筑风水文化中的深刻哲理，而且还彰显了"否极泰来"的文化内涵。照壁旁边摆放的是一只古代的辟邪，像一只长着翅膀的狮子，是古代传说中的神兽。另一边摆放着两只祥泰八仙风水缸，地面上刻有十二个不同的"泰"字，缸的四周雕刻的是美丽的"八仙过海"图案。天井的四角落摆放的是风水文化中的四神兽：青龙、白虎、朱雀、玄武。根据五行学说，四神兽还分别代表着东、南、西、北四个方向和春、夏、秋、冬四个季节。意味着青龙主东方、左侧、春季；白虎主西方、右侧、秋季；朱雀主南方、前方、夏季；玄武主北方、后方、冬季。

她安排人做了高府的地图，对照下来，与宅书描述的多数相同，唯一的问题出在泉上。宅第东北角有一泉，原为活水，下通卤汀河、稻河与草河三水，水源本清，随着高老爷离家，水势逐渐干涸，到后来泉眼也给堵了，一汪清泉变成了一个土坑。

李国香想坏事儿了，家里的财运福运都给这个泉眼堵住了。几次跟高如风说，他都不置可否，跟儿媳陆小米说，又因疏通下水，需要经过周边几个邻居的正屋，搬迁这些房屋如果早几年，用钱财打发尚有可能，但是到了眼下的光景，哪里还敢。这事就给慢慢拖了下来，李国香看在眼里，急在心里，郁郁成了心病，蔫蔫的什么也不想动。

节骨眼上，又接到高家潭来的电报，说静虚师太快去了。于是，李国香连夜叫了车赶到了乡下，庄上人就把她接到老宅里。

静虚老师太已近弥留，她不吃不喝已有二十来天。她侧着吉祥卧，面目平和，气息微弱。听到旁边有人啜泣，又感受到李国香握着她的手的一些温度，老师太微微掀起眼帘，定定地看着李国香，约莫半炷香的时间，她的眼皮就沉沉耷了下去，李国香见她的手慢慢软下来，又伸手探了探鼻息，眼泪就忍不住流了出来。

这座家庙也是早年，她给庄上的佃农做的。不图别的，就图自己家的祖业能够兴旺，子孙绵延。尽管高家已呈败落之势，但瘦死的骆驼比马大，况且这么多年，她做当家主母，手头还是活络的。每年断断续续，仍给庙续添香油钱。面前的静虚师太，虽是自己的亲妹妹，但李国香是把她当作另外一个自己的，她在人间享受的繁华，通过她这个妹妹的真身寄托对业障的弥补。她在人世间的钩心斗角，也由这个妹妹心灵的善来消弭自己的恶。当年，静虚师太还是个叫"国禾"的小姑娘，李国香就有了这样的私心。静虚老师太就像是自己的一面镜子，她到乡下来，每次与老师太夜话，就好似给自己照一回镜子。李国香心里的悲喜交集恐怕只有自己清楚。高老爷在盐业上走私营运哄抬物价，成为泰州一业独大，背地里人们怎么评价，她不是不清楚。高老爷把琼花弄回来，她的心计与那个女人的狐媚比起来，根本不值一提，李国香想，那个女人根本就是个画皮，专门吸去男人精血的女鬼。她对过继来的高开，表面上风平浪静，而事实上随着高如风的出生成长，尤其是儿子从日本留学归来，她内心的天秤早已彻底倾斜，虽然两个儿子都非己出，但是高如风的身上毕竟流着老爷的血，从血缘上她自是亲近了一层，再看人品，如风与高开不在一个水平线上，她巴望如风安好，对他的婚配上就寄予了厚望，陈如芬与陆小米两个姑娘，都爱慕如风，从面相与性格上来看，陈如芬的性格明朗爽直，更适合如风，给如风一个安稳的家。但是高开在上海从中插了一杠，大体也知道是陆小米设计的，陈如芬生米给煮成熟饭，陆小米如愿以偿嫁给了高如风，但是高如风对她这个儿媳妇的守礼有加，倒是把陆小米高高地悬在空中，虽然法律上成了高家二少奶奶，但仅此而已。她万般纵容这两个儿媳的斗争，直到陈如芬与高开不明不白地死去，她的内心难道没有暗暗叫过好，苍天啊，连你老人家都在帮忙，帮我铲去横亘在如风面前的这块绊脚石。难道高如风把家里的地契变卖了，换成了一些紧俏物资，并且送到了前线，她不知道？不，她隐约是知道的，唉，怎么说呢，横竖睁一只眼闭一只眼罢了。他坚定地为了自己心里的那个理想世界而努力，于是，她只能选择了这样的自我蒙蔽和默默的支持。

陆小米的隐忍与叹息，如风越发地琢磨不透，他在高家的高墙内行走，魂灵却是早已离开了他的躯壳。只怪孟家姑娘命薄，如果不是有日本鬼子逼婚那一出，就没了后面的陆小米。早晓得就不应该起初给高开到孟家求聘，给高如风人为设了障碍。如果起初晓得如风对孟家姑娘的心意，哪来后来孟家一家离奇烧死，高如风失魂落魄，又与陆小米维持着这名存实亡的婚姻等这些悲苦。李国香懊恼归懊恼，但也不敢多言。随着高开一家三口离奇去世，她的心更是悲凉，她每天睁着眼，看着高家一点一点地衰落，眼见它楼空了，眼见它楼塌了，眼见他人去了。她多次听到风言风语，城里的大户人家虽然各自有各自的活法，新中国成立以后，公私合营步伐的加快，原先眼红高家的，仇恨高家的，也跟她们高家一样，逐步进入了体制，由组织帮助监管，就连陈家油坊、陆家米行，也被收进了体制，陈家的大哥进了饮服公司，陆家的兄弟姐妹进了粮管所，小米的哥哥陆小麦也成了国营红旗农场的职工。繁华过后，归于平静，她的心里多少平衡了一点儿。只要我儿好，一切都可以让路。

佛能度一切苦厄，她比平时更沉默了，除了一心向佛，雷打不动地供养这座佛堂，其他的一切，就像是指缝间的流水，既然握也握不住，不如撒手，老天自有一双眼，今天种下的因，明天必定收获什么样的果。这么多年来，她看得清，也悟得透。想到这里，李国香把自己的情绪稍稍收拾了一下，平静地吩咐："安排师太的后事吧。"

由于佛堂是高家的家庙，当家主母出来主事，很快就把师太的装殓张罗起来。灵堂设在庙内。不少庄户人家前来帮忙，小尼姑与几个居士，给师太沐浴净身，按

"五领三腰"穿上了老衣。是平卧，还是坐卧？李国香沉思片刻，说，"师太辞世平和，犹如生状，就以坐卧吧。"

于是，一口将近一人高的大瓮给抬了进来，大瓮周身盘坐莲花。瓮底空荡荡的，众人七手八脚把里面擦洗干净，又按李国香吩咐用沉香木垫底，看着那些金贵的有着隐约香气的木头给用到一个老尼身上，众人不解，但知道是当家主母的心意，就更加卖力起来。李国香双手合十，说："师太，你生平就是我的一面镜子，今天，你离世有我操持，我的将来，我不可知。我把这些沉香木拿出来，等于提前做了我将来的道场。但愿你能庇佑我的儿子我们高家，能让他们都太平无事。等我将来老了，到了这一天，一把尸骨任意埋了都无怨无悔。如若将来我高家如风小儿，能光宗耀祖，我必日夜祈祷，许您金刚不坏之身。他日，如能如愿，请您托梦于我儿如风。"

众人只道当家主母奶奶慈悲，却不料她已内心千回百转，不停地拨弄着佛珠。等到把静虚师太小心翼翼地抬进瓮里，四周用香料和木柴填实，四面八方请来的僧尼都已陆续到了庄上，见师太装殓庄严，右手托腮端坐，无不合十祈颂《金刚经》《伽严经》，自发做起了道场。众人按乡风民俗，给师太装殓、守灵、扶灵。李国香又给她在大田里，选了坐西朝南四面开敞的空地落位下葬。等到快入土时，李国香连坐都坐不稳了，坐在椅子上由佃农抬着去了墓地，连续七天七夜，她不曾离开师太半步，整个人都脱了相，虚弱得连话都说不出来。庄户人和众僧尼都说李国香是个活菩萨，她只是平和地笑笑，相信她的祈愿师太已经听到，毕竟师太刚刚归西，神志还在，又有经书护持，但愿她的一片苦心能够庇佑她们高家。

南无阿弥陀佛！

23

炉　火

　　炉火在陆小米胸中燃烧，她只感觉到自己快要被烧成灰烬了。高如风对她愈谦恭有礼，愈让她无地自容。她跟着高如风已经结婚多少年了好像麻木了，连扒着指头数的勇气都没了。高如风起居如常，工作上被排挤，现在倒好了，钻进了故纸堆里，陆小米时常站在他的书桌前发呆，《太平寰宇记》《两淮鹾志》《八闽政议》《万历山东盐法志》《长芦盐法志》《嘉靖山东盐法志》《嘉靖福建运司志》《淮南中十场志》《盐政志》《嘉靖两淮盐法志》，全部是海盐产区的史志书籍。一本厚厚的本子上记满了关于泰州盐场的有关变迁资料。陆小米的心里充满了悲哀与愤怒，曾经意气风发、才华横溢的高如风，为什么就没有一个能够让他施展才华的舞台，为什么泰州解放了，他为共产党暗地里做的那些事情就没人认账，只落得与志书为伴，她在心里为他不值，更为他担忧，这种说不清道不明的情绪，都埋在心窝子里，在那里发酵，一个很小的触点就能引爆她的整个情绪。她要宣泄，要倾诉，甚至有一种冲动，不管不顾让这一切重新来过，她能完全占有她的法律意义上的丈夫。

　　陆小米的娘家从她这里得到的离预期差了许多，让她在娘家也抬不起头来。哥哥陆小麦娶的老婆，名字叫来红，在国营粮管所做营业员，她爸在粮管所烧锅炉，原来也算是陆家的长工，粮行公私合营后，她顶替她老子进了粮管所，因为根正苗红，不烧锅炉了，调到门面上做营业员，给里下河上来的农民过秤。陆小麦下放到苏红河以东的联垦公社农场做技术工作，下了班回来，他俩就合骑一辆脚踏车穿过小城的大街小巷，来红总爱扬着脖子，一路招呼。陆小米看着他俩，总觉得来红是有意地发出这种恋爱的味道，有种翻身农奴把歌唱的意味。凭啥，凭的是人家都是国营职工，共产党领导下的国营双职工，有粮本，吃的是定量。

　　尤其是联垦公社，一听这个名字就响亮。一九五六年对高家来说，是个富有转折意义的年份。这一年，高氏盐业完成了社会主义公私合营改造，同样的这一年，高家的亲戚里头，就有几个人家移民到了联垦公社的农场。这个农场是泰县、泰州联合对苏陈境内的荒地进行联垦，泰县出了几千农民，泰州则把城市失业和无业人员组织起来，一起移民垦荒。听上去是垦荒，实际上是国营供给制。这些个甜头，很快就在来到的三年困难时期中变成了优势。一九六○年国家遇到了连续三年的自然灾害，一九五九年至一九六一年期间，由于"大跃进"运动以及牺牲农业发展工业的政策所导致的全国性粮食和副食品短缺危机。盘踞在台湾岛上的国民党蒋介石企图乘机反攻大陆。反攻大陆，是国民党政权自一九四九年"国府"迁台至二十世纪八十年代常见的政治口号，意指反攻被中国共产党"占领"的中国大陆，通常与"解救同胞""消灭共匪"等政治口号形成对句。一九五四年，岸信介与蒋介石秘密成立反共联盟。一九五七年三月十二日，岸信介主持成立"日台合作委员会"；六月二日，窜访台湾地区，与台湾当局发表联合声明，公然支持台湾当局反攻大陆。一九六一年十一月二十七日，南京军区二十七军两千五百人奉命进驻红旗农场，分别进驻西圩和东圩。直至一九六一年底南京军区后勤部生产部接管了原泰县、泰州联合垦荒委员会，并改称泰州红旗农场。

来红看小姑子还是旗袍依旧，又不被丈夫疼爱，就觉得她是个过气的古董，只能看不能用，彼此眼底都是看不起的。姑嫂二人面和心不和，小麦仁厚归仁厚，但惧内。他俩自由恋爱，来红又仗着给陆家生了俩儿子的功劳，对着陆家公婆，还有嫁到高家的姑姐总是显得刻薄寡情。对陆小米总是脸不是脸，嘴不是嘴。管陆小米叫"资本家的遗少奶奶"，让俩儿子叫陆小米"资本家姑妈"。陆小米没生过娃，打心眼里对这嫂子有着与生俱来的畏惧。除了过年，两人几乎不碰头。陆小米嫌她眼眶小，格局低，来红嫌她身上有股酸气。陆小米自从被马春娇要挟破了财，后来又见高开一家离奇死亡，心里又惧又怕，硬生生把对平安一家身世的质疑咽进肚子里，见高如风每天仍然和和气气地进出屋，温暾水似的趴在桌上读读写写，就觉得有气没处撒，心堵，就回家遇她老娘。

来红在天井里奶二小，一岁半的老大站在她身边，瞅着她的一对乳房，嚷嚷着要吃。陆小米进了院门，见来红明晃晃地在那奶孩子，觉得那乳房扎眼。她把点心递给老娘，伸手要去抱老大，老大躲闪着不肯，仍然要跟弟弟争着奶头。

来红笑嘻嘻地拍着他的小屁股，说："去跟你资本家姑妈要，她也有奶。"老大一下子歪歪扭扭地扑过来。

陆小米一下子僵在院中，伸出去的双手，像是具木偶，收也不是，抱也不是，她的心潮给来红这么轻轻一击，就全线崩溃，泪水涌了出来。因为没接住，老大一下子跌倒在地，哇哇大哭起来。来红的笑容僵在脸上，咕噜咕噜吮吸奶水的老二不明就里，也哇哇大哭起来，一时间，陆家的小院给姑侄三人哭成一团，把来红和婆母都惊呆了。陆家姆妈一把抱起老大，嗔怪陆小米道："怎么越大越不经风了，这么点儿风，也能哭出来？"

陆小米明知道自己失态，特别是在嫂子跟前失态，不晓得哪天才能弥补两人之间越拉越大的沟渠，只是不管不顾地一屁股坐在地上号啕大哭。

陆小米没生过娃，哪来的奶水？来红知道自己的这句话戳痛了小姑子，讪讪地理了衣服，对着陆小米诚恳道歉："他姑姑，我不是有意的。"

陆小米坐在地上，哭得天昏地暗，自打嫁出门，她从来都是衣着光鲜，仪态万方，哪天这样尽情释放过，听来红话音诚恳，好似溺水的人一下子抓住了漂木，更加哭得撕心裂肺，满腔的委屈与不甘都在那哭腔里头了。

来红骨子头还是有些纯朴的，见小姑子哭成这样，捋起袖子说道："是不是高家妹婿欺侮你，看他那资本家少爷样，肩不能挑担手不能提篮的，我就不爽。我来找他算账去。"

陆小米一把拉住她，见她粗壮有力的胳膊，有股力量从那里传递过来，也不觉得她粗鄙了，她定定心神，止住了哭声。一把从老娘怀里接过眼泪汪汪的老大，把头埋在孩子的怀里。姑妈妈惯侄儿，是真惯。来红的心柔软下来，一股保护欲油然而生。

当晚，陆小米一股脑儿把她嫁进高家，与如风的相处一五一十地倒给了来红，特别是听到她与如风至今没有圆房，来红的心火一下子蹿上了堂屋顶。"如此这般，不等于你在他们高家守了这么多年的活寡？"她气得骂道，"这高如风也是狼心狗肺，我们陆家也不是小门小户，他这样不是腌臜人，当我们陆家是空气啊，不行不行，一定要去找他说个明白。"

陆小米对这个嫂子的刻薄原先是抵触的，如今见她这般义愤填膺，不由得心底生出了感动。她连忙拖住来红，苦笑道："嫂子，我知道你是好心，但今天一旦破了口，以后可一点儿余地都没有了，我跟如风还怎么生活？"

来红一听也有道理，气得浑身哆嗦，一口恶气无从去出。转念一想，迟疑问道，"莫非这高如风是个蔫子？"

陆小米低下头，又摇摇头。

来红急了："我的姑奶奶，你倒是说啊，他在外面有女人啦？他可是留过洋的，那方面开放，是哪个不要脸的？我去撕烂她的臭嘴。"

陆小米的神态更是阴晴不定，虽然痛哭一场，但是越哭，她心里头越明。思

165

索再三，她决定还是把孟芊芊还活着，且有一对双胞胎的事实给隐瞒下来。来红见她神色难辨，也不再追问，心里也暗暗盘算。不管怎么样，为小姑子出一口恶气事小，稳定她在高家的位置是正事。如果，小姑子与丈夫都这样下去，也不算是件坏事，她和陆小麦生了两个儿子，陆小米再怎么样，也会看顾自己的侄儿，肥水哪能流向外人田呢。她这么想着，拉拢陆小米，把她攥在自己的掌心里，为自己的儿子将来谋一份实惠，更是件大事。不知不觉间，来红的心思已经转了这么多道弯。

姑嫂二人这么相对坐着，关系改善了许多，陆小米也觉得这一场发泄，把来红争取过来，并且找到了她在娘家的位置，值了。

24
梵 音

　　平安带着一双儿女在乡下过着简朴而快乐的生活，平凡对音乐有着特别的敏锐，而安然却像个假小子成天在外面疯，每天从外面回来，安然就跟母亲说着外面的趣事。说到了乡村的道场，俞平凡突然没头没脑地说："那么多和尚尼姑一起念诵经，倒像是给万物生灵唱的挽歌。"

　　平安不解地望着他们兄妹，安然抢白道："就是到一个庄子看热闹，一个老尼姑去世了，有很多的和尚尼姑都给她念经。很震撼啊！"

　　俞平凡皱着眉头问："一个人死了，还有灵魂吗？"

　　平安微笑道："你如果想，他必定是有灵魂的。"

　　安然问："那我们的爸爸呢，我可是经常想到他，那么他的灵魂还在吗？"

　　平安愣住了，她没想到自己的女儿居然问出了这样的一个问题。

　　安然又突然问俞平凡："你有想过爸爸吗？"又自言自语道："他一定是一个神奇的人。"

　　俞平凡看看母亲，对安然说："我梦到过他，经常。"

　　平安的心给儿女的话给搅乱了。她笑笑说："那你们说说，爸爸是什么样子呢？"

　　俞平凡安静地说："我知道。"

　　平安瞅着她。

　　俞平凡指着安然，说："她不像你，我像你。安然长得好看，爸爸也应该是像她这样的。"

　　平安的眼泪一下子夺眶而出，她怎么也没想到，虽然这一对双胞胎作为遗腹子，没能让丈夫俞浪行见到过，但是两个孩子对他存着这样的念想，她还是觉得很安慰。

　　安然得意扬扬地朝平凡扮了个鬼脸，但一看到母亲流泪，就懂事地扑过去抱着母亲摇晃着："姆妈，姆妈。"

　　平安把他们揽过来，轻声说道："如果爸爸能看到你们今天这样，一定会十分开心。"

安然说："我长大了一定要像爸爸一样，做大事，做大英雄。"

高如风在家里的书房里看书，关于泰州的盐业史，成为他近期关注的重点，他钻进文史里其乐无穷。突然间，他打了个喷嚏。陆小米端着茶进来，心里一动，给他拿了件衣服披上。

高如风感激地朝她微微点头，又埋头读书。陆小米瞄了一眼，知道他在读盐史，心里不由得暗暗叹了口气。高如风在对中国盐业史的系统研究中，不知不觉中找到了一个引子。有三个代表性的人物引起了他的注意，而且从这三个人延伸开来，抽丝剥茧，中国盐业的浩大庞杂似乎也变得清晰起来。胶鬲以贩盐之祖，与煮盐之祖——夙沙氏、管盐之祖——管仲一道，享祀于盐宗庙。这几个人物对泰州来说，都须铭记的。没有他们，就没有泰州的前世与今生。想到这里，他觉得很兴奋，于是在本子上写下了八个大字：以史为引，眺望大海，便开始了有关中国盐业史的鸿篇巨制的编撰。

高家自把持泰州城盐业以来到现在公私合营，高如风在公司里虽然做着经理，但实质上是个空头衔，公司的支部书记还有那位副经理，早已把公司全部实质性地运转起来，高如风作为留洋回来的高才生，在运转一个混合所有制企业，一个由共产党领导下的新经济形式，或多或少地存在一些不适应。他在家里与陆小米的交流是微乎其微的，除了必要的饮食起居有陆小米照应，他更多地活在自己的精神世界里，他在单位的不如意，也从来不说，他究竟在想什么，陆小米根本就看不透。除了每个月定期有一整天看不见他的身影，在所有的街坊邻居眼里，高如风是一个谦逊有礼的好丈夫。他对陆小米从来都是和和气气的，又有着收养高开女儿高桐的美誉，高如风这个完美丈夫让她既荣耀又不安。她想，宁可你与我也像其他夫妇那样打打骂骂，也不想要你这样的完美，瓷器一般的冰冷。她曾经想过，索性也破罐子破摔一次，说不定能把高如风从梦中醒来。但她又不敢，她是矜持的，优雅的，骨子里头又带着高家二少奶奶的傲慢，如果一旦撕开了脸，就等于是把自己床笫那些羞于启齿的事儿，全部裸露出来，宣告她陆小米的不正经。所以，她不敢，只能隐忍，把对高如风的这点儿痴情化为对他的期待，多少次，她从梦中醒来，一翻身，枕边永远是空的。陆小米很讨厌自己身上的气息，就像是一盆花，给关在一间不透风的屋子里，散发出即将枯萎的颓废的死亡的气息。陆小米对孟芊芊的恨已到了极点，她不晓得自己什么时候会爆发出来，她往娘家跑得越发勤了，来红对她也越来越好。昨天回去，还给她装了一盒狮子头回来。

晚饭时，陆小米将狮子头焅在青菜上端上桌，轻言巧语道："来红做的，让

捎给你吃的。"

高如风不解地望着她，他不知道她嘴里的来红是谁，高桐插嘴道："是舅妈。加了蚬子肉、荸荠块儿，可好吃了，爸爸快尝尝。"

高如风才知明白过来。一口米饭含在嘴里，他唔一声，埋头继续吃饭。

陆小米的心一下子凉到极致，她面色一沉，把自己的饭碗重重地搁到桌上，心里的三分忐忑给淹没在那个声音里，连自己都恍惚起来。

高如风看着她，微微笑道："替我谢谢她。"

陆小米冷着脸，说："不必了，她一个普通职工，不劳你这个大经理感谢。"

25
真　相

　　高如风担任国营盐业公司经理，滋味不好受。公司上下近百号人，都在拿眼睛瞧。既然是国营了，就是替公家干，他相信自己是能干好的。关键是公司的那些职工不相信啊。

　　以往每赚一个子儿都是他高家的，现在为公家干，职工还是不放心。公司班子三个人，党支部书记姓李，是上面商业局派下来的，为人不苟言笑。李书记对这个年轻的经理，话不多，恪守着党支部书记的本分，没事就往职工堆里扎，但高如风总觉得他对他的客气里带着那么点儿防备。还有一个副经理，姓周，原来是糖酒公司的销售科长，提拔到盐业公司来，负责销售。三十好几了，有点儿江湖习气，但为人不坏，高如风作为公司的行政一把手，公司的经营思路和目标，都跟他们及时商量。三个人还算合得来。

　　上任没几天，门卫老王头拦住他，要检查他的公文包。老王头一直在公司看大门，属于是看着高如风长大的。见他这样，高如风又好气又好笑，就跟他开玩笑："王师傅，难不成我会把盐埋在包里带回家？"

　　老王头黑着脸，朝他伸出双手，高如风坦然地递过包，老王头仔细查看了一遍，对他挥挥手，放行。

　　连续几天，老王头都是例行公事，高如风照常配合。到了第四天，周副经理在办公室叫了起来："奶奶个熊，上下班查什么包，把我当成阶级敌人了？"

　　李书记踱着步子，慢条斯理地说："这是制度，每个人都要接受检查，我也不例外。"

　　"笑话，这公司是国营的，制度？什么时候定的，我怎么不知道？"周副经理的嗓门很大，高如风听在心里，知道这是李书记背着他俩交代下去的，就出来打圆场："且不管制度什么时候定的，是好的制度，咱们做干部的就要带头执行。"

　　周副经理听了，嚷嚷得更厉害："这是小资本主义的一套，我不同意。"末了，他觉得这话跟高如风说了，有特定的指向，就改口道："哈哈，高经理，这公司原来是你家的，你都不生气，我气个球。"

李书记严肃地说："周副经理，你这么说，是制造人民内部矛盾，高经理现在已经不是资本家了，他跟你我一样，都是响当当的工人阶级。"

周副经理给李书记这么一说，就摔门而去。

李书记对高如风说："高经理，你素养高，不愧是留过洋的，不像他，泥腿子上来的，只会做买卖，政治觉悟还要提高。"

高如风心里明镜似的，办公室里的气氛有些怪异，他笑了笑，沉默了片刻，还是拿起衣服到下面仓库去巡查去了。

一路上，他有些郁闷，这公司明摆着有健全的制度，从采购供应、财务到进出库管理，样样都明确到了专人专岗，但李书记这么做，是明明白白的不信任，尤其对他作为经理的不信任。

外面飘着小雨，仓库在内城河边上，高如风走了大概有半小时，走到那里时，衣服都湿了。他找到看仓库的，那个人正围着炉子一边看报纸，一边烤火。见高如风走进来，连忙起身招呼："二少。"话还没出口，高如风朝他做了个手势，他明白过来，哈哈笑道："高经理，这下雨天，您还来？怎么不打把伞？哟，身上都湿了。"

"就是下雨天，不放心，这仓库年头有些长了，怕不经雨，水灌下来，把盐淋湿了，就是损失。"他脱下衣服，就着炭炉子烤火。

看仓库的连忙接过来，给他倒了杯水，又接过衣服："您焐焐手，我来。"

高如风坐在小板凳上，炉火热气旺，他喝了一大杯开水，身子暖过来。顺手拿起报纸，是省城日报，已经有些时间了。大概是看仓库的从哪儿捡来的。

打开的这一版是社会新闻，他浏览了一遍，又打开头版。一条新闻很快吸引了他的注意，确切地说，这条新闻，让他五雷轰顶。

"省委副书记俞浪行检查省农业农村工作。"

醒目的标题，照片上俞浪行在田头视察。真的是他，他穿着得体的中山装，十六年过去了，敦厚的面容显得板正了一些，身材高大，走在田头的他，正手拿一把秧苗虚心地向旁边的农民请教。他的身影让高如风想起了在乡村荒野里的平安，平安娇小的身影，渔家妇女打扮的平安，在扫盲班上夜课的平安，带着两个孩子艰难度日的平安，高如风的心里像潮水般涌起各种复杂的情感，他的手颤抖着，他不敢相信眼前的这条新闻是真的。

俞浪行没死？真的，俞浪行没死。而且，他还当上了大干部，省里的大干部。

他有家了吗？他有孩子了吗？如果他得知孟芊芊没死，他会不会来找，找他曾经的结发妻子？如果他得知现在已改名的孟芊芊，也没有死，并且还有了一对双胞胎，那么自己将怎么办？

高如风心里五味杂陈，浑身乏力，他觉得自己的胳膊都抬不起来了，心脏也扑通扑通跳得很厉害，报纸从他手上滑了下去。公司内部经营层之间的斗争，说实话，他没放在心上，他的党员身份是隐蔽的，他坚信自己一直是紧跟着党的，自己的一颗心也是时刻跟党保持高度一致的，他做地下隐蔽战线工作的时候，李书记和周副经理还只是党的积极分子，对于当下李书记的防备以及采取的一些可笑的措施，他都没放在心上。他一向是个坦荡的人，所以，对于李书记的一些安排，他在心里一笑了之。但是，现在不同了，平安的生活面临着重大变化，这一点让他有强烈的不安感。平安多舛的命运，让他为之揪心。

仓库保管员见他的手在颤抖，而且脸色煞白，以为他生了病，连忙道："高经理，你要不要紧？"

高如风朝仓库保管员摆摆手。走在细雨中，雨水打在他的脸上，让他清醒了许多，他的心里只有一个念头，必须先隐瞒真相。

回到家里，天已黑了。陆小米已照应孩子入睡了。见他回来，她给他盛了碗米饭，默默地把饭碗搁在桌上，就准备回房去。

"等一下。"高如风说这句话时，他的心里有些不忍。对陆小米，他的心里是歉疚的，除了一张纸，这么多年来，他给不了她婚姻的本质。

陆小米止住脚步，她的脸上是平静而克制的，唯有她的眼睛里流露出一丝希望，但很快，这难得的星星点点的希望，刹那间灭了。

"小米，我们还是离了吧。"高如风一字一句地说。他也不明白，他为什么要在今晚说出这句话。他的心里似乎有一万只猛兽在咆哮，摆脱眼下婚姻的困境，让他做一个自由的人，他也知足。在明知俞浪行还活着的这个时刻，他感到自己的内心有一个声音在强烈地呼唤他，这是唯一的机会了，乘俞浪行还没有找来，趁平安娘儿仨现在的心绪还很平静，他要抓住这样的机会。以一个自由之身，与平安相处，哪怕一辈子与平安就保持这样纯洁的情谊。至于，平安会不会选择他作为今后的伴侣，他不敢奢望。此刻，他的内心是脆弱的，也是卑微的。尽管与平安走过了那么多艰难的岁月，他也从来没像此刻这样痛苦过。他与平安的精神之恋，抑制了他对平安身体的渴望。而现在，俞浪行的重新出现，激活了他对她的思念，刻骨铭心的思念，让他恨不得立即飞奔到她身边，拥抱她，亲吻她，甚至占有她。他的卑微而痛苦的情感世界里，陆小米是一个可怜的人，在这场荒谬婚姻的桎梏里，对他，对陆小米都是不公平的。他要冲出这样的牢笼。

"不，永远不会。"陆小米双眸里的星火已变成灰烬，她冷漠而又平静地说。

高如风说："你本有大好的青春，何必浪费在我的身上。从你到高家的那天起，一直到现在，你看你得到了什么？你又失去了什么？你知道吗？"

"我当然知道，我在做什么。谢谢你的关心，你我既然绑到了一起，就不会分开。我绝不会放手，哪怕孟芊芊已经死了。"陆小米冰冷地说。

"你这样有意义吗？"高如风说，他看着她，感到自己掉进了一个坑里，四周一片漆黑，而且他还在往下坠落。陆小米这个女人真的是疯了。她占有他的婚姻的名分，也在挥霍自己的青春。

"我既然已经做出了选择，我就会为我的行为，我的青春负责。"陆小米说。

"你既然这么决定，我也无可奈何，但我也要告诉你一句，从明天起，我搬走。"高如风艰难地说。

一声哭喊从门口传来，高桐光着脚站在门口："不要走，爸爸，不要你走。"她哭喊道。

陆小米一把搂住她，冷冷地说："桐桐，不管他，我们走。"高如风面色苍白地看着她们，他抱住头，缓缓地蹲到了地上。

一碗白米饭原封不动地搁在桌上。

这天夜里，高如风就把自己的行李和书籍收拾了一下，就搬到了公司宿舍。

高如风搬到公司宿舍后，陆小米来过两次，坐的黄包车。一次是给他送来了换洗的衣裳，还有一次是送来了他爱吃的板栗烧鸡。看门的老王见到陆小米来，是说不出的亲切。对他而言，陆小米作为高家二少奶奶，是天仙一般的人物。陆小米很客气，白嫩的手上拎着网兜。老王一把夺过来，殷勤地一直把她送上楼。半个小时后，陆小米仍面容端庄地下来，坐上黄包车远去。老王对着高如风宿舍那盏灯，心里就想，这小高经理还真是不会享福的命，这么漂亮的一个女人，竟然就这么闲着，可惜了哈，真正拿他老子差远了。他摇摇头，重重叹了口气。

高如风在公司一如既往，白天抓经营，晚上就在宿舍里看书，乏了，就拿出笛子来吹。夜里，这笛声远远地出去。城里的人听了，都说这高如风，怪人一个，守着个死去的女人，却抛弃那个活着的女人，和尚命。

风言风语传到高如风耳朵里，他只是在心里一阵苦笑。陆小米与他之间的那道鸿沟究竟有多宽，他也说不清。搬出来之后，陆小米送东西来，他不好拒绝。他在维持一个绅士最起码的礼节。陆小米这么做，于情于理都是一个妻子应该做的。这个女人企图从道德上绑架他，也只有这一条路能让她与他靠得再近一点儿了，想到这里，他似乎有些同情这个女人了。

离开平安已经有些日子，前两天，平安还从县城那边打电话来，问他是不是病了。电话那头，平安的声音很清亮，他几乎能看到平安在那头的表情，透过她的声音，她的一笑一颦都是那么地真切。他的眼前一幕幕浮现出平安与他在一起的场景，她在抚琴时的清越动人，她与他隔着一条河的和鸣，她的裸体在他的手术刀下，她的伤口在他的手术刀下，她的悲恸与绝望的泪水，她生孩子时的痛楚与挣扎。这些，真切地在他面前晃动，驱使着他，推搡着他，向前，到她身边去。

这天夜里，高如风蹬着他那辆脚踏车，趁着黑，一下子骑了近六十里地，一路上跌了两跤。到了平安那里，天已蒙蒙亮，打开门，看到瘫坐在门口的高如风，她不由得惊呼起来。

高如风缓缓站起身来，他一把搂住平安，死死地把她抱在怀里。这一刻，是静止的永恒，身体是冰冷的，而心是炽热的。

平安在他怀里，很安静。过了好一会儿，她拍拍他的后背，轻轻地叫了一声："如风。"

高如风扳过她的身体，他小心翼翼地捧起她的脸，笨拙把他的嘴唇印到了她的嘴唇上。他们的泪水彼此流到对方的嘴唇上，这个吻，也是他们的初吻，注定是咸涩的。一会儿，高如风似乎动情起来，他的手带着凉意伸进了她的内衣里，她瑟缩了一下。他的手颤抖着探向了她的柔软的胸，一团炽热袭向了他们两个，这一瞬间，他仿佛失去了理智，只想冲破那些看不见的篱笆，只想进入她的身体，与她的灵她的肉真正地融为一体。她的瑟缩与短暂的沉迷更让他血脉偾张，他感觉到了他一直隐藏的男性的需要像潮水一般涌了上来，势不可挡。她的脸上与眼角都有了与平时完全不同的欲望，他知道她的动情，知道她的隐忍此刻也即将爆发，他满怀期待地看着她一粒一粒解着自己的盘扣，燃烧的欲望和着泪水慢慢地弥漫进了她的眼睛。他看到了她粗糙的手指下，她纤瘦的锁骨在引诱他往下探究，探究，突然，她停住了，合上眼，高如风知道，这个时刻，正是他们最艰难的抉择，他也停了下来，看着那欲望的潮水从她脸上慢慢地退去。泪水，最终从他们的眼里都流了下来。

良久，平安抹去了她自己脸上的泪水，也替高如风抹去了，她的指腹柔软而微温，像一片羽毛拂过，高如风的心又一阵怦动，他不好意思别过脸去。这个时刻，两个人的心跳成了一个节拍。

"你怎么啦？出了什么事了吗？"平安拉着他进了屋，到灶台给他生火做早饭。

高如风不敢正视平安的眼睛，他坐在灶台后面给锅膛里添柴。

"没什么，就是想你和孩子们了。"他的内心有个可耻的声音挣扎，自从他暗自决定隐瞒那个真相后，他的心里就遮上了一块布。

"真的没有什么事儿吗？如风，你可不要瞒我。"平安麻利地给他煮面片，她给锅里加了两个鸡蛋。高如风明显瘦削了，她看得出来，他有心事。而且，这个心事，一定与她有关。她对高如风的了解，就像对另一个自己。这么多年来，他对她的感情，是真挚而无私的。她也从高如风那里听说了他与陆小米的婚姻。她能怪他吗？不能。怪陆小米吗？也不能。说到底，守着高家二少奶奶的一个名分，陆小米其实是个最可怜不过的人。

面吃了一半，高如风决定还是把他和陆小米的事说出来。

"我搬走了，从那个家里。"他平静地说，说完之后，他的心里一阵轻松。

"什么？"平安的眼珠子似乎要瞪出来。

"我已经跟她说了，我要与她离婚。"他继续说。

"那陆小米呢？她一个人怎么办？还有你们领养的你哥的那个孩子？"平安看着高如风的脸，原来他的瘦削与这件事有关，怪不得满腹心事。因为，对陆小米而言，她已经远远地、彻底地离开了高如风。陆小米这么多年，枉自吃了一个鬼魂的干醋，如果她晓得已在天堂的孟芊芊，居然还好好地活在这个世上，而且还有一对双胞胎，一定会发疯。想到这里，平安的心开始不平静了。

"不行，如风，你不能这样，陆小米会发疯的。"她说。

"那你就这样，隐姓埋名一辈子？"高如风说。

"活着，对我来说，就是最大的恩赐了。"平安说着，把高如风拨给她的鸡蛋，又拨到他的碗里。

"别傻了，芊芊。"他不禁又唤起了她的本名。平安的脸上隐约闪过一阵痉挛。他惶恐地握着她的手，试图让她镇定下来。她的手在他的掌心里，微微颤抖。

"如风，吃完面，你早点儿回去吧，陆小米需要你，她是一个可怜的人。与她相比，我很幸福。"她低下头，轻声说，"我们就这样，做知音，做好兄妹吧。我一个已经死去的人，如果再重新回到人们的视野里，也无法平静地生活。那个孟芊芊已经死去了，我现在是平安。为了我的平凡，还有安然，你回去吧。"

"平安，你忍受得够多了，为什么要这忍耐？你还年轻，应该有属于你的幸福。"高如风摇着她的肩膀，迟疑了半晌，又问："莫非，你还没忘记俞浪行？"

平安苦笑了一下，说道："这么多年过去，我连他的长相都不怎么记得了，你说，我是不是一个薄情的人？"

高如风一把搂过她，在她耳边，喃喃自语道："不是，绝不是。"

"如果，某一天，俞浪行站到你的面前，你还会与他重新在一起吗？"他不甘心，继续追问。

"哪有这么多的如果，我真的不记得他的模样了。"平安说，"我从不奢望不属于我的东西，哪怕是曾经拥有过，失去了就是失去了，没有如果的，如风。"

高如风闭上了双眼，报纸上关于俞浪行的报道再一次深深刺痛了他，他为自己的隐瞒不齿，懊悔与不甘，恐慌与罪恶盘踞在他的心里，他总觉得与平安的每一次相聚都是一次即将到来的永别，泪水再一次地涌了出来。

26

山　雨

　　这一天，对高如风来说是个灾日。

　　早上一上班，公司支部书记老李就喊他过去谈心。这样的谈心，近期变得频繁起来。他带上本子与笔，书记的谈话他得记下来，并且要在规定的时间内，书面完成组织的询问。在公司里，李书记就是组织。

　　书记跟他说："高经理，你要求确认党龄的事需要一个有力的论证，你当年究竟有没有入党？你的介绍人是谁？如果有，你入党的动机是什么？你要好好地交代清楚。你家可是不折不扣的大资本家，还有，你可是从日本回来的。"

　　高如风用沉默回答。在别人眼里，他是个怪物。家大业大，不去继承，反而把家产拱手相让给政府。有了老婆，却有名无实，对一个死了多年的人却保留着长情。公司里的人背地里，都称他"怪物"。

　　"你不要装聋作哑，不要用怪物的外衣来掩盖你的本来面目。"李书记有点恼羞成怒了。

　　高如风看着他，目光坚定。一字一句地说："我的本来面目，就是一名共产党员。而且，我坚信，不管多晚，我的身份都会得到组织的承认。"

　　"你，不可理喻。"李书记"啪"的一声把茶杯顿到桌上。

　　"我会证明，我是清白的。"对着李书记的那张脸，市侩，算计，精明。这样人也在党内？高如风心里厌恶得不行，他扭头便走。只听李书记在后面说道："你别得意，走着瞧。"

　　高如风听了，只能苦笑。他对自己的人生进行过反思，在事业上，他对党的忠诚是常人不能理解，也无法与人分享的，党的纪律他一直牢记在心里。他从日本留学回来后，在二当家老孟的介绍下，秘密地加入了中国共产党，成为泰州共产党地下掩蔽战线的一员，以银行职员、皇军翻译、盐商等身份，长期潜伏，为共产党在华东的解放事业做出了他应有的贡献。他的父亲与养母，对他的期待不过是做个高家的继承人，把家业一代一代传承下去，而他选择的是另一条路，救更多的人于水火当中，家族利益与民族大义，他选择的是后者，因为这是一条光明的大道。多少个不眠之夜，他的苦闷都化作了箫声，在草河的上空悲鸣。直到听到了芊芊的琴声，与她一见倾心，他的人生才有了更为丰富的内涵。守一个人与守一份对党的忠诚，同样重要。所以，当芊芊与俞浪行举行了婚礼，他选择了独身，来维护他对芊芊的真情；当迫不得已的婚姻束缚了他的身体，他选择了逃离，并对死而复生的平安保持了长期的尊重、包容和呵护。孟芊芊已死，平安再生，这个秘密由他一个人守着，他的心理复杂，最终都化为了一句话，只要芊芊，不，只要平安快乐，他就纵容自己默默守护她一生。如今，公司对他的挤压与怀疑已经一个浪头高过一个浪头，他对党的信仰一天也没有减弱，相反，历久弥坚，组织终会给他一个明确的身份，同样，守护平安是他今生的唯一慰藉，与对组织的信赖一般，都是他内心的光明所在。他一个人走到了西坝口，蹲在高高的坝口，看着上坝与下坝有着十来米落差的坝口，他的心突然变得无比的宁静。他的嘴角甚至露出了一个古怪的微笑。他想起不知从哪里看到的一句话，每一个字都是那么的清晰：盐是人类的命根子，这句话大道至简。那么，对共产主义信仰的坚守，与对平安的守护，一个是精神，另外一个则是他的魂魄。除此以外，说实话，自己只能是个自私的人。

越是担心的越是来得这么突然，晚上，平安打来了一个电话，高如风的心一下子坠入了谷底，凉气迅速浸透了全身。

平安兴奋地在电话那头说："如风，祝贺我吧，我要到省城领奖了。"因为她对扫盲教育的贡献，公社把她的事迹报到了县里，然后是地委，再到省里。平安怎么能不兴奋，吃了这么多年的苦，终于得到了认可。据说，这次从省里回来，有一个民办教师转为公办教师的机会，这个机会对她和两个孩子意味着什么，是不言而喻的。

电话这头，高如风的声音有些暗哑，他说："祝贺你，平安。一路安全。"就挂断了电话。

电话那头，平安的心里咯噔了一下，直觉告诉她，高如风此刻的心境是十分复杂的，她想，为啥要复杂呢，不应该为她高兴吗？不应该为她自豪吗？她怎么觉得如风就不高兴了呢？

第二天，平安与其他几个老师戴着大红花，坐上了前往省城的汽车，她的眼中闪烁着光芒，往事历历在目，每一个镜头都是一段难忘的过去。

颁奖仪式在省政府礼堂举行，平安坐在会堂上，她的双手平放在膝盖上，身板坐得笔直，神情严肃，她的心在怦怦巨跳，每一声都那么铿锵有力。平安心潮起伏，一会儿平静如水，一会儿又潮起潮涌，一种说不清道不明的情绪在将她淹没。她不知道，这种复杂的情绪来自哪里，是高如风的电话吗？不是。是对自己身份的怀疑吗？也不是。从孟芊芊到平安之间，已经跨越了生死，跨越了爱恋，跨越了年龄，经过了社会主义的改造，她的心仿佛给揉碎了，重塑了一个新生命，而且，这个新生命还得到了组织的认可。

一阵巨大的声浪从身边响起，那是省领导步入礼堂，她努力将自己镇定下来，加入了热烈鼓掌的行列。

领头入场的领导身形高大，他朝礼堂挥挥手，声浪又一阵响起。平安感到眼睛有些花，主席台上那个高大的身影缓缓落座，她顿时有种喘不过气来，这个人是谁？怎么跟俞浪行如此相像？尽管已经过去十六年，但眼前的这个人，与她的丈夫怎么如此相像？无论身形，还是眉眼，特别是他的眼睛，也是一样的明亮而灼热。

平安身形一晃，似乎要倒下来，旁座的人连忙扶了一把。平安意识到自己的失态，涨红着脸，连忙紧紧身子，端坐好。

明明俞浪行已经死了，眼前的这个人官至高位，离她这么遥远，她的眼睛痴痴地盯着主席台，努力压制着自己内心的翻江倒海。俞浪行给炸死了，给炸死了，这个声音在她脑海里不断咆哮。可是，他的遗骸呢？哪怕是一根骨头，一个幸存的物品，她分明都没看到啊。多么的荒唐！平安头昏目眩。她的两耳嗡嗡地鸣叫。跟随着领奖队伍，她机械地走上主席台。

给她颁奖的正是那位领导——俞浪行，千真万确，她的眼睛死死地盯着他的左耳垂，上面的一粒黑痣赫赫在目。他微微低下头，对着仰面看着他的平安，把大红证书稳稳地放到她的手上。

平安的手在颤抖，她贪婪地盯着眼前的这个人，是的，是的，这就是她的丈夫，平凡和安然的爸爸。她的眼睛一秒也舍不得离开他的面庞，那颗黑痣，她曾经不止一次地凝视过，抚摸过，甚至亲吻过。他们的眼神有了大约几秒的交会，对于她的灼热，还有痛苦，俞浪行的眼中也闪过一阵疑惑，眼前的这个短发齐耳的女子，让他顿时也产生了一种说不清楚的情绪。

平安接过大红奖状的瞬间，他握了握她的手，这双小手冰冷，却在剧烈地颤抖。

怎么走下主席台的，平安一点也不知道。回到家里后，她就虚脱了，一头栽倒在地上，不省人事。安然吓坏了。她连忙打电话给舅舅如风。

高如风赶到时，见平安躺在床上，发着高烧，面如纸灰，大把大把地出汗，且嘴里不停地叫着一个人的名字："浪行，浪行。"

安然怯怯地问道："舅舅，浪行是谁？为什么妈妈总是叫着这个名字？"

高如风心如刀绞，抱起平安，把她送到医院。

后面，安然尖叫着追问："舅舅，舅舅，你告诉我，是不是我爸爸，是不是我爸爸仍然活着？"这个敏感的姑娘第一次问了高如风一直回避的问题。他的眼泪打在了平安的脸上，心里的一个声音在回答安然，是的，是的，那就是你们的爸爸。

在茫茫黑夜里，高如风抱着平安深一脚浅一脚走在乡村的土路上，平安的病不是生理的，而是心理上的。她一定是看到了俞浪行，知道了他仍活着的真相，他悲悯地看到，她与俞浪行之间的鸿沟是那么巨大。他通过省里的关系了解到，俞浪行已经再婚，妻子在省属机关，也是个干部。如果从前看到报纸上俞浪行仍然活着的新闻，对平安做了隐瞒，他的内心是罪恶与愧疚，后来得知俞浪行已经再婚，他的心里是那么地释然，期待又是那么地明显，他坚信，他与平安一定会走到一起，哪怕用一生的等待。

高如风抱着平安，一路疾行。他不敢应答安然的话，他怕一旦应下来，他所有的支撑就会一下子崩溃。安然和平凡哭着在后面追着前面的两个大人。

夜，仍然是那么地漫长。

27

重　逢

俞浪行与平安再次见面，已是半年之后。

这半年里，平安顺利转为公办教师，她请校长安排请客，答谢学校的关心，校长的手摇得像拨浪鼓："使不得，使不得，以后还要请平老师关心。"他微微下躬的腰，让平安心里既不适又不安。

接着，平安又接到了调令，调到了县重点小学，并给安排了教工宿舍。安然、平凡给安排到了县一中。随即户口、粮油供应等等都逐一落实。高如风对这些保持了应有的平静。这些陆续到达的恩惠，一定是俞浪行的忏悔吧。但凡能给平安母子带来幸福，哪怕是昙花一现，他也只会尊重。搬到县城这一天，高如风与他们母子一起度过了一个难忘的晚上。

他给安然和平凡送来了礼物。安然是一个书架和一整箱的新书。平凡是一架旧钢琴。两个半大孩子高兴得嗷嗷直叫，尤其是安然，一会兴奋地蹦到床上，一会又抱着高如风，幸福得无以言状。

平安笑道："两个小疯子。"

安然冷不丁说："舅舅，你也搬过来吧，咱们一家人就应该在一起。"

高如风深深地看了一眼平安，说："舅舅，是负责保护你们的。"

安然叫道："你一直在我们身边啊，你这么爱妈妈，你就是我们的爸爸。"

平安偏开高如风灼热的目光，摁着安然光洁的额头："胡说八道。"

当晚，待安然和平凡睡下之后，平安送高如风下楼，高如风欲言又止。平安说："别说了，你要说的我都知道了。"

高如风说："你知道啥？"

"浪行，浪行还活着，你早就知道了，只不过你没想好，怎么告诉我。"平安平静地说。

高如风一愣，没想到他的这么一点儿心思都给平安猜中了，这个善良的女人，到底还是顾全了他的面子，维护了他最后一点儿可怜的自尊。

他低着头，接过她手里的饭盒，每次走，平安总是给他煮上一盒他爱吃的酱瓜。最终，他没有解释，返身走了。

看着他远去的背影，渐渐有了一点儿佝偻，平安的心给重重地敲击了一锤，生疼生疼的。

又过了几天，县长到县小学视察，顺便把平安请到办公室，说："平老师的事迹令人敬佩，真可谓师德楷模，在县小，可习惯？"

平安看着县长，淡淡地问道："感谢县长对我的关心，我平安何德何能，组织上这么关心我，实在是受之有愧！"

县长是个半百老头儿，听了这话，竟然窘住了："省委俞副书记亲自打的电话，你是他亲戚，我们关照应该的。"

终于来了，当从局长得到证实，平安的心就像从水里捞起的衣服，揉皱了，抖落了，抚平了，忐忑后又归于平静。这一切仿佛都是为了正式见面的彩排。亲戚？哈哈哈，她听了这句，只想笑。停滞了半晌，笑声终于从她口腔里响亮地发出来。

"既然县长知道我和他是亲戚，省里不是我一个小人物随便能进的，还请县长行个方便，得空让我和孩子们去拜会拜会。"

县长哈哈笑道："好，好说，好说。"

会面的地点，选在县城宾馆的茶室里。平安坐在那里，平静如水。

俞浪行进了房间，坐到平安的对面。他端详着这张陌生的面庞，记忆里的瓜子脸变成了面前的圆脸，皮肤不再是凝脂般的乳白，而是略显粗糙的黄，只有那双眼睛还是原来的，狭长的单眼皮，眼角上扬，生动活泼，她的表情平静，平静得仿佛没有受过世间的任何苦楚，俞浪行的耳边仿佛响起芊芊的娇笑，气息还是原来的清甜纯粹，他仿佛有些失神，双手僵直地伸在半路上，似乎想抚上去，又似乎想收回来。

"你受苦了。"半晌，他缓缓收回双手，鼻腔里有些酸胀。

平安静静地瞅着他，不说话。

"这么多年，事情我都知道了。"俞浪行继续看着她，原以为，面对彻头彻尾改头换面的发妻，他不会动情，但是平安与生俱来的气质仍在深深吸引着他。

平安幽幽地看着他说："这么多年，你的事我只知道一点儿。"

俞浪行热切地望着她。

"你被炸死了，尸骨无存。"平安一字一顿，这几个字好似用尽了她浑身的力气，她的心也给自己的残忍炸得粉碎。

俞浪行一把抓住她的手说："你看，你看。芊芊，我没有死，那次战斗，我受了重伤，炸得肚肠都流出来了，不过很快就给战友抬走了。我昏死了五天五夜，才给抢救了回来。"他撩起衣服下摆，露出腹部，疤痕狰狞，足有半尺长。

平安的双手颤抖着慢慢摸向那道疤痕，泪水汹涌而出，为了抑制痛哭，她的双肩耸动得厉害。

"战争结束后，我多次来找你，可是得到的消息，是满门被小日本鬼子烧死，孟家柴火行连一根砖头也找不到了。"俞浪行小心翼翼地把平安搂在怀里，他也泪流满面。世事弄人，两个人的生离死别谁又能体会呢。

"浪行。"她动情地叫唤起他的名字，俞浪行紧紧地搂住她纤瘦的身体，把头埋在她的颈窝里，这一刻，他们彼此等待了多少年。

他们来到俞浪行、孟芊芊的墓地前，深深地向那块墓碑鞠了一躬，命运多舛，十六年过去了，埋藏进墓地里的都成了历史的记忆。

"高如风好吗？"俞浪行问。

"不好。"平安看着墓碑上的两个名字，轻声说，"他为我牺牲的太多了，没有他，就没有我的今天。"

俞浪行沉默半晌，只说了一句："替我谢谢他。"关于高如风与平安，他与陆小米的婚姻，他了解得一清二楚。他了解芊芊的为人，也知道高如风的君子之风，对于这个男人，他深深地意识到，他还是没能打败他，过去没有，将来也不会。所以，这一面会过之后，他与平安之间不可能再有过多的牵扯。孟芊芊已死，平安已经重生。如果一旦恢复了原有的身份，恐怕对他和平安都不是一件安全的事情。他的再婚妻子，是当年救治过他的护士，这么多年一直不离不弃，照料他的身体，他因那次战争，已经失去了再为人父的能力。所以，当他从上次颁奖这个叫平安的女老师的失态中，抽丝剥茧，找到了平安就是芊芊的证据，他松了口气，他的芊芊还活着，后来，又得知他和芊芊还有一对孩子，而且是双胞胎时，他简直欣喜若狂，苍天有眼，他俞浪行有后了。身居要位，不能不顾忌和担心芊芊和孩子们的安危。政治风向渐渐偏了，稍有不慎，芊芊就有可能万劫不复，给卷进政治的旋涡。

由此，他对这次与平安的会面进行了精心设计。在给了平安合理的生存和工作环境，给了她和孩子们一个无忧的陌生学习环境之后，他们之间的会面才得以妥善安排。芊芊还活着，已经给了他太大的惊喜，两个孩子更是从天下掉下来的礼物。平凡的音乐才华，与安然的活泼可爱，他已多次到学校偷偷看过，安然与他长得极像，这个孩子一见就让他恨不得立即带走。

然而，他不能。

临别时，他跟平安说："好好生活，我还会回来看你的。"

平安使劲地点点头，俞浪行已经成了大干部，她对他的生活无从得知，但她深深知道，她也不敢与他公开相认，更不敢抱有幻想。如果他只是从前的脚力、柴行的伙计，一个普通的革命战士，他一定还是她的，但是，经历了这么多，她连奢望的力气都没有了，万一，万一给他带来新的麻烦呢？她根本不敢往下想。退一万步讲，高如风的身影盘旋在她的心头，如果有机会与浪行重新走到一起，那如风怎么办？

28

逆　境

到新学校不久，平凡与安然就被卷进了一件事件。作为插班生，他们一到学校就引起了关注。安然健康白皙，身材修长，面目姣好，尤其是一双眼睛整天洋溢着好奇与探索的光芒。平凡身形高大，长得帅气，气质脱俗，加之多年来受他母亲平安的指导，音乐上的才华非同一般。这对孪生兄妹虽比同年级的学生大了一岁左右，一到新学校就掀起了一阵小波澜，课余时间有不少同学窜到他们班窗口，一睹兄妹俩的风采。音乐老师发现平凡的才华后，更是视若珍宝。因此，他被特许在业余时间使用音乐室的钢琴。

音乐室内另外还有一架古琴，一架脚踏手风琴。

平凡走到音乐室，就发现几个女生为古琴练习发生了争执，打成了一团，其中一个女生被她们压在地上。平凡皱了皱眉头，他的性格本是温顺谦和的，但是看到那个女生在地上挣扎，忍不住上前扒开了其他几个女生，愠怒道："你们在干什么？几个打一个，不觉得可耻吗？"

倒在地上的正是高桐，她一骨碌爬起来，头发蓬乱，脸上给抓出了几条血杠子，看上去狼狈不堪。

几个女生哈哈大笑："看什么看，再盯着我们，就把你的眼珠子抠出来。"转头见是平凡，眼睛里不由冒出小星星："原来是俞平凡同学啊，我们几个闹着玩呢。"

高桐鄙夷道："谁跟你们闹着玩儿。你们再来试试，小心我抽你。"

那几个女生讥笑道："还抽我？你来啊，小心你的细命儿，别给人毒杀了，像你的死鬼老子老娘还有哥哥。"

高桐的脸色变得十分可怕，她一把扑上去揪住那个女生的头发，嘴里骂道："让你胡说，我撕烂你的嘴。"

平凡上前，一把把她们分开，喝道："都别闹了，不像话。"

高桐倔强地扭头抬眼看着眼前的男生，冷漠地说道："关你屁事。"

俞平凡一把攥着她的胳膊，把她拖出教室。"音乐是治愈的，你这样的人，不配做音乐。纵然你抢到了琴，你的心呢？能融入音乐，感知它的美好？"

高桐一愣，甩开他，冷冷地说："你懂？你懂什么？凭什么要来教训我？"

说完，扭头跑开了。

俞平凡郁闷地看着她的背影，半晌，才悻悻地背起书包回家。但是，这个倔强的女孩却一下子映到了他的心里。

一回到家，就见安然从门后探出头来，叫他闭上眼睛："三分钟以内不许睁开。"

平凡无奈地闭上眼睛，对这个孪生妹妹，鬼精灵，他只有招架之功，从未有还手之力。

俞安然拖着他的手，有力地摁到另一个粗糙的大手上，嘴里兴奋地喊道，"五、四、三、二、一，睁开。"

啊，是小开，马小开啊。

三个少年兴奋地抱在一起。

原来，俞安然一回到县里，就想方设法去找马小开。按照前几年马小开在林家大队对他家的描述，七拐八拐，还真让安然找到了。

平安温柔地看着他们这三个少年，心里也是十分高兴，四年没见，这个孩子个头明显比平凡高了半头，身体也很壮实，嘴上的茸毛浓密，喉结粗大，十六岁的年纪，看上去已是个大小伙子了。尽管他是高开养在外室的儿子，多少与高如风沾了个"高"字，平安的内心竟多了份柔和。尽管马春娇也曾撺掇陆小米来骂平安，这一些，与眼前这个少年，不管不顾，带着面粉大米去林家大队看他们，都算不上什么。平安深知这是一份割舍不断的亲缘。特别是高开一家离奇死亡之后，她对眼前的这个半大小子更是添了一份同情，有爸和没爸的孩子就是不一样的。她的两个孩子如果不是高如风，不也是一样没有爸爸吗？想到这一点，她就觉得更应该对马小开好一点儿。

安然搂着马小开的脖子，让他心里扑通扑通地直跳。

平安嗔怪道："大姑娘家的，也不害臊。"

安然咯咯笑道："小开跟我是哥们。"

马小开规规矩矩地坐好，平安问道："这两年怎么样，你姆妈的脾气好点儿了吗？"

马小开一脸的不自在，他瓮声瓮气地说："我现在有力气干活挣钱养家，她好多了。"一副不想多说的样子。

平安想起马春娇那张涂脂抹粉的脸，知道眼前的半大小伙子很难堪，便不再多问。

马小开对着那兄妹说："你们好好读书，学校里头如果有哪个敢欺负你们，看我的拳头答应不答应？"

安然唯恐天下不乱，她紧紧地抱住马小开的拳头："嗯嗯，哥儿，靠你了。"

平凡点着她的鼻子："女孩子，没正形，到现在还打打杀杀，最讨厌女生这样了。"他的心头闪过高桐的身影，那个倔强的女孩，到底遭遇了什么样的事情呢？

安然吸着鼻子，嫌弃道："你是男生，你的胸大肌在哪里呢？看看人家小开。"她又抱起马小开的胳膊，说："这才是男人，懂不？"

平凡追着她要打，她一下子躲到了马小开的背后，大呼小叫："救命啊，救命啊。"

平安做了一桌子好菜，三个少年埋头吃得可劲儿欢。从那以后，又好似回到了从前，马小开一有空就来这个新家，捎上些鱼啊肉啊什么的，给平凡安然兄妹壮身子骨。他们兄妹做作业时，他就给平安姆妈打下手，修灯，弄水吊子，通下水道，里里外外把家里拾掇得整整齐齐。安然兄妹做完了作业，他就准时回家，踩起脚踏车脚底生风。

他的心里充满了期冀，对安然的喜欢是发自内心的，明知道他自己配不上那个百灵鸟一般的姑娘，但是他仍愿意到她家去，待在一个屋檐下，能够随时感受到她的气息，他也是幸福的。可怜的马小开，不明白这就是他的初恋，或者说，从很小的时候，他就把他的一颗爱恋之心捧给了安然，她是那么纯洁、美好、善良，像是一轮照在他灰暗人生的太阳。

他现在在街道工厂里做活，加工火柴盒，每天下班后就回家，有时候还把活计带回家做，马春娇见这个野儿子渐渐长大，能挣钱了，就断了原先的花花肠子，跟着儿子后面学做火柴盒，一分钱一个，钞票是少了点儿，但是做一个是一个，做两个就是二分钱，有时候一晚上，娘儿俩也能糊上两块钱。这段时间，马小开一到晚上就没了人魂，马春娇心里就有些发慌，又有些暗暗的欢喜，是不是这小赤佬轧女朋友了。儿子一不归家，她的心思就开始发野，自打高开死后，她就有一搭没一搭地作，给公安弄进去几回，更加没脸没皮，毕竟是四十出头的年纪，没个男人，心里总有邪火要发泄。自打马小开给她从林家大队弄回来，身边多了双眼睛，她有些收敛。安生了三四年，见小开晚上出去冲魂，就没了忌惮，晚上没事，就到街头野转。县城的夜生活与十里洋行无法比，晚上都黑灯瞎火的。一九六三、一九六四年，治安比较紧，马春娇就衔了支香烟，瞅见修脚踏车的猫在路灯下费力干活，借火的机会，一来二去就黏糊上了。儿子回来，见她睡得死死的，也没多问。就这样，娘儿俩相安无事。

　　好日子总是过得飞快，等到平凡、安然他们高一下学期，风向发生了变化。等他们一家反应过来，一切已经来不及了。

29
低　走

　　泰州的风向，是从一张大字报开始的。

　　大字报直指盐业公司，具体来说就是经理高如风。没有点名，但上面白纸黑字写着从东洋留学回来，是披着美帝外衣的特务，专门剥削劳动人民的血汗，现在居然混进党的基层组织，搅浑一池清澈的河水。大字报醒目地贴在盐业公司的大门，办公大楼前也是，以至于高如风早上从宿舍里出来，抬头就看到了这张大字报。

　　他皱着眉头，站到办公楼前，想把它撕下来，犹豫了半晌，还是让它留在了墙上。他的心里充满了愤怒与悲伤。没有人能够证明他的清白。

　　公司上下一片诡异，职工们三个一群五个一堆，有正义的声音坚持高经理是个老实忠诚的好人，顶替职员的子女则洋洋洒洒地搬出了高老爷剥削的证据。高如风终于明白李书记所说的"走着瞧"的真正含义了。不把高如风这个臭知识分子搞下来，似乎就不能解他心头之恨，更不能立他李书记之威。

　　高如风走进办公室里，看到李书记幸灾乐祸的目光，他默默地坐到办公桌前，收拾资料。

　　李书记上来，一把按住，说："你想销毁证据是不是？"

　　高如风站起身来，他的个子高了李书记半头，李书记退后半步，说："想打人？我戳到了你的痛处了？呵呵，你有今天，不是我跟你过不去，是你自绝于人民。"

　　高如风说："我是一名共产党员，你别信口雌黄！"

　　"共产党员？别做梦了，你分明就是个资本家、汉奸、特务！"李书记叫嚣道，"现在，立刻，你给我从盐业公司滚出去。"

　　"你个人没有这个权力，这个公司是合营的，我是全体职工聘任的经理。"高如风说。

　　"好啊，人民能把抬上来，也能把你打下去。三天之内，我会召开职工大会罢免你的经理职务。"李书记说。

　　"你。"高如风发现此刻自己的语言苍白无力，他指着李书记，只觉得胸口一阵绞痛，眼前一黑，就昏倒在地。

他醒来时，陆小米坐在床头。他环顾四周，发现又回到了高家，他和陆小米的婚房内。结婚十六年来，他俩从来没有挨得这么近过。他挣扎着要起身，陆小米冷冷地说，"你还想回公司吗？呶。"她抬手随手指向地板上，一大堆书和衣服铺盖胡乱地堆在地上。一阵晕眩上来，他颓然倒在床上，闭上眼睛，不发一言。

"公司看样子短时间你去不了了，有空你看看你老娘吧，她的日子好像不多了。"陆小米面无表情地说完，拉开门就走了出去。屋内一阵死寂，高如风好像听到了一种奇怪的声音，这个声音从他心里发出来，一个声音告诉他，你已无处可逃。

他挣扎着起身，出了屋，天已黑了，原来他竟然昏睡了一整天。他摸黑走到后院佛堂，他的母亲李国香处于半梦半醒状态，他坐在床边，握住养母的手，眼泪情不自禁地流了出来。

李国香迷迷糊糊地醒来，浑浊的眼睛本已散了神，她的身体时不时散发腐朽的濒临死亡的气味。隐约看到一个高大瘦弱的身影坐在床边，她的眼神慢慢地聚焦，嘴角挤出了一个笑容。

"望儿啊。"这一声呼唤，把高如风的情感都调动出来，他呜咽着，抓牢养母干枯的手，捧到脸上。

"不要哭啊，母亲知道你苦。"李国香的声音给一口痰堵住了，高如风连忙把她半抱起来，倚在自己怀里。

"你选择的路，就要记得走到底，娘知道你打小就是个有主意的孩子。"李国香气喘吁吁。

高如风这会儿才意识到他是个有娘的孩子，打小李国香对他严格教育，虽是大户人家，但李国香教导他比高开严厉得多，从小手掌心就不晓得被打过多少次。后来，他漂洋过海到日本留学，选择了学医，也是李国香跟高老爷周旋的结果，没有李国香的支持，高如风的人生也许就如同高开一样，做一个世家公子，学习商业经营，钩心斗角，钻营算计。然而，有了母亲的支持，他的人生就有了更多的选择。这条光明的路，才让高如风活出了自己的价值。多少次，地下掩蔽战线经费不足，只要他跟李国香提出来，要有大用，她也不多问一句，总是把她多年积攒的体己钱拿出来支持他。高如风悔得心痛，这么多年，他对李国香的忤逆，单纯地表现到了他和陆小米的婚姻上，却没有发现倘若少了李国香在家里的周旋，这个后院兴许早已失火，李国香对他的爱，是无私的，甚至是纵容的。因为，她嘴上不说，但心里明白，儿子选择的路是一条前途光明的大路，她一直看好的儿子，仍然是一个干净明朗的好儿郎。

直到今天，他握住了养母的手，才明白母爱是这般的深沉。

李国香颤巍巍地揩去他脸上的泪水，叮嘱他："人走路，也要跌跤的。没有过不去的坎。相信你自己，也会有人相信你做的一切。"她顿了顿，大口大口地喘气，"我很后悔，没有好好揣透你姨母静虚师太的话，她早就看透了你的婚姻，看清了你的未来。孟家姑娘是个好姑娘，可惜娘不能看到你们在一起了。不管怎么样，你也要把小米照顾好，为了咱们高家，她不容易。至于，你的未来，我同师太一样，相信你。你有个有后福的好孩子，按照自己的心意，好好过日子吧。"

高如风含着泪一一应承。李国香又说："我走后，你把我埋到乡下去，跟静虚师太靠在一起，有她在我身边，我也不孤单。静虚师太是我的另一个肉身，我这具肉身跟着老爷承担了太多的罪孽，她是干净的，她替我做了太多的善事。再过若干年，她的肉身也不会腐烂，如果有一天，我托梦给你们，你可以开棺，把她塑成金身。这是我的志向，也是她的夙愿。"高如风点点头。

这一夜，高如风在她跟前陪了一夜，到早上他醒来时，发现老太太已经凉了。

高家行了一个简朴的葬礼，大字报把高如风打入了谷底，除了陆小米和高桐陪在他身边，一个外人都没有。马春娇得到消息时，带着马小开来到高家门前，无奈陆小米死活不让她进，她就把纸钱化在了门前，放声干号了几声，以示尽了心意。

高桐戴着黑袖套上了学，学校的气氛也绷得特别紧。看到她的黑袖套，上次打架的女生讥讽道："是你的汉奸爸爸畏罪自杀了吧，啧啧，这么不经打击。"

高桐一把上去揪住她的衣领，吼道："你放屁，你爸才是汉奸走狗呢。"

那个女生气咻咻地骂道："大字报都快贴到你家大门上了，高家大小姐。"说完，手一挥："给我打。"

几个女生七手八脚地把高桐撂倒在地上，她们揪她的头发、掐她的乳房，直到平凡安然兄妹闻讯赶来，喝住了那几个女生，才把她救了下来。

高桐的眼睛似乎要冒出火来，她咬着嘴唇，看着俞平凡与俞安然兄妹，突然捂着脸哭着跑开了。

平凡的脸都急得白了，他拉着安然跟着高桐跑啊，跑啊，一直，跑到了盐业公司，大门上的大字报，有人用红笔写了"高如风"三个字，上面还打了一个红红的大叉，兄妹俩面面相觑，血液似乎一下子涌到了头顶。世界如此之小。

高桐哭得上气不接下气，安然在她身后扯了扯她的衣裳，她才止住哭，恶狠狠地说："你们跟着我干吗，看我笑话吗？"

安然严肃地问道："高如风是你什么人？"

"他是我爸。"高桐说。

安然的脸唰地白了，她的头轰的一声，似乎有什么东西给崩塌了，一种莫名的情绪爬上她的脸庞。她与平凡不约而同地相互注视，又不约而同地问道："你爸？"

高桐的情绪还沉浸在刚才的纠缠里，她的手颤抖地摸向那个大红叉叉下的名字，讷讷自语道："他怎么可能是日本特务？他为了公司，整日没日没夜地工作，有家也不回。他成天趴在那里写盐业史，写好的材料堆得有一人高，他怎么可能？怎么可能？啊，啊，啊，我要疯了，我要疯了。"她的眼睛红通通的，突然转向平凡，指着他的鼻子说："你说，我爸那么好的人，怎么可能是日本特务？你说呀，说呀！"她把拳头咚地击向平凡，把他冷不丁地推向一边，恶狠狠地说。

平凡的脸也变白了，他趔趄着退了两步，稳稳地站住身子，又上前用双手一把按住高桐的双肩，急切地说："你冷静点儿，冷静点儿。"

安然上前一把扯过高桐，冷冷地说："高如风是这个公司的经理？"

高桐给她这么一扯，稍稍冷静下来，不解地问："当然，我爸就是这个公司的经理，而且，我告诉你，从前。"她咬着嘴唇，想了想，又鼓起勇气说，"从前，这家公司就是我们高家的，我的祖父就是个大盐商。"

安然又问道："那你妈是谁？"

高桐听她这么追问，立马警惕起来说："你又不是公安，你查点我家的情况干什么？我为什么要告诉你。"

安然拉过平凡，冷着脸说："随便问问，既然这上面都明明白白写了高如风是个日本特务，他肯定不是什么好东西，骗子。"

平凡紧了紧她的手，示意她不要多说。

高桐不答应了，着急地张开双臂，拦住他俩的去路："你说清楚，你骂谁是骗子？我爸碍着你什么了？"

安然一把推开她，一字一句地说："他是个骗子，不折不扣的大骗子。"说完拖着平凡扭头就走。

高桐呆立在大字报前，她的头脑里混乱如麻，祖母李国香去世之后，她们高家的好运似乎都走到了头。在学校里，她多次被那几个女生纠缠，要不是想到陆小米的家法，以她的暴性子早就跟她们撕破脸了。她知道自己不是陆小米亲生的，她是高家二房的次女，自从七年前，那年她才十岁，如果不是过继给陆小米，她也难逃一劫。

她清楚地记得，那次回家找高鑫，映入眼帘的是父母倒在地上，门口扒着门框的是她的哥哥，他们都脸上青紫，白沫在嘴角已经凝结成糊状。她当时只发出一声尖厉的叫声，然后就软软地倒在地上不省人事了。等到她醒来时，她的意识仿佛死了，既听不到来来往往的人发出的任何声音，也看不见在她面前晃来晃去的是什么人，她只知道自己在抖，浑身上下，从牙关到脚板，似乎都在发寒打战，她的眼前只有蜷在地上的她的父母与哥哥，他们都死了。那时候，高桐对死的理解是立体的，死很恐怖，哪怕她只有十岁。她记得的是有个女人把她圈在怀里，那是她唯一的一点儿温暖，哪怕那一刻，是那么短暂。那是养母陆小米，因为给祖母指认过继到了陆小米的膝下，成为她和高如风的女儿，否则倒在地上的也有可能包括她。陆小米对她的疼爱接近变态，她对自己要求苛刻，一心一意要把她培养成名媛，从举手投足，到琴棋书画，高桐从她的态度里感觉到养母似乎在跟什么人较劲似的，想到当年的那个怀抱，高桐再苦再累也忍了。对这个养母，她很孝顺。所以，当得知高如风与陆小米的婚姻只是个纸上的契约，她对高如风的感情是既爱又恨的，她敬仰的是她这个养父，实质上的二叔的才华，他是那么谦逊温和，说话声音很轻，让人如沐春风，她又恨他的绝情，如果他能跟陆小米像普通人家一样吵吵闹闹，过着油米柴盐的家常生活，陆小米脸上定会浮出笑容，自己也会更加地幸福。只可惜，他们的婚姻就是一场轰轰烈烈开始不声不响消耗殆尽的游戏。

她活得小心翼翼，尽可能用勤学苦练来赢得养母的认可，不让她生气。当高如风从家里搬到公司去时，她也记得，她的养父摸着她的头，轻声说："爸爸公司事情多，我要搬到那边去。你要听姆妈的话，好好照顾她。"轻轻地叹了口气，就走了。那时候，高桐多恨啊，这个男人太绝情了，姆妈那么年轻、漂亮，可是为什么爸爸就看都不看呢？那天夜里，她听到姆妈在隔壁房间翻来覆去，一会儿下地，一会儿倒水，就是没听到哭声，她以为姆妈肯定会哭的，结果她却没哭。从那时起，姆妈的世界就剩下她一个人了，对她在艺术尤其是古琴方面的培养到了精确到读分数秒的地步。高桐的手指头由于长期练琴，指甲都磨光了，新结了茧子，她的手虽然漂亮，但她却不好意思伸出来，因为那些指头是丑陋的，长期练习已经让她的手指头变形了。她对养父的感情是十分复杂的，对这个给了她新家的一家之主，她既感激，又不堪重负。练琴到了极限时，高桐甚至痛苦地想，那一年，为什么不一起与她的亲生父母哥哥一起死掉，也许死了就一了百了。听到同学的谩骂，再看到眼前的大字报，高桐这时才觉得养父在她心目中的位置那么重要。家里的这根大梁难道就这样给别人拆了吗？不，绝不。

她的眼睛里冒着怒火，一把撕下那张大字报，把它揉成团，揣在书包里，转身离去。

30
心　事

县一中的几个女生莫名挨了黑打，一个膀子折了，一个脸给抓破了，还有一个头发给揪掉了一大块，这还了得，几个家长骂骂咧咧地一起到学校告状，学校大门是铁栅栏的，他们在门口大叫大嚷，把铁门摇得哐当哐当。很快这条新闻就在全县传开了。要死啊，生在新中国，长在红旗下，这些考上一中的学生，哪个不是祖国的花朵，未来的栋梁。学校报了警，学生挨个儿排查。几个女生把矛头一致指向高桐，说是她找的人下的黑手，还说她是狗特务的假闺女，果然不是好苗子。高桐气得小脸发白，又说不过她们几张嘴，只能说："不是我干的，就不是我干的。"

几个丫头想到头天晚上，黑乎乎的，那几个小子上来搋她们时，也是趁黑，上来二话没话，就招呼了她们一顿。这让她们既窝火又委屈。听高桐说得这么理直气壮，心里虽然明白有些道理，但是嘴上怎么可能答应。不管怎么说，这仇就记上了。

政治气息蔓延到学校，校方觉得这高家的小姐有着资产阶级小姐的作风，清高，孤傲，浑身长了刺猬，是个顶难缠的小姐。但她毕竟与其他的学生不一样，索性睁一只眼闭一只眼，由她们胡闹。

几个受伤的丫头，见学校没过多反应，就酝酿着要搞一场大动作，把高桐踩下去，一辈子不得翻身。

晚上，平安同往常一样照料三个小鬼吃饭，突然想起县里的传闻，就顺口说："你们以后上学，也要注意安全，现在风向不太对，别得罪人，万一挨了闷棍，还不是吃哑巴亏。"

安然眨巴着眼睛，嘴里"嗯嗯"应着，平凡则把头埋进饭碗里。马小开扒着饭，冷不丁地说："怕啥，有我呢。"

安然与平凡迅速对视了一眼，就转移了视线。

平安给他俩一人一个爆栗子："老实说，你们俩是不是在外面胡闹了。"

平凡连连摆手："绝对没有。"

平安狐疑地看着他们仨，见马小开稳稳坐着，就释了怀。

安然冷不丁问道："姆妈，我们的舅舅高如风，是在盐业公司工作吗？"

平安看着女儿，心里咯噔一下，假意平静地问道："你问这个干什么？世界上同名同姓的多了去了。"

安然天真地说："经理可是个大干部，如果我们的舅舅是个大干部，那该有多好啊。"平凡瞅着妹妹，捏了一把汗，这个担心不知道是对他的姆妈的，还是替那个高桐的女孩的。他知道妹妹是个聪明又狡猾的丫头，如果姆妈回答是肯定的，那么姆妈一旦知道了高如风舅舅被贴大字报的事情，该有多么痛苦啊。如果姆妈的答案是否定的，那个叫高桐的姑娘处处被挤压，处处被嘲笑，的确是令人同情的。平凡的内心如海浪般潮起又潮落。他不安地用脚踢安然的腿，不让她继续说。

安然若无其事地说："哎呀，幸好不是。他可是被贴了大字报了，日本特务。他女儿在我们学校里经常被人追着打呢。"

平安的表情明显一顿，有些失神，饭桌上的气氛突然变得很诡异。安然与平凡其实也注意观察姆妈，坐在另一侧的马小开则有些不安，平安母子三人坐着各怀心思，不一会，马小开起身，对着平安说，"平安姆妈，我今天要早点回家了，我家里的煤炉坏了，赶紧要修好。"

平安瞅着安然说："去，送送你小开哥。"

安然的怒气不知道从何而来，她赌气推着马小开："走走走。"

饭桌上只剩下母子二人。平安叹了口气，对着平凡艰难地说："他就是你舅，你舅就是他。"

平凡的脸白了又红，红了又白。他急切地想问，但是情急之中却又不知道从何问起。

平安对着儿子交代道："你比安然沉稳些，这件事千万别让她知道，以她的性子，不晓得会捅出什么样的篓子来。"

"你舅是个好人，不是什么日本特务。一时半会也说不清楚，你只要记住，他是个正直的人，光明磊落，坦坦荡荡。"

平凡郑重地点点头，这件事情来得突然，他只信任他的姆妈，不管姆妈说什么，他会认为那些都是对的。一刹那的工夫，平凡觉得自己的肩膀上有了担子，而且这个担子还不轻。

安然送马小开出去时，心里是不乐意的，她的直觉告诉她，姆妈肯定有什么秘密，但是这个秘密不想与她分享，这一点让她觉得不被重视，打小以来，她总是觉得姆妈是偏爱她的。现在在家里，肯定把什么都告诉平凡了，她有些生气，又有些妒忌。

马小开走在她身边，突然没头没脑地说了一句："安然，我想起来了，厂子里有个任务已经交给了我，我要出趟远门，一时半会儿回不来。"

安然扑哧一声笑起来："害怕了？哈哈，一听说那几个女的要追查，你就吓得尿裤裆了。"

马小开哈哈笑道："我怕，我怕。说真的，我这趟远门，也不晓得什么时候才能回来，不管怎么说，你们都要平平安安的。"

他从脖子上取下一个小物件，是一把钥匙，铁艺的。"这个送给你，能辟邪。"他露出牙齿。

安然又笑道："这么郑重？喂，喂，马小开，你是爱上我了吧？"说着，把钥匙往自己脖子里一挂，拍拍他的肩膀："好的，小开哥，我替你保管，等你回来。"

马小开的心里有些酸涩，又有些甜蜜。他伸手探向安然的脑袋，摸了摸她油亮的短发，如缎子一般柔软。想起昨天晚上，安然对他说："小开哥，那丫头蛮可怜的，难得我家平凡看得上眼，你替我去安排一下。"

当时平凡涨红了脸，对她吼道："你胡说什么？什么看得上眼看不上眼的，练琴的人，没有琴心，怎么练得好琴？我不是看得上眼，而是看不下去。"

安然笑嘻嘻地说："就你纯洁。"

马小开就安排人把那几个丫头招呼了一下，一打一闪，人魂都找不到一个。

马小开与安然各自回家。

马小开今晚回得有些早，一进门，就觉得家里气味不对。一拧开马春娇的房门，见一黑瘦男子正在与马春娇胡搞，马小开黑着脸，上去一把拎起那修车汉子，往地上一摔，而后背过身去，从牙缝里挤出一个字："滚。"

修车的魂都吓没了，哆哆嗦嗦穿上裤子，落荒而逃。

马春娇把头背过去，不敢吭一声。房间里的气氛似乎一点就着。半晌，马小开才开了口："我要出远门去了。"

马春娇一惊，想跳起来，刚掀开被子，发现自己是裸着的，半松弛的乳房已经耷拉下来，她惊慌又着愧地缩回埋进被窝，说道："为什么？"她的直觉告诉她，应该有什么事情要发生。这个儿子尽管她不知道是哪个的种，但一个屋檐下生活了这么多年，不知不觉地，马春娇已经把下半生托付给了眼前的这个儿子。

"不为什么，你多保重。"马小开的脑有些下垂，从背影上看，他的肩膀紧绷，似乎有什么重的心事压着他。

这一声"保重"，让马春娇惊慌起来，她不顾一切地爬起来，飞快地穿上外衣，上前一把抱着马小开的大腿："儿子，儿子，你不要走，你一走，我怎么办？"

"我会给你寄钱。"马小开僵直着身子。马春娇死死地抱着马小开的腿，哭着说："我改，我改掉坏毛病，儿子，你不要走。"

马小开不为所动，过了好一会儿，才缓缓转过身，问道："我只问你一句，我究竟是不是高开的儿子？"

马春娇眼泪鼻涕糊了一脸，她眨着眼睛，想从马小开的询问里找到一些蛛丝马迹，但是马小开没再说话，只盯着她。

马春娇嗫嚅道："我也不记得了。"

马小开的嘴角浮出一丝苦笑，他顿了顿，走了出去。

身后是马春娇撕心裂肺的痛哭声。

31

抉　择

当高桐把大字报平铺到陆小米面前时，高如风不在屋内，陆小米指着大字报上的大红叉叉，一双手直哆嗦，腿也软了，吓得魂不附体。这个红叉在古代是朱批，用于杀头的。一看到上面的内容，她更是无所适从。从少女时代暗恋高如风，他在她心里就是一竿玉树临风的竹子，孤傲独立，特别是当年在上海，她与陈如芬，还有高开高如风一起白相看戏，高如风深夜与人接头，她心里隐隐约约知道，高如风是有组织的人，从他悄然从事的一些工作来看，表面上他是高家的嫡少，未来的继承人，但他与日本人的周旋，他从养母李国香那里悄悄转走的钱财，她陆小米不是不清楚，但是这么多年来，她一直隐忍不发，主要还是为高如风这个人。他在她眼里是那么完美无瑕，正义凛然。他深爱着那个已经死去又复活的孟芊芊，却又坚守着他们之间的底线，保持着与她和她的孩子们的距离，是一种更深沉的大义。孟芊芊的死鬼丈夫如果泉下有知，应该是倍感欣慰吧。所以，这张大字报，在陆小米眼里是那么的可笑。尽管丈夫的心离她很远，她还是相信，这上面的内容是无稽之谈，是有人别有用心的策划，目的是将他搞臭，从盐业公司赶出来。

陆小米小声地问高桐："没人看到你撕这个吧？"

高桐的心头掠过那孪生兄妹的脸，咬着嘴唇摇摇头。她仰起苍白的小脸，问陆小米："姆妈，这上面是真的吗？"

"一派胡言，你爸是个真正的男人。"陆小米坚定地说。

高桐的脸色有些缓和过来，她高高兴兴地说："这样最好了，下次哪个再说，看我不撕烂她们的嘴。胡说八道，被人揍死活该。"

陆小米警惕道："桐桐，大人的事情，小孩儿不要掺和，你只要把琴练好，将来有机会到大城市深造，姆妈就心满意足了。"

高桐见她脸上又出现了莫名悲伤，便懂事地说："姆妈，你放心，我不会惹事的。"

陆小米把那张大字报在煤炉上烧了。等了半天，见高如风不回来，就愈加忐忑不安。她的右眼皮跳得厉害，似乎总有什么事情要发生。

高如风骑着脚踏车到平安那里时，已经半夜了。听到敲门声，平安知道这是高如风。一开门，果然是他。才短短几天，高如风的两鬓就有了白发，他进了门，忧心忡忡地对平安说："赶紧把他俩送走吧。"平安知道他说的是她那一对儿女，这一会儿，他俩已进入梦乡。

平安无端地吓了一跳，从晚饭时得知大字报一事，她就心乱如麻。高如风从事党的地下工作的事情，由始到终，他在她面前从未隐瞒。那一年，她的诈死、北山寺爆炸、日本鬼子被一锅端，还有卖田支前，敌后周旋，这些事情历历在目。但是世事难料，高如风所做的这一切，除了地下组织同志，其他根本没有人知道。平安知道他心里的憋屈，就默默地给他倒了杯水。

她迷惘地说："为什么要送他俩走？"

"不送就来不及了。这一次，不但是我，可能连你也躲不过。"高如风皱着眉头，大字报风波始料未及，而且来势汹汹，就像一股黑色的旋风瞬间就把人卷上了天，至于跌向哪里，一切都是未知数。

听了如风的这句话，联想到女儿安然巧妙的诘问，平安的脑子轰地响了一下，她瞬间明白过来。

如果说高如风被打成日本特务，那么她被日本鬼子松下井强行抢去成亲一事又怎么能说得清呢？她诈死之后，又与俞浪行正式结婚，别人会有什么样的联想？俞浪行是能证明她的清白的，但是关键在于他现在处于高位，除了上次与平安的重逢会面，他连一封信都没有，这说明了什么？平安母子三人在他眼里算是什么？而且她们孟家柴行连同她的父母被日本鬼子付之一炬，但她却又再一次死里逃生，不但易了容，改了姓名，而且成为国家干部，人民老师。如果这些被别有用心的人扒出来，那孩子们怎么办？他们能够承受这一切变故吗？他们是那么的纯洁美好，痛苦不应该由他们来承受啊。平安痛苦地抱着头，忍不住呜咽起来，她又不敢放出声音，唯恐那两个熟睡的孩子被惊醒。她恨那张古乐乐谱，没有它，所有的厄运都不会降临。

"我该怎么办？"她泪眼婆娑地望着高如风，同样的苦难与未知的恐惧，让她的心此刻与高如风贴得紧紧的。

高如风握住她的手，死死地握着，强行让她镇定下来。平安想，孩子是无辜的，他俩自生下来跟着她过的日子太苦了，那三年困难时期，平凡发高烧差点儿没把小命丢掉，安然又是那么活泼可爱。这俩孩子是她身上掉下来的一块肉，也是她与俞浪行爱情的结晶。如果他们全家从县城离开，再次隐姓埋名，那孩子成长的意义又在哪里呢？俞浪行知道了，不是要气疯？孩子们知道了，难道不会怪罪她。她已经经历了两次生死，难道让她的宝贝疙瘩也跟着过逃亡的生活？除了把他俩送走，难道还有什么比这安全的吗？不，没有。尽管高如风没说送到哪里，但是平安也明白，只有离开泰州，让孩子们在这场暴风雨来临之前，逃到他们的父亲那里，才有可能是最安全的。

高如风离开后，平安冷静地坐到桌前，连夜给俞浪行写了一封长信，直到天色亮了，她骑车去了邮局，看到那个白色的信封投进了邮箱，她才拖着沉重的双腿回到了家。

早饭过后，平凡与安然两个人去一中，平安也匆匆去了县小学。

安然兄妹一进校园，就见高桐被那几个女生困住，俞安然见状，上去打抱不平，平凡想起姆妈的嘱咐，想拦，又放下了伸出去的手。

高桐给她们困住，双膝跪在地上，双手被反扭在身后，她们笑着，很张狂地在她胸前挂上了一块儿青天白日旗。高桐破口大骂，为首的那个却上去给了她一个耳刮子。

俞安然上去就把那几个女的扒开，吼道："你们干什么？"一把把那块布从高桐脖子里摘下来，狠狠地扔到地上，又用脚踩了又踩。

那几个见了，气急败坏地想要上来揍俞安然，其中一个拉住了为首的，在她耳边嘀咕了几句，那女的对着安然一跺脚："姓俞的，算你牛。"

俞平凡上去把高桐扶起来，如果说上次被这兄妹俩搭救，高桐还有着一种古怪的排斥，不知为什么，此刻看到俞平凡那张干净又平和的脸，高桐忍不住泪流满面。

俞安然冷着脸，拿出一块干净的手绢，递给她。见高桐不接受，就一把塞到平凡手上，不耐烦地说道："给她擦擦，呵呵，有什么好哭的。"

高桐回瞪了她一眼，从俞平凡手里抢过手绢，擤了擤鼻涕，说道："我哭了吗？"又把脏手绢塞到俞平凡手里。

俞安然说："你是高如风的女儿，恰好我有一个舅舅也叫高如风，尽管不是同一个人，看在咱们有缘的份上，你就做我妹妹，以后由我罩着你。"

俞平凡心里明镜似的，他拉过高桐，把她的手和俞安然牵到一起，然后握住她们俩人的手："好了，咱们以后就是兄妹了，不要害怕。"

高桐将信将疑，见俞平凡的眼睛看着她的，莫名脸上一红。

当晚，仨人一块放学，平凡先把安然送回家，然后再用脚踏车把高桐送到巷子口，见她轻盈地走进深巷，在那个大宅子停住，向他挥挥手，他才掉头离开。这一切，都被尾随的马小开看在眼里。平凡离开以后，马小开对着那进深宅大院，发了好久的呆，才怏怏离去。

这几天，他从家里出来后，到厂里办了请假手续，说是母亲的老家有人老去了，需要去奔丧，厂里信了，批了他一周的事假。其实他哪里都没去，自从在平安姆妈家里听到了高如风的消息，联想到安然兄妹央求他替人出口恶气，他才理出了头绪。名义上，他与高桐是同父异母的兄妹，按照马春娇的说法，他这个儿子实质上有可能不是她与高开的，也就是说，他马小开与高桐之间并不存在兄妹关系。想起他心底住着的那个噩梦，看着高桐孤单的背影进了那座大宅子，马小开的心里十分复杂。他摊开双手，举起，张开手指，对着阳光，光线从他指缝中穿插进来，照进了他的心里。他苦笑着，是什么魔鬼当时住进了他的心里，让他给那一家人投了毒，让高家大房几乎灭门了呢？

这几天，他一到晚上，就会爬上高家的那棵大槐树，隐藏在浓密的树荫里。想到死去的高家大少奶奶陈如芬，那个刻薄又虚荣的女人，如果不是她把平安一家逼得东躲西藏，把他和他的晦气老娘逼得无法安身，他会下此毒手吗？他苦笑着，也许吧。如果陈如芬与高开对他们稍稍好一点儿，放他们一条生路，他至于走那个极端，从一个无知少年变成了一个杀人魔王吗？他又想起马春娇谈到他的出身，那副无所谓的表情，马小开不禁对自己产生了怀疑，我到底是谁？我的生身父亲到底是谁？他拧开酒瓶，咕咚喝了一大口，呛得他的喉咙几乎热辣得要喘不上气来。他痛苦地闭上眼睛，又喝了一大口。平安一家又浮上心头，自打他来到泰州，马春娇就把他扔到了一边由他自生自灭，没有父母，没有温暖，没有疼爱，如果不是他们娘儿仨给予他的温暖与信任，他马小开说不准早就是一个孤魂野鬼了，想起安然活泼可爱的面庞，平凡的质朴谦和，还有平安姆妈的温柔善良，马小开的心瞬间柔软起来，如果我是魔鬼，那么，安然就是个天使，她和她的家人就是拯救我的天使。眼泪一旦涌出来，就有些刹不住，马小开只能任它流淌。他的心里暗暗地发誓，过去的既然已经过去，倘若他还有一口气，一定要守护好她们。

32

无 恙

这十天是怎么过来的，平安简直不敢去回望。她盼着省城能够来一封信，又盼着这场飘忽不定的风波赶紧过去，她的心理是矛盾又侥幸的。那个时刻一旦来临，她可能要面对与儿女的诀别。她不敢看安然的眼睛，这孩子的眼睛就像镜子，一照进去，自己可能就要沦陷，她怕自己失控。好几次，她已经鼓足了勇气，想跟安然还有平凡心平气和地讲述她与他们的爸爸的故事，讲一讲她与高如风舅舅之间的故事，但是一次又一次地她又临阵脱逃了。煎熬，煎的是心，熬的是血。短短十来天，她的头发掉了不少，夹杂着一些白发，显出一些衰老的景象来。她变得寡言，而且有些神经质，莫名其妙地会流下眼泪。她努力地想克制住，但是情绪就像是脱缰的野马，一放出去，就野性十足。有几次，她甚至与安然斗起嘴来。安然似乎也有些失控，平时跳脱的性格变得十分乖张，她俩彼此要找对方的麻烦，关注的点似乎又不在一个频道上，针尖儿对不上麦芒，彼此刺得对方就有些痛。平凡看在眼里，急在心里，嘴上也起了泡，两只眼睛只是一味地盯着姆妈和妹妹。

俞浪行的信终于来了。平安躲在房内，颤抖着手，就像一个垂死的人，挣扎着换了好几口气，才小心翼翼地打开了信封。里面只有四个字，且没有日期：

近日妥处。

落款是"俞浪行"。平安的心一下子沉入了谷底。哈哈，近日妥处，近日妥处。她狂笑起来，笑得眼泪都出来了。她把信看了又看，正面看了，又反过来看。没有一个多余的字。干净得像当年新婚之后，俞浪行高头大马绝尘而去。

从这封信里，她感觉到他与她两人的情分已尽，只剩下了干巴巴的一点亲情。妥处？妥处！平安满眼的讥讽，多情反被无情恼，说的就是自己的这份痴傻吧。她痴痴笑了一会，把这封信撕得粉碎，就坐在那发呆，过了约莫半个小时，直到双腿酸麻，她猛地醒悟过来，又用饭粒把那封信糊起来，小心翼翼地展平，收了起来。

这几天高如风没能来，她让平凡悄悄地查点了几次，得到的消息是给待在家里写悔过书，电影院、图书馆直至大街小巷陆续张贴了一些大字报，上面的人有县

204

委大院的，有学校的，也有的是医院或者企业的负责人，一个个被点名，这些潜伏在人民内部的特务、坏分子、走资派、汉奸陆续被揪出来了。她的心里充满了悲愤，高如风何过之有要具结，要悔过？除了苦难，自己又何罪之有？要面临可能而来的与儿女的别离，这一闷棍迟早要砸到自己头上，平安的心里充满了悲凉。在这一切来临之前，且没有任何依靠时，平安冷静下来后，做了一个可怕的决定。

当天晚上，她把两个孩子叫到面前，安然跟她仍闹着别扭，很不情愿地斜着屁股扭着腰坐在旁边，平凡则恭敬地端坐着，眼睛里充满了担忧。

平安把她的一生浓缩成了几个故事。她给安然平凡讲起了孟家柴行，讲起了古乐，她与俞浪行的爱情，他的进步、英勇还有机智，她还讲了高如风对她的感情。当她讲述完这一切的时候，兄妹俩才意识到他们的姆妈是一个多么才华横溢又伟大无私的人。但是俞浪行的横空出世，还是让他们无法接受。

安然抱着脑袋，尖叫道："不要听，不要听，你给我们编故事。"

"我们只有断绝母子关系，这样，你们才能活下去。"平安冷漠地说。

"我是个自私的人，你们有能力养活自己。这么多年养育你们，我也受够了。如果你们的父亲能够与你们团聚，不管遇到什么困难，你们都要接受他，适应他，照顾好他。这么多年，他不容易。他不是没找过我们，而是造化弄人，他以为我给那场火烧死了。"平安痛苦地回忆道，指着自己的面孔，说道："这张脸是易过容的。姆妈的脸原先不是这样的。"她惨笑着指着平凡的那张年轻又英气逼人的脸庞，说："这才是姆妈的脸。"说完娘儿仨抱头痛哭。

"不行，绝对不行，姆妈。"安然扑通跪倒在地上，她伏在平安的膝盖上痛哭着求饶，"姆妈，我不是恨你，我爱你，比任何时候都爱你。我只是恨你懦弱，为什么这么多年要这么辛苦，为了守望自己的一点初心，守护一个已经离你而去，心里根本没有我们娘儿仨的人，让你自己，让如风舅舅，让我们兄妹受这样的罪，我恨你的是这个。我还恨你的是，明明那个人有能力改变这一切，你为什么还是呆呆地站在原地，不去争取属于你的一切。不行，我要去找他，找他们去评评理。"俞安然哭闹着，不顾一切地要挣脱姆妈和哥哥的劝阻，她的胸膛里燃烧着怒火，如果有可能，这把火足够去毁灭一切。

"啪"，一记响亮的耳光刮向安然，她捂着脸，吃惊地望着平安的面庞，那个表情是那么的绝望、羞辱与不甘，由此交织的复杂情感使得姆妈的面容有些扭曲。

安然简直不敢相信，这是自己亲爱的姆妈。不谙世事的她怎么能懂得平安此刻的心境。如果尚有一丝办法，平安何必要忍耐这么多年。因为没有看到俞浪行的尸骨，残留在她的意识里的最后一些卑微的希望与自尊，像一只气球，被女儿声嘶力竭的哭喊无情地刺得粉碎。

平安也不敢相信自己的手下得这么重，这个女儿从小到大，给她苦难的岁月添加了多少乐趣和希望，自己竟然就这么打了女儿，看到她迅速肿胀起的小脸，她的手在颤抖，她的嘴唇在颤抖，她的全身都在颤抖，她看着自己粗糙的手掌，恨不得拿把刀，把它剁下来。

安然吓坏了，她没想到自己冲动之下脱口而出的几句话，竟然对姆妈产生了这么大的影响，于是她求救似的望着平凡，平凡惊慌地看着她俩，突然间，他意识到在这样的时刻，唯有用他有力尚且稚嫩的臂膀去拥抱他至亲的人，于是，他默默上前，拥住她们，轻轻地扑打姆妈和妹妹的后背，泪水又情不自禁地流了下来。

安然抽抽搭搭地伏在哥哥的怀里，闷声闷气地说："姆妈，你不要生气，更不要难过，我们爱的就是现在这样的你。"

平安哽咽着，什么也没有说，只是把他们两个紧紧地拥在自己的怀里。日子过得囹圄起来，这个家突然之间就失去了平时的欢乐。他们在暗暗期盼着什么，又似乎试图用手推开即将而来的什么。

三天后，来了一个不速之客，一个女人，比平安年轻一些，表情矜持，举止克制，身上穿着件中规中矩的呢外套，裤子的中缝熨烫得笔直，一双皮鞋像是崭新的没有下过地似的。

平安正在给孩子们准备晚饭，她一脸油烟地打开门，就看到这个女人用审视的目光上下打量着她，她心里咯噔一下，仿佛明白了什么，微微点了点头，就把客人让进了门。

女人坐下来，用眼睛冷冷地环顾了屋内，除了简单的桌椅板凳，一架旧钢琴，上面码着几本乐谱，整个屋子拾掇得干净整齐。

女人暗暗点了点头。她把视线又拉回到平安身上，见她衣着朴素，长相也普通得很，似乎松了口气，脸上的表情也由此放松了一些。

平安也倚着桌子坐下来，心里的不安一阵紧似一阵。她期待这个女人开口中，又担心她说出的话如同宣判。

女人叹了口气，对着平安展开了一个笑容："我叫刘梅。"

平安尽可能克制住内心的情绪，不让它们跑到自己的脸上，她平静地望着她。

"我是俞副书记的妻子，是这样，首长让我来接孩子。"刘梅习惯称呼她的丈夫为首长。

平安"嗯"的一声，女人不明所以，这个发音里包含着什么样的内容。

"什么时候走？"平安淡淡地问道。

"就这两天吧。到时候我来接。"刘梅大大地松了口气，她的手心都是汗，她一点没想到平安是这样的和善与配合。

"我会对孩子好的，大姐，你放心。"刘梅不禁有些动情，她与俞浪行婚后没有孩子，是她这么多年一直的痛，没有孩子的婚姻，就像是层纱，永远不瓷实。现在喜从天降，她怎能不激动？平安把两个孩子拉扯大，其中的艰辛，她不是不清楚。所以，这一刻，她既感动又钦佩。首长跟她说，孩子的父亲死于战火，现在生活困难，孩子母亲愿意把其中的一个送给他们抚养，至于是男孩还是女孩，一切尊重孩子母亲的选择。

不明就里的刘梅此刻对平安充满了感激，而平安对眼前的这个女人，她的结发丈夫的新妻子，则是悲喜交集。这个女人看上去虽然板正了一些，但从她对丈夫的称呼里，她对他应该是尊敬有加，预计孩子到了那边也不会吃苦头。她想，平凡这个孩子稳重，虽不善言辞，但是不会闯出什么祸来，如果她能平平安安地度过即将到来的暴风雨，有平凡在身边，她也能撑得住。但安然就不同了，她这个女儿，感情丰富，既疾恶如仇，又脆弱有加，在未知的生存环境里她这个母亲要受到什么样的挤压，她还不清楚，但是安然如果看到母亲受罪，一定会挺身而出，说不准会闯出祸来，所以，她这么一比较，觉得还是把安然送走好。转念一想，如果把平凡留下来，安然这个小马驹必定也拴不住，而且她如何能保住平凡，让他不受牵连。县城的风声似乎一天比一天地紧了，高如风已经连续被公司叫回去写检查，交代问题，所以自从那天夜里他急着赶来与她商量之后，她已经预感到即将到来的，绝对不是和风细雨，有可能是一场无法避免的大风暴。这样的危险，她怎么能让她的两个宝贝涉及？由此，还是断绝关系，一了百了。这样，对孩子们好，让他们保持政治清白，对俞浪行也好，对她没有牵连，而且有俞浪行与刘梅的照顾，两个孩子必定会培养成才。

于是，她淡淡地朝刘梅一笑，说，"孩子能到你们家，也是他们的福气，平凡温和些，安然容易急躁，如果不听话，你就叫平凡好好地劝她，这孩子吃软不吃硬。"

刘梅又惊又喜，一下子得了两个孩子，是她怎么也没想到的事情。首长知道了一定会非常开心吧。她连连点头，她也不明白，这一刻，她自己的心也安定下来，仿佛这个叫平安的女人天生就有这样的魔力。

"孩子到了省城以后，就不用再回来。"平安说，她的眼睛有些空洞。

刘梅揣摩平安的心思，她虽不明白平安为何要说出这样绝情的话，但是不再牵连，不正是她最大的愿望吗？这样，她就可以全身心地把这两个孩子照顾好，来赢得首长对她的认可，他们夫妻之间的感情也更会因两个孩子的到来，越绞越紧了。

想到这里，刘梅的心仿佛与平安拴到了一块，她认认真真地点了点头。然后，有些不自然地从包里拿出一个纸包，推到平安面前："这是我的一点心意，您别拒绝。"

平安的脸唰地白了，她一把推回："你收起来吧，我平安还没到卖孩子的地步。"

刘梅的脸给涨得通红，半晌，她讪讪地把纸包收回，站起身来，给平安鞠了一躬。

眼泪一下子从平安的眼里夺眶而出。两天后，泰州市报刊登了一则消息，"因母子（女）关系恶化，平安自愿与子俞平凡女俞安然断绝母子（女）关系，双方永无挂碍。"

平凡与安然捧着这则消息，双双跪在平安的面前，哭得泣不成声。平安漠然地坐着，她的心疼得有些麻木了。对于两个孩子的央求，她无动衷，只是把他俩的衣物书籍一点一点地整理出来，一人一个大包，严严实实地包扎好。

刘梅果然来带人了，现场一看到两个孩子，只见平凡高大帅气，安然活泼可爱，她的心一下子给融化了。特别是眼前的少女眼角眉梢与她家首长还有几分相似呢。怪不得首长点名道姓要她来接这俩孩子，原来他们之间有弯弯绕的亲戚关系是真的呢。她喜笑颜开，上来要拉安然的手，安然一下子把她的手甩开，冷着脸跑开了。

33

飘 零

兄妹二人来到省城，俞浪行早先就在县一中多次偷偷看过他们，对于他们来到这个新家，他自是说不出的欢喜。兄妹俩到家的第一天，他早早下了班，远远叫司机把他放下，在步行回家的路上，他的心里充满了兴奋与期待。对于这两个孩子，他是歉疚的，对于芊芊，他的心里是说不出的痛苦，阴差阳错，他们都彼此以为对方死了。一个死于战火，一个死于火灾，说到底，都是死在日本人的屠刀下。只不过，他在解放区获得了新生，又收获了刘梅的爱情。在刘梅的细心照顾下，他慢慢地从芊芊死亡的阴影里走了出来。他向刘梅坦白了他曾经的婚姻，刘梅当时怎么说的："过去的已经过去，首长应该展望未来。活在过去也是对现实的一种回避。"因此，在刘梅勇敢的追求下，他们交往了三年才结了婚。婚后的生活是平实的，他一心一意地投入工作，新中国成立后，他的职务一而再，再而三地调整，而且步步升高，但是刘梅作为一名护士，并没有因为他的职务的调整而骄傲自满，仍然安安分分地做着她的医护工作，直到现在调到省属机关后勤中心医务室，才轻闲了一些。他们的感情稳定，如同一潭水，波澜不惊，如果不是在那次表彰会上遇到芊芊，他们也许就这样相濡以沫地度过一生。

他能抛下刘梅，重新回到过去吗？很显然，他是不能的。党的组织纪律不允许，现实生活也不允许，刘梅爱他爱得死心塌地，那次战火使他丧失了生育能力，这个隐疾刘梅知道，但是她一直无怨无悔，过去已经回不去了，但是当他知道芊芊还活着，并且把他的遗腹子独自抚养成人，他的内心是激动又愧疚的。他敢开口跟刘梅说吗？他也不敢，前进一步，必定令刘梅崩溃，后退一步，他无疑又是现实版的陈世美，他该怎么办？这个秘密令他无比痛苦，唯有偷偷去县一中看他们，他才心满意足。多么健康活泼的两个孩子啊，从他们身上，他多次沉浸到过去的记忆里，他与芊芊在孟家柴房的相爱，他与她一起与日本人的智斗，芊芊在与松下井的婚宴上设计诈死，芊芊在道观里演奏古乐的清丽身影，他们新婚之夜的缠绵，他骑着马带着队伍离开泰州，芊芊对他说的每一句话，一幕一幕浮现到了眼前。有多少次他的眼窝子都不知不觉地湿润了。有妻如此，夫复何求？现在平安肯把孩子送到他跟前来，是做了多大的牺牲，对他又是多么巨大的恩赐啊。

俞浪行的脚步是轻快的，他期待着两个孩子在见到他之后，会怎么呼应他急切的情感？孩子们的到来，好似给他干涸的心灵注入了源源不断的清泉。

他进了家。刘梅正在厨房忙乎着，她的脸上满是喜悦，孩子们的到来，一下子给她增加了母性的光辉。俞浪行不由得深看了她一眼。

平凡与安然不在客厅里，他想，他该怎么去开了他们的门，去唤一下他们的名字呢？他有些胆怯。

刘梅见状，把笑容㖞在嘴角，嗔怪道："今天，首长你倒像个孩子了。"

俞浪行不好意思地挠挠头。

刘梅温柔地一个一个敲门，把他俩叫出来。安然冷着脸，平凡拉着安然的手，走到餐桌前。

气氛有些尴尬。俞浪行本想用手去摸摸他们的头发，但是又不敢冒昧地伸出手。相反地，平凡却温和地开口叫了一声："叔叔好。"

安然则冷着脸不发一言。

俞浪行听见儿子的称呼，觉得心有点儿往下沉，他多么期待他们叫他一声爸爸啊，但是欲速则不达，他明白，在两个孩子的心目中，是不存在爸爸这个称呼的。他的心里有些苦涩。不能怪孩子啊。

"坐，坐，快吃饭。"他热切地招呼着，有些笨拙地给他们递上筷子。

刘梅知道孩子心里也有着过不去的坎，便打着圆场，接连招呼孩子，给他们搛菜。白米饭盛在白瓷碗里，板栗烧鸡，清蒸鱼，土豆牛肉，茭白炒木耳，一道榨菜肉丝汤。热气腾腾的。

两个孩子埋头扒着饭，安然的脸差不多要埋进碗里了。俞浪行温和地说："平凡，安然，既然到了这个新家，叔叔我和刘姨会把你们照顾好的，你们安心，在这适应了就好了。"

安然突然抬起头，目光炯炯地正视着俞浪行："请安排我们住到外面吧。"

俞浪行与刘梅默默对视了一眼，缓声道："这个需要时间，你和哥哥先在这里住下来。"

安然尖刻地叫起来："需要时间？这不是您这个大干部一句话的事情吗？"说着扭头就跑出去了。

平凡在后面叫道："安然，安然。"推开饭碗，追了出去。

俞浪行的脸色一下子变得很难看，他看着刘梅，刘梅一愣，连忙也追了出去。

安然哭着跑了一大段路，路灯明晃晃的，把两旁的法国梧桐照得忽明忽暗，跟县城明显不一样。走在这个陌生的省会城市，她觉得一切都很陌生、虚假，饭桌上的那对男女也显得极不真实，她像一头受伤的小野兽，孤独地走着。远处隐隐传来平凡急切的呼唤声，她在路旁的石阶上坐下来，把头埋进双膝间，无声地哭了起来。直到平凡走到她身边，把她紧紧地搂在怀里，她索性放声大哭起来。平凡也把眼泪埋在心里，他不能哭，姆妈对他有交代的，他是哥哥，有责任要挑起这个担子。

这一切，都被赶来的俞浪行夫妇看在眼里，沉默了好一会。刘梅才轻轻地走过去，温柔地喊道："好孩子，咱们回家吧。"

这一夜注定都是无眠的。俞浪行半夜醒来，连续抽了几根烟，他已许久没有抽过烟了。刘梅躺在床上装睡，她知道俞浪行不痛快，只是误以为两个孩子是因为环境不适应，想念生母的本能反应。她根本就不知道这是一对经历了生离死别又重逢的父子（父女）。

俞浪行知道她没睡着，一身烟气坐到床头，说："明天起，我要出差一段时间，孩子们不适应，你要再细致一些。"

刘梅温顺地点点头。离开母亲的孩子总是可怜的，她想，看样子，首长对这两个孩子是特别看重的，唯有加倍地关爱他们，才会让首长放心。她这么想着，慢慢睡着了。俞浪行给她盖了盖被子，心里重重叹了口气。看来，让孩子们心甘情愿地接纳他，他这个做父亲还是要付出相应的代价的。

安然起床后，却没有看到俞浪行，刘梅给他们做的早饭热腾腾放在餐桌上。饭后，刘梅送他们上学，是省城最好的高中。

相安无事，刘梅悄悄放了心。隔了两天，一大早，他们背着书包出了门，随即就赶到了长途汽车站。他们牵挂着自己的母亲平安。离开泰州的这几天，看似风平浪静，实质上却各自翻江倒海，他们亲爱的姆妈，忍辱负重的姆妈，他们怎么能不牵挂？

明知道如果重新回到省城，是什么样的场面对待他们，什么俞浪行，什么刘梅，这一对从天上掉下来的父母对他俩来说，不过是全然的两个陌生人，"去他妈的"，安然一落座，就曝了粗口。平凡忧心忡忡地看着她。

安然挑起眉头，说道："怎么啦？本来就是两个伪君子，假惺惺，我们在林家大队那么苦，就差点啃树皮了，他人在哪里？他根本就没想过找我们，他的心里根本就没有姆妈，没有我们。哼哼，他只有那个假装柔弱的护士，老女人。"

平凡揪了揪她的耳朵，闷闷不乐地说道："你也少说两句。让那个人听到了不好。"他的心里怎么能不担心，姆妈的处境，还有高如风舅舅，他俩多么像一对在大海里漂浮的浮萍，任凭着风吹雨打，四处凋零，他俩能顺利逃过去吗？他不得而知，也无能为力，陷入了深深的迷惘与痛苦之中。

汽车一路颠簸，挨黑儿终于靠了站。平凡拍醒了安然，见她的口水顺着嘴角流了出来，就知道她是人小心大，准是梦里又有了馋头，便不由得苦笑起来。短短几天，平凡感觉到自己的肩头沉甸甸的，仿佛挑起了整个家庭的担子，这些让他更寡言了。说实话，他是个内敛而害羞的男孩，突如其来的变故，他不得不把平衡三个家庭的关系，以及情感的维护，这一副担子全部挑起来。站头上显得冷清，人不多，在昏暗的灯光下，彼此潦草地相望了几眼，便互不相干地走自己的路。兄妹俩孤零零地拎着书包，走在狭长的马路上，好像这世上就剩下了他俩，还有两条窄长的影子。

想到还有四里路不到，就可以看到姆妈，兄妹俩不由得加快了脚步。

平安这时在做什么呢？天一黑，她就早早地把门反锁上，一个人在屋内埋头写材料，暴风雨来时，先是刮起了风。学校革委会成立后，首先对教师队伍进行了排查。平安给列为头号对象，理由是她这个女人黑心黑肺，连自己的儿女都往外赶。虎毒还不食子呢。按照学校的要求，平安被停职在家，写材料，具体剖析自己为什么要与儿女断绝关系，与社会主义接班人断绝关系，是不是就是要与社会主义断绝关系？单从这一点来看就其心可诛。

平安能做什么？这一切来得这么顺理成章，连她自己都做好了被诛心被批斗的准备，写材料只不过是个过程罢了，她苦笑着在纸上落笔。前世今生是一道绕不过去的坎，但她能从头写起吗？写出来，别人要说她是疯子。俞浪行说不定也要被牵连进来，两个孩子也会受到很大的影响。也不知道他俩在俞浪行身边的情况如何？她的心如蚁啃噬，内心充满了痛苦和不安。她是多么想念她的两个宝贝啊。现实是无情的，唯一的办法，是她自己一个人把一切的苦都扛起来，把这一切的痛都由她一个人来承受。如同一场梦一样，希望它早一点儿过去，醒过来仍然是阳光一片。

平安把自己的前世从记忆深处掐断，她努力回忆起当年被烧伤后被高如风送到林家大队的往事，心里忍不住地激动。

高如风如今已经被彻底打倒，她是从收音机里听到的消息。那些加在如风身上的痛苦，每一点她都感同身受。她想起他们的相遇、相知，还有这十多年的相守。高如风是个多么执着又痴心的人啊。他对她的爱，对孩子们的好，中间只差了一个实实在在的婚姻。这么多年来，这个人已经深深地走入了她干涸的心田，但是想到孩子们的未来，她还是选择了隐忍。其实，她与他不过是飘零人世间同样的两个可怜人。她爱俞浪行，所以始终不能以婚姻与爱恋的实质来接纳高如风。高如风爱着她，也同样不能以婚姻与爱恋的实质来接纳陆小米。阴差阳错的爱，旷世亘古的爱。他们爱得卑微，又那么痛苦。如果不是有孩子们，她恐怕早已不在这苦难交加的人世间。

平安趴在桌上，埋头写着材料。突然，"笃笃笃"的敲门声把她惊醒了，开门一看，两个毛茸茸的小脑袋一齐钻进了她的怀里，她的胸膛好似要炸裂开来，天啦，这不是她的两个宝贝吗？两行热泪从她脸上滚滚而下。她紧紧地抱着他们，好似失而复得的珍宝。

火焰过后便是冷静。她贪婪地端详着他们，才几天不见，孩子们好似成长了不少，尤其是平凡的眼睛里多了一些深沉与睿智，他的嘴角一些胡子碴儿正在努力地往外钻，这让他的年纪与之有些不相称。而安然的情感似乎也沉稳了一些。从孩子们的衣着打扮，她知道刘梅正在坚守着她们之间的约定。

安然眼尖，看到桌上摊着的材料，想拿起来。平安一把抢过去，飞快地收起来，掩饰道："不要看了，都是学生的作业。"

安然将信将疑，平安拉着她和平凡的手，热乎乎地攥着。

多么可爱的两个小生命啊。她问起省城的那个家，安然嘟着嘴："又大又气派，不过冷冰冰的，不过，我们还是想回到家里回到你身边来。"

平安吓了一跳。这才想起两个孩子是偷偷跑回来的。这才急了："你刘梅妈妈不急死？"

安然急切地叫道："她不是我们的妈妈，你才是。"

平安把脸拉下来，对着平凡说："你是哥哥，怎么能听她这么胡闹。"

平凡也不敢说起安然与俞浪行夫妇的冲突，只是低眉顺耳地接受他们姆妈的批评。哪个母子不连心呢。

平安说："不行，不行，今晚，你们无论如何要回到南京去。"

安然尖叫道："我不回去，打死也不回去。"

这边母子仨人闹翻天的时候，省城那头刘梅从医院里接到学校的电话，说两个孩子没去上学，她急得心脏病都要复发了。

如果俞浪行知道两个孩子跑了，肯定要怪罪她。正在急得团团转时，家里的电话铃响了，正是平安从泰州用公用电话打来的。

刘梅当晚驱车到泰州，已到下半夜。离家时，安然死死地扒着门哭叫着不肯离开，刘梅上前劝慰，安然对着她的手臂上去就是一口，平安气得脸色铁青，上前猛地扇了安然一个耳光。

刘梅不安地说道："平老师，大姐，您可别生孩子的气，是我不好，是我没把他俩照顾好，他俩才跑回来的。"

安然愤怒地看着她，大叫道："不要你假惺惺，你不是我姆妈，现在不是，将来也不是。"

平安含着眼泪，一巴掌又要打上去，安然含着泪，哭着说："你打，你打，我宁可给你打死，也不去。"

平安连忙朝儿子使了个眼色，平凡连忙把安然拖开，塞进汽车，平凡回头望了眼姆妈，默默地也钻进了汽车。

临走时，平安一而再地给刘梅鞠躬赔不是，把刘梅的心弄得上又不是下又不是，一口气堵在进心里，到了省城，已是凌晨。刘梅顾不上咬伤的手，安顿他们兄妹休息。安然一点都不领情，只是用仇恨的目光盯着她。她的举动让刘梅疑窦重重，一个刚刚领养的孩子为什么用这么仇恨的目光盯着她。这一刻，她心里的那股子气突然就变成了一根刺。但是想到汽车后平安那越来越小的单薄身影，她最终还是在心里长长地叹了口气。

34

楚　歌

　　纸永远包不住火。俞浪行深深地知道这一点。他出差回到家中，已经知道了发生的这一切。目前，平安的处境让他陷入了深思。在他心目当中，平安一直是个贤惠坚韧的女人，他们分开之后的岁月，不用多说，平安背负了很多的压力，一个女人，在接二连三失去亲人，为了孩子，宁可毁容也要坚持活下去，天底下有几人能够做到。他俩分别以后，平安隐姓埋名，整容后到林家大队落户，后来到公社扫盲，再到公社中学，与他重新见面，调到现在的县一中，每一步无不步步惊心。她活得那么卑微又那么坚韧，为了孩子，她几乎放弃了一切，花容月貌，音乐梦想，爱情眷顾，婚姻生活，还有优渥的生活环境，只要她的一个小小的念头，她仍可以活成原先的孟芊芊，活成原先的大小姐，但是她没有做出这样的选择。她在等待什么呢？是的，答案只有一个，就是她对他的矢志不渝的爱情，明明知道他已死了，仍然孤身一人抚育着他俩的孩子。俞浪行苦笑着，她那样一个清丽绝伦的女子，为了爱情做出了这么大的牺牲。而他呢？他又在干什么？除了听到孟家大院，孟家一家被烧死的消息，他痛哭流涕以外他还做了什么？对了，他听说，那一夜，他曾经的情敌高如风那一夜正值新婚，新娘子是稻河米行陆老板的千金。他痛哭之后，又狂笑。笑什么呢？笑高如风的痴心也不过是一阵河面的风，吹过了，也就过去了。除了在孟芊芊心上荡起了一些涟漪，什么也没留下。所以，他当时才狂笑不已。

　　而如今，当真相摆在面前时，他的表情是平静的，而心里却是翻江倒海，高如风对芊芊的爱才是真正的刻骨铭心，这么多年来，他对她不离不弃，而且从来没有用婚姻来束缚她。而他俞浪行给芊芊留下的是什么呢？除了无穷无尽的思念、痛苦，还有的就是独自抚养孩子的各种生活的艰辛。想到这里，俞浪行忍不住要捶打自己的脑袋，俞浪行，你真是个浑蛋。而高如风，你是条真汉子，老子服你！

　　想起孟芊芊，没来由的，他的心里又柔软又刺痛。

　　自从与平安再次相逢，他时时默默关注着她的动向。现在县实小让她在家里写检讨，检讨自己虐待自己的亲生孩子，如果有人顺藤摸瓜，逐步往上排查，排查出她原来就是孟芊芊，而且曾与日本鬼子松下井结过婚，那真是说不清楚了。如果高如风为了爱情站出来，说出他俞浪行才是孩子的亲生父亲，那该如何是好？唉，想起高如风那个当年玉树临风的男人，变成了成天被批斗的形象，俞浪行简直不敢往下想了。比起平凡与安然两个孩子对他的排斥，平安此刻的安危让他坐卧不安，去救她，怎么救？一切动作都是苍白无力的。不去救她，他曾经的女人，他的情感与道义又何在呢？将来如果有一天这一切给孩子们知道了，那么他们接受他的可能性就只能为零了。

这个僵局让俞浪行头疼欲裂，他在床上翻来覆去，刘梅以为他的头疼病又犯了，起身给他倒了水，递上止疼片。俞浪行默默地接过去，一口吞咽下去。他的脑壳沸腾得厉害。刘梅轻声地说："首长，别烦恼了，孩子们刚来，认生，也是正常的。"

俞浪行缓缓闭上眼睛，哼了两声。心里苦笑道，全世界也只有你这个女人最傻了。

刘梅见他不想说话，就不再吭声，悄悄拉灭了电灯。

俞浪行身在高位，对基层的政治风向把握得还是比较紧的。他对高如风的担心不无道理。如果平安死咬着不肯吐露身世的真相，那么当初那个离奇的失火案永远就不会水落石出。但如果高如风为了转移公司对他的斗争，出卖平安，那么导火索有可能就会逐步移向平安，直到引爆整个真相。这不仅仅会殃及平安，还会逐步蔓延到省城，烧到俞浪行直到两个孩子的身上。

不行，绝对不行。想到这里，俞浪行一下子从床上跳起来。他的举动惊醒了刘梅，见他光脚站在地上，刘梅体贴地宽慰道，"首长，先好好休息吧。时间会抚平一切的。"她还以为他沉浸在两个孩子的问题上呢。

俞浪行皱着眉头，披上衣服，踱到客厅。不安笼罩着他的全身。从来没有哪件事情让他这么棘手过。如果组织上排查起来，他的历史上也有污点，那就是他曾经娶了一个曾经与日本鬼子成过亲的女人。这段历史，虽然他知道孟芊芊也就是现在的平安是清白无辜的，但是欲加之罪，何患无辞？他浑身冷汗涟涟。

怎么办？

怎么办？

我该怎么办？

他跌坐在沙发上，双手抱着头。

刘梅温婉地坐在一旁，让他倚在自己身上。客厅里静得怕人，闹钟的钟摆一字一顿地往前走着，仿佛在给俞浪行掐着秒表，随时让他做出决断。空气里充斥着一种颓废、绝望与挣扎不安的气息。

楼梯上发出了响动。

俞浪行茫然地抬起头，只见安然披着头发从楼梯上一步一步走下来。面对她脸上的讥讽与不屑，俞浪行不自然地端坐起来。刘梅也手足无措地往边上挪了挪，柔和地笑道："安然，好孩子，是肚子饿了吗？阿姨给你弄点吃的。"

安然冷漠地说："不必。"

她走到楼梯底下，站在那里，冷冷地对刘梅说："请你回避一下，我有话要对他说。"

她的眼睛空洞地看着远处，刘梅尴尬地起身，按了按俞浪行的肩膀。

安然的眼睛仿佛给刺痛了，她焦灼地发出尖叫："叫你走开，没听见吗？"

俞浪行站起身来，抓住安然的胳膊，把她拖到旁边的书房里，低沉地说："你想做什么？这么没礼貌！"

"哈哈，我想做什么？难道你不知道吗？"安然反问道，她的脸上有种不管不顾的表情。

俞浪行低声说："你小声点。"

安然尖刻又倔强地说道："偏不。"

俞浪行见站在他面前的女儿，小脑袋已几乎齐到了他的肩膀，她的脸上的神情掠过了平安的影子，刹那之间，俞浪行的心就给柔软填满了，他低下头看着自己的女儿，从来没有这么近过，他可以这么近距离地看着自己的孩子，他卑微又温柔地说："安然，你好好说话。"

"那好，离开她，回到我姆妈身边。"安然冷静地扑闪着一双大眼睛。

俞浪行僵硬地站在那里，他没想到，他的女儿开口跟他说的第一个请求，居然是这个。

他握着安然的小肩膀，说道："你还小，有的事情你不懂。"

"我什么都知道，我跟平凡不是你们领养的，你，就是我们的爸爸。"安然一字一顿。

俞浪行给这声做梦都想听到的"爸爸"击垮了，他扶着安然稚嫩的肩膀，哽咽着，"安然，好孩子，爸爸知道，但是现在爸爸不能，爸爸做不到。"

安然愤怒地推开他，"你不是我爸爸。为了你的乌纱帽，你就这么难以决断吗？你根本就是个懦夫！"她飞快地爬上了楼，"轰隆"一声反锁上了门。

望着她的背影，俞浪行苦笑着摇了摇头。

35

疯　魔

最终，平凡与安然还是给俞浪行送出了省城。这一年，他俩才十七岁半。远离眼前的这一切，是目前让他们自保的唯一方法。他想通了，与得到孩子们的认可相比，还是让他们免受这一场波及更重要，这也是他为平安做出的最慎重的选择。他行使了他的权力，把兄妹俩送到一个军垦农场，那里曾经是他战斗过的地方。

这些日子，他每天都接到泰州方面的信息，每一条信息都让他感同身受。

陆小米的眼睛似乎成了面透视镜，因为爱得深切，高如风的一切风吹草动，到了她的眼睛里，就有了别样的寓意。他情绪的波动影响着自己，她痛恨这样的自己。只要白天挨了批斗，他总是佝着腰一个人踽踽而行，黑夜把人的真心都隐藏了起来，尾随的陆小米远远地跟着他，漫无目的地沿着海陵路、西仓路还有藤坝街走着，有时候他会坐在天滋河边发呆。她的心也痛得无法呼吸，他的身体在夜色中仿佛成了皮影，靠不近，摸不着，她苦笑着，高如风以前对她的冷漠也变得温情起来，毕竟冷漠也是一种情绪，而现在的他却变成了一具行尸走肉。她怎么也没想到的是，高如风现在唯一的慰藉，竟是对着曾经给这座城带来繁荣的盐史古迹。尽管沧海桑田，世事飘零，但是至少它们还在，任何历史都抹不去这些。

他顺着古光孝寺的墙根，往西走。一座低矮的瓦屋，"崇儒祠"三个字雕刻在门楣上。高如风席地而坐，目光炯炯，这里是他的精神领地。因为这里有一个自创哲学流派的先知——王艮。王艮先祖原居苏州，洪武赶散间，落户于泰州安丰场，这也是淮南中十场之一，以烧盐为生。王艮生于明宪宗成化十九年（1483），为"灶丁"，也就是负责烧盐的苦力，世代为灶户，"七岁受书乡塾，贫不能竟学"，十一岁时家贫辍学，随父兄淋盐。十九岁时随父王守庵经商至山东，在山东拜谒孔庙时，得到很大启发，认为"夫子亦人也，我亦人也，圣人者可学而至也"。于是日诵《孝经》《论语》《大学》，置书于袖中，逢人质难，久而信口谈解，"如或启之"，在十多年的自学中，一方面不耻下问，一方面"不泥传注"，强调个人心得。后拜王阳明为师，学识渊博、见识很广，在哲学、伦理、社会政治以及教育、文化等方面，都有丰富详实的论述，自创泰州学派，以"百姓日用"为要旨，具有鲜明的人民性。高如风想，我与王艮先知之间，虽然隔了几个朝代，但是我为脚下这片土地所做的一切也算是心意相通的，先知蒙难尚不忘初心，何况我辈？眼下尽管处于一个混沌的时刻，但是真理只会越辩越明，时间会公正地证明一切的。

走到破桥口时，他知道不远处，是陆小米在暗暗跟着他，心里不免有些温暖。他在桥上站定，面对着黑漆漆的河水凝思。陆小米从后面一个箭步上来，一把抱住他，惊恐地说："如风，别这样。"

高如风哈哈笑出声来，他轻轻地分开陆小米的双手，转过身对她说，"你想歪了，我不是这样胆小的人。如果今天我跳河自尽，明早全城就会说我高如风是自绝于人民。"

陆小米的面色在月光下越发惊惶不安，她迟疑道："那你还笑？你笑什么呢？"

高如风指着不远处的棚户区说："我只不过想起了一个传说，很魔幻，也很好笑。"

见陆小米一脸期待，高如风说："顺帝至正年间，这也是元朝的最后一个年号，白驹场灶户张士诚率诸弟及壮士李伯升等十八人，在一个冬夜，一人扛着一条冻得硬邦邦的带鱼，那一条条白色带着银光的带鱼，就宛如一柄柄砍刀，多次击败前来围剿的元军。先后据高邮称诚王，据苏州称吴王。张士诚为王时，对淮南盐民轻徭薄赋，盐户颇得休养生息。"高如风又径自说，"张士诚对推翻元朝做出了贡献，后被明太祖朱元璋所灭。这其间，又演绎了多少人间悲怆，但是历史正是人民书写的，正如我这一刻站在这里，也是一种缅怀呢。"

陆小米生气了，她含着泪，一跺脚："一点儿不好笑，你都泥菩萨过河了，还在想这些，神经病。"

高如风说："陆小米，索性我今天就浪荡一回。听好了，再给你念一首诗，这是明末清初泰州诗人吴嘉纪写的绝句，我觉得此刻我就是这么个心境。哈哈，听好了。

白头灶户低草房，六月煎盐烈火旁。
走出门前炎日里，偷闲一刻是乘凉。

陆小米把头摇得像拨郎鼓，她哭着摇着高如风的胳膊："如风，我知道你心里苦，你这么下去，也会把我逼疯的。"她仰望着他："要不，你打我，打我吧，这样你心里会好受些。"

"不，小米。这些苦，我甘之如饴，你不懂的。你是个好女人，把高桐照顾好就好了，我们高家就她这一根独苗了。"

陆小米泪流满面地直点头："只要你好好的，我会的，我会的。"

高如风扳正她的肩膀，正色说："你记住，我所做的一切，都是为了这座城市更加美好，过去是，现在是，将来也是。"

陆小米一下子扑进他的怀里，呜咽着答应了。

有了陆小米的掩护，高如风在家里做资料整理就方便了许多。他从古泰州的起源，中国盐史演变，盐官与盐税变革，盐业与地方经济、政治、文化发展进行了系统梳理。他发现，盐官对泰州的嬗变功不可没。

高如风习惯了白天游街的苦役和夜间精神的丰足，只有一个信念在支撑他，坚持，就是胜利。陆小米也十分享受这一段特定的时光，她甚至想，只有这个时刻，他读史创作，她陪伴左右，这个时光才是真正属于她的。

这段时间，高如风与平安根本无法见面，他们就像是两道平行的直线，然而，硬生生地把他们又重新交叉起来的，居然是马春娇。

斗争来得如此迅速，当平安和高如风分别被揪出游街示众时，两支队伍在市口遇到了，有看到熟人的，隔空就热乎乎地叫起来。平安与如风彼此对视了一眼，又迅速低下头来，表情木然，其实心里都苦笑不已，多么荒诞的场景。

突然，从外面冲进来一个打扮得奇形怪状的女人，她冲上前，飞快地在平安的胸前挂了双破鞋，而后奋力把平安推到高如风身上。由于两人都被反剪着双手，平安一下子把高如风撞倒在地，而她自己的头却被高如风颈间的铁板割破了，额角鲜血直流，整个人像球一样扑痛滚倒在地上。

高如风的眼睛要冒出火来。但是他只是瞅了平安一眼，就扭过头去。

那个疯癫的女人拍着手对着高如风和平安道："你们俩真是天造地设的一对。"

平安定睛一看，是马春娇，马小开的姆妈。她别过头，不理她。

马春娇叫嚣道："这个女人是个贱货，她不但偷这个男人，连我十七八岁的儿子都不放过。"她边狞笑着，边用挂在平安胸前的鞋底抽打平安的脸。

众人笑着看着平安被那个女人折磨。高如风急了，他扑上去，把马春娇撞开，把平安护在身下。他的举动令马春娇更加疯狂。

"你是我的小叔子，家里有花你不摘，路边的野花你非要采，今天，老娘我也要教训教训你，你们高家没有一个好东西。"她疯狂地捶打着高如风，直到那些老将小将看不下去了，才把她拎起来拉开。一张涂得猩红的大嘴，满嘴的烟臭，人

220

群中有人认出她来，也叫嚣起来，"这是从上海来的婊子，高家的姨太太，一起揍。"不由分说，要把马春娇也反剪着捆了起来。

马春娇吓得屁滚尿流，哭丧着脸，连连求饶："我不是，我不是资本家姨太太，我是自力更生的良民，求你们放过我。我相公没有了，我儿子也没有了，求求你们，我是个再可怜不过的人。"

造反派们戏弄了一番，见马春娇求饶得很快，就觉得没意思，到了晚上就把她放了。马春娇回到家里以后，就有些神神道道、疯疯癫癫的。

她逢人便说："我儿子小开是平安那个女人弄死的，连尸首都被她埋了。"一张猩红的臭嘴伸到哪个跟前，哪个都避让不及。

逗她的人就问："埋哪了，你看见了，不要瞎讲，瞎讲要被抓去割舌头的。"

她缩了缩鸡窝般的脑袋，东瞅一眼西张一眼，故作神秘地说，"你们不晓得，那个女人专门吸男童的那个，不然，我家小叔子能看上她？"

那人又问："你这疯婆娘，没个正文，你到底说啥？没工夫听你瞎说八道。"

马春娇哭将起来，声音又高亢又拖得老长："反正我不晓得，我家小赤佬专门把魂丢到了她家，肯定给她吸光了，杀死了埋了。我的苦命的儿呀。"女人上海话里夹着苏北口音，带着臆想，逢人就唱。

平安不晓得她自己的名声经过这个女人的传播，已经全城皆知。她死死地咬着自己的嘴唇，不让自己爆发。她担心，一旦自己失控，将会带来怎样的后果。两个孩子已经到了他们的父亲身边，她的心已经沉到了底，这一场突如其来的革命，把她击打得晕头转向，就像一场旋风，来得又猛又烈。纵然每天被游街，她仍然在心底坚守着自己的那一些秘密。于是，尽管她的内心翻江倒海，为了两个孩子，为了俞浪行，她怎么也得死扛着。她的头始终半垂着，头发有一半遮住了她的脸。脚下走过的每一块石板，她都记住了它们的形状。

马春娇每天准时候在拐角，只要队伍走过来，她都要笑着跳到平安面前，戏弄她一番。今天，她准备了一个特殊的礼物，要送给平安。哈哈，她一定会非常高兴吧。当游行队伍来到跟前，一条蛇冷不丁地伸到平安面前，把她吓得一头栽倒到地上。马春娇把蛇支到平安的脸上，冰冷的软体慢慢地蠕动，平安又惊又怒又怕，啊地尖叫一声，就昏死过去。

马春娇用足尖踢踢平安的脸，漫不经心道："哎呀，到底是臭老九啊，不认得这是贫下中农的宝啊，抓害虫的田间宝啊。"

被押着游行过来的高如风见到平安被马春娇戏弄，一把掐死这个女人的心都有了。想到平安对他的嘱托，要他冷静、克制，克制、冷静。他的牙咬得嘎巴响，只觉得有股血涌到嗓子眼儿，连口腔里都有了血腥气。

他偏过头去。

马春娇笑得花枝乱颤，她指着高如风，继续用脚尖踢着平安的脸、乳房还有大腿，笑得前俯后仰："平老师啊，平老师，你看看，古人有说道，夫妻本是同林鸟，大难来时各自飞，侬看看，侬的野男人也不过就这么多情。"

平安一动不动地躺在地上，良久，有人小心翼翼地问道："不会吓死了吧。"上去探平安的鼻息，见还有热气，便把马春娇推开。

马春娇拎着那条蛇，骂骂咧咧地走了。

平安给送到家里时已经慢慢醒转过来，她倚在床上，披头散发，一张青白交加的脸上，目光涣散，她的颈椎和腰椎又酸又痛，坐也不是躺也不是，她的眼前晃动着那条花斑蛇，耳朵轰轰隆隆的，各种各样的声音，唾弃的、同情的、鄙夷的、辱骂的，在她耳朵里不住地轰响，她的神思出现了轻度的障碍，她不知道自己身在何处，仿佛只是汪洋大海里的一叶孤舟，四周是茫茫黑色的海水，要将她一口一口地吞噬。她死死地抓住床沿，十指恨不得要抠进床板，她努力控制着自己的情感，那些要竞相奔涌而出的情绪充斥着她的胸腔，终于，她把两手紧紧地捂着自己的耳朵，嘴里不停地发出"啊，啊"的尖叫。

第二天一早，从房门里走出的是一个花白了头发的女人。任凭怎么辱骂，她始终痴笑着，不再言语。

于是，县里传开了，县一中的那个叫平安的老师疯了，给一条蛇吓疯的。

消息传到陆小米耳朵里，已经过了两天。

听到高桐一五一十地描述给自己听，高桐还模仿着平安的痴傻样儿给她看，陆小米冷冷地端坐着，不发一言。直到高桐笑得直不起身来，她终于开了口："够了，桐桐，你真够出息的，模仿一个疯子。"

高桐不解地望着她，觉得母亲的表情奇怪而又陌生，只听得她咬牙切齿地说，"你知道这个疯子是谁吗？她是骑车送你的那个男孩的母亲。"

说完起身离开。只留下高桐傻傻地立在屋中。一会儿，她跑到房里从书包里翻出一封信来。

那是平凡的来信，对着上面挺拔的字迹和滚烫的话，她的心愧疚又忐忑。

他俩从什么时候开始通信的，她也记不清了。她只知道，那个两次挺身而出保护她的男生，现在已经到了一个军垦农场，与他妹妹一块儿在那劳动。这里来了很多很多的大学生。前几次来信，他告诉她，他的理想是做一个音乐家，能到国家音乐厅里演奏的那种最棒的音乐家。如果能有机会参加考试，他一定能考上。他现在在那边参加一个河工劳动，身体比以前结实了，挑河工，他以前只能挑人家的一半，工分也只能记一半，现在大半年下来，他能赶上本地的劳力，挣工分也比以前强多了。他告诉她，他的妹妹现在是个拖拉机手，开得像模像样，在田里干活，不比当地小伙子差。高桐捧着平凡的来信，心里又甜蜜又失落，傻瓜，真是个大傻瓜，满纸你的军垦生活，除了这些，你就不能跟我说一点儿什么？譬如你所期待的爱情，啊，啊，羞死人了。她把信蒙到脸上，仿佛嗅到了平凡身上的那股年轻男人的热气，红云飞上了脸蛋上，她的脸一下子红了起来，由此更加妩媚而温润，她的心扑通扑通地跳个不停。她心里暗暗说，什么时候一定要去看看俞平凡的姆妈，有空再去看看那个神奇的农场。那么多的大学生，那么火热的生活，壮丽的青春，多么令人向往。

外面的铁门咣当一声响了起来。她连忙把这封新来的还没来得及拆开的信藏起来，小跑过去，把高如风扶进来。

一股子酒气从他身上散发出来。

高桐嗔怪道："爸爸，你又偷着喝酒了？"

高如风跟跄着进房，坐到桌旁，大着舌头："酒，好，好喝。"

"哎呀，爸爸，你再这样喝下去，会出事儿的，你看看你的身体？"高桐心疼地给他打了热毛巾，让他擦脸。

"酒是个好东西啊，穿肠而过，无忧无恼。"高如风说着，提起酒瓶又要喝。

陆小米一身寒气进屋来，一把夺过酒瓶："再喝就要喝死了。你死了，不要紧，你的心上人已经快死了，就没人照顾了。"

高如风听到后半句，酒已醒了大半："你说什么，谁快死了？"

"平安呐。"陆小米说出这个名字时，莫名地，她的心里的石头，也在一点一点地往外搬移。

"我已经和她邻居，把她送医院了。"她平静地说道，搓了把热毛巾递给高如风，"去看看吧。"

36

恻 隐

陆小米的突然转变，让高如风无所适从。他不知道这对他和她意味着什么。也许是她这么多年吃斋念佛，对人生的真谛有了实质性的领悟吧。

来不及多想，高如风感激地注视了她一眼，还是迅速出了门。他骑着脚踏车，冷风一吹，酒气从棉衣领子里面散了出来，让他直打冷战儿。他彻底清醒过来。

平安在街头受辱的场景再次浮现到他的眼前，无论如何，不能让她就这么失心疯。如果俩孩子知道了，肯定要怪罪他这个舅舅。还有俞浪行，一定也会责怪他。他俩从来没有正式谋过面，但是他隐隐约约知道，俞浪行是知道他与平安的这种特殊相处的。

来到医院，平安已经睡着。医生给注射了杜冷丁（派替啶）。她蜷缩成一团，在被子下面，这个瘦弱的身材显得那么孤苦伶丁。眼泪顿时从高如风的眼窝子里面流了出来。他暗暗下定决心，无论如何，不惜代价也要把平安救回来。

护士问："你是她的什么人？"

"我是，是她大哥。"高如风不安地双手交叉，他在努力克制自己内心的不安与震动。

"那好，你在这看着点。这个病人有狂躁倾向。一会儿我们还要给她采取措施。"护士说完，瞅了高如风一眼，见他两眼是泪，摇摇头，出了病房。

高如风坐到平安身边，握着她的手，粗糙，手背还裂了口子，指腹肿胀，摁下去有一个明显的坑。他把自己的脸埋进平安的手心里，眼泪汹涌而出。若干年前，那个娇俏清丽的少女，临水抚琴一世安好的少女，如今面目全非，疾病缠身，又忍痛把孩子送走。这得用多么强大的心性，才能支撑起这一切的变故。

高如风不知闷声哭了多久，他只知道，他的心里只有一个声音：与她在一起，哪怕是死，也要一起。不能让她再这样苦下去了。

三个医护人员进了病房，七手八脚地要把平安捆上。

高如风急了："你们不能捆她，她平时最温和了，不会伤害人的。"

"她现在是病人，狂躁型病人，万一醒来攻击了人，你负得起这个责任？一边去！"一个医生冷漠地说。

"我是她大哥，我负责。"高如风上去要扯医生的袖子。

其他两个护士上去一把他推开，麻利地把平安双手双脚捆在床上，高如风又叫又跳："你们不能这样对待她，你们无权这样。"

"不许叫，再叫，就给我滚出去。"医生对高如风说，"你家妹妹不但狂躁，还有抑郁倾向，可怕的是抑郁，说白了，就是她自己有可能不想活。这一点，你们家属尤其要注意。"说完手一摆，三个人都离开了病房。

看着被束缚在床上的平安，高如风扑通一声跪到病床前，对着自己的嘴巴左右开弓："真没用，我真没用。"

病房外，陆小米站在门前，透过小窗，望着这一切，她的眼睛里不知不觉也蓄满了泪水。慢慢地，她低下头，转身疾步离开。

高桐一直在外等着她妈，见陆小米眼睛红红地出来，就问道："妈，你不是跟爸爸一块去看平姨的吗？"

"我没跟他一块，我跟他又不是一路人。"陆小米冷冷地说。

"那你眼睛咋红了？你哭了？为啥？"高桐惊奇又小心翼翼地问。在她心目当中，陆小米就是个铁石心肠的人，柔情蜜意是跟她无法画上等号的。

"沙子迷了眼，别废话。"陆小米拉下脸来。

高桐又小心谨慎地问："姆妈，我能去看一下平姨吗？就远远地看一下。"她的声音越来越低。

"去吧，她，她也是个可怜人。"陆小米茫然地看着远处，机械地说道。

高桐高兴地抱着陆小米："谢谢姆妈，姆妈就是个金刚菩萨。"

"你说什么？金刚菩萨？不要封建迷信，小心把你抓了去。"陆小米警惕地看看四周，见旁边没有人，才稍稍放下心来。

"脸上硬，心里软啊。姆妈，我去了。"高桐一溜烟跑进医院里。

陆小米苦笑着摇摇头，金刚菩萨？她才不是。她这辈子，硬撑着做什么高如风的妻子，名不副实，高如风对孟芊芊的爱将近二十年了，一直同风雨，共患难，她的坚守又有着什么样的意义呢？高如风的心与身体一直都为那个女人守着，他的心田里根本没有她陆小米的一席之地，连指甲缝儿这么大的一块都没有，她对于他来说，也不过是纸上的一个名字。

见到高如风跪在平安床前，边掌掴自己的嘴巴边痛哭流涕，陆小米的心再坚硬，

225

也无法面对这样的高如风。她心里唯一的男人，那个曾经玉树临风、风靡全城的谦谦君子，为了爱一个人，竟然这么卑微，这么懦弱，她怎么忍心看到她的心上人这么受折磨？

陆小米走在回家的路上，她一边走一边想，平安就是孟芊芊，孟芊芊就是平安，如果这个真相给暴露出去，在当前的这种形势下，孟芊芊这个名字意味着什么？她就是日本人的婆娘，隐藏在人民群众队伍中的日伪特务，这个已经失去半条命的女人，有可能会被那些狂热的小将批斗致死。

陆小米的头脑里剧烈地挣扎着，那个女人如果死了，高如风是不是就可以回到她的身边，她已付出了二十年的青春，等到他们真老了，高如风这个瓷人也会焐热吧。但是，如果，平安的身份真的暴露了，她作为孟芊芊，就是故事的源头。高家老爷纳的小妾是日本特务，如风曾经做过日本鬼子的翻译官，现在这个账还在清算，高老爷逃离台湾，孟高两家纠缠不清的爱恋，大房高开与陈如芬夫妇及儿子的惨死，这一切的一切，就又要重新被扒开来，条分缕析，剔肤见骨，一样一样地被清算。如果那样，高如风就会被推上一个新的风口浪尖，他们一家极有可能被打下地狱。城里的小青年，已经陆续下乡，接受贫下中农的再教育、再改造。她在联垦公社现在改名叫红旗农场的哥哥陆小麦，有时回到城里来，也会跟她唠叨，农场里来了一大批的城里人，还有一些上海来的移民，肩不能挑担手不能提篮，韭菜、小麦分不清，整天东白相西白相的。他现在已是段长，负责西圩的水利建设，后面跟着的十来个人，有一大半是城里的，他又要管建设，又要注意他们的思想动态，也是累得很。所以，陆小米虽不怎么离开家，但外面的形势她大体上也明白。她的身边，只留下了高桐，她已经失去不起了。可是转念一想，高如风为什么不为自己辩护呢，他早年为党做了那么多工作，为什么就这样为了一个女人，而连为自己辩护的权利都放弃了。

想到这里，陆小米一头乱麻，只觉得自己的肩头沉甸甸的。猛一抬头，发现不知不觉中，已经来到了上海婆娘马春娇住的巷子。

她定了定神，心里猛地掠过一个念头，于是就来到马春娇的门前，敲了门。

门开了，马春娇一头乱发，嘴上衔着支牙刷，牙膏沫子糊在嘴边，见陆小米站在门前，表情平和，"哟"的一声，叫唤开了。

"哎呀，是哪阵风把我家妯娌给吹来了。"她把身子侧过来，谄媚地让陆小米进了屋。

屋内一片狼藉，幸好是大冬天，否则那气味就得把人给熏晕过去。煤球炉子上炖着一锅菜，烟气缭绕在整个屋内。碗碟堆了一桌子，估计几天都没洗了。屋角的绳子上晾着一堆衣裳，几个季节的都有，弯在屋内，一碰那绳子准断。陆小米心里骂道真是个邋遢的女人。

兴许这屋里头，陆小米是第一个走进来的正经女人。马春娇讪讪地给她腾了个地儿，搬了张凳子给她坐下。

陆小米叹了口气。

马春娇的眼泪也顺势落了下来。"他婶子，你瞧我这过的是啥生活，儿子跑了，只剩下我一个女人，又没生活着落。"

"跑了，你不是口口声声是给平安弄死的吗？"陆小米矜持地问。

"那不是胡乱说说的嘛，那女人害得儿子离开了我，离开了这个家，我恨不得剥她的皮，喝她的血。"马春娇呜呜哭了一会儿，捉摸不透陆小米的来意，又凑了一句，"她不是也害了你，把我小叔子的魂勾走了。她是我们妯娌俩共同的仇人不是？"

"嗯嗯。"陆小米随口应道。

马春娇来了劲儿："我要是你，就去革委会检举她。这个小日本的婆娘。"

陆小米听了她这话，心里不由得惊出一身冷汗。果然今天来得好。她拖过马春娇的手，假意恳切地说道："我今天就是为这事儿来的。"

马春娇得意扬扬道："我虽然是个不干净的女人，对您，我还是很敬重的，真的。如果是我，我做不到。"她上下瞄了瞄陆小米仍然纤细的身子，神色暧昧地说道："守活寡，这么多年，难得，难为了你啰。"

陆小米苦笑着说："这是我的命。"

"斗争啊，现在不是时兴这个词儿，把如风从她身边夺回来。她昨儿给我一惊吓，估计也没几天活，不如再送她一把，检举揭发她，保证她玩完儿。"马春娇越说越亢奋，捋起袖子准备大干一场的样子。

"春娇啊。"陆小米拖长了腔调。

马春娇候在一旁，伸长脖子，等陆小米发话。

"你看不如这样，这个高家，我也没啥好念想的了，你也什么没捞到，儿子也不在家。老宅大田里，我晓得还有不少地，不如我们都到那里去。"陆小米慢悠悠地说。马春娇想，你倒是有了老太太李国香的做派。

"那不行，不能便宜了平安那婆娘。"马春娇翻着白眼，"我反正是吃饱了全家不饿，与天斗，与地斗，不如与他娘的平安那婆娘斗，不把她弄到地狱去，我马春娇仁字倒过来写。"

陆小米拖过她的手，轻轻地拍打："有气啊，别乱撒。依我看了，咱们想好了，白纸黑字写下来，递上去，还怕她翻天。"

马春娇心想，到底是喝过墨水的，整人也有一套，便拍手道好："她二婶，依这主意妙。"

陆小米微笑着点点头："咱们送上去了，就走人。我们妯娌俩一起把大田弄好，将来你家小开回来了，你有这份财产给他，他还不亲亲热热叫你一声妈。我反正只是个丫头片子，又不是从我肚肠里出的。咱俩合起来，也就是小开一个男伢子。你看呢。"

马春娇想都没想就说："成，成，成。"

两人在屋里合计了半天，陆小米执笔，一气呵成。洋洋洒洒三大张纸，笔墨未干，陆小米一张一张抓在手上，用嘴吹干。马春娇对她简直佩服得五体投地，心里做着大田东家的美梦，陆小米说的每一句话，都合她心意。

"咱们妯娌俩从今儿起就以姐妹相称了，这事儿，事关人命，天知地知你知我知，我们俩就在这发个毒誓吧。"陆小米一脸肃然。

马春娇先举手："我马春娇说到做到，天老爷在上，举报平安这件事，如有泄漏，五雷轰顶，不得好死。"

陆小米赞许道："你果然是见过世面的。"随即也举手，"我陆小米说到做到，天老爷在上，举报平安这件事，如有泄漏，五雷轰顶，不得好死。"

"信我带走，我寄出去。你把行李收拾下，晚上天黑了，我来接你走。"陆小米淡淡地，马春娇浑身发热，这突如其来的惊喜啊，实在是老天爷的补偿啊。

出了马春娇的门，信在陆小米的里身袋子里贴身藏着。

她的心静得出奇，仿佛这封信帮她找到了一直苦苦寻觅的答案。到了家，大门口整齐地放着高如风的棉鞋，她知道他这一刻一定是在书房。高桐还没回来，她隐约知道这个丫头正在与那个叫平凡的小伙子通信，那是平安的儿子。信都锁在丫头的抽屉里，她有一把备用钥匙，而高桐根本一无所知。信，她都看了，两个有着好感的年轻人的通信。孽缘啦，高家与孟家上辈扯不清，这晚辈也纠缠在一起，她陆小米不过是这根扯不断的长线以外的一个局外人。想到这里，她拭去了眼角的泪水，长长舒了口气，如同往常一样，做了几样菜。肉是进了腊月就风好的，风干肉炒大蒜茨菇片，青菜烧老豆腐，又找出一坛老酒，两双筷子规规矩矩地搁好。

她到里屋洗了个澡，不着一缕，对着镜子，她平静地上下端详着。镜子里的女人，两鬓已有了零星的花白头发，眼角的鱼尾纹影影碎碎地堆着，但身材仍然紧致，乳房挺拔，双腿修长。与同龄人相比，她还是不显年纪的，她用自己的手，抚过镜子里的女人，自上而下，一点一点都像她悄然逝去的青春年华，想起她刚嫁过来时，不过是个二十不到的少女，如今一晃也四十出头了。良久，对着镜子，她苦笑了一下，竟是比哭还要难看。这个抚摸，算是告别吧，对爱情的告别，青春的告别。她下意识地往镜子上淋了水，镜子里的裸体模糊起来，只剩下晃动的影子以及顺着镜面往下流淌的水渍。

她穿好衣服，一件盘扣绿布旗袍，衬得她肤色如雪。然后，像往常一样，她轻轻去敲书房的门，唤道："吃饭啦。"

里面嗯嗯地应了一声，她知道她的男人还在为那个捆在病床上的女人伤心。她去饭桌，取了两只小酒杯，搁好。规规矩矩地坐在她的老位子上等。

高如风出了房门，过来一看，先是一惊，而后默默坐下。

"喝一杯吧。"陆小米拿起酒坛子，给高如风满上，又给自己满上。

高如风不解地望着面前的这个女人，见她今天这么正式，竟觉得熟悉而又陌生。歉疚占满了整颗心。

两个人默默地喝着酒。

感伤与难堪交织在一起，喝进肚子里就成了苦涩。

"我对不住你，这些年，让你受苦了。"高如风低头径自说道。

泪水一下子涌进陆小米的眼窝。她低下头，委屈地呜咽起来。

"早想跟你说这句话，但是我就开不了口。"高如风说道，"我这个人没出息，一根筋，你跟着我这么过日子，实在是白活一世了。这形势怎么走我也说不清，趁着现在我还有口气，小米，你是个好女人，我不想再拖累你。"

"我不听，我不听。"陆小米捂起耳朵神经质似的摇着头。

"我是八抬大轿给抬到你们高家的，除了我自己放手，你高如风无权这么做。"她哭着，一口把酒喝掉，又继续倒上。

高如风阻拦她，她一把他的手拂开，笑道，"你今天就陪我喝了这坛酒，这样我就高兴。到了你们高家，我们这样子面对面坐着喝酒是头一次，兴许也就是最后一次。我们的婚姻不多不少，我算了一下，刚好二十年。你高如风是个什么样的人，我最清楚不过了，君子，但是君子过了头，就成了懦夫。"

高如风看着她，好像是第一次认识她一番，不得不说，她的话像一颗原子弹扔进了他的心里，炸得他体无完肤。他一直无视的女人，竟然一针见血地指出了他

的弱点。是啊，他爱平安爱得卑微，卑微到了尘埃里。

"你与平安的爱，是个牵扯不断的孽缘。你爱她，视她如珍宝，但又像神仙一样，把她供着。你仰视她，却始终不敢越雷池半步，生怕因为你的主动而损害了你在她心目中的形象。所以，你始终在徘徊。她其实也在爱你，只不过因为有两个孩子，有这道障碍阻拦。你们两个，其实就像是两个囚徒，把自己困死在自己设置的牢房里。隔在你们中间的，其实不是铁栅栏，只是一层纸。只不过你们谁也无法勇敢地捅开这层纸。"陆小米边喝边说，她从来没觉得自己这么健谈过，又好像这一晚上，趁着酒劲儿把醉话说完了，明天就重新端起面孔做那么冷漠的一个自己。总之，酒意上了她的脸，让她的脸上荡漾起一层奇异的光晕。

高如风吃惊地望着她，与他有着一纸婚约二十年的女人，他第一次发现，这个女人身上有着不一般的光彩。

陆小米的心痛得几乎要死去，她从高如风凝望她的眼神里感应到了他对她的愧疚与关切。

她从贴身衣袋里掏出那封信，端端正正地放到高如风的面前。

高如风打开，一字一句地看着，他的手一直在哆嗦，心也一点一点地往下沉，脸色瞬间阴了下来，似乎有暴雨即将倾盆而下。

陆小米目不转睛地看着他，似乎要把他深深地刻在心底。

过了半晌，陆小米把信从高如风手上拿过来，划起一根火柴，把信一页一页地点燃了。

火苗很快就把这封信燃尽，空气中只留下一阵纸灰的呛人气息。

陆小米说："信，是我写的。当着马春娇的面，与她一起写的。"

高如风震惊地望着她。

"不这样做，她会捅出很大的娄子。今晚，我会带她离开泰州。"陆小米平静地说。

高如风下意识地抓住陆小米的手臂："你要到哪里去？"

陆小米凄然又决绝道："我带她回高家潭去，放心，有我在，她不会回来的。"

高如风茫然地望着屋内飞舞的纸灰，最后把眼神聚焦到陆小米的脸上，良久，只说了一个字："好。"

37

拓 荒

平凡安然俩兄妹在红旗农场已经干了将近五个年头。当初来时，由于俞浪行与刘梅夫妇给他俩办了领养手续，所以这次安排倒也顺利。小兄妹到了这儿，倒是如鱼得水。

这个农场位于江苏中部，江淮之间，里下河地区门户，地处泰州东郊苏陈公社，新通扬运河以北，原泰县版图内，以南北向的苏陈庄河（苏红河）为界。

荒田多，水滩多。多少年前，这里曾经是一片湿地芦苇荡。一九五六年成立了泰县、泰州联合垦荒委员会也就是联垦公社。先是把城市里的无业游民和失业工人安排过来，由于经验不足，整体的垦荒并不尽如人意。为了克服连续自然灾害带来的困难，同时应对蒋介石妄图反攻大陆的严峻形势，保证部队的粮食供应，一九六二年人民解放军第二十七军接受南京军区的指令，调八十一师进驻里下河地区（今改名秋雪湖）的红旗农场，由此打响了开垦荒地的军旅农垦之战。"备战、备荒、为人民"的口号在全中国家喻户晓。人民解放军在这里围湖造田，把荒地变为了军垦农场。共和国开国将军许世友、尤太忠曾在这里创造了不同寻常的军旅历史，这里留下了他们拓荒的足迹，是他们带领指战员们在这一片河道纵横、芦苇丛生的荒滩上，修沟挖渠筑堤坝，铺桥建路盖营房，自力更生，战天斗地，彻底改造了这片黑色贫瘠的盐碱地，成为后来的粮仓。

平凡兄妹到来时，这里已演变成知青农场。把他们安排到这儿，也是俞浪行的良苦用心。这儿条件差，活儿苦，一般人不愿意来，外地的知青多，又有不少大学生下到这里的连队锻炼，年轻人一多，他俩也不会过多地引起其他人的注意。那兄妹俩可高兴了，小鸟一样开始了独立的但又非常磨炼人的生活。这儿，最苦的是挑河工，冬天冷，人人脸上都有"风哨子"，又糙又粗，团在颧骨四周，有些脸嫩的，冰碴子直接把手上、脸上和脚上都拉出了一条条血杠子。吃的饭，热菜汤水和在饭盒里，就成了冷水泡饭。山芋条干子有的是，这玩意儿耐饥，又好存，是里下河地区入冬的好粮口。挑河工路也不好走，冰疙瘩地，坚硬又易滑，一不留神，滑倒了就是硬生生地与大地拧了胶，又硬又疼。

红旗农场几万亩地，水天茫茫一片。不久，兄妹俩就把周边逛遍了。他俩最爱去的地方有两个，一个是西北角古镇港口。港口到红旗农场之间，有几个古村，如上溪、桑湾、董潭，周边上万亩垎岸，星星点点碎片化散落在河泊之间。贯穿各古村的有一条南北向的大河，叫卤汀河。水面开阔，一眼望不到边。向东南有道支流，叫龙溪港。河上有一座唐开元年间，用白矾石砌成的满月形的东西石拱桥。桥上建有观音阁，这里还是港口暴动的指挥所。阁顶嵌有三尺余高的锡铸葫芦，耸入云天，四边檐牙高啄，四方八角飞翘，气势逼人，每角挂一铜铃，声传数里。阁南檐额立一匾"观音阁"，三个正楷粉金大字，清秀有力耀眼夺目。楼阁四壁塑有许多尊神像，仁慈、善良的南海观音菩萨居中朝南坐落在莲台之上，一条张着血盆大口的孽龙蜷缩在座盘之上。顶棚上泥塑着色的天穹祥云缭绕，金、木、水、火、土，以及日、月、星、辰格外分明，香炉中终年烟雾腾腾芬芳四溢。这是人们求观音菩萨保佑龙溪港不闹水灾，风调雨顺，国泰民安。另外还有个童谣，说"一山不藏二虎，一庄不容二龙。由于龙溪港紧靠上溪，从古至今，龙不得进入上溪村，据说如若龙头从东进，西头必着火。龙头从西进，东头就着火"。说的就是庄户人家一年两次的龙会。一次是正月里过大年，另一次是农历二月二，"龙抬头"日。这两次节庆，全庄都要办龙会，邀请周边的村庄一起在河边舞龙舞狮、摇花船、敲锣打鼓，祭拜河神。另一个是东边的古镇溱潼，古镇曲径通幽，尤其是一株古茶树特别招人喜爱。一到春天，满树红遍，茶树下络绎不绝的都是从喜鹊湖周边来求子祈福的善男信女。每次走到这里，安然总要合十祈祷。俞平凡问她祈祷什么，她总是笑而不答。

兄妹俩来时，农场干部特地交代给他俩安排的活儿要轻松点儿。给平凡安排的是教民工写字，安然是记工分。安然刚脱离了俞浪行刘梅夫妇的管控，像一只小鸟飞向了蓝天。她主动请缨，写了血书，要求到最艰苦的地方去。记工分这活儿没劲儿，要学开拖拉机。农场一听，开拖拉机固然可以学技术，但这小姑娘细皮嫩肉的，上面又有交代，不能太苦。看安然活泼好动，让她干了三四个月的拖拉机手，就让她转行干通信员，到处跑。俞平凡在农场里头转悠了一大圈，他想学姆妈平安当时在林家大队教农民扫盲，但是民工们反响不强，有人说，识字干吗，还不是在这面朝黄土背朝天。俞平凡转念一想，唱歌，教他们唱歌好，既可增加肺活量，又可以活跃民工集体生活。敢情他们一听这个，来了劲儿了，个个都说好啊。有人调侃，俞老师，你会唱《十八摸》，还有《小推磨》吗？俞平凡知道这是地方戏，但他不会唱啊，急得脸都红了。河工们打趣道："你是个学生娃，城里来的，不会没关系，只要机嗡子拉起来，我们就高兴。"机嗡子是个啥东西，他也不知道。想到姆妈教了他那么多的曲子，音律都是相通的。瞅空学他几段，就成了。想到这里，他就高兴起来，连走路都轻快了许多。回去请教了队长。队长说，机嗡子就是二胡。别听他们的，你会啥，就教他们唱啥，他们也不懂，就图个热闹。平凡听了，有底了，更加勤恳地学习。

农场里的干部见这两个青年天不怕地不怕，知道上面有人，无非下来也是个幌子，时间不长可能就要回去了，就应承下来。考虑到上面有交代，又怕安排不周，唯恐上面怪罪下来，又连夜打了电话，得到了指示，这才同意把俩小祖宗安顿下来。房子是村集体的，两大三小，共五间，两间大的是村里的轧米房，另三间囤粮。兄妹俩把三间小屋拾掇好了，一人一间，中间一屋做堂屋，带做饭。他俩穿上了当地人穿的棉袄头子和棉裤。安然给自己扎了两根麻花辫子，兄妹俩面面相觑，而后哈哈大笑。第一顿晚饭，是兄妹俩合作完成的，对着灶膛，俞安然想起小时候与马小开在兴化过年时，人家烧土灶，就趴在锅膛口用嘴使劲地吹，直呛着眼泪直流，火一下子烘上来时，她连忙往后一仰，吓得直拍胸脯："哎呀妈哎，差点把眉毛烘掉。"

俞平凡说："这儿倒是像我们小时候待的林家大队，蛮亲切的。"

俞安然说："天高任鸟飞，海阔凭鱼跃。广阔天地，大有作为。"

笨手笨脚总算把一碟咸菜、两张白面饼搁到桌上，兄妹二人在围在桌边喝米糁糊糊，边说笑。忽然听到外面有人喊门："俞平凡，俞平凡。"平凡侧耳一听，朝安然望了一眼，初来乍到，这里的人都是陌生的，这会谁会喊他的名字？去开了门，一张明朗朴实的年轻面庞即刻扑进了俞平凡的眼帘。

他俩一个在门里，一个在门外。

俞平凡瞅着眼前的这个人，陌生当中又有点儿熟悉。尤其是他笑起来时，两只眼睛眯成了一条线，而一口的牙齿却白得晃眼。

蹲在小桌边喝粥的俞安然，心里突然漏了一个节拍，这不是林家大队的那个闷葫芦吗？

她腾地起身，分开俞平凡，热烈地扑上去，与上门的年轻人结结实实来了一个热烈的拥抱："啊，啊，包良种，居然是你，太好了，太好了。"

俞平凡才想起来，这不是他们从小一块玩到大的包良种吗？几年没见，居然都认不出来了。只见他长高，也长开了，有一米八的样子，就是皮肤黑，黑皮大鸭蛋。

包良种给俞安然弄了个大红脸，他放下手中的袋子，灼热地望着眼前的大姑娘俞安然，又把一张脸转向俞平凡："我跟我爸妈早两年就来这里了，也是响应政府号召。"

俞平凡给了他一拳："哈哈，倒也是名副其实，你本来就应该属于这里的，这个农场现在正着手培育优良的稻米种子。"

包良种偷偷地瞄了俞安然一眼，有点儿腼腆地说："我现在就是跟在我爸后头学农技。"

兄妹俩高兴地拉他坐在桌边，安然给他盛了一碗米糁糊糊。三个人边喝边聊。原来，包良种和他爸妈在军队开进原先的联垦公社之后，就响应政府的号召来到了这里，与他家一道来的，还有不少老乡。他们家地少，到这儿来，可以开垦荒地，他爸原来就是种田打鱼的好把式，到这儿后，很快就得到了农场的认可。包良种与他爸一样，憨厚朴实，对着土地和种子有股子痴迷劲儿，虽说也在停学阶段，但自学与劳动两不误。农业技术上他能顶一个专业的农技员，哪里大田里遇上虫害，他也能像模像样地给诊断出来，在农场也算得上是个新把式。听他爸说来了两个姓俞的双胞胎，他当时心里一咯噔，没准是他俩。一查点，果然是。

包良种给兄妹俩带来的是一袋子米，也是他们自己试种的新品种。他爸妈得知平凡兄妹来，也十分高兴。这一晚，包良种带着他俩在大田里转了大半宿。冬季的田埂坚硬又清冷，月光如洗，面对广阔天地，他们的心头却是暖烘烘的，包良种指着脚下的土地，说："别看这里很坚硬，这土地最实诚，来年的丰收都靠它酝酿呢。"俞安然看着眼前的这个年轻人，心头顿时涌上一股异样的情愫。

第二天麻麻亮，吃过早饭，俞安然和俞平凡就穿上厚棉袄棉裤，俞安然突然扛起锄头，吆喝一声："兄妹开荒啰，吭，吭，吭。"

俞平凡是个腼腆后生，见到河工就鞠躬喊伯伯好、叔叔好。弄得人家这些老实头也不自在，连忙回礼，说俞老师好，转身就都嘀咕，这小伙子可真迂。一些女河工见了平凡是个毛头小伙子，皮肤白，脸又嫩，专挑俏的辣的说，春话一地。平凡就觉得脸红，有两次夜里还梦遗了，他也不好意思说，偷偷摸摸把裤头洗了。俞安然不解，笑他当什么资产阶级，洗个裤头还这么勤，平凡说闹了肚子，安然这才作罢。俞安然在这些民工堆里倒是如鱼得水，到处觉着新鲜，一个河工一个故事嘛。哪里热闹，她就拿个小本本专往人堆里钻。到了晚上，她就在灯下整理笔记。包良种与俞平凡在另一头看书写笔记。这天晚上，她写着写着，扑哧一声笑起来。包良种问她："傻愣愣的，笑啥子？"

俞安然说："没啥，就是白天听到了两个笑话。越想越好笑。"说着笑得前俯后仰，弄得那俩大小伙子面面相觑。

一个说的是挑河工的一个老汉，夜里起来大解，蹲在旮旯地里，屁刚放了两个，结果一用力一屁股滑倒在地，冰碴子把屁股黏住了，怎么也起不来，要不是巡逻查哨的救得快，连冰土疙瘩一块铲了，七手八脚搭到窝棚里又是热水敷又是用火烤，再晚一个时辰恐怕连老命都得丢了。

还有一个笑话，是有个河工是夜里去摸鱼。起河工时经常能摸到鱼，民工们经常凑了份子，买了本地烧酒，打打牙祭。苏北草鱼大而肥，摸到一条，一块喝酒吹牛逼，谈女人，哪个的奶大盘子正哪个腚圆有摸头。这个河工私下里有个相好的，也在工地上烧饭。郎情妾意两人偷偷地相好，男的想我不能白相好，总得给人家买个啥子表个心意，于是两人就约好了下河摸鱼，男的说摸到了鱼，你就给我拿到乡里集市上卖了，你给自己买块表。一次不够，就两次，两次不够，就三次，总之要够买一块上海牌手表。女的很高兴。俩人夜里手拉手去河边，男的套上了皮褂裤，结果天太冷，皮褂裤给冻裂了，水直往里灌，那男的在河里冻得受不住了，直嚷嚷着让女的喊人来救。女的哭着说，我的手表没了不谈，我还要让人戳脊梁骨，我不喊。男的就说，你不喊，我冻死了事小，你也脱不了干系，那地上有你的脚印儿呢。女的边骂你个杀千刀的，老娘我没吃到鱼，倒惹了一身腥。

俞安然说："哈哈，他们真的是苦。苦中作乐。但我从他们身上感受到了一股力量，建设家园的力量。这儿的人真好，不懂什么斗争，也不讲什么权势，挺淳朴的。"

包良种看着她，被她的情绪感染了，俞安然的心底仍然是那么的干净纯洁，他的心扑通扑通地狂跳着，那里，不知不觉地有人把它占满了。

俞平凡羡慕地说："安然啊，你应该做一个记者，一个真正的记者。"

俞安然骄傲地说："当然，我的理想，就是从这里考上大学，上全国最好的大学，新闻系。包良种，还有俞平凡，你俩呢？"

包良种的脸突然红了起来，他说："我的理想，就是做一个掌握真正的育种技术的农技员，我特别喜欢看种子从土地里冒出新芽的样子，每一粒种子都让我着迷。"

俞安然扑哧一声笑起来："包良种，你知道吗，你这个样子，像什么？"

包良种的脸更红了，他的心提起来，俞安然会把他形容成什么？

俞安然两眼亮晶晶地看着他，一字一句地说："嗯，像一个诗人。"

包良种的心给轻轻地安放下去，他想从俞安然的眼睛里逃开，却又舍不得。

俞平凡双手枕头，看着屋顶，说："你们俩也照顾一下我的感受。下面，我说一说，我的理想是做一个音乐家，在维也纳音乐大厅里演奏钢琴。"

俞安然与包良种对视一眼，反驳道："我知道你的小九九，最好呢，在这个大厅里头，还有一位长发披肩的女高音歌唱家。喂，你的歌唱家最近给你来信了吗？"

"别乱讲，我们仅仅是通通信而已。"俞平凡不好意思地挠挠头。他的眼前浮现出那个倔强的女孩高桐。是他主动写的信，试探着写了寄了出去，一来他们在学校里有几次交集，二来，她是高如风舅舅的养女，把信写给她，既能了解如风舅舅的动向，也能通过这个动向，掌握一些他们姆妈的情况。姆妈之前有交代，没有特殊情况不要给她写信。毕竟，如风舅舅是姆妈的晴雨表。虽然农场离家很近，十几里路，但是俞浪行在送他们第一次到农场来时，就交代俞平凡，一定要看好妹妹，防止她感情冲动跑回家。这个军垦农场有着天然的保护色，只要他们安心锻炼，别的什么都不要问，一切有他。俞平凡知道他的用意，便正式答应了父亲。

第一次收到高桐的回信，看得出这个女孩是上了心的。她用的信纸上，特地画了架小小的钢琴。平凡想，这个女孩真有心。钢琴是他的最爱嘛。于是，他就把她当成了联系如风舅舅和姆妈的最可靠的人。他在信里写了很多农场河工上的趣事，也写了安然的进步，写到了他们的发小包良种。但是最近有两封信寄出去了，他一直没有收到回信，他隐隐有些担忧，不知道如风舅舅和姆妈情况如何了。从高桐的回信里，她几乎没有提过姆妈平安的情况，平凡想，可能是女孩子脸皮子薄，不好意思打听人家母亲的情况，就没再多问。如风舅舅也大致一两句，不过是今天又给拉去游街了的话，一副不想多提的样子。相反问他，没有办法练琴怎么办？乐谱忘记了怎么办？河工队伍中有没有不想识字的人？想到这里，俞平凡对俞安然说了一句："高桐这个女孩子很有意思。"

俞安然白了他一眼："傻子，人家看上你了，可劲儿关心你的事，你就呆吧你。"

俞平凡脸一红："怎么可能，我这个样子，她居然会喜欢我？打死我也不信。"

俞安然说："我说你傻你又不承认，哪有哪个女孩贴上前来说，我喜欢你的。"包良种看着她娇憨的样子，心里想，我喜欢你，安然。

俞平凡正色道："那我要好好跟她说清楚，我这样的人是不值得她那么好的女孩喜欢的。"

"为什么呀？你人好心善，关键还有一个动手能力强的妹妹，谁喜欢上你是她的福气。"安然伶牙俐齿，眼神飞向包良种，那个黑皮，两只眼里全是她。

"我承认，我说不过你。不过，作为你哥，你给我坦白一下，有没有追你的男孩？"俞平凡认真地问，坐在旁边的包良种眼里望着书，耳朵却支起来听。

"追我？哈哈哈，从小到大，追我的男孩只有一个，其他的都是我追人家。"俞安然大大咧咧道。包良种心里直叫，我呢，我呢？

　　"你说是马小开？我还以为是我们的包技术员呢。"俞平凡瞅了一眼包良种，调侃道，"也是，从小到大，在我们身边最多的就是小开了，怎么样，他怎么表白的？"

　　"还要表白，他哪只眼睛是什么心思，我一眼就能看出来。哈哈，不过，他是我好兄弟。"俞安然偷偷瞄了一眼包良种，见他心不在焉，便乐了："说到这里，我倒是有点儿想他了，唉，也不知道他这段时间又野到哪里去了。"

　　"你就不想姆妈？"俞平凡试探道。

　　"我才不想呢，为了那个女人的脸色，她居然打了我。想到这个，我的心都在疼。自小到大，我惹了那么多的祸，她动过我一个指头吗？没有。居然为了那个女人的脸色，就动手打我。我恨她，没骨气，胆小鬼，自己想要的东西不珍惜，自己该得的东西又不去抢回来。"俞安然赌气道。

　　俞平凡记得姆妈的话，他这个妹妹是暴脾气。凡事要顺毛捋，否则她会炸毛。他们上次偷偷回到泰州，平安对妹妹动了手，这在俞安然心里留下了深深的印记。这个印记不是对他们的母亲，而是因为那个省城的家。变故太突然，以至于让他俩无法接受，到现在提起来还是根刺。

　　"好了，你现在恨也没用。姆妈一个人在泰州，我想她，我担心她。"俞平凡老老实实地说。

　　"要不咱们再跑一次？"俞安然忽闪着大眼睛说。

　　"不行，姆妈说了，千万不要贸然回去，那是添乱。"平凡正色道，"再说了，到了这里，一切要讲组织纪律。"

　　俞安然咬着笔头，无奈地瞅了一眼包良种，泄气道："算了，看书吧。"

38

复　苏

　　那日酒后，陆小米果真带着马春娇离开了泰州。屋子一下子空了下来。高如风一个人在院子里站了很久，没想到，陆小米与他竟然以这样决绝的方式了断了近二十年的痴缠。这得有多大的勇气啊。这么多年来，她对母亲大人李国香的孝道，对养女高桐的疼爱，他都看在眼里，唯独对陆小米这个名义上的妻子他都没有好好地正眼看过，他被单位挤压、被刷大字报、被拉去游街，陆小米始终不离不弃地跟着他，照顾他。特别是昨天她划上火柴，烧掉那封所谓的检举信，更是反映了她的用心良苦，他的最大的担心就这样以这种决绝的方式，被她抹得干干净净，他的心里被歉疚填得满满的。看着屋檐下整整齐齐堆放的柴火，几盆花草，他不禁讷讷自语：还真是个好女人啊。陆小米这个女人，到底在他心里还是烙下了一个印记。

　　高桐对陆小米的暮然离开，虽然有些舍不得，但毕竟见养父养母这么多年一直形同路人，家里的气氛压抑难忍。高桐对养母既同情又无奈，养母对她在教育上的苛求，让她养成了自律勤奋的好习惯。自养母那个古板又严厉的身影消失之后，家里一下子变得明朗起来，但又像明显少了什么。高桐乖巧地承担起照顾养父的担子。短短几天，她似乎一下子长大了。

　　高如风在书房里查阅资料，泰州的盐业史，他还在偷偷编撰。每次游街的时间一到，他就准时把书稿藏到墙缝里。史海浩瀚，历朝历代，盐都是老百姓必不可少的生活用品，也是统治者驭下的国之重器。高如风作为一个盐商的后代，从祖上盐业发家，荫及后代绵延百年，他是在盐商的奢靡生活场景中长大成人，又到国外接受先进的思想教育，高如风的觉悟本身就带有一定的特殊性。他在日本帮助有革命意愿的仁人志士，回到国内，特别是回到泰州，又秘密加入了中国共产党，成了隐蔽战线的一员。与松下井还有他父亲高老爷的三姨太琼花，也就是日本高级特务赖良京子的樱花组织斗智斗勇，他从母亲李国香那里拿到的若干财产，都作为活动资金支持前线急需的盐、药品和医用器械，这是他与母亲心照不宣的秘密。除了平安，没有一个人知道。他想方设法去找过他的入党介绍人老孟，也就是平安的二叔

239

孟二当家的，可惜听说在解放上海中牺牲，他过去为党所做的一切，没有人能够为他做证。作为家族企业的接班人，他进了盐业公司，配合组织完成了公私合营社会主义的改造。而如今，他被作为批斗对象，每天在接受新的思想的改造。他痛苦过，埋怨过，但是平安曾经劝过他，一个人活着的意义，不在于一纸的证明，而是内心的从容、明朗、磊落。他们在精神上的契合，已经让他们融为一体。他的身份的确认如此，他与平安的感情也是如此。这就是他的宿命，他与平安的宿命。

因此，他的心底仍然是光明的，充满期待的。他把爱至死不渝都交付给平安，然后只愿意把毕生的精力都奉献给盐业史的编撰。总有一天，他会以一个明朗的身份公开示人。他相信，历史是公正的，组织会还给他一个公正。

琴练不成了，高桐在家里小声地背乐谱。这些时间她一有空就往医院跑，高如风听到女儿的声音，心里很安慰！孩子懂事儿了！虽然不是己出，但毕竟流着高家的血液，是高家现有的独苗儿，他寻思了一下，就在家里找了块木头板子，找出斧头、凿子和刨子，忙乎起来。

高桐听到木锯声，跑出来问："爸，你这是要做什么呀？天冷，别忙乎了。"

"没什么，等着，做个小玩意儿给你玩玩。"高如风呵呵笑起来。

两天后，高桐一到家，高如风就把她领到琴桌前，以前这儿是搁了台钢琴的，给抄家的小将们砸坏了。高桐走上前，掀起台布，一架崭新的钢琴出现在她的面前，黑白键，在屋内很醒目。她按了一下，键好用，但没有声音。

"音阶恢复不了，你可以在上面练手感。"高如风对着女儿说。这是他给她雕刻的一架木钢琴，琴键给涂上了黑白两种颜色。

"爸爸，你真好！"高桐一下子热泪盈眶，她扑到高如风的怀里，哇的一声大哭起来。

高如风抚摸着女儿的秀发，也哽咽着说不出话来。他的心里充满了感伤，平凡如果手里也有一台钢琴，哪怕是眼前这个发不出声音的钢琴，他也是欣慰的啊。

高桐坐在琴凳上，认真练习起来。这一刻她的心境如潮水一般，贝多芬的《命运交响曲》在她指尖滑过，她的身体随着心底的旋律不住地起伏、起伏。

高如风看着女儿的背影，也不禁泪流满面。

说来也怪，连续几天，高如风都没有给叫出去游街。他待在家里，觉得很奇怪，就让高桐出去买菜，顺道打听了。

"不得了，爸爸，爸爸，大新闻，大新闻。"高桐回来，顾不上放下菜，就扑进书房。

高如风看着女儿，见她一脸激动。

"两派打起来了。"她气喘吁吁地说。

"什么两派打起来了？"高如风皱着眉头，疑惑地问。

"具体我也没听清，什么好派，什么屁派，嘻嘻，有意思！"高桐笑得咯咯的。

"别乱说。都是些什么人与什么人啊？"高如风问。

"还别说，你还记得老跟平凡安然那兄妹俩后面转悠的那个小子吧？马小开，对，就是这个人，他当上屁派的头头啦。"她又压低声音说，"我还听说这个派里头都是些年轻的学生，还有工人，是专门斗当权派的。"

"马小开？"高如风愣住了，这世界变化真快，马小开什么时候入了屁派，还当上了头头。

高桐兴奋地点点头，不管马小开是什么派，总之，他能保高如风，不让他受苦受难，她就觉得他是个好人。

高如风心里琢磨着，不管怎么说，这些年轻人在兴头上，社会给搅成什么样子，他都不得而知，平安还在医院里，她可不能再受惊吓了。他急匆匆地交代了几句，让她待在家里，现在形势不清楚，不能再给卷进去。见高桐应了，他才火急火燎地往医院赶去。

平安待在医院里，外面的那些人似乎也把她给忘了。高如风现在特别清醒，在这场旋涡里除了能够存活下来，别的都是次要的。他现在要做的事情就是鼓起勇气，陪伴在平安的身边。

平安见他到来，朝他笑了笑。这个笑容让高如风有点儿恍惚。刹那间，他好像看到了孟芊芊当年的身影，那么清丽无瑕。

"如风。"她这么叫他。

他温柔地应了一声，坐到她身边，握住她的手。

"我们开始吧，快点，不然日本人马上就要来了。"她微笑着，要脱掉上衣。

高如风的头轰地一下，他彻底给愣住了，这分明是当年，他俩为了保护古乐乐谱，做人体绣时，孟芊芊说的话。难道她的神智经过这场打击，又回到了过去？

高如风轻声对她说："咱们不急，你躺下，把眼睛闭上。"

平安固执地甩开他的手，眼神灼热，狂怒道："不行，快点，不然他们会抢走乐谱的。"说完趴在床上。

高如风见她又有狂躁的倾向，痛苦地闭上眼睛，哽咽着："好，好，好，你把眼睛闭上啊，不痛的，我一会给你注射吗啡，你睡醒了就好了，我守着你。"

平安点点头，双手撑住下巴，缓缓地闭上眼睛。这张平淡无奇的脸，究竟有着怎样强大的内心。高如风的心里怜惜道，终我一生，只此一人。

高如风与医生进行了沟通，给她注射了吗啡，很快，她安静地睡去。她的后背裸露着，给高如风打开了一个新的视角。

那一年，她正年少，为了保住古乐乐谱，她的背给他绣成了一张图。在他的记忆里，那具身体苗条、姣好、圣洁，古乐乐谱在她后背上复活，变成了一个个活着的乐符，让她神圣而不可侵犯。时过二十年，她的身体孱弱，后背斑驳，没有一块整齐的皮肤。当时为了阻止日本人从她的后背上发现图谱，她在大火里翻滚，后背给火烧得面目全非。高如风的手从她的皮肤上抚过，坑坑洼洼，每一小块凸起，都是一片苦难。爱这个女人，终其一生，夫复何求。

平安出院以后，高如风把她接到了家里。她的神智时而清楚时而糊涂，人总是瑟缩着，不爱多说话。清醒时，她会把手放在高如风的手心里，就那么静静地坐着，倦意上来了，她就会睡觉，通常要睡很久，仿佛前生欠了太多的觉，要乘这个档儿慢慢给补上。有时糊涂劲儿上来了，她就直挺挺地坐起来，揪着高如风的衣领，声色俱厉："把我的平凡，还有我的安然还给我，他俩是我的命啊。"

"平凡，平凡，我的儿，你不能死啊。"

"安然，你个疯丫头，赶紧给我从树上下来。"

"刘梅，不好意思，两个孩子就全权拜托您了，他们如果不听话，您就替我打，狠狠打，没事的。"

往往这时候，她就目光涣散，神情紧张，抓住高如风手臂的手指痉挛着，一直要抠进肉里的样子。

高如风知道她满脑子都是对过去的回忆，而且主要定格在她们娘儿仨在林家大队的那一段，再往前在泰州她所经历的爱与痛还是紧紧地锁在记忆深处，可见她内心深处仍在克制，仍在隐藏。他重重地叹了口气，把她偎在怀里，像孩子一般轻轻地抚慰她，直到她平静下来，继续睡去。他不时低头看她，见她鼻息正常，睡得很安详，慢慢也就心安下来。

这段时间很奇怪，安静了许久，都没有人上门拉他出去继续批斗，高如风没有，平安搬离了那个家，也没有人找。转眼间已到了小年夜。

这天晚上，父女俩给平安洗了脸和脚，刚照料上床，只听得外面门响。父女俩面面相觑，高如风拎了根棍子去开了门。

进门的是马小开，他手上拎了一块肉，还有两条鱼，见到高如风就塞到他手里。

"叔，马上就要过年了，给您准备的。"说着就要往里闯。

高如风连忙拦住他："你干吗往里屋走？我这里就我和女儿两个人。"

马小开咧嘴一笑："我的叔叔哎，我是马小开，是您侄儿呢。我知道平安姆妈在您这里。"

高如风无语，只得把他让进屋。这浑小子身上有股子邪劲。惹不起。

马小开进屋，见高桐神情紧张地护着平安，便笑起来："果然还是我叔叔重感情，我最放心不下的就是平安姆妈了。"

高如风见他穿着军装，腰间扎着皮带，还佩了把枪，就觉得很扎眼。虽说小开人长得很精神，但怎么着与他高家都不像是一家人。

"我现在是屁派的司令。好笑，是不是？"马小开咧着嘴笑着，一口白牙。"这段时间没人再来骚扰你们是吧，这都是我安排的。"

高如风担忧地望着他，二十出头，人高马大，据说是他大哥高开养在外室的，说白了，也算是他高家的人。想到陆小米把马春娇都带到了乡下老宅看大田了。高如风觉得有必找时间跟他好好谈谈。

马小开乐呵呵地："别这样看着我，我知道你们这些读书人看不上我，小混混也当上了司令，心里头瞧不上我。我有自知之明。我这人没别的优点，就一条，知恩图报。谁对我好，我就对谁好。这世上，除了平安姆妈和平凡安然，没有一个人真正对我好，包括我那老娘。所以我加入了屁派。只相信谁是好人，我就无条件救他，帮助他。谁拦着谁挨揍。"他朝高如风抡起拳头，果真是铁榔头一般。"哼哼，他们那一派，屁用没有，都是瞎胡闹。"

高如风心里不知道说啥好，这个年轻人与他没有什么缘，但他与平安有缘，平安打小把他当自个儿子对待，这他也知道。他轻轻地推开门，有些为难地说："小开，你小点儿声，她不能受惊吓。"他朝小开指指自己的脑袋。

"谁干的，谁干的，我弄死她。"马小开像一头怒狮咆哮起来。高如风赶紧把他拖到外屋，一边朝高桐使眼色。

高桐坐到平安身边，握住她的手，轻轻地捋着，生怕她惊醒了又发作起来。

高如风给马小开沏了杯茶，递给他："喝吧，都已过去了。"

马小开执拗地问："不行，你得告诉我，哪个龟孙子干的。"

高如风说："小开，你平安姆妈这样，也不是件坏事，最起码她不用再去挨批斗了。"

"有我马小开在，谁还敢动她，包括您。虽然高家从来没有承认过我，我敬重您是个君子，量谁也不敢再动您。"马小开气咻咻地。高如风想，平安可是给你那个晦气娘给吓坏的。但这事已经过去，就不再提了。他现在只想在平安身边，保护她，不让她再受到任何伤害。

"对了，叔，您一定知道平凡与安然他俩在哪里，您把他们的地址给我吧，他俩是我的好兄弟，我不能没有他们的联系。"马小开恳切地说。

高如风说："他俩早就到省城了，你不知道吗？"

"我知道他们去了省城，我也去了那，找过他们，但是一直没找到。我不知道平安姆妈为什么要把他俩送到省城去，您一定知道的，叔，您就给我吧。"

"我真的没有，小开。"高如风想了想又说，"你妈跟高桐妈到乡下老宅去了，你别惦记她。"

"我知道，她是个祸害，死不了的，我走了，再过两天来陪你们过年。"马小开说着，又对高如风鞠了一躬，高如风连忙扶住他："别，别，小开，叔也没好好照顾你，真是对不住。"

高桐在里屋听到后，心里一动。她瞄了眼日历头，快过年了，距离过年还有七天。

39

高　歌

无疑，乡间是令人敬畏的。安然在日记里写道：

> 垦荒从一九五五年年头开始至今已经将近二十年，历经了联垦、军
> 垦，现在既是军垦农场，又是知青农场，时过境迁，过去的荒滩盐碱地，
> 如今正在往万亩良种场方向发展，而且部分已经初步见到了雏形。这个
> 农场有个响亮而浪漫的名字：红旗农场。农场的水利灌溉工程项目与国
> 家的南水北调工程相衔接。南水北调东线工程的起点在长江下游的扬州，
> 终点在天津。中线起止点在长江最大支流汉江中上游的丹江口水库东岸，
> 终点在北京颐和园团城湖。北线起点在四川长江上游支流雅砻江、大渡
> 河等长江水系，终点在山西。

红旗农场是个特殊的存在，既有一群中国最本分的农民，他们守着各自的田地、
房屋、猪羊、民俗，还有自己的手艺，没有手艺的就靠力气，一代一代，年复一年，
重复最本色的生活。他们不知道在他们的村子以外，还有着更为广阔的世界，就像
不知道除了村子里的小河以外，还有长江、黄河、海洋。还有一群是来自上海等大
城市的移民，他们见过中国的最繁华，享受过大城市的各种公共福利，也有诸如泰
州等周边地区的下放知青，还有部队的战士，特别是那些文艺兵，无不让平凡与安
然感受到了青春的力量，而且他们从中也像小牛饮水一样，酣畅地吸收着那里面的
营养。包良种心甘情愿地担任起他们的向导，细致地给他们讲解着红旗农场的英雄
历史。他们脚下所走的石块路，还有路两道高大的榆树，大会堂、西圩水塔、团部
营房、连部营房，都是农场人战斗的痕迹。到了这个农场，人们身上积蓄着各种原
始的力量，这个力量，正在以肉眼可见的速度往外渗透，就像原子弹一样，可能只
需要一个触点，这股力量就会引爆整个苏北平原直至整个中国。

因为上河工管饭，农场上下还有周边约有近万人报名参加。畚箕，箩筐，粪桶，

麻布，凡是能用上的家伙，在整个工地上都能看到。热闹时工地上能有七八千人一起上河工，场面十分壮观。因为农场里头规定了，农村户口一人五方，非农一人三方。一方土大约一点三吨。但挑是挑了，河工没捞到好，就有人编了顺口溜，"挑剩下裤头儿，吃不到鲢头儿！"

这还了得，群众有反应，上头研究了，说规定是死的，但人是活的，吃撑了的与饿扁了的，可以统筹。这下子下面来了劲儿，下头村子里有劳力的一般大半天就能挑完，余了见城里来的"肩不能挑担，手不能提篮"，就主动帮助，挣个烧酒钱。有些居民上的人上不了河工，索性就花钱买工，一个愿打一个愿挨。农民结实，耐扛，见这里头有商机，精明的就索性拉起了队伍，在居民和农民中间抽头。工分本上工工整整记着各自的名字。这样，均衡化发展兼顾个性需求的社会主义初步改造就自动形成了。

安然在这些河工中间如鱼得水，她走到哪里，就会听"安记者""安记者"的叫声，这称呼让安然感觉到亲切、踏实，又十分温暖。她想起了她姆妈带着她和平凡在林家大队做扫盲班的时光，老桂香舅奶奶、包金银老爹那些可亲的人。她背着绿色的书包，里面放着一个小笔记本和一支铅笔，笔是英雄笔，从省城下来时，她的父亲俞浪行送给她的，他给平凡的是一个录音机和一些磁带。她带着这支笔，写着面前的这些老百姓，慢慢地，她的心头也会浮现出俞浪行的身影。她感觉到很内疚，因为已经很久没有想起她的姆妈了。她狠狠地掐了自己的手臂一把，直到青紫了一小块，她才用笔尖指着那块青斑，骂了自己一声"没良心的"，心里才稍稍安慰了一点。她决定，过年一定要请假回去，陪姆妈过年，她才不管那些什么斗争呢。她只想她姆妈。

晚上，她坐在油灯下写日记：

红旗良种场属北亚热带湿润季风江淮气候区，气候温和，四季分明，雨量充沛，无霜期长，农场土壤地表面为黑黏淤质土，也属"冷浸田"类型的土壤，1米以下是黄沙土。这些都有利于农作物生长。除遭受水灾（一般台风引起的）外，还有冻灾、风灾和蝗灾等。六二年台风肆虐，树木被凭空拔起，七一年抗洪抢险，千亩早稻、中稻被淹，营房倒塌几百间。一次一次的自然灾害并没有压垮农场人战天斗地的精神，他们挖沟挑土筑堤，罱河泥割野草抖作肥料，弯腰用双手除野草松土，在东、西庄台打深井，建水塔，为部队提供生活饮用水。而且在如此艰苦的条件下，战士们依然坚持刻苦学习毛主席著作，用毛泽东思想"一不怕苦，二不怕死"的精神激励自己。田间劳动，操场练兵，生产不忘备战训练。

　　包良种晚上又摸黑过来，塞给安然一张旧报纸。安然一看，眼睛都亮了。这是包良种的爸爸珍藏的一张旧报纸，那是一九六六年四月十一日《解放军报》，第二版发表文章：《红旗农场红旗飘——从某部红旗农场的生产实践看突出政治的巨大威力》，报道二四二团俞水泉与王虎宝大胆创新使水稻亩产从亩产四百斤达到六百四十二和九百一十一斤的事迹。看着俞安然又惊又喜的神情，包良种说："我就知道你喜欢这些，我爸平时的剪报夹里多的是，你随时可以去找你要的资料。"

　　俞安然盯着他那张黝黑的面庞和洁白的牙齿，说："包良种，你每天晚上都到我们这儿来，小心你的学习。"

　　包良种说："错不了的，安然。"过了半晌，他又鼓起勇气说："安然，过两天农场有演出，你和我一起去看，好不好？"

　　俞安然狐疑地看着他，见他的一双眼睛明亮又热烈地看着她，心里咚咚的，耳尖不由慢慢地泛起了红晕。她佯装嗔怪道："哪个和你一块去啊，还有我哥呢。"

　　俞平凡瓮声瓮气道："去去去，我才不跟你们搅到一起呢。"

　　安然尖叫着扑过去："死平凡，你好意思，等高桐什么时候来了，嘿嘿，你等着。"

　　三天后，包良种扛着长凳，和安然肩并肩钻在人群里看文艺演出。俞平凡早就抢先挤到了舞台前。瓦斯灯高高地悬在高高的竹竿上，舞台是木板搭起来的，战士们在上面表演了一个又一个精彩的节目。原来这是二十七军八十一师部队拉出来的一支近似专业化的文艺兵，这些文艺兵大都来自北京和上海的高校。他们中有来自北京大学的，也有来自上海音乐学院、上海戏剧学院、上海人民艺术剧院、上海民族乐团、上海沪剧团以及上海木偶剧团的。这些高才生，为了保家卫国放弃了大都市的安逸幸福的学习生活，满腔热情地投笔从戎。这支师演出队来自连队，平日里在自己的连队和普通战士一样参加战术训练、生产劳动，空余时间，他们就自动组成连队的演唱组，自编自演，用花样繁多的各种文艺娱乐形式在营房、在田头，在打谷场上，给部队和地方老百姓演出，宣传毛泽东思想，特别是他们用活报剧的方式，把建国初期刘青山张子善的贪污国家财产的恶性事迹搬上了舞台，引得台下观众个个义愤填膺……在极艰苦的环境下，这些节目极大地鼓舞了战士们的斗志，而且，他们排演的节目，在八十一师在二十七军军部举办的每次文艺会演中，都如以往战争年代一样每每夺冠。安然目不转睛地看着节目，眼睛里流露出渴望和羡慕。

包良种看着身边的心爱姑娘，轻轻地把她的手握在手心里。俞安然的手心微微地出汗，包良种的手大而结实，她又恼又羞又略微不安地想挣脱他的手心，可是却被他牢牢地握住，两个人根本不敢对视，只是把目光聚焦到舞台上。

演出散场后，包良种和俞安然在月光下的农场小道上手拉手散步。俞平凡则回到宿舍，摆弄起他的录音机。这是个洋玩意儿。一摁，就能放出声音。平时都是他躲在宿舍里听带子，父亲给他准备了几十盒磁带，都是外国的音乐。不躲在这八竿子撂不到一个人影儿的乡下，他是坚决不敢拿出来听的。今晚的演出实在太精彩了，他寻思着也要在河工上给民工们来一段大戏，提振一下精气神。就到木头箱子里找磁带。录音机和磁带都是藏在箱子里的，那些高桐寄给他的信，他也码得整整齐齐的，用一根红布带扎得牢牢的，压在箱底。看到这摞信，他的心神一荡，修长的手指抚过那些信。

摆弄了半天，终于能对着录音了。他清了清喉咙，对着喇叭口，摁下录音键，深情地说道："高桐，高桐，我就当你在我的面前了。不过，可能你在我面前我还真说不出口。我想，我可能在喜欢你。不知道你感应到了没有？人家都说，相爱的人是有心灵感应的。"录好后，他松开键。又回放了一遍，听到他自己的声音从这个盒子里放出来，他觉得又新鲜又神奇，他左右看看，见四周没有人，这才放下心来。他想把这一段录音删除，又有些不舍。毕竟是他的心声嘛，反正又没人听到，又把手缩了回去。把录音机兜底检查了一遍，就收进箱子里，锁好。要是给安然那个疯丫头发现了，这个小喇叭就要嚷嚷得全世界都要知道了。

早上一起身，发现俞安然已经不见了。俞平凡摇摇头，心想，陷在爱情里的人果然是活力四射的，这才睡了几个时辰，人又不见了。刚准备出门，听到狗叫。他知道来人了，就迎了出去。

一见面，俞平凡的脸就腾地红了起来。果然是想曹操曹操到。

来的正是高桐，她已经长成了一个亭亭玉立的大姑娘。后面跟着一个人高马大的年轻男人。那男人远远就嚷嚷开了："哎呀，一个大男人，脸红什么呀？真有你的。"

俞平凡一看，哟，好小子，是发小马小开来了嘛，就高兴地扑上去。两个人你给我一拳，我给你一掌的，热乎得不得了。

高桐笑盈盈地说："我也是客人啊，你怎么不招呼我啊。"

平凡的脸红得像烧起来了，他的眼睛躲闪着高桐追过来的灼热目光，上前接过了她手上的行李。马小开的眼睛飞速地扫了四周，没看到安然，就问："安然人呢？"

平凡说："早就上工了，她现在可是个积极分子。"

三个人一齐来到工地。只见得人头鼎沸，号子声彼起此伏，河工们挑的挑，抬的抬，扛的扛。半大孩子也跟在大人后面打着下手。高桐给这热烈的场景打动了，她的喉头有些发热，一股子力量从她身体内一个劲儿地往上升，往上升。平凡热切地望着她："怎么样，你觉得怎么样？"

高桐说："我终于明白了，你们兄妹俩为什么能安心在这里。这里有着我们创作的原动力，我们学艺术的都应该从这些号子里汲取力量。"

俞平凡说："真好，我以为你会嫌弃这里又苦又脏呢。"

高桐仰着冻得红红的脸说："我不怕，如果可以，我也想在这里呢，与你。"她顿了一下，接着说："与你们一起在这里学习，创作。"

"真的，那可太好了。"俞平凡欢呼起来，高桐从他的神情里感受到他的真心与热忱。他掉头一看，马小开怎么没了？

马小开这时早就跑进了河工队伍，尽管人流涌动，熙熙攘攘，但是他很快还是从那些河工当中，找到了安然的身影。这个丫头，站在河床上，头上扎着红头巾，火红的棉袄，黑色的棉裤，在一片灰黑的老棉头当中，特别耀眼。她在采访一个准备跳进河池里挖泥的老汉。下河的黏土块冻得犀利如刀割得钻心，老汉从路边用力扯了一小捆枯藤蔓，先用稻草扎着套鞋，再用枯藤蔓裹脚，这样防止脚给冻伤。

俞安然激动啊，她想可惜没有照相机，有的话，就可以把这些老把式生动感人的场景记录下来了。

马小开大步流星地穿过人流，他的一身军装在人流中特别惹眼。这工地因为上头老有人来，而且有部队首长来，河工们以为他是上头来检查的，就干得更欢了。自从俞安然来到了工地担任通信员，红旗农场就成了新闻中心，不但上了县广播站，连军部的广播电台都报道上了。听到他们的事迹在高音喇叭里反复播放，整个工地都沸腾了。俞安然走到哪里，河工们就拉着这个小俞记者唠嗑。唠嗑好啊，都是河工们的真实情感啦。俞安然的报道被上面采用以后，她就更忙乎了。在她心里，这些都是跟林家大队的包金银爹爹一样可亲的人儿啦。

马小开蹲到安然身边，听她一句一句地与老汉聊，不时在小本子上记着什么，河风早把她的脸吹起了"风哨子"，两只原来白皙的小手虎口也裂开了小口子。马小开心疼极了，这丫头长大了，又变得这么能吃苦了，唉，果然是环境锻炼人啦。

那老汉一边挖泥一边用锹往岸上送，一抬头，见一个绿军装的小伙儿蹲在安然身后，吓了一跳，就拉下脸来，呵斥道："你个小当兵的，不去转悠检查，在这晃什么膀子。"

安然一掉头，见马小开棱角分明的一张大脸扑进眼帘，脚一滑，一下子掉进了河里，手上的小本子给甩到了河坎子上。那老汉与马小开一齐上去拉她上岸。

安然气急败坏地大叫道："吓死我了，你个死小开，狗东西，真是吓死我了。"

老汉笑哈哈地，"是我们小安记者的对象吧，感情好。"

"什么对象？哪个跟他搞对象了，他就是个猪头。"安然气急败坏地叫道。

马小开也不解释，与老汉七手八脚地把她拉上来。见她两条裤腿全进了水。马小开二话不说，背起她就跑。安然趴在他背上，死命捶他。她的心里慌，怕包良种那小子看见产生误会。哪个晓得那马小开就只顾着傻笑。安然叫道："我的小本子，我的小本子。"老汉连忙拾上来拿给她。在众人善意的哄笑声中，俞安然给马小开背进了轧米房。

俞安然二话不说，一下子把马小开推开，趴在床上哭了起来。闻讯而来的平凡与高桐也气喘吁吁地赶到。平凡的脸都白了，他揪住马小开的衣领，吼道："你对她怎么啦？"

马小开也气坏了，吼道："我怎么啦，我怎么啦，我不就是把她吓得掉进水里，然后把她背回来了吗？"

高桐一把把他扯到屋外说："你啊，你不知道，人家安然是大姑娘了，你这么一来，人家的脸搁哪？这河工上都是人，几千张嘴啊，人家该说什么，真是的，没脑子。"

马小开愣在那里，傻瓜似的，他的头脑里一片空白，自小到大，他和安然不就是这么玩大的吗？想了一会儿，待安然换好了衣服，他慢吞吞地来到她面前，啪的一声给了自己一个大耳刮子，说："对不起，安然，我没注意，是我不好，我该罚。"

安然扑哧一声笑起来，两眼弯弯地："好吧，赏你挑两天河工，将功补过。"

马小开这才放下心来，四个人开开心心地准备开饭。包良种也赶过来凑热闹。马小开心里犯起了嘀咕，这小子怎么到处都有他，两个人客客气气地打了招呼，俞平凡又给高桐做了介绍，包良种咧嘴笑笑。高桐心想，哎哟，这位可真黑，牙齿倒是白。知道他是平凡安然两兄妹的发小，就热情地给他添了碗筷。马小开沉住气，打开了一个个铁皮饭盒，安然的哈喇子都快掉出来了，不断欢呼："哎呀，马小开，你出息了，弄了这么多好吃的。"菜是马小开从泰州烧好了带来的。他知道安然与平凡的口味，特意做了红烧肉骨头、白斩鸡、醋熘鱼、咸菜小鱼，给严严实实装了在四个饭盒里。

另外还有大林桥的回卤干、下坝的臭干外加一小袋辣椒油，一锅五香茶叶蛋，一摞焦黄中带着米香的米酵饼。他们围在小桌上坐下来。高桐说："他现在是大人物，司令呢。"

"司令？你剿匪呢？"安然嘴巴里塞了块鸡肉，含糊不清地问。

"呵呵，没什么，就是瞎凑个热闹。"马小开正色说。

"热闹？"安然狐疑地看着他，"热闹也能弄个司令？"

马小开不好意思地挠挠头："我呢屁事没有，专挑好人救的屁派。"他给安然剔着骨头，一本正经地说。

俞安然说，"你说梦话吧，你多大个人啊，还能当司令？真是笑死人了。"

高桐抿着嘴笑，她朝平凡凑过嘴，在他耳边说了一番。俞平凡的脸色顿时都变了，望着马小开的眼神也变得谨慎起来。

"我和高桐专门来看你们的。"马小开说，"从你们离开泰州，到了省城，我去找过你们，有几年光景，人没找到，倒是有了奇遇，遇上了贵人。"

"贵人？什么贵人？他怎么帮助你了。"俞安然连珠炮问道。

"大概也是个什么头头脑脑吧，见我在省委干部大院门口晃悠了好一阵子，有一天他从车上下来，跟我聊上了天。见我是泰州人，他就特别高兴，还称我小老乡来着。他跟我说，任何事物都有着对立性，光明的另一面是阴暗，阴暗的另一面可能是光明。他让我回到泰州后，把这句话悟透了，就可以成为自己命运的主宰。我回来后，发现不少所谓的小将们不分青红皂白就抓人游街，就特别气愤。尤其可恨的是，"他说到这里，见高桐朝他使眼色，就调转话音，"我就带着我的那帮小兄弟们与他们角斗，直把他们打得落花流水，再也不敢欺负人为止。他们问我是哪门哪派，我就随口说了句，屁也不是。"

俞安然说："你这个派很伟大。来，来，小开哥，我敬你一杯。"她拿着茶缸子与马小开"咣当"碰了起来。见包良种心神不定，安然就转身跟高桐打趣道："我们的平凡大音乐家这些天忙着作曲感怀抒情，说不定，很快他就能创作出伟大的作品来。"

高桐是与马小开商量好了，又征得了高如风的同意来到这里的。当高如风得知他们兄妹俩居然也下乡插队，而且跑到了近在咫尺的红旗农场。心里是既愧疚又感慨。五年过去了，孩子们居然就这么突然长大了。欣慰的是高桐与平凡通上了信，可见两个孩子必定是有些意思的，又高兴起来。他同意了高桐的请求，又像泰州其他送孩子插队的父母一样，碎碎念给他们兄妹俩准备了不少生活用品。什么毛巾、肥皂、搪瓷盆、热水瓶，一式两样。又到平安以前跟孩子们一起住的那屋子，把他们兄妹俩常用的乐谱、书籍什么的整理好了，同时又把他给他们特制的礼物也给捎了过来。给安然带去的是把木弹弓，这个丫头野性足，她在农场得空可以跟平凡一块打打鸟。考虑到平凡在那没有乐器，就连续熬了两个通宵，给他也做了一张木钢琴键。

饭后，一堆物件堆在平凡兄妹面前，两个人都激动得说不出话来。

俞安然突然问道："为什么都是如风舅舅给整理的，我姆妈呢？我姆妈怎么啦？"她很焦急。高桐那会儿跟俞平凡耳语时说了，平安阿姨挨批斗了，现在身体不怎么好。

马小开接过话茬儿："没事，没事，有我在，能有什么事。"

俞安然盯着他，突然问："我姆妈不会给整出毛病来，连话都说不了吧？"

马小开回避着她咄咄逼人的目光，说道："哪有的事儿，就是得了伤寒，起不来床，有我叔照顾她，放心，她没事儿的。"

高桐也接着说："我爸可细心了，吃的喝的啥，都是他亲自弄的，没事儿，等开了春，你俩回去看的时候，她准好了。"

俞安然的眼睛暗淡下来："你们越这么说，我越不放心。我姆妈是个多么坚强的人呐，连封信都没有，鬼才相信你们的话呢。"

高桐说："真的，她捎话儿了，让你俩安心。等开了春，暖和了，她会和我爸一起来看你们。"

俞安然将信将疑地，包良种拍拍她的肩膀，这才安生下来。马小开见他与安然这么熟稔，心里头很不舒服。第二天，马小开果然换上了俞平凡的衣服，他的块头比平凡大，棉衣棉裤都吊在身上。安然笑得直不起腰来，催促他上工地。马小开挑着担子，跟在昨儿个清泥的老汉后面，挖了几大块搁上头，马小开一直嚷嚷："大伯，再来点儿，我挑得动。"老汉笑呵呵地说："小伙子，这新担子认生，你得慢慢来，跟它处上感情了，它才会便宜你。否则逞了强，晚上你可就得叫唤了。"

马小开满不在乎地说："没事没事，我一个人能撂一百五十斤的石锁，这点活儿不算啥。"

安然给他竖了大拇指，这让马小开更来劲儿了。他挑着担子，一摇一摆上了路。担子两头重量不完全均衡，上了肩头，马小开这才知道自己说了大话。脚迈不上前不谈，前头的担子老挨着地儿，后头的又翘起了头，弄得他手忙脚乱，老汉跟了他半程，见他咬着牙关，心里暗乐，就让他歇下来，叫他把扁担往前挪了两寸，重新挑上了肩。好家伙，轻松多了。老汉又教他："担子晃起来，脚要跑起来，你慢慢琢磨，一会儿扁担就跟你有感情，听你的话了。"

马小开憋了一股子劲，他知道安然在等着他出丑，便把老汉的话记在心里，一点一点地琢磨。不一会儿，那扁担果然很神奇，跟上了他的步伐。一天下来，马小开挑了十方多土。

俞安然笑他："果然是城里人，还不如我们本地的农民。"

到了晚上松泛下来，俞平凡跟他困一屋，见马小开在梦里叫唤，就把他推醒了，哎呀，两个肩膀肿成了馒头，都红得发了亮。

马小开苦着脸："兄弟，你得给我保密，不然我要给那丫头笑一世。"

俞平凡说："绝对。"给他用热毛巾捂了，换了好几回，到了下半夜，才平复了一些。

高桐一直在泰州城里长大，到了这个苦疙瘩地儿，啥都新鲜。还有几天就要过年了，河工上不少人有了松懈情绪，上头着急啊，要求歇人不歇车赶工呢。高桐眼睛一眨，计上心来，她想啊，难得与平凡在一起，两个人要是联合给河工们来段精神食粮，鼓舞士气，平凡一定很高兴，上面乡里知道了，也一定会给平凡记上一笔功劳。她在城里头，消息灵通。据说首都北京发话了，不长时间，就要恢复高考。没准儿，他们都能赶上这趟班车。平凡在基层第一线，要才有才，要品相有品相，将来如果有机会，他一定要考进音乐的最高殿堂。她也要一起，这样，两个热爱音乐的人才能真正走到一起。

俞平凡听了高桐的计划，觉得很高兴。他觉得高桐比他有主意，人又好，最关键的是也有音乐才华，不知不觉中，他自己在心底又给高桐加了分。俞安然是个好热闹的主儿，听到了这个好消息，早就忙乎开了。

"有文艺节目啊，多难得啊。"

"是真人表演呢，不是机盒子里头的人儿呢，而且是城里的。"

"也不知道跟部队里的那些个文艺兵比起来怎样？"

"不管，不管，走，走，走，瞧稀罕去。"

这样，一传十，十传北，河工工地上，又呈现出一片火热的场景。

他们五个人都佩戴上了红围巾。在大工地上拉开了架势。平凡带上了录音机，与高音喇叭一连接，声音敞亮，大工地上一片欢声笑语，俞安然使出浑身解数，让马小开擂大鼓，节目一开，大鼓就咚咚响。俞平凡敲打着脸盆子，俞安然则拎着小喇叭当扩音器，做主持人。

高桐按捺住内心的激动，亮开清亮的嗓门，对着小喇叭，一曲《在希望的田野上》唱完，工地上一片沸腾。多久没听到这么嘹亮的歌声了，这声音直唱到了民工们的心坎里，大家都热烈地鼓掌。唱完这曲，他们五个人又合唱了《洪湖水，浪打浪》《上甘岭》。河工们都兴奋地叫起来："小安记者来一个，小安记者来一个。"

　　安然接过小喇叭，激动地说："谢谢父老乡亲们，我不怎么会唱歌，那是平凡和他对象的强项。"下面哄笑起来，俞平凡与高桐相视一笑，又很快把目光挪开了。她接着说："我给你们朗诵一首诗歌吧。是个外国人写的。我们的家乡与大海有着密不可分的联系，我们挑的河工，也曾经是海岸的一部分，这首诗歌，我把它奉献给你们，向你们致敬，致敬你们的非凡的劳动，和了不起的奉献精神。这首诗歌的名字，叫《致大海》。"

致大海

再见吧，自由奔放的大海！
这是你最后一次在我的眼前，
翻滚着蔚蓝色的波浪，
和闪耀着娇美的容光。
好像是朋友忧郁的怨诉，
好像是他在临别时的呼唤，
我最后一次在倾听
你悲哀的喧响，你召唤的喧响。
你是我心灵的愿望之所在呀！
我时常沿着你的岸旁，
一个人静悄悄地，茫然地徘徊，
还因为那个隐秘的愿望而苦恼心伤！
我多么热爱你的回音，
热爱你阴沉的声调，你的深渊的音响，
还有那黄昏时分的寂静，
和那反复无常的激情！
渔夫们的温顺的风帆，
靠了你的任性的保护，

在波涛之间勇敢地飞航；

但当你汹涌起来而无法控制时，

大群的船只就会覆亡。

我曾想永远地离开

你这寂寞和静止不动的海岸，

怀着狂欢之情祝贺你，

并任我的诗歌顺着你的波涛奔向远方，

但是我却未能如愿以偿！

你等待着，你召唤着……而我却被束缚住；

我的心灵的挣扎完全归于枉然：

我被一种强烈的热情所魅惑，

使我留在你的岸旁……

有什么好怜惜呢？现在哪儿

才是我要奔向的无忧无虑的路径？

在你的荒漠之中，有一样东西

它曾使我的心灵为之震惊。

那是一处峭岩，一座光荣的坟墓……

在那儿，沉浸在寒冷的睡梦中的，

是一些威严的回忆；

拿破仑就在那儿消亡。

在那儿，他长眠在苦难之中。

而紧跟他之后，正像风暴的喧响一样，

另一个天才，又飞离我们而去，

他是我们思想上的另一个君主。

为自由之神所悲泣着的歌者消失了，

他把自己的桂冠留在世上。

阴恶的天气喧腾起来吧，激荡起来吧：

哦，大海呀，是他曾经将你歌唱。

你的形象反映在他的身上，

他是用你的精神塑造成长：

正像你一样，他威严、深远而深沉，

正像你一样，什么都不能使他屈服投降。

世界空虚了，大海呀，

你现在要把我带到什么地方？

人们的命运到处都是一样：

凡是有着幸福的地方，那儿早就有人在守卫：

或许是开明的贤者，或许是暴虐的君王。

哦，再见吧，大海！

我永远不会忘记你庄严的容光，

我将长久地，长久地

倾听你在黄昏时分的轰响。

我整个心灵充满了你，

我要把你的峭岩，你的海湾，

你的闪光，你的阴影，还有絮语的波浪，

带进森林，带到那静寂的荒漠之乡。

  整个工地从沸点一下子冷却下来，河工们发现，这个朗诵着诗歌的姑娘，双目炯炯，却噙着泪花。他们不懂这首诗的含义，只知道他们可爱热情的安然记者朗诵得十分动情。半分钟之后，他们集体爆发出雷鸣般的掌声。包良种与马小开也在人群中，使劲儿鼓掌。他们的心都被眼前这个才华横溢的姑娘深深地打动了。

  俞平凡见安然陷入了忧伤，而且这种忧伤是那么深沉。让他感应到了这首诗的磅礴力量。他与高桐快速对视了一眼，就对着小喇叭喊道："接下来，请大家欣赏钢琴名曲《命运交响曲》。"

  一摁音键，不料他自己录下的对高桐的表白，透过高音喇叭一下子向全场做了广播。当俞平凡扑上去准备关闭时，安然却抢走了录音机，高高地扬起，并朝他挤眉弄眼。只听得平凡的声音在整个工地上回荡："高桐，高桐，我就当你在我的面前了。不过，可能你在我面前我还真说不出口。我想，我可能在喜欢你。不知道你感应到了没有？人家都说，相爱的人是有心灵感应的。"

  高桐羞红了脸。她别过身去，她的心沸腾着、狂跳着。一种不真切的幸福感让她晕眩起来。原来，是真的，俞平凡也在悄悄爱着她。

  工地联欢圆满结束了。河工们的心里都暖洋洋的，一股子新鲜而特别的喜悦让他们仿佛得到了一种新生。五个年轻人各怀着小小的心思，俞平凡与高桐自然而然地走到一起，他们是多么的甜蜜啊，心心相印，相互扶持。俞安然蹦蹦跳跳走在田埂上，她仍沉浸在年轻而饱满的激情里，她的身后是紧紧跟着的包良种，只有马小开远远地落到身后。他在仰视安然，这颗闪耀的星星，他凭什么来靠近她？自卑感充斥在他的心里。他狠狠地搓着自个儿的手，这双手曾经杀过人，他是个不洁不净的人，凭什么去喜欢这样一个明亮美丽又善良的姑娘？情感与道义的十字路口，他在徘徊。他该何去何从？

40

灯　火

　　大年三十，从农场回去后，马小开与高桐各怀心事。与高桐爽朗的神色相比，马小开则萎靡得多。他心底的阴郁像一块发酵的馒头，一点一点地在往外膨胀。

　　高桐逗他说："小开哥，你回去有什么打算？"

　　"还能有什么打算，与安然他们这儿一比，我真觉得我什么屁也不是，就是一坨臭屎橛子。"

　　"他们在这儿是挺好的，苦是苦了点儿，但是精神富足。一想到他们神采飞扬的样子，我就很羡慕。不过，你也是我哥啊，我爸已跟我说了，你也是咱们高家的子孙，他在心里早已把你当成我们家的一员了。爸还跟我说，等你这次回去，就让你住我家，住到我哥那屋。"高桐充满了遐想。

　　"什么？住你哥那屋？我才不住呢。"马小开一下子惊恐起来。高桐突然传达的这个讯息让他一下子措手不及。他的反应让高桐觉得十分奇怪。

　　"没事，不要怕啊，我爸妈和我哥他们毕竟已经过去十多年了。"话虽这么说，她的脸上还是禁不住呈现出了一种伤感。尽管陆小米待她如同己出，但是作为养女，她知道她的存在只不过是陆小米与这个高家的纽带。到死她也不会忘记，当年她一进门看到的惨状。倒在地上的父母和哥哥，因为中毒，他们在地上挣扎爬行时的拖痕、凌乱肮脏的呕吐物，还有突如其来的恐惧，一下子涌到她的面前。

　　她掩住脸，忍不住抽泣起来。

　　"你哭什么哭？人都死了，又不能复生。"马小开冷漠地掉头转向车窗外。

　　"你怎么这么冷血？我爸难道不是你爸吗？"高桐激动起来，指责他。马小开把头扭着，面无表情。

　　"我那个老娘早就说了，她也不知道我的亲爹是哪个？"马小开继续说，一副无赖腔调。

　　"你，你怎么能这么说话？太不可思议了。爱住不住，随你。"她赌气把脸对着窗外，泪流满面。

马小开也把头掉开，他心里这一刻被震惊和自责充斥着。他根本没想到，高如风会以这样的心态让他回到老屋。曾几何时，他多么想和高桐兄妹一样，堂堂正正地从那个象征着权势与财富的高宅大院进进出出，可是这一切根本不可能。死鬼陈如芬与高开，他们对马春娇和自己的刻薄寡情，还有对平安姆妈的嘲弄威胁，让年少的他忍无可忍。他怎么可能回去，那个大宅，对他来说，就是噩梦，就是牢狱。不，绝对不能回去。

高桐到了家，一进屋，见父亲正在给平安阿姨洗脸，他的动作那么地轻柔体贴，平安阿姨很安静地配合着他。高如风回过头来，看到高桐，开心地说："哎呀，桐桐回来了，看你的模样，这次收获不小啊。"他隐约看到女儿因为情感有了归属所发生的变化。

"他们真的好棒，我看到了，他们都在那里发着光。"高桐的眼睛里闪烁着光彩，她思索了一下，鼓起勇气说："爸，如果有可能，我也想去那里。"

"真的，有那么好？爸爸也想去呢。"高如风笑呵呵道，"你平阿姨这几天身体好多了，已经能下地走动了。也没犯病。看样子，一切都是好兆头啊。"

高桐扑到平安面前，见她微笑着望着自己，心里恨不得喊她一声"妈妈"，她毕竟是自己心爱的人的母亲嘛。她把头拱进平安的怀里，平安轻轻地抚摸着她的长发。

这一刻的温情让高如风也感慨起来。他凝视着窗外的几株野菊花，红的黄的，在严冬里开得正盛，不由得微微笑起来。

大年三十晚上，钟楼的钟声一响，全家的心情都跟着明媚起来。大街上贴满了新春的大标语，把原先的大字报都盖住了。县城的气息似乎也舒缓了过来，人们都像做了一场梦一般。高如风找人把家里的钢琴修好了，调好了音。高桐便兴高采烈地坐到琴凳上，给平安演奏了一曲《友谊地久天长》。悠扬的旋律，把平安一下子带进了美好的回忆里。她脸上的表情柔和，眼睛也开始有了光彩。高如风与高桐相视一笑，果然，对于平安，音乐才是唤醒她的最好的良方。这个晚上，高桐接连演奏了许多名曲，连高如风也拿出多年不用的手风琴，在平安面前表演了好几曲。末了，平安终于张开了嘴巴，轻轻说了声："谢谢！"

高如风高兴坏了，他噙着泪跟女儿说："五年了，她终于开口说话了。"

高桐也激动得点点头，他们三个人紧紧地拥抱在一起。

平安说："平凡和安然，还有小开，他们回来吗？"

高如风委婉地说，"那俩小的隔得远，农场又忙，也没个电话，预计是不回来了。

小开，一会儿喊去。"

平安"噢"的一声。高如风知道她心里有点儿失望，毕竟那两小的已经有五年没看见了。儿行千里母担忧，何况又是过年这个当口。

到了晌午，高如风问女儿："小开怎么还不来？你去瞧瞧，让他回来吃饭。"

"我可不想与他说话，神一出鬼一出。"高桐嘀咕道。

"不许你这样说小开，他也是个可怜孩子。"高如风说。

"你们是在说小开吗？叫他来啊，就说平安姆妈想他啦。"平安在里屋说。

高如风赶紧应了一声。"哎，好的。"又对高桐说，"你不去，我去。哎呀，真是人小鬼大。"

高桐耸耸肩。

这边高如风前脚刚出去，后脚屋内又来了人。夫妻俩带着孙子。

高桐一见，就扭过身子，不愿意理他们。

那男的上前就亲热地说："我家桐桐长成大姑娘了，几年没见，出落得更漂亮了。见了舅也不叫一声。"

见高桐不吭声，就扬着喉咙叫道："高经理，高经理，这拜年的都上门了，不出来见个面嘛。"

高桐连喝都没喝住，就见她那舅领着老婆孩子进了屋，一掀开门帘，见平安躺在床上。就放下帘子，对着高桐："哟，敢情又换妈了，你老子怎么就没给斗怕了呢。"

高桐虎着脸，没好气地说："不要你管。陈家有陈家的门户，高家有高家的规矩。"

"哟，个细丫头，教训你娘舅来了。得了，跟你那假老子说一声啊，我那妹子的房子有一半是我们陈家的。过了这几天，我就搬进来住。"死鬼陈如芬的大哥陈如芳这么说着，就带着老婆和孙儿出去了。

出门时，还不忘"呸"的一声，撂下一句："外面的野女人能住得，我这大娘舅就住不得。"

高桐气得眼泪都流了出来，嘟囔着："你这三十晚上的不是拜年，是讨债。"

平安在里屋听了也不生气，对高桐说："不是什么大不了的事，等你爸回来你们商量下，能住就让他们住。"

"平阿姨，您可别听他胡说。我这娘舅自打我爸妈走了后，他就没好好疼过我。这几年，倒是有脸进我家的门要房子。我可不想给他们一片瓦，将来平凡和安然回来了，这屋也不够住。"她这么说着，脸都有些红了，不由得羞得低下头来。

平安见她明事理，越发喜欢了。

天黑了，高如风才回到家里。马小开没来。

平安问了，他才说，小开回到乡下老宅，陪那两位过年了。平安知道到了高家，就是他们的家事，也不再多问。高桐倒是疑惑起来，到农场看平凡安然他们之前还好好的，还说要来陪他们一块儿过年，怎么一下子就来了个急转弯呢？她有些百思不得其解。想来想去，她的心底突然冒上来一个可怕的念头，会不会是他呢？当年的投毒案，大家都把目光锁定了成年人，特别是与高开相好过的，又没有得过高家好处的人，唯一没有调查的是孩子。类似于马小开这样年幼的孩子。会不会是他呢？一定是，否则，怎么一下子他就玩消失呢。

想到这里，她的汗毛都立了起来。

高桐的心思比较细腻，回忆起在车上马小开的失态，她开始担忧起来。如果马小开真的是当年投毒案的凶手，时过境迁，一点儿痕迹都没有了，这个案子还怎么破？如果他不是，那他为什么要这么紧张？连拜年都不来了。

高桐心里很害怕，如果他果真是凶手，他知道自己怀疑他，会不会连她也杀了。可怜的姑娘浮想联翩，想得浑身都起了鸡皮疙瘩。半夜，她起身，抱着被子来到平安屋里，见平安醒了，她不好意思地说："阿姨，我想跟你睡一块儿。"

平安往里挪了挪，拍拍身边，示意她把被子放下来。

高桐一钻进被窝，就缩成一团。

平安拍拍她的被子，嗔怪道："年轻人应该火气大，怎么冷成这样？好了，赶紧捂一会儿。"

高桐筛糠一般抖了好一会儿，终于平静下来。她试探着问："阿姨，你说马小开这会儿一定到了他妈那里了吧。"

"应该是的，你们高家老宅离这城也不到几十里地。乘车也快。应该到了。"

"那我听说，小时候，马小开跟他妈并不亲，是不是？"

"可能吧。小开自打与平凡安然他们认识，成了好朋友，一直都在一起玩，而且像个大哥哥，照顾着他俩兄妹呢！"

"马小开对安然可好了，我看他倒像是在追安然呢？"

"啊，有这事？不过，小开这个孩子，从小就实在、厚道，是个讲道义的好孩子啊。"

"可是，我觉得马小开那个妈对他也不好啊，整天打打骂骂的，哪个孩子不跟妈亲啊，有没有可能，他根本不是他妈妈的孩子？"

"你这孩子尽说些奇奇怪怪的话，他妈虽然不咋的，对他还是蛮亲的。你还小，不懂。有些感情就是相爱相杀的。"

"唉，要是我自个儿爸妈和我哥，好好的，那该有多好啊，一家人在一起团团圆圆。"高桐说着忍不住鼻子发酸，眼泪就下来了。

平安连忙把她搂到怀里，轻轻地拍打着她的背，说："有阿姨在呢，阿姨就是你妈妈。"

高桐一下子哇哇大哭起来，哭了半晌，才囫囵着慢慢睡了过去。

就在高桐与平安唠嗑的当儿，马小开也到了老宅。马春娇跟陆小米一起，穿着是素净了点儿，但开了口还是老样子。见马小开突然赶到她身边，顿时激动得语无伦次。拖着马小开的手臂，笑吟吟地让他叫陆小米"婶婶"。

马小开很听话，这让马春娇很吃惊。他恭恭敬敬给陆小米鞠了躬，叫了"婶婶"，算是拜了年。陆小米阅尽人生，见这孩子人高马大，脸上却有挥之不去的暴戾之气，就觉得有些惋惜。

娘儿俩回到屋内，马小开在床沿上坐下。马春娇从铺盖下面拿出一沓钱，交给马小开。

"儿啊，这是妈在这里卖粮食的钱，她对我不错，我都攒这儿了，现在交给你，留着给你娶媳妇用。"马春娇用手指指东厢房，那是陆小米的屋。

马小开第一次听到马春娇说出这么动情的话，禁不住流下了眼泪。

马春娇急了，连忙上去抱住他说："我的儿，你哭什么啊？快告诉妈。"

马小开从小到大，哪里得到过如此亲密的温暖，抽着肩膀哭得更凶了。又怕东厢房陆小米听到，他把头埋进裆内，捂着嘴呜咽着，两个肩膀不停地耸动。

马春娇本想骂哪个杀千刀的，想到隔壁，就安静下来。等他哭完，他一定会说的。她在想，这个小赤佬不会惹了什么天大的事情，这会儿才害怕成这样的吧，但愿别牵连到老娘我。她早把陆小米分给她的粮食钱分成了好几份，刚刚拿给马小开的只不过是其中的一小份。这个养不熟的小赤佬，谁知道他这会儿想什么呢？给他，不过是为了试探他而已。她这大半辈子，活怕了，前半生靠男人，各种各样的男人，后半生，还是得靠自个儿手心里的钱，儿子？这个小赤佬，从小就有外心，养不熟，靠不住的。想到这里，马春娇便假意安慰马小开："有什么难事，你告诉妈，妈替你想办法。"

马小开起身，红着眼睛，说道："我杀了人，你也能替我想办法，你替我进号子去？"

马春娇惊呼一声："儿子，这可是犯法的事，要杀头的啊。"

马小开龇牙一笑："骗你的。我堂堂总司令，怎么会干那事儿。"

马春娇捂着胸脯，叫道："儿子哎，什么总司令啊，你今儿说话，我一句也听不懂哎。"

"你懂什么？我今儿就来瞧瞧你，见你和她过得还好，我也就放心了。"马小开避开马春娇的眼睛。他不知道眼前的这个女人到底是不是她亲妈，他更不知道自己的生父到底是谁？在这个世界上，似乎一切都是可笑的、可憎的。他唯一可以相信的，是他在平安姆妈的呵护下，在林家大队度过的那一段短暂却又美好的时光。日子那么苦，但是他们整天在笑。还有在泰州与平凡兄妹的重逢，平安姆妈对他的信任，把他当作长子般的信任。在他心目中，他多么想叫平安一声"姆妈"，这个称谓他在心底不知道默默叫了多少回。他在这个世上所有的温情都来自平凡和安然兄妹，他自晓事以来，作为一个年轻的男人，他也有过爱，有过冲动，尽管这份爱他只敢留在心底，他爱安然，超越了一切。在他眼里，安然就是美好和善良的化身。她从平安身上继承的品质，那么地高贵。曾几何时，马小开想过，要用自己的一生来爱安然，但是在农场工地上，看到安然站在一堆民工堆里高声朗诵《致大海》，他才知道自己与安然隔的距离有多远，他的爱就有多么地卑微。安然是自带光芒的，她的存在就是光明与爱的化身。她是天上的鸿雁，有着远大的志向和抱负，而他不过是一个依靠蛮力想改变生存环境的小人物。他与她永远不可能交集，不可能走到一起的。所以，他今天来到马春娇身边，是想再看一眼这个他曾经憎恨过的女人，不管怎么说，毕竟是她生了他，又带着他来到泰州，然后才遇到了安然。他不后悔他曾经犯下的滔天大罪，因为是那该死的人动了他最宝贵的东西，给她们带来了可怕的隐患。他要保护她们，用这种最极端的手段了断一切。高桐的疑心，可能将会把这种隐患大白于天下，这一点，是他绝不能容忍的。他当然也不会再去伤害高桐，因为她是平凡的恋人，是平凡这个兄弟将来一生都要守护的人，他也爱平凡，像对待亲弟弟一样。他发现自己在安然一家的影响下，坚硬的心也已变得柔软了。所以，一切都是命。

现在一切都结束了。离开老宅，马小开再次回头看了一眼那一东一西的两簇灯火，便头也不回地走了。

41
团　圆

　　正月初一，高如风、平安连同高桐三个人早早起来，在院子里噼里啪啦放了鞭炮，吃了红枣茶和芝麻汤圆，就觉得年气满满的。老辈的规矩，做这些，就是去去晦气，高高兴兴甜甜蜜蜜地图个好彩头。

　　屋里弥漫着咸肉的腊香。这腊肉是进了腊月，高如风从菜场上买回的前胛肉，用花椒、八角和着盐在锅里炒了，等着凉透了，撒在肉块上，用手上上下下搓了好几遍，又用石块砸扎实了。半个月下来，又挂屋檐头下风吹了好些天，这会儿割了一块，锅里煮着，满屋都是腊肉香。鱼是一个星期前，马小开拿来的，高如风早就收拾好了，挂下窗檐下风干，等会儿下锅红煮。他留过洋，又见过大世面，高家每年过年都大摆宴席，吃的喝的样样精品，但是与平安一起待一个屋里过年，还是头一次，所以他就琢磨着要给平安做桌好菜。取鱼时，干透了的鱼鳍还是刺破了他的手指，冒出血珠子来，他也没敢吭声，心里只是咯噔一下，就急忙放在唇边，用嘴吮了吮，把血珠子吸干。

　　高桐坐在小板凳上拾掇芹菜，长长的水芹菜连根泡在水桶里，她一根一根地把烂叶掐掉，整整齐齐地码在盆子里，芹菜多美啊，一根根俏生生的，根茎雪白雪白的，上面的叶儿嫩绿嫩绿的。她的心里乱乱的，想到平凡，她的心里就有股子蜜糖往外一点点渗透。那个傻小子，虽然不爱吭声，但是他录在录音机里的话，在农场工地上那么大胆地放了出来，等于向上万人做了个宣言，这个爱情的宣言多么地纯洁和浪漫啊。高桐的心都给融化了。一会儿又想到陆小米，不知道她在乡下老宅过得怎么样，她与平凡相爱的事儿，她还没敢告诉她，也不知道她知道了是什么意见。这个妈虽不是亲妈，但是养育了她，把她当成了生命的延续。她也不知道，这个妈妈为什么要搬离高家，住到那个穷乡僻壤。从前有个老尼姑住在那里的，后来圆寂了就没人住，每年陆小米都要去组织收粮的。听爸爸说，她是和马小开的妈一起去的。她俩为啥一起去，爸爸没说。她就觉得陆小米这个妈有时蛮狠的，对她自己狠。又觉得高家真的是乱，乱成了一团毛线，扯到这边是事，扯到那边也是事儿。

她又想到马小开，嘴一说她要喊他哥，但她就是觉得喊不出口，这个人说不出来的邪气。但是从平安阿姨嘴里，她听到的这个人又是那么重情重义，从他昨天没来一起吃年夜饭，她就种不祥的预感，这个马小开与她爸高开、她妈陈如芬，还有哥哥高鑫的死，有着说不出来的诡异关联。她苦恼地想，但愿不是他。如果是他，她将来该怎么与平凡、安然兄妹相处，又怎么面对死去的父母、哥哥。啊，啊，啊，她的心里咆哮起来，太乱了，太乱了，她下意识地用脚踢着地上的菜根，自言自语道："太乱了，太乱了。"

高如风从厨房探出头来问："桐桐，你在说啥？"

高桐赶紧掩饰道："没啥没啥，我是说芹菜太乱了，不好拣。"

"好的，够炒一盆就行了，别冻坏了手。"高如风关照。

"嗯，嗯，知道了。"高桐把拣好的芹菜送到厨房里。又顺势把一把短腿韭菜给拣了。见外面太阳好，就把藤椅放到朝阳背风的廊檐口，铺了旧毛毯，搀扶着平安坐那晒太阳，她自己也拿了张小板凳坐在旁边。

平安坐那，眯着眼睛，虽说"五九六九，冻死小狗"，瞧着北屋檐口往下滴着的冰凌水，太阳暖洋洋地照在身上，她还是感受到了这份岁月静好，虽然来得有点儿迟，但是她就是觉着幸福，那么安逸、温馨又实在，就仿佛一条长时间漂泊在汪洋大海上的小船，一下子停靠到了礁石上。如果平凡安然那两个能在身边，就太完美了。但是转念又想，不能太苛求。她是个敏感的人，所有的坚硬和刚强不过是为了保护应该保护的东西罢了。她心里感叹一声，其实我就是个普通不过的小女人。

高如风在厨房里，一心一意地做菜。这么多年下来，能够安心在厨房里为爱人做一桌菜是一件多么珍贵的事情。为了今天这顿饭，他花了很多心思。一道葵花大砧肉，买的是五花肉，用刀将精肉与肥肉分开，肥肉切成食指指甲大小，精肉切成小拇指甲大小，用粉芡、姜葱、蛋清搅拌好了，放在大碗里隔水清炖。还有一道菜是灌汤鱼圆。青鱼是一大早从北头迎江桥的鱼市挑来的活鱼，足有五六斤重。螃蟹在大冬天的鱼市本身就罕见，是他再三打听，央求鱼贩子从家里拿来了三只母蟹。猪肉皮有得卖，煺了毛，清洗干净了，这会儿早熬好了，放在天井里露天冻。一只草鸡先前买回来，养在天井里好几天，头天晚上就杀了，用文火做了鸡汤。

灌汤鱼圆是功夫菜，做法精细。白鱼肉去筋膜、鱼刺，入水浸泡后取出，放在砧板上剁成鱼茸状。鱼茸入盆，加清水、姜葱汁、绍兴黄酒、鸡蛋清与少许味精、淀粉，搅拌均匀后加盐搅拌上劲，再加少许熟猪油搅匀。蟹黄从煮熟的螃蟹里一只只挑出来，与猪皮冻剁碎做成小丸，再用手将鱼茸挤成圆球，往里嵌入蟹黄皮冻丸，勾入温水锅内，小火加热，至鱼圆熟后捞起。现在锅里漂出的就是鸡清汤的香味儿。

快到傍晚，桌上的菜已摆好。咸肉一盘，红烧肉一碗，上面还撒了大蒜花，色泽诱人，另有红烧风干鱼、红椒丝儿炒水芹菜、韭菜炒百叶、清炖葵花大砧肉，还有一个杂烩。寓意勤劳（芹菜）顺利（鱼）、红红火火（红烧肉）、长长久久（韭菜）、六六大顺、全家幸福（杂烩）。还有一道菜在锅里，香气弥漫了整个屋子。三个人围坐在桌前，心里都暖洋洋的。高如风还找了瓶红葡萄酒，正准备开瓶，突然听到有人在扑门。

他们面面相觑，这会儿还有谁来呢？担忧一下子笼罩到他们的心头。高如风示意她们安静，就去院外开门。

一个脆亮的声音一直从院外响进屋内："舅舅过年好。"

平安一下子激动起来："啊，啊，是我的安然宝贝回来了，还有平凡，平凡啦。"

高桐腾地爬起身来，蹦到屋外，可不是，是平凡和安然兄妹回来了。见到那个斯文、可爱的青年，她的眼睛一下子湿润起来。俞平凡上前，紧紧地握住她的手，他俩死死地十指交叉相扣，手指虽然冰冷，但是心都是火热火热的。

俞安然进屋，见平安端坐在桌前，"哇"地大哭起来，扑进了平安的怀抱，像个小动物一样在她怀里蠕动抽泣："姆妈，姆妈，姆妈呀。"

她的哭声里有凄惶、委屈、恼怒和愤恨，诸多的情感只能用满眼的泪水来跟她的姆妈倾诉。平安也泪流满面，她端详着女儿的面庞，红里带黑，皮肤粗糙，身材也比从前健康壮实了，属于青春期年轻姑娘应有的身材，凹凸有致，女孩子儿家的妩媚在她的眉宇间隐约流露，平安的泪水糊住了整双眼睛。她心爱的小棉袄，在那农场插队确实受苦了。

再抬头看看平凡，见他的个头也长高了，身材壮实了，喉结突出，上下唇有了胡子茬儿，显然是过年新刮过的，不禁连声叫道："好好，都是我的好乖乖儿。"孩子们虽然吃了苦，但路走得正，这个苦值得啊。回想起五年前，把孩子交给俞浪行刘梅夫妇，她的心里多凄惶啊，满眼看不边的黑暗。现在好了，两个孩子聪明、能干，又都有出息，平凡与高如风相视一笑，什么都别说了，值。

桌上新添了两双筷子，五个人团团围坐。安然眼疾手快，从碗里用手飞快地拈了块带骨肉，仰头扔进嘴里："想死我了，做梦都想舅舅的红烧肉啊。"

一家人大笑起来。安然虽然长大了，性子没改，仍是那个直筒子啊。

高如风给大家都斟了一小杯红葡萄酒，说道："为新年，为我们的团圆，干杯。"

"干杯。"

"干杯。"

"干杯。"

"干杯。"

五只杯子碰到了一起，看着一大家子团团圆圆，平安笑着说："没想到，我们能这样在一起过年。这酒，真是幸福的美酒啊。"高如风从厨房端出来一口小锅，一打开，里面漂浮着一个个又白又大的鱼圆，汤里是几片青菜心。安然急切地捡了一个，没等高如风说完，就烫得直吐舌头。"妈哎，这么烫。"

原来这压轴菜是灌汤鱼圆，逢年节喜庆，泰州老百姓餐桌上都少不了鱼圆，寓意团团圆圆，生活美满。鱼圆余入水中是圆的，夹到筷子上是扁的，洁白细嫩，宛若凝脂，最显功夫的是，在如此润白娇嫩的鱼圆中灌入蟹粉，一咬开，里面琥珀色的汤汁随之流出，的确是"黄金白玉兜、玉珠浴清流"。

一家子开开心心地吃完了新年的第一顿团圆饭。

饭后，安然提议全家搞联欢。平安犹豫着，问高如风："会不会动静太大？"

高如风说："新年新气象，孩子们回来，一家人在一起应该不算犯事儿。"

于是，平凡与高桐两人并肩坐到琴凳上，心手相印，联手弹了一曲《欢乐颂》，高如风跟着节拍，用他低沉的嗓音也跟着唱了起来。他的腰又直了起来，脸上又重新流露出自信、不凡的神态来，平安的视线有些模糊，仿佛从前那个高如风又回来了。

轮到安然了，她声情并茂地朗诵了《假如生活欺骗了你》。

平安与如风打着节拍，眼泪在他们的眼窝里打转。这种欢乐，是多么可贵啊。

末了，俞安然跟平安恳求，请她也要来一段。平安沉思了片刻，拿了一只碗，一双筷子。坐在桌边，边敲边哼唱。只听得叮叮咚咚、玎玎玎玎，一会儿如溪流哗哗，一会又如细雨沥沥。大家都震惊了。平凡与高桐扑上前去，一边一个簇拥着平安。惊喜地呼叫道："呀呀，阿姨，真是人间天籁。"

"一只碗，都能击打出这种音色，姆妈，真是太神奇了。"

高如风微笑着看着心爱的女人，心想，岂是一只乐器，她自己分明就是一支乐队。只不过，世事难料，成也是它，败也是它啊。

平安莞尔而笑。跟孩子们能说什么呢，他们还太小。她与高如风对视了一眼，彼此就知道了对方的心意。

两个大人与三个年轻人畅谈人生，夜晚的泰州是多么地安详与宁静啊，透着股新年的喜气。随着新年的到来，冰雪即将融化，春天就要来了。

42

亲　情

在平安的再三催促下，平凡与安然两兄妹很不情愿地登上了去省城的汽车。过年总共五天假，除去来回，他们还有一天的时间，原本想一直待在姆妈身边的。但是平安与高如风商量后，还是打发他们动了身。一来新年里，俞浪行也盼着他们兄妹能到他身边。二来他们兄妹在泰州待的时间不宜过长，现在形势还不明朗，防止夜长梦多。俞安然噘着嘴，说还没看到马小开，他这个司令怎么个威风法，她也没看到，就觉得有些不甘心。平安说来日方长。这才作罢。所以，平安忍着，把他们打发动了身。临走前，再三叮嘱他俩，一定要尊敬刘梅阿姨。

俞浪行得知两个孩子要回来，心里真是乐开了花。在平凡与安然插队的这段时间里，他思考了好长时间，还是跟刘梅摊了牌。两个孩子是他的亲生骨肉。

刘梅很震惊，同时也觉得难堪。原来，首长的妻子仍然活着，不但活着，而且还独自将两个孩子抚养成人。她怎么能不震惊、不忐忑。在他们的婚姻生活里，看上去那么地完美无瑕，但是只有她自己知道这其中的痛苦。首长在一次战斗里已经丧失了生育能力。这两个孩子对他，同时对她来说弥足珍贵。而且平安至今也没有重新组建家庭，只要她愿意，看在两个子女的情分上，首长要回到平安的身边，可谓易如反掌。她该怎么办？俞浪行在官场这些年，为人处世低调，也算是官场的不倒翁了。提前把两个孩子送到农场插队，以堵住政治风暴下的悠悠之口，真是用心良苦啊。她很细致地检视了自从把兄妹俩接来，自己一切的所作所为，万幸没有明显的瑕疵。所以，对兄妹俩回到家里这件事，刘梅更是费尽了心思。

俞浪行看到两个孩子经过这几年基层的锻炼，更加健康结实，又明朗向上，特别高兴。他真心感激平安对孩子们的教导。

"回去见过你妈了？"他的声音里透着理解与安慰。

"回过了。"俞平凡作为老大，生怕安然突然爆发，就抢先规规矩矩地回答。

"她的身体好些了吧。"俞浪行这么问道。

"托你的福，她还活着。"俞安然一开口，就像吃了火药。

俞浪行也不在意，径自说道："你母亲的最大优点，就是隐忍，宁可自己受罪，也要保护自己所爱的人，你们现在还小，还不懂，等到有一天，你们就会明白了。"

俞平凡听得很认真，他明白姆妈为什么要这么狠心地把他们兄妹推出去，目的就是怕他们受到她的牵连啊。有省委副书记这样的光环罩着，谁又能去挖地三尺，去给自己找麻烦呢。

俞安然晃着腿，说道："我姆妈向来不喜欢求人。"

俞浪行知道这个闺女脾气倔，也不跟她计较。就对他俩说："红旗农场是个好地方啊。那儿民风淳朴，条件虽然苦了点儿，但你们在那里锻炼会终身受益。不过，劳动之余，不能忘了文化课。马上高考就要恢复了，你俩说说，有没有什么计划？"

"我还是想上音乐学院，打我记事起，姆妈就教我音乐乐理、音乐韵律，以及与大自然的关系，我能从各种鸟叫声中辨别出是什么鸟呢。"俞平凡说道。

"音乐是全世界最美的语言，你们的姆妈就是最擅长这些语言的人啦。"俞浪行陷入沉思，良久才叹了口气。

俞安然说："我姆妈为什么不肯去从事音乐教学或者研究，非要去教数学？"

"你们的姆妈可以说是泰州最好的音乐家，但是她为音乐吃尽了苦头，她没有告诉你们，是因为这个事情不是三言两语说得清的。"俞浪行苦笑着摇摇头。

俞安然刚想责问，平凡拉拉她的袖子，说："姆妈想说的时候，她必定会说的。"

"安然啦，你呢，你的理想是什么？"俞浪行和颜悦色地问。

"我嘛，没想好，想当记者，也说不准就留那做个农民。"安然满不在乎地说，她的心头浮现出包良种的那张脸。

"做农民？为什么啊？你觉得做农民好吗？"俞浪行仍然不疾不徐。

"农民自力更生，农民生性淳朴，农民有一万种让自己幸福的理由。"俞安然连珠炮道。

"不错，不错，我们的安然有诗人的特质。不过，还有比农村更为广阔的视野和天地。你刚说的记者这个志向就不错。"俞浪行评价着女儿的话，他发现，与闺女斗嘴皮子也是其乐无穷呢。

"对了，泰州有个小伙子，几年前来找过你们。叫什么小开的。"俞浪行说。

"对啊，他是我们的好兄弟，他叫马小开。"俞安然说。

"这个小伙子，鬼着呢，拐弯抹角套我的话，问我与你俩啥关系。哈哈，想想我一个老革命，居然给他这么个革命小将给缠得不清。"俞浪行想想就觉得好笑。

俞安然咯咯笑道："他这人是个闷葫芦，没想到，为了咱俩，他居然想了这么多招儿，哈哈，果然够兄弟。"

俞平凡跟俞浪行解释道："他也是个苦孩子，从小就没了爸。那时候，我们在林家大队过得很苦，他那么小，就给我们带米，带面。我姆妈常说，他就相当于是我们的大哥。"

"不过，人家现在还不错，当了啥派的司令呢，可惜我没看到他当司令的样儿，一定是威风凛凛。"安然神往道。

俞平凡跟俞浪行耳语了几句，俞浪行说："啊，有这事。"

俞平凡说的是平安给游街批斗受了惊得了间歇性神经病的事，幸亏马小开一直在悄悄保护她。不然，命早就没了。一番话，把俞浪行的神色说得暗淡下来。当初丢卒保车，平安牺牲的还是自己啊。幸亏当初与日本人的瓜葛没能暴露出来。俞浪行不由得在心底暗暗记下了马小开这个名字。一个小县城，什么派不派的，他根本无法去顾及。全省那么大，只要阶级斗争仍在，他作为省领导，就必须旗帜鲜明地表明自己的立场。对于这些毛孩子的举动，他开始意识到，过去他还是大意了。具体到他这个家族来说，一个毛孩子的行为，稍有不当，就足以让他的整座大厦倾覆。万幸的是有马小开，好！

想到这里，他不由得浑身不自在起来。问道："你们的这个兄弟，什么时候带到家里来玩。"

"你肯接纳他？太好了，太好了。"俞安然高兴地跳起来。

"你们是好兄弟，好伙伴，我岂能不好好招待。"俞浪行见女儿高兴，也开起了玩笑。

刘梅这时已经带着勤务兵忙好了饭菜。因为前面与俞浪行聊得还算愉快，桌上的气氛就明显轻松起来，俞平凡还为她和首长分别夹了菜，这个动作虽小，对俞浪行夫妇却特别重要，他们暗暗松了口气，这个年过得好啊。

平凡与安然第二天一早就返回了农场。到了轧米房，刚放下行李，通信员就气喘吁吁地跑过来，让平凡去村里接电话。

"哪里的电话？"平凡很诧异。

"泰州的，一个年轻的姑娘。"通信员跟他挤眉弄眼。他明白过来，一定是高桐。

"喂，平凡啦，我要告诉你一件事情，你可千万不要告诉安然。"电话一接通，高桐焦急说道。

"好的，你说吧，我听着呢。"俞平凡说道。

"马小开的家，给另外一派砸了。"高桐说。

"为什么？说砸就砸，没有王法啊。"俞平凡嚷嚷起来。

高桐想，你们在农场上啥都不知道。"哎，现在不是说这个事情的时候，关键问题是马小开不见了。"

"他能到哪里去啊？不会又跑你妈她们那儿去了吧？"俞平凡安慰她，"他又没有别的朋友，能去哪儿？"

"已经五天了，自从年三十，他到了乡下老宅一趟，就失踪了。"高桐这么说的时候，声音颤抖，两手哆嗦得快要抓不住话筒了。

"你怎么了，桐桐？是不是生病了？"俞平凡从她的话音里听到了隐约的抽泣声。

"我没有生病，我只是害怕，害怕啊。"高桐惊慌地说。

"为什么要害怕，你也没有加入这个派那个派啊。"俞平凡柔声安慰她，"别怕，家里有如风舅舅在，没人敢怎么样的。"

高桐不知说啥好了，她"哇"地大哭起来。这一头平凡在话筒里"喂，喂"了半天，她只是一个劲儿地哭。末了，她抽泣着说："说了你也不懂，回头我写信给你吧。"说着就挂了电话。

俞平凡摇摇头，高桐在他心目当中，一直是个懂事理、有分寸的好姑娘，她今天如此反常，难道是马小开真出了什么事。他心里这么疑惑着，回到了轧米房。安然正在做一个鸟窝，旁边用绳子系着一只鸟，黑色的翅膀。

"哟，这不是黑翅鸢吗？"俞平凡惊喜地叫道。

"是啊，我的弹弓准，给我射下来了，不过，它没死。"俞安然仍趴在地上做鸟窝。"我准备把它的伤治好了，好好研究它，到时候再把它放了。"

俞平凡哭笑不得。想了想，还是把高桐的电话告诉了她。谁知道她漠不关心，嘲笑道："马小开失踪，这是史上最大的笑话了，他玩失踪，我还玩上火星呢。"

俞平凡认真地说："我还真有点儿担心。"

"别这样，他就是个阴魂不散，我能时时刻刻感觉到他就在身边呢。"俞安然头也不抬，继续不以为意。

43

惊　雷

约莫着一个星期，高桐终于来信了。白天，俞平凡没敢打开看，怕俞安然看见。这会儿瞅俞安然拎着小马灯出去了，他才敢拿出来。俞安然听到大队要举荐有志青年上工农兵大学，约好了包良种一起出门打听。在农场，大家伙儿都认识她，这个姑娘麻利，又热忱，走到哪里，跟热炭儿似的，招人喜欢着呢。

俞平凡掏出信，一打开，就扎眼。上面有泪痕，一些水渍把信纸都染晕了，一团一团的。他越往下看，越觉得汗毛林立，惊雷四起。

　　平凡，当你看完这封信时，你一定能感受到我的无助与绝望。我不敢跟爸讲，更不敢跟你姆妈说。我现在唯一能说的只有你了。

　　马小开究竟是谁的孩子？这个问题不是我能考虑的，也不是我想追查的。但是，他的存在，我觉得就是个谜，一个让人永远也摸不透的谜。

　　那天从你们这儿离开，他就开始反常。他的反常引起了我的疑心，是的，疑心，我只能用这个词。毕竟，无端地，把一个莫须有的罪名如果安插到他的头上，是我不想也不愿去做的事情。想到这里，我就浑身发抖。

　　我，我怀疑，当年我父母和我哥的毒杀案与他有关。因为那天，在从红旗农场返回的汽车上，我善意地告诉他，爸爸想要让他回高家，并且住到我哥高鑫屋内，你知道他当时是多么地可怕吗？他像一只刺猬一样，立即竖起浑身的刺，他说他不愿意回那个地方。他说你爸是你爸，他也不知道他的父母是谁？他说人死又不能复生，哭有屁用。你不知道，他身上的那股暴戾气，有多么地恐怖，我想当时如果枪在他身上，他会立即把我给崩了。真的，我不骗你。我的直觉告诉我，他一定有问题。

　　还有，本来，他答应我爸，要在年三十晚上，要跟我爸、你妈一块来守岁的，可是他没来。

大年初一，你们回来，按理说，他怎么的也应该回来，可是他也没有。我在你们到省城后，特地回了老宅一趟，他那个妈妈，跟我妈一起。我问她，他是什么时候走的。她那个妈妈只说了一句，他这个杀千刀的，恐怕是真杀了人了。不然，他从来不会主动来看我这个老娘的。我又问她，你这话是你瞎猜的，还是他自个说的，她这么告诉我，当时马小开反问她，如果他杀了人，她是不是也可以替他去进号子？

紧接着，他的人整个都不见了，与他对立的那一派，把他的家都砸烂了，就是逼他出来决一死战，但是他没有出现。我想，他一定是畏罪潜逃了。

我知道，这一切，都是真实的，这不是我的臆想。唯一，我不能理解的是，他为什么要这么做？仅仅是我爸当时没让他和他妈进门吗？他的动机究竟是什么？还有，当时，他才几岁？太可怕了。

所以，一定是他杀了我爸妈还有我哥。我很害怕，平凡，你帮帮我，我该怎么办？我真的很害怕，他会不会来杀了我？我知道他有枪，他是造反派的司令。

桐

俞平凡的心一下子跌进了谷底。高桐的信，就像是一面镜子，照出了另外一个马小开。他把信一页一页展开在自己的面前，好像在阅读一个惊险的侦探小说。

"这不可能。"他下了结论。马小开绝不会做出这样的事情。

他把信封好藏在箱子底下。安然是个定时炸弹，一旦给她发现了，她一定会冲回去，责问高桐，到时候说不准会闹出什么事来。毕竟事关人命。

思索了半天，他提笔给高桐回了一封信。

桐，收到你的信，我很吃惊。但是我想对你说的是，前段时间，你受苦了。特别是你爸和我姆妈接连挨批，你的精神压力很大，也很疲劳。每逢佳节倍思亲，过年，睹物思人，心情难免会容易感伤，因而敏感，加之小开有时候是有些怪脾气，所以让你产生了一些不好的联想。你要放松，不要多想。如果，能够走得开，你可以到我们这边来。你也见到的，我们这里是一片火热的建设场景，与家里比起来，虽然条件艰苦了一些，但是这里人淳朴，劳动之余，可以有很多的时间用来思考和学习，马上要恢复高考了。你在音乐上很有才华，我们都有着美好的可以期待的前程。

我想，我们一起努力，一起学习，迎接高考，好吗？

平凡

平凡连夜把这封信送进了村里的绿邮筒。这里，每两天会有邮递员来把信收走寄送出去。他估摸着五天后高桐就可以收到他的回信了，心里就稍微放宽了一些。但是那封信就像是个钩子，一会儿钩一下他的心，让他沉甸甸的，有种透不过气来的感觉。他知道，与怀疑马小开比起来，对高桐心理的疏导，更让他揪心。

回到屋，安然已经回来了，笑吟吟的。平凡就知道她一定收集了不少信息。果然，安大记者大大咧咧地与他招呼上了："俞老师，要不要听最新消息？"

"当然，你说，我听着呢。"平凡说。

"你刚刚干吗去了？这么魂不守舍的！呦嗬，我知道了，你去给你的心上人寄信去了，是不是？"安然打趣道。

平凡瞄了眼那口箱子，他出门前做了记号，把一本乐理书搁在箱子上，与箱口呈 45 度角。没错，一点儿动过的痕迹都没有。

"是，是，是，全部给你猜中了。赶紧，别卖关子了。"平凡说。

"今天，安大记者我，采集到的最有价值的信息，就是我们参加高考，一方面是凭本事考，另一方面是推荐保送。"

安然说。

"这也叫有价值的信息？不应该就是这样吗？"平凡不以为意道。

"俞老师，我说你迂吧，你又不信，幸好有我老妹罩着你。这个凭本事考是有条件的，保送大学更是有条件的。"安然正色道。

"呃？有这事。"平凡好似被浇了一盆凉水，他眼巴巴道。

"三代以内贫下中农，可考，可推荐。地富反坏右，一律靠边站。"安然手一挥。

平凡给吓了一大跳。"画线啊？万幸，我俩都属第一种。"

"对，千真万确，清清楚楚。"安然说。

突然，他们对视了一眼，又都沉默下来。过了好一会儿，安然才说："你说咱姆妈是不是有预测能力，她当时那么不顾一切地把我们往外推，难道就是为了今天？"

平凡闷着头，说："姆妈就是与旁人不一样，她的心里总是住的别人，唯独最不关心的就是自己了。"

"完了，如果这样，那高桐不是要靠边站了吗？"安然突然惊呼道。

这么一说，平凡也着急起来，他刚才的信里还邀请高桐来，一起迎接高考呢，这不是立即打脸吗？他急得团团转。

"啊，拖拉机成火箭了，这次，你的反应居然这么快。"安然不可思议地望着他，"爱情的力量啊。"

第二天早晨起来，平凡有些昏昏沉沉，他一摸额头，有些低烧，见那只鸟仰着脑袋看着他，就对着它自言自语："真是见了鬼了。我还是个男人吗？这么点儿事，就发了烧。"

谁知道哪儿坏就哪儿响，邮递员又踩着脚踏车来，在外面喊："俞平凡，俞老师。"平凡听到这些声音就发怵。

邮递员一下子递给他三封信，一封是舅舅高如风的，一封是姆妈平安的，还有一封他不认识，但是名字他知道，叫马春娇，她是马小开的妈。

三封信都在问同一个问题：马小开是不是在他们这里？平凡的脸一下子白了，看来，马小开是真的失踪了。

平凡一有事，藏也藏不住，孪生兄妹心连心啊。一连几天，见平凡闷闷不乐，安然着急了，冲他吼道："你是男人吗？闷葫芦，你不说，是吧？好的，那就闷死你，看你死扛到什么时候？"

平凡耷拉着脑袋，有气无力地说："你平时跟哪个最好？"

"马小开啊，他是我兄弟嘛，除了撒尿我蹲着，他站着，我俩就是一个人啦。"安然说道。

"你兄弟现在人不见了。"平凡有气无力地指着那几封信。

安然一把抢过去打开看了，"不就是问有没来咱们农场吗？打个电话给她们，就说没来，不就完了。"

"唉，事情不是你想象得这么简单。"平凡抱着头，瓮声瓮气。

"快说啊，你这个闷葫芦。"安然跺着脚。

平凡迟疑了半天，决定还是把高桐写给他的那封信拿出来。

安然见他从箱子底下，摸了半天，摸了个信封出来。一把抢过去，说："好你个平凡，居然瞒着我。"

一口气读了，胸脯气得要炸，脸上憋得通红，她把信扔地上，接连用脚踩了好几下，气咻咻地说："好啊，俞平凡，我要跟你断交。你居然瞒了我这么久？你还是不是我哥啊？这个高桐，假惺惺的，居然乱扣屎盆子，杀人，这事儿能随便推测吗？我还怀疑是她自己干的呢。"

平凡一下子跳起来，脸色苍白，指着安然叫道："别胡说，你不能这么说。"

安然冲上前，抵着平凡说道："好啊，重色轻友，是不是？高桐才跟你几天，马小开跟我们多长时间了？啊，她个狐狸精，胡说八道，她要是在这，我撕烂她的嘴。平时见她斯文秀气，一副识大体顾大局的样儿，我告诉你，俞平凡，你看走眼了，她就是个专门坏事的主儿，丧门星，扫把星。"安然不顾一切地大喊大叫。

"啪"的一声，平凡腾地起身抽了她一巴掌。安然不敢相信自己的眼睛，她捂着脸，直挺挺地看着平凡，目光里透着愤怒、憎恨，还有厌恶，她揩了揩嘴角流出的血，看了一眼，而后平静地看着平凡，说了一声"好，你很好"，就一甩膀子，破门而出，冲进茫茫夜色。

平凡愣在原地，直到罡风把门拍打得轰隆轰隆的，他才回过神来，捡起地上的信，用手掸了掸上面的灰，几页纸上，都有安然的棉鞋印。不一会儿，他回过神来，拎起马灯，追了出去。

他心里悔啊，真不该把这封信拿出来。安然是个火暴性子，一点就着。他们到省城前，姆妈就交代他，一定要看好安然，不能闯祸。现在好了，不是安然闯祸了，而是他平凡闯了大祸了。

他深一脚浅一脚走在农场的大坝子上，挑了一大半的河床在黑夜里像一个张开了大口的野兽，垒成的土堆已经有了山的气势，黑漆漆的，沉闷而压抑。另一小半的大坝子，已经见了底，汪成了一小片河塘，在冬夜里结成薄冰，晃着白光。河床子上看不见一个人，平凡跌跌撞撞地走在河床子上，大声呼喊："安然，你回来，你赶紧回来。安然，你回来，你赶紧回来。"

河床子上空回荡着他焦灼而惊恐的声音，一声一声地从河床子上向远处送去。

看工地的窝棚，慢慢地亮起了马灯，一盏又一盏，大家伙都认识平凡老师，就晃着灯，扬着脖子喊道："俞老师，怎么啦？"

平凡带着哭腔喊道："老乡，赶紧帮我找找我妹妹吧。"

那些窝棚里的人闻讯都起了身，有几十个人。一听安记者出事了，个个连忙拎起小马灯，沿着河床上找了起来。包良种更是心急如焚，按理说，安然不是个任性的姑娘，突然来了这么一出，一定是有什么事儿。他跟着俞平凡拎着马灯，沿着农场的田埂找了又找，这一折腾，就是一宿。

见俞平凡一夜没睡，眼窝子都落了坑，胡子拉碴的，包良种就说："平凡，有没有可能，她跑回家里，或者跑到省城？"

"她不会的，她不是一有事就要找父母撒娇的人。"平凡否认了。

"那，要不还是赶紧向上汇报吧。"包良种心里难受得厉害。平凡应了。包良种就拖着他跑到了场部。

农场听到汇报，着急了。这还了得，上面把这俩宝贝放到这里来插队，是他们农场的荣幸，现在女娃娃跑了，找也找不到，弄不好乌纱帽没了是小事，女娃娃出了事，可是大事件了。农场领导凌晨听了这信儿，眼屎都没揩干净就安排民警，还有各生产队抽调人马，沿着大河围子按着桩子找。桩子栽那儿，是为了便于河工上工，这下子派上了用场。

这一个白天，工地上的高音喇叭也不响了，挑河工的心思都重了起来，现场寡落落的。那个小安记者好啊，人长得俊，说话又客气又脆亮，跟咱农村的大老粗合得来，这娃儿可不能有事。农场河围子外面是一眼望不到边的芦苇，虽然过了年，但天还冷着，上面的芦花已经飞走，只剩下光秃秃的秆儿还有些枯萎的芦叶儿，放眼望去，是无尽的苍凉。偶尔有鸟从那上面低旋着飞过，毫无一丝人的痕迹。

平凡那个悔啊，他的心被痛苦和自责填满了。如果马小开真的是个杀人犯，他会不会……他不敢往下想，只有一个念头，假如找到了安然，他的亲爱的妹妹，他就把这一生最好的都给她，然后一辈子关心她，照顾她，迁就她。

上百人里里外外把农场搜罗了两遍，一根头发丝儿都没看到。农场领导就问平凡，两人为啥子吵？

平凡心里想，光一个安然这么闹一下，就要了我的命了，马小开的事，本身就是高桐的猜想，怎么能说呢，打死也不能说，越说越说不清啊。他的面前好似出现了一个巨大的打了各种死结的毛线团儿，只是讷讷地说："没啥事，就为点儿小事吵了架。"

"这个姑娘，气性倒大呢。"

"吉人天相，她会没事的。再等等，说不准过会儿会有新消息。"

众人七嘴八舌。平凡的心里充满了感恩与后悔交织的复杂情感。

他呆呆地坐着，不吃也不喝，万一安然出了事，他该怎么去向姆妈交代？包良种如影随形地跟着，尽管他心如刀绞，但是他还是得给俞平凡撑着。就这样，到了第二天的下午，电话来了，是泰州来的电话。平凡跌跌撞撞地扑过去，是姆妈的电话。

平安的声音在电话里一响，平凡的眼泪就吧嗒吧嗒地往下掉。包良种侧耳听着，心里一块大石头才落了地。

278

"平凡啦，安然到家了。你俩是不是吵架了，看她一脸不高兴啊。"

"姆妈，是我不好。"平凡哑着嗓子哽咽着，万幸万幸，妹妹跑回家去了。

"好的好的，你在那边别焦心，她是一阵风，过几天就好了，你跟她请好假，过两天就回，啊。"平安在电话里絮絮叨叨。

"嗯啊，嗯啊。"平凡忙不迭应着。

"还有啊，小开没到你们那是吧？这个孩子，真把人急死了，跑哪也不吭一声。没事的，姆妈这边和你如风舅舅再找找，大活人，没事的。你在农场安心啊。"平安又叮嘱。

平凡应了，那头把电话挂了，他还握着话筒傻站着，对着包良种，一个劲儿念叨："没事就好，没事就好。"

44
反 目

高桐根本不知道她的一封信捅了那么大的一个马蜂窝。她还在等平凡的来信，等来等去，信来了，却只是三言两语，不相信的口吻，让高桐觉得更伤心。她原以为，平凡能站在她这一边，安慰她、帮助她分析，最好是能通过他们这些年的兄弟感情，让马小开能说出真相。没想到，寥寥几行，高桐的心凉透了。她不敢告诉爸爸，怕万一是她的猜测，而伤害了爸爸与她之间的父女之情。毕竟，马小开名义上也算是高家的后代，她与马小开更是扯不清的同父异母的兄妹。她怎么敢问爸爸。再害怕、再委屈，也只能搁在心里了。

安然跑回泰州，新年伊始，平安的身体也已基本康复，已经搬回了自己的家。高如风也不便强求，他们都已人到中年，对自己的情感归属都心中有数，但是平安执意搬回，他虽不忍，却只能尊重她的选择。安然每天早出晚归，不知道在做什么，回到家里，就两眼发直，神情沮丧又憔悴，让平安瞧了十分心疼。她心里想，这孩子不是在谈对象吧，这么失魂落魄的。自家小鸟唱什么歌，她是有数的，就由着她，等她清醒过来，她自己会说。

昏头晕脑了几天，安然跑遍了整个泰州城，又专门跑了一趟林家大队。包金银大叔见到安然长成大姑娘，都快不认识了。安然没跟他多说啥，就到了他们一家原来住的小屋，门是锁着的，门口一个脚印都没有。显然马小开没来过这儿。安然伤心极了，她想，难道真的是高桐所推理的那样？高桐的怀疑引起了他的警觉？那么为什么啊，那一年，他们一家在林家大队，马小开才十二岁啊。一个未成年的孩子怎么可能去下这样的毒手呢？他的动机是什么？他的离开，那么地突然。

打听到马小开对立的那一派，俞安然鼓起勇气找到了他们的据点。

一群与她差不多大的男女，挤在一间破旧的厂房里吞云吐雾。

俞安然单枪匹马的出现，引起了他们的骚动。

"呦，一个小妞儿，找马小开，你是他马子吧？"一个看样子是头目的家伙，流里流气地说着，还把手摸到安然的脸上。

安然厌恶地一把把他推开，说："关你什么事，你把他交出来。"

"交出来？呦嗬，妞，口气不小啊。我还要跟你要人呢，你不是睡了他，把他睡死了吧？哈哈哈。"一群小混混哄笑起来。

"你混蛋。我没工夫跟你们扯。"安然气疯了。这帮混蛋，当她什么人哪。

"喂，妞儿，如果看到马小开，你告诉他，好派屁派都散了，他那边的人已经给我们全部干掉了，让他回来，小爷我赏他口饭吃。"一句话，把安然的希望全部扯得粉碎。如果他的那个什么派都已不在，小弟兄们都散了的话，那么以马小开的性子，是绝对不会回到这里来的。

他是真的走了。

安然回到家里，一声不吭地闷睡了一个下午。到了晚上，她想来想去，还是把事情一五一十地告诉了平安，而后痛哭起来。

平安吓坏了，马小开离开家，离开泰州城可能是真的，如果真的与十多年前的投毒案扯上关系，那可不是闹着玩的。她的脸吓得惨白惨白的。平安紧紧地抱着安然，轻轻地拍着她，让她慢慢放松下来。

她们娘儿俩来到高家。高如风正在台灯下写稿子。案头堆了一堆的资料，平安心疼极了，说："如风，你不能这样，把身子骨熬坏了。"

高如风看到亭亭玉立的安然，高兴坏了，上来就摸她的脑袋。

安然委屈极了，本想控制住自己的感情，但是眼泪还是流了下来。

高如风知道事情的原委后，十分震惊。原来马小开的失踪，居然与十多年前的命案有着扯不开的嫌疑，但是事已至此。高桐的心理，还有他们几个的情感纠葛又成了他的心病。想来想去，他还是把高桐喊了出来。

高桐看到安然，见她满脸是泪，就有些不安。听到父亲的问询，她低头想了一会儿，倔强地说："我的父母和哥哥惨死了这么多年，一直都没有破案。我是他们在这个世上唯一的亲人，我连寻找线索的权利都没有吗？"

高如风看着她，抬起的手又放下了，他叹了口气，严肃地说："乱弹琴！你知道吗？这是公安部门的事情，他们没有破案，不等于他们不在跟踪。你这样盲目猜测，主动臆断，是要出事情的。"

高桐死死地盯着安然，对着高如风吼道："这么多年来，我的心里有多么痛苦，你可曾问过一回？我不过希望有一天，我父母和哥哥的惨死案能够水落石出。这难道过分吗？你本是我叔叔，不是我的父亲，我也不是你的女儿，我知道你一直向着他们。"她用手指着安然。"你的心里只有他们一家，从来不曾有过我，不管是过去，还是现在，包括将来。"

"你，你。"高如风气得头昏目眩，眼前一阵发黑，扑通一声昏了过去。平安和安然连忙上扶住他，安然恶狠狠地盯着高桐，说了一句："舅舅如果有事，我第一个就不放过你。"高桐吓傻了，呆立在一旁。

平安冷静地说："安然，快点儿叫救护车。"

高如风被紧急送到县人民医院，经诊断，他是急火攻心，脑血管破裂，得了脑中风。高桐哪知道她自己的这一封信，惹出了这么多事。平凡的气恼，安然的愤恨，如今再看到高如风面色惨淡地躺在病床上，脑电图、心电图，还有氧气瓶，几根管子插在他的鼻孔、胸腔，高桐这才意识到自己是多么愚蠢。在这个世上，她唯一的亲人就是躺在面前的爸爸呀。如果爸爸真有个什么三长两短，那就真的只剩下她一个人了，她后悔、惶恐、痛苦又自责。待如风的病情脱离了危险期，平安把安然赶回了农场，自己和高桐在医院夜以继日地服侍，见高桐始终眼泪汪汪的，就安慰她说："好孩子，世上本来就没有后悔药，你也不是有意要气他。别难过了，等他醒过来，就没事了。"

高桐扑进平安的怀里，哭着说："阿姨，对不起，我真的不是有意的。"

平安轻轻地拍着她的肩膀，说："好孩子，阿姨都明白的。"

马小开失踪的事，就这么随着高如风的病倒慢慢地淡了下来。平安陪着高如风慢慢康复，脑中风带来的后遗症就是他的腿脚不太利索。平安每天搀扶着他进行康复锻炼，慢慢地他也能丢掉拐杖自己行走了。一切都在慢慢地向好。高桐把那个案件先放到了一边，她定期跑公安局，了解案件的进展情况。她自己也调整了心态，无论马小开能不能找到，他究竟是不是案件的真凶，日子总要向前的。她与平凡的感情因为这件事也受到了一些波折，两个人的通信也戛然而止了，她知道平凡不原谅她，安然更不原谅她。她唯一做的就是刻苦练琴，把满腹的思念化为琴声。

因为那封信，安然回到农场，白天忙着采写新闻，晚上钻在自己房间里埋头读书写日记。平凡知道妹妹是生了自己的气，知道她耿耿于怀，在她面前也不再提起马小开，只是背地里托同学打听马小开的下落，这人，真的像在人间消失了一般。慢慢地，他也失望了。一个人要存心把自己隐藏起来，那是什么人也找不着的。他在知青点上，把他的复杂情感都寄托在了琴声中，在这个知青点上，他埋头创作了很多首优美动人的曲子。一年一度的农场联谊大会上，他拉着小提琴，他的新作《思归》，如泣如诉地流淌在整个农场的万亩良田上。这琴声，安然听懂了，兄妹二人的隔阂终于在一片音乐声中消融干净。高考在即，农场再好，终究不是他们的舞台，两人各自刻苦攻读，寄希望于这次高考，能顺利地改变自个的命运。

果然，到了一九七七年十月底，推荐名额下来了，十二月十日为冬季高考日。农场为难了，给他们这个工段的名额只有一个。得知这个消息时，平凡想都没想，便选择了放弃。他悄悄拿了表格，把俞安然三个字直接填到表上。农场干部看到表，大吃一惊。在农村里，哪家不是男娃优先？这个年轻人，了不得啊。

他两手一摊，对着平凡说："小俞啊，你要想清楚了，今年有这个机会，明年不一定有啊。"

平凡很沉着，客气地说："您不要告诉我妹妹，就说这个名额是指定给她的。她比我有才华，她更需要这次机会。我，直接参加考试，我相信，我一定能考上。"

农场干部说："好，好，好，我也搞不懂你们，反正都是你们自己家的事情，我就不管了。"

安然拿到盖了公章的表格，特别兴奋，她圈着平凡的脖子，又笑又跳："终于可以直接上大学了，红旗农场，这个大工地，真的是我的福地啊。"

平凡的心给她拱得热腾腾的，自己那个爱闹爱笑的妹妹又回来了。

"你呢？哥，你准备报考什么学校？"安然兴奋地说："如果我俩都能在同一个城市，那该有多好，姆妈一定高兴坏了，还有如风舅舅，还有俞浪行他们。"

"是啊，我们一定不会让他们失望的。"平凡溺爱地说，他回避了安然的问题，好在这个傻丫头只顾沉浸在自己的世界里，也没往多处想。这一宿，兄妹俩头挨头躺在床上，畅谈理想、人生，憧憬着未来，生活即将打开又一扇门，似乎一切都可以期待。

直到天麻麻亮，他们才迷迷糊糊地睡着了。

第二天，来了个不速之客。

平凡一看，居然是高桐。她带了个大袋子，里面塞满了吃的、用的。

好长一段时间不见，她比以前消瘦了许多，整个身材显得纤瘦高挑，原先丰满的脸庞变得瘦削了许多，下巴都尖了，眼睛也沉郁了不少。平凡见了心里不禁隐隐作痛。

他俩一个在门外，一个在门内，除了两双眼睛在目不转睛地凝视着对方，他们没有说出一个字。也不知道过了多久，直到安然在屋里头叫起来："哥，俞平凡，俞平凡，谁来了？啊，咋不吱声？"

平凡这才猛地醒悟，接过高桐手上的袋子，见她两手勒得红红的，心里一热，就一把拉过她的手，握在自己的掌心里，不停地搓着那道红印子。高桐的眼泪唰地流了下来。她温顺地看着平凡，见他又结实又高大，只觉得这两个月的相思与眼前的甜蜜比起来，都算不了什么了。还有什么比这种失而复得来得更令人珍惜呢？他们拥抱在一起，两张脸慢慢地靠近，初吻生涩而又小心翼翼，不一会儿，他们就忘情地拥吻起来。

安然起床后，发现高桐坐在餐桌旁，平凡在一旁张罗，心里暗暗诧异。高桐主动与她打招呼，她觉得不好意思，毕竟人家从县城一大早赶来，伸手不打上门客，她也就嘻嘻哈哈地忙乎起来。

三个年轻人仿佛放下了所有的芥蒂，即将到来的美好生活让他们又回到了从前。

早饭过后，安然外出跑新闻了，农场有将近二十个工段，要跑个新闻，她得趁早，有时一个来回就要大半天。

安然出了门，高桐与平凡相视一笑，两个年轻的心似乎贴得更近了。

高桐从包里拿出一张高考报名表，由于陆小米出具了她与高如风离异的证明，她自然而然地就拥有了高考的资格。她拿着从县一中带来的表，对着平凡说："平凡，我们报考省城音乐学院好不好？"

平凡讷讷的，没有说话。

高桐说："我俩都热爱音乐，你可以报考作曲系，我报考声乐系，将来我俩可以一起从事音乐事业，做老师也行，我喜欢做音乐老师，每天教孩子们唱歌，让他们接受音乐的熏陶，让他们在音乐中享受生活的美好，平凡，你看，这样的生活多么令人向往啊。"

平凡说："高桐，你好好准备，能考上自己理想的大学，是你的机遇。"

"你不也可以吗？现在知青也有政策，可以推荐上工农兵大学，或者自己可以报考。"高桐疑惑了。

"推荐？我，我就算了。"平凡挠挠头。

高桐不解地说："论才华，你才是最出色的，你作的曲子多好啊。抒情的，可以让人忘记生活的烦恼，雄壮的，可以让人催生无穷的力量，平凡，你一定要珍惜这个难得的机遇，我们在同一所大学，一起学习，好不好？"

"推荐名额只有一个，我，我让给安然了。"平凡的声音弱了下来。

"什么？你疯了，为什么？你为什么要让给她？"高桐生气地嚷嚷起来。

"她是我妹妹，她比我有才华，我们的社会更需要她这样的人，有理想，有干劲，关键，她浑身有着无限的激情。"平凡说。

"真不可理喻。"高桐气得恨不得把那张纸摔到平凡的身上，见他平静如水，只是气咻咻地一脚把凳子踢倒了。

她满腔热情摸黑跑到农场来，头上还顶着露珠呢，为什么？为什么要这么傻？平凡的决定给了她当头一棒。又好像一盆冷水浇到了她的身上，把她淋得湿透。她委屈又憎恨，为什么他俩的感情，总是要受到这样的挫折呢？

高桐小声地说："你跟安然好好说说，这次就把名额给你，啊？"

平凡连连摆手："不用说了，就给安然，尽管时间很紧，但我会刻苦学习，一定会考上的，高桐，你相信我，我们一定会走到一起的。"

高桐泪眼涟涟，她瞅着他，摇摇头说："我不知道，我不知道。"

平凡的心里也很难受，他扳过她的身子，让她正眼对着自己，说："你不但要相信我，而且还要答应我，不要私自去找安然，她目前还不知道这件事。"

"她真自私。"高桐生气地说。

"不能这么说，尤其是你更不能这么说，她是我唯一的妹妹，你是我心里最珍爱的人，你们一定都要相信我。"平凡深沉地说。

高桐只得含着眼泪答应了平凡的这个请求。到了家里，她的情绪还是给高如风发现了。

当晚，高如风坐在台灯下，提笔给俞浪行写信，却又不知道如何落笔。他多么希望俞浪行能够行使一下特权，让平凡能够如愿以偿地被推荐到自己理想的大学。握着笔，满脑子都是俞浪行的身影，从第一次在高府门口开始，这个背着柴火的小伙子就让他刮目相看，他的柴火剐伤了自己，却始终不卑不亢；他护着年轻的芊芊，在西仓桥看都天庙会，碰到自己时，那么警惕；自己与日军驻泰州头子松下井去清蕴道长那里，他在为抢记古乐乐谱的芊芊站岗放哨；他自制硫酸炸弹冒险去袭击北山寺的日军；他们一起机智地炸毁了松下井的军火，成功转移了隐藏在伙房的宝藏，又制造了芊芊的假死，帮助芊芊逃离了松下井的魔爪，直到他高头大马与二当家的一起参加了游击队。这是年轻的、血气方刚的俞浪行啊。他与芊芊新婚时，多么痛苦，心疼得都喘不上气了。再后来，自己与平安一起活在俞浪行"死后"的痛苦里，并且帮助平安把两个孩子抚养成人。想到这里，他不由讷讷自语道，俞浪行，你没做到的我替你做到了。最终，他还是把千言万语化成了一句话：

　　别来无恙！俞浪行！平凡与安然都是我看着长大的，他们的教育，尤其是高考，恳请您抽空多加关注。致，礼！

　　　　　　　　　　　　　　　　　　　　　　高如风

信到了俞浪行那里，看到高如风隽永清瘦的两行字，千言万语都汇聚到了字里行间。俞浪行不由得感慨道，高如风，您果然还是当年的那个谦谦君子。

俞浪行经过缜密思考，决定还是尊重孩子们的决定，一九七七年年底，俞安然因为在农场的突出表现，被保送进北京大学新闻系。俞平凡与高桐经过高考同时被上海音乐学院录取。当高桐看到一模一样的录取通知书，对着平凡含笑凝视她的眼睛，她的心又里荡漾起新的涟漪。当三份录取通知书一齐摆到高如风与平安的面前时，他们相视一笑，当着孩子们的面就紧紧地拥抱在一起，两个大人三个青年，都流下了激动而深沉的泪水。

45

言 欢

就像一场梦，怎么开始的，高如风不知道。但是醒来时，他却特别地清醒。

这天，高如风在家修订盐业史。脑中风康复之后，他就待在家里做做学问。说实话，这项工作做得很艰难，手头资料紧缺，新中国的盐业史，既是一部城市发展史，一部财税发展史，更是一部时代变迁史。一个"盐"字，撼动了历朝历代，也改写了芸芸众生的成长史。他是按照泰州城市变迁的时间轴来编写的，从宿沙氏煮海为盐，到汉朝吴王刘濞开挖邗沟，盐运时代开启至秦朝达到繁荣。商贸盐税的发达给经济和文化带来了深远的影响，同时又启迪了民智，到宋元开思想启蒙先河，再到明清航运使城市繁荣，再到近现代实业兴城。与之相匹配的是城市文化经过了朝代更替，使全城上下如同一块温润的璞玉，外表平和，内里却特别地坚韧。每个历史的片段都是由人组成的，不少史实他还要到现场走访，包括访谈当事人。随着时间的推移，他算了算，真正热爱淮盐业史的专家，全国已经屈指可数，时间宝贵，他只能将他编撰的索引，列成提纲，待得天气转好了，就要去逐一落实。这一生，他只求得一人，编一书，足矣。

随着三个孩子上了大学，好事是接二连三，这次来的，也特别突然。

中午，家里来了第一位客人。上门的是泰州商业局的党委书记，姓周，是位女同志，她还带了个办公室的年轻人。一进门，她就紧紧地握住高如风的手，连声说："老高啊，您是个大才，让您受委屈了。"高如风摸不着头脑，戒备归戒备，但是一贯的修养促使他还是把周书记让进了门。

经她介绍，原来盐业公司已与糖酒公司合并，成立了泰州商业多种经营公司，大凡茶、盐、酒、糖，还有南北货都在经营之列。县里同时把开理发店的、开早茶店的、开小旅馆的，统统归进了一个新单位，叫饮食服务公司。商业这么一整顿撤并，果然是一副欣欣向荣的景象。职员们统一穿上了公司的制服，别提有多新鲜，多有干劲了。

"前些年，对你的确有过不公正的行为。你们高家历史上做盐发家，但是您对组织是有功的。组织上已经研究过了，决定恢复您的名誉和公职。让您回商业公司工作，至于职务嘛，还要稍稍等一等。您看呢？"周书记的客气中还带着些官腔，尽管她想努力营造出一个亲民、低调的形象。

高如风只是木讷地笑笑。周书记对他的反应有些纳闷，哪个恢复公职不兴高采烈的，这个人倒是奇怪。

高如风稍稍弯着腰，他的个子高，如果挺直了身板跟周书记说话，显得有些俯视。他自觉地稍稍弯下腰来，以一个与周书记平视的视角，恳切地对她说："感谢组织关怀，我这个人毫无专长，唯一自信的是我这些年没有把对盐业史的研究和编撰工作丢掉。组织上如果允许，我就做一个盐业史方面的研究者，在我有生之年，把这本志书做出来，不知道可不可以？"

他弯腰的姿势，令周书记暗暗吃惊。她爽气地答应下来，公司这一块没有研究室，局机关倒是有，只不过主事的原来一直都在。言下之意，高如风如果去了，是没有任何职务的。

高如风说："有张桌子，能有条件经常下去做些调研查阅资料，就很好了，别的不求的，别的不求的。"

"好的，那就这样，这个月没几天了，您再休整休整，下个月头，您就到局机关上班。"周书记说完，又叮嘱同来的年轻人，让他把高如风的工资、办公桌椅什么的都抓紧备齐了。临了，出门时，她握着高如风的手，摇了摇说："现在一切刚恢复秩序，组织上正是需要人才的时候，老高，那么，就拜托您了。"

高如风佝着背，一直把她送出门，看着她走远了，这才舒了一口气。

他又成了公家的人了。他在家里团团转，傻笑着，不知道做啥好。挨到晚上，他骑着脚踏车风驰电掣来到平安那里。一敲门，见平安穿着整齐，一副要出门的样子，两个人不禁相视一笑。

原来，平安也接到了通知，恢复了公职，让她回学校去继续教书。她正打算出门告诉他这个好消息呢。

像是突然卸下了担子，轻松下来了，却又不晓得如何开口。两个人僵在门口，半晌，平安返身，把高如风让进了门。

平安给他泡了杯茶，他们在餐桌前，面对面坐下来，沉默了半晌，平安说："都乐傻了。你是男人，你先说。"

"我，我没啥说的。"高如风紧张得手心冒汗，"那个，不如，我们在一起吧。"

平安跳起来说："如风，你发热了，说胡话不是？"

高如风一把抓住她的手说："我们已经这样这么多年了，在我心目中，你早就是我的妻子，我不能再这样等下去了。陆小米曾经说过我，说我懦弱、胆小，我爱的不敢去追。她说得没错，我就是这样的人。"他忘情地把平安的手捧到自己的胸前，温柔地凝视着她的双眼，这一双眼睛虽然已经没了年轻时的清澈，却有着岁月沉淀的别样风采，眼角细碎的皱纹更让人心疼，他心头一热，对着她说："嫁给我，平安！"

泪水模糊了平安的双眼，高如风喊的是"平安"，而不是"芊芊"。

这是他内心真实的声音，芊芊已成过去，但是与他一起走过艰难岁月的却是平安，一直融入他生命的平安。

她扑进他的怀里，呜咽着郑重点了点头。

高如风紧紧地把她抱在怀里，像搂着稀世珍宝一般。他的平安，他的女人，等了大半生终于等到了的女人。他小心翼翼地把唇印到了平安的唇上，灼热、缠绵，把等了半生的语言都印到了这个痴情的热吻上。

这一夜，高如风没有回去，她的肉体已失去了青春的弹性和光泽，每一块伤痕都在提醒他，这是属于他们的过去，他们共有的青春与患难，他的第一次的笨拙也令平安心疼，他们紧紧地痴缠在一起，度过了他们余生的第一个良宵。

早上，高如风深情地凝视着平安，她不好意思地别过脸去。他又拥着她，亲热了一会儿，他们才起了床。平安炖了大米粥，煎了鸡蛋，烙了小面饼，他们面对面坐着，像一对老夫老妻。

吃过早饭，平安说："如风，你是个君子，我们的平反还没真正落实，咱们在一起，别人要说闲话的。"他们真正结合，还有一段路要走。

高如风说："平反不是一天两天的事，你和我都会有这样的问题。这事儿，慢慢来，不着急。我们在一起这个事儿更重要，人生苦短，我们已经失去得太多，不能再等下去了。"

平安想想有道理，就应了他的话。两人商议了，平凡与安然两个孩子，还有高桐，对他们在一起肯定是坚决支持的。但是，跟俞浪行，还有陆小米，他们总得要当面说清楚，不然，心里的那道坎还是过不去。

高如风想了想："我去会会他吧，这么多年没见，总有些话要说的。"他指的是俞浪行。

平安迟疑了片刻，就说："也好，我也抽空去老宅看看小米。"

高如风沉吟了半晌，点了点头。当他打电话把这个消息告诉安然时，她在电话那头顿时热泪盈眶，连声说："爸爸，祝福您和姆妈。爸爸，爸爸，我想这么叫您，已经想了好多年了。"一声"爸爸"，高如风泪如泉涌，他连声说道："好孩子，谢谢你。"

"爸爸，我和平凡都会祝福您和姆妈的。"安然说。她顿了一下，又说："还有高桐。"

高如风笑得很开心，他爽朗地说："好啊，好啊。"都是他和平安的好孩子啊。

凑到几个孩子放暑假，高如风与平安还有孩子们一起去了省城。

得知他们要来的消息，俞浪行与刘梅的心情十分复杂，特别是俞浪行，他没想到他们三个人在时隔二十八年之后，能以这样的方式见面，像一场荒诞却又真实的梦境。高如风在他心目当中，是什么样的人，他最清楚不过了。他这大半辈子，与高如风的交集不超过四次。

一次是在扬桥口高宅附近，他满头大汗地背着柴火，剐伤了黄包车上留洋回来的青年，那个青年那么儒雅有礼。第二次是在都天庙会上，他对少女孟芊芊的守护。第三次是在道观里，高如风跟在松下井后面，穿着皇军服装，手戴白手套，他的眼睛始终在寻找蓝袍道人的身影，而后定格在那个小小的身影上，眼神那么地忧郁。第四次是在北山寺，他准备撬开日军军火库的铁锁而突然被高如风阻止，他那双手，至今都令人记忆犹新，那么有力，却又那么漂亮，他们共同完成了那场惊天爆炸，转移走了松下井历年在我华夏搜刮的财物。他们从来没有谈论过孟芊芊，只是用各自的方式爱着这个清丽绝伦、才华横溢的女子。他们都爱得彻底，不计后果。俞浪行在洞房花烛之后，就跟着组织打游击了，只留下了孟芊芊，带来的是随之而来二十多年的悲离与伤痛。

俞浪行心想，高如风，我最终还是败给了你。但是，不管怎么说，平安因你而获得新生，孩子们也因你才培养得这么独立、自由，我还是要郑重地说一声，谢谢您！

俞浪行在家里团团乱转，刘梅知道他的内心一定十分忐忑，就握着他的手说："首长，这是宿命，虽说我们共产党人不信这个，但是，该来的一定会来，躲也躲不过去。不如我们一起来面对吧。"

俞浪行苦笑着说："只能这样了。"

迟疑了一下，刘梅又说："如果他们这次来，提出要把孩子……"

"她不会的。"俞浪行打断了她的话，"平安不是这样的人，除非是那俩小的。"他苦笑着。

刘梅不安地绞着手说:"也是啊,暑假,该回来的,结果一个都没回来。"她也说,到底那俩孩子还是与他们隔了一层啊。

俞浪行摆了摆手,刘梅知道这是他烦心的表现,也不再作声,跑到厨房去了。俞浪行在书房里把玩着两封信。一封是平安早先写给他要他把孩子带走的信,一封是高如风为了平凡和安然的高考写给他的。两人如出一辙,信里面提的都是孩子。俞浪行心想,到现在,他们还是没有承认自己,叫自己一声爸爸啊。他苦涩地摇摇头,把那两封信藏到了抽屉里,过一会儿又拿出来爱不释手地抚摩着,怪谁呢,在他离开泰州之后,与之发生关联的就是眼前这两页短得不能再短的信了。其他的过程,他不知,他更无法承受其中的分量。陷在沙发里,他深深地叹了口气。

门铃响了之后,俞浪行一触即发从沙发上弹起来,勤务兵要去开门。俞浪行摆摆手,说:"我来吧。"他疾步走到院子里。香樟树枝叶茂盛,知了还在长一声短一声地嘶鸣。刘梅也从厨房里走出来,刘梅看着他高大却有些佝偻的背,眼睛有些湿润。他也才六十不到的人,竟也明显地有些老了。她紧紧地跟在他身后。

"吱呀"一声拉开门,一个欢快的声音立即扑了进来,"爸爸"。随即一个年轻的带着冲击力的身体朝自己冲了过来,一下子投进了自己的怀抱。

俞浪行的眼泪唰地涌了出来,是他的女儿俞安然啊。旁边站着的是俞平凡,他的儿子。他含着笑,儒雅谦和地牵着一个年轻的姑娘。那个姑娘的一双眼睛也含着笑,明亮又温暖地望着自己。再看看他们的身后,是平安和高如风。他们衣着干净朴素,头发也整整齐齐的,明显地看得出来,为了这场迟来的会面,他们做了充分的准备。

"爸爸,你傻了。"俞安然像一只百灵鸟在俞浪行的怀里跳动,她在俞浪行的眼前晃着手指。

俞浪行激动得老泪纵横,他笨拙又不安地用手拍着女儿的后背,紧紧地拥抱着她。随后,俞平凡也张开双臂,拥抱住眼前这个在梦里喊了成千上万遍的名字,趴在他的肩头,瓮声瓮气地喊道:"爸爸。"俞浪行被儿子和女儿紧紧地拥抱着,他盼这一天盼了多少年,而此刻真正到来时,他却激动得像孩子一般手足无措。

平安与高如风相视一笑,站在一旁的刘梅一颗心终于落了位,连忙上前拉住了平安的手,热情地邀请他们进屋。

晚餐很丰盛,气氛也很热烈。俞家这个大院从未这么热闹,连勤务兵也跟着乐开了怀,毕竟从来没有见过首长这么高兴啊。这么多年,首长的苦闷他们都看在眼里呢。

四个大人与三个青年在家里开怀畅饮。俞浪行与高如风两个人推杯换盏，两个人如同相处了多年的老友，有着说不完的话，间或哈哈大笑。他们聊起在泰州一起革命的日子，尤其是北山寺那一段，是多么地惊心动魄。革命岁月血雨腥风，正是他们这些仁人志士，为了捍卫家园，做出了那么多的牺牲。席间，俞浪行关切地问起了高如风的组织问题，高如风虽有些上了头，但还比较冷静，他说："当年，二当家的，也就是平安他叔叔是我的入党介绍人，自从那年与他一起被炸伤，我们就失去了联系。我在泰州后期的地下工作，都是通过另外一个人传递的情报。"

"那你与这位同志还有联系吗？"俞浪行心潮起伏，一方面他对高如风是敬着的，为的是他这么多年替他照顾妻子，抚养子女。另一方面，又为他这么多年忍辱负重而不甘。

高如风摇摇头说："我只知道他的名字，叫张二虎，是造船厂的一名技术员。"

俞浪行说："那还得想办法找，这件事情必须要解决，实在不行，我可以为你作证，就凭咱们一起端掉松下井在北山寺的军火这一段，也能证明你与我们就是革命同志。"

"谢谢您了，浪行。就为您这句话，我也值了。来，我敬您，干。"高如风端起酒杯，恭恭敬敬地与俞浪行干了一杯。

酒入喉咙，辣在口里，热在心里。高如风怎么能不激动？平安在一旁扯扯他的衣服，他连忙会意过来。正色对俞浪行说："您现在身居要位，我平反的事情泰州这一头已经在着手办，至于党员身份的确认，我还是想自己做些努力，那个人虽然这么多年不联系，但是还是可以想办法找到的。"

俞浪行大声说道："好，来，如风兄，这杯我敬您。"

平安见俞浪行对高如风如此敬重，心里也热乎乎的，这一趟省城来得好啊。刘梅的眼色较紧，也不停地给她和孩子们夹菜。安然上了大学，眼界更开阔，思维也更活跃了。姆妈与如风爸爸如今经历了千重苦难，终于能走到一起，她怎么不为他们高兴呢。她举起酒杯，提议所有的人连干三杯酒，一为解放、和平、自由而干杯！二为两对父母身体健康、白头偕老而干杯！三为年轻的一代学业有成、为建设伟大的祖国而干杯！

平安与高如风，俞浪行与刘梅都被孩子们的光明、饱满的热情感动了，他们情不自禁都在心里说，放下，原来是如此轻松。

从省城回来以后，入秋了天渐渐凉爽起来。高如风又陪着平安来到了高家老宅。平安给陆小米带了不少滋补的食品，还有给她赶制的棉袄和毛衣毛裤。陆小米见到他们时，显得很平静，只是说："你们终于来啦。"就把他们让进了屋。

瓦罐正在咕咕地响，里面正在熬药。中药味儿弥漫了整个屋子。平安见陆小米面色尚好，就指着炉子问："小米，这是什么？"

陆小米用手指着里屋，说："马春娇的肾脏不好，常年喊腰疼，现在一年有大半年在床上躺着呢。"

平安说："那我去瞧瞧她。"

陆小米淡淡地说："你倒是心宽，她当年害你害得那么惨。"

平安说："她也是个苦命人。当年，她也是没办法，走投无路了，才做了那些事。"说到这里，她眼睛一亮，规规矩矩地给陆小米鞠了一躬。

陆小米吓了一跳，心底如一阵电流穿过。

平安说："小米，说实在的，我要认认真真地感谢你，如果没有你，我说不定已经不在这人世间了。"她指的是当年陆小米骗马春娇写检举信，检举平安曾经嫁过日本鬼子的往事。陆小米寡情却又多情，为了高如风能够顺利地与平安走到一起，她不但选择了放下，而且还把马春娇这个定时炸弹拴到了自己身上，苦了自己，成全了高如风与自己。

陆小米说："我这辈子，我的付出也是遵照我的内心。这么多年，我在高家悟到的就是这个道理。至于舍和得，我这么多年吃斋念佛，也想明白了。"

高如风心知肚明，对于陆小米，他就是个局外人。他占据了她的整个心，自己又何尝不是把平安整个放在自己的心上。至于他们之间的恩恩怨怨，走到今天也算是各得其所了。

马春娇在里屋不停地咳嗽，有气无力地喊着："小米，米啊，米啊。"间或又是一阵撕心裂肺的咳嗽，这个声音在空荡荡的老屋里显得分外凄冷。

陆小米低声说："她的时间也不多了。唉！"起身扬着脖子喊，"来了，来了。"小心翼翼地端起药罐，滗去药渣，倒进碗里，又朝他俩说了声，"你们先转转，我一会儿找你们。"于是小碎步进了里屋。

平安与高如风面面相觑，这个场景是他们始料未及的。他们走到老宅外面，对着这个曾经盛放了高家世代繁华的老宅，满心不是滋味。这个老屋对高如风来说，是陌生的。他小的时候曾经随李国香来这里收过租子，特别是与陆小米结婚后，李国香也曾和高老爷一起带他和兄长高鑫以及家眷来这里求过头篙。那个时候，走到这个村子的任何一处，遇到的都是他家的佃农，恭维而讨好的农户，如今物是人非，他的母亲已经作古，他那个修行了一世的姨母李国禾，后来在这屋里被唤作静虚师太，他始终也不能忘记她的那双眼睛，进入风烛残年的她目光却纯净得如孩童般清澈，仿佛能洞悉世间的一切善恶。不知不觉中，他们走到了母亲的坟前，李国香的音容笑貌仿佛一下子浮现在了眼前，纵然这个养母在他婚姻上过于算计了，但是对他仍然是无微不至地疼爱。高如风一下子跪倒在坟前，对着那片隆起的土包说："母亲，今天虽还不曾到清明，但是儿子还是来看您啦。儿子不孝，没能让您老人家享到清福，但是今天，儿子还是要告诉您老人家，儿子的公职已经恢复，儿子也终于等到了最心爱的人，您老人家如果泉下有知，就请安息吧。"

平安也慌忙跪了下来。她与高如风走到今天，也算是个美好的结局，对于高家这个已经故世的主母，她没有恨，更没有愧。一切都是造化弄人啊。

地里的庄稼长势还比较喜人，整个田野笼罩在一片落日的余晖下，即将到来的丰收让他们两个人沉浸在对未来的遐想里。

陆小米来到田边看到的正是这一幅场景，高如风与平安两个人坐在田埂上，面向大田，金色的稻浪缓缓起伏，落日余晖把他们的身影裁成了一道剪影，一切都是那么地平和与美好。她平静地望着他们，过了好久，一个声音从她的喉咙里喊出来："平安，如风，来吃饭啦。"

晚饭包的是饺子，韭菜鸡蛋馅儿，面皮是自己擀的，陆小米与平安一起包饺子，一边絮絮叨叨："今儿个这面是自己家里种的，这大田去年就分到了农户手里，祖上的田仍留了几亩，我也不会侍弄，就请人代种了。你们以后要吃这新鲜的大米，还有面，就叫人捎信来。我都给你们留着，我和春娇横竖也吃不完。"

高如风端着大碗，呼着上面的热气，他的眼睛有些湿润，嘴里"嗯嗯"地应着，饺子皮又薄又有韧劲，馅儿又香，高如风与平安一人吃了两大碗。

末了，陆小米又从卧房里抱出个大箱子，交给高如风。"这是你们老高家过去的账本，现在田也分了，我留着也没用。你带回去，留个念想吧，好歹也曾经是你们祖上的阴德。"

高如风打开一看，全是一本本发黄的账簿，一摞一摞地码放得整整齐齐，每一本都是按年份整理的。

平安突然说："如风，你的组织问题不是要有证据吗？我记得有几次，你不是把家里的地卖了去支前了吗？"

高如风一听，一扑脑袋。"哎呀，把这么重要的事情怎么都给忘记了。"连忙把一箱子的地契全部倒出来。

陆小米听了后也为之一震，想到这么大的秘密高如风竟然不曾跟自己透过半个字，心里就有点儿不是滋味。但是想到如风如果能够平反，能够以一个共产党员的身份重新回到党组织的怀抱，那也是一件功德圆满的事情。她在心里长吁了一口气，一切都已过去了。

三个人一起蹲到地上，一起查找当年的账簿。

陆小米平时整理得齐全，保管得又好。前几年的岁月，这个小村没被殃及，很快，她便说："啊，找到了。找到了。"陆小米一阵狂喜，举起几张发黄的契约。只见她从箱子底掏出一个紧紧捆绑着的小包，一些已经发黄得几乎要风化的纸上写着签收人——张二虎。高如风激动地举起这个纸包，双手剧烈地颤抖，陆小米说："这应该是托静虚师太捐赠出去的，至于张二虎这个人，我也没见过。"

"我知道，我知道，就是他啊。"高如风激动得老泪纵横。

得来全不费工夫，无与伦比的幸福一下子击中了他们，三个人的手紧紧握到了一起。

46

喜　讯

五年之后，七一党的生日这天，高如风与平安合计着去照相馆拍结婚照。早前，高如风就催着平安，平安不肯，说非要等他的党员身份确认好了才办。高如风无奈，只好顺从她。俞浪行打过几次电话来，了解情况，要帮他推动，都给高如风婉言谢绝了。他怕别人说闲话，政治身份问题不能含糊，一定要证据确凿。

有了地契的变卖手续为证，他们又辗转多地，寻找当年办理支前手续的当事人张二虎。到了新疆，接待他们的是张二虎的儿子，他早年听从国家号召援疆，现在是建设兵团的负责人。两人一路颠簸，到了新疆，正是收棉花的季节。雪白的棉花田在荒漠戈壁滩上显得无比壮阔美丽。张团长骄傲地指着那些棉花说："这些都是我们的战士用青春一点一点换来的。过去我父亲与你们一道支前，现在父亲没了，我继承他的遗志，来到了祖国的边疆，继续支援这里的建设。我们张家两代人都值了。"张团长领他们视察了万亩棉田，又热情地招待他们，请他们吃了手抓羊肉，高如风与平安的心被一种新的力量鼓舞着。原来，祖国的河山这么美好。

由于张二虎早已牺牲，好在他的日记还保留着，日记已经被捐给了当地的烈士纪念馆。

高如风与平安谢绝了张团长的挽留，两人又风尘仆仆，带着介绍信赶到烈士纪念馆，果然找到了日记。日记中提及泰州高家办过大田变卖的事情，所得款项全部交给了支前指挥部。而且，信中特别提到了高如风。张二虎在日记中是这么评价的："没想到，在买办资本家的家族中，竟然潜伏着这样一位深明大义的战友。如果不是他，我们的支前筹款不会这么顺利，多少战友会因为缺医少盐而病死饿死在前线。他的名字，理应被记下来，泰州，高氏盐业，高如风。"当看到这里时，高如风的双手哆嗦得厉害。他没想到，他过去在隐蔽战线的战斗原来一直有人记着，当他被公司排挤心灰意冷时，这本日记冥冥中仍然在感召着他。当他戴着高帽子被游街批斗时，他的心里仍然燃烧着信仰的光芒。

他哭了，哭得像个迷路后又找到了亲娘的孩子。平安搀扶着他，他们一起来到那个烈士墓前，献了一束鲜花，然后恭敬地鞠了三躬。

有了这个佐证，一切都像一团乱麻找到了最关键的那根线头。他们又从支前指挥部的档案里找到了其他线索，最关键的是平安的二叔老孟的后人也找到了。平安乐坏了，原来她还有亲人在，原来最疼爱她的二叔还有个女儿，太好了，她感觉她的生命一下子又有了新的宽度，激动得一夜没睡好，第二天一早就和如风搭乘汽车到了上海，一见面，高如风就对平安说："这是你堂妹没错，你俩的气质可真像。"

堂妹叫孟想，比平安小了一大截子，三十出头的人，快人快语，在统战部工作，一口上海话在她嘴里说的像是绕口令。凭空多了个堂姐，虽然这个堂姐跟自己长得一点儿也不像，看上去也很土，但是她仍然很高兴，原来她的父亲也曾到泰州找过兄长一家，回到上海后黯然神伤，才知道老家的人都给日本鬼子杀害了。眼下这个堂姐不但易了容，而且改了名，但是骨子里头还是很亲切，血浓于水呀。

得知二叔还健在，已经离休在家，身体不太好，常年在医院老干部病房住着，身上弹片太多了，多少次死里逃生，能活下来就是个大好事。后来下放劳动，在苏北黄海滩涂，与平安藏身的林家大队不过几十里的距离，平安懊丧地说："怎么就没想到去那边转转，没准儿早就遇上了呢。"

孟想说："姐，那可不一定，我爸他在那儿就是个老盐工。整天待在盐场上干活儿，你就是去了，也不一定能见着。"

平安一拍脑袋说："那也是。"

他们一行赶到二叔那里，护士正在给老孟清理擦洗。

老人家已近九十岁高龄，瘦得厉害，皮包骨的那种瘦。不过精神还好。看到如风，觉得面熟，就起身要握手。高如风紧紧地握着他的双手，那是一双长满了老人斑，却仍然有力的大手，他紧紧地握着，一刻也不想放开。

平安上前轻声叫了声："二叔叔。"老人抬起眼，一对剑眉长得像是出了鞘的剑，端详着平安，说："这是哪家的丫头啊，啊，好好地，淌什么眼泪啊？孟想啊，这谁啊？"

平安扑过去，抱着他，哭得泣不成声："我是芊芊啊，你的小芊芊啊。"

老孟听到这个熟悉而又遥远的声音，记忆一下子涌了上来，他皱着眉头说："声音倒是像的，可是长得不像啊。哎哟，不哭，不哭。"

高如风连忙走上前，恭恭敬敬地敬了个标准的军礼："首长，我是泰州的高如风，现在前来向您报到。"

老孟一下子醒悟过来，原来真是老家来的人啊。高如风，不就是盐商高老爷的儿子，后来闹革命，还是自己给介绍入党的呢。他想起来了。面前的女人长相陌生，但是气息很熟悉，他的心不由得扑通扑通地狂跳着。平安哭了半晌，高如风抚着她的背，等她情绪平复一些，两个人才坐在老人身边，把老孟和俞浪行离开泰州后的情况讲述了一遍。

老孟与侄女平安又是一阵抱头痛哭。原来，二当家的转战上海之后，组织上就安排他负责整个华中的敌后工作。与他一起扮演夫妻的也是一位革命同志，他们在上海表面上一起经营一个杂货铺子，这一点，老孟是老本行。实质上他们负责联络和组织整个苏中的游击力量，高如风那一年与高鑫还有陈如芬、陆小米到上海白相，夜里溜出去到了洋泾港的渔船上，就是去接受任务，做好泰州的支前筹款组织工作。老孟还交代他，由于自己身份特殊，以后负责具体联络的就是张二虎。

一切都将顺以后，老孟颤抖着双手，为高如风写了封信，又录了音，详细说明了当年介绍他加入党的组织，并且从事党的地下隐蔽工作的具体情况。平安把高如风打发回了泰州，而自己则留在上海小住了一段时间，专门陪伴二叔。其间，又把平凡和高桐两个孩子，带到老孟面前，认了二外公，两个年轻人正在上海音乐学院读研，俞安然也在北大读研，平安又让女儿与二外公通了电话，老孟高兴得像个孩子，一切都是上苍的安排，让他在风烛残年还能与失散的亲人团聚，他的孩子们也有了根，有了归宿，彼此都不是漂泊无依的人啦。

高如风回到泰州，就把他要求重新确认党员身份的一整套材料，连同申请寄往了县委组织部。经过将近两年的逐级核查，终于，他收到了批复：

同意确认高如风同志的党员身份，同意确认高如风同志的党龄，同意高如风同志享受离休干部待遇。

看到加盖了县委组织部大红公章的批复，高如风与平安喜极而泣，政治身份确定了，再多的苦，再大的冤，都值了。组织上是英明而又公正的，给了他应有的待遇，不管是政治的，还是生活的。他们分别把电话打到了省城和乡下，第一时间把消息告诉俞浪行夫妇，还有陆小米。

一切都尘埃落定。

于是，他们就来到了照相馆，拍照领证，一气呵成。从这天起，他们的人生就要开始新的一页了。

上午九点，他俩端端正正地坐在照相馆里拍结婚照，他们的两鬓都已花白了，但是幸福洋溢在他们的脸上，使他们看上去比实际年龄还显年轻些。平安为高如风特地定制了一套中山装，藏青色，自己是一件紫红色的夹袄。化妆师给他俩都化了些淡妆，高如风的头发也上了些发胶，平安还给抹上了一些唇彩，他俩对视了一下，又不好意思地别过眼神。他们的心都咚咚地跳得厉害，照相馆平时也有一些这么大年纪才拍结婚照的，一般都是补拍。照相师傅打趣道："都老夫老妻这么多年了，拍个照片也不好意思，都不知道你们的孩子是怎么养出来的。"

平安更加脸红了，抓着高如风的袖子。高如风很拘谨地更正师傅的话："这个，师傅，我俩是新婚。"照相师傅很惊奇地看着他俩，饶舌道："哎呀，你俩不小了吧！看上去这般般配，一举一动又这么有默契，我还真看走眼了，祝福你们，来来，坐坐好，靠近一点儿，头再挨近一点儿，我把你们都照得美美的，等到你们都老了，还能记起今天这个特殊的日子。"

"咔嚓，咔嚓"，俩人头挨头，留下了生平第一张合影。

挑了个好日子，两人又到民政局领了结婚证。证领了，一人一本拿在手里，都低着头傻笑。

"如风，你说，咱俩多大年纪了？"平安说，她怎么也不敢相信，这个红本本就把两人拴到了一起。

"咱俩加起来过百了。"高如风乐呵呵地说。他已把日用品搬到平安这里。

"一晃，咱们都老了。可我怎么还觉得我还在二十岁的光景呢。"

"心态好，就不觉得年纪啊。我这辈子，得到党的认可，又能娶到你，就是我最大的心愿了。直到现在，我也不敢相信，这是真的。"

"这不是梦，如风，我们终于在一起了。"

"你咬我一口，我才相信。"

"我真咬了。"

"真的，平安，咱们真的在一起了，真好啊。"

这一夜，两人躺在床上，看着窗户上贴着的大红双喜，聊到了半夜。

47

舍　利

一切都安顿下来了，好日子已经开始。高如风离休以后，还是坚持整个泰州盐业史的编撰工作，这个浩大的工程，几乎耗尽了他大半生的心血。现在整个工程已经进入最后的编校阶段，洋洋百万字。平安每日照顾他的起居，兼任文稿校对工作，两个人的生活既简单又丰富。

这天，他俩在讨论关于盐官、盐商与盐丁的关系，平安坚持说："盐民的苦，哪是盐商们能够看到的。他们的眼里只有吴盐如雪，明晃晃白花花的银子。盐官们的眼里，有盐税，还有数不清的各种交易和腐败。当然，也有不少清官。但是事物的发展，总是辩证的，我对盐丁盐民，也只能哀其不幸，怒其不争。"感觉到这话说得有些不妥，毕竟高如风也是盐商的后代，又说："不过，如风，你革了盐商的命，也赋予了自己新的生命，你是个例外。要是全中国，有更多的这样的你，有文化、有知识、有担当，整个国家还愁什么国不富民不强。"

高如风举手投降，说："好了，平老师，论嘴皮子我说不过你。不管怎么说，你的心还是向着老百姓的。"

平凡说："从小我的父母、二叔，还有清蕴道长就教导我，做人就是要心善，要诚信，要实在。不能虚妄，更不能狂妄。我父母都是本分人，可惜他们故世得早，不能看到我的幸福了。"

高如风见平安说着说着有些伤感，就劝慰她："谁说他们看不到了，说不定他们在另一个平行的世界正看着我们呢。"

平安给了他一拳："你坚守的是马克思主义的唯物论，怎么也讲起这些唯心主义的东西来了。"

说着，电话铃响了，是陆小米来的电话，语气很着急，要高如风接电话。平安把话筒给了他。

"喂，喂，如风啊，我跟你说一件事情哈。很奇怪的一件事情。"陆小米的语气里有着说不出的惊惶。

"你不着急，慢慢说啊。"

"我平时睡眠都蛮好的，不过今天夜里做了两个梦，一个是你母亲，她跟我说，静虚师太可以出来了。"高如风心里听了一咯噔，那头又说，"另外一个梦，是梦见了那个师太。她只是看着我，也不说话，慈眉善目的，只是笑。"

陆小米在那头的声音有些急迫。高如风这才想起母亲李国香临终前，曾经跟他说过关于静虚师太是她精神世界的另一个真身，如果有一天托梦给了他们，那说明老师太是可以出瓮了。

"我知道了，这件事情我要好好琢磨一下。那个，老马最近身体怎么样了，好些没有？"高如风问，他们上次去老宅，最终还是没去看马春娇那个女人。但是药品与营养品，还是照例着人送去。考虑到她是马小开的妈，现在找不着马小开人影，但是他的好还是得记着。

"就这样拖着吧。如风，你跟平安尽快把这事儿理理好。我等你们回音，好的，挂了。"电话嘟嘟响着，高如风拿着话筒站在屋里，不知何去何从。

缓过神来与平安说了，平安豁达地说："别烦恼了，有没有什么超能量的事情，我也不懂。有一点是肯定的，梦境能安慰人，也能干扰人，找个大和尚了解下情况，也不是坏事，这样小米她也能睡好觉。你母亲托梦给她，也许与她在那个老屋，那个佛堂有关，朝夕相伴，触景生情啊。"

高如风经平安这么一化解，顿时觉得心安了许多。夫妻俩商议了半天，还是没能商议个结果来。高如风有顾虑，他们待的县城地方小，万一这事儿惊动了上面，说他们搞封建迷信，这个大帽子扣下来，也不得了。毕竟经历了前面那些年的痛苦，对那些莫须有的罪名，他们是真怕。

这时，安然来了电话，说近期要回来，给他们一个惊喜。平安很高兴，这个鬼丫头，自从上了大学，就像飞上蓝天的大雁，一个劲儿地飞翔。八成社会调研又有什么新花样了。她现在的研究方向是新闻领域的宗教与民众信仰。这个课题很小，但她却乐不思蜀。天生富有激情，这几年在北大，要么待在图书馆手不释卷地苦读，要么就随导师全国各地跑，游历了不少名山大川与丛林庙宇。高如风眼睛一亮，一拍脑袋，说："等安然回来，就好办了，她现在研究的领域，是国家学科倡导的。"

平安也眼睛一亮。两人开始合计安然回来的美味佳肴，又打扫屋子，置办生活用品。

一个星期后，安然果然回来了。在她身后，站着一个高大、明朗又敦实的小伙子，就是皮肤有些黑。平安与高如风面面相觑，平安一颗心扑通扑通的。

安然把那个小伙子往前面一推，大大咧咧地说："这是我爸妈。"

小伙子咧开嘴，露出一口干净亮白的牙齿，笑着叫道："叔叔好，平老师好，我是包良种啊。"

平安的脸开始有些僵，她没想到安然一周前说的惊喜是这个。安然可是她的心头肉，这些年巴望着她能处个好对象带回来，但这丫头就是不理这个茬。现在好了，人都带回了。包良种，不对，这个名字咋就这么熟悉呢？

包良种咧开嘴笑道："林家大队，包金银老队长的孙子，小时候您还教我认字呢。"

平安这才想起来，不错，看眉眼，的确是包队长家的孙子。她的面色顿时缓和下来，回忆伴着笑容从她的脸上荡漾开来。

"哎呀，真的是良种啊，弹指一挥间，你都这么大了。"平安忍不住喜极而泣。"你现在在哪儿啦，怎么与我家安然一同来了。"

"平老师，我现在在北京农业大学读研，我学农的。"包良种说。

"啊，噢。"平安有些反应不过来。

安然搂着姆妈的颈脖，撒娇道："姆妈，我跟良种在红旗农场就又遇到了，爸，妈，我的男朋友，怎么样？"

高如风笑呵呵地拉住包良种的手，把他迎进了门。包金银老队长他也认识的，是个善良耿直的老人。他嗔怪道："平时左盼右盼，现在孩子们都回来了，你是欢喜坏了？"

平安有点儿羞赧地朝女儿瞪了瞪眼，那眼神分明是说，看你瞒得这么紧，害得我白紧张。

安然一进屋，就扑到了沙发上，叹气地说："唉，还是家里好啊。有爸爱，有妈疼，真好啊。"包良种坐在她身边，打量着屋内的陈设，三只木柜，一个红灯牌收音机，一架旧钢琴，方桌上放了个玻璃瓶，里面几株野花开得很精神，简单朴实，心里想，这个家可真温馨，怪不得能养出安然这么好的性格。

平安在厨房里赌气，这个死丫头也不知会一声就把男朋友带回了家，分明她这个妈在她心里就没有位置。想到打小到大，儿子平凡因身子骨弱操心操得多些，这个丫头除了淘气，就没怎么让她费心劳神，心里就稍安慰了一些。转念又想到，儿大不由娘，现在在北京读的又是名牌大学，将来说不准四海为家，连这家都很少回了，心里又难过起来，一个劲儿地憋着抹眼泪，肩膀一抽一抽的。高如风看在眼里，疼在心里，虽说妻子也是不小的年纪了，但在他看来，还是个没长大的小姑娘，

302

就拍拍她，轻声说："你还闹小孩子脾气，安然从小到大就有主见，又不是一天两天了，你要相信她的眼光。"

平安看到老伴这么体贴，知道他是心疼她，宽慰她，就扑哧一声笑出来："看你那紧张样，我养的女儿我还能不知道，养鸟知鸟音嘛。我只是担心，这孩子这一趟回来，以后我们见一面就更加困难了。"

高如风说道："这有何难？我们现在身体好，又有空闲，他们将来没空，我们就过去。"

一句话又点拨了平安。是啊，她自己的孩子，要想见一面有啥难的，心里敞亮了，手脚更加麻利，不一会儿就忙了一桌饭菜。

包良种与安然挨在一起看相册，两个人笑得前仰后合。平安端着菜正准备进屋，只听得包良种说："哪有你这么丑的，真看不出哪一点有北大才女的潜质。"她就朝身边的老伴打了个手势，两个人悄悄地听隔壁戏。

"嘿嘿，奇人必有异相。美丑只是相对的，我小时候丑都是为今天的美打的基础。"安然有些臭美，转念一想，拳头就捶到包良种肩上，疼得他直抽冷气。"我小时候长得丑，那你为什么还要像跟屁虫似的？"

"呵呵，你的丑是相对于你的才华，所以，你的这个丑有着特殊的吸引力。不过，我现在终于明白了，你的才华完全遗传你姆妈的强大基因。"

平安在门口一听乐了，看不出来，这个农科的小伙子还没读成书呆子。

安然骄傲地说："嗯哼，算你有眼光。我妈可是泰州第一才女，嘿嘿，总有一天你会被她的才华惊呆的。"

见包良种低声说："真好，你爸也是，儒雅睿智又谦和。"他想这个家可真好，又悄悄对俞安然说："那我什么时候才能跟你一样叫他们爸妈？"

安然扑扑他的脸，眼睛里全是小星星，她说："你这算求婚吗？呆子，可一点儿都不浪漫。"

包良种捏着她的脸："我下次举着我研发的新稻种子，把它做成花束，向您正式求婚，好不好？"

俞安然嬉笑着说："这个想法又现实又浪漫，我赞成。"

见包良种兴奋地抱起俞安然转起了圈，平安赶紧扬起嗓门，喊道：老高，老高，快点儿上菜啰。"

高如风也高兴地扬声应道："来啰，来啰。"

俞安然拉着包良种赶紧并排坐好，平安与高如风与他俩对面而坐。平安这时候才仔细打量小包来。只见这孩子脸型宽阔，五官长得很开，一双眼睛与人对视时认真而执着，笑起来，一口白牙，干净又耐看。高如风开了红酒，是从省城回来时刘梅硬抢着塞给他们的，与包良种对酌上了。平安在一旁见女儿与包良种郎才女貌，席间，又问起包良种家里的情况。原来，包良种的爷爷包金银在平安他们回到县城以后不久就去世了，因为长期水上作业，他奶奶的腿有风湿病，正好当时联垦公社，也就是后来的红旗农场向周边县市招收农场职工，有地种，有房子住，他爸妈带着他和奶奶来到了农场。由于他爸从小在水上漂，熟水情，又懂农活，在农场就做起了技术员，他妈被安置在农场的食堂。包良种的中学时代就是在一边劳动一边学习中度过的，所以恢复高考那一年，他与安然就约好了，一齐上北京，她读她的新闻，他念他的农业。

平安一听心里直喊好，普通家庭培养个大学生不容易，更何况这孩子也争气，心里就不知不觉地对去世的包金银老人越发地起了敬意，又见这孩子谈吐不俗，有礼貌，真是丈母娘看女婿，越看越欢喜。

高如风与包良种喝得很开心，高如风见包良种这孩子很健谈，加之有过去老一辈的情分在，越发觉得亲切，就跟他聊起了古运盐河以及泰州的盐史，包良种的眼睛越发地亮了起来，从夙沙氏陶罐海水煮盐，聊到了吴王刘濞开凿邗沟，管仲与齐桓公，范仲淹与捍海堰以及范公堤，黄海湿地以及候鸟迁徙，两人相谈甚欢，高如风多久没这么痛快淋漓地与人海阔天空地畅谈文史了，今儿遇上了这个准女婿，人品好，也没读死书，心里就越发高兴，一个劲儿朝俞安然竖大拇指，说："咱丫头真有眼光。"俞安然就绕过去趴在高如风的肩头上撒娇，说："咱的眼光都是爸爸从小熏陶出来的。"高如风听了更老怀大慰，平安在一旁担心老伴的酒喝高了，不住地朝丫头使眼色，可是俞安然大大咧咧的，哪管这些，又叫包良种不停地敬高如风。平安无奈，只得到厨房煮了酸梅子醒酒汤，备着由他们喝。

一会儿，聊到了安然的专业。高如风问她为什么要选修这个领域。她说，这个领域是个空白啊，我就负责来填补空白。我们国家，刚刚完成了社会主义的基本改造，一脚跨进了改革开放的大潮，但是人们的思想还没适应这个脚在里面脑袋在外面的鲜活世界，人们的信仰处于一个将信将疑的摇摆期，适应要有一个渐进的过程。所以，宗教势必会起到一定的平衡作用。什么样的新闻，就会造出什么样的势，老百姓需要正确的引导，我学这个专业就是想在这个领域有所建树，通过我们的专业，我们的一支笔，引导更多的人义无反顾地投身经济建设的浪潮当中去。

之后，高如风把白天陆小米的梦境讲给安然听，他说："你们给分析分析，这个现象又属于什么呢？"

　　安然听到这个话题，与包良种对视了一眼，两个人的眼睛都发出异样的神采。如果说与静虚师太真的有这样的机缘，那他们这次回来就太珍贵了，无论是从新闻应用领域的研究，还是农业文明史的发展研究，都是弥足珍贵的。肉身菩萨这个说法，在佛教内被称为全身舍利。《金梵明经》记载："舍利者，是戒定慧之所熏修，甚难可得，最上福田。"

　　安然说："我从文献和传说资料里看到过，如果真有这么个事，那我们这里还真是洞天福地啊。"

　　高如风说："史书记载，从东晋到南唐，我们这里曾有十个修道之人得道飞升的传说，号称海陵十仙。现在不少桥梁、街巷还以此命名。我母亲在去世前曾经说过老师太的宏愿，这一晃也有十多年了。如此看来，今儿我母亲托这个梦的确比较玄妙。"

　　安然沉稳地说："我在河北、山西都曾瞻仰过肉身菩萨，他们都有一个共性，就是无论男女，都有着高尚、无染、纯净的内心。而且，从比例上来说，女性比男性要高些。"

　　"说得对，静虚老师太出家前是我的姨母，她老人家从小就发誓宣扬佛法，在我家祖宅里修行了一辈子，匡世济民，她还自学中医，自制草药，我家曾经的那些佃农，当然现在都是当家做主的新农民了，没有哪一家不曾受到过她的恩惠和庇佑。特别是支前指挥部的档案里，也记录有她老人家捐赠的款物。我现在回想起来，真有些后悔，这么多年都是聚少离多，都没能好好地照应她老人家的起居生活。"高如风说。

　　安然双手合十，道："这一切难道都是冥冥之中注定的？爸爸，姆妈，我和良种要全程参与这件事情。"

　　平安忧心忡忡，说："这件事关起门来就是小事，家事，传到社会上就是大事，国事。还是得慎重。"

　　高如风说："这个自然。这样吧，安然，良种，这件事，我想还是交给你俩，协助你小米阿姨去办，就从学术角度吧，也不要做什么宣传。"

　　安然与良种郑重地点了点头。第二天一早，他俩就乘班船到了高家潭。陆小米见高如风夫妇没来，心底有些失望。想着这到底是高家的事，既然如风这么安排了，她也不便多说什么。俞安然和包良种去佛堂先拜了拜李国香和静虚师太的牌位，上了香。两个人就随陆小米去见姜堰城的了然大和尚，讲了静虚师太的弘愿以及当年收殓的全过程。了然大和尚说肉身菩萨出世还是要遵照佛的昭示，至于能不能达成这个夙愿，还要看机缘。陆小米说这是自然，如若达非所愿，我们自有安排。又相商了具体开瓮的时辰、细节、拜祭的事项，一切都交代停当，了然大和尚一句"南无阿弥陀佛"就送客。

出了山门，安然就拉着陆小米的手臂问："什么情况下叫达非所愿，如果达非所愿又会怎么安排？"

陆小米见这姑娘跳脱，说话爽直，心想还是平安有福气。叹了口气，简单说了句："再说吧，顺其自然。"嘴上这么说，还是悄悄地另外做了准备。不少修行的僧尼也有发宏愿能完成全身舍利的，但是多数都以失败告终，羞于告人，所在的寺庙一般都悄悄焚烧一埋了之。对于静虚老师太是否能达成宏愿，陆小米是抱着半信半疑的心态的，世上哪有什么无私之人，她自己自嫁进高家，跟着李国香皈依佛门这么多年，还是犯了贪念啊。

到了正式开瓮的前一天，高如风带着平安母女，还有包良种，一起回到了高家潭。几个人七手八脚，备齐了香烛、冥钱、火盆、纸屋、纸船等，一直忙到深夜。老宅里一片寂静，当夜，俞安然随平安还有陆小米挤一床，高如风与包良种一屋，夜里只听到屋后小树林的哗哗声，猫或黄大仙踩着瓦片的碎碎声，间或也有老鼠从梁上穿过，安然就吓得钻在被窝里抱着平安发抖，平安睁着眼睛搂着她，另一头陆小米也睁着眼睛，两个斗了一世的女人，如今睡到了一张床上，陆小米心里想，这就是命啊。里屋有时又传来马春娇的哼唧声，另外还有一个苍老的女人没好气的嘟囔声。平安说："小米，那谁啊？"陆小米说，"村里的邻居，找来帮助照应老马的。"老马是指马春娇。

平安"哦"的一声。

陆小米又说："她也晓得自己日子不多了，整天喊她那个儿子呢。"

平安又"哦"的一声。马小开，你这孩子，这么多年过去了，你还在人世吗？抱着平安的安然听到陆小米提到马春娇，又提到了她的儿子，她心想，是啊，马小开，你这个死家伙，到底跑哪儿去了呢？

迷迷糊糊睡了个囫囵觉，天刚麻麻亮，了然大和尚就带着众徒弟来到了高家。准备工作就绪，太阳也快到了头顶。大瓮已抬到了天井中间，这一刻阳光普照，万物寂静，祥云飞渡，天空一片蔚蓝。众僧齐诵，经声越发洪亮，一阵高过一阵，似乎有什么力量即将凭空而起。了然大和尚轻轻敲开了大瓮上封装的泥土，随着泥土崩裂，一块块碎片纷纷下落，四周越来越安静，静到只听到瓦片落地被放大的碎裂声。慢慢地，静虚师太重新现世，神情如同去世前一般，安详宁静。平安站在高如风的身边，她的脑海猛然升腾起当年在道观清蕴道长引领百名道人，教导她抢记古乐的场景，一股神奇的力量立刻笼罩了她的全身，令她神情肃穆，庄严圣洁。她似乎听到了一种召唤，古乐对她的召唤。她的背绷得笔直，背上如同蚂蚁爬行，古乐乐谱似乎从她纵横交错的疤痕，从那些丑陋不堪的阡陌里，从她的心底喷涌而出。

随着一件大红袈裟披身，了然大和尚率众僧跪拜，吟诵声再次响起，平安与陆小米都泪如泉涌，高如风双手合十，讷讷自语："母亲，母亲。"俞安然原本紧紧地拉着包良种的手松开了，他们再也抑制不住内心的激动，紧紧地拥抱在一起。

48

来　信

　　考虑到社会影响，高如风与家人经过慎重商量，还是把静虚师太的不死肉身，移至姜堰城的寺庙，由了然大和尚按佛教事务流程安顿下来，很快，这件事情在姜堰城与泰州悄悄传开，之后到姜堰城来拜谒的人络绎不绝。了然大和尚遂组织钱款将其塑成了金身。

　　平安回到城里后，就陷入了昏迷。高如风跟她头碰头，不发烧啊，怎么就似睡着了一般。他想，早年平安曾经受过刺激，这一场开瓮，不知让她想起了什么，是不是这场法事，让她受了惊吓，于是就不眠不休陪在她身侧，整整三天，平安才悠悠醒转过来。高如风熬了米饮汤，喂她喝了半碗，她便枯坐书房，不吃不喝，对着案头苦思冥想。高如风只见她除了发呆，也没有过激语言与行为，就宽慰吓坏了的安然与良种。安然很不安，她说："爸，姆妈没事吧？"毕竟姆妈一生命运多舛。高如风说："没什么事，你妈可能太累了，休息休息就没事了。"安然和包良种本身到了应该返校的时间，又向学校续了假，一边在家里写论文，一边陪伴二老。

　　等到平安把一张写得歪歪扭扭的乐谱交给高如风时，他才明白过来，平安受到刺激的诱因，正是由于高宅的磬鼓齐鸣与了然大和尚及众僧的吟诵，它们无巧不巧地唤醒了平安沉睡或者说骨子里特别抗拒的古乐。那个对她来说，是烙在骨子里的痛与悲。释与道，本是中国传统文化的核心，两者既有区别又相互渗透。从认识论来看，都注重整体的领悟和类比联想。释，教导人坚信因果，要得正知正见，飘逸循环，度己度人，成绩佛果。而道，说的是出世，强调道法自然，尊崇内心。这一个偶然，像一个按钮，开启了平安刻意隐藏的那道门，引导她回归内心，释放天性。这辈子，她被抢夺，被迫假死，被迫整容，被迫改名换姓，硬生生活成了另一个人。平安的人格从来没有这么被分裂过。她内心的那个视音乐为命的女孩，硬生生地被命运分裂，且无畏无惧地活了下来，这个面具因为戴得太久，已经成为她身体与人格的一部分，现在，此刻，她心底住着的那个女孩子被一场突如其来的梦境袭击了，就像大瓮上的泥块，哗啦哗啦地剥落，还原成了自己本来的模样。

这个被平安重新记起的乐谱，是个简谱。正是当年她从道观里抢记的《傍妆台》，从新婚红妆到征战沙场，再到倚门思念，哪一点不印证了平安的一生？高如风紧紧地把平安抱在怀里，他能感受到她的战栗与痛苦，感受到她对这一张纸的抗争，她在战胜过去的苦难，也在战胜自己。现在她终于走出来了。高如风当年给她文在后背上的是工尺谱，每一个音符都由字形及手的位置组成，非常繁复，也非常震撼。现在平安用简谱将它们还原出来，已经前进了一大步。假以时日，她说不定能把整个工尺谱全部还原出来呢。但是，高如风不想给她压力，暗地里却到处搜索资料，根据工尺谱的原理，把简谱尝试还原成古谱。

这种失而复得令高如风又惊又喜。与安然还有包良种分享了这个惊喜之后，他们合计带平安出去旅行。

平安像一个孩子，被老伴和孩子们照顾着。他们利用安然返校前的二十来天，游历了不少名山大川。凡是有古乐的寺庙、道观，他们都一一拜访。其间，平安的堂妹，在上海市委统战部的孟想也给了她不少支持。当年在道观，道长教授她古谱，并教诲她，要真正把这个繁复的工程恢复并传承下去，平安当时认为自己学识还比较肤浅。现在，她的决心一下，在高如风的鼓励下，她如饥似渴地学习古乐谱的相关知识，她几乎是在与时间赛跑，毕竟她也是花甲之年的人了。在上海读研的俞平凡与高桐得知母亲开始研究道教古乐，十分兴奋，他和高桐请导师指导，专门到古籍书馆买了一堆书寄回来，包良种与安然也从北京搜罗了大量的资料。现在平安的案头堆了大量的书籍，要想重振道教古乐，她需要大量的阅读，从纷繁复杂的知识体系里找出自己需要的养分。她与高如风商量好了，准备着手编辑一套道教音乐教材，以此实现道长遗愿，让它们在泰州世世代代传承下去。

包良种与安然的感情也在不断升温，当初在红旗农场插队锻炼，包良种遇上俞安然，两个年轻的心碰撞在了一起，爱情使他们在农场的艰苦岁月有了不一样的甘甜。他爱她，也许从小就在双方的心田烙下了深刻的印记。她也爱他，爱他的执着与纯粹，无论对她，还是对他所热爱的稻种研发。所以说，他们的爱情纯粹而赤诚。后来，直到俞安然被保送大学，他才得知她其实是省委副书记的千金，所以就远远地避开了，他觉得他们之间的鸿沟又大又深，根本无法跨越。所以，从接到录取通知，俞安然兄妹回城，包良种就直接选择了逃避。他跟着农场的种子研究所人员，天天往田间地头跑，对俞安然的来信一封都没回。他们之间，一个天上，一个人间，能有什么可能？

俞安然是什么样的性格啊，在数次受到包良种冷漠的回应之后，她在临开学之前，给他写了最后一封信，只有三个字：北京见。安然的文章一篇篇在北大校刊上发表，她将每一篇直接寄到了他所在的农科院。终于，他跑到了俞安然身边，一见面，俞安然就给他来了个爆栗子说："包良种，你知不知道，你就是光芒。你所从事的稻种改良事业，其实是造福人类的一件大事。当你还在纠结我们的门户等第时，说实话，我的心里是有点儿看不起你的。因为你根本没有看到你自己的光芒。"

包良种羞愧，为女友的这番话。是啊，俞安然从未提起过她身居要位的父亲，相反，言谈之间都是姆妈和如风爸爸的往事，他们相濡以沫的感情。

所以，从严格意义上来说，这次一起回到泰州，直看到高叔叔和平安老师，他的一颗心才妥妥地落了位。于是，爱上她几乎是刹那之间的事。经过这些天的接触，他越来越觉得安然的这一对父母，对他来说，就像宝藏，每打开一层，都会让他受益颇丰。他和安然在泰州的大街小巷漫步，这个小城的民居、民风还有民俗，他都十分喜爱。他经常带着相机到城北的五条巷子转悠，户户相连相通的街巷构造更是让他惊叹不已。这天下午，他在五条巷子里散步，一块瓦片硌了他的脚，他把它当宝贝似的带回了家，晚饭后他请教高如风。高如风说："这些瓦片多着呢，在草河稻河之间，我老家附近，不少都连石块砌到了桥墩上。"

"高叔叔，我就觉得这些瓦片眼熟，后来一想，我们农场北边的蒋垛一带田里的瓦片就跟这些长得比较像。"他说。

包良种高兴坏了，央求高如风要带他去看，安然噘着嘴说："你傻啊，现在几点了？"

包良种一瞅外面，夜已深了。他们都各忙各的，四个人在埋头搞研究，写论文，他不好意思地挠挠头。

第二天天一亮，高如风就带着他去了草河东边的高宅。包良种在河边东转西转，小心翼翼地采了不少样本，他隐约觉得这里将有重大考古发现。

高如风说："这些不算啥，得空，我们一起去盐城黄海转转，那里可以看到大自然演变后，地质和生态环境、居住环境等一系列变化。"

包良种答应了一声："好。"

事实证明，他的嗅觉是敏锐的，他回校后写了论文，就良渚遗址与盐碱地特别是稻业种业的关系，展开了论述，希望引起学界的重视，可惜学界归学界，直到跨进二〇一二年，五条巷子一块不足十亩田的地界里，终于发掘出近二十口唐代以来的古井，在全国考古界引起了轰动。这是后话。

一位不速之客的到访，对刚刚平静如水的高如风来说不啻是晴天霹雳。门打开以后，来人是个五十出头的中年人，自称台办王科长。他热情地握着高如风的手，直晃："高老师啊，没想到你还有这么一层海外关系啊。"高如风探究的目光里，眼底的谨慎与防备是真的，但出于礼貌他还是客气地与他打了招呼。对于这个拿着一封信敲开了他家门的造访者，他是一肚子的忐忑。

"这是来自宝岛台湾的来信啊。"王科长努力挤出坦诚的笑容，眼睛却审视着高如风的表情，似乎想从他脸上微妙的变化中找到一些蛛丝马迹。

"有没有弄错？"高如风疑惑地接过那封信，说实话，刚从那段岁月里走过来，他也是谨慎又戒备的。

"不错不错，我们已经通过公安部门做了内部核查，确定是你。"见高如风犹豫，王科长又带着近乎谄媚的笑容向他靠近了一小步，似乎想通过他的肢体语言，驱使高如风当着他的面打开那封信。

良久，高如风还是当他的面打开了，他用剪刀剪开了信封封口，用右手的拇指和食指从里面衔出那封信，王科长似乎悄悄吁了口气，作为送信人，他的工作任务完成，收信人的确是高如风。打发走王科长，高如风坐在灯下，缓缓打开信纸，信的开头一句"如风吾儿"，让他不由自主地绷直了后背，浑身的汗毛一个劲儿地竖起。他不由自主地四处张望了一下，至于张望啥，他自己也不知道，潜意识里是不希望平安和安然他们看到此刻他的状态吧。

信，是高老爷从台湾经香港辗转，才寄回的内地，他看了看落款时间，一封信跨越海峡两岸，竟有四个月之久。高如风的手抖得厉害，那一年高老爷的离奇失踪，坊间传说他为躲避战乱带着一箱黄货跑路到了台湾，原来是真的。高如风的脑海里浮现出高老爷青白得有些过度的脸，但从照片上看起来，他走的那年，也就是五十多岁吧，算下来，如今也应有八十高龄了。一个八旬老人，此刻发出这样一封信，无非是表达思乡情切，想落叶归根了吧。高如风的心里既鄙夷，又觉得很堵，在他的生命里，高老爷的父亲角色倒不如他在茶盐酒总会的高会长或者高府里的老爷，来得更真切。打小，高如风从他那里得到的父爱似乎少得可怜。高老爷是各种洽谈、应酬、酒宴的代名词，满眼都是盐的交易、库存。父亲敬重又防备着母亲李国香，收了婢女做妾生了高如风，一肚子的仁义道德，却又与琼花勾搭成奸，连琼花是日本间谍也被蒙在鼓里，他看上去精明工于心计，却接二连三反被高二老爷、琼花算计。最后又以看病为由，带着管家到上海取了一箱子黄鱼，一跑了之。高如风此刻的心情糟糕透了。他不知道该用什么词来形容他与父亲之间的感情，唉，总之，似乎一言难尽。他把信折起来，放到了抽屉里，跑到屋外。不知不觉中，他竟

311

然跑到了草河边上，坐在河坎上，遥望着岸边的高宅，此刻在黑漆漆的夜里，屋脊如鱼骨一般瘦削苍凉，更显出别样的萧条与孤零。小时候的场景，无不历历在目，直到深夜，他才疲惫不堪地回到家里。

平安还伏在案头写笔记，见他回来，摘下老花眼镜，瞅着他。高如风把信拿出来，递给她，说："你拿去看看，真不知道该怎么办？"

平安匆匆把信浏览了一下，柔声说道："一个老人，这么多年没见了，既然他已来了信，那你还在犹豫什么呢？落叶归根，是自然界的规律啊。"

"可是，我恨他，恨他当年把我当作交易品，送到日本人的魔下，恨他与一些无良商人一样，国难当头，却囤积食盐、坐地起价，恨他抛下亲情，不告而别。"

"他虽说是资产阶级的代表，却又有着封建地主义的烙印，最终他这么选择，也是一种必然啊。"

"他从来不跟我说他内心的彷徨，他不知道，我所走的路才是一条光明和正确的道路。如果，他早点儿告诉我，他又何苦跑到台湾，一个人孤苦伶仃。"

"客观地说，父亲为这里还是做了不少贡献的，这么多年，你们一家为整个县城供应食盐，让老百姓吃得上，吃得起，就是件大功德。到后来，他虽然也在日本人的威逼利诱下，做了违背良心的事情。但是，后来，他看到到处炮火纷飞，看到日本人无恶不作，看到连琼花也不知踪迹，又看到你当时在买醉、沉沦，他心里一定失望到了极限，才做出了这样的选择。"平安说。

"如风，你再反过来想想，如果不是他把你送出去留洋，你就不可能带着满腹才华，带着热忱的理想和改造一个新世界的冲劲，投身到党的事业当中去。那个时候，有多少国人宁可选择在黎明之前的黑夜里蒙头沉睡，也不愿去冲破那最后的一层枷锁啊。可是，你却做到了。从这一点来说，父亲的功还是大于过的。"

"平安，你真好，没想到你竟然这么宽容。"高如风的心里得到了一丝安慰。

平安说："早点儿休息吧，明早起来，好好回一封信，邀请他老人家回乡来看看，毕竟也是看一眼少一眼了。"

49

启　航

信写好后，高如风不放心，专门跑到县台办，找到了王科长，请他把关把信寄出。王科长笑着说："一看你就是个迂夫子，现在不是过去那个年代了，台湾与大陆的通航通邮都逐步放开了，你尽管寄，别担心，只要地址不弄错，老人家一准能收到。"

高如风千恩万谢地去邮局，把信郑重地投入了那个绿色的邮筒，他的一颗心似乎也随着这封信飞到了海的那一边。他从来没有这么热切地盼望过，父亲会再次给他来信，告诉他大概是什么时候回大陆来省亲。高桐许久没回了，如果知道还有这么一个爷爷，应该会十分高兴吧。这个丫头，有了俞平凡这个小子，似乎把他这个爸爸忘记了。想到这里，他兴冲冲地打了一个电话到上海。

"爸爸，是你啊。怎么突然想起来打电话给我了？是不是想我了？我还以为你的心里只有平安阿姨呢。"高桐揶揄道。

高如风高兴地说："哈哈，纠正一下，得叫她妈妈。话又说回来了，我就不能打电话给你了？你的心里都是平凡那小子，没有爸爸的位置了。"

"什么呀？爸爸，你真是的。"那一头，高桐撒娇了。她心里也想叫平安阿姨姆妈呀，那个傻小子俞平凡的姆妈就是自己的姆妈。

不管怎么说，她还是高兴地答应了爸爸："我会叫的，爸爸。"

高如风的心里暖洋洋的，对高桐说："爷爷来信了。"他按捺不住内心的喜悦。

"什么？爷爷？他不是死了吗？"高桐的眼前闪过高老爷那张威严而不苟言笑的脸。

"没有，没有，他在台湾，他从台湾来信了，说要回来省亲呢。"高如风迫不及待地跟女儿分享。

"好啊，好啊，爸爸，恭喜你。"高桐的声音透着愉快，明亮得没有一丝杂质。

很快，她就又切换话题了："那个，爸爸，信访局有没有新消息？"她咬着嘴唇，想了想，终于还是问出了这个问题。她指的是她的亲生父母和哥哥被投毒一事。恢复高考之前，因为她怀疑马小开，所以与平凡安然两人闹翻了，后来他们又重归于好，高如风给她的让步就是只许定期与信访部门保持联系。快二十年的凶杀案，也许是件无头案，公安部门一直没能破得了，只能依靠信访了。这件事，谁主张谁举证，单纯地凭马小开身上的一些疑点就主观臆断，是很不负责任的。好在这几年，她的身边有平凡，又有他俩共同喜爱的音乐专业，两个人齐头并进，学业上不断取得一些成绩，高桐就慢慢地淡化了与信访部门的定期联系，让高如风跟进了解。

"啊，这个，倒是没有。"高如风沉默了片刻，就小心翼翼地劝慰女儿，"你安心学习啊，有消息我会及时告诉你的。"

"那，好吧。爸爸。这事儿，我也想通了，日子总要向前过的，我不能因为这件事就一蹶不振，平凡都说了，等到毕业，我们就结婚。"高桐不知不觉中竟然泪流满面，也许这也属于放下吧。

"好啊，好啊，爸爸高兴，你平安妈妈知道了，也一定会非常高兴的，好女儿，一切都向前看，国家现在需要的就是人才，你好好学习，将来有你们的舞台。"高如风兴奋得几乎要跳起来了。还有什么比儿女幸福更重要的事呢，他的头脑里蹦出一个词：否极泰来。一切都是最好的安排。别看平凡那小子平时不吭不哈，但是他是个内秀的小伙子，高如风看着他出生，一直到他长大成人，并且成为高如风期盼中的模样，高桐嫁给他，他们就成了真正的一家人，不分彼此，这是比血浓于水还要浓烈的情分啊。

这一年秋天，平安与高如风忙忙碌碌，人逢喜事精神爽，忙虽忙，虽说脚底生风，但是他们高兴啊。孩子们明年夏天就要博士毕业了，婚期将近。他们不得不尽早筹备，远在北京的俞安然少不了要凑热闹，也不知道她怎么与包良种商量的，两个人居然也宣布要与俞平凡同一天结婚。理由是既然是双生子，就要同喜同乐。

这下子可热闹了。平安赶紧与省城俞浪行夫妇通电话，俞浪行已经退下来，与刘梅两人整天忙着参加老干部的活动，打门球、学绘画、学厨艺。听到这俩小的要一起办大事，无条件服从，甘愿当平安夫妇的下手。

高如风这一头自然没话说，两家并一家，属亲上加亲。至于那个包良种，俞浪行认为还是要亲自考察一下，不能不明不白地就把女儿嫁出去了。如若不说她是省委副书记的女儿，就冲这孩子从小跟着她母亲没有好好地过上一天好日子，俞浪行也觉得有必要跑这一趟。这个平时像刺猬似的女儿，现在可是他的心头肉。包良种这个小伙子他见过，安然回家度假时，顺便带了包良种去了省城，拜了俞浪行与刘梅，算是见过女方家长了。家庭寒一些没关系，现在已是改革开放了，国家到处需要人才，靠着他们的学识，他们的生活应该会无忧，但千万不能让孩子再受一点儿委屈了。平安一琢磨，觉得俞浪行的想法有道理。包良种是搞粮种研究的，长年累月待在实验室里，安然倒是全国各地跑，两人性格互补，虽然好得蜜里调油，但是人家长辈是个什么态度，他们也不知道。于是两对老夫妇约好了，从省城一齐乘车出发，到包良种的老家搞他个突然袭击。俞浪行美其名曰，游击战术。只有搞突然袭击，才能真正地摸到对方的底细。

老包在红旗良种场是个搞技术的，黑瘦，一脸憔。这是平安看到她的准亲家的第一印象。他们两口子工资不高，儿子包良种现在不要他们供了。所以，他俩对这突如其来的省城来客，还真是一头蒙，他俩不知道他们的儿子良种长大了，处了对象了，敢情这小子也没跟他俩唠过啊，现在好了，人家来了这么多长辈，这可怎么办？万一人家对他们印象不好怎么办？他急得抓耳挠腮，一下子又没闹清楚准儿媳的父母之间的关系，只觉得来客气度非凡，来头不小。在他两居室的窝里，到处塞满了东西，连个搁脚的地儿都没有，他连忙嘱咐他们几个挨桌子坐下来，又交代老伴出去买肉和面，准备包饺子。一阵忙乱，老伴兴冲冲地出了门。在门口，老包又与她咬了耳朵，只见着老伴一个劲儿地点头，见平安长得和善些，便带着歉疚地讨好朝平安笑笑。平安想，敢情你都忘记了，我那时候在你老家避乱，可没少沾你们老包家的光。

俞浪行一边紧挨着刘梅，另一边是高如风与平安。他们四个人一下子把小客厅填得满满的。迎面的整幅墙上贴满了包良种的奖状，俞浪行数了数，有几十张，差不多在上学阶段，年年三好学生，便觉得脸上有光，心里暗暗称好，不愧读到了博士，货真价实。老包给他们一人泡了一壶茉莉花茶，搁桌上，又掏出香烟朝屋里的两个男人递过去，他们都给婉谢了，就觉得尴尬得很，手伸在半空中收也不是不收也不是。平安一见这架势，与俞浪行会了会眼神，似乎安抚他的不甘心和失落。又对高如风使了使眼色，高如风只得跟老包后面瞎唠嗑。他见屋里堆了不少粮食，就问老包，是不是自家地里种的。老包连连点头："农场把地分到了各户，自家种，吃不完的就送到粮点上去卖。"说到这，老包显得尤其高兴，他打开了一口袋子，指着里面白花花的大米说："这是我家良种研制出来的新品种，我已经跟农场汇报了，领导说明年开春，要普及呢。"

这个话题成功地吸引了其他三个人的注意，这使得高如风不免有些小得意。"啊，从小一看，就晓得良种这孩子不简单，怪不得良种现在这么热爱粮食种植研究呢，原来实验田从家里就开始了啊。"

"是啊，小时候家里也没啥闲钱给他买玩具，他跟我后面上班，就爱待在那大田里玩。回来把那些种子装到瓶子里搞研究，从小到大，就在家里折腾这些。瞧，您别说，还真是像模像样。可把我俩乐坏了。"老包骄傲得像个孩子似的。

"倒是随你了。"平安笑着说，"老包，你真的不认识我了。"

老包躲闪着，不敢正眼瞧平安。

平安"扑哧"一声笑了出来："我是平安啦，你忘记了。我们家俩小的打小就与良种一块长大的啊。"

老包一听，连忙对着平安仔细瞧着，这下子高兴坏了："你看看，瞧我这眼神，哎哟，敢情你真的是平凡跟安然的妈啊。"他憨厚地笑起来，两手插着裤袋，突然，一拍大腿，恍然大悟道："敢情是我家良种与安然处上对象了？"

平安笑着说："是啊，今天我们是来遇亲家了。"

老包激动地冲着平安喊道："这是大水冲了龙王庙啊，哎呀，这可怎么好？"说着急得在屋里团团转。

俞浪行幽幽发话了："老包，你算老实的。"

老包吓了一跳，心想这是何意？我本来就是个老实人啊。就说，"我说的都是实话，我哪里敢想，这么好的事情，就落到我家良种头上了。"老包一边说一边比画，"安然那个姑娘好啊，模样好，心眼也好，我家小子能娶上安然这样的好姑娘，算是我老包家祖上积德了。"

刘梅与平安相视一笑，见俞浪行微微点头，这才稍稍放了心。

老包家的买了酒菜回来，面部松弛，全是喜悦，连忙端面盆和面。平安想，说不定趁这当儿打电话给儿子，得到准信儿了。平安也不吱声，看她说啥。老包家的边揉着面团儿边跟平安和刘梅两唠："我家良种说了，安然最喜欢吃面食，赶明儿等他俩回来了，我就天天给她做，保准不重样儿。"又说："我家良种就是个木头疙瘩，只晓得捣鼓那些种子，我瞅着他都三十出头的人了，估摸着找不上媳妇儿了，没想到竟然与热炭儿似的安然好上了，哎哟喂，瞅我这福气。真是没话了。"平安心想我也没话了，瞧你这样儿，也不知道我当初是怎么把那泼皮丫头带大的。刘梅一脸的笑，不是她的闺女，她也没有发言权，人家亲爹亲妈都在这儿呢，多笑准没错。平安果然中招："我家这丫头就跟小子似的，女生男相，我看她与良种倒是反了个个儿了。不过有良种这孩子带着她，他俩准好。"老包家的又似摸底又似询问，语气里尽犯愁："他俩的小窝安哪儿？"

俞浪行这边与老包聊得热乎，耳朵却听着那边的动静，听了那话，立刻发话："那还用说，到南京啊，省会。"

老包与老伴更加发愁了："那我这儿不是白养了。"

俞浪行眼睛一瞪："你们还是肤浅不是，他们两个高才生，是要为国家建设做贡献的，你们这么浅的眼窝子，孩子们还怎么成长？嗯？"

刘梅急了，拖长了声音叫道："首长。"

俞浪行这才意识到自己走火了，连忙佯装端起碗喝水。

平安说："今儿这饺子馅儿不错，就是与我们包法不太一样啊。"

老包家的赶紧说："那是那是，城里的面食精细，不像我们这儿荒得很。"老包吧嗒吧嗒地抽烟。平安见两老爷们各自憋着劲儿，便寻思着把火都灭了，笑着说："咱们来是认亲家的，他们小两口的事儿，我们也操不了那么多的闲心，天高任鸟飞，海阔凭鱼跃，他们学的那专业，哪个城市也拴不住他们，亲家，你说，是不是这个理儿？"

老包听了这话高兴了，他一敲烟锅子，冲平安竖起了大拇指说："这话中听。亲家母，你心宽。"

高如风与刘梅暗暗叫好，果然还是亲妈说话中听管用。

回到城里，缓了好几天，才缓过劲来。平安说："如风，安然的事儿算是定了，可是平凡与桐桐的事儿，我们得尽早让小米知道，让她高兴高兴，毕竟桐桐是她一手带大的嘛。"

高如风一拍脑袋："哎哟，还真是的，忙晕了，忙晕了。这是个大喜事儿，还是当面去跟她说，让她有脸面。"

平安说："那赶紧吧。"两人说打架就搬腿，赶到了高家潭。

"我不同意。"没想到，陆小米一开口就把话堵死了。

这下子高如风傻了眼。看着脸又冷下来的陆小米，他连忙温声劝道："你又怎么啦？俩孩子恋爱也不是一天两天的了，都三十多岁的人了，为什么瓜熟蒂落了，你说不同意。为啥？"

陆小米一扭脖子，拧着身体不愿说话。平安见状，就佯装到后面大田里去转转，留他们两人说话。

果然，陆小米的眼圈都红了。她估摸着平安已经走远，朝高如风逼近："你们高家都是中了他们家的毒怎么的，老的不谈了，小的也这样，一个个要死要活的。高桐这丫头有良心没有？我一把鼻涕一把眼泪把她拉扯大，教她学琴练琴，她呢？自从我搬到高家潭，她的脚跨进来几回？这么多年，我图的什么呀？"她说着，一屁股坐到了地上，号啕大哭起来。她的心里实在堵得慌，离开高如风是自己放手，但是她的心仍拴在那个屋里，留在那个屋里的人身上啊。

如风一听，释然了，陆小米是生气了，生功没有领功大，她这丫头，还是没有眼力见儿啊。他蹲下来，要拉她起来，陆小米赖在地上，她这么多年的矜持崩塌了，如此坐在地上，想到自己这么多的苦心，都换不回那个丫头的一点儿温情，她哭得更加厉害了："人家平安的那个丫头，还带着对象，在我这住了几天，那么有学问的人，一点儿架子没有。我家那个倒好，平时不回来看我，横竖我不是她亲妈，老师太开瓮她也不回来，说明这个丫头心狠啊。平安那个女人怎么这么好福气，我原来那么恨她，现在却又那么妒忌她，羡慕她。"

高如风怜悯地望着自己这个名义上的前妻，她头发花白，面色暗黄，穿着以前旧衣改制的衬衫，心里也是一阵难过和内疚。高桐之所以不回来，并非是她的真心，而是她真的不敢面对陆小米一个人的生活，也不知道如何安放自己对她的情感。她是个细腻的好孩子，如果自己和平安再细心一些，陆小米的心里应该不会这么苦吧。

50

接　力

　　日子过得飞快。转眼间，六月一过，孩子们都毕业了。俞安然与包良种留在了北京，安然以优异的成绩分到了新华社，而包良种则留校任教。出乎意料的是，俞平凡和高桐却选择了回乡。他俩本来也有很好的机遇，选择在上海或南京做音乐教学或研究，但是他们没有。回到泰州的当天晚上，两人就赶到了高家潭。

　　自上次高如风两口子来了之后，陆小米憋在心里的一块石头落地了，人松弛了下来，各种各样的毛病就从隐藏的状态肆无忌惮地跑了出来，身体一下子就垮了下来。先是眩晕症发作，天昏地暗，人一点儿精神都没有。平安和高如风带她去医院一检查，坏消息接踵而来，乳腺癌晚期。她这么多年在高家，看上去锦衣玉食，实质上心里的苦没法说，也没处倒，生生是给憋出来的毛病啊。平安的心里觉得很不安，她与如风商量着，怎么也要想办法把陆小米的病给治好。于是就联系了俞浪行，想办法请省人民医院的主刀医生，给陆小米做了手术。平安与高如风两人轮流陪护陆小米，白天是高如风，夜里是平安，这期间，刘梅也要来帮衬，平安死活不肯，刘梅只好隔天岔五给他们送些吃食。术后一个礼拜，平安和高如风送陆小米返回了高家潭，因平安执意要留在这里照顾陆小米，所以高如风只好返回泰州取一些生活用品，顺便刮胡子、洗澡换衣服。

　　陆小米的哥哥小麦与嫂子来红闻讯也赶到了高家潭。他们已经有了俩孙子。自从陆小米执意从高府搬到这鸟不拉屎的乡下，没有从高家分到一杯羹，他们对陆小米的心思也就淡了下来。早几年，他们非但不曾沾到一分钱的光，因为跟这边是姻亲，还受了些罪，加上陆小麦在红旗农场工作，一家人都搬到了那边，所以除了表面上还罩着是亲兄妹的名分，实际上还不如路人，他们犯不着为一个远去的陌生人而喜怒哀乐。陆小米哪个晓得他们的花花肠子，只恨自己没能给娘家添彩。

　　老屋昏暗，只有天窗里透过的光线，形成一束光打在屋里。陆小米虚弱地躺在床上闭着眼睛养神，平安正在一点一点地给她按摩手臂，她的心里暖暖的，竖起来的铁刺也在慢慢地软化，变成了一根根柔软的羽毛，平安的手，那么轻柔，从她的指尖到手臂，均匀地上移，给她做按摩。她的心里从来没有这么感动充盈过。她的右侧乳房已经切除，她能感受到这个器官缺失以后的心灵的空荡感。现在，平安，她一生的情敌，正在用自己的友善与耐心、手指的温度与力度，正在把这个空着的洞一点一点地往里面填充。她甚至暗暗庆幸，这个绝症来得正是时候。

来红与小麦进来的时候，看到的就是这么个场景。小麦的心里一阵刺痛，来红抢先一步上前，握着陆小米瘦弱的手，心里没来由地一阵痛快与鄙夷，两只眼睛却挤出一点儿眼泪。她不认识平安，当平安是来访的朋友，便也不避讳，说："你是个傻瓜哟，嫁到这高家，一辈子过来一大半，到现在好了，人财两空。"

小麦拉她的胳膊，不让她多话。来红把手一甩，说道："你这个不中用的哥，要不是有我，你们陆家还能有两个好孙子。"

小麦见平安坐在一边，涨红了脸对老婆说："你少说两句，不说会死啊。"

来红说："我为你们陆家也做牛做马一辈子了，除了两房媳妇两个孙子，你陆小麦给了我啥。"她说得痛快，相信她的这些话，对她这个病得要死的小姑子也伤得痛快，谁叫她不关照娘家呢。

陆小米缓缓睁开了眼睛，她哥陆小麦已是快是半拉老头子了，她嫂子来红还是那样，岁月给她的精明又添上了世故。两人眼巴巴地望着陆小米，祈盼这个得了绝症的妹子，能从牙缝里挤出一些对他们有用的东西。

陆小米神色黯然地跟他们说："你们早点儿回去吧，我累了，要睡觉了。"她的心在流血，刚刚那个才充盈上来的洞又被来红血淋淋地撕开了，说完就闭上了眼睛。

来红悻悻地拉着男人出了屋子："叫你不来，你非要来，人家还在摆高家二少奶奶的架子呢，有这工夫，倒不如去蹬几圈三轮车，给你宝贝孙子挣俩奶粉钱。"

他们骂骂咧咧地离开了，一行清泪从陆小米的眼窝里流了出来。平安用热毛巾给她揩了又揩，心里重重叹了口气，柔声跟她说："小米，你把眼睛闭上养养神，啊，别烦，有我们呢。"

陆小米别过身去，闭上眼睛，泪水汪了一眼窝子，此刻决堤一般倾盆而出。

平安握着她的手，感应着她此刻内心的汹涌。门，又"吱呀"一声响了起来，门缝里透过的光送来了一个佝偻着背的身影，她扶着一张板凳，慢慢地挪进来，板凳向前挪一步，她的一只腿就向前挪一步。平安不由得站起身，陆小米仍拖着她的手，带着鼻音，虚弱地说："是老马。你别怕。"

昔年那个每天涂脂抹粉的香喷喷的马春娇早已荡然无存。她的背明显地佝了，头发窝在脑后，脸上的肉与胸前的两只乳房都已经明显地挂了下来。她卑微地朝平安哈着腰，又朝床上探了探头，见陆小米侧身朝里卧着，便上前按了按她的被角，转头对平安谄媚地笑了笑，又扶着墙，慢慢踅了出去。除了陆小米，她竟然一个人也不认识了。

"她先是痨病，又中风了几年，现在有点儿痴呆。只有一条腿着劲，上哪儿都靠挪凳子。平时就念叨她那儿子。"陆小米对平安说。她也不知道，这么多年过去了，竟然这么信任平安，把她当作一个可以完全倾诉的对象。平安看着那个佝着背挪着板凳的背影，心里想，这个女人，虽然辱骂了她，伤害了她，但是想到马小开那孩子，平安重重地叹了口气，说道："小开那孩子，如果还在，应该也与平凡他们差不多大吧，也不知道还在不在这人世间？"

陆小米说："你啊，终究还是个好人。难怪。"难怪什么呢，平安知道她的心里的话，便柔声道："歇歇吧，别劳神了啊。"

高桐与俞平凡赶到高家潭时，已是深夜。一进屋，高桐就扑到陆小米身上，紧紧地抱着她，陆小米睡眼迷蒙中，只觉得有个温暖的身子抱着自己，青春的气息笼罩着她，啊呀，真的是她的小棉袄回来了，疲惫不堪的心便彻底安放了下来，沉沉地睡去。

一个长长的假期过去了。平安与高如风往返于县城与高家潭之间。平凡与安然俩兄妹的婚礼定在国庆节。他们把高宅里的房子给拾掇清爽了。这里的房子经过前期社会主义改造，都已分配到了盐业公司不少职工手里。偌大的高宅现在变成了十几户人家共住。原先的院落和花园，变成了各家的厨房、洗浴间、杂物间，谁家下手快，占的地盘就大些。各家的搭建高低错落，样式繁多。威严与冷寂，给新的人气填满了，显出别样的气息来。原来的门头里加了一面墙，把门头封了，一个单身职工在里面住着。高家大房那一屋因为曾经出过人命，没人居住，十几户人家经过协商，就把那屋改造了，变成了过道，每天人来人往，进进出出，慢慢地，大家也就忘记了这里曾经的繁华与丧气。高宅就这么瓦解成了一个大杂院。

高桐与俞平凡的婚房就在陆小米原先住着的屋子。新婚生活甜蜜而美好，两人一起上班下班，一辆自行车驮来驮去，成了县城的一道移动的风景。学校里因为分配到了这两个高才生，像得了宝似的，两人都在音乐组从事音乐教学工作。饭后，一个拉琴，一个弹唱，琴瑟和谐，音乐曼妙。那些音符如同一个个小精灵，插上了灵动的翅膀，穿过窗棂和门缝，一个个争先恐后地往外面跑着、跳跃着、飞翔着。慢慢地，窗户前挤满了许多毛茸茸的小脑袋，四五岁到十来岁不等，趴在窗台上看着屋里的两个人，这个场景与平时的鸡零狗碎完全不同啊，孩子们顿时也觉得大杂院变得有味了，只要这间小屋里的琴声一响，他们就从饭桌上跳下来，或从游戏里回到现实，一个劲儿地撒欢挤到窗台前，大点儿的孩子让小不点儿骑到肩头上。俞平凡看到这些孩子对音乐如此好奇与渴望，就与高桐商量："索性就在家里办个小班，免费给这些孩子进行音乐启蒙，怎么样？"

高桐说："好啊，反正业余也没什么事，不过最好还是跟爸妈说一下。"两个人把这一想法跟高如风和平安商量了。

平安一听，眼睛一亮，说："如风，这个好啊，前头这么多年，你们高家在盐业公司经营了这么多年，积的怨也不算少。难得这些职工的子女能够喜欢音乐，这是好事，音乐是化解人间怨恨与误解的一剂良方，也许，他们还会因为这个而感谢我们呢。"

高如风说："我可不如你这么乐观豁达，这事儿还是由平凡与桐桐他们两口子琢磨着办，这些职工，唉，说啥子好呢，还是要仔细着与他们相处。处得好，入了他们的眼，恨不得把心掏出来给你们。处得不好，脏水冷水一齐朝你身上泼。"

平安道："也不能一朝被蛇咬，十年怕井绳。人性当中，都是善恶并存，生活当中，并没有纯粹的善，更没有纯粹的恶，这两者之间本身都是对比、印证出来，有的甚至可以相互转化的。桐桐啊，还有平凡，你俩就按照自己的本心来做。本身放弃了省城那么好的条件，回到县城来，还不是为了你们从小的梦想嘛。"

高桐一下子抱住平安，把头埋进她的怀里，撒着娇："姆妈，你真开明。"

高如风故意把脸一沉："你这孩子就是偏心，眼睛里就只有你姆妈，没有我这个老头子。"

平凡说："爸，你这个老头子，如果走到大街上，回头率肯定不比当年年轻的时候少。"

高如风说："好了，我也不拦你们了。这个世上，你把好事做一千遍，就等于帮助别人养成了享受红利的习惯。等到某一天，他们突然享受不到了，别人就会找你的不是，这就是人性。我给你们提个醒。你们现在满腔热情要做这件事，给你们再提个建议，不如把你姆妈整理出来的古乐乐谱，做成简谱，让孩子们也从小接受一些古乐的熏陶。这些，毕竟是我们泰州大地里长出来的东西啊。"平安深情地望着丈夫，知她者永远是他啊。

平凡一听来劲儿了，他欢呼一声，对着高如风突然躬了躬腰。他的一双眼睛散发出明亮而睿智的光芒："父亲大人，您这话真让我醍醐灌顶。姆妈的古乐乐谱修复，本身是一件复杂而浩大的工程，正如您做的盐业史的编撰工作一样，都是自讨苦吃的事情，您这话提醒了我，我俩就以姆妈的古乐培训作为重点，哪怕只有一个孩子，只要能把这个传承下去，也是件功德无量的大好事。"

一家人沉浸在对新的共同事业的遐想当中。晚饭是高如风下的厨，做了一桌子丰盛的晚餐。平凡陪着高如风喝了点儿自制的桂花米酒。这酒是高如风自己用糯米煮熟了，自然发酵，又摘了小区里的秋桂，开水烫了，又自然晾干，连同糯米饭一起封存在瓷坛里酿成的。高如风给平安倒了一小碗，放在她面前，酒色微黄，醇厚又清冽，平安幸福地说："哎，好喝，这酒你得给安然两口子留点儿。也不知道他俩这蜜月度到哪里去了？"

高如风打趣道："多呢，多呢，我那还有一坛子，留给他们的。你就是个爱操心的命，女大不由娘，她现在和良种两个人可劲儿撒欢呢。放心，她刚刚来过电话了，十天左右就会回来，然后再到老俞那边待几天，就回北京去了。"

一小碗米酒就让平安的两颊染上了红晕，她笑着对儿子媳妇说："你爸现在比我还爱唠叨，还爱弄这些吃食。哎呀，这酒，还真是上了头了。"

俞平凡与高桐的古乐小班如期开班了。高家大院的五六个孩子正式报了名，陆续地，草河周边一些院落里的孩子也来瞧稀奇，慢慢地也吵着嚷着跟上了趟。这里的邻居都暗暗评论，这高家的姑娘跟她爸一个鸟样，尽做些吃力不讨好的事情。这些古乐一响，整个高宅要么像寺庙和道观的音乐，要么就像丧乐，没个欢喜劲儿。稍微上了一些年岁的人，就恍恍惚惚想起了若干年前，草河头的西侧孟家柴行的闺女就爱摆弄这些，一晃已经过去了半个世纪，估计坟头已经不在了吧。谁也没有把俞平凡往那个方向去想。也有人猜想这高家的孙女婿怎么就放弃了省城的好条件，跑到这个不起眼的小城来呢，估计也跟他们这大杂院一样，只是省城的普通人家。谁曾想到当年的孟家闺女不但回到了泰州，而且这高家的孙女婿正是她的儿子呢。好在有了这个小班，大杂院的那些小杂种龟孙子们就像收了笼头的野马，给绊在那里，倒也给父母和祖辈们腾出了不少泡澡打麻将下围棋的时间。

俞安然与包良种度蜜月回来后，平安欣慰地发现女儿真的是陷入了爱情海洋的小模样。短短半个月的时间，她的体形变得柔美，原来明亮的眼神更加润泽明媚，所有的美仿佛一下子把她给点燃了，举手投足之间，尽显一个新娘的娇美与甜蜜。她与包良种的婚房是她之前上高中时的卧室，平安给他们换上一张新的大床，这个居室就显出局促来。他们的床头、地上堆满了各式各样的书籍。回来的当天，俞安然就往床底下塞了一个大包。包良种说："你越藏越会露出马脚，索性给爸，让他高兴高兴。"

俞安然趴在床底下，把头探进去，半个身子露在床外面，包良种看着老婆的臀部浑圆而饱满，忍不住一把拍上去，俞安然一边大叫，一边飞快地往床底下躬，嘴里不住地嚷嚷："包良种，你再闹，晚上有你瞧的。"包良种憋着笑，等安然把那个包送到墙角，钻出来，他一把抱住她，边吻边笑："好啊，到时候看看究竟哪个更厉害。"

他俩憋了个大招，决定给俞浪行一个惊喜。他们留在泰州的时间不多不少，还有十天左右的时间。俞安然知道，他们这一次离开家，说不准要有好长一段时间才会回来。就和包良种商量了，尽可能再为他们二老做些事情。父母历经磨难，蹉跎半生才走到了一起，如今相濡以沫，互相支持。支撑他们大半辈子的，其实是对爱与信仰的坚守。姆妈酷爱古乐，爸爸潜心盐史，他们的坚守，是一种对泰州百姓的博爱，是一种追求幸福生活的信仰。半裸着躺在包良种的怀里，俞安然说："如果有一天，我把姆妈和爸爸的一生写成小说，你信吗？"

包良种温柔地说："怎么不信？一个让只晓得研究粮食的博士甘当爱情俘虏的人。你的身上燃烧的激情，让每一粒种子都会在泥土下战栗。"

俞安然把手伸到被窝里，促狭地说："亲爱的诗人，你先战栗吧。"两个人嬉闹的声音经过木头门的稀释，一直传到隔壁平安的房里。平安枕着高如风的胳膊，笑着说："这孩子。"高如风说："年轻真好啊。"

第二天是星期一，俞安然与包良种起床洗漱，餐桌上摆了油条和热豆浆，汪着米油子的米粥，小酱菜，还有水煮鸡蛋。姆妈和爸爸已经出门买菜去了。两个人吃了早饭，就骑着自行车到了泰州图书馆。他俩分了工，一个负责帮爸爸梳理出与泰州有关联的盐业发展史的重要人物，另一个则负责帮姆妈梳理出有关古乐与泰州道教发展的关系，他们藏在床底下的，是这次蜜月旅途中，专门访问江苏北部古法制盐的工坊而拍摄的大量图片，以及查阅并复印的资料。俞安然检索图书资料自有一套章法。为了阐明道教与修仙的关系，她专门到地方志办公室查阅了大量资料，特别是在崇祯《泰州志》看到"海陵十仙"时，她高兴得如获至宝，有了这些资料，基本上能证明道教古乐的繁荣与天滋地养本邑的关系了。于是，便依次摘录出来。

51

忏　悔

平安的《道教古乐乐谱及拾遗》将公开出版，内含《吹弹工尺谱》《法器工尺谱》《十番锣鼓工尺谱》《清曲尺谱》。

从曲牌来看，作为主旋律应用的有《破阵子》《将军令》《得胜令》《哪吒令》《忒忒令》《到春来》《到秋来》《行街四合》《水龙吟》《寄生草》《定风波》；洪武赶散后，吸收了江南丝竹与昆曲的有《山坡羊》《浪淘沙》《梳妆台》《采莲子》《朝天子》《清平乐》《醉花阴》《西江月》《惜分飞》《诉衷情》《相见欢》《长相思》《鹊桥仙》《虞美人》《一剪梅》《回营打围》《昭君和番》；取自苏北民间地方俚曲小调、道情等常用曲牌有《梅花三弄》《孟姜女》《下盘棋》《哭七七》《叹五更》《芦江怨》《满江红》《苏武牧羊》。另外，还有与道教中经育、斋醮等科仪音乐有近似关联的《叹骷髅》《道情骷髅》《十月怀胎》《散花曲》等。谁也没有想到，这个短发圆脸的普通老妇人，就是当年精通音律、风华绝代的孟家小姐。

好事一桩接着一桩，平安与高如风老两口的书籍即将出版，俞平凡与俞安然这一对双胞胎兄妹，又在同一天各自生了一对龙凤胎。考虑到高家、俞家、包家，还有陆小米的情感寄托，兄妹俩商量好了，俞平凡给女儿取名陆音，儿子俞乐，俞安然给女儿取名包一朵、儿子取名高一苇。几个老的听到了，都十分高兴，觉得平凡兄妹这样安排实在是好，各得其乐。平安和高如风飞到了北京，协助亲家夫妇照顾俩外孙。

俞浪行看着俞乐和陆音两个粉嘟嘟的娃娃，又想到北京的一朵与一苇那两个小鬼头，激动得老泪纵横。他暗暗下定决心，过去平凡安然兄妹身上失去的东西，一定要让这一代人补回来。夫妇期待万分，眼馋得不得了，只好拐着弯，与平安夫妇电话商量，平凡的两个娃娃一定要交给他们带。平安与高如风相视一笑，对着电话那头的俞浪行打趣道："就知道你重男轻女。"

俞浪行想起女儿安然，连忙摆手："不是，不是，天地良心。"

平安哈哈笑道："理解理解，安然这一头，有良种他爸妈和我们在，你大可放心。倒是高桐那一头，你更要费心，那孩子从小心理受过创伤，你们两口子与小米一定要好好地把她照顾好，让她充分地享受父爱母爱。"

高如风搂着爱人瘦削的肩膀，把头埋在她已经花白的头发里，心里想着，高家、俞家与平安一家，上下两辈痴缠，平安都是定海神针。如今天遂人愿，家庭幸福，子孙绵延，我高如风这一生，有妻如此，夫复何求。

高桐沉浸在初为人母的喜悦里，想到陆小米含辛茹苦地培养她，心里就愈加对陆小米充满了感恩和愧疚。她坐月子期间，母女之间的感情更加笃厚，高桐经常腻歪在妈妈的怀里撒娇，陆小米也变得平和温暖起来，原先她那层坚硬的外壳，也一点一点地被家庭的爱与温暖软化。看到眼前这个叫陆音的小囡，陆小米的心快要被融化了。高桐怀孕后，俞平凡就把她接了过来，安顿在老屋里。高如风与陆小米的婚姻早已成为往事，但她知道眼前一切的幸福，来自他，以及他身边的人。这个温暖的家最终还是以别样的方式，接纳了她，并且把她融入了整个家，使她真正成为一份子。陆小米经常在夜里抚摸着女儿的秀发，想着，这辈子，我没白爱过。

俞浪行和刘梅也从省城搬回来，他们和陆小米一起照顾平凡家的俞乐和陆音。他们抢着轮流抱两个娃娃，左看看右看看，简直爱不释手。陆小米与刘梅虽然都没有生育过，但是带孩子却是无师自通，特别是刘梅，她是护士出身，护理经验丰富。三个人分了工，刘梅严格精心照应两个小奶娃，离休老干部俞浪行每天按照老伴的要求，拎着菜篮子到菜场转悠买菜，保证产妇膳食营养均衡，陆小米则负责照顾女儿高桐。俞平凡每天回来，看到温馨和谐的一大家子，内心充盈着满满的感动。

平安夫妇与俞浪行夫妇在北京与泰州两地交替照看两边的孩子，这期间，高如风还协助陆小米料理了马春娇的后事。这个女人终于跌跌撞撞地走完了她的一生。高如风回到北京一五一十地告诉平安时，平安双手合十，重重叹了一口气："都是命，她这一辈子，也是一个可嫌又可怜之人。"

古乐编校与出版，标志着从新的角度，给泰州的非遗留下了厚重的一笔。配合政府完成相关的发行仪式，应邀完成了电视台的采访，平安累得够呛。她平时清静惯了，对这些流程还真的不适应。俞平凡心疼姆妈，让她别去参加那些虚里吧唧的活动。他在泰州县小学任教不到两年，就辞职办起了琴行，从孩子们学习古乐的积极性上，他敏锐地看到了商机。当他与高桐商量准备辞职时，高桐吓下了一跳："干吗做这些危险的事情，好好的铁饭碗不端，要端泥饭碗？"

俞平凡笑嘻嘻地说："泥饭碗有什么不好？我老姨母静虚老师太泥塑还成了

肉身菩萨呢，你看啦，随着人们生活水平的不断提高，加上教育改革的不断推进，市场上各种兴趣班应运而生，因为任何一个家长，谁也不愿意让孩子输在起跑线上。桐桐，你就留在学校里头好好做个孩子王，我呢，自己革自己的命，我们一家两制，放心吧。"

高桐犹豫再三，只得闷闷不乐地同意了。平安听说后，只是淡淡地对儿子说："你这劲头，倒像是当年你父亲闹革命的样子了。"俞平凡大喜，意会她老人家是默认自己的选择，又告诉了俞浪行。俞浪行听后，一个劲儿喊好："儿子，不愧是我的儿子，有闯劲，有拼劲，做推动教育发展的改革派，有我给你兜底，不要怕牺牲，更不要怕失败。"在长辈的大力支持下，琴行顺利开张。老俞给琴行起名千梦，倒过来念就是孟芊（芊）。对于取这个名字，平安与高如风都没有反对，毕竟是俞浪行对孟芊芊的一个迟到了近一个甲子的承诺。如今，十年过去了，琴行的生员已经饱和，俞平凡跟老俞商量了，准备盘个破产的工厂厂房。

九十年代初，几乎一夜之间，全民所有制企业和集体所有制企业都进入了改制阶段，破产、兼并、重组，商业、轻工、制造业，清算组挨个儿建，有保老扶中推青这一地方政府制定的政策，虽然差不多整个县城经济秩序搞了一次大洗牌，但是总体平稳可控。工厂关停了，空荡荡的厂房就剩下了由十来个人组成的留守组。市场经济的春风吹到泰州时，有经济头脑的早早瞄准了这些空荡荡的厂房，以低廉的租金，将厂房盘到自己手上，干起了退二进三的买卖。厂房逐步被小商品市场、加工厂，还有培训机构以及游泳馆、羽毛球馆等各类健身馆所代替。以前厂房里随处可见的职工现已被培训机构前望子成龙的父母和祖父祖母外公外婆组成的接送大军取代。俞平凡把靠近市中心的一间五千平方米的盐业公司仓库盘到手后，第一时间把电话打给了俞安然，这么多年了，每一个重要转折点上，他都及时与这个妹妹及时分享。俞安然已是新华社驻外记者站的负责人，先后跑了欧洲、非洲，现在她逐步把目标向亚洲一带调整。用她的口头禅就是，年轻时要趁跑得动跑得远些，等到年纪大了就在国门边上转转。全家都拿她没办法，小时候有平安这个妈和胞兄俞平凡宠，出嫁了有粮食专家包良种宠，她跑她的，包良种则把家安在北京，专心致志地搞粮种研究，顺便照应一朵与一苇两个孩子。更逗的是，两个孩子也争着宠俞安然这个不安分的老妈，因为她这个老妈总是把在全世界发现的惊喜与美食，及时分享给她的大小三个宝贝。没办法，嫉妒归嫉妒，嫂子高桐都说："俞安然是天生的福命。"当俞安然听到俞平凡把琴行改成琴校时，她顿时哈哈大笑起来，连电话这头的俞平凡都能感受到她魔性十足的笑声："俞平凡，你能在高家的仓库办上琴校，真了不起。如果你能把你的琴校办到了联合国，就算我认输，从今往后，服服帖帖管你叫哥。"

俞平凡明朗地笑着答应了："行啊，俞安然，我这个哥你打小就不服气，等我真的干到了联合国，你可别反悔。"兄妹俩在各自的领域自由翱翔。

俞浪行披不上俞安然这个小棉袄，女儿成了盔甲，儿子只能当小棉袄，省城的房子关门落锁，俞浪行与刘梅待在泰州，照看两个宝贝孙男孙女。等到两个小奶娃上了幼托班，俞浪行则给琴校当起了不要钱的伙计。看着一群群孩子每天放学之后拥到这个琴校，像小鸟归巢一样飞进钢琴室、提琴室、古琴室，还有吉他室、架子鼓室，老俞的心里就得到了巨大的满足。俞平凡见他这个以革命为生的老父亲，越老倒是完全退去了官气，如今像个老顽童，就明白了他这个老子在补当年没能补上的课，一心一意照看着儿子还有他的事业。俞平凡就与高桐商量，买了一套四居室，把他们二老正式接来，又怕陆小米一个人孤单，也要把她接来同住。陆小米说，你爸和你刘姨是大干部，我一个人住惯了，也与他们合不来，就不去搅和了。于是离休干部俞浪行就安心当起了琴校的看门人。俞平凡见琴校运转良好，就协助姆妈走访各大寺庙和道观，深挖老祖宗们一代一代传下来的各类古乐。通常姆妈与高如风爸爸一起琢磨古乐乐谱时，俞平凡就专心致志地对那些口口相传的曲调，进行系统翻译，又结合当下对国潮音乐的理解，融合西洋演奏技法，对其中的一些作品进行了二次创作。这些经过重新加工并且包装的古乐，被俞平凡编成古乐教材和儿童音乐绘本，让琴校的天使合唱团进行传唱。十年下来，他的琴校不但办成了泰州的第一块招牌，而且在全省也有了相当大的知名度。

俞乐与陆音打小就继承了父母的音乐基因，一开口犹如天籁之声，俞平凡与高桐大喜，就让俩小的担任合唱团的领唱，把录制好的视频作为创新项目，投给联合国教科文组织的国际非遗音乐大赛，之后获得了国际认证。不久，应日本一个民间文化机构的邀请，俞平凡带着千梦琴校的天使合唱团飞往大坂。担任新闻办负责人的俞安然赶到机场迎接，一见面，就与俞平凡来了个实实在在的拥抱，凑在他耳边，响亮地叫了一声："哥，你真是好样的。"

俞平凡搂着妹妹，呵呵笑道："终于又听到你叫哥哥了。"兄妹俩热烈地拥抱，眼睛里不知不觉地都湿润了。俞乐与陆音在异国他乡遇到了被全家宠爱的姑姑，也特别兴奋，小嘴儿甜甜的，可劲儿叫"姑姑"，俞安然看着俩小的，简直就是平凡与高桐的翻版，也高兴坏了，嚷嚷着："哎，咱家的一朵与一苇，只知道跟着他爸在泥土里摸爬滚打，一点儿都不精细。"

俞平凡笑呵呵地："那叫皮实，小孩子就要皮实些才好。"

"哎哟，我这个妈是一点儿都不称职，等再过几年，一朵与一苇小学毕业，我就和良种带他俩，回老家去，让他俩和俞乐、陆音一块上初中，论教育，还是咱老家的好。"

"你真舍得？"俞平凡笑着问："北京那么好的条件，你和良种的事业毕竟都在上升期。"

"良种搞种子研究就像着了魔似的，我看他整天待在实验室里，也不是个事儿，回到红旗农场去，真刀真枪地搞种子试验，才是他最大的梦想。"

"那你呢？"俞平凡看着妹妹，这个浑身充满激情的妹妹，总是让人有意想不到的安排。

"我，准备转行，不再做新闻了。准备辞职搞创作，我这些年在世界各国跑，良种又要搞实验，又要带孩子，真是委屈他了，我想好了，等到在日本的这个任期结束，我就回国，和良种还有一朵一苇，回老家去。"

"太好了，太好了，一朵一苇回来，我们四个人就可以经常在一起玩了。"俞乐与陆音高兴得跳了起来。

俞平凡微笑着朝妹妹摇摇头："你啊，全世界，只有一个俞安然。"

负责接待的民间文化机构叫樱花艺社。这次的邀约是为了促进中日友好文化的交流。俞平凡的天使合唱团的曲目，就是他二次创作的古乐《傍妆台》，当五十个儿童的童声把史诗般的音乐推向高潮时，台下响起了雷鸣般的掌声。俞平凡带着孩子们三次谢幕才结束了这次交流演出。

第二天，接待晚宴在大坂的聆风茶馆举行，日本文化署的负责人、大坂的政要、社会名流以及中国驻日的企业、留学生代表参加了接待晚宴。晚宴启动时，樱花艺社的社长赖良聆风一出场，俞平凡就觉得眼前这个年轻人有点儿似曾相识。随着赖良聆风端起酒杯，用标准的中文致祝酒词时，谜团才逐步解开：

先生们，女士们，我，赖良聆风，中国名字叫高聆风，首先向前来参加国际交流的千梦琴校表示祝贺，祝贺演出取得圆满成功。千梦琴校在古乐传承上的贡献，是超越了国籍、民族和地域，昭示和平友好的正义之举。这次邀请来自祖国的俞平凡先生以及他的琴校来日本演出，一是为了完成父亲的遗愿，在他有生之年，为没能回到祖国与亲人团聚而深感遗憾；二是为了我的母亲赖良京子在年轻时曾经犯下的滔天罪行而深深忏悔……

酒宴结束以后，赖良聆风与俞平凡、俞安然兄妹彻夜长谈。原来，高老爷当年从上海潜逃至台湾后，就把带走的黄鱼变卖了，办起了实业。日本投降后，从泰州北山寺的那场爆炸里失踪的赖良京子寻到了台湾，重新与高老爷复合。原来，她从泰州的那场民众与日伪的斗争中，已经敏锐地意识到日军侵华已是穷途末路，高如风的风华与他对那个孟小姐的痴情，让她绝望，那是一种爱而不得的痛。看到高如风被泰州党的地下组织培养重用，她选择了沉默，并且将计就计，从爆炸中消失，在泰州潜伏下来，观察着高家的一举一动。当高如风无奈与陆小米成亲，孟家付之一炬，高老爷从上海卷款潜逃。她感到茫然，之后果断选择逃到了台湾，并且找到了高老爷。高老爷不知道他的这个枕边人是个日本特务，只知道这个爱妾失而复得，愈加珍惜。两人在台正式结婚，婚后第五年，才生下了儿子，赖良京子给这个晚来的儿子取名高聆风。高老爷把信从台湾辗转寄回大陆后，因思乡心切，加之年老体弱，很快就在台湾去世了。高如风的回信到了台湾，老爷子已去世。赖良京子把对高如风的思念深深地埋在心底，看到高如风写给高老爷的信后，更觉得无地自容，就变卖了台湾的实业，带着儿子回到了故国日本，从此一心一意地做起艺术品交易，直到前年才去世。

赖良聆风恭恭敬敬地把高老爷的遗嘱，双手递给俞平凡："请您转交。"俞家兄妹打开一看，既是一份言辞恳切的忏悔信，也是一份思归盼归的家书，后面是一份巨额遗产清单。落款是：罪父高福兴。

俞家兄妹面面相觑，原来，这就是高家老爷的名讳。高家已不是原来的高家，年迈的高如风召集家人，把高老爷所有的遗产全部捐赠出去，设立了古乐基金会。

52

自 首

"这个梦里经常到的地方，既是我的开始，也终将是我的坟茔所在。"

这一场雪，下得真不是时候。

漫天的大雪，把派出所的大门似乎都要封掉了。没有音乐，也没有喧闹，一场大雪，隔绝了整个世界，也把整个世界的丑恶给掩盖了起来。倘若有音乐，这音乐此刻也是亡灵曲，属于死于疫情的亡灵的安魂曲。疫情使得整个世界都停摆了。

这个所里，目前只留了两人值班。

值班，所有的警力这会都到各个卡口去了。他们这个派出所，虽然地处城郊，但人口复杂，工业区集中，散户多，外来人口就有上万人，虽说春节前，不少外地人返乡过年，但仍有两千多外来人口滞留。突如其来的病毒，给大家开了个天大的玩笑。这些天，天天没早没晚挨家挨户摸排，设置卡口，测体温，发出入证，所里忙得人仰马翻。连续二十多天了，社会治安面虽然看似稳定，但所里仍不敢懈怠。隐隐地，有戾气在社区里发酵。

所长老周，所里称老大，已过半百，下午的例会他又说了："咱们这个所，地偏人少资源稀，就是干活的命。嘛油水别想，立功嘉奖没啥咱的事儿，和平年代，咱别想能遇上什么惊天动地的事儿，都给老子把平常事儿做好了，对得起自己的薪水就成。"他说得实，下面的小年轻都在掩着嘴巴笑。冷不丁他又补了句："人给憋久了，什么幺蛾子的事儿都干得出来。你家养狗的是吧，你弄半个月把它拴笼子里试试。更何况是高级灵长类的人呐。"大家又哄堂大笑。话是呛了点，但实在，是这么回事儿。一天两会，上午一趟，下午一趟。耳朵都听出茧子来了。

"这病毒就是考验咱的耐力的，只要咱的地盘上不要出现确诊病人，就是祖上烧高香了。你们都给老子机灵点儿，听到没有？"口罩戴在周老大的脸上，一双眼睛逼视着他的队伍。

"听到了。"大家异口同声。

他们是吃完了快餐出去的，大门一开一合，接待大厅内的热气降了不少，快餐的气味还弥漫在空气里，热气把窗户蒸得雾蒙蒙的。

两名干警在梳理当天的疫情防控记录，准备上传。

大门似乎响了两声，干警小王迟疑了一下，扬声道："谁啊？"

没有回音。

另一名干警小陈笑道："你别神经过敏了，这鬼天气，再有人来，那是真爱。"

小王笑道："那可不一定。"侧耳听了一会儿，除了雪花落地，啥也没有。

两人又埋头继续操作电脑。

门又响了两声。

小王一个箭步，拉开门，跑到门外。

一个身影正在门口踌躇。

小王把他带到屋内，打量着眼前这个奇怪的人。他浑身上下都是雪，一个已经看不出色彩的口罩把脸捂得严严实实，看不清眉眼，因为眉毛上也有一层积雪，只见他的两只眼睛直直地盯着小王。

僵持了约半分钟，这个人把头转向办公桌，那上面有一盒还没动过的快餐。

兴许是这屋里的香气把他吸引过来的，小王对着他："你不会说话？哑巴哈，没吃饭？成，你吃吧。"

那个人端过盒饭，拉下口罩，蹲到地上就狼吞虎咽起来。

小王与小陈面面相觑，小陈朝他耸耸肩。这大雪天的，各个小区都有人把守，这个人是从哪儿过来的？小王心里嘀咕着，但职业的敏感性仍驱使他观察着眼前的这个人。他的脸很瘦削，黧黑，胡子也拉拉杂杂的，年龄约莫着将近七十了，他的神色看上去是专注的，除了眼前的这盒饭，似乎其他什么都不重要。兴许好几天没吃饭了，他飞快地扒着饭和菜，一块菜没夹牢给掉到地上，他用手迅速地捡起来，拢到嘴里，继续扒着饭菜，一盒快餐，给他三扒两咽吞了下去。

前后不到五分钟，饭盒搁地上，他蹲在那一动不动。

小王给他倒了杯温水，他感激地接过去，咕咚咕咚地一口气喝了下去。

接待大厅里，很静，仿佛有什么东西即将要刺破。

小王平静地看着他。

他缓缓地从地上站起身来，约一米七八，体重约六十三公斤，左脚似乎略跛，要不就是蹲在地上麻了的缘故。小王判断着，他的眼睛瞄着眼前的这个人，似乎鼓励他再朝前走几步，由此来判断自己目测的准确性。

果不其然，这个人朝前走了几步，他的右脚在地上挪动的分量明显重于左脚，是个跛子。在他们的前方，有一张接待用的长椅。小王暗暗有些兴奋，这个深夜的不速之客，有点儿意思。

那个人挪到长椅跟前，转过身，坐上去，两条腿端正地并拢，他用两只手把口罩重新戴到脸上，再把手放在两腿间，而后抬起头，对着打量着他的小王说："警察同志，我来自首。"

"什么？你确定你没发热？也不咳嗽，也没浑身无力？"小王想要用他的手给这个人测一下体温，他想到这儿，脑子里突然嗡的一声，刚刚只想让他尽快到屋里来取取暖，忘了给他测体温了。

"我没发热，不咳嗽，浑身无力是有的，那是因为饿的。"那个人端正地回答，口齿清晰，不是本地人。

"哦，普通话说得还不赖。哪里人？"说这话的当儿，小陈已用红外线测温仪，给这个人补了一枪。三十六度三，体温正常。

"江苏。"

"名字？"

"马小开"。

"身份证号码？"

"没证。"

"为啥？"

"没办过。"

话询问到这里，似乎卡了壳。小王朝小陈努努嘴巴。

小陈会意用手机跟老大周所长联系。

"毛？说点儿人话哦，老子这边快冻死了。"老大回过来的是语音，小陈赶紧用文字转换。

他又追了三个大大的问号，请示下一步方向。

"盘。"小陈把这个字给小王看了，明白了，老大让他们继续盘问。

小王心想，今天这个雪夜有点儿意思了，他和颜悦色地问道："为啥自首啊？"

"杀了人的。"那个人低着头，声音是实的。

这句话把小王搞愣了，真的假的？今夜邪门了。

他朝小陈继续使眼色。小陈开了手机视频，与老大连上了，开启直播模式，又打开了执法记录仪。

"什么时候杀的人？"

"有三十多年了，不，不，大概四五十年也有了，记不清了。"

"你哪年出生？"

"不记得了。"

"那一年，你大概几岁。"小王的声音有些颤抖，小陈握着手机的手也在颤抖，这票玩大了，绝对重案。

"差不多十二，还是十三岁吧。"

"文化程度？"

"识字，小学没毕业。"

"杀的谁？"小王克制住自己的声音，他想象着如果是老大在这，他的声音一定是低沉而有力的。

"好像是我名义上的爸，不过，他没承认。另外两个，一个是他的女人，还有他的儿子。"

"他们叫啥名字？"

"高开，女人叫陈如芬，他们的儿子叫高鑫，还是高新的，记不清了。"

"什么你爸，你爸的女人和儿子，不明白。"

"我先简单说，你们还要调查取证，后面就明白了。"

"怎么杀人的？"小王没想到他会上来上这么句，他心里道，这老小子，不简单。

"投毒。"那个人说完，突然对着小王扑通一声，跪到地上，他朝他伸出双手，"快把我铐起来吧，我一天都过不下去了，要疯了，我要疯了啊。"他痛哭流涕，不住地把头磕在地上。

小王与小陈连忙把他的手臂打开，分别铐在椅背上，他喘着粗气，戴着口罩的脸上满是泪水，靠在椅背上，过了十来分钟，他竟然打起了鼾。

这一夜，怎么过来的，实在是太神奇，等到天蒙蒙亮时，小王与小陈被周老大逼着去眯了会儿。

小王与小陈两个人做梦也没想到，一场尘封数年的惊天大案竟然以这样奇葩的方式打开了缺口。翻开四十三年前的卷宗，一页页发黄的纸张，些许的霉味，即使时过境迁，那薄薄的纸片，既触目惊心，又十分沉重。

十二月十五日晚，江苏泰州，一家三口惨遭灭门。死者分别是小业主高开，三十六岁；其妻陈如芬，三十二岁；其子高鑫，十三岁。他们均死于食物中毒。

53

梦　境

马小开的梦被分割成多种形态，他在梦境中沉沉浮浮。自首之后，他就进入了昏睡状态。

按照局里刑侦大队的指示，法医来到羁押室，给这个特殊的病人进行全面的体检。

心跳、心律正常。

肝胆脾正常。

血压血脂正常，血糖偏低。

脑颅CI正常。

法医说："欠的觉太多，深度疲惫啊。"

一个梦境接着一个梦境，马小开平躺在床上，他面色比较平和，除了偶尔耸起的眉头，与平常的老人并无异样。他安详地躺在羁押室里，不吃也不喝，只是一味呆睡。

对于特殊时期的这个特殊犯罪嫌疑人，局里的指示暗含了极大的容忍。干他们这一行的都知道，自首与案件结果的水落石出，中间的鸿沟不是轻易能够跨越的。现实当中，有很蹊跷的事情，令人匪夷所思。还是让他自然醒来吧，睡眠与耐心应该能迅速帮助他恢复记忆，也有助于案件的告破。

在二十四小时特级监护下，马小开睡得很死。

他陷入各种梦境里。重叠、反复、交替，所有的梦境总是闪出另外三张生机勃勃的脸庞。

一个孩子，追着那三个差不多同龄的孩子，在水边的森林里嬉戏。自从认识他们仨，谁也不知道他们的命运竟然会紧紧地捆绑在一起，并且会纠缠一生。他们那一年是几岁，马小开已经记不清了。他只记得，他们初次相遇的那一刻，他的眼前充满了光，弥漫在他心头的阴霾给一根看不见的棍子一下子拨开了。他看到了光，喜悦让他的脚步变得轻盈起来。他们后来成了整个少年时代形影不离的朋友。俞安然的性格中有男孩的成分，她总是与马小开滚在一起，掏鸟窝，捉知了，剥田鸡。俞平凡与包良种则很沉静，他们喜欢倾听大自然的声音，树叶、水、风、田野，泥土里发出的声响，令他们沉迷。这些声音在他们心头滑过，变成一串串音符，或者种子的合唱，这种喜悦令他们痴狂，他们不敢告诉安然，怕她耻笑。

他们悄悄地告诉马小开："我听到了哭泣。"这是指泥土的板结以及冻死的植物。包良种则说："我听到种子破土而出时发出的巨响，这是生命最本质的绝响。"马小开不一定听得懂，但是有时他会搂搂他们的肩膀，表示对他们的认同。俞平凡在意他的反应，他认为马小开是他的知音，而他的孪生妹妹安然则是个叛逆者，她会嘲笑他的天真，说他是个只会装神弄鬼的白痴，她总是捉弄他，而他则不以为意。他们的老姨婆桂香总是唠叨着，说他们的母亲平安把他们这对孪生兄妹性别给弄错了。马小开在他们兄妹俩中间，总是担任和事佬，及时调解他们的矛盾，尽管这种矛盾不会激化，那对兄妹总是有意无意地拉拢他。他知道安然把他当好兄弟，俞平凡也把他当好兄弟，无奈安然天生个性强些，俞平凡跟在他们后面，成了他们的尾巴。至于那个包良种，闷葫芦，是个整天对着地里的庄稼发呆的傻子，他是又让人爱又让人恨的。爱他的纯朴与执着，也恨因为有他，夺走了俞安然对他的注意力，以至于他只能作为一个暗恋者，深夜暗自舔自己的伤口，一生永远无法愈合的伤口。

他们爱到水上森林里瞎转，森林里全都是高大的水杉木，笔直地伸向天空，倘若看天上的飞鸟，要仰起头，眯上眼睛。那时的天空，很蓝，天空的形状，就是这水杉森林的形状，是长的，还是半圆的，搞不清楚，他的脚总是跟着那三个孩子打转，他们的脚步总是指引着他。他们经常在水边玩，水杉树半裸在水面的树根，根系好像深深地扎在水底，又好像浮在水面，那些奇形怪状无不令人迷恋。他们钻进偌大的树洞里捉迷藏，森林经常响起他们欢快的笑声，这笑声又会惊起林间的水凤凰、白头鹊，它们侧耳听着这些欢乐的声音，蓦地掠过水面，展翅远飞。孩子们的心也随着这些飞鸟驰向远方。

马小开的梦境是分裂的，一会儿是如梦如幻的世界，美好，童贞，友谊，他的天性也得到了充分的张扬，一会儿他又跌进冰窖，眼前出现一个涂脂抹粉的女人，那是一个摁住他的头又所谓娘老子的女人，眼前还会出现另外一张因为愤怒而纠缠厮打的女人的脸，还有一张老是朝他射去冷冷蔑视目光的少年的脸。他们相互纠缠、叫嚣，让他忽而浑身充满了阳光般的力量，忽而又因恐惧憎恨跌入冰窖，浑身冰冷、战栗。这两种力道让他这个未成年的孩子不知何去何从。他困在梦境里，给一张无形的网罩着，浑身被捆住，不能动弹，密实得令他窒息。他的童年，如果有童年的话，是在屈辱和谩骂中度过。他的娘老子，一个上海滩的妓女，破棉絮一般的肮脏女人，一张涂得惨白的脸上，两个乌青的眼圈，下眼袋上像是挂了两只快要糜烂的桃子，劣质口红涂着的嘴唇，不知道要吞下什么，从她猩红的嘴里吐出来的总是令人羞耻的脏话。每当她开口，马小开便惊恐地看着这张嘴一开一合，他的耳朵就嗡嗡作响，马春娇的话他一个字也听不进。他垂头丧气，耷拉着脑袋，他的装扮更让马春娇来气，她撕他的耳朵，掐他的皮肤，甚至揪他的麻雀，他只能缩成一团，抱着头。他的眼前出现了一只刺猬，那是他们四个人在森林里逮到的一只刺猬，又脏又臭，他闭上眼睛，感觉自己就是那只缩成一团的刺猬。

　　警官小王全程参与了该案的调查审理，他在马小开醒来后，根据他复述的这些梦境和心理，在当天的日记上这么写道：一个在阴暗中出生的人，如果在生活中看不到光，他的心理必定也是阴暗的。因为，有了一丝光明做比照，他的眼睛里充斥的黑暗会变得更加黑暗。从起初的卑微、渴望，到被迫抗争，他的心理的扭曲，还有希望的破裂，只能乞求用他卑微的行动来证明自己的力量，用更大的事件来证明自己的存在，这一些，不过是事后的揣测，或者按照犯罪心理学，所做的一些推断而已。犯罪心理的推断，从人性的最底层来剖析，既苍白无力，却又完美得无懈可击。

　　马小开的梦境里，又闪过了马春娇。他曾偷偷回去看马春娇，她已老得不成样子。抽着烟，坐在牌桌上打麻将，她用手指头蘸了口水点那些零钞时的认真，让马小开心酸不已。马春娇与陆小米坐在老宅的廊檐下晒太阳，陆小米闭着眼睛，手指飞快地捻动佛珠。马春娇坐在她的身旁，形容枯槁，她的两眼茫然地看着头顶的天空，她在看什么呢？十里洋场天天卖笑，穷途末路投奔高开，还是在怀念自己的青春，诅咒马小开这个儿子给她一生带来的厄运？自己的父亲到底在哪里呢？马小开的心理是撕裂的，一个来历不明的人，注定要在半黑半明中沉沦。一个在阴暗中出生的人，必定在生活中，也带着阴暗的心理。因为他的眼睛里，看到的都是阴谋、阴暗。从起初的卑微、渴望，到被迫抗争、扭曲，最后破裂，乞求引起关注。他的童年与他的玩伴，是他生命里的一束光，因为这光芒来之不易，所以他愈加珍惜。珍惜到谁来破坏它，他就要毁灭谁。逃亡生活就像又进入了另一个没有光的隧道，好像他经常潜伏的城市地下管网，他渴望回到地面上，享受太阳的炙烤，或者严寒冰冻，但是又怕真相浮出水面，让他的形象在安然心里崩塌。他们四个人的童年，美好的童年，是他这一生最大的财富，他小心翼翼地坚守着，哪怕自己用一生来逃亡，也要坚守的东西。一个消逝的人，是不会引起人的遐想的，他不想让这个真相毁了安然对他的信任与兄妹般的情谊。

直到疫情暴发，要么直接死去，要么再见她一面。他知道这个选择很危险，但是最终还是选择了自首。

马小开对着警官说："我知道我犯了滔天大罪，在我被枪决之前，我只想见一个人。"

——俞安然。

54
飞　翔

这些雪纷纷落下的样子，多像是赴一场死亡的盛宴。俞安然在日记里写下这段话。

她的日记开始是记录当下，但随着时间的推移，这些日记就都变成了珍贵的回忆。俞安然日复一日，忠实地记下见闻感悟，这些日记都放进了她的手机里，变成了她创作的丰硕财富。

这天夜里，在女儿包一朵的临时寓所，她从松软的床上起来，光着脚站在地上，地暖自入了冬就开了，室内温暖如春。一朵热爱旅行，受外婆平安基因的影响，她热爱与音乐关联的一切古老艺术。所以，每到一座城市，她都会租房子，住上一段时间，系统地研究器乐与本土生活的关系。她有一句至理名言，所有的器乐都是为生产或者创造它的城市代言的。包一朵很像年轻时的俞安然，而儿子高一苇则像父亲包良种，整天钻在红旗良种场的实验室里研究育种，他的梦想是想让红旗种业走出国门，让泰州红粟走向全世界。对于儿女的选择，他们都是尊重而不干预。有时候，俞安然也会兴之所至，跟着包一朵外出采风小住几日。有时候，则跟着高一苇泡在实验室里，观察一粒种子培育的整个过程。俞安然很享受现在的退休时光。音乐、文学来源于生活，粮食直接供养百姓，它们的内在肌理是相通的。这次被困在武汉，本身也是冥冥当中注定的。一朵这些天跑到河南，走黄河古道，寻访民间花儿的创作，临走时还跟俞安然说，替她去打前站。谁知道，这丫头前脚走，这边就给困住了。俞安然只好认命，这一刻，她端着一杯红酒，眺望着夜空下的大雪。她在日记里写道：

2020年2月16日，夜。雪夜里有一种声音在作响，那是人内心的声音。谁的心里不曾有过这样的病毒，它们有时会发出一种奇怪的声音。这些声音，在这个大雪纷飞的夜里，都响了起来。一半是给世界惊醒的，一半是给自己内心的那个恶给惊醒的。它们纷纷落下的样子，多像是赴一场死亡的盛宴。

今夜，我内心有声音如同潮水在泛滥，在潮涌，在澎湃。因为一通电话，还有一首来自比利时的歌曲《黎明的编钟声》，我要把它记录下来，作为这一场全民灾难的丧钟。

疾病，苦难

有如乌云

远远望去

你会看到天空墨黑一片

不过是灰色而已

永不言弃

听到编钟声响起

站在黄鹤楼上

此时，你可能会感到孤独

齐心协力，自强不息，勇往直前

编钟响起时

音乐终将会驱散黑暗

阳光照耀在江面上

永不言弃

听到编钟声响起

站在黄鹤楼上

黑夜终将过去

黎明总会到来

站在黄鹤楼上

这一段音乐是由钢琴曲与编钟混合而成，把时空都浓缩进了这支曲子。它既有钢琴的优雅缥缈，也有编钟的古朴雄浑。音乐不分国度、民族，它的奇妙之处在于可以弥合一切的伤痕，这可能就是母亲为音乐而奉献一生最真实的写照吧。当疫情来时，几乎所有的人都没意识到这是一场灾难，一场如同奇异的力量将集体封印的灾难。总有一天，夜走了，天亮了。天空和钟声会一同醒来，樱花也会在温暖的春风中飞扬。

写到这里，俞安然的心揪得厉害，所有的痛苦与疾病，都在这封印之下，以一种怪异的力量做着恶毒的传播。尽管她也已经六十多岁了，但不觉老气，她身上散发出的恬淡与沉稳，反而让人忽视了她的年龄。退休之后，他俩的日子过得很布尔乔亚。包良种经常会出席国际上有关粮食方面的学术交流会，俞安然有时会跟着做一些访问。年轻时做新闻，她已走过许多国家，现在更多的时间是窝在姆妈身边，陪伴几个老人，搞搞创作。

　　万幸的是，武汉日常生活供给还算充足，但是较长一段时间自我隔离，让她也觉得十分憋闷。听说小区外面已经有不少人染上了病毒，可更令人恐慌的是情绪的病毒，自己必须要从这些令人颓丧的情绪中走出来，否则的话，接下来，恐怕真是要生一场大病。想到这些，她的情绪不免振奋了一些，毕竟与病毒相比，亲情关爱让她和包良种感觉到十分欣慰。想到姆妈，啊，我亲爱的姆妈，俞安然的心里又是一阵绞痛。她的姆妈平安和如风爸爸已年近九十，长年住在森林疗养院里。当下她头一件事情，就是要驱车回到姆妈的身边。

　　想到那所森林疗养院，她不禁哑然失笑。现在，俞安然一年当中有约四分之一的时光在那里度过。除了陪伴母亲和继父，她在那里写了不少小说，那些清晰再现的记忆到处都在激活她的敏锐的神经，让她的思绪驰骋万里，变成笔下的娓娓叙事。那个过去曾经荒芜的村落，因俞平凡投资建成的疗养院，现在已经逐步向乡村休闲度假区过渡。在她和俞平凡的强烈呼吁之下，总算保留了它特有的质朴和安宁，没有开发过度，这是他们兄妹守护那里的唯一意义。多么令人怀念的地方啊。她和孪生哥哥俞平凡，在那里度过了难忘的童年和少年时光。他们兄妹，渔村里的孩子包良种，还有从城里跟过来的那个小皮猴马小开。湿地，森林，飞鸟，芦苇，无边无际的宽大的水域，每一处都填满了少年时期的记忆。扰乱她今夜心绪的还有那通没有打完的电话，这么多年来，她一直是快乐而又感性的，感性之后的理性，才属于俞安然式的智慧。

　　电话铃响了。响了几声，就挂断了。

　　包良种一看手机，是高桐的，递给了安然。她有种预感，嫂子的电话，在这个雪夜，一定有着不同寻常的意义。她把直觉告诉了包良种，他沉吟了一会儿，说："还是赶紧回个电话，免得高桐着急。"

　　电话回过去，是哥哥俞平凡接的。他在电话那头沉默了许多，才说了一句："自首了。"

　　电话这一头，俞安然也在沉默。她不知道，等这个答案，或者不愿面对这个答案，已经四十多年过去了。

良久，她问道："是他做的？"

俞平凡在那一头说："嗯，是的，你嫂子这会儿的心情很差。"

俞安然的心里像刀割了似的，她的面前浮现出他们四个人在水上森林里嬉戏玩闹的场景。按照她自编的索引，她从手机里找出了当年的日记。

> 1963 年 3 月 13 日，阴天
>
> 还有几天就到了我的生日了。今天那个小皮猴子居然给我做了个花环，是二月兰做的。紫色的一圈花，像公主的花束。真的，很爱他给我献花的那个时刻，哎哟，看到他嘴上新冒出来的一圈胡须，我的心居然给什么击中了一般。哎哟，真是羞羞。这有什么呀，包良种那个傻瓜也会有的。
>
> 不过，小皮猴，还是要谢谢你。

日记本早已发黄，里面的纸张因长久封存，变得有些粘连。俞安然记得，这些纸张，是她当初小心翼翼地用刀片一页一页地起开的。字迹是钢笔写的，一些带有水晕的地方，让她的内心很不平静，那些水渍，是她曾经偷偷落下的眼泪，这个时刻，隔着手机屏幕，看到这些东西，她的眼睛不由自主地湿润了。为逝去的少年时光默哀，包良种从后面搂住她的后背，她反手在他手臂上拍拍。苦笑道："真的是他做的，他今天在湖北自首了。"

"你也别难受了，人性是脆弱的，用法律来对照，是不堪一击的。不管动机是什么，他犯罪的事实也改变不了。"包良种冷静地劝慰道。

"可是，想不到，他居然也住在武汉，居然与我们住在同一个城市，真是难以置信。"俞安然又生气，又恼怒，她的心里隐隐泛起了不安。现在，所有人的幻想都给打回了原形，且被逼到了墙角，唯有理性面对，其他别无办法。她合上手机，日记从眼前消失，她头也不回地说："我要回疗养院，我要到姆妈那边去。"

包良种看着她，摇摇头，手机里的日记被她当宝贝似的藏着，他从来没想过要去动它，俞安然的脾气他是知道的，他珍爱她，更尊重她的隐私。她说要走，就是下了决心的。顺利拿到了出入证。他们驾着车出了桂树湾小区，雪还在下着。大武汉的马路上空荡荡的，以往的繁华此刻都变成了往事。包良种没敢从高速走，他小心地选了一条老旧的路，虽然要绕行不少，但至少比可能困在高速上强。他知道

俞安然的个性，如果真给困在那里，她非要把天捅出个漏子来。

看着包良种小心地驾着车，俞安然的鼻子一酸，不由得悲从中来，她哭起来，包良种腾出一只手拿面纸递给她，提醒她戴好口罩。俞安然的心里暖暖的，她不明白自己的悲恸，到底是缘于疫情对这城市可能带来的毁灭性打击，还是因为终于晓得了马小开的下落，分别了这么多年，居然是以这样的方式，让她打开了回忆的大门。

马小开的重新出现，撕开了前尘往事里最深处的那道伤疤，就像这病毒撕开了人性掠夺自然的伤疤一样。她急着赶回，是有很多事情要由姆妈平安梳理定夺，他们终于在第三天上午回到了森林疗养院。得知他们夫妇回来后，俞平凡与高桐夫妇早已在这里等候，俞浪行夫妇与陆小米也赶了过来，一家人团聚在一起，为马小开这个非亲非故却又是至亲至爱的人开了一次家庭会。

高桐的眼睛明显哭肿了，她的眼泪是为死去的父母和兄长而流的。从那个惨案发生，直到现在，几十年过去了，她雷打不动地跟踪，每月去一次公安局，对这个本已定了性的无头案，她已失去了继续去探查的勇气。她不喜欢有着这样执念的自己，更不喜欢被定义成上访者的标签。当年的那个场景，她至死也不能忘记。如今，这个案件突然凭空浮出了水面，就像是开了一个天大的玩笑。她仔细反观了自己的内心，命运把她推到高如风与陆小米的无爱无性的婚姻里，陆小米对她的养育之恩，以及严苛的训练，让她卑微、敏感又极度自尊，冥冥中因为音乐，她走进了俞平凡兄妹的生活，她与俞平凡彼此相爱，又被上一辈的爱恨情仇痴痴纠缠，是俞平凡以及他们一家的温润滋养了她善于怀疑而又趋于阴暗的灵魂，并让她重新获得了爱人以及被人爱的能力。面对着今天这个令人难受的家庭会议，她想，就像是身体的某一个部件，已经坏死，切除，结疤，现在却又不得不将这伤痛重新撕开，除了疼痛，别无意义。

她是今天会议的主角，爸爸姆妈、公公婆婆，还有自己的养母，小姑安然夫妇，每个人都用温暖与期待的目光鼓舞着她。她有些惶恐，又有些不安，想退缩。俞平凡稳稳地站在她的身后让她倚靠着，她的眼泪又不由自主地流了出来。

"过去了这么多年，当这个谜底揭开时，说实话，我的心情却从来没有这么糟糕过。一个谜底揭开虽然容易，但是它终究会改变我们的生活。我很爱我的家，爱你们所有的人。我知道你们也是爱我的，我想表达的是，生活的真相有时候告诉我们，对一些问题，没有答案，可能就是最好的答案。"

高如风的眼睛也湿润了，陆小米也是，高桐的话引起了大家的共鸣。俞安然上去，给了嫂子一个实实在在的拥抱，并在她耳边轻轻地说："你一直很美，但今天，你在我眼里，你是最帅的。"

平安坐在轮椅上，欣慰地看着这一大家子。她的手一直被高如风握着，两个白发苍苍的老人在所有人的眼睛里，不管何时，都是一道最美的风景。

平安用拐杖点点地，轻轻地说："小开，那个孩子，在这里，曾经陪伴我们度过了最难的岁月。在我心里，他就像是我的一个长子。他爱我们全家，甚至超过了爱他自己。他是个知恩感恩的好孩子，就是因为爱我们，他曾经犯下了滔天大罪，但是这么多年的逃亡岁月也已让他经受了磨难和煎熬，他在逃亡生涯里也是在完成自己的救赎。"

安然与平凡不由自主地对视了一下，此刻，他们的心都是滚烫的。姆妈说的是对的，对于一个曾经走进过他们的生命里的人，他们还是要理性接纳这个残酷的真相。

此后，他们的生活又多了对马小开案情的牵挂。平凡与安然发现，姆妈与如风爸爸到村子里散步变得频繁了，就知道她有可能会离开人世，毕竟她也是九十岁的高龄老人，心里虽然难过，但是生老病死也是无法回避的自然规律，就暗暗下定决心，尽可能陪伴在二老身边。

有一天，平安让儿女撑了小船，送她和如风到林家村。他指着她和孩子们曾经住过的小屋说："你们把这里收拾收拾，这个房子已经朽了，得重新翻建，等到小开那孩子出来了，就让他住在这里终老吧。"

平凡兄妹郑重点头。第二天就安排人进场，在原址上着手修建老屋，平安与老伴如风坐在临时搭起的棚屋里，看着那屋子被修建。

"小开今年也是快七十的人了。没准儿，他回来以后，看到这屋子，想起小时候在这里的好时光，也会帮他减轻罪孽感。"

高如风握着老伴的手，微笑着说："你说的都是对的。"

经过案件调查、审理，疫情解封之后，平凡、安然和两对夫妇一起去探望马小开。

隔着一面偌大的玻璃，里面的那个人黑瘦羸弱，佝偻着背，低着头走到探视窗，俞安然主动伸出手，马小开羞愧得无地自容。良久，他才颤抖着，伸出他枯瘦的手，握住俞安然的手，她的那双手干净而松软，他不安地想缩回，而俞安然则紧紧地抓住他的手，平和地看着他。她心头闪过的仍然是那个执着而莽撞的少年。这个掌心的温度里包含了太多的信息，有愤恨，有谴责，有哀怜，有不安，还有痛苦与包容。这一刻的目光更让马小开难以忍受，压抑的情绪经过几十年的酝酿此刻达到了顶峰，他浑浊的目光紧紧地看着面前这个默默流泪的女人，他猛地收回手，捂着苍老的面

孔，哭得泣不成声。这个哭声里有悲怆，有痛苦，有自责，也有悔恨。良久，马小开用粗糙的手揩去眼窝里的泪水，这么多年的逃亡生涯，诸多复杂的情感，都凝结在这个嘶哑的声音里，他朝后面退了一步，又一步，然后站定，朝着高桐，弯下腰，深深地鞠了一躬，说了声："对不起。"

站在旁边的高桐，一颗心本来平静如水，见此，她也情不自禁地泪流满面，俞平凡搂着妻子，轻轻地抚摸着她的后背，她本分、纯良，最终原谅了这个罪不可赦又善良不安的灵魂。

听到来自马小开在监狱里的忏悔，平安一家心头的尘埃一扫而尽。也不知道是谁倡议，他们一大家子无一例外地参加了集体旅行。乘着动车来到盐城，只为了看那一片放弃了围垦的条子泥，那一片浩瀚无边的黄海滩涂湿地。在时间的滚滚洪流当中，除了时间本身是亘古不变的存在，其他都是浮云。谁能想到，千年之前，这里的海，为一座城市的繁荣与发展，为一个民族的迭代更新做出了多么伟大的贡献，千年之后，又为地球的生态系统做出了新的选择。

整个黄海海域辐射沙洲，气势磅礴，但是很安静，仿佛有一种神秘的力量在驱使，在召唤，让人除了敬畏，只有敬畏。他们立在堤坝上，似乎只有风声，还有或远或近鸟的鸣叫。此刻正是落潮期，整个黄海巨滩一望无际，随处可见各种各样的鸟在安详地觅食，有的不时抬起头，与眼前的人类做着短暂的对视。与地球上绝大多数的水下沙脊群不同的是，罕见地大面积分布在潮间带上，与江苏海岸紧密连接，浑然一体。与其他地区的潮流沙洲相比较，这里最独特的是以海岸浅湾为顶点向海呈辐射状，同时由于在潮间带上，每天都经历着潮起潮落、沧海与大地的变换。潮涨潮落，时间轮转，基岩古陆山东半岛和朝鲜半岛、江苏海岸共同构成了一条形状如巨钩般的海岸线，外海海潮在向黄海推进的过程中，受到山东半岛的阻碍、反射，在地旋力等因素的共同作用下，在这片沿海海区形成一组呈逆时针运动的"旋转潮波"。另外，在辐射沙洲的东南方向，还有一组来自太平洋的前进潮波。这两个巨大的潮波系统奔涌突进，恰好在琼港岸外相会、碰撞、叠加，形成了一个以琼港为中心，辐聚辐散的独特水动力体系。独特的潮汐与湿地，使得整个滩涂湿地呈现出一种既古老蛮荒又生机勃勃的力量，吸引着成百万只候鸟停歇、越冬、繁殖，其中包含了勺嘴鹬、黑脸琵鹭、东方白鹳、丹顶鹤、小青脚鹬、大滨鹬等濒危物种，以及黄嘴白鹭、卷羽鹈鹕、鸿雁、遗鸥、黑嘴鸥等易危物种，还有红腹滨鹬、半蹼鹬、黑尾塍鹬、白腰杓鹬、斑尾塍鹬、震旦鸦雀、弯嘴滨鹬、铁嘴沙鸻、蒙古沙鸻、翻石鹬等一些近危物种。

当他们的脚踏上滩涂龟裂的土地，几个人都不禁热泪盈眶。整个滩涂的裂纹犹如一棵来自上古的苍树，人类在这棵巨树面前，比蝼蚁还要卑微与弱小。每个人都心潮起伏。俞浪行在这里打过游击，平安在这附近避过难，高如风曾经为了盐业志的修编，多次来这里采集过资料，而包良种和儿子的粮食研发团队也曾到这里做过红粟的研究，他和安然的女儿，也曾到这里寻找过淮腔的起源。他们的生命之根与文化之根，都跟这片黄色的大地有着或明或暗、或紧密或疏松的联系。也许在他们的精神领地，都有着一片广阔蔚蓝的大海。

　　安然说，其实我们每个人，都是上天赐予人世间的一只候鸟。我们的人生旅途，也犹如这些珍贵的鸟类，在迁徙的过程中，既沐浴过阳光雨露，也遭受过暴风骤雨，不管怎么说，我飞来过，停留过，领略过这大自然的一切美好，这些都是上天给我们的滋养。只要朝着心中的圣地，我们还是要义无反顾，一直往前飞翔。

2016 年 6 月 10 日动笔
2024 年 12 月 31 日定稿

补　记

一、道教音乐

道教音乐大约开始于南北朝时期，直接服务于法事活动，最早为直诵，未有使用音乐的记载。唐代是鼎盛时期，唐高宗曾令宫内乐工制作道调，玄宗曾命道士、大臣敬献道曲，并且亲自研作和教授道乐。宋代形成了南曲风格，太宗、真宗、徽宗分别编写道乐。到了元代，道教分为正一教与全真教，也形成了两种不同风格。全真重清修，其道乐清幽出世，而正一重斋醮与符箓，雄浑而古雅。明代，朱元璋设道正司，编制斋醮仪范。清代在乐理上沿袭明代，但又分为朝廷与民间两种，自此，道乐的乐风更偏重于多样化、地区化和世俗化。因泰州州建南唐，文昌北宋，道教盛行，故而道教古乐取材唐代教坊音乐和宋代诗词音乐，元、明、清杂剧与南方昆曲音乐中典型正宗的民间广为流传的曲牌，作为迎合群众口味的音乐素材被吸收进科仪中。随着明代"洪武赶散"，苏州坊间音乐江南丝竹与昆曲也随移民迁入，与地方俚曲小调、道情、民歌、地方戏以及佛教音乐相互融合，自成一体，成为苏中一绝。泰州道教多崇尚正一道，正一道龙虎门正一门下天师请安徽派道徒子孙递传系名为"冲汉通玄韫，高宏鼎大罗，仙源俞兴振，福海启洪波"二十个字。民国时，泰州道教已传到"鼎"字辈。

摘自张葛珊的《泰州道教》

二、都天会风俗

神轿精工雕制而成。五月份用的是敞轿，无遮拦，轿内状况尽收眼底。轿底盘四角竖立四根方柱，上盖有顶，用整琉璃制成，绘有龙凤图案，顶中央插"五岳朝天"琉璃灯。底盘上安放大椅，为千年老枸杞根雕制，盘根错节，状似百龙捧日，周围需三四人合抱。此为艺术珍品，迎会以后在庙中珍藏。到了九月份则改用暖轿，体积比敞轿略小。左、右、后均悬黄缎彩绣云龙图案的轿帷，帷中有大窗，从外可以看清轿内神像。神椅为普通大椅。轿顶插有数十盏琉璃碗灯，顶心为"五岳朝天"琉璃灯。两种神轿，均在迎面神像前设有案几，几上置古铜香炉、玻璃风灯、盖碗茶，几前悬黄缎彩盘龙桌帷，轿门楣上悬黄缎彩绣双龙帷幔，庄严肃穆。以上硬件均需预先制好，按零件装箱保管，迎会前数日，由木工组装完成待用，迎会后仍分别装箱收藏。

各会需要的人手有四种：

负责出会的指挥联络人员，只是少数。

紧随亮伞、抬阁旁的照料人员，这视抬阁的大小和亮伞的多寡而定。随伞员一般手执一只高竿纱灯笼，一面粘有"××福胜会"，一面粘有"请驾回宫"红字，跟在伞旁前进。

乐队。各会都有一班乐队，至少要配乐工八名，其中锣、鼓、锡锣、小钹各一名，唢呐、笛子各两名；抬鼓架工各两名。如为清音，则丝弦琵琶、笙箫管笛人数更多。各业都排练不同的乐曲，如脚班《打围》，成衣《昭君和番》，陆陈行《三桂》《回营》，烧饼店《宏阵》，鱼行《水斗》，裁缝《歌姬》等，各有特色。这些人平常练习，每次出会前集中两个月训练，会前几天每晚上街边行边试奏，称为"锣鼓踩街"。至于轿前乐队，则是由专业乐工和理发业乐工中的好手联合组成，义务服务，不给报酬。

扛牌、打伞、抬阁的脚夫，多为本行业人员，也有部分雇工。轿夫则由搬运行的担任，具备娴熟的技术经验，两班轮换需十六人。

迎会可分为"升座""北狩""南巡""回銮"四个阶段。

升座 张巡神像平时安放在庙殿中央的神龛内，出会前三天的深夜升座，即把神像请出神龛，坐到大轿的底盘上，轿的四周框架和帷幕这时不安装。因神像是木雕的行像，它与一般由一块木头整体雕成的坐像或站像的菩萨不同，其上、下肢各分三节，用活榫联结而成，可任人屈折，整体着灰色厚棉袄棉裤，使身体显得饱和，与真人一样，外加龙袍，坐在椅上。升座前，由两人进入龛内，除下神像帽子，脱下神像龙袍，扶头托背，龛外另两人抬膀扶背，又两人扛腿搭背，徐步抬到龛外轿盘上。搭上座椅，将身段和椅背用绳绑牢，然后着上新袍新帽。神袍用黄缎彩绣盘龙制成，但和真人所穿长袍不同，前长后短，与现在自行车雨披差不多。神像坐在椅上，双膝向前弯曲，前摆垂地，后摆下垂齐地。升座后，神像双手伏在轿前案几上，左手持巾，右手执扇，宛若活人。案几上置香炉、风灯，香炉后供盖碗茶，案几前悬桌帷，轿门楣上悬帷幔，以供人瞻仰。轿四周帐幕出迎前上好，轿底盘座椅下，放大石一块，这样抬在肩上行走才显得沉稳。升座由庙内和尚、庙祝和少数行会的领队参加，关门进行，不让外人观看。

北狩 迎会日上午十时，各会分别集中出发到臭沟头，沿稻河边向北，按抓得的序号排队。神像约在中午十二时从都天庙起驾，由"当当轿"开路。"当当轿"是两人抬的小轿（小椅加篷），内置开路神像两尊，即方弼、方相，轿前有两名男孩，手持小锡锣（又称"晃子"），一放一搁地敲击，其声"当当、咚咚"。当当轿后，由两面巨锣（亦称"筛锣"）在神轿前鸣锣开道，其声哐哐，其音低沉，闻之肃穆。后为肃静回避牌、官衔牌、亮牌。神轿由八名轿夫肩抬，八名轿夫扶搭，称为"八抬八搭"，另有十六人换班。神像轿帘前有一人双臂张开，把扶轿杠，以保神像安全，称为"把轿"，其人胸前悬小型观音像，以免被人跪拜"折福"。迎会队伍由头会执事率领，从西仓大街，抵西浦左转向北，到袁后街右转向东，达臭沟头。头会继续向前，神轿打住暂停，等候整个队伍依次排列就绪，才随尾会继续前进，沿着稻河西街（今稻河路）直抵演化桥，右转过桥，左转进入演化桥大街，这时各会即开始由南向北，靠路边停息。神轿随尾会直达赵公桥口北坛场"驻跸"，将轿抬入庙殿供人进香礼拜，参迎人员休息加餐，约一小时。

南巡 下午四五点钟"起驾"，由北坛场发"当当轿"，接着头会即行起步，各会紧跟向南迎，神轿接尾会后动身。从演化桥北大街（今海陵北路终点），直线向南，经彩衣街、坡子街（海陵北路全段），进北门至大林桥东口，左转进考棚街（今府前街），经州衙（今海陵区政府）、察院（学政试院）门前，右转入鼓楼街，过周桥到牌楼口，右转进东门大街（今迎春东路），抵升仙桥东口，左转进南门内外大街（今海陵南路）。出南门，过高桥，右转向西约一百步，左转进入通江街。各会过高桥后即开始停息，神轿直至宝带桥口南坛场（蚂蚱庙），将轿抬进殿内"驻跸"，让人进香礼拜，参迎者休息加餐，这时已到深夜十一二时。

回銮 也叫请驾回宫。约在半夜后，从南坛场"起驾"迎回都天庙。实际上南门外的会不进南门，城里的会不出北门，只有北门外的各会才有始有终。回銮路线与南巡稍异，即从高桥沿南北大街（海陵南北路）直走，不再绕鼓楼，大队人马穿过八字桥出北门抵严家巷，左转进巷过新桥，再左转由西仓大街回都天庙，这时已近黎明。

整个迎会的精彩之处在南巡，而看会的最佳地点是周桥。北狩刚出发，队伍边行边排列次序，你等他停，整体不能贯通一气。回銮时，城南、城中的会都在中途撤走，队伍断断续续。只有南巡的队伍排列齐整，有序前进，秩序井然。进入彩衣街已近黄昏，各会开始燃烛游行，灯牌、灯伞、抬阁一齐通明，谓之"夜会"，乐队全力吹奏拿手乐曲，各显神通，花担、花船、舞龙、高跷等节目也表演不停。此时，灯火、音乐、表演三者齐上阵，是南巡段中最精彩之处。彩衣、坡子、北门内这三条街是全城的中心闹区，沿街的商店都在店堂内搭起临时看台，让市民登台观看。都天菩萨驾到时，满街肃静，大人小孩、善男信女都向着神驾唱喏，商家在店堂摆设香案，店主点烛焚香三叩首。站在周桥顶上看夜会，抬头北望，从察院向南，犹如一条条从天而降的火龙，闪耀着万点金鳞蜿蜒而来；转身南望，则是无数的灯火滚滚下桥，好像万斛明珠直向牌楼口撒去，壮观至极。

都天会抬轿有三绝，高潮是回銮的穿轿。由于神轿体积较大，抬行时要求绝对平稳，神轿案几上所供碗茶不能泼出一滴，因此遇到险要，必须有特殊技能才能胜任。最惊险处有三：

踩肩越险 从臭沟头到通仓桥的稻河北侧和通仓桥到演化桥的稻河西侧，都是半边靠房脚、半边临河坎的狭窄道路，有好几处缺口，路的宽度窄于神轿宽度。过缺口时，由换班下来随轿前进的轿夫跳下河坎，脚踩河中，肩扛木杠，贴岸而立，抬轿右侧的四名轿夫，从人肩扛的杠上飞步而过。一根木杠当大路，人的肩头做路基，抬着重轿如履平地，脚下没有功夫是无法稳步越险的。

托杠过桥迎会全程，要过演化桥、周桥、高桥、八字桥、新桥，其中高桥需往返两次。这些桥都是高弧度拱桥，肩抬不能保持平衡。上桥时，轿前四人中前两人躬身将轿杠头握在手中，后两人直身将杠尾夹在腋下，轿后四人中前两人挺身把轿杠头抬在肩上，后两人把杠尾双手托过头顶，下桥则相反。只有如此才能保持神轿上下桥绝对平衡。

飞步穿轿 即以赛跑的速度，抬着神轿飞奔。其形式有二：一是神像面朝前，经过州衙和察院门前，由西向东飞奔前进，说是要"回避现任官"。二是神像面朝后，这是神轿进入北坛、南坛和回宫的做法，因神像不能面朝北，要像汽车倒车一样，轿夫抬轿过门槛，转身反抬神像，飞奔进入庙殿，歇下后，神像脸朝外。这样既便于让人朝拜，再起轿时也不需打转。其中回宫的穿轿仪式最为隆重。回宫路上，当轿子到达新桥时，神轿前的乐队即开始更换曲牌，齐奏《将军令》，两支唢呐，一面大鼓，配以铴锣、小钹等其他打击乐器，一气吹打到都天庙。沿途观众无不为威武雄壮的音乐所震撼，沉浸在浓烈的音响高潮中。这时已经到深夜，气氛为全会的高潮。殿中撞钟擂鼓，灯火通明，天井中所焚香堆火舌冲天，把整个都天庙照得如同白昼。参观者从门外一直排到大殿的两旁，人山人海。神轿抬进西浦，马弁即入庙跳进跳出，在人丛中冲开一条大道。当神轿进至庙东五十米的华佗庙门前，轿夫打住换班，抬至庙门前偏西约五步，轿夫转身换肩，把神像背向前、面朝后反抬进庙门，然后飞奔直抬上大殿，不偏不倚将神像放置原处。这时庙中钟鼓齐鸣，乐

351

器合奏，观众齐喊"威武"，钟声、鼓乐声、喊声震天动地，令人肃然起敬。

迎会队伍序列为：

1. 当当轿　当当轿是迎会的前导，整个迎会队伍都要唯其马首是瞻，视其行止而行止，不得超越其行而行。

2. 跳马弁　这是为神轿开路喝道，但并不是迎会队伍的组成部分，而是各个马弁单独参加，只在迎会队伍之前，沿着游行路线独自前进。马弁虽然不止一个，但马弁之间没有组织联系，先后快慢，都自行掌握，好像是舞台上单独扮演的开锣戏。马弁多为浴室或搬运工人承担，他们因自己或父母生病，曾到神前许愿。迎会的头一天，须邀请身强力壮的亲友数人在家吃一顿素菜饭，请他们到期帮忙。出会之前两三小时，由帮忙的亲友陪同到都天庙神像前，将其上衣脱去，赤膊，腰系一根结实的布带，焚香烛行礼磕头。老马弁上"嚼口"（俗称锥子），指的是嚼口一头磨尖、一头系一个圈，上系红绸，长四五寸，嚼口从左颊穿进直捅右颊，这时马弁就发起威风来了。马弁有两种，一种叫武马弁，一上锥就蹦冲蹿跳，近似疯狂。马弁是闭着眼睛不许张开的，这时，帮忙亲友一手紧抓住其膀子，一手紧抓住其腰带，控制住身体，一路跳蹦出门上路。另外有两个男孩子手持"黄元"在前面开道，高呼："朝里站！朝里站！站下来看！站下来看！"偶遇行人拥挤，难以前进时，拉腰带的人紧抓不让前进，马弁则在原地跳个不停，尽管汗流浃背，喘息不止，仍照跳不怠，甚至抡拳伸腿，状甚吓人。这时看的人就说："马弁'呼'起来了，赶快让开！"拉腰带的人也喊："稳住点！驾到了！驾到了！"马弁则稍敛凶相，继续前跳。另一种叫文马弁，也是许愿当差的，亦有亲友帮助照应，只是照应人数比武马弁少。文马弁上锥后神志清醒，不武忿，拉不拉住无所谓，只是一路前进罢了。

老马弁本人使用一根铁棍，一头弯，有一个空圈，穿上若干只大小铁圈，抓在手中拖在路上走时发出"当啷、当啷"的声响。这根铁棍长约三尺、粗如手指，老马弁走进都天庙门就把它插进天井里烧得旺盛的大香堆中。等所有马弁上完"嚼口"，老马弁也磕头衔着"嚼口"，跑到香堆旁，右手抽出烧得通红的铁棍，在左手掌中一抹，只见一股青烟喷出并伴有吱吱的响声，而他的手掌一点儿也没有烫坏，然后他大摇大摆地拖着铁棍，向北坛进发。据说他事先用鱼鳔涂在掌心，当烧红的铁棍在手掌上抹过时，碰着鳔胶既能看到一道青烟直冒，又能听到吱吱的响声，让观者误以为得到了神灵庇护。

马弁跳完，神轿才动身，沿稻河路前进。神轿北狩，马弁又开始从北坛跳向南坛，从南坛回銮也是如此，只有回宫抵都天庙穿轿时，还剩一两个武马弁往返蹿跳不息，其余的则已下锥回家休息。

3. **烧肉香** 演员赤裸着上身，只见着他的胸肌厚实，右臂缓缓伸出，臂上用鱼钩系线悬铜鼎一排三只，右手握圆木棍撑在腰间，左手从背包不断掏出香头添进炉内焚点，一路香烟不断。汗水从他的头顶、脸膛、胸肌上滚滚而下。还有一个年轻人，只见他两臂伸开，双手握圆木棍撑于腰间，棍头各悬小铜香炉一只，上身赤裸，用若干绣花针，孔穿红绿绒线，排列戳在胸、背、臂的肌肉上，香炉内不断加添檀香末，香烟缭绕，徐步前进。

4. **捧香** 手捧"禅定线香"一束，从旁抽出三支点燃，在神轿前缓步前行，服长袍，穿布履，列队鱼贯而行。听到击磬声，转身遥向神轿"作揖"，磬声再响，转身前进。此辈多为一般群众。

5. **拜香** 拜香亦称跪香。拜香人发辫系红绿绳，盘绕顶额，腿缠红布，足蹬草履，手捧特制的木质香凳，上钉有铜管，插香、点燃后在神轿前列队前进。每行三人，每走十多步，引路人击手磬一声，回身扶凳屈单腿一拜。此辈多为个体劳动者。

6. **捧香盘** 预制小木盘，前悬绣花帷，迎面钉有两盏琉璃制荷花灯，中插蜡烛，盘内放小型铜香炉，内燃檀香或芸香末。捧香人长袍马褂，两人一行，排在神轿前，列队前进。此辈多为上流社会中人，如各同业公所的头头。

7. **挂香炉** 挂香炉者赤膊，穿红裤。用约十厘米口径的铜香炉两只，内燃檀香，分别以细铜索三根系于炉口，上端以铜钩钩悬于左右两膀的肌肉上，两手分别握住有把柄的木棍支撑腰间。另以穿有红绿绒线的绣花针数十根，分别刺于膀臂的肌肉上，昂首阔步而行。

8. **红衣犯** 扮演者多为本人因生重病在神前许过愿，病愈后出会时身着红布罩衫裤，手上捧香，随队前进。有的还身悬铁索、木枷、木铐，背插长标，上书"斩犯×××一名"。此称红衣犯，男女兼有。

9. **玩杂耍** 玩杂耍有站高肩（多为孩童）、堆罗汉（多为盐务工人）、挑茶担、挑花担、踩高跷、舞流星、荡湖船、河歪精等。以上杂耍有时也在其行业队伍中进行。站高肩的皆是小孩，扮作唐僧，或目连尊者，或武松，或哪吒，直立他人肩上，在神轿前随队前进。挑茶担的，则预制方形或圆形玻璃盒担，将小巧玲珑的钟鼎彝器、玩具、根木雕刻等放在担内，茶担大多为及冠的男子肩挑，缓步随队前进。花担则用鲜花或纸绢花扎成，挑花担者多为年轻女郎，着绸衣、花鞋，长辫插花拖彩带，手持锦帕，一步三摇，扭走自如（有如秧歌舞），随会前进。茶担、花担常有乐队配合，所到之处如燃放鞭炮，则稍缓行进，就地旋转数圈，乐队配乐，谓之"打招"。甩流星的，流星状如蟋蟀罩一般的铁丝笼，内置燃红的木炭，封口系长绳，且行且舞，一般列在胜会的队前，既可引人观望，又有开道作用。

10. 行业的胜会队伍　其次序已如前述。每一家会以胜会旗为前导鸣锣开道，多数皆有乐队。各家会有玻碣灯牌、六角玻璃灯伞、抬阁、杂耍等。其中以抬阁最为争奇斗胜。每到迎会，不仅全城居民参观，四乡八镇的人乃至外地亲友，都会前来览胜，经过之处无不人山人海。从彩衣街到大林桥，各商店都自动在店堂内搭起临时看台，容群众登台观看，由此既密切了商民的关系，又扩大了市场业务。

摘自朱学纯的《旧泰州的都天会》，该篇出自《海陵文史集萃》

三、徐神翁

南宋、元代和明初，徐神翁曾被列为八仙之一。现今，存世最早的、山西侯马金氏墓葬砖雕的八仙造像中就有神翁徐守信。元代以写神仙道化剧著称的戏曲家马致远在《黄粱梦》《三醉岳阳楼》中，罗列了八仙的姓名："第一个是汉钟离，现掌着群仙箓；这一个是铁拐李，发乱梳；这一个是蓝采和，板撤云阳木；这一个是张果老，赵州桥骑倒驴，这一个是徐神翁，身背着葫芦；这一个是韩湘子，韩愈的亲侄；这一个是曹国舅，宋朝的眷属；则我是吕纯阳，爱打的简子愚（渔）鼓。"后来，元、明戏曲末尾以八仙出场现身指点成为定式，八仙形象深受群众喜爱。明代谷子敬杂剧《吕洞宾三度城南柳》，朱有燉的《八仙庆寿》《长寿仙献香添寿》等均有徐神翁。现山西省芮城县保存的元代道观建筑永乐宫是全国重点文物保护单位，其中纯阳殿有元代壁画《八仙过海》，弥足珍贵，画中八仙全是男性，有背葫芦的徐神翁，而无何仙姑，这是当初徐神翁被选入八仙的有力物证。只是在范子安的《竹叶舟》中，将八仙中加了一女仙，将徐神翁换成了何仙姑。

徐神翁，名守信，少孤，年轻时役于天庆观。宋嘉祐（1056—1063）年间，天台道士余元吉授以神仙抱一之道。按照老子"曲则全，枉则直，洼则盈，敝则新，少则得，多则惑"的哲学思想，专练"精思固守"之功，研习"抱一独善"之法。由于徐守信认真学习，刻苦修炼，深得神仙抱一之道要旨，尤其是对预测学有很深的造诣。传说人们问其祸福前程之事，无不灵验，因得徐神翁美名。宋哲宗因无子嗣，对皇位继承人举棋不定。闻其名，于元符二年（1099）遣使问以皇位继承人之事，徐守信曰："上天已降嗣矣！"再三追询其故，即书"吉人"二字以对，正跟后来继位的宋徽宗赵佶名字相符。宋《铁围山丛谈》卷一云："哲庙元符时，祈嗣于徐守信，世号神翁者。天意切至。徐曰：上天已降嗣矣，大书'吉人天相'，一时莫晓。后端王赵佶继立，始悟佶御名也。"

因此，徐神翁名声越来越大。其事迹在宋人王象之编写的《舆地纪胜》、蔡絛的《铁围山丛谈》、何薳的《春渚纪闻》中均有记载。如《海天三仙传》《道藏语录》中均记述徐神翁"日诵《度人经》，有问休咎者，借经中语以告，言事必中"。苏辙《龙川略志》卷九载：徐神翁"不知所从来，日扫观中地，非众道士残食不食，时言人灾福，必应"。文中还有秦观（少游）求神翁问事的记述。奸相蔡京与徐神翁也有瓜葛。《清波杂志》卷二云："徽宗召天下道术之士，海陵徐神翁亦至，神翁好写字，与人多验，蔡京得'东明'二字，后蔡京被贬，死于潭州东明寺。"宋徽宗即位，继真宗之后，掀起了北宋第二个崇道高潮，对道教的崇尚达到了顶峰。他托称"天神下降"而兴道，并亲作《天真降临示现记》颁示天下，授意道院册封他为"教主道君皇帝"。一方面对历史上的神仙人物追加封号，另一方面对当时的道士大加宠幸。政和七年（1117），将玉清昭阳宫改名玉清神霄宫，并给当时三个最知名的道士赐"先生"称号，徐守信为其中之一，被赐号"虚静先生"，一说"虚静冲和先生"。

崇祯《泰州志》记载："徐神翁，字守信。生六七岁始能言。少孤，十九岁役天庆观。嘉祐四年，天台道士余元吉来游，示恶疾。神翁事之无倦，忽于溺器得丹砂，饵之。自是常放言笑歌，默诵道书，绝粒至数日，假《度人经》语，为人言祸福如影响。一日，徽宗特诏入，言事多验，赐号'虚静冲和先生'。高宗时为藩王，叩以后事。与之诗曰：'牡蛎滩头一艇横，夕阳西下待潮生。与君不负登临约，同上金鳌背上行。'后高宗避金兵入海，为浅所滞，待晚潮后行。问：'此何处？'曰：'牡蛎滩也。'遂登岸。又问：'此何山？'曰：'金鳌山也。'因思神翁语，乃屏去警跸，易衣入临济寺。见此诗新书于壁，墨迹未干，始知为异人。卒年七十有六，赐大中大夫，给葬用四品礼，厝城东响林原。先是天庆观役时，常持一帚供洒扫。后响林、方洲、仙源新祠堂，提举司霜节亭多生筹竹，宛然丛篲，亦异矣。"

徽宗帝传位于长子赵桓，号钦宗。忽一日，徐神翁摆设法堂，遥望北方三跪九叩，两眼垂泪，默默无语，盘膝打坐三昼夜，道众皆不知何故。再三询问，徐神翁长叹道："国运多难，赵佶与我相知多年，而今再无相见之日，以此略表情怀，遥祝永别，岂不令人心痛也！"众初不解其意。不数日，金兵攻破汴京，举国皆惊。徽钦二帝被掳北上，日后客死他乡五国城。此变故早在徐神翁意料之中。

徐守信于76岁之诞辞世时，白日骑帚飞升于天庆观登仙桥。徽宗帝下旨以四品官职之礼厚葬。传说徽宗其夜梦虚静请见，言凡间太过吵扰，因此脱胎而去，其实不必厚葬，致谢而别。在民间，关于徐守信的神话传说也很多。史籍多有徐神翁的记载，各地多处可见他的画像和塑像。某年水患，江淮遭灾，饥民大量拥入泰州，徐守信领众道在天庆观架起十余口大锅，施赈放粥，食众数万，日用大米百担。原观内存粮不过几百斤，但只要守信在观前敲响云板，库内自有大米溢出，取之不尽，用之不竭，救下几十万灾民的性命。灾后瘟疫流行，守信又按不同疫情开列医方，配制丸、散，让众道分发，救治无数病人。由此"天庆观做好事——不要钱"的歇后语在苏北地区广为传诵，道观公益慈善义举从此传承千年，享誉苏北。

摘自崇祯《泰州志》

四、海陵十仙

史志记载，从晋代至宋代这一段时期，海陵地区出现了乐真人（乐子长）、王仙翁（王冶）、王鹿女（王妙行）、徐神翁（徐守信）、周处士（周悋）、唐先生（唐甘弼）、陈毯皮、陈悟真、风尚书、戚端公等修道成功的仙家，即"海陵十仙"。海陵十仙有的有专祠祀祭，有的最迟于明代建祠合祀。崇祯《泰州志》记载："列仙祠。祀海陵十仙。"

乐子长，泰州人。道成，白日飞升，今乐真桥乃其遗迹，当时号为乐真人。梁昭明太子与邵陵王纶游至泰州，以乐子长故宅为观。许旌阳尝云："千二百四年，五陵有八百仙人。"《真诰》所谓五陵者，海陵居其一，在古有江海会祠，盖海上方士游息之处。

王冶，泰州人，隐居天目山。陶隐居云"地钵福地"，即此。修灵宝法，炼丹存神。历宋、齐、梁百余年，功成行满，有双童召冶，群仙导引步虚，清乐之音，四比皆闻，白日飞升。山有二井，封镐极密，乃藏灵宝符、杖履、水袜、隐形帽于左丹井。梁昭明太子闻冶升举，同邵陵王纶诣山致礼焉。

王鹿女者，亦在泰州。王冶居天目山时，有五色鹿产一女于山左草莽间，闻啼声，往视之，见鹿乳焉，冶挈养于庵。至七岁，为筑鹿女台居之。冶飞升后，女欲南渡，邑人饯之横浦，云："后百年复来。"履江水而去。景云二年十一月，山忽鸣，声闻远近。会敕遣天台山女道士王妙行，行天下名山大川、洞天福地，投金龙、玉璧。王妙行即鹿女，计其时正百年矣。

徐神翁，名守信。生六七岁始能言。少孤，十九岁役天庆观。嘉祐四年，天台道士余元吉来游，示恶疾，神翁事之无倦。忽于溺器得丹砂，饵之，自是常放言笑歌，默诵道书，绝粒至数日。假《度人经》语，为人言祸福如影响。一日，徽宗特诏召入，言事多验，赐号"虚静冲和先生"。高宗时为藩王，叩以后事，与之诗曰："牡蛎滩头一艇横，夕阳西下待潮生。与君不负登临约，同上金鳌背上行。"

后高宗避金兵入海，为浅所滞，待晚潮后行，问："此何处？"曰："牡蛎滩也。"遂登岸。又问："此何山？"曰："金鳌山也。"因思神翁语，乃屏去警跸，易衣入临济寺，见此诗新书于壁，墨迹未干，始知为异人。卒年七十有六，赐大中大夫，给葬用四品礼，厝城东响林原。先是，天庆观役时，常持一帚供洒扫。后响林、方洲、仙源新祠堂，提举司霜节亭多生帚竹，宛然丛彗，亦异矣。

周处士，名恪，字执礼，敬述五世孙。元祐初，再举进士不第，郁郁不得志。从郡学释奠，忽大呼仆地，阅四日而苏。悟老子"谷神"语，取儒衣焚之。自是动静颇异，预言人休咎，历历奇中。先是，徐神翁语人曰："周门石青毛，当得仙矣。"果验。宣和中，屡召不起，谢使者曰："吾太平衰末之人也。"蔡京奉书，卧而噍之。赐号"守静处士"，给五品服。后示化，葬神翁之西，与唐道人相继同域，号"三仙坟"。

唐先生，名甘弼。为小吏，廉恪无他技。一日晨出，若有所遇者，忽裂巾毁履，亵语裸裎。家人以为狂，因囚于别室。岁余，其母哀而纵之。冬夏一布襦，仅蔽膝，徜徉闾井，发语干休咎无不验，人始稍就占讯。所临列肆，是日必大获，竞延致之。张荣来据城，闻其神异，执于大雪中露坐，方数尺独无雪，发肤略不沾润。乃积雪丈余，穿洞穴埋其中，弥日出之，怡然也。后潜抱薪自焚于隙屋，有田夫中途遇之，问："先生安往？"曰："吾归也。"入城既自焚矣。葬响林原。岁余，有盐商见于江西，而蜀人亦见之于青城云。

陈毯皮，名豆豆，不知何许人。每披方毯，冬夏不易，行乞于市。携小旧篮贮书卷，见可人即付与，得钱物复施丐者。人呼为"陈毯皮"。

陈悟正、高存、风尚书、戚端公 此四人中的三人名列宋朝"海陵十仙"，但均无其修道成仙的事迹。雍正《泰州志》记载如下："陈悟正。《宋志》云：'先生陈氏，弃俗修道，号曰'悟正'。'而《图经》又载高存，以去小吏为仙，不及陈悟正之事。今并志之。风尚书。《宋志》云：'尚书不知姓名，《海陵三仙传》云：里俗言戚端公、风尚书辈，迹泯无传。'今亦但志其号，事迹俟他考。戚端公。《宋志》云：'先生戚氏，不知名。本一军校，州人相传以庐山降虎戚端公目之。'"

关于海陵十仙的共祠——列仙祠，《续纂泰州志》记载为："列仙祠。在香喦南，奉吴陵十仙。又旧志称，十仙台在起云山下。虽香喦、起云前代久废，而十仙之名宜存。《十仙志传》内载陈毯皮豆豆、唐先生甘弼、徐神翁守信、东真人子长、王仙翁治、周处士恪、王鹿女七人，其三为陈悟正、风尚书、戚端公，尚有高存、陈悟真。据此则十仙堂即小西湖中之十仙堂。"除了上述的海陵十仙（或吴陵十仙）

外，泰州还有一些其他的神仙。如东陵圣母、昭明太子、皇甫真人、杨文梭、高先生、白衣二真人、傅仲良等。

摘自崇祯《泰州志》，以及王通的《泰州的神仙》

五、傩祭

明代地方志记载，早在上古时期，现今兴化的西部就已经有人类活动，东部为海，地貌为大型的湖盐盆洼地，地势低洼平坦，西部经常受东部海水之灾，后经历了海湾—潟湖—湖沼—水网平原的演化过程，那时的先民称为"淮夷"，是炎帝（神农氏）的部族子民。炎帝为上古姜姓部族首领，在与黄帝争夺中原阪泉（今河北涿鹿）之战中被打败，部族便被放逐到淮河下游滨海一带，淮河以北称为"徐夷"，兴化这一带则称"淮夷"。于此，兴化的先民以盐业、狩猎为生。唐代安史之乱以后，由于经济中心快速南移，江淮东部经济发展迅速。唐大历二年（767），淮南节度使判官李承，使兴化东部有了拦海大坝，阻挡海水的倒灌，从而使坝西泽地渐成农田，农耕种植的出现，使兴化先民的生产、生活得到了发展和改善。

为纪念这位为民造福的判官，兴化本土的傩舞逐渐演变成"判官舞"，以此表达人民祈神降福、驱鬼逐疫的愿望。判官舞归纳起来可分为四大类：一是祈神降福许愿类。凡遇天灾人祸、求子求财，则由"判官"打开手中的"善恶分明簿"，展示"敬重天地""天地良心""和睦六亲""善有善报""多子多福"等，并配合舞蹈动作如"三拜""托魁""魁星点斗"。二是酬神还愿类。多半在庙里祭祀或遇有"路祭"，表演对神灵谢恩，"判官"将表演"大开门""小开门""三拜""苏秦背剑""斟酒"等动作，并打开手中的"善恶分明簿"，展出"敬惜字纸""敬重天地""孝敬父母""公平合理""吉安来"等，音乐节奏明快，情绪高昂。三是娱人类。表演动作有"梳马背""泼水浇马""见到状""牵马""接白果"等，演员还根据现场情绪即兴发挥。四是憎恶类。表演者左手执簿，右手握笔，在"善恶分明簿"上点点画画，示意"大斗小秤""忤逆不孝""仗势欺人""作恶多端""奸盗邪妖""荒淫无道""尽扫妖"。表演动作有"大开门""托魁""苏秦背剑""撞钟""扫堂""击鼓""三叩"等。

清朝中期，"判官舞"在兴化城乡最为兴盛，单是城区就达九十队之多。艺人们自发组织起来，依托行会，筹集资金，购置服装、道具、乐器，每逢五月城隍会、龙王会、都天会，便扮演起红脸、白脸、粉脸、青脸等各种类型的"判官"，有表现丑恶的，表演和善的，表演劝世骂世的等，届时群英争雄，各显其能。

"判官舞"音乐一般使用民间曲牌和民间小调，如"八段景""苏武牧羊"等。乐器有二胡、笛子、唢呐、月琴、堂鼓、响板、锣、钹等。乐队一艺人肩挑锣鼓担子，其他艺人在打鼓佬的鼓点指挥下演奏。乐队与"判官舞"表演者配合默契，适时根据表演者的内容、情绪而调整曲牌和音乐气氛，乐队演奏还要打出灵魂出窍的锣鼓点子来。观赏者除了目睹"判官舞"的高超表演，还能耳闻乐队的演奏水平。

　　"判官舞"有文判、武判两种。文判身着蟒袍，面戴判官面具和黑、白毛胡须，手执斗笔及"生死簿"，遇有"路祭"或放鞭炮欢迎者，即现场舞蹈。武判亦称"抬判"，表演者立于四壮士抬的高椅架上，身穿长袍，背插靠旗，面部用油彩化妆成各色脸谱。武判以毯子功为主，遇有"路祭"或放鞭炮欢迎者，武判则在地面舞蹈或在高架椅上表演跌叉、展翅、翻筋斗、翻扑倒立、倒挂油瓶等高难技巧动作。判官舞在漫长的岁月中，受到群众欢迎的主要原因有：它能表现人们的心愿，演绎人们的喜怒哀乐和美好向往。它在民俗学、社会学、宗教学等方面有重要的研究价值，在艺术上也极具审美价值，所以能沿袭至今。

摘自周安翠的《兴化判官舞》

六、中国盐业历史人物

　　从前有座城，城里有条街，街上有座庙，庙里供着三个人。

　　第一个是用海水制盐的鼻祖——夙沙氏。相传上古时期，在山东胶州湾一带有一个坐落在海滨沙滩的原始部落，头领名叫夙沙氏，一天，他从海边提着陶罐打水回来，放在火上煮。突然远处传来一阵野猪的低吼，夙沙氏一听拔腿就追，等他扛着死猪回来，陶罐里的海水已经熬干，罐底留下一层白色的颗粒状的细沙，放到嘴里一尝，味道又咸又鲜，于是将烤熟的野猪肉蘸着白细末吃起来，更是妙不可言，从此人们便开始了从海水中熬盐的生活。盐的好处不用说，不但是经济流通领域的硬货，战争年代更是兵家必争的战略物资。传说只是开胃小菜，正式载入史册的第一人是吴王刘濞，此人爱玩，花样百出，偷偷铸钱，并在海边煮海水为盐，开邗沟支道，从扬州茱萸湾通运于泰州海陵仓及如皋蟠溪，把盐以便宜的价格卖给老百姓，因为拥有铜矿和盐的缘故，国家非常富裕，百姓不用交税，深得百姓爱戴。后因发动吴楚七国之乱，兵败被杀。刘濞治理扬州四十二年，是扬州发展史上第一个黄金高峰期。经年历代，不少盐官和文人墨客都穷尽方法，把制盐的工艺流程记录下来。比如，宋灭北汉，结束了五代十国的分裂局面。乐史以"郡县之书罔备"，无以颂一统之盛，又以《元和郡县志》等书"编修太简"，唐末五代分裂割据，"更名易地"亦多，于是着手撰写《太平寰宇记》，经数年完成。这部史书中就曾记载唐代三百年淮盐生产技术从南北朝时构筑亭场、煎卤成盐基础上继续发展，形成完整成熟的草煎盐生产工艺。北宋初年编纂的全国地理总志，在"泰州海陵监"目下，具体记录了包括刺土、收灰、溜卤、测咸、备草、煮盘、收盐等工序，是对世界制盐科技的重要贡献。还有两个外国人，从制盐和纲运两个角度，进行了记载。一个是意大利旅行家马可·波罗年轻时仰慕中华文化。在元大都做官多年，喜好旅游。归国后著《马可·波罗游记》（又名《马可·波罗行纪》《东方见闻录》），内容说到淮安州、扬州、真州、泰州、通州食盐的生产，运输和贸易。说泰州"贸易繁盛，船舶甚众，辐辏于此""自海至于此城，在制盐甚多，盖其地有最良之盐池也"。日本高僧圆仁大和尚，仰慕大唐佛法。后随日本遣唐使来华学习经典。在北海湾（今南通市）遭遇台风使船搁浅海滩。经盐官接待引路后，由掘港港口经如皋、海陵、扬州，向长安再次出发。回国之后撰写《入唐求法巡礼行记》，其与玄奘的《大唐西域记》、马可·波罗的《东方闻见录》并称东方三大旅行记，所记录的晚海陵监盐船纲运情形极为珍贵。史料最著名的当属《熬波图》了，系元代两浙盐官陈椿受两淮盐官陈晔《通州煮海录》的影响，创作图谱四十七幅，各附诗文，作为图的说明。该图谱全面反映中国海水制盐的工艺技术，史料翔实，具象可观，是迄今为止世界科技史上最完整的古代海盐煎煮工艺流程图。后收入清代编纂的《钦定四库全书·史部·政书类》。

第二个重要人物,当属齐国宰相管仲。据《管子·海王篇》记载，春秋（前七七〇—前四七六）诸侯纷争，公元前六八五年，齐桓公即位，想成就霸业，任用管仲为宰相，询问如何快速富国强兵。管仲第一次提出了对食盐的产、运、销由政府管理寓盐税于专卖之中的主张，首创民产、官收、官运、官销的食盐专营制度。食盐加价出售，实行价内税的政策。

这个主张使得齐国富国强兵，遂成霸业。此举也影响了中国盐税制度两千多年，在中国盐税发展史上具有重要的历史地位。管仲还有一个特殊的身份，娼妓神，即官妓业的创始人。

据《国语·齐语》记载："齐有女闾七百，征其夜合之资，以通国用，管仲相桓公时，立此法，以富国。"清人褚人获在《坚瓠集》里说管子所征"夜合之资"就是"花粉钱之始也"。"女闾"是女子集中居住的地方，实际上就是官营妓院。很显然，在齐桓公的支持下，管仲在都城临淄设立了官营妓院，并开始直接对妓女征税，目的是增加收入富国强兵。根据《周礼》，一闾为二十五户，女闾七百即妓家有一万七千多户，如此推算，当时官妓的数量是相当惊人的，官府征收的花粉税也相当可观。从史料看来，管仲相齐提出的对妓女征收的花粉之税，要比我国古代社会最重要的税种"田赋"至少早半个世纪。在西方，最早建立国营妓院的是古希腊的大政治家梭伦，梭伦定律法也是在公元前594年，因此管仲设"女闾"比梭伦创设国家妓院也要早半个世纪。管仲作为我国古代一位杰出的政治家，他辅佐齐桓公励志改革，富国强兵，九合诸侯，一匡天下，确立了"春秋五霸"的霸主地位；同时他也是一位出色的思想家、经济学家，"仓廪实而知礼节，衣食足而知荣辱"的名言一直被后世传颂。不过管仲对妓女征税，在当时就受到国人的非议，背着道德上的名，更让他尴尬的是，因为向妓女征税确立了妓女的合法地位，后世娼妓竟然拜他为祖师爷，甚至奉他为娼妓神，这一点却是他始料未及的。清代纪晓岚在《阅微草堂笔记》中说："娼族祀管仲，以女闾三百也。"旧时妓院多供奉管仲，在妓院集中的地方，甚至还专门建有管仲庙。管仲冠袍带履端坐在那里，接受妓院鸨儿和妓女的香火，保佑他们生意兴隆。两千多年来，管仲的名字和娼妓就这样尴尬地联系在一起，甩都甩不掉了。其实，管仲设官妓、征官税，并不是简单地"征夜合之资以充国用"，他是另有用意的。明人余邵鱼、冯梦龙等在《东周列国志》里记述了管仲和齐桓公的一段对话：

> 桓公曰："甲兵既定，财用不足如何？"
> 对曰："销山为钱，煮海为盐，其利通于天下。因收天下百物之贱者而居之，以时贸易，为女闾三百，以安行商。商旅如归，百货骈集，因而税之，以佐军兴。如是而财用可足矣。"

从这一段对话可以看出，管仲真正的用意是通过对妓女征税确立官妓的合法地位，吸引天下行商云集都城，达到繁荣经济的目的，然后征收贸易之税，实现富国强兵。也就是说，管仲对妓女征税是"醉翁之意不在酒"，在乎的是商业繁荣后的商税。

第三个人物当属胶鬲，殷商末年人，典籍记载最早知名盐商，原是纣王大臣，纣王沉湎酒海肉林，引起兵变，胶鬲隐匿于贩盐卖鱼商人中。胼手胝足、自食其力。周文王重贤识才，从贩卖鱼盐之中得其人，推荐为周朝大臣。他是古代贤士，能上能下、耐苦耐劳的典范。据《孟子·告天下》记载，"舜发于畎亩之中，傅悦举于版筑之间，胶鬲举于鱼盐之中，管夷吾举于士，孙叔敖举于海，百里奚举于市，故天将降大任于是人也，必先苦其心志，劳其筋骨，饿其体肤，空乏其身……"这一段当中，就记录了上面提及的两个大人物，胶鬲，管夷吾。

摘自张荣生、王申筛编撰的《江苏盐税博物馆讲解词》，
史料源于郭正忠所著的《中国盐业史》

七、盐官史料

我国从东汉初设盐官，历史上历朝历代盐税都是政府财政的重要来源之一，而对于盐税的重视，也反映在对盐官人员任用上。据《两淮盐法志》记载，历代最善理财者是唐朝著名经济改革家、理财家刘晏。唐肃宗时期，他从第五琦手中接任盐铁使，继续实行榷盐法，并进行改进完善，统领盐铁十余年，使得盐税收入翻了十几倍。宫闱服御、军饷、百官俸禄，皆出于此。泰州盐税的三个居半，即"天下赋税，盐利居半，天下盐利，两淮居半，两淮盐利，泰州居半"，离不开这些盐官。而后是西溪三宰相——晏殊、吕夷简、范仲淹。

以词著称于文坛的晏殊，北宋文学家、政治家，十四岁以神童入试，赐同进士出身，在泰州西溪盐仓担任监仓官，官至右谏议大夫，集贤殿学士，同平章事兼枢密使。

礼部、刑部、兵部尚书吕夷简，北宋政治家，任泰州西溪盐仓监仓官，真宗时以刑部郎中权知开封府，仁宗时任宰相，在太后临朝听政背景下辅佐年幼皇帝，处理国内外矛盾，保证社会安定和经济发展，位列宋代名相之一。吕夷简曾担任西溪盐监，西溪是一个产盐重镇，在当时，西溪人酷爱种植天下名花牡丹，吕夷简见此，也移植了牡丹一株，每当春暖花开的时候能开上数百朵花，为海滨一大盛事。

范仲淹，北宋天圣元年任西溪盐仓监仓官。他目睹了风潮泛滥，淹没田产，毁坏亭灶的情景，心忧如焚，上书建议重修捍海堰，得到时任江淮制置发运副使张纶的支持，张纶三次上书，力排众议，推荐范仲淹任兴化令，负责这一工程，范仲淹征集四万多名夫破土动工。动工后适逢雨雪惊涛，民夫死者百余人，事故发生后，反对声又起。朝廷派淮南转运使胡令仪实地勘察，胡令仪也竭力支持范仲淹的意见。在张、胡二人的全力支持下，终于使工程竣工，当地盐业生产得到恢复，人民安居乐业。由于首倡新修捍海堰的是范仲淹，竭力奏请的是胡令仪，亲临其役的是张纶，三人去世后，后人在东台等地立三贤祠以示纪念。捍海堰又俗称范公堤。范公在泰州期间，与滕子京诗酒唱和，"君子不独乐，有朋来远方"的忧乐思想，为后来写就天下雄文《岳阳楼记》奠定了理论基础。他在泰州期间，受安定先生胡瑗"天下之治者在于人才，成天下之才者在教化"理念影响，在全国办学千所，为文昌北宋做出了特定的历史功绩。

林则徐是清朝著名的政治家、思想家。因其主张严禁鸦片，有民族英雄之誉，道光三年，林则徐任江苏按察使，短短四个月处理积压案件十之八九，被称颂为林青天。道光十五年任两江总督，对陶澍在淮北推行的盐法改革十分支持，并亲自制定盐场官制，灶课征解等措施，并在泰州立《扬关奉宪永禁滕鲍各坝越漏南北货税告示碑》，告诫往来盐船不要偷税夹私。

太平军一度占领扬州，清朝的两淮盐政机构被迫从扬州迁来泰州，大批盐官和盐商同时涌向泰州城，使得泰州城变得异常繁荣，一时冠盖之盛，商贾之多酷似扬州。诗人朱宝善就此在《海陵竹枝词》中称"眼底烟花太寥落，淮南赖有小扬州"。两淮盐运使乔松年（两淮盐政机构最高官员）从扬州来到泰州后，便迅速开始购置地产兴造建筑。先是于清同治元年，将原来城西泰州画家顾坚的住所，购买作为盐务公所所在地，并在其间兴建了"小香崖"花园，在太平军占据扬州城，时局动荡日子里，他与众盐官聚集泰州的小香崖花园中，继续从事他们的盐政事务。按《安乐康平室随笔》记载，"泰州西门内有小香崖者，中供先贤管子塑像，为淮鹾官、商宴集之所，拓地约十余亩，亭馆池柑，位置井然"。

"小香崖"建成后，乔松年在此地日了公事，夜接词人，两淮盐务转运使署在泰州稳定下来之后，乔松年为自己另谋居住与休闲的宅园，便将新结识的吴文锡所居"蛰园"买下，改名"乔园"。并将景点名称悉数改回原"三峰园"时的称呼。但山石、树木均是古人之物，看起来更为古拙，乔松年自誉："小园虽陋，而嘉树可誉，青土苍官，胜于绮阁雕萝多矣。"

摘自范观澜编撰的《凤城河风景区讲解词》，
史料源于《一代圣贤：范仲淹》，以及乔园园主石刻

后　记

　　天滋河是一条鲜活的城市河流，当我们为生活奔波时，可能很多人从来没有想过与一条河流，与脚下的土地究竟有着怎样的关联。每个生命个体与原生城市的关系，恰似地质学中的叠层岩，在时间与空间的层积中形成独特的认知密码。这种认知绝非简单的空间坐标确认，而是个体意识与城市肌理在历史维度中的共生演化。

　　二十岁从学校毕业分配到泰州，我对这座城市一直是敬畏又好奇的。因为我出生的地方离这里有着十八里水路。十八，是一个比较玄妙的数字，这一段水路，那头是乡村，这头是城市，带着探究的心理我走进这座城市。一晃多年过去，年龄越长，对其内在的肌理与血脉的流淌，就有层层剥笋般的冲动。直到二〇〇六年，在天滋河畔，地处城北街道的管王庙，一次道教古乐的表演，其激越与忧伤交织的旋律成为打开它的一个切口。此后八年，我的内心始终听从了这一声音，尽管我不知道它会把我带到何方，但我的内心始终被一个信念支撑着，一直做下去，以一部作品来解构这个庞大而深邃的叠层岩。

　　正如梭罗在《瓦尔登湖》中说：我得到的只是一些尘埃，我抓住的只是一段彩虹而已。

　　创作的过程，艰辛，撕裂，同时也是快乐的。

　　要完整认知一座城市，需将其视为动态的有机生命体——文化是血脉，民俗是肌理，战争是伤疤，经济是骨骼，社会是呼吸。生长于其中的人，既是观察者又是参与者，需要用多重方法论穿透表象，来抵达城市精神的内核。事实上，史海钩沉，想厘清脉络，实非易事。八年间，经历数次工作岗位调整，但是业余的主要精力几乎都交给了这个"考古"之旅。

　　文化层上我想表达出历史记忆与空间形态的对话。城市的"文化基因"与精神韧劲深植于空间结构中。天滋河与泰州历史发展轴线形成叠合式空间叙事，每一片浪花其实都是历史事件的物质见证。在天滋河触摸时代变迁的烟水气，以此追寻远去的海啸声；在草河与稻河之间的生活日常中解构盐业变迁；在道教古乐的兴衰中寻找精神的图腾；在城市与乡村之间，探寻我们活着的意义。

从民俗层面上，我想表达出集体记忆的断裂与再生。民俗是城市的"潜意识"，往往能引发人的共情，尽管其传承在现代化进程中发生了一些断裂。海陵十仙与都天会承载着市井江湖的记忆；兴化判官舞从祭祀演变为对上古文明的追思；溱潼会船的历史令我们探索全民狂欢的生命力所在……从"趴大乌"到各种美味佳肴，我们在对美食的回味中咀嚼历史。在小说中安排此类冲突，以揭示城市身份认同的撕裂重构与创造性叛逆。

从战争层面上，我想表达出创伤记忆的纪念性与遗忘机制。战争对城市的重塑具有双重性：物理摧毁与精神重建。今年是纪念中国人民抗日战争暨世界反法西斯战争胜利八十周年，正如南京的"记忆锚点"从大屠杀纪念馆延伸至利济巷慰安所遗址，其叙事从民族创伤升华为和平主义。本部作品对抗日战争以及重要历史时刻人物群像进行描写，揭示了人类在战争面前，皆如这叠层岩的一粒细砂，经过时光打磨，大浪淘沙，有的成为钻石，有的隐于尘埃，有的则被永远钉在历史的耻辱柱上。

从经济层面上，我想表达出产业转型与身份流动的博弈。经济结构决定城市的"人格"。因海而生、因盐而兴的泰州，曾为国家财税做出了杰出贡献，也养成了百姓在江淮海三水之间特定的生活方式。今天，亦可从一颗盐粒晶体的多面性，折射出泰州从其"厚身份"（工业传统）与"薄身份"（大健康与未来产业）的嬗变及其机遇。在滚滚向前的历史洪流中，人类个体赋予了这座城的集体"人格"——温润如玉，泰然自若。

从社会层面上，我想表达出阶层跃迁与空间权利的争夺。城市的"呼吸节奏"由社会流动决定。草河两岸盐商与百姓日常生活强烈的比较与冲突；农场及农场人的演变；旧社会收租与新社会分田到户；改革开放进程中的小人物际遇；柴、米、油、盐四大家族的兴衰交织；每一个历史事件都成为触动黎民百姓生活的信号或按钮……

城市认知本质上是一场永不完结的考古发掘。盐，国之重器，财政命脉，人类刚需。每个生命体都在用独特方式破译泰州的多重密码。在记忆与遗忘的交替中，个体生命史已深深镌刻进泰州城的集体无意识。不知不觉中，他们一起释放出了蕴藏于这座城底核的盐的特质和盐民精神：善良忠诚、坚韧不拔、进取创新，直到今天一齐托举了这座幸福之城。

一座城市的历史，其实是若干个个体生命史的交织。《天滋》，正是一部由个体生命史交织的城市史。

　　以上多个维度的系统调查与文史、民俗梳理，离不开各方面的支持，在此一并对张荣生、王申筛、薛梅、徐同华、袁天胜、周安翠、沙黑、丁炎、吴克嘉、徐杰东、方培力、李静的支持给予诚挚的感谢！

　　感谢江苏省作协将本部作品纳入 2023 年度重大题材文学作品创作工程！

　　感谢八旬天真老爷子邵展图绘制的与各章内容契合的插图！

　　感谢庞余亮、王祥夫、王干、穆涛、鲍尔吉·原野五位巨擘老师的鼓励与评价！

　　感谢军旅摄影家柳军老师为我本人拍摄的照片！

　　感谢陕西人民出版社文字编辑、美术编辑、校队在审稿、设计和校对方面给予的专业建议和意见，才使得本部作品能以这样一个美好的形象奉献给读者。

董小潭

2025 年 3 月 15 日